Scott Turow, Jahrgang 1949, ist Absolvent des Amherst College. Nach einem Stipendium für Creative Writing an der Universität von Stanford besuchte er die Harvard Law School. Seine Tagebuchaufzeichnungen über das erste Studienjahr in Harvard erschienen 1977 unter dem Titel »One L« und ernteten einstimmiges Lob. Von 1978 bis 1986 arbeitete Scott Turow in seiner Heimatstadt Chicago im juristischen Staatsdienst, wobei er durch aufsehenerregende Prozesse, nicht zuletzt über Korruptionsfälle in der Rechtsprechung, auf sich aufmerksam machte. Scott Turow ist heute Mitglied einer angesehenen Chicagoer Anwaltssozietät und lebt mit seiner Frau Annette und drei Kindern in Evanston, Illinois. Die Filmrechte an »Aus Mangel an Beweisen« erwarb United Artists und Sidney Pollack (»Jenseits von Afrika«, »Tootsie«) für 1 Million Dollar.

W0203231

Vollständige Taschenbuchausgabe Dezember 1990
© 1988 Droemersche Verlagsanstalt Th. Knaur Nachf., München
Das Werk einschließlich aller seiner Teile ist urheberrechtlich geschützt. Jede Verwertung außerhalb der engen Grenzen des Urheberrechtsgesetzes ist ohne Zustimmung des Verlages unzulässig und strafbar. Das gilt insbesondere für Vervielfältigungen, Übersetzungen, Mikroverfilmungen und die Einspeicherung und Verarbeitung in elektronischen Systemen.
Titel der Originalausgabe »Presumed Innocent«
© 1987 Scott Turow
Originalverlag Farrar, Straus & Giroux, New York
Umschlaggestaltung Charlie Dengler, München
Umschlagfoto aus dem gleichnamigen Film, mit freundlicher Genehmigung der Warner Bros. Film GmbH, München
Druck und Bindung Ebner Ulm
Printed in Germany 5 4 3 2 1
ISBN 3-426-03217-1

Scott Turow:
Aus Mangel an Beweisen

Roman

Aus dem Amerikanischen von Christa E. Seibicke

Für Mama von Basti zu
Weihnachten 1990

Knaur

Für meine Mutter

Dies ist ein Roman.
Alle Namen, Orte, Charaktere
und Ereignisse sind frei erfunden,
und jede Ähnlichkeit mit tatsächlichen
Vorgängen beziehungsweise lebenden
oder verstorbenen Personen ist
zufällig.

Eröffnungserklärung

So fange ich jedesmal an:
»Ich bin der Ankläger. Ich vertrete den Bundesstaat. Ich bin hier, um ein Verbrechen nachzuweisen. Sie werden gemeinsam das Beweismaterial prüfen. Sie werden darüber beraten. Sie werden entscheiden, ob es ausreicht, den Angeklagten schuldig zu sprechen. Dieser Mann ...« Und hier strecke ich den Arm aus und zeige auf ihn.
Sie müssen immer auf den Angeklagten zeigen, Rusty, schärfte John White mir ein, damals an meinem ersten Tag bei der Bezirksanwaltschaft. Der Sheriff nahm meine Fingerabdrücke, der Vorsitzende Richter vereidigte mich, und John White verschaffte mir Zutritt zum ersten Geschworenenprozeß meines Lebens. Ned Halsey trug die Eröffnungserklärung der Staatsanwaltschaft vor, und während er mit großen Gesten im Gerichtssaal auf und ab schritt, erteilte mir John in seiner hochherzig-onkelhaften Art und mit einem Atem, der selbst um zehn Uhr morgens schon nach Alkohol roch, meine erste Lektion. Der rüstige Ire mit schlohweißer, ungebärdiger Mähne war damals Erster Deputy der Staatsanwaltschaft. Das war vor fast zwölf Jahren, lange bevor ich auch nur im geheimen den Ehrgeiz entwickelte, selbst einmal Johns Posten zu übernehmen. Wenn Sie nicht den Mut haben, auf ihn zu zeigen, sagte John White ganz ruhig, dann können Sie auch nicht erwarten, daß die sich trauen, ihn zu verurteilen.
Und darum zeige ich auf den Angeklagten. Ich strecke meinen Arm Richtung Saal, halte einen Finger starr geradeaus. Ich suche seinen Blick. Ich sage: »Dieser Mann steht unter Anklage.«
Er wendet sich ab. Oder blinzelt. Oder reagiert überhaupt nicht.

Anfangs war ich oft mit meinen Gedanken woanders, stellte mir vor, was für ein Gefühl es sein mochte, da zu sitzen, von allen begafft, mit flammenden Worten angeprangert, vor jedermann, und zu wissen, daß die selbstverständlichsten Privilegien eines anständigen Lebens – Vertrauen, Achtung und Respekt, ja sogar Freiheit – mit einemmal wie ein Mantel waren, den man an der Garderobe abgegeben hat und vielleicht nie zurückbekommt. Ich spürte die Angst, die erbitterte Frustration, die quälende Einsamkeit.
Inzwischen hat sich die zähe Last der Pflichten und Zwänge einer Erzablagerung gleich in den Adern festgesetzt, wo einst diese gefühlvollen Regungen flossen. Es ist eben mein Beruf. Nicht, daß ich etwa abgestumpft wäre. Nein, das darf man mir glauben. Aber dieses Karussell des Anklagens, Beweiserhebens und Verurteilens dreht sich unaufhörlich, ist eins der großen Räderwerke, die unser ganzes Handeln bestimmen. Ich spiele meine Rolle. Ich bin ein Funktionär eines weltweit anerkannten Systems, Recht von Unrecht zu unterscheiden, ein Bürokrat des Guten und Bösen. Dieses muß verboten werden; jenes nicht. Freilich wäre es denkbar, daß alles nach Jahren endloser Anklageerhebungen und Verhandlungen und angesichts des ständig wechselnden Stroms der Verdächtigen in heillosem Wirrwarr zerfließt. Aber so ist es nicht.
Ich drehe mich zu den Geschworenen um: »Heute haben Sie, meine Damen und Herren – jeder einzelne von Ihnen –, eine der heiligsten Bürgerpflichten übernommen. Ihre Aufgabe ist es, die Tatsachen herauszufinden. Die Wahrheit. Das ist alles andere als leicht, ich weiß. Das Gedächtnis mag uns Streiche spielen; die Erinnerung mag getrübt sein; das Beweismaterial kann verschiedene Deutungen zulassen. Vielleicht sind Sie gezwungen, über Dinge zu entscheiden, die niemand genau zu wissen scheint oder die keiner zugeben will. Wenn Sie daheim wären oder an Ihrem Arbeitsplatz, irgendwo in Ihrem täglichen Umfeld, würden Sie vielleicht abwehrend die Hände heben und sich der Mühe gar nicht erst unterziehen. Hier müssen Sie es.
Sie müssen. Ich darf Sie noch einmal nachdrücklich daran erinnern. Ein Verbrechen wurde begangen, ein wirkliches. Nie-

mand wird das bestreiten. Es gab ein Opfer, ein wirkliches. Und wirklichen Schmerz. Sie brauchen uns nicht zu sagen, warum es geschah. Die Motive eines Menschen können auf ewig in seinem Innern verschlossen bleiben. Aber Sie müssen zumindest versuchen herauszufinden, was tatsächlich geschah. Gelingt Ihnen das nicht, so werden wir auch nicht wissen, ob dieser Mann es verdient, seine Freiheit wiederzuerlangen – oder bestraft zu werden. Dann haben wir keine Ahnung, wen die Schuld trifft. Wenn wir die Wahrheit nicht ermitteln können, was wird dann aus unserer Hoffnung auf Gerechtigkeit?«

Frühling

1

»Es sollte mehr zu Herzen gehen«, sagt Raymond Horgan. Ob er wohl von der Trauerrede spricht, die er gleich halten wird? frage ich mich im ersten Moment. Er hat eben seine Notizen noch einmal überflogen und steckt nun die beiden Karteikarten zurück in die Brusttasche seines blauen Kammgarnanzugs. Aber ein Blick in sein Gesicht verrät mir, daß die Bemerkung persönlich gemeint war. Vom Rücksitz des Buick – sein Dienstwagen – starrt er durchs Fenster hinaus auf den Verkehr, der zusehends dichter wird, je näher wir South End kommen. Nachdenklichkeit überschattet seine Miene. Während ich ihn so betrachte, kommt mir der Gedanke, wie effektvoll sich genau diese Pose auf dem diesjährigen Wahlkampfplakat ausgenommen hätte: Raymonds bullige Züge, erstarrt in feierlicher Würde und männlicher Entschlossenheit, mit Trauerrand. Sie vermitteln etwas von dem stoischen Gleichmut dieser doch oft recht trostlosen Großstadt und erinnern an die schmuddeligen Backsteinfassaden und die Dächer aus Teerpappe in dem Viertel, durch das wir gerade fahren.

Unter Raymonds Mitarbeitern ist es zur Zeit gang und gäbe, darauf hinzuweisen, daß er nicht gut aussieht. Vor über anderthalb Jahren haben Ann und er sich nach dreißigjähriger Ehe getrennt. Er ist dicker geworden, und sein Gesicht hat jenen ewig miesepetrigen Ausdruck angenommen, der vermuten läßt, er habe endlich ein Stadium erreicht, in dem er sich damit abfindet, daß es für viele schmerzliche Dinge keine Linderung gibt. Noch vor einem Jahr hätte jeder gewettet, Raymond habe weder genügend Interesse noch Durchhaltevermögen, um erneut zu kandidieren, und er zögerte wahrhaftig lange: Vier Monate waren es nur noch bis zur Vorwahl, als er sich endlich aufstellen ließ. Manche behaupten, Machthunger und Geltungsbedürfnis seien die treibenden Kräfte gewesen. Ich tippe eher auf Raymonds unverhohlenen Haß gegen seinen Hauptrivalen Nico Della Guardia, der bis letztes Jahr gleichfalls zu den Deputys unserer Bezirksanwaltschaft gehörte. Aber was immer auch Raymonds Gründe gewesen sein mögen, es ist ein heißer Wahlkampf geworden. Solange das Geld reichte, wurden Werbeagenturen und sogar Medienberater eingeschaltet. Drei junge Männer mit zweifelhaften sexuellen Neigungen entschieden diktatorisch über Strategien wie »Das Plakat«, und nun prangt Raymonds Konterfei auf dem Heck jedes vierten Busses in der Stadt – mit diesem einschmeichelnden Lächeln einer vom Leben gestählten Frohnatur. Für mich sieht er auf dem Foto aus wie ein Waschlappen, noch ein Indiz dafür, daß Raymond aus dem Tritt gekommen ist. Wahrscheinlich meint er das, wenn er sagt, die Sache sollte ihm mehr zu Herzen gehen. Es sieht so aus, will er damit andeuten, als würden die Ereignisse ihm wieder aus der Hand gleiten.

Raymond spricht über den Mord an Carolyn Polhemus vor drei Tagen, in der Nacht zum zweiten April.

»Es ist wie verhext, ich krieg's nicht in den Griff. Einmal hab' ich Nico auf dem Hals, der in seinen Reden auf mich eindrischt, als hätt' ich sie umgebracht. Und zum anderen will jeder hergelaufene Trottel mit 'nem Presseausweis von mir wissen, wann wir endlich den Mörder schnappen. Die Sekretärinnen heulen auf'm Klo, und dann, verstehst du, muß ich immerfort an die Frau denken. Mein Gott, ich kannte sie schon als Bewährungshelferin, als sie noch studierte. Sie hat für mich gearbeitet, ich mochte sie gern. Ein blitzgescheites Mädchen, und sexy. Als Juristin einsame Spitze. Und wenn man sich dann vorstellt, was passiert ist! Ich hab' immer geglaubt, mir geht so leicht nichts mehr unter die Haut, aber mein Gott! Irgend so ein Irrer bricht da ein, und von einer Minute zur anderen ist's aus mit ihr. Das soll ihr Abschied sein? Ein geiler Penner dreht durch, zertrümmert ihr den Schädel und vergreift sich an ihr. Mein Gott.« Raymond seufzt. »Wenn einem das nicht zu Herzen geht.«

»Da hat keiner eingebrochen.« Ich bin selbst erstaunt über meinen entschiedenen Ton. Raymond, der sich eben wieder

den Akten auf seinem Schoß zugewandt hat, fährt mit einem Ruck hoch und richtet seine klugen grauen Augen durchbohrend auf mich.
»Wie kommst du denn darauf?«
Ich antworte nicht gleich.
»Wir finden die Lady gefesselt und vergewaltigt«, sagt Raymond. »Mir käme da nicht auf Anhieb der Gedanke, gegen ihre Freunde und Verehrer zu ermitteln.«
»Kein Fenster war eingeschlagen«, entgegne ich, »und keine Tür gewaltsam geöffnet.«
Hier mischt sich Cody, der nach dreißig Jahren Streifendienst die Zeit bis zu seiner Pensionierung als Raymonds Chauffeur abdient, vom Fahrersitz aus in unser Gespräch. Cody ist heute ungewöhnlich schweigsam gewesen und hat uns die übliche Schwärmerei von den guten alten Zeiten erspart: wie viele Deals mit schrägen Vögeln er damals geschaukelt und wie viele große Fische er in so ziemlich allen Großstädten des Landes hoppgenommen hat. Im Gegensatz zu Raymond – oder, wenn man so will, auch zu mir – ist Cody um eine angemessene Trauermiene nicht verlegen. Er wirkt übernächtigt, was seinem Gesicht einen etwas leidvollen Zug gibt. Meine Bemerkung über die Umstände am Tatort scheint ihn wachgerüttelt zu haben.
»Alle Türen und Fenster in der Bude standen offen«, sagt er. »Ihr gefiel das so. Diese Tussi lebte wie Alice im Wunderland.«
»Ich denke, das hat sich einer ganz clever ausgedacht, um uns auf 'ne falsche Spur zu locken ...«
Raymond schneidet mir das Wort ab. »Jetzt mach dich doch nicht lächerlich, Rusty! Unser Typ is'n Stadtstreicher, 'n Gammler oder so was. Um den zu kriegen, brauchen wir keinen Scheiß-Sherlock-Holmes. Versuch bloß nicht, die von der Mordkommission zu überflügeln. Zieh lieber den Kopf ein und geh immer schön geradeaus. Okay? Und sieh zu, daß du mir einen Täter lieferst, bevor mein elender Arsch auf Grundeis geht.« Dabei lächelte er mich an, herzlich und hintergründig zugleich. Raymond will mir zu verstehen geben, daß er die Nase oben behält. Dabei braucht gar nicht betont zu werden, wieviel davon abhängt, daß wir Carolyns Mörder zu fassen kriegen.

Nico hat in seiner Stellungnahme vor der Presse Carolyns Tod gemein und unbarmherzig für die eigene Propaganda ausgeschlachtet. »Mit der laschen Haltung, die er in den letzten zwölf Jahren im Gesetzesvollzug an den Tag legte, hat der Bezirksanwalt sich zum Komplizen der kriminellen Elemente in unserer Stadt gemacht. Nicht einmal seine eigenen Mitarbeiter kann er mehr schützen – dieses tragische Unglück liefert den schlagenden Beweis dafür.« Wie es zu Raymonds Liaison mit der Gesetzlosigkeit paßt, daß er Nico vor über zehn Jahren als Deputy einstellte, dazu hat dieser feine Herr sich nicht geäußert. Aber so was zu erklären ist ja auch nicht Aufgabe eines Politikers. Außerdem geht Nico vor der Öffentlichkeit immer schamlos an alles ran. Nicht zuletzt dadurch qualifizierte er sich für eine politische Laufbahn.

Qualifiziert oder nicht, man erwartet allgemein, daß Nico die Vorwahl verlieren wird, die in nur mehr achtzehn Tagen ansteht. Raymond Horgan hat es seit mehr als einem Jahrzehnt verstanden, die anderthalb Millionen amtlich registrierter Wähler von Kindle County immer wieder für sich zu gewinnen. Diesmal muß er sich zwar noch die Rückendeckung der Partei erkämpfen, aber daran ist in der Hauptsache ein alter Fraktionsstreit mit dem Bürgermeister schuld. Raymonds politische Freunde – eine Gruppe, zu der ich nie gehört habe – sind der Ansicht, in den nächsten anderthalb Wochen, wenn die ersten Meinungsumfragen raus sind, werden andere Parteibonzen den Bürgermeister zum Einlenken bewegen können, womit Raymond für weitere vier Jahre sein Schäfchen im trocknen hätte. In dieser Einparteienstadt ist der Sieg in der Vorwahl gleichbedeutend mit der Ernennungsurkunde.

Cody dreht sich um und meldet, es sei gleich eins. Raymond nickt zerstreut. Cody nimmt das als Zustimmung, langt unters Armaturenbrett und setzt die Sirene in Gang. Er läßt sie in zwei kurzen Intervallen aufheulen, was fast wie eine Untermalung des Verkehrslärms klingt, doch die Autos und Laster machen brav die mittlere Spur frei, und der dunkle Buick prescht los. Das Viertel hier ist immer noch ziemlich mies – angejahrte Schindelhäuser, Veranden, von denen die Farbe abblättert. Am Straßenrand spielen Kinder mit käsigen Gesich-

tern Ball oder springen Seil. Etwa drei Blocks weiter bin ich aufgewachsen, in einer Wohnung über dem Bäckerladen meines Vaters. In meiner Erinnerung war es eine traurige Kindheit. Tagsüber halfen wir – meine Mutter und nach der Schule auch ich – Vater im Geschäft, abends schlossen wir uns in einem Zimmer ein, während er sich betrank. Geschwister hatte ich keine. Das Viertel hat sich bis heute kaum verändert; hier wohnen nach wie vor eine Menge Leute vom Schlag meines Vaters: Serben wie er, Ukrainer, Italiener, Polen – lauter Volksgruppen, die sich gern absondern und an ihrem bitteren Fatalismus festhalten.
Wir stecken im Freitagnachmittagsstau fest. Cody bremst scharf hinter einem Omnibus, der knatternd seine giftigen Abgase ausstößt. Auf der Heckscheibe klebt ein Wahlplakat von Horgan, anderthalb Meter breit, und Raymond guckt auf uns runter, so belämmert wie ein Fernseh-Talkmaster oder ein Werbefreak für Katzenfutter. Und mir sind die Hände gebunden. Raymond Horgan ist meine Zukunft und meine Vergangenheit. Zwölf Jahre arbeite ich nun schon für ihn, Jahre aufrichtiger Loyalität und Bewunderung. Ich bin sein Stellvertreter, und sein Sturz würde auch mir das Genick brechen. Aber die Stimme der Unzufriedenheit läßt sich nicht zum Schweigen bringen; sie folgt ihrem eigenen Befehl. Und jetzt spricht sie in plötzlich sehr entschiedenem Ton zu dem Bild dort oben. Du Waschlappen, sagt sie. Du bist, sagt sie, ein Waschlappen.

Als wir in die Third Street einbiegen, zeigt sich, daß dieses Begräbnis für die Polizei zu einer Art Staatsakt geworden ist. Die Hälfte der parkenden Autos sind Streifenwagen, und auf den Gehwegen patrouillieren Cops zu zweit oder zu dritt. Die Ermordung eines Staatsanwalts rangiert gleich hinter Polizistenmord. Außerdem hatte Carolyn ungeachtet der Machtkämpfe zwischen den Institutionen viele Freunde bei der Polizei: treue Gefolgsleute, die ein guter Staatsanwalt gewinnt, wenn er professionelle Ermittlungen schätzt und dafür sorgt, daß sie vor Gericht auch gebührend gewürdigt werden. Und dann war sie natürlich eine schöne Frau, noch dazu eine mit sehr modernen Ansichten. Carolyn, das ist bekannt, war kein Kind von Traurigkeit.

Kurz vor der Kapelle bricht der Verkehr völlig zusammen. Wir ruckeln nur noch ein paar Meter weiter und müssen dann warten, bis die Wagen vor uns ihre Passagiere ausladen. Die Schlitten der Prominenz – Staatskarossen mit Sondernummern, Pressefahrzeuge auf der Suche nach günstigen Parkplätzen – verstopfen mit gleichgültiger Nonchalance die Fahrbahn. Besonders die Rundfunkreporter halten sich weder an die geltende Verkehrsordnung noch an die einfachsten Grundregeln der Höflichkeit. Der Kamerawagen einer Fernsehstation, komplett ausgerüstet bis auf die kleine Radarantenne auf dem Dach, hält direkt vor dem offenen Kirchenportal. Die Reporter arbeiten sich durch die Menge, als handele es sich um einen Boxkampf, und strecken den Ankommenden die Mikrophone entgegen.

»Später«, winkt Raymond ab und zwängt sich durch den Schwarm von Journalisten, der den Wagen umringt, kaum daß wir am Ziel sind. Raymond erklärt, er werde eine kurze Gedenkrede halten und sei bereit, sie später draußen zu wiederholen. Immerhin nimmt er sich die Zeit, Stanley Rosenberg vom Sender Channel 5 zu begrüßen. Stanley wird wie üblich das erste Interview kriegen.

Paul Dry, ein Mitarbeiter des Bürgermeisters, gibt mir ein Zeichen. Anscheinend möchte das ehrenwerte Stadtoberhaupt noch vor der Trauerfeier ein paar Worte mit Raymond wechseln. Ich leite die Bitte weiter, sobald Raymond sich aus den Klauen der Reporter befreit hat. Er schneidet eine Grimasse – unklug von ihm, denn Dry hat es bestimmt gesehen –, ehe er mit Paul abzieht und im gotischen Dunkel der Kirche verschwindet. Bürgermeister Augustine Bolcarro ist der geborene Tyrann. Vor zehn Jahren, als Raymond Horgan Favorit der ganzen Stadt war, hätte er Bolcarro beinahe aus dem Sattel gehoben. Aber eben nur beinahe.

Seit er damals bei der Vorwahl aus dem Rennen geworfen wurde, ist Raymond stets ein vorbildlicher Gefolgsmann gewesen. Doch Bolcarro hat die Kränkung bis heute nicht verwunden. Nun, da Raymond an der Reihe ist, sein Amt zu verteidigen, hat der Bürgermeister sich hinter der Neutralität verschanzt, zu der seine Stellung ihn verpflichtet. Durch einen miesen Trick ist es ihm außerdem gelungen, Raymond die Rückendeckung der Partei zu entziehen. Es macht ihm offensichtlich Spaß zuzuschauen, wie und ob Raymond ohne fremde Hilfe das Ufer erreicht. Wenn Horgan schließlich wieder festen Boden unter den Füßen hat, wird Augie ihm als erster gratulieren und versichern, er habe von Anfang an gewußt, daß Raymond sich nicht unterkriegen lassen würde.

Drinnen sind die Bänke zum großen Teil schon besetzt. Der Sarg vorn am Altar ist mit Blumen bekränzt – Lilien und weiße Dahlien –, und trotz der vielen Menschen ist mir, als hinge ein schwacher Blütenduft im Raum. Ich schiebe mich nach vorn durch, nicke hier und da jemandem zu und schüttele Bekannten die Hand. Jede Menge Prominenz ist versammelt: alle Politiker aus Stadt und County; fast die gesamte Richterschaft sowie die Leuchten unter den Strafverteidigern. Ein paar der linkslastigen und feministischen Gruppen, mit denen Carolyn manchmal in Verbindung gebracht wurde, sind ebenfalls vertreten. Die Unterhaltung ist dem Anlaß entsprechend gedämpft. Die Erschütterung und die Trauer in den Gesichtern wirken echt.

Ich pralle von hinten auf Della Guardia, der sich gleich mir durch die Menge arbeitet.

»Nico!« Ich gebe ihm die Hand. Er trägt eine Blume im Knopfloch, eine Mode, der er sich verschrieben hat, seit er in den Wahlkampf eingetreten ist. Er erkundigt sich nach meiner Frau und meinem Sohn, läßt mir allerdings keine Zeit zu antworten. Statt dessen setzt er unvermittelt eine schmerzbewegte Miene auf und beginnt von Carolyn zu sprechen.

»Sie war einfach...« In Ermangelung eines treffenden Adjektivs läßt er beredt die Hand kreisen. Ich merke, daß der forsche Kandidat für das Amt des Bezirksanwalts sich zu einem poetischen Höhenflug aufschwingen will, und bremse ihn gerade noch rechtzeitig.

»Sie war großartig«, sage ich, selbst erstaunt über meine plötzliche Gefühlsaufwallung und das rasante Tempo, mit dem sie sich aus einem verborgenen Winkel meines Innern an die Oberfläche gedrängt hat.

»Großartig! Genau. Das trifft's. Sehr gut.« Nico nickt; dann huscht ein beutegieriger Schatten über sein Gesicht. Ich kenne ihn gut genug, um zu erraten, daß ihm ein Einfall gekommen ist, von dem er sich einen Vorteil verspricht. »Raymond macht euch wohl ganz schön Dampf bei dem Fall?«

»Raymond Horgan macht bei jedem Fall Dampf. Das wissen Sie doch.«

»Oho! Ich hab' immer gedacht, Sie wären der Unpolitische in dem Laden. Aber jetzt kriegen Sie Ihre Stichworte anscheinend von Raymonds Werbetextern.«

»Immer noch besser als von den Ihren, Delay.« Diesen Spitznamen bekam Nico schon verpaßt, als wir beide noch blutjunge Deputys beim Beschwerdegericht waren. Er brachte keinen Schriftsatz termingerecht zustande. John White, unser Ressortchef, verballhornte daraufhin seinen Namen in Delay Guardia, was soviel heißt wie »Verspätung eingebaut«.

»Aber, aber«, wehrt Nico ab. »Ihr Jungs seid mir doch nicht etwa böse wegen dem, was ich in meinen Wahlreden gesagt habe? Dazu steh' ich nämlich. Ich bin überzeugt, daß ein wirksamer Gesetzesvollzug ganz oben anfangen muß. Davon bin ich sogar felsenfest überzeugt. Raymond ist ein Weichling. Und er ist müde. Er hat nicht mehr die Kraft, sich durchzusetzen.«

Ich lernte Nico vor zwölf Jahren kennen, an meinem ersten Tag als frischgebackener Deputy des Bezirksanwalts; Nico und ich bekamen gemeinsam ein Büro zugeteilt. Elf Jahre später war ich Erster Deputy und er Leiter des Morddezernats, und ich warf ihn raus. Schon damals machte er unverhohlen Anstalten, Raymond aus dem Amt zu drängen. Es ging um einen schwarzen Arzt, der Abtreibungen vornahm und den Nico unter Mordanklage stellen wollte. Rechtlich gesehen hatte sein Fall weder Hand noch Fuß, aber er heizte diverse Interessengruppen an, die er auf seine Seite zu bringen versuchte. Er lancierte Pressemeldungen über seine Auseinandersetzungen mit Raymond und fing an, Geschworenenplädoyers zu halten, die in Wirklichkeit verkappte Wahlreden waren und zu denen er jede Menge Journalisten einlud. Den letzten Akt überließ Raymond mir. Eines Morgens ging ich in ein Kaufhaus und erstand das billigste Paar Laufschuhe, das am Lager war. Ich stellte sie mitten auf Nicos Schreibtisch und legte einen Zettel dazu. »Zieh Leine! Viel Glück! Rusty.«

Ich habe immer gewußt, daß Nico im Wahlkampf eine gute Figur machen würde. Er kann sich sehen lassen. Nico Della Guardia ist jetzt um die Vierzig, mittelgroß und tadellos in Form. Seit ich ihn kenne, hat er stets peinlich auf sein Gewicht geachtet; aß dauernd rohes Fleisch und so'n Zeug. Trotz seiner unreinen Haut und einer komischen Farbkombination von rotem Haar, olivgrauem Teint und hellen Augen hat er alles in allem eins von diesen Gesichtern, deren Mängel weder vor der Kamera noch im Gerichtssaal auffallen, und er gilt übereinstimmend als gutaussehender Mann. Hat sich auch immer danach angezogen. Sogar zu Zeiten, als noch sein halbes Gehalt dafür draufging, waren seine Anzüge maßgeschneidert.

Weit mehr als seiner stattlichen Erscheinung hat Nico freilich immer schon jener dreist-unbekümmerten Offenheit verdankt, die er auch hier wieder an den Tag legt, wenn er ausgerechnet auf einer Beerdigung der rechten Hand seines Gegners ganz unbefangen sein Parteiprogramm vorträgt. In zwölf Jahren, von denen wir zwei im selben Büro verbrachten, habe ich gelernt, daß Delay diesen Übereifer und sein naives Selbstvertrauen jederzeit mühelos aus dem Ärmel schütteln kann. An dem Morgen, an dem ich ihn rausgeschmissen hatte, schlenderte er putzmunter an meinem Büro vorbei und sagte bloß: »Ich komme wieder.«

Jetzt gebe ich mir Mühe, Nico glimpflich von der Angel zu lassen. »Zu spät, Delay. Ich hab' meine Stimme schon Raymond Horgan versprochen.«

Er kapiert den Witz nicht gleich, und als dann der Groschen fällt, läßt er sich trotzdem nicht vom Thema abbringen. Wir spielen weiter eine Art Juristenpoker und halten uns gegenseitig unsere Schwächen vor. Nico gibt zu, daß er nicht genügend Geld hat für seinen Wahlkampf, behauptet aber, aus der stillschweigenden Unterstützung des Erzbischofs »moralisches Kapital« zu schlagen.

»Da liegt unsere Stärke«, sagt er. »Bestimmt. Da werden wir Stimmen ernten. Die Leute haben ganz einfach vergessen, warum sie Raymond, den Bürgerrechtler, je wählen wollten. Sie haben bloß noch eine verschwommene, nebelhafte Vorstellung von ihm, weiter nichts. Ich dagegen hab' ein klares, entschiedenes Programm.«

Nico strotzt vor Zuversicht wie immer, wenn er von sich spricht.

»Soll ich Ihnen mal verraten, wovor ich Angst hatte? Wissen Sie, wer ein harter Gegner gewesen wäre?« Er ist dicht an mich herangetreten und hat die Stimme gesenkt. »Sie.«

Ich lache laut auf, aber Nico spricht unbeirrt weiter. »Ich war erleichtert, ganz ehrlich. Ich war regelrecht erleichtert, als Raymond wieder kandidierte. Ich hatt's nämlich schon kommen sehen: Horgan gibt eine Riesenpressekonferenz und erklärt, daß er seinen Job an den Nagel hängt, die Kandidatur aber auf seinen Stellvertreter überträgt, einen Spitzenmann. Die Medien stürzen sich mit Elan auf Rusty Sabich. Ein erfahrener und bewährter Staatsanwalt. Unpolitisch, doch mit klaren Grundsätzen. Sachlich. Gereift. Ein Typ, auf den man bauen kann. Der Mann, der diese berüchtigte Bande gesprengt hat, die Night Saints. Die Journalisten bringen das ganz groß raus, und Raymond verschafft Ihnen noch Rückendeckung von Bolcarro. Gegen Sie hätt' ich 'n verdammt schweren Stand gehabt.«

»Lächerlich!« Ich sage das, als hätte ich während des letzten Jahres nicht mindestens hundertmal solche und ähnliche Bilder vor Augen gehabt. »Sie sind wirklich gut, Delay! Die Gegner entzweien, um sie zu überwinden. Sie machen einfach vor nichts halt.«

»Nun hören Sie mal, mein Freund! Ich bin einer Ihrer aufrichtigsten Bewunderer. Ganz ehrlich. Ich trag' Ihnen nichts nach, bestimmt nicht.« Er preßt die Hand auf die Brust. »Und das gehört zu den wenigen Dingen, an denen sich nichts ändern wird, wenn ich's geschafft habe. Wenn ich das Amt übernehme, behalten Sie Ihren Job.«

Ich entgegne freundlich, daß sei alles Scheiß.

»Sie und Bezirksanwalt – niemals! Und wenn Sie's doch schaffen sollten, dann wäre Tommy Molto Ihr Mann. Alle wissen, daß Sie Tommy schon jetzt in Reserve halten.« Tommy Molto ist Nicos bester Freund, sein früherer Stellvertreter bei der Mordkommission. Seit drei Tagen ist Molto nicht mehr im Amt erschienen. Er hat sich nicht abgemeldet, und sein

Schreibtisch ist leer geräumt. Bei uns ist man sich ziemlich einig, daß Nico nächste Woche, wenn sich die Aufregung um Carolyns Ermordung einigermaßen gelegt hat, eine neuerliche Pressekonferenz einberufen und erklären wird, Tommy habe sich seinem Wahlkampf angeschlossen. Das wird ihm noch ein paar zusätzliche Schlagzeilen einbringen. ENTTÄUSCHTER HORGAN-DEPUTY UNTERSTÜTZT DELLA GUARDIA. Auf so was versteht Nico sich. Raymond kriegt einen Anfall, wenn bloß Tommys Name fällt.

»Molto?« fragt Nico jetzt. Sein unschuldsvoller Blick wirkt keineswegs überzeugend, aber ich habe keine Gelegenheit mehr, ihm zu antworten. Der Reverend am Rednerpult hat die Trauernden gebeten, ihre Plätze einzunehmen. Also lächle – nein, grinse – ich Della Guardia an, als wir auseinandergehen, und bahne mir einen Weg nach ganz vorn, wo Raymond und ich als Repräsentanten unserer Dienststelle sitzen sollen. Aber während ich mich vordränge und verhalten nach rechts und links grüße, bin ich immer noch ganz benommen von Nicos Eifer und seiner geballten Zuversicht. Es ist ein Gefühl, als käme man aus der grellen Sonne: Die Haut prickelt noch und reagiert empfindlich auf jede Berührung. Und als der zinnfarbene Sarg zum erstenmal klar in mein Blickfeld rückt, überfällt mich der Gedanke, daß Nico Della Guardia tatsächlich gewinnen könnte. Eine flüsternde Stimme in meinem Innern macht diese Prophezeiung, eine Stimme, gerade so laut wie ein quengelndes Gewissen, die mir sagt, was ich nicht hören will. Sowenig er es auch verdient mit seiner Unfähigkeit und seiner verkümmerten Seele, vielleicht segelt Nico doch auf Erfolgskurs. Hier, im Angesicht des Todes, kann ich mich der sinnlichen Faszination seiner Vitalität nicht verschließen, ja muß einsehen, daß er es weit damit bringen wird.

Dem öffentlichen Ereignis entsprechend sind neben Carolyns Sarg zwei Reihen Klappstühle aufgestellt. Hier haben, wie nicht anders zu erwarten, hauptsächlich hohe Würdenträger Platz genommen. Die einzig fremde Gestalt ist ein Junge um die Zwanzig, der unmittelbar am Fuß der Bahre neben dem Bürgermeister sitzt. Dieser junge Mann hat einen schlecht

frisierten Blondschopf, und seine Krawatte sitzt so fest, daß die Kragenecken des Nylonhemdes abstehen. Ein Cousin, denke ich mir, vielleicht ein Neffe, auf jeden Fall aber – und das erstaunt mich – ein Angehöriger. Carolyns Familie lebt, soviel ich weiß, ausnahmslos drüben an der Ostküste, und sie hatte sich längst von ihr losgesagt. Neben dem Jungen in der ersten Reihe sitzen mehr Leute des Bürgermeisters als vorgesehen, und ich finde keinen Platz. Als ich mich durch die Reihe hinter Horgan schlängele, dreht der sich um. Offenbar hat er mein Gespräch mit Della Guardia beobachtet.
»Na, was hat Delay denn abgesondert?«
»Nichts. Lauter Scheiß. Ihm geht das Geld aus.«
»Wem nicht?«
Ich erkundige mich nach seiner Unterredung mit dem Bürgermeister, und Horgan verdreht die Augen.
»Er wollte mir einen Rat geben, ganz im Vertrauen, nur unter uns beiden, weil er nicht möchte, daß es so aussieht, als ergreife er Partei. Er meint, es würde meine Chancen enorm verbessern, wenn wir Carolyns Mörder noch vor dem Wahlkampf schnappen. Ist das nicht der Gipfel? Und dabei hat er auch noch so ein treuherziges Gesicht aufgesetzt, daß ich ihn nicht einfach stehenlassen konnte. Ihm macht das alles einen Heidenspaß.« Raymond weist nach vorn. »Schau ihn dir bloß an! Den Hauptleidtragenden.«
Bolcarro hat Raymond wieder mal auf die Palme gebracht. Ich schaue mich verstohlen um und hoffe, daß niemand unser Gespräch mit anhört. Mit dem Kinn deute ich auf den jungen Mann neben dem Bürgermeister.
»Wer ist der Kleine da?« frage ich.
Ich glaube, Horgans Antwort nicht verstanden zu haben, und rücke näher. Er bringt seine Lippen dicht an mein Ohr.
»Ihr Sohn«, wiederholt er.
Mit einem Ruck richte ich mich auf.
»Ist bei seinem Vater in New Jersey aufgewachsen«, sagt Raymond, »und kam dann zum Studium hierher. Er ist drüben an der Uni.«
Die Überraschung wirkt wie ein Rückstoß. Ich murmele noch etwas Belangloses und kämpfe mich dann hastig zwischen zwei

ansehnlichen Blumenarrangements auf marmornen Sockeln zu einem Platz am Ende der Reihe durch. Einen Augenblick lang glaube ich schon, das taumelige Schockgefühl sei vorüber, aber als der Organist direkt hinter mir einen unerwartet lebhaften Akkord anschlägt und der Reverend seine ersten Worte an die Versammlung richtet, da sinkt mein Erstaunen tiefer, schlägt Wellen und nistet sich ein wie der stechende Schmerz echter Trauer. Es scheint mir unfaßbar, unbegreiflich, daß sie so etwas für sich behalten konnte. Den Ehemann hatte ich schon seit langem vermutet, aber ein Kind hat sie nie erwähnt, geschweige denn eins, das ganz in ihrer Nähe lebt, und ich muß gegen den plötzlichen Drang ankämpfen, einfach aufzustehen und diesem Theaterdunkel zu entfliehen, um unter der ernüchternden Wirkung des hellen Tageslichts wieder zu mir zu finden. Mit äußerster Willensanstrengung zwinge ich mich jedoch, meine Aufmerksamkeit auf die Trauerfeier zu richten. Raymond hat das Podium betreten, ohne daß jemand ihn eingeführt hätte. Andere – Reverend Hiller, Rita Worth von der Vereinigung weiblicher Anwälte – haben bereits kurze Ansprachen gehalten, aber nun liegt auf einmal eine seltsame Feierlichkeit in der Luft, deren Sog so stark ist, daß er auch mich aus meiner schmerzlichen Versunkenheit reißt. Das Flüstern ringsum verstummt. Raymond Horgan war nie ein Politiker, doch er bewegt sich im Rampenlicht wie ein vollendeter Profi, ein Redner, eine Persönlichkeit. Wie er so dasteht in seinem eleganten blauen Anzug, beleibt, das Haar gelichtet, übertragen sich seine Trauer und Autorität wie blitzende Ätherwellen auf das Auditorium.
In anekdotisch lockerer Folge trägt er seine Gedenkworte vor. Er erinnert daran, wie er Carolyn seinerzeit einstellte, gegen den Widerstand abgebrühter Kollegen, für die Bewährungshelfer nichts weiter waren als Sozialarbeiter. Er rühmt ihre beherzte Entschlossenheit; erwähnt Prozesse, die sie gewann, Richter, denen sie trotzte, überkommene Vorschriften, die zu ignorieren ihr besonderes Vergnügen bereitete. Aus seinem Munde gewinnen diese Geschichten einen geradezu seelenvollen Esprit; mit sanfter Wehmut denkt man an Carolyn und ihren Mut, der nun für immer dahin ist. In einem Rahmen wie

diesem, wo er ganz ungekünstelt seine Gedanken und Gefühle vor den Zuhörern ausbreitet, kann sich wahrhaftig keiner mit Raymond messen.

Was mich angeht, so läßt sich der Tumult in meinem Innern nicht so rasch beschwichtigen. Die Qual, der Schock, die souveräne Kraft von Raymonds Worten – alles brodelt in mir, droht den Damm aus Abwehr und Gelassenheit einzureißen, dessen Schutz ich doch so dringend nötig habe. Ich schließe mit mir selbst einen Handel ab. Ich werde nicht mit auf den Friedhof gehen. Im Büro wartet eine Menge Arbeit, und außerdem wird unsere Dienststelle auch ohne mich gut vertreten sein. Die Herren Angestellten und die Sekretärinnen, jene älteren Damen, die immer Carolyns Allüren kritisierten und jetzt heulend in den vorderen Reihen sitzen, werden sich dicht ans offene Grab drängen und einmal mehr das nie endende Elend des Lebens beweinen. Ich werde es ihnen überlassen, Carolyns Verschwinden im gähnenden Erdloch beizuwohnen.

Raymond kommt zum Schluß. Die Souveränität, mit der er bei seinem Auftritt sämtliche Register gezogen hat, erregt spürbares Aufsehen unter seinen Zuhörern, die ihn zum Großteil schon am Boden wähnten. Gemessenen Schrittes kehrt er auf seinen Platz zurück, und der Reverend gibt den Ablauf der Beisetzung bekannt. Aber seine Worte hallen ungehört an mir vorüber. Mein Entschluß steht fest: Ich werde gleich ins Büro zurückfahren. Raymonds Wunsch gemäß werde ich die Suche nach Carolyns Mörder fortsetzen. Niemand wird es mir übelnehmen – am wenigsten, so meine ich, Carolyn selbst. Ich habe ihr meine Reverenz längst erwiesen. Allzu deutlich, würde sie vielleicht sagen. Und zu oft. Sie und ich, wir wissen beide, daß ich meine Trauerarbeit bereits geleistet habe.

2

Im Büro schlägt mir jene sonderbare Katastrophenstimmung entgegen, die sich immer einstellt, wenn der gewohnte Alltag aus den Fugen gerät. Die Korridore sind menschenleer, aber die Telefone schrillen ununterbrochen, nervtötend. Zwei Sekretärinnen, die einzigen, die hiergeblieben sind, spurten die Gänge rauf und runter und vertrösten abwechselnd die Anrufer.

In der Bezirksanwaltschaft von Kindle County herrscht selbst an guten Tagen eine bedrückende Atmosphäre. Die meisten Deputys arbeiten zu zweit in einem Büro, in Räumen, so trist und eng wie aus einem Dickens-Roman. Die Bezirksverwaltung von Kindle County wurde 1897 in dem damals aufkommenden Einheitsstil für Fabriken und Schulen errichtet. Der massive Backsteinbau ist mit ein paar dorischen Säulen garniert, damit auch jeder merkt, daß es sich hier um ein öffentliches Gebäude handelt. Drinnen haben die Türstöcke altmodische Querbalken, und die Flügelfenster sind auch nicht gerade das, was man unter architektonisch reizvoll versteht. Die Wände sind in notorischem Krankenhausgrün gestrichen. Am schlimmsten ist das Licht, eine Art gelblicher Tran, wie alter Schellack. Hier also sitzen wir: zweihundert leidgeprüfte arme Individuen, die sich bemühen, mit jedem Verbrechen fertig zu werden, das in unserer eine Million Einwohner zählenden Stadt und dem dazugehörigen County mit einer Bevölkerung von weiteren zwei Millionen verübt wird. Im Sommer stöhnen wir über die tropischschwüle Hitze, während die alten Fensterflügel mit den ewig schrillenden Telefonen um die Wette scheppern. Im Winter, wenn die Heizung zischt und faucht, scheint das Tageslicht die Dunkelheit nie ganz verdrängen zu können. So sieht Rechtspflege im Mittelwesten aus.

In meinem Büro wartet Lipranzer; wie der Bösewicht in einem Gangsterfilm hockt er hinter der Tür.

»Na, alle tot und begraben?« fragt er.

Ich gratuliere ihm zu seinem Zartgefühl und werfe meinen Mantel achtlos auf einen Stuhl. »Übrigens, wo haben Sie eigentlich gesteckt? Jeder Cop ab fünf Dienstjahren war da.«

»Bin kein Freund von Beerdigungen«, gibt Lipranzer lakonisch zur Antwort. Ich finde, wenn ein Detective von der Mordkommission etwas gegen Begräbnisse hat, kommt das nicht von ungefähr, aber da ich den Bezug nicht gleich herstellen kann, verfolge ich den Gedanken auch nicht weiter. Leben am Arbeitsplatz: Wie viele Signale verborgener Sinnwelten entgehen mir nicht im Laufe eines Tages! Dellen in der Oberfläche, Schatten nur, vorbeihuschende Lemuren.

Gewaltsam konzentriere ich mich auf das, was ansteht. Auf meinem Schreibtisch finde ich eine Aktennotiz von Lydia MacDougall, der Personaldezernentin, und einen Umschlag, den Lipranzer mitgebracht hat. Macs Anfrage lautet kurz und bündig: »Wo steckt Tommy Molto?« Mir fällt ein, daß wir trotz unseres massiven Verdachts einer politischen Intrige das Nächstliegende nicht versäumen dürfen: Jemand sollte in den Krankenhäusern nachfragen und Tommys Wohnung aufsuchen. Eine Deputy der Bezirksanwaltschaft ist bereits tot. Darauf bezieht sich Lipranzers Umschlag. Der Aufkleber stammt vom Polizeilabor: TÄTER: UNBEKANNT. OPFER: C. POLHEMUS.

»Haben Sie gewußt, daß unsere teure Verstorbene einen Erben hinterläßt?« frage ich, während ich nach dem Brieföffner suche.

»Ach, du dickes Ei.«

»Ein Junge. Sah aus wie achtzehn, zwanzig. Er war auf der Beerdigung.«

»Ach, du dickes Ei«, sagt Lip zum zweitenmal. Er steckt sich eine Zigarette an und überdenkt die Sache. »Man sollte meinen, wenigstens auf 'ner Beerdigung wär' man vor Überraschungen sicher.«

»Einer von uns sollte mit dem Jungen reden. Er studiert hier an der Uni.«

»Besorgen Sie mir die Adresse, und ich werd' hingehen. ›Für Horgans Jungs tun wir alles.‹ Diesen Mist hat Morano mir erst heut morgen wieder vorgekaut.« Morano ist der Polizeichef, ein Bundesgenosse Bolcarros. »Der wartet doch bloß drauf, daß Raymond auf'n Arsch fällt.«

»Der und Nico. Bin Delay vorhin direkt in die Arme gelaufen.« Ich erzähle Lip von unserer Begegnung. »Nico is' wirklich auf'm Größenwahnsinnstrip. Für'n Moment hat er sogar mich eingewickelt.«

»Er wird besser abschneiden, als die Leute glauben. Und dann werden *Sie* sich in den Hintern beißen, weil Sie nicht gegen ihn angetreten sind.«

»Das hat Nico auch gesagt.«

»Dann muß es ja stimmen.«

Ich schneide eine Grimasse: Wer weiß? Bei Lip genügt das völlig. Vor dem fünfzehnten Klassentreffen schickte man mir einen Bogen mit einer Menge persönlicher Fragen, die zu beantworten mir nicht eben leichtfiel. Welchen lebenden Amerikaner bewundern Sie am meisten? Was halten Sie für Ihr hervorstechendstes körperliches Merkmal? Nennen Sie Ihren besten Freund und charakterisieren Sie ihn! Über dieser Frage brütete ich eine ganze Weile, aber schließlich setzte ich Lipranzers Namen ein. »Mein bester Freund«, schrieb ich, »ist Polizist. Er ist eins achtundsechzig groß, wiegt nach einer kräftigen Mahlzeit hundertzehn Pfund, hat eine Frisur wie 'n Entensterz und den lauernden Blick eines Schmalspurganoven, wie man ihn von herumstreunenden Kindern kennt. Er raucht zwei Päckchen Camel pro Tag. Ich weiß nicht, was wir gemeinsam haben, aber ich bewundere ihn. Auf seinen Job versteht er sich wie kein zweiter.«

Vor sieben oder acht Jahren haben unsere Wege sich zum erstenmal gekreuzt. Ich war damals gerade zur Abteilung Gewaltverbrechen versetzt worden, und er hatte kurz zuvor beim Morddezernat angefangen. Seitdem haben wir zusammen ein gutes Dutzend Fälle bearbeitet, aber in mancher Hinsicht stellt er für mich immer noch ein Rätsel dar, vielleicht sogar eine Bedrohung. Sein Vater war Streifenpolizist in einem Bezirk im West End, und als der alte Herr starb, ging Lip vom College ab, um seinen Platz einzunehmen, der ihm aufgrund einer Art beruflichen Erstgeburtsrechts gewissermaßen zustand. Doch für einen, der aus einer Polizistenfamilie stammt, ist er ein ziemlich unkonventioneller Cop. Er arbeitet meistens allein; will seine Informanten mit keinem anderen teilen, um sie nicht zu gefährden. Im übrigen würde sich kein normaler Mensch darum reißen, Lipranzers zwielichtige Treffpunkte zu

frequentieren. Mittlerweile ist er für die Staatsanwaltschaft freigestellt worden, zur besonderen Verwendung, wie das in der Amtssprache heißt. Auf dem Papier hat er die Aufgabe, als polizeilicher Verbindungsmann zu agieren, der in Mordfällen von speziellem Interesse für unser Büro die Ermittlungen koordiniert. In der Praxis operiert er einsam wie ein Steppenwolf. Sein direkter Vorgesetzter ist ein gewisser Captain Schmidt, dem es bloß darum geht, am Ende des Haushaltsjahres seine sechzehn Mordverdächtigen hinter Schloß und Riegel zu haben. Lip ist meist allein, treibt sich in Bars herum oder auf den Verladedocks und bechert mit jedem, der einen guten Tip zu verkaufen hat: mit Ganoven, Reportern, Schwulen, V-Männern von der Bundespolizei, kurz, mit allen, die ihn über die großen Fische auf dem laufenden halten. Lipranzer ist ein Gelehrter in Sachen Unterwelt. Mit der Zeit habe ich begriffen, daß die unheimliche Last dieser Informationen schuld ist an seinem triefäugig-brütenden Blick.
Ich halte noch immer den Umschlag in der Hand. »Also was haben wir da?« frage ich.
»Pathologischer Befund. Tatortprotokoll in dreifacher Ausführung. Stapel Fotos von 'ner nackten Frauenleiche.« Das Protokoll kann ich mir sparen, denn mit den Beamten von der Spurensicherung habe ich schon gesprochen. Also mache ich mich an den Bericht des Polizeiarztes Dr. Kumagai, eines irren kleinen Japaners, der einem Propagandastreifen der vierziger Jahre entsprungen sein könnte. Wir haben ihm den Spitznamen Painless gegeben, Mr. Schmerzlos, was natürlich ironisch zu verstehen ist, denn er gilt als notorischer Schlächter. Kein Ankläger ruft ihn in den Zeugenstand, ohne sich selber die Daumen zu drücken.
»Und was ist der Knüller? Sperma in sämtlichen Löchern?«
»Nein, bloß da, wo's reingehört. Die Lady starb an einer Hirnblutung infolge Schädelbruch. Nach den Fotos könnte man denken, sie wär' erwürgt worden, aber Painless sagt, sie hätte Luft in der Lunge. Wie auch immer, der Typ muß ihr ordentlich eine übergebraten haben. Painless hat keinen Schimmer, womit. Aber schwer muß das Ding gewesen sein, meint er. Und verdammt hart.«

»Ich nehme doch an, wir haben die Wohnung nach einer Mordwaffe durchsucht?«
»Die ganze Bude haben wir auf den Kopf gestellt.«
»Und? Fehlt denn nichts, was in Frage kommt? Kerzenleuchter? Buchstützen?«
»Nix. Drei Teams hab' ich da durchgejagt – jedesmal Fehlanzeige.«
»Also war unser Mann vorbereitet. Hatte sich schon vor seinem Besuch drauf eingestellt, mal kräftig hinzulangen.«
»Möglich wär's. Oder er hat das Ding mitgehen lassen. Mir kommt es nicht so vor, als wär' der Typ schon mit was angetanzt. Wie's aussieht, hat er bloß zugeschlagen, um sie ruhigzustellen – daß er sie kaltgemacht hat, ist ihm gar nicht aufgegangen. Ich finde – und wenn Sie sich die Fotos ansehen, werden Sie's auch feststellen –, so wie die Fesseln angebracht waren, gibt's nur eins: Der Kerl hat sich zwischen ihre Beine gerammt und versucht, sie mit seinem Gewicht zu ersticken. Sind schließlich lauter Laufknoten. Ich meine«, sagt Lipranzer, »er hat versucht, sie totzuficken.«
»Entzückend.«
»Das können Sie laut sagen. Muß ein ganz entzückender Kunde sein, mit dem wir's hier zu tun haben.« Einen Moment lang schweigen wir beide, dann fährt Lipranzer fort. »An ihren Armen und Händen ist nicht eine Schramme, keine blauen Flecken, nichts.« Demnach scheint kein Kampf stattgefunden zu haben, bevor Carolyn gefesselt wurde. »Die Schädelverletzung ist hinten rechts. Er muß ihr also erst von hinten den Schlag verpaßt und sie dann anschließend gefesselt haben. Bloß komisch, daß er sie zuvor kaltgemacht hat. Solche Schweine sind meistens scharf drauf, daß die Weiber auch mitkriegen, was sie anstellen.«
Ich zucke mit den Achseln. Da bin ich mir nicht so sicher.
Als erstes ziehe ich die Fotos aus dem Umschlag. Tadellose Aufnahmen, farbig, gestochen scharf. Carolyn wohnte am Hafen in einem ehemaligen Lagerhaus, umgewandelt in Eigentumswohnungen, die als Lofts verscherbelt wurden – der letzte Schrei. Sie hatte die riesige Wohnfläche mit chinesischen Wandschirmen und flauschigen Teppichen unterteilt. Ihr

Geschmack tendierte zur Moderne, allerdings mit einem eleganten Touch ins Klassische. Ermordet wurde sie offenbar gleich vor dem Eingang zur Küche, in einem Geviert, das sie als Wohnzimmer eingerichtet hatte. Eine Gesamtaufnahme von diesem Trakt liegt obenauf. Die dicke Glasplatte eines Couchtisches mit ihren grünen Kanten ist von den Messingstützen gekippt; ein Sitzelement liegt umgestürzt am Boden. Doch aufs Ganze gesehen gebe ich Lip recht. Hier sind längst nicht so viele Spuren eines Kampfes auszumachen wie in anderen Fällen, sieht man von dem Blutfleck ab, der sich in die Fasern des Flokati-Teppichs eingesogen hat und dessen Form an eine große rote Wattewolke erinnert. Ich blicke auf. Den Fotos von der Leiche fühle ich mich im Moment noch nicht gewachsen.
»Was hat Painless sonst noch für uns?« frage ich.
»Unser Typ war ein Blindgänger.«
»Was?«
»Sie haben schon richtig gehört. Passen Sie auf, das wird Ihnen gefallen.« Lipranzer tut sein Bestes, um Kumagais Analyse des sichergestellten Spermas möglichst wortgetreu wiederzugeben. Da kaum Samen in die Schamlippen zurückgesickert ist, kann Carolyn nach dem Verkehr nicht lange auf den Beinen gewesen sein. Auch daraus schließen wir, daß die Vergewaltigung und ihr Tod zeitlich annähernd zusammenfallen. Am ersten April hatte sie das Büro kurz nach sieben verlassen. Kumagai zufolge ist der Tod gegen neun Uhr eingetreten.
»Also zwölf Stunden ehe die Leiche gefunden wurde«, sagt Lip.
»Painless meint, bei dieser Zeitspanne müßte man normalerweise unterm Mikroskop noch was von dem Kerl seinen geschwänzten Dingern finden, wie sie in die Eileiter und in die Gebärmutter schwimmen. Aber dem sein Saft ist mausetot. Nix ist nirgendwohin gewandert. Painless glaubt, der Typ ist steril. Kann passieren, wenn einer mal Mumps hatte, sagt er.«
»Also suchen wir nach einem kinderlosen Lustmörder, der als Junge Ziegenpeter hatte?«
Lipranzer hebt die Schultern.
»Painless will die Samenprobe ins gerichtsmedizinische Labor schicken. Vielleicht können die ihm weiterhelfen.«
Ich stöhne bei dem Gedanken, daß Painless sich in die höheren

Regionen der Chemie versteigt. »Können wir keinen brauchbaren Pathologen auf den Fall ansetzen?«
»Sie haben doch Painless«, sagt Lip mit Unschuldsmiene.
Ich stöhne noch einmal und blättere weiter in Kumagais Bericht.
»Wie steht's mit Sekreten?« frage ich. Zur Identitätssicherung gehört neben der Blutgruppenbestimmung auch die Analyse des Sekretor-Systems, der Fähigkeit zur Bildung wasserlöslicher Blutgruppenantigene, die mit der Körperflüssigkeit ausgeschieden werden.
Lip nimmt mir den Bericht aus der Hand. »Haben wir. Ja.«
»Blutgruppe?«
»A.«
»Ach«, sage ich. »Ausgerechnet meine.«
»Ist mir auch aufgefallen. Aber Sie haben ein Kind.«
Ich rühme abermals sein Zartgefühl. Er macht sich nicht die Mühe, darauf zu antworten. Statt dessen steckt er sich eine neue Zigarette an und schüttelt den Kopf.
»Ich kapier's einfach nicht«, sagt er. »Ist 'ne verdammt irre Kiste. Ich werd' das Gefühl nicht los, daß wir irgendwas übersehen haben.«
Also stürzen wir uns erneut auf das bevorzugte Gesellschaftsspiel der Ermittlungsbeamten: wer und warum. Lipranzer hatte von Anfang an den Verdacht, Carolyns Mörder sei unter den Typen zu suchen, die sie überführt hat. Das ist der Alptraum jedes Anklägers: die langgehegte Rache eines Gauners, den man einmal in den Knast geschickt hat. Kurz nachdem ich dem Geschworenengericht zugeteilt worden war, nahm ein Junge namens Pancho Mercado Anstoß – so stand es in den Zeitungen – an meinem Schlußplädoyer, in dem ich die Männlichkeit eines Menschen in Frage gestellt hatte, der seinen Lebensunterhalt damit verdient, daß er siebenundsiebzigjährige Greise mit der Pistole bedroht. Pancho mit seinen eins zweiundachtzig und gut zweihundert Pfund Lebendgewicht hechtete über die Brüstung und jagte mich durchs ganze Gerichtsgebäude, ehe er in der Kantine von der MacDougall im Rollstuhl zur Strecke gebracht wurde. Die ganze Chose landete auf Seite drei der »Tribune«, mit der lächerlichen Schlagzeile: BEHINDERTE RET-

tet in Panik geratenen Staatsanwalt. So ähnlich jedenfalls. Barbara, meine Frau, bezeichnet dies gern als meinen ersten berühmten Fall.

Carolyn hatte sich noch mit ganz anderen Typen als Pancho herumschlagen müssen. Etliche Jahre hatte sie das Ressort Notzucht und Vergewaltigung geleitet. Schon der Name sagt, worum es in dieser Abteilung geht, bei der so gut wie alle Sexualverbrechen hängenbleiben, einschließlich Kindesmißhandlung. In einem Fall, auf den ich mich besinne, hatte eine *ménage-à-trois* unter Männern sich in die Wolle gekriegt, und das Ende vom Lied war, daß der Kronzeuge eine Glühbirne tief im Rektum stecken hatte. Lipranzer vertritt die These, ein Triebtäter, den Carolyn vor Gericht brachte, habe mit ihr abgerechnet.

Folglich einigen wir uns darauf, Carolyns Prozeßliste durchzugehen, um festzustellen, ob sie gegen jemanden verhandelt – oder auch nur ermittelt – hat, dessen Verbrechen halbwegs dem gleicht, das vorgestern nacht verübt wurde. Ich erkläre mich bereit, die Akten in Carolyns Büro zu überprüfen. Auch im Computer der staatlichen Ermittlungsbehörden sind Sittlichkeitsverbrecher gespeichert, und Lip will rauskriegen, ob es da einen Querverweis auf Carolyns Namen gibt oder auf die Masche mit dem Fesseln.

»Welche Spuren verfolgen wir bis jetzt?«

Lipranzer zählt sie mir auf. Die Nachbarn hat man alle am Tag nach dem Mord vernommen, aber Lip und ich sind uns einig, daß dies vermutlich nur oberflächliche Verhöre waren und daß die Leute von der Mordkommission sich noch mal jeden Anwohner des Karrees vorknöpfen sollten. Diesmal wird man die Befragung auf den Abend legen, damit die Nachbarn, die sich zur Mordzeit in ihrer Wohnung aufhielten, auch zu Hause sind.

»Wir haben die Aussage von 'ner Frau, die auf der Treppe einem Kerl im Regenmantel begegnet ist.« Lip blickt in sein Notizbuch. »Eine Mrs. Krapotnik. Sie sagt, er kam ihr schon irgendwie bekannt vor, aber sie glaubt nicht, daß er da wohnt.«

»Die Fritzen von der Spurensicherung haben die Wohnung doch als erste abgegrast, stimmt's? Wann hören wir von denen?« Diese Spezialabteilung, kurz Haar & Faser genannt, hat die groteske Pflicht, die Leiche abzusaugen, den Tatort mit der Pinzette abzusuchen und jedes Indiz, das ihnen unterkommt, minutiös zu analysieren. Oft können sie die Haarfarbe des Täters ermitteln oder genaue Angaben über seine Kleidung machen.

»Das dürfte 'ne Woche, maximal zehn Tage dauern. Die Jungs versuchen vor allem, was über den Strick rauszukriegen, mit dem sie gefesselt wurde. Ansonsten haben sie jede Menge Fusseln am Fußboden gefunden, aus denen sich vielleicht was machen läßt. Ein paar Haare sind auch dabei, aber längst nicht so viele, wie wenn ein Kampf stattgefunden hätte.«

»Wie steht's mit Fingerabdrücken?«

»Die Jungs haben den ganzen Laden eingepudert.«

»Den Glastisch hier auch?« Ich zeige Lip das Foto.

»Klar.«

»Und? Was gefunden?«

»Ja.«

»Analyse?«

»Vorläufig.«

»Na, und wer hat sich da verewigt?«

»Carolyn Polhemus.«

»Großartig.«

»Ganz so schlimm ist's auch wieder nicht.« Lip nimmt mir die Fotos aus der Hand und sucht ein bestimmtes heraus. »Sehen Sie den Barschrank da? Und das Glas auch?« Ein hohes Glas steht unbeschadet auf der Platte. »Auf dem waren auch Abdrücke. Drei Stück. Und die stammen nicht von der Toten.«

»Haben wir schon irgendeinen Hinweis darauf, von wem diese Abdrücke sein könnten?«

»Nein. Der Erkennungsdienst ist drei Wochen im Rückstand.«

Der polizeiliche Erkennungsdienst führt eine Kartei sämtlicher Personen, deren Fingerabdrücke je aufgenommen wurden, geordnet nach sogenannten Vergleichspunkten, den Strukturen der Hautleisten einer Fingerkuppe, die zahlenmäßig aufgeschlüsselt sind. Früher konnte man einen unbekannten Abdruck nur dann identifizieren, wenn alle zehn Finger Spuren hinterlassen hatten, woraufhin dann der Erkennungsdienst den

Katalogbestand durchackerte. Heute, im Computerzeitalter, sichtet und vergleicht man maschinell. »Ich hab' den Knaben gesagt, sie sollen Dampf dahintermachen, aber die wimmeln mich einfach ab mit ihrem Fachchinesisch. Ein Anruf vom Staatsanwalt wär' da ganz hilfreich. Verklickern Sie denen, sie sollen die Abdrücke mit jedem Saukerl vergleichen, der im County registriert ist. Mit jedem! Ihre ganze Kartei sollen sie durchsieben.«

Ich mache mir eine Notiz.

»Und wir brauchen eine Aufstellung ihrer Telefonate.« Lipranzer deutet auf meinen Block. Es ist zwar nicht allgemein bekannt, aber im Computer der Telefongesellschaft sind auch die Ortsgespräche der meisten Privatanschlüsse gespeichert. Ich schreibe die Subpoena Duces Tecum aus, eine Anweisung zur Vorlage von Dokumenten. »Verlangen Sie gleich die Liste aller Nummern, die sie in den letzten sechs Monaten angerufen hat«, sagt Lip.

»Mann, die kriegen einen Koller. Da kommen mindestens zweihundert Anschlüsse zusammen.«

»Dann eben jeden, mit dem sie dreimal oder öfter telefoniert hat. Ich meld' mich bei denen wegen der Liste. Aber beantragen Sie sie gleich, damit ich mir nicht die Hacken ablaufen muß, bis Sie mir noch mal so einen Subpoena-Wisch ausstellen.«

Ich nicke, denke nach.

»Wenn Sie sechs Monate zurückgehen, dann stoßen Sie wahrscheinlich auch auf diese Nummer.« Ich deute auf den Apparat auf meinem Schreibtisch.

Lipranzer schaut mir fest in die Augen und sagt: »Ich weiß.«

Er weiß es also, denke ich. Das muß ich erst mal verdauen. Wie er's wohl rausgekriegt hat? Die Leute machen sich vermutlich so ihre Gedanken. Sie tratschen. Außerdem fallen Lip ohnedies Sachen auf, für die andere blind und taub sind. Ich bezweifle, daß er mein Verhalten billigt. Er ist ledig, aber Weibergeschichten hat er keine. Es gibt da eine Polin, gut zehn Jahre älter als er, eine Witwe mit erwachsenem Sohn, die zwei-, dreimal die Woche für Lipranzer kocht und mit ihm schläft. Am Telefon nennt er sie Momma.

»Hören Sie«, sage ich, »wo wir schon mal bei dem Thema

sind... also Carolyn versperrte immer Türen und Fenster.« Ich bringe das mit bewundernswertem Gleichmut vor. »Ich meine wirklich: immer. Sie war ein bißchen gaga, aber durchaus erwachsen. Carolyn wußte, daß sie in der Großstadt lebt.« Lipranzers Blick konzentriert sich langsam, und in seine Augen tritt ein metallischer Glanz. Die Wichtigkeit meiner Erklärung ist ihm nicht entgangen, und die Tatsache, daß ich so lange damit hinterm Berg gehalten habe, anscheinend ebensowenig.

»Also, was stellen Sie sich vor?« fragt er nach einer Weile.

»Daß einer durch ihre Bude getigert ist und die Fenster aufgerissen hat?«

»Wär 'ne Möglichkeit.«

»Damit es aussieht wie ein Einbruch? Und in Wirklichkeit hat sie den Kerl selber reingelassen?«

»Klingt das nicht plausibel? Sie haben mich doch drauf gestoßen, daß dieses Glas auf der Theke stand. Carolyn hatte also Besuch. Auf einen übergeschnappten Exknacki würde ich mich allerdings nicht versteifen.«

Lip starrt auf seine Zigarette. Durch die offene Tür sehe ich, daß Eugenia, meine Sekretärin, wieder da ist. Stimmen hallen über den Korridor; die Leute kommen vom Friedhof zurück, einzeln oder in Gruppen. Es wird viel gelacht, verkrampft und erleichtert zugleich.

»Nicht unbedingt«, sagt er endlich. »Nicht bei Carolyn Polhemus. War 'n lockerer Vogel, die Lady.« Wieder mißt er mich mit diesem durchdringenden Blick.

»Aber Sie halten es für möglich, daß Carolyn 'nen Kerl, den sie hinter Schloß und Riegel gebracht hat, in ihre Wohnung ließ?«

»Ich finde, bei der Dame ist alles drin. Angenommen, sie trifft so einen Typen in 'ner Bar – rein zufällig. Oder jemand hat sie angerufen und gesagt: ›Trinken wir doch einen zusammen!‹ Sind Sie wirklich sicher, daß die Lady sich auf so was nicht eingelassen hätte? Wir reden hier von Carolyn, Mann!«

Mir ist klar, worauf Lip hinauswill. Die ehrenwerte Frau Staatsanwalt, Vertreterin der bürgerlichen Ordnung, vögelt mit Kriminellen und lebt ihre verbotenen Träume aus. Lip hat sie ziemlich gut durchschaut. Carolyn Polhemus hätte es ganz und gar nicht gestört, wenn so ein Macker sich in Gedanken mit

ihr beschäftigt hätte. Aber irgendwie macht dieses Gespräch mich hundeelend.
»Sie hatten nicht viel für sie übrig, was, Lip?«
»Viel nicht, nein.« Wir sehen einander an. Dann beugt Lipranzer sich vor und klopft mir aufs Knie. »Eins steht auf alle Fälle fest«, sagt er. »In puncto Männer hatte sie einen saumäßigen Geschmack.«
Das ist sein Stichwort für den Abgang. Er steckt seine Packung Camel in die Jackentasche, und weg ist er.
Ich rufe zu Eugenia raus, daß sie keine Gespräche durchstellen soll. Jetzt, da ich ein paar Minuten ungestört bin, wage ich mich an die Fotos. Während ich sie durchsortiere, konzentriere ich mich in erster Linie auf mich selbst. Wie werde ich das verkraften? Energisch wappne ich mich mit berufsmäßiger Gelassenheit.
Aber die hält natürlich nicht lange vor. Man könnte das, was in mir vorgeht, am ehesten mit dem Entstehen jenes Netzwerks haarfeiner Risse vergleichen, die beim Brennen von Keramiken in der Glasur auftreten. Zunächst meldet sich Erregung, zögernd und doch nachdrücklich. Auf den ersten Bildern quetscht die schwere umgekippte Tischplatte ihre Schulter ein, so daß man fast glauben könnte, ein Demonstrationsdia des Labors vor sich zu haben. Aber die Platte ist bald weggeräumt. Und da liegt Carolyns sagenhaft geschmeidiger Körper in einer Pose, die trotz der furchtbaren Schmerzen, die sie ausgestanden haben muß, auf den ersten Blick sportlich und agil scheint. Ihre Beine sind schlank und wohlgeformt; der Busen ist voll und doch straff. Selbst im Tod hat sie ihre erotische Ausstrahlung nicht verloren. Aber langsam geht mir auf, daß diese Reaktion wohl von früheren Eindrücken geprägt sein muß. Denn was ich tatsächlich vor mir sehe, ist einfach grauenhaft. Gesicht und Hals sind durch purpurne Male entstellt. Ein Strick führt von den Knöcheln über die Knie hinauf zur Taille und um die Handgelenke; dann ist er am Hals fest zugezurrt, so brutal, daß der Knoten die Haut wund gescheuert hat. Ihr Körper ist qualvoll häßlich nach hinten gekrümmt, das Gesicht grausam verzerrt. Die Augen, durch den Erdrosselungsversuch geweitet wie bei einem Basedow-Kranken, sind aus den Höhlen getreten,

und ihr Mund ist in stummem Schrei erstarrt. Ich betrachte das Bild, mustere es eingehend. In ihrem Blick spiegelt sich jenes verstörte, ungläubige, verzweifelte Etwas, das mich so erschreckt, wenn ich einmal den Mut finde, in die großen, schwarzen Augen eines gestrandeten Fisches zu schauen, der auf dem Pier verendet. Jetzt konstatiere ich dieses Etwas mit der gleichen verständnislos ehrfürchtigen Scheu. Und dann kommt das Ärgste: Nachdem der ganze Dreck von der Schatzkiste meiner Erinnerungen abgekratzt ist, steigt etwas empor, unbehelligt von Scham oder auch nur Furcht, steigt auf wie eine Seifenblase, so leicht, und ich muß schließlich erkennen, daß es Genugtuung ist, ein Gefühl, gegen das alle Vorhaltungen über die Niedertracht meines Charakters machtlos sind. Carolyn Polhemus, diese Festung aus Anmut und Stärke, liegt hier vor meinen Augen mit einem Blick, den sie im Leben nie hatte. Jetzt endlich erkenne ich ihn. Sie will mein Mitleid. Sie braucht meine Hilfe.

3

Als es endgültig aus war, suchte ich einen Psychiater auf. Robinson hieß er.

»Ich würde sagen, sie ist die aufregendste Frau, der ich je begegnet bin«, sagte ich zu ihm.

»Sexy?« fragte er nach einer Weile.

»Sexy, ja. Sehr sogar. Blonde Mähne, fast kein Hintern und dazu dieser pralle Busen. Und lange rote Fingernägel hat sie. Also sie ist ausgesprochen sexy, ganz bewußt, aber auch mit 'nem Schuß Ironie. Man muß es einfach merken. So ist das mit Carolyn. Sie legt's drauf an, daß man's merkt. Und ich hab' angebissen. Sie arbeitet schon seit Jahren bei uns. Vor ihrem Jurastudium war sie Bewährungshelferin. Aber zuerst, da hat sie mir nichts weiter bedeutet. Verstehn Sie: Ich sah in ihr bloß diese auffallend hübsche Blondine mit den großen Titten. Jeder Cop, der zu uns reinkam, verdrehte die Augen und tat so, als holte er sich einen runter. Und damit hatte sich's. Nach 'ner Weile fingen die Leute an, über sie zu reden. Schon als sie noch in den unteren Abteilungen arbeitete: das reinste Energiebündel, hieß es. Irre tüchtig. Dann hatte sie eine Zeitlang was mit diesem Nachrichtenfritzen von Channel 3. Chet Sowieso. Und sie mischte überall mit. Engagierte sich in den Anwaltsvereinen. Gehörte vorübergehend zum Ortsgruppenvorstand des Nationalen Frauenbundes. Und gewieft war sie! Auf eigenen Wunsch ließ sie sich zur Sitte versetzen, damals, als kein Mensch in dem beschissenen Laden arbeiten wollte. All diese unmöglichen Wie-du-mir-so-ich-dir-Fälle, wo man nie durchblickt, wer näher an der Wahrheit ist, das Opfer oder der Angeklagte. Da ist echte Knochenarbeit angesagt. Schon schwer genug, die Fälle rauszupicken, bei denen sich's lohnt, einen Prozeß anzustrengen, von gewinnen ganz zu schweigen. Aber Carolyn hat sich wirklich durchgesetzt. Schließlich übertrug Raymond ihr die Leitung aller einschlägigen Verfahren. Er schickte sie mit Vorliebe zu diesen Sonntagmorgensendungen im Fernsehen, wo sie Leute aus dem öffentlichen Dienst vorstellen und über ihre Aufgaben ausquetschen. Damit konnte er sein Interesse an Frauenproblemen dokumentieren. Und Carolyn machte es Spaß, auf dem Bildschirm die Fahne zu schwenken. Sie sonnte sich im Rampenlicht. Aber im Gerichtssaal war sie einsame Spitze. Und verdammt zäh. Die Strafverteidiger jammerten, sie habe einen Komplex, versuche ihren Penisneid zu kompensieren oder so was. Doch die Polizisten gingen für sie durchs Feuer. Ich weiß nicht genau, was ich damals von ihr hielt. Vermutlich kam sie mir einfach eine Nummer zu groß vor.«

Robinson sah mich an.

»Ja, zu groß – in jeder Beziehung«, sagte ich. »Sie wissen schon. Zu frech. Zu aufgeblasen. Immer einen Zahn zuviel drauf. Sie hatte keinen rechten Sinn für Proportionen.«

»Und«, leitete Robinson zum Nächstliegenden über, »Sie verliebten sich in sie.«

Wahnsinnig, hoffnungslos, wie besessen.

»Ich verliebte mich in sie«, sagte ich.

Raymond war der Ansicht, sie brauche einen Partner, also fragte er mich. Das war letztes Jahr im September.

»Hätten Sie nein sagen können?« wollte Robinson wissen.

»Wahrscheinlich schon. Der Erste Deputy führt in der Regel kaum Prozesse. Ich hätte also nein sagen können.«

»Aber?«

Aber ich sagte ja.

Denn, so redete ich mir damals ein, es war ein interessanter Fall. Und ein merkwürdiger obendrein. Darryl McGaffen war Bankier. Er arbeitete für seinen Bruder Joey, einen Gangster, eine schillernde Persönlichkeit, knallhart und immer obendarauf, ein Typ, dem es richtig Spaß machte, die Zielscheibe aller Vollzugsbeamten der Stadt zu sein. Joey benutzte die Bank seines Bruders draußen in McCrary als Geldwaschanlage, hauptsächlich für die Beute aus Raubüberfällen. Aber das machte er im Alleingang. Darryl hielt sich im Hintergrund und seine Konten in Ordnung.

Darryl war so unscheinbar wie Joey auffallend. Ein Durchschnittsmensch. Er wohnte in einem Vorort westlich von McCrary, war verheiratet und hatte ein ziemlich tragisches Schicksal hinter sich. Sein erstes Kind, ein Mädchen, war mit drei Jahren gestorben. Ich wußte darüber Bescheid, weil Joey seinerzeit vor den Geschworenen bezeugt hatte, daß seine Nichte im Haus seines Bruders vom Balkon gefallen sei. Fast überzeugend hatte Joey damals erklärt, dieses schreckliche Unglück – angeblich hatte die Kleine sich bei dem Sturz das Genick gebrochen und war auf der Stelle tot – habe ihn zutiefst erschüttert, weshalb auch seine Urteilskraft getrübt gewesen sei, als vier geheimnisvolle Burschen gewisse Pfandbriefe in seiner Bank deponierten, die sich, zu Joeys großem Kummer, als gestohlen erwiesen. Joey rang die Hände, als er von dem Mädchen sprach. Er betupfte beide Augen mit einem seidenen Einstecktuch.

Darryl und seine Frau hatten noch ein Kind, einen Sohn namens Wendell. Als Wendell fünf Jahre alt war, erschien seine Mutter mit ihm in der Notaufnahme der West-End-Pavilion-Klinik. Der Junge war bewußtlos, seine Mutter hysterisch, denn ihr Kind war unglücklich gestürzt und hatte sich dabei schwere Kopfverletzungen zugezogen. Die diensthabende Ärztin – Dr. Narajee, eine junge Inderin – untersuchte den Jungen. Die Mutter behauptete, er sei noch nie im Krankenhaus gewesen, doch Dr. Narajee meinte sich zu erinnern, das Kind im Jahr zuvor schon einmal behandelt zu haben. Sie forderte das Krankenblatt an und stellte fest, daß der Kleine sogar schon zweimal dagewesen war, einmal mit einem gebrochenen Schlüsselbein und das andere Mal mit einem gebrochenen Arm. Beide Male hatte die Mutter angegeben, ihr Sohn sei hingefallen. Im Augenblick war das Kind ohne Bewußtsein, und daß es reden würde, war ohnehin unwahrscheinlich. Also befaßte die Ärztin sich noch einmal eingehend mit seinen Verletzungen. Bei ihrer späteren Aussage gab sie zu Protokoll, zuerst habe sie nur bemerkt, daß die Wunden zu symmetrisch und gleichförmig am Kopf verteilt waren, als daß sie von einem Sturz herrühren konnten. Wieder und wieder untersuchte Dr. Narajee die klaffenden Risse, fünf Zentimeter lang und zwei Zentimeter breit, zu beiden Seiten des Kopfes. Dann endlich hatte sie das Rätsel gelöst. Sie rief Carolyn Polhemus im Büro der Staatsanwaltschaft an und teilte ihr mit, sie behandele ein Kind mit Schädelverletzungen, die allem Anschein daher rührten, daß seine Mutter den Kopf des Jungen in einen Schraubstock gespannt habe.

Carolyn besorgte sich auf der Stelle einen Durchsuchungsbefehl. Das Foltergerät, an dem noch Hautfetzen klebten, wurde im Keller der McGaffens sichergestellt. Ein Spezialist untersuchte das bewußtlose Kind und entdeckte verheilte Wunden im Anus, die man ihm offenbar mit brennenden Zigaretten beigebracht hatte. Und dann wartete die Staatsanwaltschaft ab, was mit dem Jungen werden würde. Er kam durch.

Inzwischen war Wendell der Obhut des Gerichts übergeben worden. Doch dann geriet unser Amt unter Beschuß. Denn Darryl McGaffen stellte sich schützend vor seine Frau. Sie sei eine liebevolle und zärtliche Mutter. Nur ein Wahnsinniger könne behaupten, sie hätte ihrem Kind etwas zuleide getan. Er habe selbst gesehen, wie der Junge gefallen sei, sagte McGaffen, ein furchtbarer Unfall, eine Tragödie, grausam verschlimmert durch diesen Alptraum, daß Ärzte und Anwälte solch ein hirnverbranntes Komplott schmiedeten, um ihnen ihr krankes Kind wegzunehmen. Sehr gefühlvoll. Sehr gut inszeniert. Joey sorgte dafür, daß die Kameras bereitstanden, als sein Bruder das Gerichtsgebäude betrat, und er ließ Darryl sagen, Raymond Horgan führe eine Vendetta gegen seine Familie. Zunächst war Raymond entschlossen, sich der Herausforderung zu stellen und selbst als Ankläger aufzutreten. Aber als Joey die Kampagne immer mehr anheizte, gab er den Fall an Carolyn zurück und empfahl ihr angesichts des Presserummels, sich einen ranghöheren Deputy zur Rückendeckung zu holen; jemanden wie mich, dessen Anwesenheit das Engagement der Bezirksanwaltschaft dokumentieren würde. Also fragte sie mich. Und ich sagte zu. Ich redete mir ein, ich täte es Raymond zuliebe.

Die Physiker nennen es die Brownsche Molekularbewegung, jenes Zitterspiel kleinster Teilchen in der Luft. Die Zusammenstöße der Moleküle erzeugen eine Art Summton, ein hohes, fast kreischendes Geräusch, dessen Frequenz an der Grenze unseres akustischen Wahrnehmungsbereichs liegt. Als Kind konnte ich diesen Ton hören, wann immer ich wollte, und zwar auf Kommando. Meistens ignorierte ich ihn, aber hin und wieder erschlaffte meine Willenskraft, und dann schwoll das schrille Summen in meinen Ohren fast bis zum Dröhnen an. Anscheinend verhärten sich während der Pubertät die Knochen im Innenohr, weshalb das Brownsche Klingeln dann nicht mehr wahrgenommen wird. Und das ist auch gut so. Denn inzwischen haben sich andere Zerstreuungen aufgetan. Was mich betrifft, so reagierte ich, seit ich verheiratet war, auf die Reize anderer Frauen meist ähnlich wie auf dieses tägliche Ohrensausen, nämlich überhaupt nicht. Als ich dann mit Carolyn zusammenarbeitete, begannen meine guten Vorsätze zu wanken, und das Summen schwoll an, vibrierte, verdichtete sich zur Melodie.

»Und ich kann Ihnen eigentlich nicht erklären, woran das lag«, sagte ich zu Robinson.

Ich betrachte mich als einen Menschen, der bestimmte Werte hochhält. Meinen Vater habe ich wegen seiner Weibergeschichten immer verachtet. Freitag abends trollte er sich aus dem Haus wie ein streunender Kater, steuerte erst eine Kneipe an und später das Hotel Delaney drüben auf der Western Avenue, das kaum mehr war als eine billige Absteige, mit seinen abgewetzten alten Treppenläufern und dem Benzolgeruch irgendeines chemischen Mittels zur Seuchenbekämpfung. Dort ging mein Vater in Gesellschaft diverser liederlicher Frauenzimmer seinem Vergnügen nach: Tingeltangelmädchen, geile geschiedene Weiber, Ehefrauen, die klammheimlich ein Abenteuer suchten. Vor diesen Freitagabendausflügen aß er mit meiner Mutter und mir zur Nacht. Wir wußten beide, wo er anschließend hinging. Vater summte beim Essen, der einzige annähernd melodische Ton, den wir die ganze Woche von ihm zu hören bekamen.

Dann aber, als ich mit Carolyn zusammenarbeitete, Carolyn mit ihren klirrenden Armreifen und Ohrringen, ihrem zarten Parfüm, den Seidenblusen und dem knallroten Lippenstift, den lackierten Nägeln und diesem wogenden Busen, den langen Beinen und der blonden Mähne, da überwältigte sie mich Zug um Zug – genau in der beschriebenen Reihenfolge, so daß mir schließlich schon heiß wurde, wenn ich bloß ihren Duft an einer Frau wahrnahm, die im Korridor an mir vorbeiging.

»Und ich kann Ihnen beim besten Willen nicht erklären, warum. Vielleicht bin ich gerade deswegen hier. Plötzlich wird eine neue Frequenz hörbar, und alles beginnt zu bersten. Eine Schwingung setzt ein, ein Grundton wird angeschlagen, und inwendig gerät alles ins Wanken. Wir redeten über den Prozeß, unser Leben, alles mögliche, und sie schien mir so erstaunlich vielschichtig zu sein. Sinfonisch. Ja, eine sinfonische Persönlichkeit. Diszipliniert und bezaubernd. Dieses melodische Lachen. Und erst ihr titelseitenreifes Lächeln. Sie war weitaus witziger, als ich erwartet hatte. Sie war hartnäckig, wie man es ihr nachsagte, doch gefühllos schien sie mir nicht.«

Was mich besonders beeindruckte, waren ihre lässig hingeworfenen Bemerkungen und dieser kühl-abschätzende Blick, mit dem sie einen maß, aus Augen, die sich hinter Lidschatten und Eyeliner verbargen. Ob sie nun über Politik sprach, Zeugen oder einen Polizisten unter die Lupe nahm, immer demonstrierte sie einem, wie fest sie alles im Griff hatte. Und für mich war das sehr aufregend, einer Frau zu begegnen, die anscheinend wirklich aufgeklärt und emanzipiert war, die mit Carolyns Tempo durch die Welt marschierte und in der praktisch jeder etwas anderes sah. Vielleicht machte es auch der Kontrast zu Barbara, die sich ganz bewußt völlig anders verhält.

»Da war also diese unerschrockene, gescheite, bildhübsche Frau, hochgelobt und umworben, mit einer Ausstrahlung, als stände sie dauernd unter Strom. Und nach einiger Zeit ertappe ich mich dabei, wie ihr Büro mich magisch anzieht – dieses Büro, das in einer so nüchternen Behörde wie der unseren an sich schon ein kleines Wunder ist, denn Carolyn hat sich die Mühe gemacht, einen Orientläufer anzuschaffen, Topfblumen reinzustellen, dazu ein antikes Bücherregal und einen Empire-Schreibtisch, den sie durch gute Beziehungen zur Verwaltung ergattern konnte. Ich gehe also rüber in ihr Büro und weiß nicht, was ich sagen soll, kriege einfach kein Wort raus. Mir ist heiß, meine Kehle wie ausgedörrt – lauter solch abgegriffene, beschissene Metaphern drängen sich auf –, und ich denke bei mir: Heiliger Bimbam, das gibt's doch nicht! Und vielleicht wäre auch gar nichts passiert, wenn ich um diese Zeit herum nicht bemerkt oder es mir zumindest eingebildet hätte, daß sie anfing, mir Beachtung zu schenken. Auf einmal *sah* sie mich. Oh, ich weiß, das klingt alles nach High-School und Groschenroman. Trotzdem, es ist schon so. Die Leute sehen einander nicht mehr an heutzutage.«

Bei gemeinsamen Zeugenvernehmungen drehe ich mich um, und Carolyn starrt mich an, beobachtet mich mit diesem sanften, fast mitleidigen Lächeln, während ich meine Routine abwickle. Oder in einer Besprechung mit Raymond und all den Bonzen von der Verbrechensbekämpfung: Plötzlich hebe ich den Kopf, weil ich ihren Blick auf mir spüre, und sie fährt fort, mich unentwegt anzuschauen, so daß ich gar nicht anders kann, als mit einem Wink, einer Geste zu reagieren, und sie antwortet – meist mit diesem katzenhaften Lächeln. Und wenn ich gerade mitten in einem Vortrag bin, stocke ich, mein Hirn ist wie leer gefegt, ich sehe nur noch Carolyn, die Gedanken lösen sich auf, ehe ich sie ordnen kann.

»Das war das Schlimmste, ihre unglaubliche Herrschaft über meine Gefühle. Ich gehe unter die Dusche, ich fahre die Straße entlang – Carolyn ist da. Tagträume. Gespräche mit ihr. Ein Film ohne Ende. Sie hat ihren Spaß, ganz zwanglos, ist voller Anerkennung – und die gilt mir. Mir! Ich kann kein vernünftiges Telefongespräch mehr führen; ich kann weder ein Memorandum lesen noch mich auf einen Schriftsatz konzentrieren.«

Und diese Besessenheit, die sich nicht abschütteln läßt, geht einher mit Herzflattern, brennenden Eingeweiden, trotzigem Widerstand und Zweifel. Ich versuche, so zu tun, als sei gar nichts passiert, nur eine pubertäre Schwärmerei, weiter nichts, ein Streich, den mir meine Sinne spielen, ähnlich einem Déjà-vu-Erlebnis. Tastend suche ich in meinem Innern nach der altvertrauten Wirklichkeit. Ich rede mir ein, wenn ich morgen früh aufstehe, werde ich mich ganz unbeschwert fühlen, wieder völlig normal und gesund sein.

Aber natürlich stimmt das nicht, und die Augenblicke in ihrer Gesellschaft, die Vorfreude, die Dankbarkeit, sind himmlisch. Mir schwindelt, und der Atem kommt stoßweise. Ich lache zu unbefangen und zuviel. Ich tue, was ich kann, um in ihrer Nähe bleiben zu können, reiche ihr, während sie am Schreibtisch sitzt, ein Schriftstück über die Schulter, damit ich mich in allen

Einzelheiten mit ihr befassen kann: den goldgehämmerten Ohrringen, dem Duft ihres Badesalzes und ihres Atems, der zart bläulichen Tönung ihres Nackens, wo das Haar sich teilt. Und dann, wenn ich wieder allein bin, quälen mich Scham und Verzweiflung. Diese rasende, wahnsinnige Besessenheit! Wo ist meine Welt? Sie entgleitet mir. Ich hab' sie schon verloren.

4

Selbst im Dunkeln kann ich Spider-Mans blau-rote Gestalt über dem Bett meines Sohnes ausmachen. In Lebensgröße hängt er da, geduckt wie ein Ringkämpfer, der bereit ist, es mit jedem Eindringling aufzunehmen.

Ich bin nicht mit Comic-Heften aufgewachsen – für solch unbeschwerten Zeitvertreib hatte man in meinem Elternhaus keinen Sinn. Aber als Nat zwei oder drei Jahre alt war, gewöhnten wir uns an, gemeinsam die Comics in den Sonntagszeitungen zu erkunden. Während Barbara noch schlief, machte ich für Nat das Frühstück. Anschließend rückten wir auf der Couch im Wintergarten ganz dicht zusammen, mein Sohn und ich, um gespannt den wöchentlichen Fortgang jeder Serie zu verfolgen. Dann war mit einemmal nichts mehr von Nats altersbedingtem Mutwillen und seinem unberechenbaren Trotz zu spüren; übrig blieb nur sein wahres Selbst, zart und durchdrungen von einer Erregung, die auf mich übersprang. Damals kam meine Beziehung zu Spider-Man zustande. Mittlerweile geht Nat in die zweite Klasse, beharrt nachdrücklich auf seiner Unabhängigkeit und liest die Comics allein. Ich muß einen unbeobachteten Moment abpassen, wenn ich erfahren möchte, was etwa aus Popeye, dem Spinatmatrosen, geworden ist. Diese Geschichten sind wirklich lustig, habe ich Barbara vor ein paar Wochen versichert, als sie mich mit der Unterhaltungsbeilage in der Hand erwischte. Ach, es ist zum Aus-der-Haut-Fahren mit dir, jammerte meine Frau, die angehende Dr. rer. nat.

Jetzt streiche ich Nat übers feine, weiche Haar. Wenn ich ihn lange genug störe, wird Nat, der über die Jahre an mein spätes Heimkommen gewöhnt ist, sich wahrscheinlich soweit ermuntern, daß er mir ein paar liebe Worte zuflüstern kann. Abend für Abend führt mein erster Gang zu ihm. Ich empfinde ein nahezu körperliches Verlangen nach dieser Beruhigung. Kurz vor Nats Geburt sind wir hier herausgezogen, nach Nearing, einem ehemaligen Fährhafen, der schon so frühzeitig zur Oase großstadtmüder Bürger wurde, daß er sich vom bloßen Vorort zur eigenständigen Gemeinde gemausert hat. Obwohl Barbara ursprünglich die treibende Kraft hinter diesem Umzug war, möchte sie Nearing längst wieder den Rücken kehren, denn inzwischen leidet sie unter der Abgeschiedenheit. Ich bin's, der die Distanz zur City braucht, eine zeitliche und räumliche Kluft, um in mir das Gefühl zu erzeugen, ein gewisser Abstand gewähre Schutz vor dem, was ich tagtäglich im Dienst mit ansehen muß. Wahrscheinlich hat es mich auch deshalb so gefreut, daß Spider-Man hier seinen Platz einnahm. Spideys rege Wachsamkeit wirkt beruhigend auf mich.

Barbara liegt mit dem Gesicht nach unten auf unserem Bett und hat kaum etwas an. Sie ist außer Atem, die angespannten Muskeln ihres schmalen Rückens glänzen vor Schweiß. Der Videorecorder surrt im Rücklauf. Auf dem Bildschirm haben eben die Nachrichten begonnen.

»Hast du wieder Gymnastik gemacht?« frage ich.

»Nein, onaniert«, antwortet Barbara. »Letzter Ausweg der grünen Witwe.«

Sie dreht sich gar nicht erst nach mir um. Statt dessen trete ich ans Bett und küsse sie flüchtig auf den Nacken.

»Ich habe von der Bushaltestelle aus angerufen, als mir der 8.35er vor der Nase weggefahren ist. Aber du warst nicht zu Hause. Ich hab' eine Nachricht auf dem Anrufbeantworter hinterlassen.«

»Hab' ich gehört. Ich mußte Nat abholen. Er hat bei Mom zu Abend gegessen. Ich wollte ein bißchen Zeit für meine Arbeit haben.«

»Und, ist was dabei rausgekommen?«

»Ach was – reine Zeitverschwendung.« Sie wälzt sich auf den Rücken und wieder zurück auf den Bauch. Ihre Brust ist in einen Sport-BH gezwängt.

Während ich mich ausziehe, schildert Barbara mir in lakonischer Kürze ihren Tagesablauf: Ein Nachbar ist krank. Der Automechaniker hat die Rechnung geschickt. Mit ihrer Mutter gab es wieder mal Ärger. Barbara liegt mit dem Gesicht nach unten auf der Tagesdecke und leiert Satz für Satz im überdrüssigen Ton herunter. So sieht ihr armseliger Angriff aus: eine Bitterkeit, in der vor lauter Erschöpfung nicht einmal Raum bleibt für Bedauern oder Schmerz und gegen die ich mich mit primitivsten Mitteln wehre, indem ich so tue, als merkte ich nichts. Ich zeige Interesse an jeder Information, begeistere mich für alle Details. Doch unterdessen verdichtet sich etwas in meinem Innern und stockt. Ich kenne dieses Gefühl; es ist, als wären meine Adern mit Blei verstopft. Ich bin daheim.

Vor ungefähr fünf Jahren, gerade als ich dachte, wir könnten uns ein zweites Kind leisten, kündigte Barbara an, sie wolle ihr Studium wiederaufnehmen und in Mathematik promovieren. Sie hatte sich bereits beworben und die Aufnahmeprüfung abgelegt, alles, ohne mir auch nur ein Wort zu sagen. Mein Erstaunen wurde als Mißbilligung ausgelegt und jede gegenteilige Beteuerung verächtlich abgetan. Aber ich hatte wirklich nichts dagegen. Ich war nie der Meinung, meine Frau solle ausschließlich die Hausfrau spielen. Was mich stutzig machte, war ganz etwas anderes. Nicht so sehr, daß sie über meinen Kopf hinweg entschieden hatte, sondern daß ich nie im Leben darauf gekommen wäre. Im College war Barbara ein Mathegenie gewesen und hatte zusammen mit drei oder vier handverlesenen Studenten Elitekurse besucht, die samt und sonders von namhaften Professoren geleitet wurden, eigenbrötlerischen Sonderlingen mit wild wuchernden Bärten. Aber damals war Barbara ziemlich nonchalant mit ihren Talenten umgegangen. Jetzt erfuhr ich auf einmal, die Mathematik sei eine Berufung. Eine Aufgabe, die den ganzen Menschen fordere. Eine, von der ich in über einem halben Jahrzehnt kein Sterbenswörtchen gehört hatte.

Im Augenblick sitzt Barbara über ihrer Dissertation. Als sie damit anfing, versicherte sie mir, Themen wie das ihre – ich kann es beim besten Willen nicht erklären – würden manchmal auf nicht mehr als zwölf Seiten abgehandelt. Ob sie da zu optimistisch geplant hatte oder einer Illusion aufgesessen war, weiß ich nicht; jedenfalls zieht diese Doktorarbeit sich hin wie ein chronisches Leiden und ist somit zu einer weiteren Quelle ihrer schmerzlichen Melancholie geworden. Sooft ich an ihrem Arbeitszimmer vorbeikomme, blickt sie bemitleidenswert kläglich über ihren Schreibtisch weg zum Fenster hinaus auf die einzelne Zwergkirsche, die trotz einer Fuhre lehmigen Mutterbodens in unserem Garten nicht gedeiht.

In Erwartung der nötigen Inspiration liest sie. Nichts so Alltägliches wie Zeitungen oder Illustrierte. Vielmehr schleppt sie aus der Unibibliothek bergeweise schwierige Texte über die abwegigsten Themen nach Hause. Psycholinguistik. Semiotik. Brailleschrift und Zeichensprache für Taubstumme. Barbara ist geradezu versessen auf Fakten. Abends lehnt sie sich auf ihrem Brokatsofa zurück, lutscht Nougatpralinen und informiert sich über den Lauf einer Welt, zu der sie keinerlei Kontakt hat. Sie liest wahrhaftig über das Leben auf dem Mars oder verschlingt die Biographien von Männern und Frauen, die nach Ansicht der meisten Leute stinklangweilig sind und jedenfalls völlig unbekannt. Zwischendurch kriegt sie dann Anfälle medizinischer Bildungswut. Letzten Monat zum Beispiel befaßte sie sich mit Büchern, die anscheinend Kryogenik, künstliche Befruchtung sowie die Geschichte der Linse behandelten. Was sich auf diesen galaktischen Reisen zu den Planeten obskurer Bildung tut, entzieht sich meiner Kenntnis. Bestimmt würde meine Frau mich an ihrem neuerworbenen Wissen teilhaben lassen, wenn ich sie fragte. Aber mit der Zeit habe ich es aufgegeben, Interesse zu heucheln, und wenn Barbara mir die Gleichgültigkeit ihren ausgefallenen Studien gegenüber auch als Fehler ankreidet – mir fällt es leichter, meine eigene Meinung zu verfechten, solange sie ihre entrückten Gefilde durchstreift.
Es ist noch nicht lange her, daß mir der Gedanke kam, meine Frau mit ihren sprunghaften sozialen Eigenheiten, ihrer pauschalen Abneigung gegen die meisten Menschen, der düsterbrütenden Schweigsamkeit und jenem Arsenal heimlicher und zum Großteil nicht vermittelbarer Leidenschaften könne man nur als verrückt bezeichnen. Sie pflegt keinerlei enge Kontakte bis auf die Beziehung zu ihrer Mutter, mit der sie allerdings, als wir uns kennenlernten, kaum ein Wort wechselte und der sie immer noch zynisch und voller Argwohn begegnet. Gleich meiner Mutter zu ihren Lebzeiten scheint auch Barbara sich gern und freiwillig in ihren vier Wänden einzuschließen, wo sie den Haushalt tadellos in Ordnung hält, unser Kind betreut und sich unermüdlich mit ihren Formeln und Computer-Algorithmen herumquält.
Auf einmal wird mir bewußt, daß wir beide ganz unwillkürlich

verstummt sind und reglos auf den Fernseher starren. Über den Bildschirm flimmern Aufnahmen vom heutigen Trauergottesdienst für Carolyn. Man sieht Raymonds Wagen vorfahren, und mein Hinterkopf ist kurz im Bild. Carolyns Sohn wird die Stufen zum Eingang der Kapelle hinaufgeleitet. Der Nachrichtensprecher kommentiert aus dem Off: »Achthundert Personen, unter ihnen zahlreiche führende Persönlichkeiten der Stadt, versammeln sich in der Ersten Presbyterianischen Kirche zur Totenfeier für Carolyn Polhemus, Deputy der Staatsanwaltschaft, die vor zwei Tagen einem brutalen Sexualverbrechen zum Opfer fiel.« Nun kommt die Prominenz ins Bild. Man sieht den Bürgermeister und Raymond im Gespräch mit Reportern, doch live werden nur Nicos Worte übertragen. Er bedient sich eines ostentativ gedämpften Tonfalls und weicht jeder Frage nach den laufenden Ermittlungen aus. »Ich bin hier, um einer Kollegin die letzte Ehre zu erweisen«, sagt er, einen Fuß bereits im Wagen.

Barbara ergreift als erste das Wort: »Wie war's denn?« Sie hat einen rotseidenen Morgenrock übergezogen.

»Eine Gala. Ein Stelldichein der großen Tiere.«

»Hast du geweint?«

»Barbara, ich bitte dich!«

»Ich mein's ganz ernst.« Sie beugt sich vor. Sie hat die Kiefer fest aufeinandergepreßt, und ihre Augen sind grausam leer. Es erstaunt mich immer wieder, wie dicht unter der Oberfläche ihr Zorn lauert. Im Lauf der Jahre hat sie gelernt, mich mit ihren rasch aufflammenden Wutanfällen einzuschüchtern. Sie weiß, daß ich nicht spontan darauf reagieren kann, weil uralte Ängste und die Last der Erinnerung mich hemmen. Zwischen meinen Eltern kam es oft zu wilden und lautstarken Auseinandersetzungen, die manchmal sogar in Handgreiflichkeiten ausarteten. Ich erinnere mich noch ganz deutlich an eine Nacht, als ich durch den Lärm aufwachte und Mutter dabei überraschte, wie sie meinen Vater an einem Büschel seines pomadisierten Rotschopfs erwischt hatte und auf ihn eindrosch wie auf einen räudigen Hund. Die Nachwirkungen solcher Szenen fesselten meine Mutter stets tagelang ans Bett, wo sie dann völlig erschöpft dalag, in Abständen von gräßlichen Migräneanfällen

geplagt, derentwegen sie im verdunkelten Zimmer bleiben und ich mich mucksmäuschenstill verhalten mußte.
In Ermangelung einer solchen Ausflucht rette ich mich jetzt zu dem Korb mit frischer Wäsche, den Barbara heraufgebracht hat, und mache mich daran, meine Socken paarweise zusammenzulegen. Ein Weilchen bleiben wir beide stumm, überlassen uns dem Blabla des Fernsehers und den nächtlichen Geräuschen des Hauses. Nach hinten raus, einen halben Block weit entfernt, fließt ein kleiner Nebenfluß, und jetzt, da kein Verkehr mehr ist, hört man sein Plätschern. Zwei Stockwerke tiefer schaltet sich die Heizung ein. Da sie das erstemal am heutigen Tag an ist, wird sich bald das warme Wasser durch die Leitungen wälzen.
»Nico hat sich ja alle Mühe gegeben, den Trauernden zu spielen«, sagt Barbara nach einer Weile.
»Aus der Nähe hätte ihm die Rolle keiner abgekauft. Er strahlte förmlich. Er glaubt, jetzt kann er Raymond in die Pfanne hauen.«
»Hältst du das auch für möglich?«
Ich sortiere meine Socken und zucke mit den Achseln. »Die Sache hat ihm einen ziemlich großen Vorsprung verschafft.«
Barbara, all die Jahre über Zeugin von Raymonds Unbesiegbarkeit, ist offenbar überrascht, aber schon meldet sich die Mathematikerin in ihr; ich kann fast sehen, wie sie flugs die neuen Möglichkeiten aufgliedert. Sie faßt sich ins von grauen Fäden durchzogene lockige Haar, das auf modische Windstoßfrisur getrimmt ist. Ihr hübsches Gesicht verrät lebhafte Neugier.
»Was würdest du machen, Rusty, wenn es dazu käme? Wenn Ray verlieren würde?«
»Mich damit abfinden. Was bliebe mir auch anderes übrig?«
»Ich meine, beruflich.«
Blau zu Blau, Schwarz zu Schwarz. Das ist nicht leicht bei schummrigem Licht. Vor ein paar Jahren trug ich mich ernsthaft mit dem Gedanken, aus dem Dienst auszuscheiden. Das war zu einer Zeit, als ich mir immer noch eine Karriere als Strafverteidiger vorstellen konnte. Aber ich raffte mich nie auf, den entscheidenden Schritt zu tun, und seit einer ganzen Weile haben wir überhaupt nicht mehr über meine Zukunft gesprochen.
»Ich weiß nicht, was ich machen würde«, sage ich ehrlich. »Ich bin Jurist. Ich könnte als Anwalt praktizieren. Als Dozent an die Uni

gehen. Was weiß ich. Delay sagt, er würde mich als Chief Deputy behalten.«
»Und das glaubst du ihm?«
»Nein.« Ich trage meine Socken zur Kommode. »Er hat heute nur Scheiß verzapft. Wollte mir weismachen, und zwar ganz ernsthaft, der einzige Gegner, vor dem er wirklich Angst gehabt hätte bei der Wahl, sei ich. Als ob ich Ray überreden könnte, zurückzutreten und mich zu seinem Nachfolger zu ernennen.«
»Genau das hättest du tun sollen.«
Ich drehe mich nach ihr um.
»Ja, wirklich.« Ihr Enthusiasmus überrascht mich im Grunde nicht sehr. Wie viele Ehefrauen hat Barbara den Boß ihres Mannes schon immer mit einer Mischung aus Geringschätzigkeit und Eifersucht betrachtet. Außerdem richtet sich ihr Einwurf auch ein bißchen gegen mich. Ich hatte schließlich nicht den Nerv, das zu tun, was für jeden anderen das Nächstliegende wäre.
»Ich bin kein Politiker.«
»Ach, das ist bloß Übungssache. Bezirksanwalt – das würde dir gefallen.« Wie ich's mir gedacht habe: Es wurmt mich, daß meine Frau mich so gut kennt. Ich versuche abzulenken und erkläre Barbara, das sei alles reine Theorie. Raymond würde es bestimmt schaffen. »Im Endeffekt wird Bolcarro sich auf seine Seite schlagen. Oder wir schnappen den Mörder«, ich nicke zum Fernseher hin, »und am Wahltag wird Raymond in sämtlichen Medien gefeiert.«
»Wie will er das anfangen?« fragt Barbara. »Habt ihr einen Verdächtigen?«
»Einen Dreck haben wir.«
»Also?«
»Also werden Dan Lipranzer und Rusty Sabich die nächsten zwei Wochen Tag und Nacht schuften, um Raymond den Mörder zu präsentieren. Das ist die Strategie. Sorgfältig ausgetüftelt.«
Die Fernbedienung klickt, und der Bildschirm wird dunkel. Hinter mir höre ich Barbara leise wiehern, schnauben. Ein unangenehmes Geräusch. Als ich mich umdrehe, sind ihre

Augen starr auf mich gerichtet, aus ihrem Blick spricht unverhohlener Haß.
»Du bist so leicht zu durchschauen«, sagt sie leise und tückisch. »Leitest du etwa diese Untersuchung?«
»Natürlich.«
»Wieso natürlich?«
»Barbara, ich bin Erster Deputy des Bezirksanwalts, und Raymond muß sich um seine Wiederwahl kümmern. Wer sonst sollte die Ermittlungen führen? Raymond hätte den Fall selbst übernommen, würde er nicht vierzehn Stunden pro Tag im Wahlkampf stehen.«
Es war die Aussicht auf eine Konfrontation wie diese, was mir so qualvoll zusetzte, als ich vor zwei Tagen begriff, daß ich Barbara anrufen und ihr erzählen müsse, was passiert war. Einfach unter den Tisch fallenlassen konnte ich das alles nicht, das wäre zuviel der Heuchelei gewesen. Mein Anruf hatte vordergründig den Zweck, Barbara anzukündigen, daß ich mich verspäten würde. Das Büro sei in Aufruhr. »Carolyn Polhemus ist tot«, setzte ich hinzu.
»Ach«, sagte Barbara. Es klang eher gleichgültig als verwundert. »'ne Überdosis?« fragte sie.
Ich starrte auf den Hörer in meiner Hand. Konnte ein Mißverständnis größer, tragischer sein?
Aber jetzt kann ich sie nicht ablenken. Barbaras Wut steigt. »Sag mir die Wahrheit! Steckt da nicht irgendein Interessenkonflikt dahinter?«
»Barbara ...«
»Nein.« Sie ist aufgestanden. »Antworte mir! War das eine rein berufliche Entscheidung, ausgerechnet dir diesen Job zu geben? In eurer Dienststelle sitzen hundertzwanzig Anwälte. Können sie da keinen finden, der *nicht* mit ihr geschlafen hat?«
Die zunehmende Lautstärke und die abnehmende Taktik – beides ist mir vertraut. Ich bemühe mich, gelassen zu bleiben. »Barbara, Raymond hat mich darum gebeten.«
»Oh, verschone mich, Rusty! Verschone mich mit diesem edelmütigen Scheiß von wegen hohe Ziele und so. Du könntest Raymond erklären, warum gerade du diese Untersuchung nicht leiten solltest.«

»Aber daran liegt mir nichts. Das würde bedeuten, ich lasse ihn im Stich. Und im übrigen geht ihn die Geschichte auch gar nichts an.«
Dieses Zeugnis meiner Verlegenheit läßt Barbara triumphieren. Klar, ich habe die falsche Strategie gewählt; das war nicht der rechte Moment, um die Wahrheit einzugestehen. Barbara hat wenig übrig für mein Geheimnis. Wenn sie nicht ebenso darunter litte, würde sie es auf Reklametafeln aushängen lassen.
Während meiner kurzen Affäre mit Carolyn fehlte mir – ich weiß nicht: der Mut oder der Anstand oder die Bereitschaft, mir mein Glück trüben zu lassen. Jedenfalls brachte ich es nicht über mich, Barbara zu beichten. Das mußte bis zum bitteren Ende warten, ein oder zwei Wochen nachdem ich mich damit abgefunden hatte, daß es endgültig aus war. Ich kam zeitig zum Abendessen heim, gewissermaßen als Wiedergutmachung für den Monat zuvor, in dem ich fast täglich bis spät in die Nacht fortgeblieben war. Diese Freiheit verschaffte ich mir mit der faulen Ausrede, ich müsse einen Prozeß vorbereiten, von dem ich später behauptete, er sei von jemand anders übernommen worden. Nat hatte sich gerade zu der ihm erlaubten halben Stunde Fernsehen verzogen. Und ich geriet irgendwie aus dem Leim. Der Mond. Die Stimmung. Ein Drink. Jener Dämmerzustand, den die Psychologen Fugue nennen. Jedenfalls, ich ließ mich treiben, starrte blicklos auf den Eßtisch, griff nach meinem Highball-Glas – genau die gleichen Gläser hatte Carolyn. Und die Erinnerung an sie überkam mich mit solcher Gewalt, daß ich plötzlich die Kontrolle verlor. Ich weinte – heulte Rotz und Wasser, wie ich so dasaß –, und Barbara wußte sofort, was los war. Sie dachte nicht, ich könne krank sein; sie dachte nicht, es komme von der Erschöpfung oder dem Streß bei Gericht oder mit meinen Tränendrüsen sei etwas nicht in Ordnung. Sie wußte Bescheid; und sie wußte auch, daß ich um meinen Verlust weinte und nicht, weil ich mich etwa schämte.
Es war kein zärtlich besorgtes Verhör, aber sie zog es wenigstens nicht in die Länge. Wer? Ich sagte es ihr. Würde ich ausziehen? Es sei vorbei, antwortete ich. Es habe nicht lange gedauert, sei eigentlich kaum richtig passiert.

Oh, ich war heldenhaft. Ich saß da am Eßzimmertisch, beide Hände vors Gesicht geschlagen, und weinte, schluchzte in meine Hemdsärmel. Ich hörte das Geschirr klappern, als Barbara aufstand und ihr Gedeck abräumte. »Wenigstens brauche ich nicht zu fragen«, sagte sie, »wer wem den Laufpaß gegeben hat.«

Später, nachdem ich Nat zu Bett gebracht hatte, ging ich hinauf zu ihr ins Schlafzimmer, ein Schiffbrüchiger, immer noch voller Selbstmitleid. Barbara machte Gymnastik zu dieser geistlosen Musik, die in voller Lautstärke aus dem Kassettenrecorder dröhnte. Ich sah zu, wie sie den Rumpf beugte und mit ihren Gummigelenken Streckübungen vollführte, während ich immer noch völlig durcheinander war, so gramgebeutelt und zerschlagen, daß meine Haut das einzige schien, was mich, den weidwunden Kerl, zusammenhielt. Ich war heraufgekommen, um irgendwas Prosaisches zu sagen – daß ich weitermachen wolle oder so. Aber ich brachte kein Wort über die Lippen. Die ungebremste Wut, mit der sie ihren Körper hin und her schleuderte, ließ selbst mich in meiner miesen Lage erkennen, daß ein solcher Annäherungsversuch sie völlig kaltlassen würde. Also sah ich ihr einfach zu, vielleicht fünf Minuten lang. Barbara würdigte mich keines Blickes. Doch schließlich gab sie, mitten in einer Verrenkung, ihr Urteil ab: »Ich hätte dir... mehr Geschmack zugetraut.« Es kam noch einiges nach, was ich nicht verstand. Das letzte Wort war »Flittchen«.

Wir haben weitergemacht. In gewisser Hinsicht hat meine Affäre mit Carolyn sogar für eine – wenn auch makabre – Entspannung gesorgt. Jetzt passen Ursache und Wirkung zusammen, es gibt einen Anlaß für Barbaras blindwütigen Zorn, einen Grund dafür, daß wir nicht mehr miteinander klarkommen. Seitdem haben wir etwas, womit wir fertig werden müssen, und damit regt sich die leise Hoffnung, es könne wieder besser werden mit uns.

Mir ist völlig klar, was jetzt auf dem Spiel steht: Werden wir das bißchen Fortschritt, das wir erzielt haben, verlieren? Monatelang war Carolyn ein Dämon, ein böser Geist, der Schritt für Schritt aus diesem Haus vertrieben wurde. Mit ihrem Tod ist sie wiedergekehrt. Ich verstehe Barbaras Klage. Trotzdem kann

ich ihr nicht den Gefallen tun und einfach aufgeben, wie sie es verlangt. Meine Gründe sind zu persönlich, um ungesagt zu bleiben, und unaussprechlich sind sie auch nicht.
Ich versuche es mit einer ruhigen, schlichten Frage: »Barbara, was ist denn schon dabei? Es geht um zweieinhalb Wochen. Bis zur Vorwahl. Danach wird das Ganze ein Routinefall für die Polizei wie jeder andere auch. Ein ungeklärter Mord mehr, weiter nichts.«
»Merkst du denn nicht, was du uns antust – dir und mir?«
»Barbara . . .«
»Ich hab's gewußt«, sagt sie. »Gleich als du neulich anriefst, hab' ich gewußt, daß du so was vorhast. Ich hab' es an deiner Stimme gehört. Du wirst das alles noch mal durchmachen, Rusty. Aber genau das willst du ja! Stimmt doch, oder? Sie ist tot. Und du bist immer noch besessen von ihr.«
»Barbara!«
»Rusty, ich kann nicht mehr. Ich lass' mir das nicht gefallen.«
Barbara weint nicht in solchen Augenblicken. Statt dessen taucht sie in den glühenden Schlund eines vulkanischen Zorns ein. Jetzt wirft sie sich auf dem Bett zurück, nimmt unter Aufbietung aller Willenskraft Haltung an und versteckt die Hände in ihren weiten Seidenärmeln. Sie schnappt sich ein Buch, die Fernbedienung und zwei Kissen. Der Saint Helen's grollt. Und ich trete den Rückzug an. Ich gehe zum Schrank und taste nach meinem Bademantel.
Ich bin schon in der Tür, als ich hinter mir ihre Stimme höre.
»Darf ich dich etwas fragen?«
»Klar.«
»Etwas, das ich schon die ganze Zeit fragen wollte?«
»Klar doch.«
»Warum hat sie dir den Laufpaß gegeben?«
»Carolyn?«
»Nein, der Mann im Mond.« Ihre Worte klingen so bitter, daß ich mir überlege, ob sie dabei ausspucken muß. Ich war auf eine ganz andere Frage gefaßt gewesen, nämlich warum ich dieses Verhältnis angefangen habe. Aber in dem Punkt hat Barbara sich anscheinend längst ihre eigene Antwort zurechtgelegt.

»Ich weiß nicht«, sage ich. »Wie's aussieht, hab' ich ihr nicht sehr viel bedeutet.«
Barbara schließt die Augen und schlägt sie wieder auf. Sie schüttelt den Kopf.
»Du bist ein Arschloch«, sagt meine Frau ganz ernst. »Mach, daß du rauskommst!«
Das lasse ich mir nicht zweimal sagen. Es ist schon vorgekommen, daß sie mit ihren Toilettensachen nach mir geworfen hat. Da ich sonst niemanden habe, mich aber nach Gesellschaft sehne, trotte ich den Flur entlang, um noch einmal nach Nat zu sehen. Er atmet kräftig und regelmäßig, er liegt im Tiefschlaf. Ich setze mich zu ihm ans Bett, geborgen im Schutz der Dunkelheit unter den beschirmenden Armen von Spider-Man.

5

Montagmorgen: ein Tag im Leben. Der Pendlerzug entläßt die graue Flanellherde am Ostufer des Stroms. Die Weiden rings um den Bahnhofsplatz tragen schon ihr grünes Frühlingskleid. Ich bin vor neun im Büro. Von Eugenia Martinez, meiner Sekretärin, kriege ich das Übliche: Post, Telefonnotizen und einen finsteren Blick. Eugenia ist korpulent, nicht mehr jung und unverheiratet. Oft hat es den Anschein, als wolle sie sich für alle drei Charakteristika revanchieren. Die Schreibmaschine betätigt sie nur widerwillig, Diktate verweigert sie ganz, und immer wieder ertappe ich sie dabei, wie sie mit niedergeschlagenen Augen reglos und ärgerlich auf das summende Telefon starrt. Natürlich kann man sie nicht rausschmeißen, ja, man kann sie nicht einmal zurückstufen, denn der Verwaltungsapparat im öffentlichen Dienst ist starr wie Beton. Also bleibt sie, der Fluch einer ganzen Phalanx von Deputys. John White hat sie auf den Posten gesetzt, und zwar um sich die Nörgelei zu ersparen, die ihm sicher gewesen wäre, wenn er sie einem anderen zugeteilt hätte.

Zuoberst auf dem Stapel, den Eugenia mir gebracht hat, liegt ein Urlaubsschein für Tommy Molto, dessen Fehlen nach wie vor ungeklärt bleibt. Die Personalabteilung will ihm wegen unentschuldigten Fernbleibens vom Dienst an den Kragen. Ich muß das mit Lydia MacDougall bereden, mache mir einen entsprechenden Vermerk und blättere weiter. Die Registratur schickt mir einen Computerausdruck: Aufgeführt sind dreizehn Personen, gegen die Carolyn Anklage erhoben hatte und die in den letzten zwei Jahren aus der Haft entlassen wurden. Eine handschriftliche Notiz am Rande weist darauf hin, daß die dazugehörigen Unterlagen an Carolyns Büro weitergeleitet worden sind. Ich lege die Computerliste mitten auf den Schreibtisch, damit ich sie auch ja nicht vergesse.

Da Raymond sich tagsüber in erster Linie seinen Wahlkampfauftritten widmen muß, erledige ich viel von dem, was eigentlich in seinen Aufgabenbereich fällt. Ich habe das Sagen über Strafanträge und Zugeständnisse an die Angeklagten im Falle einer Schulderklärung; außerdem verhandele ich noch mit den

Ermittlungsbehörden. Heute morgen werde ich eine Konferenz leiten, die sogenannte Lagebesprechung, bei der die Hauptpunkte sämtlicher diese Woche anstehenden Klageschriften festzulegen und zu formulieren sind. Am Nachmittag habe ich eine Sitzung über das eine Woche zurückliegende Fiasko, bei dem ein Polizeispitzel mit einem Agenten der Drogenfahndung ein Geschäft abwickeln wollte. Beide zogen ihre Waffe, hielten sich gegenseitig die Dienstmarke unter die Nase und forderten einander auf, sich zu ergeben. Ihre Rückendeckung mischte sich ein, und das Ende vom Lied war, daß elf Vollzugsbeamte sich gegenseitig mit ihren Kanonen in Schach hielten und Grobheiten an den Kopf warfen. Jetzt müssen wir das Debakel am Konferenztisch ausbügeln. Die Cops werden mir erzählen, die vom FBI machten alles hintenrum, und der verantwortliche Mann von der Drogenfahndung wird behaupten, jede vertrauliche Mitteilung, die das Polizeipräsidium in die Finger kriegt, werde meistbietend verhökert. Und so ganz nebenbei soll ich noch jemanden auftreiben, den wir des Mordes an Carolyn Polhemus beschuldigen können.

Freilich scheine ich in dem Fall nicht der einzige zu sein, der Nachforschungen anstellt. Gegen halb zehn ruft Stew Dubinsky von der »Tribune« an. Während des Wahlkampfs erledigt Raymond die Telefonate mit der Presse meist persönlich. Er will weder das Wohlwollen der Zeitungsfritzen verlieren noch sich der Kritik aussetzen, daß er den Überblick im Büro verliert. Stew ist vermutlich der beste Gerichtsreporter, den wir haben. Er macht keine krummen Touren und kennt seine Grenzen. Mit ihm kann getrost auch ich reden.

»Also, was gibt's Neues über Carolyn?« fragt er. Es gibt mir einen Stich, daß er den Mordfall einfach auf ihren Namen verkürzt. Es klingt zu sachlich, die Tragödie kommt zu kurz dabei. Carolyns Tod ist bereits zu einem wesenlosen Glied in der langen Kette scheußlicher Verbrechen geworden.

Natürlich darf ich Stew nicht sagen, daß wir keinen blauen Dunst haben. Das könnte zu Nico durchsickern, der uns prompt wieder eine reinwürgen würde.

»Vom Bezirksanwalt Raymond Horgan liegt noch kein Kommentar vor«, sage ich.

»Wäre der Bezirksanwalt bereit, zu einer anderen Story Stellung zu nehmen?«
Auf welchen Informationen diese Story auch beruhen mag – sie ist der wahre Grund für Stewarts Anruf.
»Ich hab' da was läuten hören von 'nem Überläufer auf höchster Ebene. Jemand aus der Mordkommission? Na, klingelt's bei Ihnen?«
Molto. Nach Nicos Ausscheiden übernahm sein Stellvertreter Tommy die kommissarische Leitung der Sektion. Auf Dauer wollte Horgan ihm den Job nicht geben, da er den Verdacht hatte, daß früher oder später genau das passieren würde, was jetzt offensichtlich eingetreten ist. Und die Presse hat auch schon Wind bekommen von der Geschichte. Sieht nicht gut aus für uns. Gar nicht gut. So wie Dubinsky seine Fragen eingefädelt hat, kann ich mir ausrechnen, wie's laufen wird. Eine angesehene Staatsanwältin ist ermordet worden; einer ihrer Kollegen, der die Untersuchung leiten sollte, zieht sich von dem Fall zurück. Es wird so aussehen, als stehe unser Amt kurz vor dem Chaos.
»Dieselbe Antwort«, sage ich. »Zitieren Sie den Bezirksanwalt.«
Stew schnauft. Er langweilt sich.
»Inoffiziell?« frage ich.
»Klar.«
»Wie gut ist Ihre Information?« Ich möchte wissen, wie bald wir damit rechnen müssen, über den Fall in der Zeitung zu lesen.
»So lala. Ein Typ, der immer glaubt, er wüßte mehr, als er in Wirklichkeit drauf hat. Ich denke, es muß sich da um Tommy Molto handeln. Er und Nico waren doch immer ein Herz und eine Seele, stimmt's?«
Stew ist anscheinend mit seiner Weisheit am Ende. Ich weiche der Frage aus.
»Was sagt Della Guardia dazu?« erkundige ich mich.
»Er hat keine Meinung. Nun machen Sie schon, Rusty! Was ist hier los?«
»Stew, ich versichere Ihnen inoffiziell, ich hab' nicht die leiseste Ahnung, wo Tommy Molto steckt. Aber wenn er mit Nico

Händchen hält, warum bestätigt Ihr Kandidat Ihnen das dann nicht?«
»Wollen Sie meine Theorie hören?«
»Klar.«
»Vielleicht hat Nico ihn losgeschickt, damit er auf eigene Faust ermittelt. Überlegen Sie sich das mal. DELLA GUARDIA BRINGT MÖRDER ZUR STRECKE! Wär das keine Schlagzeile?«
Der Gedanke ist absurd. Private Ermittlungen in einem Mordfall könnten nur zu leicht als Behinderung der Justiz ausgelegt werden. Ein schlechter Schachzug. Aber so lächerlich die Idee auch ist, sie klingt durchaus nach Nico. Und Stew gehört nicht zu denen, die einem total aus der Luft gegriffenes Zeug auftischen. Er geht mit Informationen sorgfältig um.
»Darf ich davon ausgehen, daß dies mit zu den Gerüchten gehört, die man Ihnen zugetragen hat?«
»Kein Kommentar«, sagt Stew.
Wir lachen beide, und dann hänge ich ein. Gleich anschließend führe ich selbst ein paar Telefonate. Loretta, Raymonds Sekretärin, bitte ich, ihrem Chef auszurichten, ich müsse ihn so bald wie möglich sprechen. Dann versuche ich Mac, die Personaldezernentin, aufzutreiben, um mit ihr über Molto zu reden. Sie sei nicht in ihrem Büro, heißt es. Ich hinterlasse auch für sie eine Nachricht. Dann – bis zur Konferenz sind es nur noch ein paar Minuten – wage ich mich in Carolyns Büro am anderen Ende des Flurs.
Der Raum wirkt schon jetzt verwaist. Der Empire-Schreibtisch ist gründlich aufgeräumt worden, und der Inhalt der Schubladen – zwei alte Puderdosen, Fertigsuppen, eine Packung Servietten, ein Pullover mit Zopfmuster, eine Flasche Pfefferminzschnaps – ist in einem Pappkarton verstaut. Obenauf liegen Carolyns Zeugnisse und Urkunden, die früher an der Wand hingen. Umzugskartons, die man aus dem Lager hat kommen lassen, sind in der Mitte des Zimmers aufgestapelt und zeigen unmißverständlich an, daß dieses Büro nicht mehr benutzt wird. Der Staub, der sich während einer einzigen Woche der Untätigkeit angesammelt hat, riecht schal und abgestanden. Ich gieße ein Glas Wasser über die welkenden Topfpflanzen und staube ein paar Blätter ab.

Carolyn bearbeitete in erster Linie Sexualverbrechen. Anhand der Chiffren auf den Ordnern in den oberen Fächern ihres alten eichenen Aktenschranks zähle ich zweiundzwanzig solcher Fälle, die auf Anklageerhebung oder Prozeß warten. Carolyn zeigte eine besondere Sympathie für die Opfer von Überfällen, und mit der Zeit merkte ich, daß ihr Engagement echter war, als ich anfangs hatte glauben wollen. Wenn sie über die immer wiederkehrenden Alpträume sprach, denen diese Frauen ausgesetzt waren, dann löste sich der stählerne Panzer um Carolyns schillernde Persönlichkeit, und zum Vorschein kamen Mitgefühl und Wut. Sexualdelikte haben freilich meist auch etwas Absonderliches: Da war der Assistenzarzt von der Uniklinik, der eine Reihe von Patientinnen untersuchte und am Schluß jedesmal sein eigenes Instrument einführte; eine Frau ließ sich diese Behandlung dreimal gefallen, ehe sie sich aufraffte und zur Polizei ging. Oder die Freundin eines Verdächtigen, die am zweiten Tag ihrer Vernehmung zugab, daß sie den Kerl kennengelernt habe, als er das Fliegengitter vor ihrer Verandatür aufschlitzte und ihr Gewalt antat. Sowie er das Messer weglegte, sagte sie, habe er sich in einen sehr netten jungen Mann verwandelt.
Wie viele andere hatte auch ich Carolyn im Verdacht, daß dieser Aspekt ihrer Arbeit sie faszinierte, und zwar nicht nur nebenbei. Darum prüfe ich nun ihre Akten, in der Hoffnung, auf ein Muster zu stoßen, mit dem ich etwas anfangen kann, ein Ritual, das vor sechs Tagen in Carolyns Wohnung wiederholt wurde, oder die brutale Nachahmung einer Straftat, für die sie sich zu voyeuristisch interessiert hatte. Aber ich finde nichts dergleichen; keiner der dreizehn Namen auf dem Computerausdruck führt auf eine Spur. Und auch die restlichen Akten enthalten keinen einzigen Anhaltspunkt.
Es ist inzwischen höchste Zeit für die Konferenz, aber irgend etwas läßt mir keine Ruhe. Noch einmal überfliege ich den Computerausdruck, und dabei stoße ich auf einen Namen, für den es unter Carolyns Ordnern kein Pendant gibt: ein Fall von Beamtenbestechung, eine B-Akte, wie es bei uns heißt. Carolyn befaßte sich selten mit Ermittlungen außerhalb ihres Ressorts, und B-Fälle, die unter Sonderfahndung rangieren, waren zum

fraglichen Zeitpunkt mir persönlich unterstellt. Zuerst halte ich die B-Kennzeichnung für einen Computerfehler; vielleicht war der Bestechungsvorwurf nur Teil einer anderen Klage. Aber ich finde keinen Begleitfall; vielmehr läuft dieser Akt »gegen Unbekannt«, was in der Regel bedeutet, es handelt sich um ein Ermittlungsverfahren ohne Festnahme. Ich sehe rasch noch mal Carolyns Schubladen durch, dann sehe ich in meinem Büro nach. Mir wird ein eigener Ausdruck der B-Fälle zugestellt, doch dieser hier ist nicht darunter. Es sieht sogar ganz danach aus, als habe man ihn überhaupt aus dem Computerprogramm gelöscht. Jedenfalls taucht er nirgends auf – außer in Carolyns Liste.

Ich kritzele auf meinen Notizblock: B-Akte? Polhemus?

Eugenia steht in der Tür. »O diese Männer«, sagt sie. »Wo ham Sie bloß gesteckt? Ich hab' Sie schon überall gesucht. Der große Boß hat zurückgerufen.« Der große Boß ist natürlich Raymond Horgan. »Ich hab' mir nach Ihnen die Hacken abgelaufen. Sie sollen ihn im Delaney-Club treffen. Um halb zwei.« Raymond und ich haben während des Wahlkampfs oft solche Zusammenkünfte. Mal erwische ich ihn nach dem Lunch, mal vor einer Ansprache, um ihn über Vorgänge im Amt zu informieren.

»Was ist mit Mac? Hat sie sich auch gemeldet?«

»Habe den ganzen Morgen drüben im Gericht zu tun«, liest Eugenia vor. Bestimmt muß sie ein paar neuere Deputys während der Vormittagsverhandlungen begutachten.

Ich bitte Eugenia, die Konferenz um eine halbe Stunde zu verschieben; dann gehe ich rüber ins Gerichtsgebäude, um Mac zu suchen. Sie ist schnell gefunden.

»Verraten Sie mir, was Carolyn Polhemus mit 'ner B-Akte wollte«, sage ich.

»Ich wußte gar nicht, daß Carolyn sich auch für Verbrechen oberhalb der Gürtellinie interessiert hat«, sagt Mac. Ein alter Witz. Mac strahlt mich aus ihrem Rollstuhl an. Sie ist ein vorlautes Frauenzimmer, das alle ins Herz geschlossen haben: frech und respektlos. Was die B-Akte angeht, schlägt sie mir eine Reihe von Erklärungen vor, die ich selbst schon in Erwägung gezogen habe. »Haut alles nicht hin«, gibt sie schließlich zu.

Als Leiterin des Personaldezernats ist Lydia MacDougall verantwortlich für die Betreuung, die Vermittlung und den Einsatz all unserer Mitarbeiter. Es ist ein mieser, undankbarer Job mit einem gutklingenden Titel, nichts weiter, aber Lydia ist Kummer gewöhnt. Wir haben zusammen in diesem Laden angefangen, fast zwölf Jahre ist das jetzt her. Und fast ebensolange ist sie nun doppelseitig gelähmt. Es war einer jener frühen Winterabende mit Nebel und Schneeregen. Lydia saß am Steuer. Tom, ihr erster Mann, kam bei dem Sturz in den Strom ums Leben.

Ich würde sagen, alles in allem ist Mac wahrscheinlich die beste Juristin bei uns im Amt, gescheit, gründlich und im Gerichtssaal eine talentierte Rednerin. Im Lauf der Jahre hat sie sogar gelernt, vor der Geschworenenbank den Rollstuhl zu ihrem Vorteil einzusetzen. Es gibt Tragödien, die so tief gehen, daß wir bestenfalls rudimentäres Verständnis für sie aufbringen können. Wenn die Geschworenen ein paar Tage Zeit haben, darüber nachzudenken, wie es wäre, wenn *ihre* Beine von der Hüfte abwärts schlaff herunterhingen, während sie dieser hübschen, energischen, humorvollen Frau lauschen, ihren Trauring bemerken, sie gelegentlich von ihrem Baby erzählen hören und feststellen, daß sie – undenkbar – ein normales Leben führt, dann sind sie voller Bewunderung und, was wir alle sein sollten, voller Zuversicht.

Nächsten September wird man Mac zur Richterin ernennen. Nominiert ist sie bereits, und in der Vorwahl kam sie glatt durch. Die allgemeine Wahl ist nur noch eine Formsache. Anscheinend gibt es nicht viele, die sich zutrauen, eine Juristin zu schlagen, hinter der sowohl die Frauenorganisationen stehen als auch die Behinderten, die Verfechter von *law and order* ebenso wie die drei führenden Anwaltsvereinigungen der Stadt.

»Fragen Sie doch Raymond nach der Akte«, schlägt Mac vor.

Ich winke ab. Horgan kümmert sich nicht um Kleinkram. Es ist unwahrscheinlich, daß er über einen einzelnen Fall Bescheid weiß. Und im Augenblick behellige ich ihn sowieso nicht gern mit solchen Geschichten. Er sucht immer gleich nach einem Sündenbock.

Im Korridor, auf dem Weg zum nächsten Gerichtssaal, für den

Mac zur Beobachtung eingeteilt ist, erzähle ich ihr von unserem Problem mit Tommy Molto, der seinen Dienst schwänzt, ohne sich abgemeldet zu haben. Wenn wir Molto feuern, wird Nico daraus Kapital schlagen. Aber auch wenn wir ihn behalten, profitiert Nico davon. Wir beschließen, ihn als unberechtigten Urlauber zu führen, eine Beschäftigungskategorie, die es bisher nicht gab. Ich sage zu Mac, mir wäre wohler bei der Sache, wenn jemand, dem ich vertrauen kann, Molto lebend gesehen hätte. »Wir haben bereits eine tote Kollegin. Einer von uns sollte in den Krankenhäusern nachfragen. Das Übliche. Wenn morgen früh irgendeine Hausfrau Molto kleingehackt in ihrer Mülltonne findet, möchte ich sagen können, daß wir ihn überall gesucht haben.«

Das ist Macs Job. Sie schreibt sich's auf.

Richter Larren Lyttle bemerkt mich als erster. Sein großflächiges, dunkles Gesicht wirkt wie üblich zugleich listig und hoheitsvoll. Offenbar fühlt er sich durchaus wohl als Schwarzer in einem Club, in den bis vor drei Jahren nur weiße Mitglieder aufgenommen wurden. Jedenfalls scheint er zwischen den ledernen Clubsesseln und den Kellnern in ihrer grünen Livree ganz in seinem Element zu sein.

Larren und Raymond hatten früher gemeinsam eine Kanzlei. Die beiden waren richtige Aufwiegler damals; sie verteidigten Leute, die sich vor dem Wehrdienst drückten, Marihuana-Besitzer und militante Schwarze ebenso wie die zahlende Klientel. Ich hatte einen Fall, bei dem Larren Verteidiger war, bevor er zum Richter avancierte; eigentlich bloß eine Jugendstrafsache gegen ein Söhnchen aus schwerreichem Haus, dem es Spaß machte, bei den Freunden seiner Eltern einzubrechen. Larren war eine imposante Erscheinung, ein gescheiter Kraftprotz, der die Zeugen einschüchterte und über eine geradezu opernhafte Rhetorik verfügte. Er konnte sich in einem Augenblick vornehm-distinguiert geben und im nächsten in den derben Jargon eines Schweinepriesters verfallen oder grell loszetern wie einer aus dem Getto. Die Geschworenen merkten in der Regel kaum, daß außer ihm noch andere Rechtsvertreter im Gerichtssaal waren.

Raymond wechselte seinerzeit als erster in die Politik über. Larren managte ganz unverhohlen seinen Wahlkampf und führte ihm eine stattliche Anzahl schwarzer Wählerstimmen zu. Als Raymond zwei Jahre später glaubte, er könne Bürgermeister werden, ließ Larren sich mit ihm aufstellen, als Kandidaten für ein Richteramt. Larren siegte, Raymond verlor, und Richter Lyttle mußte für seine Freudentränen büßen. Bolcarro stellte ihn gewissermaßen unter Quarantäne: Larren mußte in der Justizabteilung Nord über Verkehrsdelikte und harmlose Vergehen urteilen, die in der Regel der zuständige Magistrat verhandelt. Das ging vier Jahre lang so; dann erkaufte Raymond dem Richter seine Freiheit, indem er Bolcarros Wiederwahl zum Bürgermeister frühzeitig und begeistert Beifall zollte. Seitdem sitzt Larren in der City über Kapitalverbrechen zu Gericht, ein rücksichtsloser Autokrat und – ungeachtet seiner Freundschaft zu Raymond – ein erbitterter Feind aller Deputys der Staatsanwaltschaft. Man sagt, in seinem Gerichtssaal säßen zwei Verteidiger und der, gegen den besonders schwer anzukommen sei, trage die Richterrobe.
Wie dem auch sei, im Wahlkampf setzt sich Larren jedenfalls weiterhin tatkräftig für Raymond ein. Da sein Amt ihm verbietet, Partei zu ergreifen, kann er zwar nicht offiziell in Erscheinung treten, doch er gehört nach wie vor zu Raymonds engerem Zirkel, den Männern, die Raymond vom Studium her oder aus seinen ersten Berufsjahren kennen und deren Vertrautheit mit ihm mich manchmal mit einer Art pubertärer Sehnsucht erfüllt hat. Larren; Mike Duke, geschäftsführender Teilhaber einer Baufirma; Joe Reilly von der First National Bank – das sind die Männer, auf die Raymond sich in diesen Tagen stützt. Mike Duke überwacht die Finanzierung des Wahlkampfs. In diesem Jahr ist das eine weit kniffligere Aufgabe als früher, da Raymond einen gewichtigen Gegner hat. Bisher ließ Raymond sich für keinerlei Werbekampagne einspannen, aus Angst, dadurch seine Unabhängigkeit zu gefährden. Doch diesmal kann er sich solche Skrupel nicht leisten. In jüngster Zeit hat er eine Reihe einschlägiger Veranstaltungen über sich ergehen lassen, ist um die Leute herumscharwenzelt, denen das Scheckbuch locker sitzt, und hat ihnen gezeigt, daß er immer noch

dasselbe geschmeidige Werkzeug der Gerechtigkeit ist wie vor zehn Jahren. Das Publikum wechselt – man nimmt jeden, wenn er nur Geld hat: Fabrikanten, Ärzte, Börsenmakler. Raymond hält seine Wahlreden im gefälligen Plauderton und wartet dabei nur auf den Moment, da er und der Richter abberufen werden, auf daß Mike in ihrer Abwesenheit den Angriff auf die Brieftaschen der Zuhörer eröffnen kann.
Heute fällt mir die Aufgabe zu, Raymond die Entschuldigung für seinen vorzeitigen Aufbruch zu liefern. Er stellt mich vor und erklärt, er müsse sich über die Amtsgeschäfte auf dem laufenden halten. In dieser Umgebung bin ich eine bloße Randfigur – keiner denkt auch nur daran, mir einen Platz anzubieten, und einzig Richter Lyttle macht sich die Mühe, aufzustehen und mir die Hand zu geben. Ich bleibe in angemessener Entfernung hinter dem in Zigarrenrauch gehüllten Tisch stehen, während die Herren einen letzten Händedruck wechseln und gutmütig-derbe Witze austauschen. Dann steuere ich hinter Raymond dem Ausgang zu.
»Was ist los?« fragt er, sobald wir am Türsteher vorbei und unter der grünen Markise des Clubs durch sind. Man spürt schon seit dem Morgen, daß die Luft weicher wird und milder. Mein Blut meldet sich. Der Frühling kommt.
Als ich Raymond von Dubinskys Anruf erzähle, versucht er gar nicht erst, seinen Ärger zu verbergen.
»Laß mich bloß einen von den zweien bei einem solchen Scheißspiel erwischen!« Er meint Nico und Molto. Wir gehen in forschem Tempo die Straße runter auf die Bezirksverwaltung zu. »Was ist das überhaupt für ein Quatsch? Ermittlungen auf eigene Faust!«
»Raymond, das ist ein Reporter, der laut denkt. Wahrscheinlich steckt gar nichts dahinter.«
»Das will ich schwer hoffen.«
Ich bin gerade dabei, ihm von dem Debakel zwischen Polizei und Drogenfahndung zu erzählen, aber er fällt mir ins Wort.
»Wie weit sind wir eigentlich mit Carolyn?« fragt er. Die Spekulation über Moltos Aktivitäten hat offenbar nur dazu geführt, daß Raymond jetzt noch energischer auf Erfolgsmeldungen drängt. Seine Fragen kommen wie aus der Pistole

geschossen: Haben wir den Bericht von Haar & Faser? Wie lange wird das Labor noch brauchen? Gibt's was Neues über die Fingerabdrücke? Sind die Akten über die Sexualverbrecher, gegen die Carolyn ermittelt hat, angefordert?

Als ich Raymond sage, daß mit all diesen Auskünften in Kürze zu rechnen sei, ich aber die letzten drei Stunden bei der wöchentlichen Lagebesprechung war, bleibt er wie angewurzelt stehen. Er schäumt vor Wut.

»Verdammt noch mal, Rusty!« Sein Gesicht ist rot angelaufen, und die Brauen senken sich zornig über seine Augen. »Ich hab' dir doch neulich schon gesagt: Gib dieser Ermittlung *absoluten* Vorrang! Sie ist's wert. Della Guardia sitzt mir im Nacken. Und außerdem sind wir das Carolyn weiß Gott schuldig. Laß Mac den Laden schmeißen. Die schafft das mit links. Soll sie ruhig zusehen, wie die von der Drogenfahndung und die Cops sich gegenseitig ans Bein pinkeln. Aber du hältst dich an diesen Fall. Ich will, daß du jedem Hinweis nachjagst. Und halt dich verdammt noch mal an die Vorschriften, verstanden? Arbeite endlich wie 'n Profi, verflucht!«

Ich schaue die Straße rauf und runter. Ich sehe niemand Bekanntes. Neununddreißig Jahre bist du alt, denke ich, seit dreizehn Jahren bist du Jurist.

Raymond geht schweigend voran. Schließlich dreht er sich kopfschüttelnd nach mir um. Ich bin auf einen weiteren Tadel gefaßt, aber er sagt bloß: »Mann, diese Typen sind vielleicht Arschlöcher.« Raymond hat offenbar bei seinem Lunch wenig Spaß gehabt.

In der Bezirksverwaltung sitzt Goldie, der kleine Weißhaarige, der den Aufzug bedient, den ganzen Tag vor einer leeren Fahrstuhlkabine, die nur dazu dient, Raymond und die Regierungskommissare rauf- und runterzubefördern. Jetzt schiebt er seinen Schemel in die Kabine und faltet die Zeitung zusammen. Ich war eben dabei, die fehlende B-Akte zur Sprache zu bringen, doch solange wir im Lift sind, halte ich mich zurück. Goldie und Nico waren dicke Freunde. Ich habe sogar gesehen, wie Goldie ein-, zweimal gegen das Protokoll verstieß und Nico hoch- und runterkutschierte: Das war so recht nach Nicos Geschmack – er im Fahrstuhl des Chefs! Ich erinnere mich an

das noble Pokergesicht, mit dem Nico dabeistand, wenn Goldie die Lobby absuchte, um sich zu vergewissern, ob die Luft rein ist.
Sobald wir vor dem Büro angekommen sind, bleibe ich zurück. Verschiedene Deputys haben sich angemeldet, um ein paar Worte mit Raymond zu wechseln; manche, weil sie Probleme haben, andere, einfach weil sie neugierig sind und wissen möchten, wie es an der Front des Wahlkampfs aussieht. Ich erwähne ein paarmal, daß ich Carolyns Prozeßliste durchgegangen bin, sage es allerdings nur so obenhin, da ich kein Verlangen danach habe, noch mehr Fehlschläge zu beichten, und Raymond verliert den Faden meiner Geschichte, während seine Gesprächspartner ständig wechseln.
»Uns fehlt da eine Akte«, fange ich wieder an. »Carolyn hatte einen Fall, der sonst nirgends verzeichnet ist.«
Endlich wird Raymond aufmerksam. Wir betreten sein Büro durch den Seiteneingang. »Was ist das für ein Fall? Wissen wir was drüber?«
»Also eingetragen war er unter B: Beamtenbestechung. Keiner scheint zu wissen, was draus geworden ist. Ich habe Mac gefragt und in meinen Unterlagen nachgesehen.«
Raymond betrachtet mich sekundenlang, dann schweift sein Blick ab. »Wo soll ich um zwei sein?« fragt er.
Als ich ihm antworte, ich hätte keine Ahnung, ruft er lautstark nach seiner Sekretärin. Er brüllt Lorettas Namen immer wieder, bis sie erscheint. Wie sich herausstellt, muß Raymond zu einer Versammlung der Anwaltskammer. Er soll diverse Reformen im staatlichen Strafprozeßrecht erläutern, die er bei seinem Wahlkampf gefordert hat. Man hat eine Pressemeldung rausgegeben: Reporter und Fernsehteams werden anwesend sein – und er ist schon spät dran.
»Scheiße«, sagt Raymond. »Scheiße.« Er tigert durch sein Büro und sagt immerfort: »Scheiße.«
Ich versuche es noch einmal: »Jedenfalls muß der Computer eine Sicherheitskopie von dem Fall haben.«
»Hat sie Cody verständigt?«
»Carolyn?«
»Nein, Loretta.«

»Das weiß ich nicht, Raymond.«

Wieder schreit er nach Loretta. »Holen Sie Cody! Haben Sie ihn angerufen? Dann rufen Sie an, Herrgott noch mal! Na schön, schicken Sie jemand runter.« Raymond schaut mich an. »Der Saufkopf sitzt auf'm Autotelefon, und man kommt nie durch. Mit wem zum Teufel quatscht der bloß die ganze Zeit?«

»Ich dachte, du wüßtest vielleicht was über diesen Fall, könntest dich eventuell daran erinnern.«

Raymond hört nicht zu. Er hat sich in einen Sessel fallen lassen und sitzt nun schräg vor dem, was die Deputys respektlos Raymonds Trophäenwand nennen, eine weißverputzte Fläche, gespickt voll mit Plaketten, Bildern und anderen Erinnerungsstücken an große, glanzvolle Augenblicke: Preise der Anwaltskammer, Zeichnungen aus dem Gerichtssaal, politische Karikaturen. Raymond hat wieder diesen Blick, der ihn alt macht, unstet und nachdenklich, ein Mann, dem Auflösung und Chaos nicht fremd sind.

»Himmel, was ist das nur für ein Scheißladen! Bei jeder Wahl predigt Larren mir, ich soll doch einen Deputy bitten, sich Urlaub zu nehmen, damit ich jemanden habe, der rund um die Uhr den Laden schmeißt. Aber bisher sind wir auch so über die Runden gekommen. Diesmal ist's was anderes. Es liegt einfach zuviel an, verdammt, und kein Mensch fühlt sich verantwortlich. Weißt du, daß wir seit zwei Monaten keine Meinungsumfrage mehr gemacht haben? Zwei Wochen noch bis zur Wahl, und wir haben keine Ahnung, wo wir stehen und mit wem.« Er legt die Hand über den Mund und schüttelt den Kopf. Was ihn umtreibt, ist eher Kummer als Angst. Raymond Horgan, Bezirksanwalt von Kindle County, ist nicht mehr Herr der Lage.

Einen Moment lang herrscht tiefes Schweigen zwischen uns. Doch nach der verbalen Tracht Prügel, die ich auf der Straße bezogen habe, bin ich nicht in Stimmung für Ehrerbietigkeiten. Nach dreizehn Jahren bei der Regierung weiß ich, wie sich ein Bürokrat verhält, und ich will sichergehen, daß Raymond mir den Rücken deckt, was die fehlende Akte angeht.

»Jedenfalls«, sage ich noch einmal, »ich weiß nicht, welche Bedeutung ich der Sache beimessen soll. Ich hab' keine

Ahnung, ob der Fall bloß falsch abgelegt wurde oder ob da was faul ist.«

Raymond glotzt. »Sprichst du schon wieder von dieser Akte?«

Ich hab' keine Gelegenheit mehr zu antworten. Loretta meldet einen Anrufer, und Raymond nimmt das Gespräch entgegen. Alejandro Stern ist dran, der Strafverteidiger, der im Ausschuß des Anwaltsvereins den Vorsitz führt. Raymond entschuldigt sich, sagt, er sei wegen dieses grotesken Zusammenstoßes von Drogenfahndung und Polizei aufgehalten worden, sei aber schon unterwegs. Als er den Hörer auflegt, brüllt er wieder nach seinem Fahrer.

»Ich bin ja hier«, meldet sich Cody. Er ist durch die Seitentür hereingekommen.

»Phantastisch.« Raymond steuert erst in eine Richtung, dann in die andere. »Wo ist mein Mantel?«

Cody hat ihn schon.

Ich wünsche Raymond viel Glück. Cody hält die Tür auf. Raymond geht raus, kommt aber gleich wieder zurück.

»Loretta! Wo ist meine Ansprache?«

Wie sich herausstellt, hat Cody auch die. Trotzdem geht Raymond zum Schreibtisch. Er zieht eine Schublade auf und reicht mir im Hinausgehen einen Ordner.

Es ist die B-Akte.

»Wir reden noch darüber«, verspricht er mir und geht, Cody dicht hinter sich, den Flur hinunter.

6

»Der Junge, dieser Wendell, spielte irgendwie eine wichtige Rolle«, sagte ich zu Robinson. »Für uns, meine ich. Oder zumindest für mich. Es ist schwer zu erklären. Aber in gewisser Weise war er ein Teil dieser Geschichte mit Carolyn.«

Er war ein ungewöhnliches Kind, hoch aufgeschossen für sein Alter und von jener tapsigen Unbeholfenheit, wie man sie manchmal bei zu groß und zu dick geratenen Kindern findet – eine schwerfällige, fast einfältige Erscheinung. Wendell war freilich nicht zurückgeblieben, eher abgestumpft und teilnahmslos. Ich bat einen Psychiater um eine Erklärung, als ob die nötig gewesen wäre, und er sagte über dieses fünfjährige Kind: »Der Junge ist depressiv.«

Während der Anhängigkeit des Verfahrens gegen seine Mutter hatte man Wendell McGaffen aus dem County-Gewahrsam in ein Pflegeheim überstellt. Seinen Vater sah er täglich, die Mutter dagegen nie. Nachdem die üblichen Formalitäten bei Gericht durchgefochten waren, erhielten Carolyn und ich die Erlaubnis, mit dem Jungen zu reden. Anfangs sprachen wir freilich überhaupt nicht mit ihm, sondern nahmen bloß an seinen Sitzungen beim zuständigen Psychiater teil, der uns mit Wendell bekannt machte. Wendell beschäftigte sich mit den Spielsachen und Figuren, die bei dem Seelenklempner herumstanden, und der fragte ihn, ob ihm zu diesem oder jenem Gegenstand etwas einfalle, was aber fast nie vorkam. Der Psychiater, ein gewisser Mattingly, sagte, Wendell habe in all den Wochen nicht ein einziges Mal nach seiner Mutter gefragt, und folglich hätten er und seine Kollegen sie auch nicht erwähnt.

Wendell mochte Carolyn auf Anhieb gern. Er brachte ihr die Puppen. Er sprach zu ihr, machte sie auf Dinge draußen vor dem Fenster aufmerksam. Bei unserem dritten oder vierten Besuch sagte Carolyn zu dem Jungen, daß sie mit ihm über seine Mutter sprechen wolle. Der Seelenklempner schien beunruhigt, aber Wendell drückte seine Puppe mit beiden Händen an sich und fragte: »Was willst du wissen?«

So ging es weiter, zwanzig, dreißig Minuten pro Tag. Der Psychiater machte aus seiner Bewunderung keinen Hehl und bat Carolyn schließlich, bei ihren Gesprächen mit dem Jungen zugegen sein zu dürfen. Über eine Reihe von Wochen kam dann die Geschichte heraus, in bruchstückhaften, genuschelten Äußerungen, aufs Geratewohl hingeworfenen Antworten auf Fragen, die Carolyn oft schon Tage zuvor gestellt hatte. Bis auf sein Zögern und Stocken zeigte Wendell eigentlich keinerlei Gefühlsregung. Er stand Carolyn gegenüber und umklammerte mit beiden Händen die Taille einer Puppe, die er unausgesetzt anstarrte, ohne mit der Wimper zu zucken. Carolyn wiederholte, was er ihr bereits erzählt hatte, und stellte ihm dann weitere Fragen. Darauf nickte Wendell entweder, oder er schüttelte den Kopf oder reagierte auch überhaupt nicht. Hin und wieder gab er eine Erklärung. »Es hat weh getan.« – »Ich hab' geweint.« – »Sie hat gesagt, ich soll nicht weinen.«

»Sie wollte also, daß du still bist?«

»Ja. Sie hat gesagt, ich soll nicht weinen.«

Bei jemand anderem wäre vielleicht dieses ständige Wiederholen der Fragen grausam erschienen, aber Carolyns Bedürfnis, sich über die Erlebnisse des Jungen Klarheit zu verschaffen, wirkte durchaus uneigennützig. Kurz vor Prozeßbeginn einigten sie und der Psychiater sich darauf, daß die Staatsanwaltschaft Wendell nur im äußersten Notfall in den Zeugenstand rufen dürfe. Die Gegenüberstellung mit seiner Mutter wäre zuviel für das Kind, sagte Carolyn. Doch selbst nachdem diese Entscheidung getroffen war, setzte sie ihre Gespräche mit Wendell fort in dem Bemühen, mehr und mehr aus dem Jungen herauszukriegen.

»Es läßt sich schwer erklären«, sagte ich zu Robinson, »diese Art, wie sie in das Kind hineinsah. Mit welcher Intensität. Und mit welchem Ernst. Ich hätte sie nie zu dem Typ Frauen gerechnet, die eine Beziehung zu Kindern haben. Und als sich herausstellte, daß ich mich geirrt hatte, war ich über die Maßen erstaunt.«

Ihr Geheimnis wurde dadurch noch viel größer. Sie erschien mir wie eine indische Göttin, die alle Gefühle der Schöpfung in sich vereinigt. Welche wildbrausenden, libidinösen Ströme Carolyns Erscheinung und Auftreten auch in mir freigesetzt haben mochten, im Grunde war es ihre zärtliche Hinwendung zu diesem schutzlosen Kind, die mich über die Klippe zog und meinen Gefühlen etwas sehnsüchtig Schmachtendes verlieh, dem ich weit mehr Bedeutung beimaß als all meiner priapischen Glut. Wenn sie ihren ruhigen, ernsthaften Ton anschlug und sich zu dem braven, einfältig leidenden Wendell neigte, war ich – Bedauern hin oder her – erfüllt von Liebe zu ihr. Eine ungestüme Liebe. Verzweifelt und besessen und absichtlich blind. Jene durch und durch wahre Liebe eben, die nicht nach der Zukunft fragt, überwältigt ist von der Gegenwart und außerstande, von den Zeichen auf ihre Bedeutung zu schließen. Eines Tages sprach ich mit Mattingly über Carolyns Arbeit mit dem Jungen. Ob er nicht auch finde, daß sie da etwas ganz Außergewöhnliches vollbracht habe? Faszinierend. Unerklärlich. Ich wollte ihn dazu bringen, sie zu loben. Doch Mattingly faßte meine Bemerkung als ernstgemeinte Fragen auf, so als hätte ich mich bei ihm, dem Sachverständigen, nach der Ursache dieses Phänomens erkundigt. Nachdenklich sog er an seiner Pfeife. »Darüber hab' ich mir auch schon Gedanken gemacht.« Seine Miene verdunkelte sich, wahrscheinlich aus dem Bewußtsein heraus, wie leicht er Anstoß erregen oder verkannt werden könne. Trotzdem sprach er weiter. »Und ich glaube, irgend etwas in ihr muß den Jungen an seine Mutter erinnern.«

Die Verhandlung lief gut. Mrs. McGaffen wurde durch Alejandro Stern vertreten (privat Sandy), einen argentinischen Juden, Kavalier spanischer Schule, geschniegelt, elegant – eine tadellose Erscheinung mit kaum hörbarem Akzent und manikürten Nägeln. Er ist ein gediegener, aber heikler Prozeßanwalt, und wir beschlossen, seiner zurückhaltenden Strategie zu folgen. Wir legten unser Beweismaterial vor, die ärztlichen Zeugnisse sowie die Ergebnisse der Testreihen, ferner die Gegenstände, die bei der Haussuchung sichergestellt wurden. Damit begnügte die Anklage sich vorerst. Sandy rief einen Psychiater auf, der Colleen McGaffen einen sanftmütigen Charakter bescheinigte. Dann bewies Stern, was für ein guter Anwalt er war, indem er das übliche Procedere umkehrte. Die Angeklagte trat als erste in den Zeugenstand und leugnete rundweg alles. Nach ihr kam der Ehemann an die Reihe. Er weinte herzzerreißend, während er den Tod seines ersten Kindes schilderte und Wendells Sturz, von dem er hartnäckig behauptete, er habe ihn mit angesehen, sowie die innige Liebe seiner Frau zu ihrem Sohn. Ein erstklassiger Anwalt vermittelt den Geschworenen unterschwellig immer eine Botschaft, die zu voreingenommen oder unanständig ist, als daß sie laut ausgesprochen werden dürfte – sei es der Appell an rassistische Gefühle, wenn ein schwarzes Opfer einen weißen Angeklagten identifiziert, sei es die Alles-halb-so-schlimm-Attitüde, mit der Anwälte wie Stern über ein Verbrechen hinweggehen, dessen Ausführung mißglückt ist. In unserem Fall wollte Sandy den Geschworenen klarmachen, daß der Ehemann der Angeklagten verziehen hatte, und wenn er das konnte, warum konnten es dann nicht auch sie?

Ich stellte fest, daß die Atmosphäre im Gerichtssaal mir Kraft verlieh: Hier konnte ich mich gegen Carolyn fast abschotten. Über längere Phasen hinweg gelang es mir, mich zu konzentrieren, und wenn ich mir dann wieder ihrer Gegenwart bewußt wurde, wenn die Besessenheit mich wieder in ihren Klauen hielt, so wunderte ich mich fast darüber. Aber dieser Willensakt kostete einen hohen Preis. Außerhalb des Verhandlungsraums war ich praktisch zu nichts zu gebrauchen. Selbst die einfachsten Routineaufgaben wie Zeugenvernehmung oder das Zusammentragen von Beweisstücken konnte ich nur erledigen, indem ich mich zu teilnahmslosem Desinteresse zwang: Denk nicht an sie, bitte, denk jetzt nicht an sie! Ich tat's. Ich stolperte durch den Tag wie einer, der total high ist, ständig schwankend zwischen allerhand unheimlichen Traumbildern, heftigen Selbstvorwürfen und Augenblicken, in denen sie zugegen war und ich einfach nur hilflos glotzte.

»Schließlich, eines Abends«, erzählte ich Robinson, »arbeiteten wir zusammen in ihrem Büro.« Die Verteidigung war fast durch mit ihren Zeugen. Darryl McGaffen hatte seine Aussage begonnen, und die hilflose Unfähigkeit dieses Mannes, sich mit dem, was geschehen war, auch nur annähernd auseinanderzusetzen, konnte einem tatsächlich zu Herzen gehen. Carolyn sollte das Kreuzverhör führen, und sie war in Hochstimmung. Im Gerichtssaal wimmelte es von Reportern; fast jeden Abend berichteten ein paar Fernsehstationen über den Fall. Und das Kreuzverhör war an sich schon aufregend, da es nahezu chirurgisches Geschick erforderte: Darryl mußte als Zeuge vernichtet werden, nicht aber als Mensch. Die Sympathie der Geschworenen würde er auf keinen Fall verlieren, denn er tat schließlich nur, was die meisten von uns an seiner Stelle auch tun würden – er versuchte zu retten, was von seiner Familie noch übrig war. Darum ließ Carolyn sich viel Zeit mit der Vorbereitung dieses Verhörs, übte und modulierte ihre Fragen und spielte die ganze Szene durch, wobei sie vor meinen Augen Feuer sprühte wie eine durch die Luft wirbelnde Münze. Sie lief auf Strümpfen, und ihr weiter Rock flatterte jedesmal um ihre Beine, wenn sie in dem engen Raum eine Kehrtwendung machte. Sie ging lebhaft auf und ab, während sie die Fragen durchackerte und den richtigen Tonfall einübte.

Wir hatten uns von einem Schnellimbiß ein Abendessen kommen lassen, und die Pappschachteln standen noch auf dem Schreibtisch, mitten zwischen Akten und Unterlagen: Darryls Zeiterfassungskarte von der Bank, die bewies, daß er zuviel arbeitete, um wissen zu können, was zu Hause los war; medizinische Gutachten über das Kind; Aussagen seiner Lehrer und einer Tante. Und wir gingen jede Frage einzeln durch. »Nein, nein«, meinte sie, »das muß viel sanfter kommen: ›Mr. McGaffen, Sie konnten nicht wissen, daß Wendell seine blauen Flekken in der Schule vorgezeigt hat?‹ Ungefähr so. Vielleicht drei Fragen dazu. ›Kennen Sie Beverley Morrison? Nun, würde es Ihr Gedächtnis auffrischen, wenn ich Ihnen sage, daß sie Wendells Lehrerin war? Haben Sie gewußt, daß Miss Morrison am siebenten November letzten Jahres mit Ihrer Frau über Wendells Gesundheitszustand gesprochen hat?‹ Aber sachte«, sagt sie.

»Sachte, das ist es«, sage ich. »Kommen Sie ihm nicht zu nahe. Und laufen Sie im Gerichtssaal nicht zuviel hin und her. Es darf nicht so aussehen, als seien Sie wütend.«

Und Carolyn ist ganz aufgeregt, und sie greift über den Schreibtisch, ganz weit, und faßt meine beiden Hände.

»Es wird bestimmt Spitze«, sagt sie, und ihr Blick, dieser Blick aus tiefgrünen Augen, bleibt noch einen Moment auf mir

ruhen, gerade so lange, daß ich weiß, wir sind plötzlich nicht mehr bei dem Prozeß.
Und ich sage – bis zu diesem Augenblick habe ich noch nie ein Wort verraten –, ich sage so hohl und jämmerlich, wie ich mich fühle: »Was zum Teufel ist los, Carolyn?« Und ein Lächeln huscht über ihr Gesicht, ganz flüchtig nur, aber mit einem Strahlen darin, daß es mich umhaut.
»Nicht jetzt«, sagt sie und ist im Handumdrehen wieder bei ihrem Kreuzverhör.
»›Nicht jetzt.‹ Nicht jetzt. An jenem Abend erwischte ich gerade noch den letzten Bus nach Nearing. Brütend saß ich in der Dunkelheit, durch die hin und wieder das Licht einer Straßenlaterne zuckte. Nicht jetzt. Hab' ich mich noch nicht entschieden? Ich bin entschlossen. Es ist gut. Es ist schlecht. Ich bin mir nicht sicher. Ich will mir den Rückzug erleichtern. Aber irgendwas war immerhin da. Ich begriff allmählich die Bedeutung unseres kurzen Dialogs. Ich war nicht verrückt. Ich hatte mich in keine Einbildung verrannt. Es geschah etwas. Wir hatten über *etwas* gesprochen. Und diese ängstlich nervöse Unruhe, die mich schon so lange umtrieb, begann sich zu wandeln. Als ich da hinten im Bus saß wie in einer finsteren Grube, ernüchterte sich meine Besessenheit gewissermaßen, und mit dem Bewußtsein, daß ich in die Realität eingetreten war, überkam mich ganz einfach Angst.«

7

STUDIO B, steht draußen an der Tür. Ich betrete einen weiten, offenen Raum von der Größe einer mittleren Turnhalle. Das Licht hier drinnen wirkt irgendwie senfig – die Wände sind gelb gekachelt und scheinen zu leuchten. Die Atmosphäre erinnert an Nats Grundschule: ein graugefliester Fußboden, längs der Wand eine Reihe von Waschbecken und bis hoch an die Decke Spinde, offenbar Schließfächer für die Studenten. Ein junger Mann arbeitet an einer Staffelei vor dem Fenster. Ich habe viele Jahre hier an der Uni zugebracht – müßte ich eine so traurige Bilanz ziehen, wahrscheinlich die glücklichste Zeit meines Lebens –, aber die Kunstakademie betrete ich heute vermutlich zum erstenmal, jedenfalls wenn man das angrenzende Theater nicht dazurechnet, in das Barbara mich gelegentlich zu einer Vorführung mitschleppt. Einen Augenblick lang bin ich ratlos, warum ich mir das aufgehalst habe. Ich hätte besser Lipranzer geschickt, überlege ich scharfsichtig. Schließlich rede ich.

»Marty Polhemus?«

Der Junge an der Staffelei dreht sich um und mustert mich ängstlich. »Sind Sie von der Polizei?«

»Von der Bezirksanwaltschaft.« Ich strecke ihm die Hand hin und nenne meinen Namen. Marty wirft den Pinsel auf einen Tisch, auf dem Tuben mit Acrylfarben und runde weiße Flaschen mit Grundiermitteln verstreut sind. Er wischt sich die Hand am Hemdzipfel ab, bevor er meine dargebotene ergreift. Marty ist der typische Kunststudent: ein pickliger Knabe mit wildem, kupferfarbenem Krauskopf, die Kleidung über und über mit Farbe bekleckst und unter seinen langen Fingernägeln eine Kruste aus gewöhnlichem Dreck und Farbpigmenten.

»Man hat mir gesagt, daß mich vielleicht jemand sprechen möchte«, sagt Marty. Er ist einer von der nervösen Sorte, erpicht darauf, einen guten Eindruck zu machen. Er fragt, ob ich eine Tasse Kaffee mittrinke, und wir gehen zu einer Filtermaschine hinten bei der Tür. Martin gießt zwei Plastikbecher voll und muß sie dann absetzen, um in seiner Tasche nach Kleingeld zu suchen. Am Ende werfe ich zwei Vierteldollarmünzen in die Kasse.

»Wer war das?« frage ich, während wir beide in unsere Kaffeebecher pusten. »Wer hat gesagt, vielleicht möchte Sie jemand sprechen? Mac etwa?«
»Raymond. Mr. Horgan. Er hat's gesagt.«
»Aha.« Peinliches Schweigen. Allerdings scheint Marty die Art Junge zu sein, mit dem einem das oft passiert. »Ich bin der Deputy, der in Zusammenarbeit mit der Polizei den Mord an Ihrer Mutter untersucht. Ich hielt es für eine gute Idee, mit Ihnen Kontakt aufzunehmen. Bloß um zu sehen, ob Sie vielleicht irgendwas zu den Ermittlungen beisteuern können.«
»Klar. In Ordnung. Fragen Sie nur!« Wir schlendern zurück zu seiner Staffelei, und er setzt sich auf die breite Fensterbank. Von hier kann man über den Campus weg die Bahngeleise sehen, die sich wie eine große, greifbare Narbe über den Bauch der Stadt schlängeln. Der Junge schaut in diese Richtung, und einen Moment lang folge ich seinem Blick. »Wissen Sie, ich hab' sie nicht sehr gut gekannt. Die Vorgeschichte kennen Sie ja wahrscheinlich, oder?«
Ich weiß nicht, ob ich ja oder nein sagen soll, entscheide mich aber für letzteres, und er nickt.
»Ich hatte lange Zeit überhaupt keine Verbindung mit ihr. Mein Vater kann Ihnen das Ganze erzählen, wenn Sie wollen. Rufen Sie ihn einfach an. Er hat gesagt, er würde gern alles tun, was er kann, um zu helfen.«
»Er wohnt in New Jersey?«
»Ja. Ich geb' Ihnen seine Nummer, wenn Sie wollen.«
»Soviel ich weiß, waren Ihre Eltern geschieden.«
Marty lacht. »Gott, das hoffe ich. Er und meine Mutter – ich meine Muriel, aber ich nenne sie immer Mutter – sind seit fünfzehn Jahren verheiratet.«
Er zieht seine Beine auf die Fensterbank hoch und beobachtet das Geschehen auf dem Campus, während er weiterspricht. Nachdem er mir vorgeschlagen hat, seinen Vater anzurufen, erzählt er mir im nächsten Moment selber, was hinter ihm liegt. Ihm ist nicht besonders wohl dabei; seine Hände sind ineinander verkrampft, fast wie bei einem Behinderten. Aber er redet weiter, ohne daß ich nachhelfen muß. Die Geschichte, die Marty stockend vorbringt, ist typisch für unsere Tage. Sein

Vater Kenneth war Englischlehrer an einer Kleinstadt-High-School in New Jersey, und Carolyn war seine Schülerin.
»Mein Vater sagt, sie war wirklich sehr attraktiv, wissen Sie. Ich denke, mit den beiden fing es an, als sie noch zur Schule ging. Ich meine, sie haben sich heimlich getroffen oder so. Das paßt gar nicht zu Dad. Echt nicht. Er ist ein echt ruhiger Typ. Ich wette, er hat noch keine zwei Mädchen gekannt, als er ihr begegnete. Er hat das zwar nie gesagt, aber ich wette drauf. Ich glaub', es war so 'ne Art große Leidenschaft. Sie wissen schon. Echt romantisch. Jedenfalls von seiner Seite.« Hier scheint der Junge nicht mehr weiterzuwissen. Er hat nur eine verschwommene Vorstellung von Carolyn. Er weiß offenbar nicht genug, um ihre Gefühle auch nur ahnen zu können.
»Sie«, sagt er. »Carolyn. Sie wissen ja, meine Mutter. Meine *richtige* Mutter.« Er verzieht das Gesicht. »Mein Vater nannte sie Carrie. Sie hatte 'n Haufen Brüder. Und ihren Vater. Ihre Mutter war tot. Ich glaub', sie hat sie alle gehaßt. Ich weiß nicht, aber die haßten sich alle gegenseitig. Dad sagt, ihr Vater hätte sie dauernd verdroschen. Sie war echt froh, da rauszukommen.«
Der Junge rutscht vom Fensterbrett und geht zu seinem Bild: ein Strudel roter Farbe. Mit zusammengekniffenen Augen begutachtet er die wirren Linien und greift nach einer Tube. Er will weiterarbeiten, während wir uns unterhalten.
Wie es zu dem Bruch mit seinen Eltern kam, wisse er nicht genau, sagt er. Als er geboren wurde, versuchte Carolyn gerade, die Aufnahmeprüfung fürs College zu machen; daß sie ihre Ausbildung unterbrechen mußte, machte sie unglücklich. Sein Vater erzähle bloß, daß um die Zeit überall der Teufel los gewesen sei und daß Carrie sich habe mitreißen lassen. Sie habe einen Freund gehabt, sagt Marty; so, wie sein Vater rede, sei er sich dessen ziemlich sicher. Aber anscheinend habe sein Vater sich nie näher auf dieses Thema eingelassen. Er habe es immer so dargestellt, als sei ihre innere Unzufriedenheit der Grund gewesen, daß nach und nach sie alles angekotzt habe: die Stadt, sein Vater und das Leben, das sie führten.
»Mein Vater sagt, sie war zu jung, als sie damals heirateten, und nachdem sie erwachsen geworden war, wünschte sie sich

ein anderes Leben, und sie war entschlossen, es zu kriegen. Dad sagt, es war 'ne ganz verfahrene Kiste. Eines Tages ist sie dann einfach abgehauen. Und mein Vater sagt, wahrscheinlich war es so am besten. So ist Dad nun mal. Er sagt so was und meint es auch noch ehrlich.«

Nach der Schilderung seines Sohnes erscheint dieser Vater wie von Norman Rockwell gezeichnet, weise und gütig, mit Brille und Zeitung in der Hand – der Typ Mann, der Abend für Abend daheim im Wohnzimmer hockt und seinen Gedanken nachhängt, ein Lehrer, dem das Wohl seiner Schüler stets am Herzen liegt. Ich habe einen Sohn, hätte ich um ein Haar zu dem Jungen gesagt. Ich fände es schön, wenn er eines Tages auch so über mich reden würde.

»Ich hab' keine Ahnung, wer sie umgebracht hat«, sagt Marty Polhemus schroff. »Ich meine, deswegen sind Sie doch wohl hier, oder?«

Warum bin ich hergekommen? frage ich mich plötzlich. Wahrscheinlich, um zu sehen, was sie versteckt hielt oder zumindest nicht gern herzeigen wollte, und um noch mehr von meiner Illusion einzubüßen, daß ich ihr einmal sehr nahestand.

»Glauben Sie, es war jemand, den sie kannte?« fragt er. »Ich meine, haben Sie so was wie Spuren oder wie das bei Ihnen heißt? Beweise? Indizien?«

Ich verneine und schildere ihm das rätselhafte Ergebnis der Ermittlungen: die offenen Fenster, das Glas auf der Bar. Ich erspare ihm Details wie die Fesseln und die nichtlebensfähige Samenflüssigkeit. Immerhin geht es hier um seine Mutter; wenn ich auch das Gefühl habe, daß bei diesem Jungen wenig Anlaß zu Schonung und Besorgnis besteht. Ich bezweifle, daß Martys Verwirrung und seine Nervosität auf den Tod seiner Mutter zurückzuführen sind. Es hat vielmehr den Anschein, als betrachte er den ganzen Fall weitgehend aus der Perspektive eines Außenseiters.

»Carolyn verhandelte eine Menge Vergewaltigungen«, sage ich. »Ein paar Leute meinen, einer aus diesen Kreisen könnte der Täter sein.«

»Aber Sie glauben das nicht?«

»Mord hat für gewöhnlich nichts Geheimnisvolles an sich. In

dieser Stadt hängt heutzutage die Hälfte aller Mordfälle mit irgendwelchen Bandenkriegen zusammen. Bei den übrigen sind Täter und Opfer fast immer gut miteinander bekannt; bei etwa fünfzig Prozent hiervon handelt es sich um gescheiterte Liebesbeziehungen: kaputte Ehe, abgeblitzter Liebhaber oder so. Meist hat es im letzten halben Jahr einen Riesenkrach gegeben. Das Motiv ist meist ziemlich klar. Ja, das ist die Regel – und das macht diesen Fall so verwirrend.«

»Sie hatte viele Männerbekanntschaften«, steuert Marty unaufgefordert bei.

»Ach ja?«

»Ich nehm's an. Ich meine, es kam oft vor, daß sie mich aus dem Weg haben wollte. Ich rief bei ihr an, wissen Sie, und ich merkte, daß sie wen bei sich hatte. Ich hab' nicht immer kapiert, was mit ihr los war. Ich glaub', es machte ihr Spaß, Geheimnisse zu haben.« Er hebt die Schultern. »Ich meine, ich dachte, ich würde sie besser kennenlernen. Darum bin ich ja hierhergekommen. Mein Dad hat immer wieder versucht, mich davon abzubringen, aber ich hab's mir so schön vorgestellt. Das Studium interessiert mich im Moment sowieso nicht besonders. Ich dachte, wenn man aufs College geht, ist eins so gut wie das andere. Ich blick' sowieso nirgends durch.«

»Wirklich?«

»Nirgends ist übertrieben. Aber Physik kapier' ich echt nicht. Ist einfach nicht drin. Da fall' ich bestimmt durch.«

Ein Mädchen mit dem Werbeslogan für die Welttournee einer Rockgruppe auf dem T-Shirt kommt herein und fragt, ob er einen gewissen Harley gesehen habe. Marty verneint. Als die Tür aufgeht, hört man draußen im Flur eine Stereoanlage. Der Junge nimmt einen anderen Pinsel und tritt bis auf wenige Zentimeter an die Leinwand heran. Es tut weh zu sehen, wie zaghaft er seine Striche setzt.

Er fährt fort, über Carolyn zu reden: »Ich wußte schon seit Jahren, daß sie hier wohnt. Zuerst schrieb ich ihr Briefe. Und als ich den Mut dazu aufbrachte, rief ich sie an. Es war nicht das erste Mal, daß ich mit ihr sprach. Sie telefonierte ab und zu mit uns. Ziemlich oft am Jahresanfang, wie wenn sie an Weihnachten hätte anrufen wollen, aber wußte, daß sie's besser nicht tun

sollte. Auf alle Fälle war sie nett. Echt nett. Auch als ich ihr erzählte, daß ich herkommen will. ›Oh, das wär prima.‹ Bla, bla, bla. Richtig höfliches Gequatsche. Genau«, sagt er und nickt vor sich hin. »Höflich. Verbindlich. So nennt man das wohl, nicht?«
»Genau«, sage ich.
»Ich hab' sie also besucht, meistens sonntags. Ein-, zweimal hat sie mich auch Leuten vorgestellt, wenn ihr das gerade in den Kram paßte. So hab' ich auch Mr. Horgan kennengelernt, verstehen Sie?«
Ich nicke. Der Junge scheint jetzt sehr aufgewühlt. Am besten, ich lasse ihn einfach frei von der Leber weg reden, wenn mir die Fragen auch noch so auf der Zunge brennen.
»Ich meine, sie hatte echt viel um die Ohren. Mit ihrem Beruf und so. Sie wollte irgendwann mal fürs Amt des Bezirksanwalts kandidieren. Wußten Sie das?«
Ich hatte es nicht gewußt und zögere länger als nötig mit der Antwort. In unserer Dienststelle wimmelt es von Leuten, die den gleichen Zukunftstraum haben, sage ich schließlich.
»Haben Sie sie richtig gut gekannt? Ich meine, haben Sie vielleicht mit ihr zusammengearbeitet oder so?«
»Hin und wieder.« An seinem eindringlichen Blick spüre ich, daß er mir meinen gespielten Gleichmut nicht abnimmt. Er rührt mit seinem Pinsel in einer flachen Plastikschale herum. Es dauert lange, bis er mich wieder ansieht.
»Sie wollten mir gerade erzählen, wie es war, wenn Sie sie besuchten«, nehme ich den Faden wieder auf.
»Sie war immer riesig nett. Aber so, wie wenn's sie eigentlich nichts anginge. Darum wollte mein Vater auch nicht, daß ich herkomme. Ich meine, er hat all die Jahre versucht, mich zu schonen, indem er mir vorgemacht hat, es wär' eben eine Phase in ihrem Leben gewesen oder so. Er hat alles getan, damit ich nicht das Gefühl kriegen sollte, sie wäre meinetwegen fortgegangen. Aber er wußte, was los war. Und jetzt weiß ich's wohl auch.« Er wirft seinen Pinsel hin. »Wenn Sie die Wahrheit hören wollen: Mr. Horgan mußte mich ganz schön beknien, damit ich zur Beerdigung gegangen bin. Ich wollte nicht. Mir war echt nicht danach. Meine eigene Mutter. Ist das nicht schrecklich?«
»Ich weiß nicht«, sage ich. Er nimmt sein Bild von der Staffelei,

stellt es dicht vor sich hin und starrt es an. Wie jung er noch ist, denke ich. Die Gewissensbisse dieses Jungen rühren mich.
»Meine Mutter starb, als ich auf der Uni war«, sage ich. »Die Woche darauf fuhr ich kurz nach Hause, um meinen Vater zu besuchen. Das tat ich zwar sonst nie, aber ich dachte, unter diesen Umständen...« Ich mache eine vage Handbewegung. »Also, was soll ich sagen – ich traf ihn beim Packen. Der halbe Hausrat war schon in Kisten verstaut. Ich sagte: ›Pa, wo willst du hin?‹ Und er sagt: ›Nach Arizona.‹ Wie sich herausstellte, hatte er ein Stück Land gekauft und einen Wohnwagen. Und mir hat er keinen Ton davon gesagt. Wenn ich an dem Tag nicht vorbeigekommen wäre, hätte er sich bestimmt verdrückt, ohne sich auch nur von mir zu verabschieden. Und so war's mit uns immer. Manchmal ist es eben so zwischen Eltern und Kindern. Das haut nicht bei allen so hin wie im Bilderbuch.«
Der Junge sieht mich einen Moment schweigend an. »Und was macht man dagegen? Kann man denn nichts dagegen tun?«
»Man versucht einfach, trotzdem erwachsen zu werden; nach der eigenen Fasson. Mein Sohn zum Beispiel, der ist für mich meine ganze Welt.«
»Wie heißt er?«
»Mein Sohn?«
»Ja.«
»Nat.«
»Nat«, sagt Carolyns Sohn. Wieder schaut er mich an. »Was hat sie Ihnen eigentlich bedeutet? Ich meine, Sie sind doch nicht bloß dienstlich hier, oder? War sie auch Ihre Freundin?«
Ich bin sicher, daß der Junge meinen Trauring gesehen hat. Während er mir die Frage stellt, schiebt er das Kinn vor, als wolle er auf ihn zeigen, aber ich fühle mich außerstande, diesem sensiblen, anständigen Jungen etwas vorzumachen.
»Ich muß gestehen, für ganz kurze Zeit war ich auch mit ihr befreundet. Ja. Ende letzten Jahres. Aber es war gleich wieder vorbei.«
»So?« fragt der Junge und schüttelt angewidert den Kopf. Er sehnt sich danach, jemanden zu finden, den sie nicht hinters Licht geführt hat, doch es gibt niemanden, der das von sich behaupten kann.

»Wenn ich durchfalle«, sagt er zu mir, »dann geh' ich wieder nach Hause.« Da er diese Erklärung so gewichtig hervorbringt, vermute ich, daß er diesen Entschluß womöglich eben erst gefaßt hat. Aber ich antworte nicht. Er braucht von mir keine Bestätigung dafür, daß seine Entscheidung richtig ist. Also lächle ich nur, so herzlich, daß er hoffentlich versteht, wie sehr ich ihn mag. Dann gehe ich hinaus.

8

»Wissen Sie, in der Hall«, sagt Lip und meint die McGrath Hall, unser Polizeipräsidium, »also da haben sie den Fall Unternehmen tote Hose getauft.« Er spricht von unseren Ermittlungen im Mordfall Polhemus. »So quatschen die Detectives mich an: ›Na, Lip, was Neues beim Unternehmen tote Hose?‹ Als wär's so sicher, daß der Scheißfall nicht zu klären ist. Jedenfalls nicht schnell genug für Horgan. Wenn der bloß den Zeitungen nicht weisgemacht hätte, daß wir die Sache im Handumdrehen erledigen. Runterspielen hätt' er alles sollen, statt in vierzig gottverdammten Interviews damit anzugeben, wie wir uns den Arsch aufreißen.«

Lip hat den Mund voll mit Hot dog und Pfeffersoße, läßt sich aber dadurch in seiner Tirade nicht stören. Er ist stinksauer. Wir stehen am Rand eines unbebauten Grundstücks, einer Art Müllplatz, unter dem Highway-Viadukt. Geborstene Betonklötze, aus denen die verrostete Armierung herausragt, sind auf dem unebenen Boden verstreut; dazwischen türmt sich der übliche Abfall: Flaschen, Zeitungen, schrottreife Autoteile, alles überdeckt von zerknülltem Wachspapier und kaputten Pappbechern, achtlos hingeworfen von den vielen Kunden, die wie wir gegenüber im Giaccalone's ein Sandwich gekauft haben. Lip hat eine besondere Vorliebe für diese Imbißbude, einen italienischen Stand, wo sie dir ein ganzes Kalbskotelett, dick mit Mayonnaise bestrichen, zwischen zwei Brötchenhälften klemmen. Lip langt mittags gern kräftig zu – ein Notbehelf für Singles, die abends beim Heimkommen keine warme Mahlzeit erwartet. Unsere Getränke – alkoholfrei, versteht sich – haben wir auf einer demolierten Parkbank ohne Rückenlehne abgesetzt. Wir stützen uns jeder mit einem Fuß auf die Sitzfläche. Herumtreiber und junge Liebespärchen haben ihre Namen ins halbverfaulte Holz geritzt.

Auf dem Weg zurück zum Wagen tauschen Lip und ich die Neuigkeiten aus. Ich berichte von meinem Gespräch mit dem Jungen und sage ihm auch, daß ich nichts Nennenswertes aus ihm rausbekommen konnte. Lip zählt auf, was er in den letzten Tagen unternommen hat. Unter anderem verhörte er eine

Nachbarin der Toten, die glaubt, im Haus einen Fremden gesehen zu haben.
»Mrs. Krapotnik«, sagt Lip. »Is'n Treffer, die Frau. Ob sie geredet hat? Wie'n Maschinengewehr, Mann!« Er schüttelt den Kopf. »Ich werde die einschlägigen Verbrecheralben mit ihr durchgehen, aber vorher muß ich mir Ohropax besorgen.«
»Was ist mit dem Index?« Ich meine die Kartei der in unserem Bundesstaat registrierten Sexualverbrecher.
»Fehlanzeige.«
»Was denn? Keiner darunter, der auf diese Fesselnummer steht?«
»Die Lady, mit der ich geredet habe, sagt, sie hätt' so was mal in 'nem Buch gelesen. Aber in echt weiß sie von keinem, der so was macht. Mann, o Mann, können Sie sich vorstellen, was die liest? Als ob's bei ihrem Job nicht genug Horrorstorys gäbe.«
Lip und ich steigen in seinen Dienstwagen, einen goldenen Aries, ein ganz neutrales Fahrzeug bis auf die Spezialbereifung und das Kürzel ZF auf dem Nummernschild; diesen Code kennt jeder kleine Ganove in der Stadt. Lip braust mit Vollgas los. Polizisten, Taxifahrer, alle, die praktisch im Auto leben, fahren so schnell. Er nimmt eine seiner vielen Abkürzungen zurück ins Zentrum, wird aber durch eine Umleitung gezwungen, über die Kinbark Road zu fahren, die Hauptstraße meines alten Viertels. Langsam und gemessen wie in einer Prozession rollt der umgeleitete Verkehr stadteinwärts. Da ist's, denke ich, da ist's. Vetter Milos, der die Bäckerei übernahm, als mein Vater wegzog, hat nicht einmal das Schild ausgewechselt. Es steht immer noch SABICH's drauf, in dicken, meerblauen Lettern.
Obwohl ich als Kind täglich im Laden helfen mußte, erinnere ich mich nur noch an ein paar ganz bestimmte Details: das Fliegengitter im Sommer, das die Gestalten der Passanten draußen verzerrte; die Gestelle mit den blauschimmernden Metallblechen hinter der Ladentheke; die schwere stählerne Registrierkasse und ihr volltönendes Klingeln. Mit sechs Jahren mußte ich zum erstenmal antreten. Für meinen Vater war ich bloß eine kostenlose Arbeitskraft, nichts weiter. Man brachte mir bei, die weißen Tortenschachteln zu falten und aufzustapeln. Ich fertigte jeweils ein Dutzend und schaffte sie aus dem

spinnwebenverhangenen Keller in den Laden hinauf. Da die Kartons glatt und fest waren, hatten sie oft messerscharfe Kanten, an denen ich mir Fingerkuppen und -knöchel blutig riß. Ich lernte bald, mich vor solchen Mißgeschicken zu fürchten, denn mein Vater betrachtete einen Blutfleck auf einer seiner schneeweißen Tortenschachteln als unverzeihliche Schmach. »Ist sich hier keine Fleischerei.« Diese Bemerkung wurde jedesmal von einem Blick begleitet, in dem sich Haß und Ekel in angsterregendem Verhältnis mischten. Wenn ich von meiner Kindheit träume, dann ist unweigerlich Sommer, die Jahreszeit, da die Luft so stickig auf unserem Tal lastet wie über einem tropischen Sumpfgebiet. Hinzu kam noch die trockene Hitze der Backöfen, und häufig war es schon eine Qual, nur im Laden hin und her zu gehen. Im Traum glänzt meine Haut von Schweiß, mein Vater ruft, ein Kuchen ist runtergefallen, und die Furcht zerfrißt mir Knochen und Eingeweide wie eine Säure.

Wenn ich meinen Vater malen müßte, dann hätte er das fratzenhafte Gesicht eines gotischen Wasserspeiers und das schuppige Herz eines Drachen. Seine Gefühle bewegten sich in so verschlungenen Bahnen, zu verklemmt und mit Bosheit überfrachtet, als daß ein Kind darin irgendeinen Sinn hätte erkennen können. Die Frage, auf wessen Seite ich gehörte, stellte sich mir nie. Wie die Wohnung samt Bildern und Möbeln, die er zerschlug, betrachtete mein Vater ganz offensichtlich auch mich als Eigentum meiner Mutter. Und ich wuchs mit der scheinbar einfachen Erkenntnis heran: Meine Mutter liebt mich, mein Vater liebt mich nicht.

Er schöpfte seine Befriedigung, falls ein solch prosaisches Gefühl diesen Namen verdient, daraus, morgens den Laden aufzusperren, den Ofen anzuheizen, den Rolladen hochzuziehen und nach Feierabend jedesmal den Mehlstaub zur Hintertür rauszukehren. Seine Vorfahren waren seit vier Generationen Bäcker, und er machte ganz einfach, was man ihm beigebracht hatte. Starre Maßstäbe und eiserne Regeln diktierten seinen Tagesablauf. Nie versuchte er, seine Kunden durch Liebenswürdigkeit zu gewinnen; das wäre ihm bei seiner humorlosen, verschlossenen Art wohl auch kaum geglückt. Tatsäch-

lich sah er in jedem, der seinen Laden betrat, einen potentiellen Feind, einen, der sich beschweren, ihn beschwatzen oder gar reinlegen wollte, um sich schließlich doch mit altbackenem Brot zufriedenzugeben. Trotz alledem hatte er stets ansehnliche Einnahmen zu verzeichnen: Er galt als zuverlässig; er mißtraute Angestellten und arbeitete mindestens für zwei; und er reichte in über zwanzig Jahren nicht eine einzige Steuererklärung ein.
Mein Vater war 1946 nach Amerika gekommen. Ich erhielt den Namen seines Heimatdorfes, eines kleinen Nestes etwa dreihundert Kilometer von Belgrad entfernt. Die Einwohner waren fast allesamt Partisanen. Als 1941 die Nazis durchmarschierten, trieben sie die Erwachsenen vor dem Schulhaus zusammen und erschossen jeden ohne Ausnahme. Die Kinder blieben verwaist zurück. Mein Vater war damals knapp achtzehn, aber noch ein solches Milchgesicht, daß die Deutschen ihn verschonten. Fast ein halbes Jahr lang trieb er sich mit einer Bande in den Bergen herum, dann wurden sie gefangengenommen. Den Rest des Krieges brachte er in Lagern zu – erst in den Arbeitslagern der Nazis und nach der Befreiung in den Vertriebenenlagern der Alliierten. Seine Verwandten hier in den Staaten verschafften ihm die Einwanderungsgenehmigung, indem sie ihren Kongreßabgeordneten und dessen Stab so lange piesackten, bis die weich wurden und klein beigaben. Mein Vater war einer der ersten Jugoslawen, die nach dem Zweiten Weltkrieg in den USA Aufnahme fanden. Nach einem Jahr in der Neuen Welt aber sprach er nicht mehr mit meiner Großtante oder meinen Vettern, die sich so tatkräftig für seine Rettung eingesetzt hatten.
Ein gellendes Hupkonzert reißt mich aus meinen Gedanken; ich will sehen, was los ist, und drehe mich um. Im Wagen hinter uns trommelt ein Weißer wie wild aufs Lenkrad und funkelt mich mit drohender Gebärde an. Jetzt erst merke ich, daß Lip abrupt angehalten hat und die Fahrbahn blockiert. Wahrscheinlich war er meinem Blick gefolgt und wollte wohl die anderen Autos vorbeilassen, doch als ich mich ihm zuwende, schaut er weg und studiert ostentativ den Verkehr.
»Haar & Faser haben uns ihren Bericht geschickt«, sagt Lip endlich. Die grauen Augen, das zerfurchte Gesicht mit den

hohen Wangenknochen sind undurchdringlich und verraten nichts.
»Na, dann schießen Sie mal los!«
Und Lip referiert gehorsam die Ergebnisse der Laboruntersuchung: An Carolyns Körper sowie an ihren Kleidungsstücken wurden winzige Teppichfusseln sichergestellt, die nicht aus ihrer Wohnung stammen – Zorak V heißt das Material. Eine synthetische Faser, im Inland hergestellt. Die Farbe nennt sich Schottisch-Malz, der gängigste Ton. Der Hersteller kann nicht ermittelt werden, denn das Gewebe könnte sowohl in einem Industriebetrieb als auch in Heimarbeit produziert worden sein. Insgesamt gibt es schätzungsweise fünfzigtausend Privathaushalte und öffentliche Einrichtungen in Kindle County, aus denen diese Fasern stammen könnten. An Carolyns Fingern und unter ihren Nägeln wurden weder Haare noch Hautfetzen gefunden, was bedeutet, daß kein Kampf zwischen ihr und dem Mörder stattgefunden hat. Und das einzige menschliche Haar, das in der Nähe der Leiche sichergestellt wurde und nicht vom Opfer stammt, wurde als weiblich identifiziert und ist somit bedeutungslos. Der Strick, mit dem Carolyn gefesselt war, ist eine ganz normale Wäscheleine, ein amerikanisches Fabrikat, das jeder größere Supermarkt im Sortiment hat.
»Damit sind wir nicht viel weiter«, sage ich zu Lipranzer.
»Viel nicht, nein. Aber immerhin wissen wir jetzt, daß sie den Kerl nicht aufgerissen hat.«
»Das ist die Frage. Ich muß immer wieder an das denken, was wir letzte Woche diskutiert haben. Daß sie vielleicht jemanden getroffen hat, 'n Typ, den sie kannte. Ich weiß noch, als ich auf der Uni war, da sprachen alle von diesem dubiosen Todesfall, wo die Lebensversicherung nicht zahlen wollte. Die Witwe ging vor Gericht. Und dann stellte sich heraus, daß der Kerl umkam, wie er mit dem Kopf in der Schlinge gewichst hat. Dabei hat er den Stuhl, auf den er sich stützen wollte, umgestoßen, und aus war's.«
»Ist ja schrill!« Lipranzer lacht. »Und wer hat den Prozeß gewonnen?«
»Soweit ich mich erinnern kann, die Versicherungsgesellschaft. Ich mein' bloß, vielleicht war's in unserm Fall ähnlich. Sie

wissen schon, Spielchen mit dem Strick und so. Das kommt mir immer wahrscheinlicher vor. Offenbar macht das irre high, 'n Orgasmus, gerade wenn man am Umkippen ist.«

»Und wieso ist sie dann an einem Schlag auf den Kopf gestorben?«

»Vielleicht hat der Macker es mit der Angst gekriegt? Wär' doch möglich, daß er dachte, er hätt' zu fest zugezogen. Und dann hat er's eben so arrangiert, damit man ihm nicht draufkommt.«

Lip schüttelt den Kopf. Ihm gefällt das nicht.

»Die Phantasie geht mit Ihnen durch«, sagt er. »Ich glaub' nicht, daß diese Version sich mit dem Pathologiebericht deckt.«

»Ich werd' sie Painless trotzdem unterjubeln.«

Das bringt Lipranzer auf etwas anderes. »Der hat mich vor ein paar Tagen angerufen. Er hat das Gutachten von der Gerichtsmedizin. Nach dem, was er gesagt hat, ist nicht viel dabei rausgekommen, aber vielleicht holen Sie sich den Bericht trotzdem mal, wenn Sie vorbeikommen. Ich hab' was anderes vor. Muß Mrs. Krapotnik ein paar Fotos zeigen.« Er schließt die Augen und wackelt mit dem Kopf, so als könne er den Gedanken nur mit Anstrengung ertragen.

Wir sind inzwischen wieder in der Innenstadt. Lip lenkt den Wagen in die erstbeste Parklücke auf dem Polizeiparkplatz, und wir gehen zu Fuß durch den regen Mittagsbetrieb zur Bezirksverwaltung hinüber. Auf der Straße spürt man – wie so oft in unserer Gegend –, daß der Sommer dem Frühling bereits auf den Fersen ist. Schon ahnt man die lauen Lüfte, die in ein, zwei Monaten wehen werden. Manche der Damen, die auf dem Gehsteig vorbeiflanieren, haben sich verführen lassen, ärmellose Kleider aus leichten, enganliegenden Sommerstoffen anzuziehen.

»Mist«, sage ich. »Wir haben immer noch nichts in der Hand.«

Lip brummt. »Sind Sie mit dem Labor klargekommen – wegen der Fingerabdrücke?«

Ich fluche. »Ich wußte doch, ich hab' was vergessen!«

»Sie sind echt Spitze, wenn's drum geht, was zu versauen! Für mich machen die's nicht. Ich hab' zweimal nachgefragt.«

Ich verspreche, mich ganz schnell darum zu kümmern.

In meinem Büro angelangt, schließe ich hinter Lip und mir ab. Eugenia weise ich telefonisch an, keine Gespräche durchzustellen. Dann hole ich die B-Akte, die Horgan mir gegeben hat, aus der Schreibtischlade.

Lip sieht sie durch.

Der Ordner enthält lediglich einen Datenvermerk, der belegt, wann der Fall in unseren Computer eingespeist wurde, ferner ein einzelnes Blatt mit Notizen in Carolyns Handschrift und die Fotokopie eines langen Briefes. Nichts läßt erkennen, ob dieser Brief im Original eingegangen ist oder von Anfang an nur als Kopie vorgelegen hat. Er ist sauber mit der Maschine getippt – trotzdem scheint kein Profi am Werk gewesen zu sein. Die Seitenränder sind zu knapp bemessen, und zwischen den einzelnen Absätzen ist keine Leerzeile geschaltet. Der Absender kann offenbar mit einer Schreibmaschine umgehen, hat aber wenig Übung; eine Hausfrau vielleicht oder auch ein Freiberufler.

Ich habe den Brief mittlerweile vier- oder fünfmal gelesen, aber ich führe ihn mir noch einmal zu Gemüte, Seite für Seite, sobald Lip mit ihm fertig ist.

> *Lieber Mr. Horgan,*
> *ich schreibe Ihnen, weil ich seit vielen Jahren ein Anhänger von Ihnen bin. Ich halte Sie für einen anständigen Menschen. Ich bin sicher, daß Sie nichts von den Dingen gewußt haben, die mich veranlassen, Ihnen diesen Brief zu schreiben. Ich glaube sogar, daß Sie in der Sache gern etwas unternehmen würden. Wahrscheinlich können Sie aber nichts tun, weil das alles schon vor langer Zeit passiert ist. Doch ich dachte, es würde Sie interessieren, daß es passierte, als Sie Bezirksanwalt waren, und es handelt sich dabei sozusagen um jemanden, der für Sie gearbeitet hat; einen Deputy der Staatsanwaltschaft, der sich meiner Meinung nach hat schmieren lassen. Im Sommer werden es neun Jahre, daß eine Person, die ich hier Noel nennen möchte, verhaftet wurde. Noel war nicht sein richtiger Name, aber wenn ich Ihnen den nennen würde, dann würden Sie zu ihm gehen und ihn nach einer Menge*

Sachen fragen, die ich in diesem Brief erwähne, und er würde darüber nachdenken und draufkommen, daß ich ihn angezeigt habe. Dann würde er sich an mir rächen. Glauben Sie mir, ich kenne ihn wirklich gut, und ich weiß, wovon ich spreche. Er würde mir sehr schaden. Wie dem auch sei, Noel wurde also verhaftet. Ich bin der Ansicht, daß der Grund dafür kein besonders schwerwiegender war, aber ich will Ihnen verraten, daß es um etwas ging, was ihm sehr peinlich war, denn so ist er nun mal. Noel dachte, wenn die Leute, mit denen er arbeitete und mit denen er sich rumtrieb, das spitzkriegten, würden sie nichts mehr mit ihm zu tun haben wollen. Feine Freunde. Aber das ist echt Noel. Sein Anwalt riet ihm, er solle vor Gericht ruhig alles zugeben, weil nichts passieren und niemand je davon erfahren würde. (Ich weiß das, weil der Anwalt ein Freund von mir ist und mich aus einer ganz ähnlichen Sache rausgepaukt hat.) Aber Noel ist ein ziemlich gestörter Typ, und er lief Tag und Nacht rum wie ein Verrückter, schimpfend und fluchend, und malte sich aus, was passieren würde, wenn je einer dahinterkäme. Und dann fängt er an zu erzählen, daß er wen schmieren will. Zuerst dachte ich, er blufft bloß. Noel würde sich für so ziemlich alles hergeben, aber das paßte einfach nicht zu ihm. Wenn Sie ihn kennen täten, würden Sie verstehen, warum. Aber er erzählte mir immer wieder, daß er's tun würde. Und es sollte 1500 Dollar kosten. Ich weiß das alles, denn, um es kurz zu machen, ich bin es, der ihm das Geld gegeben hat. So wie Noel nun mal ist, hielt ich es für besser, mich davon zu überzeugen, daß das Geld auch wirklich da landete, wo er es angeblich abliefern mußte. Darum sagte ich, ich müßte mitgehen, wenn er es abliefert. Wir fuhren raus bis zur Justizabteilung Nord, Ecke Runyon und 111. Straße. Wir hatten da noch nicht mal eine Minute gewartet, als eine Sekretärin, die Noel anscheinend kennt, aufkreuzt und uns nach unten zum Büro des Bezirksanwalts führt. Ich erinnere mich, daß Ihr Name, RAYMOND HORGAN, auf der Tür stand. Jedenfalls sagte Noel, ich soll draußen warten. Ich hatte inzwischen zuviel Schiß, um mit ihm zu streiten, was ziemlich dumm von mir war, wo ich doch den ganzen langen Weg gemacht hatte, bloß um sicherzugehen, daß er das Geld auch an der richtigen Adresse abliefert. Aber jedenfalls war er kaum zwei Minuten drin, da kommt er auch schon wieder raus. Er hatte das ganze Geld in einen Strumpf gesteckt (im Ernst!), und wie er wieder rauskam, da zeigt er mir den Strumpf, und der ist leer. Ich war total geschafft, aber Noel blieb ganz cool. Später hab' ich ihn natürlich gefragt, was passiert ist. Noel wollte und wollte nicht drüber reden. Das wäre bloß zu meinem Schutz, daß er schweigt, sagte er, aber darüber kann ich nur lachen. Bestimmt hat er sich ausgerechnet, daß ich, wenn ich die Geschichte nicht vergesse, früher oder später mein Geld zurückverlangen würde. Wie dem auch sei, so viel hat er mir doch erzählt, daß dieses Mädchen ihn in ein Büro geführt und gesagt hat, er soll da am Schreibtisch warten. Dann hörte er hinter sich eine Männerstimme. Der Mann sagte zu Noel, er soll einfach das, was er mitgebracht hat, in die mittlere Schublade von dem Schreibtisch legen und verduften. Noel sagte, er hätte das genau befolgt und sich auch kein einziges Mal umgedreht, und für ihn war damit alles gelaufen. Zehn Tage später muß Noel vor Gericht. Er hätte fast wieder durchgedreht, aber wie er in den Sitzungssaal kommt, da sagt der Typ von der Staatsanwaltschaft zum Richter, daß die Klage fallengelassen worden ist. An den Namen von dem Staatsanwalt kann ich mich nicht mehr erinnern. Noel hat nie ausgepackt und gesagt, das ist der Typ, den ich geschmiert habe. Er hat mir in solchen Sachen nie reinen Wein eingeschenkt. Darum schreibe ich Ihnen diesen Brief. Ich habe Noel seit zwei Jahren nicht mehr gesehen. Offen gestanden ist das nicht das Schlimmste, was er je angestellt hat, bei weitem nicht, wenn man ihm glaubt, aber es ist wirklich das einzige Ding, bei dem ich selber je dabei war. Mir geht es nicht darum, Noel hinzuhängen, aber ich habe mir gedacht, es war einfach nicht recht von diesem Staatsanwalt, daß er das Geld genommen hat und daß er die Leute ausnutzt, und ich wollte Ihnen schreiben, damit Sie was tun können dagegen. Ein paar Leute, denen ich diese Geschichte erzählt habe, natürlich ohne Namen zu nennen, haben mir gesagt, daß Sie überhaupt nichts machen können bei so einer alten Geschichte, weil die schon verjährt ist, aber ich stelle mir vor, das kann nicht das einzige Mal gewesen sein, daß so was passiert ist, und vielleicht machen die das ja immer noch genauso. Ich glaube, was ich da gerade geschrieben habe, stimmt doch nicht. Ich hoffe auch, daß Sie Noel schnappen. Aber er soll nicht wissen, daß Sie den Tip von mir haben. Und wenn Sie ihn kriegen, dann bitte ich Sie sehr, daß Sie ihm diesen Brief nicht zeigen. ICH VERTRAUE IHNEN.

Der Brief trägt natürlich keine Unterschrift. Bei uns im Amt gehen täglich solche Schreiben ein. Man hat uns extra zwei Sachverständige zugeteilt, die fast nichts anderes zu tun haben, als diese anonymen Schmierereien zu beantworten und mit den Spinnern zu reden, die persönlich antanzen. Schwerwiegendere Beschuldigungen werden allerdings weitergeleitet, und das ist vermutlich die Erklärung dafür, daß dieser Brief auf Raymonds Schreibtisch landete. Auch unter den ernstgemeinten Zuschriften ist noch eine Menge Mist. Aber dieser Brief klingt trotz oder vielleicht sogar wegen der vielen kauzigen Schnörkel irgendwie echt. Natürlich ist es durchaus möglich, daß der Absender von seinem Freund Noel einfach reingelegt wurde. Aber das müßte er selbst am besten beurteilen können, und er scheint anderer Meinung zu sein.
Betrug hin oder her, ich kann mir leicht ausrechnen, warum Raymond Horgan nicht wollte, daß diese Akte in einem Wahljahr in Umlauf kommt. Nico würde sich die Finger abschlecken nach einem solchen Beweis dienstlicher Vergehen während Raymonds Amtszeit. Wie schon der Briefschreiber mutmaßt, ist nicht anzunehmen, daß Freund Noels Geschichte ein Einzelfall war. Was wir hier in Händen halten, ist Stoff für einen saftigen Skandal: ein unentdeckter, schlimmer, ein von keinem für möglich gehaltener Bestechungsring, der in einer Unterabteilung unseres Gerichts operiert.

Lipranzer steckt sich schweigend eine Zigarette an.
»Halten Sie das für eine Ente?« frage ich.
»Nein«, sagt er. »Da ist schon was dran. Vielleicht nicht ganz das, was dieser Scherzkeks sich einbildet, aber dran ist was.«
»Carolyn hielt die Typen für schwul. Ich könnte mir vorstellen, daß sie da richtig lag.« Ich deute auf ihre Notizen. Sie hat den entsprechenden Paragraphen aus unserem Strafgesetz notiert, mit einem Fragezeichen daneben.
»Erinnern Sie sich noch an die Schwulenrazzia draußen im Gemeindewald? Das muß so um die Zeit gewesen sein. Wir haben die Kerls lastwagenweise reingekarrt. Und die Fälle sind an die Abteilung Nord gegangen, stimmt's?«
Lip nickt: Es paßt alles zusammen. Die Peinlichkeit des Delikts, die fixe Idee, es um jeden Preis zu vertuschen. Und auch der Zeitpunkt stimmt. Sexualvergehen in beiderseitigem Einvernehmen der Beteiligten wurden während Raymonds erster Amtsperiode bei Volljährigen grundsätzlich ignoriert. Die Cops brachten die Fälle zur Anzeige, aber wir ließen die Jungs ungeschoren. Als Raymond sich dann zur Wiederwahl stellte, waren gewisse Gruppen, hauptsächlich aus dem Prostituierten- und Homosexuellenmilieu, uns so ziemlich über den Kopf gewachsen. Bei den Schwulen wurde es kritisch in den Gemeindewäldern rings um die Stadt. Familien gingen am Wochenende nicht mal mehr tagsüber dort spazieren aus Angst vor den Szenen, denen ihre Kinder ausgesetzt waren. Wir kriegten ein paar ziemlich drastische Berichte über das, was sich am hellichten Tag auf den Tischen abspielte, die, so betonten aufgebrachte Mütter, eigentlich zum Picknicken bestimmt waren. Wie einer der redegewandteren Sprecher von der Stadtpolizei es ausdrückte: Ein normaler Mann würde sich lieber die Hosen vollscheißen, als sie in einer öffentlichen Toilette drei Kilometer im Umkreis des Waldes runterzulassen. Bis zur Wahl waren es nur noch neun Monate, und daher veranstalteten wir mit viel Tamtam eine großangelegte Säuberungsaktion. Nacht für Nacht wurden Dutzende von Männern festgenommen, viele, nachdem sie in eindeutigen Situationen angetroffen worden waren. In der Regel erledigten wir die Fälle im Ermittlungsverfahren, und die Arrestanten wurden auf Bewährung freigelassen.

Und genau da liegt unser Problem. Lip weiß so gut wie ich, daß es verteufelt schwer sein wird, diesen Noel zu finden. In jenem Sommer hatten wir bestimmt an die vierhundert solcher Fälle, und wir wissen nicht einmal, wie der Typ richtig heißt. Falls Carolyn etwas Wichtiges herausgekriegt hat, so steht dies jedenfalls nicht in der Akte. Aus dem Datum auf dem Umschlag geht hervor, daß sie den Fall fünf Monate vor ihrer Ermordung übernommen hat. Und ihre Notizen sehen nicht so aus, als hätte sie umfangreiche Ermittlungen angestellt. NOEL steht in der oberen Ecke des Blattes, unzählige Male unterstrichen. Etwas weiter unten hat sie LEON hingeschrieben. Der Zusammenhang ist mir anfangs entgangen, doch jetzt merke ich, daß sie einen naheliegenderen Weg als ich eingeschlagen hat, um Noel zu finden: Sie ging davon aus, daß wie bei den meisten Decknamen auch hinter dem, den der Briefschreiber gewählt hat, eine sinnvolle Assoziation steckt. Vielleicht war der Name ein Anagramm. So kam sie zu der Vermutung, daß der Gesuchte Leon heißen könnte. Schließlich hat sie noch einen Namen unten auf die Seite gekritzelt: KENNEALLY, und dazu einen Dienstgrad. Das ist Lionel Kenneally, ein tüchtiger Polizist, der inzwischen zum Commander aufgestiegen ist. Bei der Operation gegen die Night Saints habe ich mit ihm zusammengearbeitet. Jetzt leitet er die Wache im 32. Revier, und deren Fälle werden in der Abteilung Nord verhandelt.
»Ich kapier' immer noch nicht, warum ich nie von diesem Fall gehört habe«, sage ich zu Lip. Mir ist einfach schleierhaft, wieso man mich nicht informiert hat. Und daß die Akte in Carolyns Händen landete, die gar nichts mit dem Bereich Korruption im öffentlichen Dienst zu tun hatte, begreife ich erst recht nicht. Ich bemühe mich, dieses Rätsel zu lösen, wirft es doch ein bezeichnendes Licht auf meine erkaltende Beziehung zu Raymond und umgekehrt.
Lip zuckt mit den Achseln. »Was sagt denn Horgan dazu?«
»Ich konnte ihn mir noch nicht vorknöpfen. In zwölf Tagen steigt die Wahl. Die sind jetzt alle rund um die Uhr im Einsatz.«
»Und wie steht's mit Kenneally?«
»Der war auf Urlaub.«

»Also, auf jeden Fall sollten Sie mit ihm reden. Mir würde der einen Scheißdreck erzählen. Wir sind uns beide nicht grün.«
Bei der Polizei gibt es massenhaft Leute, mit denen Lipranzer nicht klarkommt, aber ich habe immer gedacht, bei Kenneally sei das anders. Lip hat sonst viel übrig für einen guten Polizisten. Zwischen den beiden muß irgendwas vorgefallen sein. Er hat früher schon so etwas angedeutet.
Lip macht sich auf den Weg, aber an der Tür kehrt er noch einmal um. Ich bin schon auf dem Weg zu Eugenia, doch Lip hält mich am Arm zurück.
»Eins noch«, sagt er und schaut mich dabei fest an. »Wir haben ihre Telefonliste gekriegt.«
»Und?«
»Nichts Aufregendes. Aber Sie wissen doch, daß wir jede Nummer angefordert haben, mit der sie in den letzten sechs Monaten mehr als dreimal telefoniert hat.«
»Ja, und?«
»Als ich die Liste durchging, da ist mir was aufgefallen: Eine von den Nummern ist Ihre.«
»Die von hier?«
Aus Lipranzers durchdringenden slawischen Augen trifft mich ein besonders durchdringender Blick.
»Nein, die von zu Hause«, sagt er. »Letzten Oktober.«
Das muß ein Irrtum sein. Carolyn hätte Barbara nie im Leben angerufen, und mich hat sie auch nie daheim zu erreichen versucht. Doch dann geht mir ein Licht auf. Ich habe diese Telefonate von Carolyns Wohnung aus geführt. Um meine Frau zu belügen: Wird wieder spät, Liebes. Dieser Prozeß ist vielleicht ein Schlauch! Ich besorg' mir in der Stadt was zu essen.
Lip beobachtet mich, während ich überlege. Seine Augen sind stumpf und grau.
»Mir wäre es lieber, Sie lassen die Finger davon«, sage ich endlich. »Wenn Barbara das spitzkriegt, macht sie mir die Hölle heiß. Falls es Ihnen nichts ausmacht, Lip – ich wäre Ihnen wirklich dankbar.«
Er nickt, aber ich merke sehr wohl, daß es ihm nicht recht ist. In einem Punkt konnten wir uns bisher stets aufeinander ver-

lassen: daß nämlich keiner ein krummes Ding dreht. Und Dan Lipranzer würde diesem Pakt untreu werden, wenn er seine grauen Augen nicht noch einen Moment streng auf mir ruhen ließe, damit ich weiß, daß ich ihn enttäuscht habe.

9

»Am Ende«, erzählte ich Robinson, »mußten wir Wendell McGaffen doch in den Zeugenstand holen. Die Aussage des Jungen war unsere einzige Chance, die Beteuerungen seines Vaters zu widerlegen. Carolyn war phantastisch. Sie trug ein dunkelblaues Kostüm, dazu eine beige Bluse mit großer Satinschleife, und sie stand neben Wendell, dessen Füße unter dem harten Eichenstuhl im Zeugenstand nicht einmal bis auf den Boden reichten. Im Gerichtssaal hätte man eine Stecknadel fallen hören können.

›Und was hat deine Mutter dann getan, Wendell?‹

Er bat um ein Glas Wasser.

›Als deine Mutter dich in den Keller brachte, Wendell, was hat sie da gemacht?‹

›Es war schlimm‹, sagte er.

›War es das?‹ Carolyn ging zu dem Schraubstock, der die ganze Zeit über auf der Kante ihres Tisches gestanden hatte, schmierig und schwarz und wesentlich stabiler als Wendells Glieder.

›Uh, huh.‹

›Hat sie dir weh getan?‹

›Uh, huh.‹

›Und hast du geweint?‹

›Uh, huh.‹ Wendell trank noch einen Schluck Wasser und setzte hinzu: ›Und wie.‹

›Erzähl, wie's passiert ist‹, sagte Carolyn endlich leise, und Wendell gehorchte. Die Mutter hatte ihm befohlen, sich hinzulegen. Zuerst habe er geweint und geschrien. ›Mami, nicht!‹ habe er sie angefleht.

Aber schließlich legte er sich doch hin.

Und sie verbot ihm zu schreien.

Wendell schlenkerte mit den Beinen, während er sprach, und umklammerte seine Puppe. Und wie Carolyn und Mattingly es ihm eingeschärft hatten, sah er kein einziges Mal zu seiner Mutter hin. Im Kreuzverhör gab Stern sein Bestes, doch das brachte herzlich wenig. Er fragte Wendell, wie oft er sich mit Carolyn getroffen habe und ob er seine Mutter liebe, was den Jungen veranlaßte, erneut um Wasser zu bitten. Im Grunde bestand kein Zweifel mehr. Alle im Saal wußten, daß das Kind die Wahrheit sprach, nicht etwa, weil Wendell sehr überzeugend oder besonders gefühlvoll gewirkt hätte, sondern weil in jedem seiner Worte ein Ton mitschwang, eine Empfindung, ein eingefleischter Instinkt, wonach das, was er da schildern mußte, unrecht war. Wendell überzeugte mit seiner moralischen Tapferkeit.

Ich sprach das Schlußwort im Namen der County. So erregt war ich, so durcheinander, daß ich aufs Podium zuschritt ohne die leiseste Ahnung, was ich sagen sollte, und einen Augenblick lang hatte ich panische Angst, den Mund nicht aufzubekommen. Doch ich fand ein Ventil für all meinen leidenschaftlichen Aufruhr und trat mit Inbrunst für diesen Jungen ein, der, so sagte ich, keine Minute seines Lebens frei war von Verzweiflung und Angst. Was mußte er gelitten haben! Wie wir alle sehnte auch er sich nach Liebe, doch statt dessen begegnete man ihm nicht nur mit Strenge und Gleichgültigkeit, sondern man folterte ihn sogar.

Dann hieß es warten. Das Gefühl, das einen überkommt, wenn die Geschworenen sich zurückziehen, ist am ehesten mit dem Scheintod zu vergleichen. Selbst den einfachsten Aufgaben – wie meinen Schreibtisch aufräumen, Anrufe tätigen oder Prozeßberichte lesen – bin ich dann nicht mehr gewachsen. Also tigere ich nervös im Korridor auf und ab und erörtere mit jedem Pechvogel, der so unvorsichtig ist, sich nach dem Gang des Prozesses zu erkundigen, Beweisführung und Plädoyers. Gegen vier kam Carolyn vorbei, um mir zu sagen, daß sie zu Morton's wolle, um etwas zurückzugeben, und ich bot ihr an, sie zu begleiten. Als wir auf die Straße hinaustraten, begann es heftig zu regnen, ein kalter Schauer, fast waagrecht getrieben vom böigen Wind, der noch nach Winter roch. Die Leute hasteten blindlings über die Straße und hielten sich schützend eine Zeitung oder ihre Aktentasche über den Kopf. Carolyn lieferte den Gegenstand ab, eine Glasschüssel; von wem sie stammte, erfuhr ich nicht. Und dann machten wir uns auf den Rückweg. Sie schrie auf, als der Wind ihr eine Regendusche ins Gesicht peitschte. Ich legte schützend den Arm um sie, und sie lehnte sich unter meinem Schirm an mich. Es war, als sei

plötzlich eine Feder gesprungen. So gingen wir schweigend ein paar Straßen weiter, bis ich schließlich meiner spontanen Eingebung folgte und zu reden anfing.
›Hören Sie‹, sagte ich und nahm einen zweiten Anlauf. ›Hören Sie mir zu!‹
In ihren hochhackigen Schuhen war Carolyn etwa eins dreiundachtzig groß, womit sie mich um zwei, drei Zentimeter überragte, und so kam ihr Gesicht dem meinen sehr nahe, als sie es mir zuwandte. Bei Tageslicht sah man, was Carolyn mit all ihren Wässerchen, ihrer Gymnastik und extravaganten Garderobe zu vertuschen suchte: daß nämlich dieses Gesicht mit den überschminkten Krähenfüßen einer Frau jenseits der Vierzig gehörte. Die Haut wirkte müde, glanzlos und schlaff, aber irgendwie machte das Carolyn für mich nur echter, greifbarer. Das hier war mein Leben, das hier geschah wirklich.
›Ich habe mich die ganze Zeit gefragt‹, sagte ich zu ihr, ›was Sie wohl gemeint haben, neulich abends, als Sie zu mir sagten: Nicht jetzt.‹
Sie schaute mich an. Sie schüttelte den Kopf, als wisse sie nicht, wovon die Rede sei, doch ihre Augen blitzten mutwillig; sie preßte die Lippen zusammen, um sich das Lachen zu verbeißen. Der Wind war unterdessen wieder aufgefrischt, und ich zog sie in eine geschützte Nische neben einer Schaufensterfront. Wir befanden uns auf dem Grayson Boulevard, einer eleganten Geschäftsstraße mit herrlichen Ulmen auf dem Mittelstreifen.
›Ich meine‹, sagte ich, hoffnungslos und jämmerlich und verzagt, ›zwischen uns scheint irgendwas im Gange zu sein. Ich meine, bin ich etwa verrückt, mir das einzubilden?‹
›Das glaub' ich nicht.‹
›Nein?‹
›Nein.‹
›Ah‹, sagte ich.
Mit einem betörenden Lächeln hängte sie sich bei mir ein und zog mich wieder hinaus auf die Straße.
Die Jury kam kurz vor sieben aus der Klausur. Schuldig in allen Punkten der Anklage. Ray war noch im Büro, und er ging mit uns runter, um für die Fotografen zu posieren; weiter als bis zur Lobby sind nämlich keine Kameras zugelassen. Anschlie-

ßend lud Ray uns auf einen Drink ins Caballero's ein. Er hatte um halb neun eine Verabredung, und so ließ er Carolyn und mich gegen Viertel nach acht allein an einem geschützten Tisch in der Bar zurück. Wir redeten, tranken weiter und kamen langsam in Stimmung. Ich sagte ihr, sie sei großartig gewesen. ›Großartig.‹ Ich weiß nicht, wie oft ich das gesagt hab'.

Kino und Fernsehen haben die intimsten Augenblicke unseres Lebens verdorben. Sie haben uns mit Klischees gefüttert, und die beherrschen nun unsere Erwartungen in Momenten, die normalerweise durch ihre eigene Intensität spontan und einzigartig wären. Wir haben ein Ritual für Trauer, das uns die Kennedys beigebracht haben, und vorgeprägte Siegesgesten, mit denen wir die Sportler nachahmen, die wir in der Glotze sehen; und die wiederum haben ihre Faxen anderen Sportskanonen auf der Mattscheibe abgeguckt. Auch Verführungsszenen sind heutzutage genormt mitsamt ihren tiefen Blicken und verschämten Geständnissen.

Und so machten wir denn beide auf die elegante Tour, mächtig unterkühlt und gelassen, wie früher die Traumpaare im Kino, wahrscheinlich, weil uns nichts Besseres einfiel. Trotzdem lag etwas in der Luft, ein wirbelnder Sog, der es mir schwermachte, still zu sitzen, den Mund zu bewegen oder mein Glas an die Lippen zu heben. Ich glaube nicht, daß wir etwas zu essen bestellten, aber wir hatten immerhin die Speisekarten vor uns liegen und somit etwas zum Dranfesthalten – wie einst die Koketten ihre seidenen Fächer. Unterm Tisch ruhte Carolyns Hand wie zufällig ganz nahe meiner Hüfte.

›Ich habe Sie nicht gekannt, als das losging.‹

›Wie?‹ fragt sie. Wir sitzen eng beieinander auf der plüschgepolsterten Bank, aber sie muß sich trotzdem ein bißchen vorbeugen, weil ich so leise spreche. Ihr Atem riecht nach Alkohol.

›Ich habe Sie nicht gekannt bis zu diesem Fall, bis das alles losging. Und das überrascht mich.‹

›Weshalb?‹

›Weil es mir jetzt nicht mehr so vorkommt... als ob ich Sie nicht gekannt hätte.‹

›Kennen Sie mich denn jetzt?‹

›Besser. Glaub' ich wenigstens. Oder nicht?‹

›Vielleicht‹, sagt sie. ›Vielleicht wissen Sie jetzt aber auch bloß, daß Sie mich kennenlernen wollen.‹
›Kann sein‹, sage ich.
Und sie wiederholt es: ›Kann sein.‹
›Und werde ich Sie kennenlernen?‹
›Auch das kann sein‹, sagt sie. ›Wenn es das ist, was Sie wollen.‹
›Ich glaub', schon‹, sage ich.
›Ich glaube, Sie wollen noch mehr!‹
›Noch mehr?‹
›Noch mehr‹, sagt sie, hebt ihr Glas und trinkt, ohne mich aus den Augen zu lassen. Unsere Gesichter sind gar nicht weit auseinander. Als sie das Glas abstellt, streift die große Schleife am Kragen ihrer Bluse fast mein Kinn. Ihr Gesicht wirkt rauh vom vielen Make-up, aber ihre Augen sind dunkel und glänzen unwahrscheinlich, und die Luft schwirrt von kosmetischen Düften, Parfüm und den Ausdünstungen unserer Körper. Es scheint, als treibe unser Gespräch schon seit Stunden so dahin, sehnsuchtsvoll kreisend wie der Falke über den Hügeln.
›Was will ich denn noch?‹ frage ich.
›Ich glaube, das wissen Sie selbst‹, sagt sie.
›Ich?‹
›Ja, Sie.‹
›Ich glaube, Sie haben recht‹, sage ich. ›Aber etwas weiß ich immer noch nicht.‹
›Ach ja?‹
›Ich weiß nicht recht, wie ich's kriegen soll ... das, was ich will.‹
›Das wissen Sie nicht?‹
›Nicht ganz.‹
›Nicht ganz?‹
›Nein, wirklich nicht.‹
Ihr durchtriebenes Lächeln wird breiter, als sie jetzt sagt: ›Greif doch einfach zu!‹
›Soll ich wirklich?‹
›Greif zu!‹ sagt sie.
›Gleich jetzt?‹
›Greif zu!‹

Die Luft zwischen uns vibriert vor Erregung, fast meine ich sie greifen zu können wie einen Schleier. Vorsichtig strecke ich meine Hand aus und taste nach dem losen Ende ihrer glänzenden Seidenschleife. Um ein Haar berühre ich dabei ihre Brust. Und dann, ohne den Blick von ihren Augen zu wenden, ziehe ich langsam an dem breiten Band. Es gleitet tadellos, der Knoten geht auf, und der Knopf am Kragen ihrer Bluse wird sichtbar. Genau in diesem Moment flattert Carolyns Hand unter dem Tisch hervor wie ein Vogel, und ein langer Fingernagel über die schmerzhafte Schwellung meiner Hose. Fast schreie ich laut auf, aber es bleibt bei einem Schaudern, und Carolyn meint ruhig, wir sollten ein Taxi nehmen. – Tja«, sagte ich zu Robinson, »so fing sie an, unsere Affäre.
Ich brachte sie heim in ihr elegantes Loft und liebte sie auf den weichen griechischen Teppichen. Sie hatte kaum die Wohnungstür aufgesperrt, da packte ich sie auch schon, schob mit einer Hand ihren Rock hoch und langte ihr mit der anderen in die Bluse. Ganz sanft. Ich kam wie ein geölter Blitz. Und hinterher lag ich auf ihr, nahm das Zimmer in Augenschein mit all dem Teak und Nußbaum und den Sachen aus Kristall und kam mir vor wie im Schaufenster eines stinkvornehmen Geschäfts im Zentrum. Während ich vor mich hin döste, überlegte ich, was zum Henker ich aus meinem Leben machen sollte, oder auch nur *in* einem Leben, in dem der Höhepunkt einer langgehegten Leidenschaft so rasch verflog, als habe er gar nicht stattgefunden. Viel Zeit zum Nachdenken blieb mir allerdings nicht. Wir nahmen einen Drink, gingen hinüber in ihr Schlafzimmer, um in den Spätnachrichten die Reportage über unseren Prozeß anzuschauen, und dann konnte ich wieder, und als ich mich diesmal über ihr aufbäumte, da wußte ich, ich war verloren.«

10

»Für Sie tu' ich doch alles. Rusty. Nur raus damit!«
So spricht Lou Balistrieri, der Leiter des Sonderdezernats. Ich sitze in seinem Büro in der McGrath Hall, wo auch die zentralen Schaltstellen der Polizeibehörde untergebracht sind. Ich kann Ihnen nicht sagen, wie viele Lous hier arbeiten, fünfundfünfzigjährige Knaben mit grauem Haar, einem Bauch, der an ihnen runterhängt wie eine Satteltasche, und kratziger Raucherstimme. Ein talentierter Beamter, dieser Lou: Er schleift seine Untergebenen und kriecht vor denen, die wie ich über genügend Macht verfügen, um ihm zu schaden. Er telefoniert gerade mit dem Labor des Erkennungsdienstes, das ihm unterstellt ist.
»Morris, hier Balistrieri. Geben Sie mir Dickerman. Ja, sofort! Wenn er auf'm Klo ist, dann gehen Sie da rein und holen ihn runter vom Topf, klar?« Balistrieri zwinkert mir zu. Er ist zwanzig Jahre lang Streife gegangen, aber jetzt macht er Dienst in Zivil. Sein Synthetikhemd ist unter den Armen durchgeschwitzt. »Dickerman, hallo. Ich ruf' an wegen diesem Polhemus-Fall. Rusty Sabich ist bei mir. Genau. Sabich. Sabich, verdammt noch mal! Richtig, Horgans Mann. Erster Deputy. Wir haben doch da dieses Glas. Ja, ich weiß, daß Fingerabdrücke drauf sind, darum rufe ich Sie ja an. Was haben Sie denn gedacht? Stimmt, ich bin ein blöder Riesengreifer, und vergessen Sie das ja nicht. Dieser blöde Riesengreifer kann Sie nämlich mit Ihren Eiern in 'ner Plastiktüte nach Hause verfrachten. Genau. Klar. Aber warum ich anrufe. Können wir diese Abdrücke nicht mal durch den Computer jagen und mit denen in unsrer Kartei vergleichen? Sie haben doch da drei brauchbare Abdrücke auf dem Glas, stimmt's? Also besorgen Sie sich alles Nötige, und bringen Sie den Computer auf Trab. Dann werden wir ja sehen, ob die Griffel einem unserer Kunden gehören. Ich hab' gehört, der Cop, der an dem Fall dran ist, triezt euch schon seit zehn Tagen. Da wäre es doch langsam an der Zeit, oder? Murphy? Welcher Murphy? Leo oder Henry? Henry ist nämlich ein Arschloch. Gut. Na, dann sagen Sie ihm, er soll hoch- oder runterfahren. Lassen Sie mich mit dem Computer-Kau-

derwelsch zufrieden, den Scheiß versteh' ich sowieso nicht. Nein. Nein. Das reicht nicht! Also schön. Rufen Sie mich zurück! Ich geb' Ihnen zehn Minuten. Zehn! Wär' doch gelacht, wenn wir das nicht hinkriegten.«
Wie sich allmählich herausstellt, ist nicht der Computer das Problem, sondern die Tatsache, daß er unter die Zuständigkeit einer anderen Abteilung fällt. Die Behörde besitzt nur einen Terminal, und die Leute, die Gehaltslisten und dergleichen erstellen, bilden sich ein, sie allein hätten Anspruch auf das Gerät.
»Klar. Ich frag' nach. Ja, das mach' ich«, sagt Balistrieri, als er den Rückruf bekommt. Er legt die Hand über die Muschel. »Die wollen wissen, wie groß Sie den Rahmen stecken möchten. Wir können jeden Kriminellen überprüfen oder alle, die im County mit ihren Fingerabdrücken registriert sind. Da hätten wir dann alles drin, inklusive der Verwaltungsangestellten.«
Ich überlege. »Wahrscheinlich genügt es, wenn wir uns die Kriminellen ansehen. Die übrigen kann ich mir später immer noch vornehmen, falls das nötig sein sollte.«
Balistrieri zieht eine Grimasse. »Machen wir doch gleich alles in einem Aufwasch! Wer weiß, wann ich an den verdammten Computer wieder mal rankomme.« Er nimmt die Hand von der Muschel, bevor ich etwas erwidern kann. »Jagen Sie den ganzen Krempel durch! Klar. Bis wann? Was zum Teufel dauert denn da eine ganze Woche? Sabich hat den wichtigsten Mordfall der Stadt am Hals! Soll er euch da erst die Füße küssen, damit ihr den Arsch hebt? Ich scheiß' auf Murphys statistische Analyse. Genau. Bestellen Sie ihm das von mir! Ja!« Er legt den Hörer auf. »Eine Woche, vielleicht zehn Tage. Die müssen erst die Gehaltsliste fertigmachen, dann braucht der Boß irgend 'ne Statistik. Ich mach' Druck dahinter, klar, aber ich glaube kaum, daß es früher klappt. Und sehn Sie zu, daß Ihr Cop dieses Glas vom Erkennungsdienst zurückkriegt und ins Labor bringt, falls die's für irgendwas brauchen sollten.«
Ich danke Lou für seine Hilfe und mache mich auf den Weg zur Pathologie.
Mit ihren polierten Eichenverkleidungen und den vergammelten Korridoren sieht die McGrath Hall wie eine alte High-

School aus. Überall wimmelt es von Polizisten: Männer – und neuerdings auch eine ganze Reihe Frauen – in dunkelblauen Hemden mit schwarzen Schlipsen eilen geschäftig hin und her und pflaumen sich gegenseitig an. Angehörige meiner Generation und Gesellschaftsschicht haben nichts übrig für die Cops. Die haben uns dauernd eins übergezogen und uns nach Drogen abgeschnüffelt. Sie waren die Verkörperung der Rückständigkeit. Als ich Staatsanwalt wurde, stand ich folglich der Polizei mit einer gewissen Distanz gegenüber, die ich, ehrlich gesagt, nie so recht überwunden habe. Ich arbeite seit Jahren mit Polizisten zusammen. Manche mag ich ganz gern, aber das sind Ausnahmen. Die meisten haben zwei Fehler. Sie sind roh. Und sie spinnen. Sie sehen zuviel; sie leben mit der Nase in der Gosse.

Vor drei, vier Wochen blieb ich an einem Freitagabend im Gil's hängen. Ein Cop namens Palucci gab einen aus, und ich revanchierte mich. Nach ein paar Bieren mit Schnaps fing er an, von dem Herzen zu erzählen, das er am selben Morgen in einer Reißverschlußtasche gefunden hatte. Sonst nichts. Bloß das Organ und die Hauptgefäße. Die Tasche lag neben einer Mülltonne am Ende eines schmalen Durchgangs. Er hob sie auf; er beguckte alles; er fuhr weg. Aber dann zwang er sich umzukehren. Er hob den Deckel von der Mülltonne und wühlte im Abfall herum. Keine Körperteile. »Das war's. Ich hab' meine Pflicht getan. Ich hab' das Herz unten in der City abgegeben und den Jungs gesagt, sie sollen ›Ziege‹ draufschreiben.«

Verrückt. Die Cops sind unsere bezahlten Paranoiker. Ein bewölkter Himmel ist für sie eine Verschwörung; sie wittern Verrat, wenn man nur guten Morgen sagt. Ein verbitterter Haufen, der da unter uns aufwächst und der keinem von uns über den Weg traut.

Der Aufzug bringt mich hinunter ins Basement.

»Doktor Kumagai.« Ich begrüße ihn. Sein Büro ist gleich neben der Leichenhalle mit ihren Tischen aus rostfreiem Stahl und dem gräßlichen Gestank offener Bauchhöhlen. Durch die Wand höre ich eine Chirurgensäge kreischen. Auf Painless' Schreibtisch herrscht ein furchtbares Durcheinander. Stapel von Papieren und Zeitschriften quellen aus den Ablagekörben. Am Rand der Platte steht ein kleiner Fernseher; der Ton ist leise gedreht, über den Bildschirm flimmert ein nachmittägliches Baseball-Spiel.

»Mr. Savage. Wohl eine richtig große Sache, wie? Wenn der Erste Deputy sich persönlich zu uns bemüht.« Painless ist ein in jeder Beziehung sonderbarer Kauz: Japaner, ein Meter sechzig groß, mit buschigen Brauen und einem in der Mitte geteilten Oberlippenbärtchen; ein kinetischer Typ, der dauernd irgendwelche Verrenkungen macht und beim Sprechen mit den Händen in der Luft herumfuchtelt. Der verrückte Wissenschaftler – nur daß ihm nichts Gütiges anhaftet. Wer auch immer auf die Idee kam, Painless sei am besten unter Kadavern aufgehoben, hat den richtigen Riecher gehabt. Im Umgang mit Kranken kann ich ihn mir einfach nicht vorstellen. Er gehört zu denen, die einem Sachen an den Kopf werfen und alle Menschen verfluchen. Jeden miesen Gedanken, den sein Hirn ausbrütet, bringt er auch an den Mann. Er gehört zu jenen Leuten, von denen manchmal der ganze Erdball bevölkert zu sein scheint. Mir ist er ein Rätsel. Auch wenn ich mich sehr anstrenge und den uns allen bekannten instinktiven Zugang zur Pseudotelepathie suche, dann kommt dabei bestenfalls ein total unscharfes Bild heraus. Ich kann mir nicht denken, was in seinem Kopf vorgeht, wenn er seine Arbeit macht oder fernsieht oder sich nach einer Frau umdreht. Ich weiß, ich würde die Wette verlieren, selbst wenn ich zehnmal raten dürfte, was er letzten Sonntagabend gemacht hat.

»Ich komme eigentlich bloß vorbei, um den Bericht abzuholen. Sie haben Lipranzer deswegen angerufen.«

»Ach so, ach so«, sagt Painless. »Der muß hier irgendwo rumliegen. Dieser verdammte Lipranzer. Bei dem muß immer alles hopphopp gehen.« Painless fuhrwerkt mit beiden Händen auf seinem Schreibtisch herum und schiebt auf der Suche nach dem Bericht die Papierstapel hin und her. »Sie werden also nicht mehr allzulange Erster Deputy sein, was? Della Guardia wird Horgan aus dem Sattel heben. Haha!« Erwartungsvoll schaut er mich an. Und er lächelt, wie es seine Art ist, wenn er in etwas herumstochert, das anderen unangenehm ist.

»Warten wir's ab«, sage ich und beschließe dann, ein bißchen aggressiver vorzugehen. »Ist Delay ein Freund von Ihnen, Doktor?«

»Nico ist Spitze, einfach Spitze. Jawohl. Wir haben schon bei einer Menge großer Mordfälle zusammengearbeitet. Er hat ganz schön was auf dem Kasten, jawohl, das hat er. Wenn der den Posten kriegt, dann wird er diesen Strafverteidigern mal einen kräftigen Arschtritt verpassen . . . Hier ist der Wisch.« Er schiebt mir einen Schnellhefter hin und beugt sich zum Fernseher rüber. »Dieser Scheiß-Dave-Parker! Jetzt hat er bloß ein Nasenloch voll Koks und trifft doch tatsächlich den verdammten Ball.«

Die Verbindung zwischen Nico und Painless ist mir bisher entgangen, aber sie ist ganz natürlich: der Starankläger in Sachen Mord und der Polizeiarzt. Von Zeit zu Zeit sind die bestimmt dringend aufeinander angewiesen. Ich frage Painless, ob ich mich einen Moment setzen darf.

»Klar, setzen Sie sich nur!« Er räumt einen Aktenstoß beiseite und stiert gleich wieder in die Glotze.

»Lipranzer und ich, wir haben da diese Theorie entwickelt – na, sagen wir lieber: Es war so ein Einfall. Vielleicht ging es hier um irgendwelche SM-Spielchen mit Fesseln und so, die dann außer Kontrolle geraten sind. Vielleicht lebte Carolyn gefährlich, und als ihr Süßer glaubte, sie sei übern Jordan, da hat er ihr eins aufs Dach gegeben, damit es nach was anderem aussah. Klingt das plausibel?«

Painless in seinem weißen Laborkittel stützt die Arme auf die Aktentürme. »Ist nicht drin.«

»Nein?«

»Nicht in hundert Jahren. Die Cops sind echt blöd«, sagt Painless, der Polizeiarzt. »Ist was leicht, machen sie's schwer. Ist es schwer, machen sie's leicht. Lesen Sie den Scheißbericht! Wenn ich schon einen Bericht schreibe, dann lesen Sie ihn gefälligst. Lipranzer will immer, daß alles dalli, dalli geht, und dann liest er den Scheißbericht nicht einmal.«

»Den hier?«

»Nicht den da.« Er deutet verächtlich auf das Gutachten, das ich in der Hand halte. »Meinen sollen Sie lesen! Den Autopsiebefund. Sehen Sie da was von blauen Flecken an den Handgelenken? An den Knöcheln, den Knien? Die Lady ist nicht erwürgt worden. Sie starb an dem Schlag. Lesen Sie den Scheißbericht!«

»Sie war ziemlich brutal gefesselt. Auf den Bildern kann man sehen, wie der Strick in ihren Hals eingeschnitten hat.«

»Das kann man wohl sagen. Sie war verdammt stramm gefesselt, als die sie herbrachten. Angespannt wie Pfeil und Bogen. Aber sie hatte nur eine Strieme am Hals. Wenn man den Strick fester und fester zieht, dann bewegt er sich. Das gibt Mordsstriemen. Sie hat nur eine einzige kleine am Hals.«

»Und was heißt das?«

Painless lächelt. Es macht ihm Spaß, den Trumpf in der Hand zu halten. Er schiebt sein Gesicht so nahe an den Fernseher, daß das graue Licht des Bildschirms sich auf seinen Brauen spiegelt.

»Erster und dritter«, sagt er.

»Was bedeutet das?« frage ich noch einmal.

»Wie?«

»Was schließen Sie aus der Strieme an ihrem Hals?«

»Daß der Strick zuerst da drumgelegt wurde, okay?«

Ich brauche einen Moment, um das aufzunehmen. Painless weiß genau, daß ich nichts damit anfangen kann.

»Ich passe«, sage ich. »Ich dachte, die Arbeitshypothese ist, daß jemand ihr eins übergezogen hat, um sie ruhigzustellen. Der Schlag war tödlich, aber unser Kandidat merkt das entweder nicht, oder es ist ihm egal. Er fesselt sie und vergewaltigt sie dann, wobei sie die seltsame Verknotung gleichzeitig stranguliert. Hab' ich das richtig mitgekriegt, oder haben Sie Ihre Meinung geändert?«

»Meine Meinung geändert? Schauen Sie doch in den Scheißbericht! Sagen Sie so was nicht noch mal! Ich hab' nichts dergleichen behauptet. Vielleicht hab' ich gesagt, es sieht so aus. Vielleicht denken das die Cops. Ich nicht.«

»Na, und was denken Sie?«

Painless lächelt. Painless hebt die Schultern.

Ich schließe einen Moment die Augen. »Hören Sie«, sage ich, »seit zehn Tagen ermitteln wir in einem wichtigen Mordfall, und jetzt erfahre ich zum erstenmal, daß Sie glauben, man hätte ihr den Strick zuerst um den Hals gelegt. Ich wäre sehr dankbar gewesen, wenn ich das schon ein bißchen früher gewußt hätte.«

»Dann hätten Sie eben fragen müssen. Lipranzer ruft mich an. ›Schnell, schnell. Wir brauchen den Bericht.‹ Okay, er hat seinen Bericht gekriegt. Was ich denke, danach hat sich keiner erkundigt.«

»Ich hab's doch gerade getan!«

Painless setzt sich zurück. »Vielleicht denke ich gar nichts«, sagt er.

Entweder dieser Typ ist ein größerer Mistkerl, als ich dachte, oder da ist etwas faul. Ich überlege einen Augenblick, versuche zu rekapitulieren.

»Wollen Sie damit sagen, sie wurde vergewaltigt und erst hinterher gefesselt?«

»Gefesselt erst zum Schluß, genau. Vergewaltigt? Das glaube ich jetzt nicht mehr.«

»Jetzt?«

»Jetzt«, sagt Painless. Wir starren einander an. »Lesen Sie den Bericht!«

»Den Autopsiebefund?«

»Diesen Bericht. Diesen Scheißbericht.« Er klopft auf den Schnellhefter, den ich in der Hand halte.

Also lese ich das Gutachten. Es kommt von der Gerichtsmedizin. In Carolyn Polhemus' Vagina wurde eine weitere Substanz identifiziert: Nonoxinol 9. Aus der Konzentration schließt der Gutachter, daß es von einem Gel zur lokalchemischen Konzeptionsverhütung stammt. Darum wurden keine lebensfähigen Spermien gefunden.

Painless grinst breit und keineswegs freundlich, als ich wieder aufblicke.

»Die behaupten also, das Opfer hat ein empfängnisverhütendes Mittel benutzt?« frage ich.

»Das ist keine Behauptung, sondern Tatsache. Sie benutzte ein empfängnisverhütendes Gel. Zweiprozentige Konzentration. Grundbestandteil ist eine Zelluloseverbindung. Mit einem Diaphragma eingeführt.«

»Einem Diaphragma?« Mein Kopf arbeitet entsetzlich langsam. »Sie haben bei der Autopsie ein Diaphragma übersehen?«

»Einen Scheißdreck hab' ich!« Painless haut auf die Schreibtischplatte und lacht mir lauthals ins Gesicht. »Sie waren doch schon mal bei einer Autopsie, Savage! Ich habe sie von unten bis oben aufgeschlitzt. In der Lady war kein Diaphragma.«
Ich muß Zeit schinden. Painless lächelt, und ich beobachte ihn. Ich werde es mit Angriff versuchen: »Und wo ist es geblieben?«
»Mein Tip?«
»Bitte.«
»Irgendwer hat es kassiert.«
»Die Cops?«
»So blöd sind die nicht.«
»Wer dann?«
»Hören Sie, Mr. Savage! Die Cops waren es nicht. Ich war es nicht, bleibt nur der Kerl.«
»Der Mörder?«
»Eins zu null für Sie.«
Ich nehme den Bericht zur Hand und lese ihn noch einmal durch. Dabei fällt mir etwas anderes auf, und plötzlich bekommt unser Gespräch einen Sinn. Ich bemühe mich, ruhig zu bleiben, aber mir wird heiß. Ich spüre, wie mir die Hitze bis in die Ohren steigt. Vielleicht sieht Painless das, denn nachdem er mich zehn Minuten lang genervt hat, rückt er endlich mit der Sprache heraus. Wahrscheinlich glaubt er, ich komme früher oder später sowieso dahinter.
»Sie wollen wissen, was ich denke? Ich glaube, die Sache ist getürkt. Dieser Mann, der sie umgebracht hat, war ihr Lover. Besucht sie. Trinkt was. Die Lady hat Verkehr mit ihm, okay? Alles bestens. Aber der Typ ist ein Hitzkopf. Kriegt was zu fassen, erschlägt sie damit und arrangiert alles so, daß es nach Vergewaltigung aussieht. Fesselt sie. Holt das Diaphragma raus. Sò seh' ich es.«
»Und wie sieht es Tommy Molto?« frage ich.
Painless Kumagai, der sadistische kleine Scheißer, steckt endlich in der Klemme. Er grient dämlich und versucht zu lachen. Lachen ist eigentlich nicht das rechte Wort dafür. Er schnauft asthmatisch. Sein Mund bewegt sich, doch er kriegt kein Wort heraus.
Ich gebe ihm den Bericht zurück, der, wie ich nebenbei fest-

stelle, vor fünf Tagen angefertigt wurde. Ich zeige auf den Vermerk, den Kumagai eigenhändig draufgekritzelt hat: MOLTO 762-2225. »Wollen Sie sich die Nummer nicht abschreiben, damit Sie Molto auch erreichen, wenn Sie ihn brauchen sollten?«

Painless faßt wieder Tritt. »Oh, Tommy.« Die freundliche Tour hat er besser drauf. »Ein feiner Kerl. Wirklich ein feiner Kerl.«

»Wie geht's ihm?«

»Oh, gut, gut.«

»Richten Sie ihm aus, er soll uns gelegentlich mal anrufen. Vielleicht kann ich dann rauskriegen, wie weit meine eigene Scheißermittlung gediehen ist.« Ich stehe auf. Ich zeige auf Kumagai. Ich rede ihn mit seinem Spitznamen an, den er, wie ich weiß, nicht mag: »Painless, bestellen Sie Molto und auch Nico, das ist 'ne ganz miese Tour. Miese Politik. Und mieser Polizeischeiß. Ihr solltet alle drei darum beten, daß ich euch keine Anzeige wegen Manipulation wichtiger Beweismittel anhänge.«

Ich reiße Painless den Bericht aus der Hand und gehe, ohne eine Antwort abzuwarten. Mein Herz hämmert, und meine Arme sind vor Wut ganz schlaff. Raymond ist natürlich nicht im Hause, als ich in die Bezirksverwaltung zurückkomme, aber ich sage Loretta, sie soll dafür sorgen, daß er sich schnellstens mit mir in Verbindung setzt, es sei dringend. Als nächstes versuche ich, Mac aufzutreiben, doch auch sie ist außer Haus. Also setze ich mich in mein Büro und brüte. Oh, wie verdammt clever das eingefädelt ist! Wir kriegen alles, was wir verlangen, aber kein Jota mehr: den Bericht – aber ohne Stellungnahme. Wenn das gerichtsmedizinische Gutachten eingeht, ruft man uns zwar an, sagt aber nicht, was drinsteht. Man läßt uns so lange wie möglich in die falsche Richtung laufen. Und in der Zwischenzeit gibt Painless jeden Deut, den er herausgeknobelt hat, an Molto weiter. Das setzt mir am meisten zu. Gott, ich finde, die Politik ist ein dreckiges Geschäft. Und die Machenschaften der Polizei sind ein noch dreckigeres. Ärgere Intrigen hat es auch in der Welt der Medici nicht gegeben. Jede heimliche Verbindung im Gemeinwesen kommt da zum Tragen. Ob zum Stadtrat oder zum Buchmacher oder zur Freundin; zu den Schwiegereltern, dem unbedeutenden Bruder, dem Typen aus dem Eisenwarenladen, der einem die Schrauben immer zu einem günstigen Preis gelassen hat; zu dem Neuling, auf den man aufpassen muß, dem Junkie, dessen falsche Offenheit einem auf die Nerven geht, oder dem kleinen Gauner, den es im Auge zu behalten gilt; zu dem Lizenzgeber, der bei deinem Onkel ein Auge zugedrückt hat, oder dem Lieutenant, von dem man annimmt, daß er sich gut mit Bolcarro steht und bald zum Captain aufsteigt, wenn nicht noch höher. Dein Logenbruder, dein Nachbar, der Schutzmann aus deinem Revier, der einfach eine gute alte Haut ist: sie alle brauchen eine Chance. Und du gibst sie ihnen. Bei der Polizei einer großen Stadt ist keiner – zumindest in Kindle County nicht –, der sich streng an die Vorschriften hält. Die hat man schon vor Jahren über Bord geworfen. Statt dessen spielen alle zweitausend Jungs in Blau für ihre eigene Mannschaft. Painless hat es nur genauso gemacht wie die anderen. Vielleicht hat Nico ihm weisgemacht, er könne ihn zum Coroner befördern.

Mein Telefon klingelt. Mac ist da. Ich gehe durch die Verbindungstür.

»Also«, sage ich zu ihr, »jetzt wissen wir endlich, was Tommy Molto vorhat.«

11

Als ich mich abends auf den Heimweg machen will, sehe ich Licht in Raymonds Büro. Es ist gleich neun, und mein erster Gedanke ist, daß sich da jemand eingeschlichen hat. Seit der Unterredung mit Kumagai vor drei Tagen bin ich nervös und mißtrauisch, und ich staune nicht schlecht, als ich Raymond an seinem Schreibtisch sitzen sehe. Anscheinend befaßt er sich mit einem Computerauszug; ich wundere mich, wie entspannt er inmitten der dicken Tabakswolken seiner Pfeife sitzt. In diesem Stadium des Wahlkampfs sieht man ihn selten so gelöst. Raymond ist ein fleißiger Jurist, und er hat schon immer bis spät in die Nacht hier gesessen, Stöße von Prozeßberichten und Anklageschriften durchgeackert oder zumindest eine Ansprache vorbereitet. Aber jetzt, da sein Posten zur Disposition steht, verbringt er fast jeden Abend auf der Rednertribüne. Und wenn er im Amt ist, dann sind Larren Lyttle und die anderen Parteibonzen, die seinen Wahlkampf unterstützen, bei ihm, und sie hecken miteinander neue Strategien aus. Diesen ungewöhnlichen Moment muß man nutzen. Also streife ich mit zwei Knöcheln die alte Eichentür und bin auch schon drin.

»Liest du aus dem Kaffeesatz?« frage ich ihn.

»So ungefähr. Bloß ist das Zeug hier viel exakter. Leider.« Sein Ton wird amtlich: »Die Meinungsumfrage, die der Fernsehsender Channel 3 zusammen mit der ›Tribune‹ in Auftrag gegeben hat, kommt zu dem Ergebnis, daß acht Tage vor der Wahl der Herausforderer Nico Della Guardia vor dem Amtsinhaber Raymond Horgan deutlich in Führung liegt.«

Meine Antwort ist kurz und bündig: »Scheiße.«

»Lies das, und dir kommen die Tränen.« Er schiebt mir den Computerauszug über den Tisch.

»Ich kann mit dem Zahlenwirrwarr nichts anfangen.«

»Die unterste Zeile«, sagt Raymond.

»Heißt ›U‹ unentschieden?« frage ich. »Dreiundvierzig zu neununddreißig. Achtzehn Prozent sind unschlüssig. Da bist du doch noch im Rennen!«

»Ich bin der amtierende Bezirksanwalt. Wenn die Öffentlichkeit erst einmal spitzkriegt, daß Delay eine Chance hat, dann werden die Leute auf ihn setzen. Bei der Vorwahl ist ein neues Gesicht von Haus aus ein Knüller.« Raymonds politische Vorhersagen sind in der Regel ein zuverlässiges Orakel, besonders da sie nicht nur seine Einsichten widerspiegeln, sondern auch die von Mike und Larren. Trotzdem versuche ich, optimistisch zu bleiben.

»Du hast ein paar schlimme Wochen hinter dir. Nico konnte den Mord an Carolyn sehr gut für sich ausschlachten. Du kommst schon wieder hoch. Du mußt es ihm nur zeigen. Wie verläßlich sind übrigens diese Umfrageergebnisse?«

»Tja, zum Glück für mich – oder auch nicht, je nachdem – liegt die Fehlerquote bei vier Prozent.« Mike Duke, so berichtet er, sei drüben bei der Fernsehstation und versuche, die zuständigen Herren dazu zu bewegen, daß sie ihre Geschichte so servieren, als liefe die Vorwahl auf ein Kopf-an-Kopf-Rennen hinaus. Larren, der bei der Zeitung das gleiche erreichen soll, hat bereits die Zusage der Redaktion, unter der Voraussetzung, daß Channel 3 mitzieht. »Die Zeitung wird dem Sender bei der Interpretation einer gemeinsam gestarteten Umfrage nicht widersprechen«, erklärt Raymond. Er zieht an seiner Pfeife. »Und ich wette, soweit klappt alles. Den Knochen gönnen sie mir. Aber was nützt das? Die Zahlen sprechen für sich. Die ganze Stadt wird merken, daß da was faul ist.«

»Und wie sehen deine eigenen Zahlen aus?«

»Die sind Mist«, sagt Raymond. Seiner Partei fehlten die Mittel für eine gründliche Auswertung, diese Meinungsumfrage sei von einer bundesstaatlichen Organisation durchgeführt worden. Keiner – weder Larren noch Mike oder Raymond selbst – habe den Eindruck, daß es gar so schlecht um ihn stehe, aber widerlegen könnten sie das Ergebnis nicht. »Mit Carolyn hat du wahrscheinlich recht«, sagt er. »Das schadet mir. Aber ich hab' das Gefühl, ich bin sowieso auf Talfahrt.« Raymond Horgan legt seine Pfeife hin und blickt mich offen an. »Wir werden verlieren, Rusty. Du bist der erste, der's erfährt.«

Ich schaue in das abgehärmte Gesicht von Raymond Horgan, meinem alten Idol, meinem Führer. Er hat die Hände gefaltet. Er ruht sich aus. Zwölfeinhalb Jahre nachdem er anfing, über die Revolutionierung des Gesetzesvollzugs zu reden, und ein

Jahr zu spät für unser beider Vorteil hat Raymond Horgan schließlich den Stecker herausgezogen. Nun hat jemand anders dieses ganze Problem am Hals. Und dem kleinen Teufel, der einwendet, es stünden Prinzipien und Kernfragen auf dem Spiel, antwortet nur ein müder alter Mann. Ideale und Prinzipien stehen hier nicht im Vordergrund. Wie sollten sie auch, wenn es nicht einmal genug Gefängnisse gibt, um die Gauner einzusperren, die man schnappt; nicht genug Gerichtssäle, um sie zu verurteilen; und wenn der Richter, der die Fälle verhandelt, nur zu oft ein Trottel ist, der in Abendkursen Jura belegt hat, weil die einzig freie Stelle in der Versicherungsagentur seines Vaters bereits vom Bruder besetzt war, und der zu Amt und Würden gekommen ist, weil er seinem Bezirk dreißig Jahre lang treue Dienste geleistet hat. Unter Nico Della Guardias Amtsführung wird man mit den gleichen Zwängen zu kämpfen haben, ganz egal, was er jetzt in seinen Fernsehspots erzählt: zu viele Verbrechen und kein vernünftiger Weg, sie in den Griff zu kriegen; zu wenig Planstellen; zu viele politische Rücksichten, die es zu beachten gilt; zuviel Elend und zuviel Unrecht, das weiter geschehen wird, ungeachtet der Ideale und Prinzipien der Staatsanwaltschaft. Nico soll seine Chance ruhig bekommen. Raymonds Gelassenheit vor dem Abgrund überträgt sich auf mich.

»Scheiß drauf!« sage ich.

»Richtig«, sagt Raymond, sowie er sich ausgelacht hat. Er geht zum Konferenztisch in der Ecke und holt die Whiskyflasche, die immer dort in der Schublade liegt. Er gießt zwei der kleinen Pappbecher vom Trinkwasserbehälter voll, und ich gehe zu ihm und stoße mit ihm an.

»Weißt du noch, als ich hier anfing, hab' ich nichts getrunken«, sage ich. »Ich meine, ich habe kein Alkoholproblem: Ich kann nicht klagen, aber vor zwölf Jahren hab' ich einfach nie getrunken. Weder Bier noch Wein oder Rum und Cola. Und jetzt sitze ich hier und kippe Scotch pur.« Denn genau das tue ich. Meine Speiseröhre zieht sich zusammen, und Tränen steigen mir in die Augen. Raymond schenkt noch einmal ein. »Die Zeit ist doch eine Hure, was?«

»Du kommst in die Jahre, Rusty. Dieses verdammte Rückwärtsschauen! *Ein* Gutes hatte meine Scheidung – den Scheiß war ich damit los. Ich sag' dir, wenn ich den Job hier an den Nagel hängen muß, werd' ich nicht vier Monate lang in mein Bier heulen und von den guten alten Zeiten schwärmen.«

»Du wirst in einem von diesen Glaskäfigen bei IBM im vierzigsten Stock sitzen, mit einem Haufen launischer Sekretärinnen um dich und stinkreichen Partnern, die von dir wissen wollen, ob dreißig Wochenstunden zuviel verlangt sind für das Vorrecht, deinen Namen aufs Türschild schreiben zu dürfen.«

»Quatsch«, sagt Raymond.

»Aber klar doch!« Die letzten Jahre habe ich hin und wieder mit angehört, wie Raymond sich in einer melancholischen Anwandlung selbst eine solche Zukunft ausgemalt hat: ein paar Jahre, um sich ein anständiges finanzielles Polster zu schaffen, und dann ein Richteramt übernehmen, wahrscheinlich in der Revision, als Sprungbrett zum Obersten Gerichtshof des Bundesstaates.

»Na ja, vielleicht hast du recht«, sagt Raymond, und wir lachen beide. »Haust du auch ab?« fragt er.

»Mir wird wohl nichts anderes übrigbleiben. Delay will Tommy zu seinem Ersten Deputy machen. Das ist jetzt sonnenklar.«

Raymond schiebt seine mächtigen Schultern vor. »Bei Della Guardia weißt du nie, wie du dran bist.«

»Wird sowieso Zeit, daß ich was unternehme«, sage ich.

»Glaubst du, wir könnten dich auf 'nen Richterstuhl hieven, Rusty?«

Dies ist ein goldener Augenblick für mich: Hier ist endlich der Lohn für meine Treue. Möchte ich Richter sein? Hat ein Bus Räder? Spielen die Yankees in der Bronx Baseball? Ich nippe an meinem Whisky und bin plötzlich auf der Hut.

»Ich würd's mir bestimmt überlegen«, sage ich. »Ich müßte die praktische Seite in Erwägung ziehen. Und dann wäre da auch die Geldfrage. Aber überlegen würde ich es mir bestimmt.«

»Dann laß uns abwarten, wie sich die Dinge entwickeln. Die Jungs sind mir was schuldig. Denen liegt daran, daß ich lächelnd abtrete. Parteitreue. Dieser ganze Scheiß. Das Trostpflaster, ein paar Leute unterzubringen, krieg' ich bestimmt.«

»Ich danke dir, Ray.«
Raymond schenkt sich noch einen ein. »Wie macht sich mein Favorit unter den ungeklärten Mordfällen?«
»Sieht schlecht aus«, sage ich, »im großen und ganzen jedenfalls. Was den Tathergang betrifft, sind wir allerdings ein bißchen weitergekommen. Das heißt, falls man sich auf den Pathologen verlassen kann. Hat Mac dir das von Molto erzählt?«
»Ich hab's gehört, ja. Was ist das wieder für ein Scheiß?«
»Wirkt ganz so, als hätte Dubinsky den richtigen Riecher gehabt: Nico hat Tommy drauf angesetzt, unsere Ermittlungen zu überwachen.«
»Überwachen – oder torpedieren?«
»Wahrscheinlich von beidem etwas. Ich nehme an, daß Molto in erster Linie Informationen kassiert. Du weißt schon: ein paar alte Kumpel bei der Dienststelle anrufen und sie dazu bringen, ihm hin und wieder Berichte zuzuschanzen. Vielleicht haben sie auch die Laborarbeiten ein bißchen gebremst – aber wie soll man das beweisen? Ich bin mir immer noch nicht sicher, was zum Teufel die eigentlich erreichen wollen. Vielleicht halten sie mich tatsächlich für 'ne Niete und versuchen nur, den Mord auf eigene Faust zu klären. Du weißt schon: damit sie noch vor dem Wahltag das Kaninchen aus dem Hut zaubern können.«
»Nein, damit werden sie auf die Schnauze fallen. Ich knalle ihnen eine vor den Latz, weil sie in unsere Ermittlungen reinpfuschen, und sie revanchieren sich damit, daß Molto sich zum Leiter meines Morddezernats aufspielt, weil er angeblich Angst hat, wir könnten den Fall in den Sand setzen. Nein, ich werde dir sagen, warum Nico den Tommy da draußen rumschnüffeln läßt. Der soll observieren. Raffiniert! Er guckt sich an, was wir machen, und weiß ganz genau, wie massiv er das Problem angehen kann, ohne groß was zu riskieren. Jedesmal, wenn er uns stolpern sieht, dreht er ein bißchen mehr auf.«
Wir unterhalten uns kurz über Kumagai. Daß er an den Ergebnissen herumgepfuscht hat, erscheint uns beiden unwahrscheinlich. Er hat den Bericht lediglich zurückgehalten. Wir könnten seinen Assistenten beauftragen, den Befund zu überprüfen, aber das würde jetzt kaum noch was bringen. Wenn das

Ergebnis dieser Meinungsumfrage morgen bekannt wird, ist es aus mit unserem Anspruch auf kollegiale Unterstützung der Polizeibehörde. Jeder Cop, dem Nico irgendwann einmal das Du angeboten hat, wird ihm die Informationen nur so reinschieben – schließlich investiert er damit in seine Zukunft.

»Also, was bringt uns nun dieser Pathologiebefund?« erkundigt sich Raymond. »Wer ist unser Verdächtiger?«

»Vielleicht ein Freund von ihr, vielleicht auch ein Typ, den sie zufällig aufgerissen hat. Wie es aussieht, war es jemand, der gut genug über sie Bescheid wußte, um zu schnallen, wie sich die Sache frisieren ließ. Aber das könnte auch Zufall gewesen sein. Wer weiß.« Ich starre in die Lichtersterne, die auf meinem Whisky tanzen. »Darf ich dich was fragen?«

»Warum nicht?« Es wäre der geeignete Moment, Raymond wegen der B-Akte anzugehen: Warum zum Teufel hat er sie in seiner Schublade verschwinden lassen? Zweifellos erwartet er, daß ich ihn danach frage. Aber da ist noch etwas anderes, das ich schon lange von ihm wissen wollte. Ein Angriff aus dem Hinterhalt – nach zwei Drinks und mitten im angenehmsten Beisammensein mit Raymond Horgan seit unserem letzten gemeinsamen Prozeß. Damals ging es um eine der Night-Saints-Affären; das liegt schon Jahre zurück. Ich weiß auch, daß es unfair ist, den Ermittlungsbeamten zu markieren, nur um meine eigenen Zwangsvorstellungen auszuloten. Ich weiß das alles, und trotzdem frage ich.

»Hast du Carolyn gevögelt?«

Raymond lacht, ein herzhaftes, kräftiges Lachen, unter dem sein ganzer Körper erzittert, so als habe der Whisky ihm mehr zugesetzt, als es der Fall ist. Ich erkenne die angelernte Kneipenhaltung, ein Trick, um Zeit zu schinden, wenn man schwer einen geladen hat und ein paar Minuten zum Nachdenken braucht: Die falsche Mieze will mit einem heimgehen; der Name von einem Ausschußmitglied des eigenen Wahlbezirks fällt einem partout nicht ein; ein Reporter macht Witze und wagt sich dabei ein bißchen zu weit vor. Wenn Raymond Eis im Becher hätte, würde er die Würfel jetzt lutschen, um etwas im Mund zu haben.

»Hör mal«, sagt er, »was deine Vernehmungstechnik angeht,

da muß ich dir mal was sagen, Rusty. Du redest viel zu lange um den heißen Brei herum.«
Wir lachen. Aber ich sage nichts. Wenn ich ihn schon mal an der Angel habe, dann soll er auch zappeln.
»Sagen wir, die Verstorbene und ich, wir waren zwei erwachsene Singles«, sagt er schließlich und stiert dabei in seinen Becher. »Siehst du da etwa ein Problem?«
»Nein – falls dich das nicht auf die Idee bringt, wer sie getötet haben könnte.«
»So stand ich nun auch wieder nicht mit ihr. Wer kannte schon die Geheimnisse dieser Dame? Ehrlich gesagt, es war schön, aber kurz. Da lief schon an die vier Monate nichts mehr.«
Hinter seinen Worten steckt ein gutes Maß an Taktik und Kalkül. Aber falls Carolyn Raymond weh getan hat, so läßt er sich das nicht anmerken. Er scheint glimpflich davongekommen zu sein. Besser, als ich das von mir behaupten kann. Ich schaue wieder in meinen Becher. Die B-Akte, die entsprechenden Bemerkungen ihres Sohnes – das waren alles Hinweise, aber in Wahrheit habe ich es schon lange geahnt, daß Carolyn etwas mit Raymond hatte. Ich brauchte ja bloß auf die verräterischen Zeichen zu achten: wie oft sie tagsüber in sein Büro ging, um welche Zeit die beiden Feierabend machten. Natürlich war ich damals schon mit ihren Gewohnheiten vertraut. Ich hatte ja selber eine Reise in Carolyns sonderbare Gefilde hinter mir – einschließlich eines jähen Abgangs. Ich hatte das Treiben der beiden beobachtet – mit jener eigenartigen Mischung aus Sehnsucht nach dem verlorenen Glück und einem Verlangen, das weitaus bitterer schmeckte. Jetzt frage ich mich, warum um alles in der Welt ich mir die Kränkung antue, mir das alles auch noch bestätigen zu lassen.
»Ein paar von ihren Geheimnissen kanntest du«, sage ich. »Sie hat dir den Jungen vorgestellt.«
»Das stimmt. Hast du mit ihm gesprochen?«
»Ja, letzte Woche.«
»Und er hat Mamas Tarnung auffliegen lassen?«
Ich sage ja. Ich weiß, wie gern ein Mann in Raymonds Lage an dem Glauben festhalten möchte, er sei unergründlich.
»Ein unglückliches Kerlchen«, bemerkt Ray.

»Weißt du, was er mir erzählt hat? Daß Carolyn für dein Amt kandidieren wollte.«
»Das hat sie mir gesagt. Ich habe ihr geraten, sich zuvor ein bißchen in den Vordergrund zu spielen. Man braucht entweder berufliches Ansehen oder politische Verbindungen. Man kann nicht einfach reinmarschieren und sich auf den Thron setzen.« Raymond sagt das ganz beiläufig, fixiert mich dabei aber mit durchbohrendem Blick. Ich bin nicht so blöd, wie du denkst, sagen seine Augen. Ich kann schon noch den Wald vor lauter Bäumen sehen. Zwölf Jahre Macht und Schmeichelei haben ihn demnach nicht blind gemacht. Endlich kann ich wieder mit Stolz und Achtung zu Raymond aufblicken, und das macht mich froh. Da hast du Glück gehabt, denke ich.
So ist das also gelaufen. Raymond sagt, vor vier Monaten sei die Sache auseinandergegangen. Nun, die Rechnung geht auf: Raymond gab damals seine Kandidatur bekannt, und Carolyn ging ihren eigenen Weg. Wie alle übrigen hatte auch sie bis dahin damit gerechnet, daß Raymond sich nicht mehr für das Amt zur Verfügung stellen, dafür aber einen Kandidaten seiner Wahl protegieren würde. Vielleicht konnte man ihn dazu überreden, einer Frau sein Wohlwollen angedeihen zu lassen – seinen Abgang mit einer letzten Huldigung an den Fortschritt zu krönen. Rätselhaft bleibt nur, wieso Carolyns Zug zum Ruhm zuvor bei mir angehalten hatte. Warum vertrödelte sie ihre Zeit mit der Vorortbahn, wenn sie auf den D-Zug aufspringen konnte? Es sei denn, sie ist an die ganze Sache nicht gar so berechnend herangegangen, wie es jetzt scheint.
»Das war vielleicht 'ne Powerfrau«, sagt Horgan. »Ein liebes Mädchen, verstehst du. Aber 'ne Powerfrau.«
»Genau«, sage ich. »Lieb, mit viel Power und tot.«
Raymond steht auf.
»Kann ich dich noch was fragen?«
»Jetzt willst du wohl persönlich werden, wie?« Raymond lächelt und zeigt, ganz irischer Charme, die Zähne. »Laß mich raten: Was zum Teufel hab' ich mit dieser Akte gemacht?«
»Warm«, sage ich. »Aber ich verstehe gut, daß du die nicht in Umlauf bringen wolltest. Nur – warum hast du sie Carolyn gegeben?«

»Scheiß drauf! Sie wollte sie haben. Zynisch ausgedrückt: Sie hat mich drum gebeten – und ich schlief doch mit ihr. Wahrscheinlich hat Linda Perez ihr von dem verdammten Brief erzählt.«

Linda ist eine jener juristischen Hilfskräfte, welche die Spinnerpost lesen. »Du weißt doch, wie Carolyn war. Heiße Sachen lagen ihr besonders. Ich nehme an, sie dachte, mit dem Fall könne sie Eindruck schinden. Ich hab' die Sache von Anfang an für Mist gehalten. Wie hieß doch der Typ gleich wieder?«

»Noel.«

»Noel, richtig. Der hat unseren Briefschreiber reingelegt. Das Geld hat er wohl für sich behalten. Was meinst du?«

»Weiß nicht.«

»Sie hat den Schrieb durchgelesen, ist losgezogen und hat im 32. Bezirk die Akten gewälzt. Aber da war nichts. Hat sie jedenfalls behauptet.«

»Mir wäre es lieber gewesen, du hättest mir gleich von diesem Fall erzählt.« Daß mir das rausrutscht, daran ist der Whisky schuld.

Raymond nickt und trinkt. »Du weißt doch, wie das ist, Rusty: Hat man einmal Mist gebaut, baut man wieder Mist. Sie wollte nicht, daß ich darüber rede. Hätt' ich ihr den Gefallen nicht getan ... wie schnell kommt eins zum anderen, und im Handumdrehn wissen alle, die schläft mit dem Boß. Außerdem kam es dem Boß gar nicht ungelegen, gerade diesen Fall für sich zu behalten. Du verstehst. Tat doch keinem weh, oder?«

»Mir schon.« Jetzt ist es heraus, was ich schon seit vielen Jahren sagen wollte.

Raymond nickt auch jetzt.

»Tut mir leid, Rusty. Ehrlich. Verdammt, was bin ich für ein Scheißkerl!« Er geht hinüber zum Sideboard und beguckt sich das Foto seiner Kinder. Es sind fünf. Dann zieht er den Mantel an. Arme und Hände wollen ihm nicht recht gehorchen. Es kostet ihn etliche Mühe, den Kragen glattzustreichen. »Ich sag' dir was: Wenn ich diese Scheißwahl tatsächlich verliere, dann mach' ich hier ganz einfach Schluß. Soll Nico doch den Laden schmeißen, wenn er so scharf drauf ist.« Er stockt. »Oder du vielleicht? Möchtest du den Job für ein Weilchen haben?«

Danke, Raymond, denke ich. Besten Dank. Am Ende hat Carolyn es doch richtig angepackt.
Aber ich kann nicht dagegen an. Also stehe ich auf. Ich streiche Raymonds Kragen glatt. Ich knipse das Licht aus, schließe sein Büro ab und schiebe ihn draußen im Flur in Richtung Ausgang. Ich sorge dafür, daß er ein Taxi nimmt. Das letzte, was ich zu ihm sage, ist: »Um in deine Fußstapfen zu treten, bin ich nicht groß genug.« Und wie das nun mal so ist mit alten Gewohnheiten: Während mir diese Worte herausrutschen, da meine ich sie ganz ehrlich.

12

Mein schwindelerregendes, wahnsinniges Verlangen nach Carolyn trieb mich wieder in die Arme der Rockmusik.
»Das hatte nichts mit Carolyns Geschmack zu tun«, erklärte ich Robinson. »Sogar in unserer Dienststelle, diesem Irrenhaus, hatte sie in ihrem Büro ständig einen Sender mit klassischer Musik laufen. Ich war auch nicht auf dem Nostalgietrip. Ich sehnte mich nicht etwa nach dem altmodischen Soul und Rock der sechziger Jahre, an denen ich mich mit achtzehn, zwanzig aufgegeilt hatte. Jetzt stand ich auf New-Wave-Schund: kreischende, winselnde Musik mit perversen Texten und hirnlosen Rhythmen. Ich fing an, mit dem Wagen zum Dienst zu fahren. Barbara machte ich weis, ich hätte meinen jährlichen Anfall von Bus-Phobie. Natürlich erleichterte der Wagen meine abendlichen Besuche bei Carolyn, aber die hätten sich auch so arrangieren lassen. Was ich brauchte, war die Chance, fünfzig Minuten lang bei festgeschlossenen Fenstern dahinzubrausen, während die Rockwelle WNOF aus den Boxen dröhnte – mit einer Lautstärke, daß die Windschutzscheibe vibrierte, wenn bei bestimmten Titeln die Bässe in Führung gingen.
Ich war total am Ende – richtiggehend ausgeklinkt. Wenn ich das Auto abgestellt hatte und die Straße langging, dann hatte ich schon eine leichte Erektion, weil wieder ein Tag begann, der aufreizend süß auf meine geheime Zusammenkunft mit Carolyn zukroch. Ich schwitzte den ganzen Tag, mein Puls raste. Und mindestens einmal pro Stunde – mitten in einem Telefongespräch oder einer Konferenz – wurde ich von Visionen heimgesucht, so unmittelbar und deutlich, daß ich Zeit und Raum vergaß.
Carolyn ihrerseits verfügte über eine beängstigende Selbstbeherrschung. Ich brachte an dem Wochenende nach unserer ersten Nacht Stunden damit zu – benommene, haltlose Stunden –, über unsere nächste Begegnung nachzugrübeln. Ich hatte keine Ahnung, wie es weitergehen würde. An der Wohnungstür hatte sie mir die Hand geküßt und einfach gesagt: ›Bis dann!‹ Was mich anging, so kam mir der Gedanke an Widerstand erst gar nicht. Ich wollte nehmen, was immer sie mir erlaubte.

Am Montagmorgen erschien ich mit einer Akte unterm Arm in ihrem Büro. Meine Pose, meinen Schritt hatte ich x-mal geprobt. Nichts Dringendes. Ich lehnte mich gegen den Türpfosten. Ich lächelte; ganz lässig, ganz locker. Carolyn saß am Schreibtisch. Die Jupitersinfonie brauste durch den Raum.
›Es ist wegen dem Fall Nagel‹, sage ich.
Die Nagels bescherten uns einen weiteren Einblick in die Schattenseiten beschaulichen Vorstadtlebens: ein Ehepaar, das Notzucht und Sodomie in Teamarbeit betrieb. Sie sprach die Frauen auf der Straße an, half, sie gefügig zu machen, und dachte sich phantasievolle Spielchen mit einem Vibrator aus. Carolyn wollte das Strafmaß mit der Verteidigung aushandeln und war damit einverstanden, daß die Ehefrau glimpflicher davonkam.
›Mit der Einlassung kann ich mich abfinden‹, sage ich zu ihr. ›Aber ich denke, wir brauchen zwei Anklagepunkte.‹
Erst jetzt blickt Carolyn von ihrer Arbeit auf. Unbeteiligt. Sie zuckt nicht mit der Wimper. Ihr Lächeln ist freundlich, kollegial.
›Wer hat sie übernommen?‹ frage ich und meine: Wer ist ihr Verteidiger?
›Sandy‹, antwortet Carolyn und meint Alejandro Stern, der anscheinend jeden vertritt, der aus einem vornehmen Stall kommt und in diesem Staat eines Verbrechens bezichtigt wird.
›Sag Sandy, daß sie das mit dem Vibrator auch auf ihre Kappe nehmen muß! Wir wollen schließlich nicht, daß der Richter glaubt, wir versuchten ihm die Hände zu binden.‹
›Oder daß die Presse glaubt, wir wären scharf darauf, weibliche Sexualtäter auf Bewährung rauszupauken‹, sagt sie.
›Auch das. Als Staatsanwälte sind wir für Gleichberechtigung.‹
Ich lächle. Sie lächelt. Ich zögere. Das hab' ich geschafft, aber mein Herz hämmert, und ich fürchte, ich wirke irgendwie einfältig und fad.
›Okay.‹ Ich klatsche mir mit der Akte auf den Oberschenkel und mache kehrt.
›Wir sollten was trinken zusammen‹, sagt sie.
Ich nicke mit zusammengepreßten Lippen. ›Bei Gil's?‹ frage ich.

›Wie wär's dort‹, sagt sie, ›wo wir am Freitag gelandet sind?‹ Ihre Wohnung. Mein Herz tut einen Sprung. Sie zeigt mir die schwache Andeutung eines Lächelns, aber noch ehe ich mich davonmache, ist sie schon wieder in ihre Arbeit vertieft.
In der Rückschau bemitleide ich mich wahnsinnig, wenn ich mir vorstelle, wie ich da auf ihrer Türschwelle stand. Ich war so voller Hoffnung. So dankbar. Und dabei hätte die Vergangenheit mich lehren sollen, wie die Zukunft aussehen würde.
Ich liebte Carolyn bis zum Wahnsinn, trotzdem war es eine ziemlich freudlose Zeit. Von dem Augenblick an, da ich begriff, daß es mit uns weitergehen würde, war ich wie die Mandragora in den alten Sagen, die ich auf dem College gelesen hatte: diese Alraunwurzel, die schreit, wenn man sie aus der Erde reißt. Meine Leidenschaft überwältigte mich. Ich war vernichtet. Gespalten. Ausgelaugt. Ein Zerrissener. Jede Minute in Aufruhr. Ich war da auf etwas Archaisches gestoßen, dunkel und unergründlich. Ich hatte keine Vorstellung mehr von mir selbst. Ich war wie ein blindes Gespenst, das durch sein Schloß geistert und um Liebe winselt. Der Gedanke an Carolyn, mehr noch als ihr eigentliches Bild, verfolgte mich in jeder Sekunde. Mein Verlangen war stärker, als ich es je zuvor erlebt hatte: Es war hartnäckig, ja zwanghaft und darum auch irgendwie erniedrigend. Heute erinnert es mich an Pandora, die ich als Kind ständig mit Peter Pan verwechselte; Pandora, wie sie ihre Büchse öffnet und so die Übel und Krankheiten über die Menschheit bringt.«

»Irgendwie hatte es so was Echtes«, sage ich zu dem Seelenklempner, »das Fleisch einer anderen Frau.«
Nachdem ich fast zwanzig Jahre lang mit Barbara geschlafen hatte, ging ich inzwischen nicht mehr mit ihr allein ins Bett. Ich legte mich mit fünftausend anderen Weibern auf die Matratze. Mit der Erinnerung an jüngere Körper; mit den Sorgen um die vielen leidigen Problemchen, die das Drum und Dran unseres Lebens bildeten: die rostende Regenrinne, Nats Abneigung gegen Mathematik, der Umstand, daß Raymond sich im Laufe der Jahre angewöhnt hatte, eher die Fehler als den Erfolg meiner Arbeit zu registrieren; jenes besonders arrogante

Glitzern in den Augen meiner Schwiegermutter, wenn sie irgend jemanden außerhalb ihrer engsten Familie unter die Lupe nahm, mich eingeschlossen. Wenn ich in unserem Bett lag und die Arme nach Barbara ausstreckte, dann standen diese gespenstischen Besucher immer zwischen uns.
Carolyn war dagegen ein reines Wunder. Mir schwindelte. Ich wußte nicht mehr, wo es langging. Nach siebzehn Jahren ehelicher Treue, in denen ich jedes Verlangen nach Abwechslung unterdrückt hatte, um den Frieden unseres Heims nicht zu gefährden, konnte ich es einfach nicht fassen, daß meine Träume Wirklichkeit geworden waren. Ich erforschte ihren nackten Körper. Die herrlichen, großen Brüste, ihre kräftigen Warzen, die seidig glänzende Haut zwischen Bauch und Schenkeln. Ich war total ausgeflippt in diesem Reich jenseits aller Zwänge, frei von dem emsig und doch träge sich drehenden Kreisen meines Lebens. Jedesmal, wenn ich in sie eindrang, war mir, als teilte ich die Welt.
Ich verbrachte drei oder vier Abende der Woche bei ihr. Wir entwickelten eine Art Routine. Sie ließ die Tür für mich offen, und wenn ich kam, liefen im Fernsehen die Nachrichten. Carolyn machte sauber, trank etwas, öffnete ihre Post. Eine Flasche Weißwein, kühl und feucht wie ein Bachkiesel, stand entkorkt auf dem Küchentisch. Sie hatte es nie eilig, mich zu begrüßen. Womit immer sie sich grade beschäftigte, hatte Vorrang. Während sie in der Wohnung hin und her ging, sprach sie meistens über das Gericht oder über tagespolitische Ereignisse. Damals verstärkten sich die Gerüchte, daß Raymond nicht kandidieren würde, und Carolyn verfolgte diese Möglichkeit mit lebhaftem Interesse. Sie schien solchen Tratsch überall aufzuschnappen – am Gericht, bei der Polizei oder in der Anwaltskammer. Und dann, irgendwann, fand sie endlich den Weg zu mir. Breitete die Arme aus. Schmiegte sich an mich. Hieß mich willkommen. Einmal traf ich sie in der Badewanne an und vögelte sie dort. Ein andermal überraschte ich sie beim Anziehen. Aber meistens bewegten wir uns in diesem langsamen Ritual aufeinander zu, und es verging viel Zeit, bis sie schließlich bereit war, mich ins Schlafzimmer zu führen, wo dann meine Huldigungsstunde begann.

Ich näherte mich ihr andächtig. Oft fand ich mich auf den Knien wieder. Ich zog ihr den Rock aus, die Strumpfhose, den Slip, bis sie vor mir stand, die herrlichen Schenkel und das süße Dreieck entblößt.
Noch ehe ich mein Gesicht da hineinpreßte, schwängerte dieser schwere weibliche Duft die Atmosphäre. Vollkommene, irre, wilde Augenblicke. Auf den Knien, angespannt und blind, trieb ich mein Gesicht in sie hinein, meine Zunge arbeitete in fiebriger, stummer Klage, während ich die Hände emporstreckte und unter ihrer Bluse nach den Brüsten tastete. In solchen Momenten war meine Leidenschaft rein wie Musik.
Dann übernahm Carolyn allmählich die Führung. Sie bevorzugte die rohere Gangart, und gelegentlich wurde ich aufgefordert, die harte Tour anzuwenden. Ich stand vor dem Bett. Ich grub meine Hände in ihren Hintern und besorgte es ihr. Sie hörte nicht auf zu reden.«
»Worüber?« fragte Robinson.
»Na ja, so Gemurmel, Worte. ›Gut.‹ – ›Weiter!‹ – ›Ja, ja. O ja!‹ – ›Oh, Spitze.‹ – ›Warte, warte, warte, oh, bitte, Baby, ja.‹
Später wurde mir erst klar, daß wir keine Liebenden waren, die einander befriedigten. Mit der Zeit schien Carolyn mir gegenüber auf Konfrontationskurs zu gehen. Ich entdeckte, daß sie trotz all der hochgeschraubten intellektuellen Ansprüche bisweilen einen Hang zum Ordinären hatte. Sie führte gern anstößige Reden und war auch noch stolz darauf. Es machte ihr Spaß, über meine Genitalien zu reden: ›Jetzt lutsch' ich dir den Schwanz, deinen steifen, haarigen Schwanz.‹ Solche Ausbrüche verblüfften mich. Einmal lachte ich darüber, aber ihr Blick verriet so deutliches Mißfallen, fast Wut, daß ich mich bemühte, derart vorwitzige Äußerungen in Zukunft zu unterdrücken. Ich ließ ihr ihren Willen. Sie machte eine Entwicklung durch. Dieses Liebesspiel schien einem Zweck zu dienen, ein Ziel zu haben. Sie war entschlossen, sich ihr eigenes Herrschaftsgebiet zu erobern. Sie war ausschweifend, nahm meinen Penis in den Mund, gab ihn wieder frei und tastete mit der Hand an meinem Hodensack vorbei nach dem After. Eines Nachts fragte sie mich: ›Macht Barbara das auch?‹ während sie mich so bearbeitete. Und sie schaute auf, um ihre Frage zu

wiederholen, heiter und gebieterisch: ›Macht Barbara das? Sag!‹ Ohne zu zögern, ohne Hemmungen. Inzwischen wußte sie, daß sie Barbaras Namen erwähnen durfte, ohne Gefahr zu laufen, daß ich vor Scham zusammenzuckte. Sie wußte, daß sie meine Frau in unser Bett zerren konnte, um sich auch von ihr bezeugen zu lassen, wieviel ich bereit war aufzugeben.«

»Die meisten Abende bestellten wir telefonisch beim Chinesen etwas zu essen. Gebracht wurde es immer von demselben Jungen. Er schielte und verschlang Carolyn in ihrem orangefarbenen Seidenmorgenrock mit den Augen. Dann lagen wir im Bett und reichten uns die Pappschachteln hin und her. Der Fernseher lief. Carolyn hatte immer und überall einen Fernseher oder ein Radio an, eine Gewohnheit, die sie während ihres langjährigen Alleinseins angenommen hatte. Im Bett unterhielten wir uns. Carolyn war eine scharfe Beobachterin der Lokalpolitik mit dem endlosen, boshaften Macht- und Aufstiegsgerangel einzelner. Sie schätzte alles richtig ein, verfolgte es aber gespannter als ich und weit weniger amüsiert. Sie war weniger bereit als ich, das Streben nach persönlichem Ruhm hintanzustellen. Sie betrachtete letzteres vielmehr als natürliches Recht eines jeden, also auch als ihres.
Während ich mit Carolyn zusammen war, bereitete Nico gerade seine Kandidatur vor. Zu dem Zeitpunkt nahm ich ihn noch nicht ernst. Keiner von uns, Carolyn inbegriffen, gab ihm eine Chance. Carolyn witterte allerdings eine andere Möglichkeit, die sie mir eines Abends erklärte, nicht lange bevor unser kleines Paradies zusammenbrach. Ich erläuterte ihr gerade meine jüngste Analyse von Nicos Motiven.
›Er will, daß sie ihm einen Bissen hinwerfen, damit er Ruhe gibt, sag' ich dir. Er wartet bloß drauf, daß Raymonds Freunde etwas für ihn finden. In Kindle County zahlt es sich nicht aus, einen Kampf um die Vorwahl anzufangen. Sieh dir Horgan an! Bolcarro hat es ihn nie vergessen lassen, daß er bei der Bürgermeisterwahl gegen ihn angetreten ist.‹
›Und wenn Bolcarro ihm nun eins auswischen will?‹
›Bolcarro ist nicht die Partei. Eines Tages ist er weg vom

Fenster. Nico hat nicht genug Format, um auf eigene Faust loszulegen.‹

Carolyn war anderer Ansicht. Sie erkannte – und das weitaus klarer als ich –, wie zielstrebig Nico ist: ›Nico meint, Raymond sei verbraucht. Zumindest bildet er sich ein, er könnte ihm einreden, daß er's ist. Viele Leute finden, Raymond sollte nicht mehr kandidieren.‹

›Auch welche von der Partei?‹

Zu dem Zeitpunkt hatte ich so was noch von keinem gehört. Viele meinten, Raymond würde nicht mehr kandidieren, aber niemand äußerte, daß man ihn nicht mehr haben wolle.

›Ja, welche von der Partei. Die Anhänger des Bürgermeisters. Schon dadurch, daß er seine Kandidatur bekanntgab, hat Nico ihm geschadet. Man sagt, Raymond soll ihm doch Platz machen.‹

Sie griff nach einer Essensschachtel, das Laken verrutschte und entblößte ihre verlockenden Brüste.

›Spricht Raymond darüber?‹ fragte sie.

›Mit mir nicht.‹

›Wenn er ein schlechtes Feedback kriegt, wird er sich's dann überlegen?‹

Ich schnitt eine Grimasse. Um ehrlich zu sein, hatte ich zu der Zeit wenig Ahnung davon, was Raymond dachte. Seit seiner Scheidung war er immer verschlossener geworden. Zwar hatte er mich zu seinem Ersten Deputy gemacht, aber vermutlich schenkte er mir weniger Vertrauen als früher.

›Wenn er sich drauf einläßt und zurücktritt‹, sagte Carolyn, ›würde die Partei wahrscheinlich ihn entscheiden lassen, wer nominiert werden soll. Das könnte er aushandeln. Die wissen, daß er Nico sein Amt nicht einfach auf 'nem Silbertablett überreicht.‹

›Das ist mal sicher.‹

›Wen würde er wohl nehmen?‹ fragte sie.

›Vermutlich einen aus unserem Amt. Der sein Erbe weiterführt.‹

›Dich?‹ fragte sie.

›Vielleicht Mac. Die gäbe in ihrem Rollstuhl eine Spitzenkandidatin ab.‹

›Auf gar keinen Fall!‹ sagte Carolyn und lud sich Chow Mein auf die Eßstäbchen. ›Nicht heutzutage. Dieser Rollstuhl ist nicht sehr telegen. Ich glaube, er würde dich nehmen. Du bist ein Naturtalent.‹

Ich schüttelte den Kopf. Es war ein Reflex. Vielleicht meinte ich es in dem Moment sogar ganz ehrlich. Ich war in Carolyns Bett und hatte das Gefühl, schon einer Versuchung zuviel nachgegeben zu haben.

Carolyn stellte das Essen weg. Sie packte mich am Arm und sah mir fest in die Augen. ›Rusty, wenn du ihm sagst, daß du kandidieren willst, dann ist das gebongt.‹

›Du meinst, ich soll zu Raymond gehen und ihm sagen, seine Zeit sei abgelaufen?‹

›Du könntest es taktvoll machen‹, sagte Carolyn.

›Auf keinen Fall.‹

›Warum nicht?‹

›Ich werd' ihm das nicht antun. Wenn er aufhören will, muß er das selbst entscheiden. Ich glaube, nicht einmal, wenn er mich um Rat fragte, würde ich ihm sagen, er soll aufgeben. Er ist immer noch weit und breit der stärkste Gegenkandidat gegen Della Guardia.‹

Sie schüttelte den Kopf. ›Ohne Raymond hat Nico nichts in der Hand. Wer die Partei und Raymonds Leute hinter sich hat, der kann zu Fuß ins Amt marschieren – ein Kinderspiel!‹

›Du hast dir das wirklich gründlich überlegt.‹

›Er braucht einen Schubs‹, sagte sie.

›Dann schubs ihn selber! Mir liegt so was nicht.‹

Carolyn stand auf. Nackt wirkte sie stark und geschmeidig. Sie zog ihren Morgenmantel über. Da merkte ich, daß sie verärgert war.

›Warum bist du unzufrieden?‹ fragte ich. ›Hast du etwa schon auf meinen Posten spekuliert?‹

Darauf antwortete sie nicht.«

»Als ich zum letztenmal mit Carolyn schlief, warf sie mich mittendrin ab und drehte sich weg. Zuerst verstand ich nicht, was sie wollte. Aber sie stieß mich so lange mit dem Hintern an, bis ich kapierte, daß es das war, was ich geboten bekam: den Marmorarsch.

›Nein‹, sagte ich.

›Versuch's doch!‹ Sie blickte sich über die Schulter nach mir um. ›Bitte!‹
Ich rutschte dicht hinter sie.
›Sachte‹, sagte sie. ›Nur ein bißchen.‹
Ich drang zu schnell ein.
›Nicht so fest‹, sagte sie. ›Oh!‹
Ich drang tiefer ein, verhielt, stieß zu. Sie bäumte sich auf, offenbar vor Schmerz.
Und ich merkte auf einmal, daß ich unter Strom stand.
Ihr Kopf sank zurück. Sie hatte Tränen in den Augen. Dann blickte sie mich fest an. Ihr Gesicht strahlte.
›Und Barbara?‹ flüsterte sie. ›Macht Barbara das für dich?‹«

13

Im 32. Bezirk findet die normale Hektik eines Polizeireviers hinter verschlossenen Türen statt. Es ist jetzt etwa sieben Jahre her – wir steckten gerade mittendrin in unserer Ermittlung –, da marschierte einer von den Night Saints mit einer abgesägten Kanone unter der Windjacke herein. Er hielt die Waffe an die Brust geschmiegt wie ein Baby, das man vor Zugluft schützen muß, und daher brauchte er den Reißverschluß auch nur ein kleines Stück runterzuziehen, um die Mündung dem diensthabenden Polizisten ans Kinn zu drücken. Jack Lansing hieß der Unglücksmensch; ganze achtundzwanzig Jahre war er alt. Nichtsahnend schrieb er weiter an seinem Bericht. Der junge Mann mit dem Schießeisen, der nie identifiziert werden konnte, hat angeblich gelächelt, ehe er Jack Lansing das Gesicht wegpustete.

Seitdem wickeln die Beamten dieses Reviers den Parteiverkehr hinter fünfzehn Zentimeter dickem kugelsicherem Glas ab; Gespräche finden nur über Funk statt. Es gibt zwar Aufenthaltszonen, wo Beschwerdeführer, Opfer und Polizei-Groupies herumhängen, aber sobald man einmal die zehn Zentimeter dicke Metalltür mit der elektronischen Verriegelung passiert hat, herrscht eine fast sterile Atmosphäre. Arrestierte sind in einem tiefer gelegenen Stockwerk untergebracht und erhalten unter keinen Umständen die Erlaubnis raufzukommen. Im oberen Stock herrscht nun so wenig Wirbel, daß man glauben könnte, man hätte sich in eine Versicherungsagentur verirrt. Die Schreibtische der Beamten stehen in einem offenen Trakt wie bei jeder anderen größeren Behörde auch; die Vorgesetzten haben abgetrennte Arbeitsbereiche entlang der Rückwand. Lionel Kenneally finde ich in einem dieser Büros. Seit den Night-Saints-Prozessen hatten wir kaum mehr miteinander zu tun.

»Mensch, Savage«, sagt er, »Savage, Mann!« Er drückt seine Zigarette aus und klopft mir auf die Schulter.

Lionel Kenneally verkörpert alles, was vernünftige Menschen an Polizisten nicht mögen. Er hat einen rüden Ton am Leib, ist überheblich, ausgesprochen schäbig und ein unverfrorener Rassist. Der Tag steht noch aus, an dem ich auch nur einen

Stundenlohn auf seine Skrupel wetten würde. Trotzdem mag ich ihn, zum Teil, weil er ein lupenreines Exemplar ist, unverfälscht und ohne jede Scheu, ein Cop durch und durch; sein Engagement gilt den zwielichtigen Bündnissen und den Geheimnissen des Lebens draußen auf der Straße. Er riecht die Ganoven und Halsabschneider der Innenstadt wie ein Hund, der eine Witterung aufnimmt, indem er die Nase in den Wind hält. Während der Ermittlungen gegen die Night Saints ging ich zu Lionel, wenn ich dringend jemand bestimmten auftreiben mußte. Er hat kein einziges Mal versagt. Er zerrte die Kerle aus Schießbuden oder durchkämmte um vier Uhr morgens (die einzige Zeit, da ein Polizeibeamter sich dorthin wagen kann) die Siedlungsrohbauten an der Grace Street. Ich habe ihn ein-, zweimal im Einsatz erlebt: Wenn dieser Hüne mit seinem Gardemaß von ein Meter neunzig an eine Tür hämmerte, dann sah man, wie sich die Angeln bogen.

»Wer is'n da?«

»Machen Sie auf, Tyrone! Ihre gute Fee steht draußen.«

Wir schwelgen in Erinnerungen. Er erzählt mir von Maurice Dudley. Ich habe die Geschichte zwar schon gehört, doch ich lasse ihn reden. Maurice, ein Zweizentnerbrocken, ein Killer, ein Schweinehund, hat sich im Rudyard-Gefängnis dem Bibelstudium verschrieben. Demnächst wird er zum Priester geweiht. »Harukan«, der Bandenchef der Night Saints, »ist so sauer, heißt es, daß er nicht mal mehr mit ihm redet. Können Sie sich das vorstellen?«

»Wer sagt da noch, so was wie Rehabilitation gäb's nicht?« Uns kommt das wahnsinnig komisch vor. Vielleicht denken wir beide an die Frau, auf deren Arm Maurice einmal seinen Namen geschrieben hat – mit einem Küchenmesser. Oder an die Polizisten dieses Reviers, die (wie es in den aufgeblasenen Latrinenparolen hieß) einen Eid darauf geschworen haben, daß er ihn falsch geschrieben habe.

»Sind Sie zufällig hier, oder ist was?« fragt Kenneally mich schließlich.

»Ich weiß selbst nicht recht. Ich versuche etwas rauszukriegen.«

»Worum geht's? Um Carolyn?«

Ich nicke.
»Was erzählt man sich denn so bei euch? Das letzte, was ich mitgekriegt habe, war, daß die in der Stadt drinnen sagen, sie ist gar nicht vergewaltigt worden.«
Ich gebe Lionel einen kurzen Abriß unserer Beweislage.
»Na, und was schließen Sie daraus?« fragt er. »Ist der Typ, mit dem sie einen gehoben hat, auch der, der sie erledigt hat?«
»Sieht ganz danach aus. Aber ich bin mir nicht sicher. Hatten wir nicht mal einen Spanner, so etwa vor zehn Jahren, der Pärchen beobachtete und hinterher reinging und sich mit vorgehaltener Waffe bei der Dame bediente?«
»Mann«, sagt Kenneally, »Sie sind total auf'm Holzweg. Suchen Sie lieber nach 'nem Typen aus dem Vollzugsbereich – Cop, Staatsanwalt, meinetwegen auch 'nen Privatschnüffler, jedenfalls einer, der genau wußte, wie alles aussehen müßte, als er sie kaltgemacht hat. Darauf tippe ich. Wenn sie einen Freund gehabt hätte, der in der Nacht bei ihr war und sie lebend verlassen hat, dann hätte der sich längst bei euch gemeldet. Der würde euch auf alle Fälle gern helfen.«
»Falls er keine Frau hat, der er die Sache verklickern müßte.«
Kenneally denkt darüber nach. Er zuckt mit den Achseln. Ich könnte recht haben.
»Wann haben Sie sie das letztemal gesehen?« frage ich.
»So vor vier Monaten. Sie war hier.«
»Weswegen?«
»Wegen demselben Scheiß, den Sie jetzt abziehen: Sie war hinter was her und wollte nicht damit rausrücken.«
Ich lache. Ein Cop durch und durch. Kenneally steht auf. Er geht zu einem Aktenschrank in der Ecke.
»Sie hat sich diesen ganzen Mist hier von 'nem Anfänger durchsehen lassen, damit sie sich nicht die Nägel abbrach oder 'ne Laufmasche kriegte.«
»Lassen Sie mich raten: Das sind Festnahmeprotokolle aus dem Sommer vor neun Jahren.«
»Sie ham's erfaßt.«
»Hat sie nach einem bestimmten Namen gesucht?«
Kenneally überlegt. »Ich glaub', schon, aber ich kann mich nicht erinnern. Irgendwas war auch faul dran.«

»Leon?«
Lionel schnippt mit den Fingern. »Jetzt hab' ich's wieder, was da nicht gestimmt hat: Sie wußte den Nachnamen nicht. Sie tappte im dunkeln.«
»Und was hat sie rausgekriegt?«
»'nen Dreck.«
»Sind Sie sicher?«
»Klar. Hat ihr aber nichts ausgemacht. Sie war sowieso die meiste Zeit damit beschäftigt, rauszukriegen, wer mit Glupschaugen auf ihren Arsch stierte. Was so ungefähr alle taten, und das wußte sie ganz gut. Sagen wir, ihr hat es Spaß gemacht, wieder mal hier zu sein.«
»Wieder?«
»Sie hat doch schon als Referendarin in der Abteilung Nord gearbeitet. Damals hatte sie keinen blauen Dunst von nix. War 'n echter Sozialarbeitertyp damals. Ich hab' nie kapiert, wieso Horgan sie genommen hat.«
Das hatte ich vergessen. Ich wußte es wahrscheinlich, erinnerte mich aber nicht mehr. Ich muß an die Sekretärin denken, die Noels Freund in seinem Brief erwähnte. Da stand nicht, ob sie weiß oder schwarz war, dick oder dünn. Aber er schrieb was von einem Mädchen. Konnte man Carolyn als »Mädchen« bezeichnen, selbst vor neun Jahren?
»Sie mochten sie nicht besonders, nicht wahr?«
»Sie war halt 'ne Fotze«, sagt Kenneally sachlich. »Sie wissen schon, Hauptsache, für sie sprang was raus. Die hat sich nach oben geschlafen, richtig von der Pike auf. Das konnte doch ein Blinder sehen.«
Ich schaue einen Moment herum. Unser Gespräch scheint an einem toten Punkt angelangt zu sein. Ich erkundige mich noch einmal, ob er auch sicher sei, daß sie nichts gefunden hat.
»Keinen Furz. Wenn Sie wollen, können Sie ja mit dem Jungen reden, der ihr geholfen hat.«
»Wenn's Ihnen nichts ausmacht, Lionel.«
»Mir ist das egal.« Er betätigt die Sprechanlage und verlangt einen Polizisten namens Guerash. »Warum geben Sie sich überhaupt noch mit der Sache ab?« fragt er, während wir warten. »Mit dem Problem muß sich doch sowieso bald ein anderer rumschlagen, oder?«

»Sie meinen Delay?«
»Ich glaub', der hat den richtigen Mumm.« In der letzten Woche hört man von den Cops nichts anderes. Die haben nie so getan, als könnten sie Raymond gut leiden.
»Man kann nie wissen. Vielleicht löse ich den Fall und ziehe Raymond aus dem Dreck.«
»Und wenn Gott vom Sinai runterstiege, würde das Horgan nicht retten, nach dem, was ich so gehört hab'. Die in der City sagen, Bolcarro macht sich heute nachmittag für Nico stark.«
An diesem Brocken habe ich zu kauen. Wenn Bolcarro sich sechs Tage vor der Wahl hinter Nico stellt, dann ist Raymond politisch bald nur noch eine Legende.
Guerash kommt herein. Er sieht aus wie die Hälfte aller jungen Polizisten, auf altmodische Art hübsch, mit aufrechter Haltung und militärischem Schliff. Seine Schuhe sind auf Hochglanz geputzt, und die Metallknöpfe an seinem Hemd funkeln blitzblank. Sein Haar ist sauber gescheitelt.
Kenneally redet ihn an: »Sie erinnern sich doch an diese Deputy, die hier war – Polhemus?«
»Die mit den schweren Lollos.«
Kenneally dreht sich zu mir um. »Sehn Sie, der Junge wird mal 'n guter Polizist. Vergißt keine BH-Größe.«
»Ist das etwa die, die es in dem Loft am Fluß erwischt hat?« wendet Guerash sich an mich.
Ich sage ihm ja.
Kenneally wendet sich an Guerash: »Okay, Rusty ist der Erste Deputy der Staatsanwaltschaft. Er will wissen, ob sie irgendwas mitgenommen hat, als sie damals hier war.«
»Nicht daß ich wüßte.«
»Was hat sie sich denn angeschaut?« frage ich.
»Sie wollte sämtliche Festnahmen eines bestimmten Tages kontrollieren. Sie hat gesagt, da seien so an die sechzig, siebzig Leute wegen Erregung öffentlichen Ärgernisses eingebuchtet worden. Lag schon 'ne Ewigkeit zurück, so an die acht oder neun Jahre. Na, jedenfalls hab' ich ihr die Aktenkästen hergekarrt.«
»Wie konnte sie das alles in einem Tag durchackern?«
»Keine Ahnung. Sah so aus, als wüßte sie, hinter was sie her

war. Mir hat sie bloß gesagt, ich soll den Tag raussuchen, an dem die meisten Festnahmen registriert wurden. Und das hab' ich gemacht. Ich mein', ich hab' mindestens eine Woche gebraucht, um den Scheiß zu sortieren. Da waren an die fünfhundert 42er Festnahmen.« Paragraph 42 betrifft die Erregung öffentlichen Ärgernisses.

Ein bestimmter Tag. Ich muß wieder an den Brief denken. Aus der Akte, die ich gesehen habe, ging nichts hervor, was den zeitlichen Rahmen derart eingeschränkt hätte. Vielleicht gab Carolyn auf, ehe sie noch richtig angefangen hatte, und dachte sich, sie könne es bei einer Stichprobe bewenden lassen.

»Und haben Sie gefunden, was sie suchte?«

»Ich dachte, schon. Hab' sie hereingerufen, und sie kam, um sich's anzusehen. Ich hab' sie hier drinnen mit dem Zeug allein gelassen. Aber nachher hat sie mir gesagt, es wär' nix für sie dabeigewesen.«

»Ist Ihnen an den Protokollen, die Sie ihr vorgelegt haben, irgendwas aufgefallen? Irgendwelche Übereinstimmungen bei den Festnahmen vielleicht?«

»Alle im Gemeindewald. Alle männlich. Ich dachte, wahrscheinlich so 'ne Demonstration oder so was. Weiß auch nicht.«

»Mein Gott«, raunzt Kenneally den Jungen an, »wegen Erregung öffentlichen Ärgernisses? Das waren doch die Schwulen, oder?« fragt er mich. »Damals, als Raymond mal für anderthalb Tage auf Draht war.«

»Hat sie Ihnen irgendeinen Hinweis gegeben? Wonach sie gesucht hat, meine ich. Einen Namen? Irgendwas?«

»Sie wußte nicht mal den Nachnamen. Bloß, wie der Typ mit Vornamen hieß. Mir war nicht ganz klar, ob sie ihn kannte oder so.« Er macht eine Pause. »Mir ist, als hätt' es irgendwas mit Weihnachten zu tun gehabt.«

»Noel? Hat sie den Namen erwähnt?«

Guerash schnippt mit den Fingern. »Richtig.«

»Nicht Leon?«

»Bestimmt nicht. Noel. Sie hat gesagt, sie sucht nach einem Noel, Nachname unbekannt. Ich erinnere mich genau, weil

sie's mir nämlich aufgeschrieben hat. Drum bin ich auch auf Weihnachten gekommen.«
»Können Sie mir zeigen, welche Fälle sie überprüft hat?«
»Mann, ich weiß nicht. Ich glaub', ich hab' das Zeug weggeräumt.«
»Genausogut könnten Sie nach 'ner Stecknadel im Heuhaufen suchen«, sagt Kenneally. »Aber bitte! Hier, bedienen Sie sich!« Er deutet auf die Aktenkästen in der Ecke.
Guerash macht den ersten Kasten auf und flucht. Er zieht ein Bündel loser Blätter heraus, die oben auf den Aktenordnern liegen.
»Also, die war wohl nicht gerade pingelig! Die Berichte hier waren alle ordentlich abgelegt, wie ich sie ihr gegeben hab'.«
Ich hätte Guerash gern gefragt, ob er sich dessen ganz sicher sei, aber das wäre zwecklos. An so etwas erinnert man sich, und außerdem sehe ich selbst, wie sauber die restlichen Berichte abgeheftet sind. Und es paßte zu Carolyn, Aufzeichnungen, die andere jahrelang mühsam in Ordnung gehalten haben, wie Abfall zu behandeln.
Mechanisch macht Guerash sich daran, die Festnahmeprotokolle und Kautionsbescheinigungen zu sortieren, und ich gehe ihm zur Hand. Auch Kenneally hilft mit. Wir stehen um seinen Schreibtisch herum und schimpfen auf Carolyn. Jeder Hefter sollte einen Polizeibericht enthalten, ein Festnahmeprotokoll mit Foto und Fingerabdrücken des Beschuldigten, eine Anzeige sowie den Kautionsbeleg. Doch von diesen sechzig bis siebzig Akten ist keine einzige vollständig. Überall fehlen Papiere, und die vorhandenen Blätter sind seitenverkehrt eingeordnet oder geknickt. Die Reihenfolge ist nicht mehr auszumachen.
»Blöde Fotze«, sagt Kenneally.
Wir ackern schon an die fünf Minuten herum, als ich endlich auf das Nächstliegende stoße: Diese Unordnung ist nicht zufällig entstanden. Jemand hat die Papiere absichtlich durcheinandergebracht.
»Wer zum Teufel war nach Carolyn an diesen Kästen?« frage ich Kenneally.
»Niemand. Die stehn seit vier Monaten da in der Ecke und

warten drauf, daß dieser Scheißkerl hier sie wegschafft. Außer ihm und mir weiß sowieso keiner, daß sie da sind. Stimmt's?« fragt er Guerash, und der nickt.
»Lionel, kennen Sie Tommy Molto?« frage ich.
»Na und ob ich den kenne. Schon mein halbes Leben. Der kleine Scheißer war mal Staatsanwalt hier.«
Wenn ich nachgedacht hätte, wäre mir das auch selber eingefallen. Molto war damals berüchtigt für seine Kämpfe mit den Richtern der Abteilung Nord.
»War das zur selben Zeit, als Carolyn Bewährungshelferin war?«
»Kann sein. Warten Sie mal. Scheiße, Rusty. Ich führ' doch keine Dienstliste von diesen Typen.«
»Wann haben Sie ihn zuletzt gesehen?«
Lionel überlegt. »Vor drei, vier Jahren. Vielleicht, daß ich ihn mal bei 'nem Dinner treffe oder so. Er ist in Ordnung, verstehen Sie. Ich seh' ihn, wir quatschen. Sie kennen mich ja.«
»Aber diese Berichte hat er sich nicht angeschaut?«
»He«, sagt Lionel, »sperren Sie Ihre Ohren auf! Sie. Ich. Guerash. Die Lady. Sonst keiner.«
Als wir mit dem Sortieren fertig sind, geht Guerash die Akten ein zweites Mal durch.
»Eine fehlt, stimmt's?« frage ich.
»Was fehlt, ist 'ne Nummer«, sagt er. »Könnte auch ein Irrtum sein.«
»Wenn man sechzig Schwule einbuchten muß, nimmt man's mit dem Zählen nicht gar so genau«, sagt Kenneally.
»Aber es wäre denkbar, daß die Akte verschwunden ist?«
»Möglich wär's.«
»Es müßte aber doch noch eine Kopie beim Gericht liegen?« frage ich.
Kenneally schaut Guerash an. Guerash schaut mich an. Ich notiere mir die Nummer. Die Akte müßte auf Mikrofiche sein. Lipranzer wird der Sache mit Wonne nachgehen.
Als Guerash gegangen ist, rede ich noch ein paar Takte mit Kenneally.
»Wollen Sie mir nicht vielleicht sagen, worum's da geht?« fragt er.

»Ich kann nicht, Lionel.«
Er nickt. Aber ich merke, daß er verletzt ist.
»Ach ja«, sagt er, »das waren lustige Zeiten damals. Ich könnte Ihnen Geschichten erzählen...« Sein Blick bleibt wie zufällig auf mir haften, damit ich auch begreife, daß wir beide unsere Geheimnisse haben.
Draußen ist es richtig heiß, achtundzwanzig Grad. Ein Rekord für April. Im Wagen stelle ich die Nachrichten an. Sie bringen eine Live-Übertragung aus dem Rathaus. Ich kriege nur noch den Schluß mit, höre allerdings genug von dem Geseire des Bürgermeisters, um zu kapieren, worum es geht. Die Staatsanwaltschaft braucht frisches Blut, einen neuen Kurs. Das Volk verlangt es. Das Volk verdient es.
Ich werde mir einen neuen Job suchen müssen.

14

Abschlag. Im fahlen Licht des Frühlingsabends beginnt das Spiel in der Väter-Söhne-Liga der zweiten Klasse. Der Himmel hängt tief über dem offenen Gelände, eine aufgeschüttete Rasenfläche auf ehemaligem Sumpfgebiet. Mrs. Strongmeyers Stingers sind noch untätig auf dem rautenförmigen Spielfeld verteilt, Jungen und Mädchen mit Baseballhandschuhen, die Reißverschlüsse ihrer Windjacken hochgezogen bis ans Kinn. An den Verbindungslinien zwischen den Malen schleichen die Väter entlang und geben letzte Anweisungen, während die Dämmerung niedersinkt. Am Wurfmal läßt ein achtjähriger Koloß namens Rocky das Schlagholz zwei-, dreimal um den Ragball hoch oben auf dem langstieligen Tee kreisen. Dann schmettert er in einem verblüffenden Kraftakt den Ball gen Himmel. Er landet im linken Schlägerfeld, jenseits der Fängerlinie der wackeligen Verteidigung der Stingers.

»Nathaniel!« brülle ich mit vielen anderen im Chor. »Nat!« Erst jetzt wird er mobil. Er erwischt den Ball knapp vor einem behenden Kobold mit Namen Molly, dessen Pferdeschwanz hinter der Baseballkappe herflattert. Nat schnappt sich den Ball, wirbelt herum und schießt, alles in einem Bewegungsablauf. Der Ball fliegt in ungeheurem Bogen zurück zum Baseballquadrat und landet mit dumpfem Aufprall zwischen zweitem und drittem Mal, als Rocky eben mit langen Sätzen über den Platz hechtet. Dem hiesigen Brauch zufolge habe ich allein das Recht, meinen Sohn auszuschimpfen, also schlendere ich die Foullinie entlang und klatsche in die Hände. »Wach auf! Wach auf, du da draußen!« Um Nat ist mir nicht bange. Er zuckt mit den Achseln, wirft seine behandschuhten Hände in die Luft und zeigt sein zahnlückiges, irrlichterndes Lächeln in voller Breite; seine zweiten, zackigen Zähne erinnern noch ein bißchen an die Kerzen, die in einem Geburtstagskuchen stecken.

»Dad, er ist mir einfach ausgerutscht«, ruft er, »Ehrenwort!« Die Väter am Rand des Spielfelds stimmen in mein spontanes Gelächter ein. Wir wiederholen die Bemerkung untereinander. Er ist ihm ausgerutscht. Cliff Nudelman klopft mir auf die Schulter. Wenigstens hat der Junge den Fachjargon gelernt.

Ob andere Männer als Jungen auch schon von ihren Söhnen geträumt haben? Ich jedenfalls blickte voller Sehnsucht und Hoffnung zwanzig Jahre voraus. In meiner Vorstellung war mein Sohn stets sanft und gefügig gewesen. Er war ein guter Kerl, hatte jede Menge Tugenden und Fähigkeiten.
Nat ist nicht so. Er ist kein schlechter Junge. Das ist bei uns daheim ein geflügeltes Wort. Barbara und ich haben uns das gegenseitig versichert, seit er zwei Jahre alt war. Nat ist, sagen wir, im Grunde kein schlechter Junge. Und daran glaube ich, felsenfest, und mit einem Herzen, das von Liebe überströmt. Er ist sensibel. Er ist gutmütig. Und er ist wild und ungebärdig. Von Geburt an hat er sich nach seinem eigenen Zeitplan gerichtet. Wenn ich ihm vorlese, blättert er unter meinen Händen weiter, um zu sehen, was als nächstes kommt. Er hört nicht zu oder scheint sich zumindest nicht um das zu kümmern, was man ihm sagt. In der Schule hatte er von Anfang an Probleme. Was ihn rettet, sind sein übermütiger Charme und seine körperlichen Vorzüge. Mein Sohn ist schön. Ich spreche von mehr als den üblichen Kinderreizen, den weichen Zügen, der rosigen Jugendblüte. Dieser Junge hat dunkle, klare Augen und einen einnehmenden Blick. Seine feinen, ebenmäßigen Züge hat er nicht von mir. Ich bin eher schwergliedrig und untersetzt. Ich habe eine Knubbelnase und über den Augen einen Wulst wie ein Neandertaler. In Barbaras Familie sind alle zierlich und hübsch, und folglich heimst sie regelmäßig das Kompliment ein, unser Sohn gerate ganz nach ihr. Im stillen habe ich allerdings oft – und voller Unbehagen – an meinen Vater gedacht, wenn ich den Jungen ansah; an meinen Vater und seine auffallende, slawisch-melancholische Schönheit. Vielleicht weil ich diesem Erbteil argwöhnisch gegenüberstehe, bete ich unablässig – vor meinem heimlichen Privataltar – darum, daß diese Gnade Nat nicht zum Fluch werden und ihn nicht dazu verführen möge, arrogant zu werden oder gar grausam – Eigenschaften, die schöne Menschen nach meiner Erfahrung bisweilen für naturgegebene Gebrechen zu halten scheinen oder (schlimmer noch) für ihr gutes Recht.
Sobald das Baseballspiel aus ist, schlendern wir paarweise zu den Kombiwagen auf dem kiesbestreuten Parkplatz. Im Mai,

wenn die Abende länger und milder werden, wird das Team nach dem Spielen zum Picknick bleiben. Manchmal organisieren wir dann eine Pizza-Lieferung. Die Väter wechseln sich wöchentlich mit dem Biertransport für die Erwachsenen ab. Nach dem Essen spielen die Jungen und Mädchen weiter Baseball, und die Väter legen sich ins Gras und plaudern zwanglos über ihr Leben. Ich freue mich jetzt schon darauf. Diese Männer, die ich gar nicht gut kenne, scheint ein freundlicher Pakt zu verbinden, etwas in der Art, was vermutlich die Gläubigen füreinander empfinden, wenn sie nach dem Gottesdienst aus der Kirche kommen. Väter mit ihren Kindern, fern der Alltagssorgen ihres Berufslebens, ja selbst der Freuden und Pflichten ihrer Ehe. Väter am Freitagabend, leicht angeheitert, unbelastet von all ihrer riesigen Verantwortung.

Angesichts der kühlen Jahreszeit, in der es noch früh dunkel wird, habe ich Barbara versprochen, daß wir uns zum Essen in einem Pancake-Restaurant treffen. Als wir dort ankommen, sitzt sie bereits auf der roten Kunststoffbank im Vorraum und wartet auf uns. Noch während sie Nat einen Kuß gibt und sich seinen Bericht über den Beinahesieg der Stingers anhört, wirft sie mir einen kalten, tadelnden Blick zu. Wir stecken inmitten einer trostlosen Phase. Barbara ist immer noch wütend auf mich, weil ich beim Mord an Carolyn die Ermittlungen leite, und heute abend spüre ich gleich, daß irgend etwas ihr Mißfallen noch verstärkt hat. Mein erster Gedanke ist, daß wir uns wohl sehr verspätet haben müssen, aber ein Blick auf die Restaurantuhr zeigt mir, daß wir sogar ein bißchen zu früh dran sind. Ich kann nur raten, womit ich sie provoziert haben mag.

Für Barbara ist es allerdings im Lauf der Jahre recht einfach geworden, sich hinter den schwarzen Schatten ihrer Launen zu verkriechen. Jene Impulse der Außenwelt, die sie früher hätten zurückhalten können, gehören inzwischen der Vergangenheit an. Sechs Jahre Unterricht im North End haben ihren Glauben an Sozialreformen erschüttert. Als Nat zur Welt kam, gab sie die Suche nach dem Wundermittel einer Alternative auf. Das Vorstadtleben mit seinen spießigen Barrieren und engstirnigen Wertvorstellungen hat sie ruhiger gemacht und ihre Neigung

zum Alleinsein verstärkt. Der Tod ihres Vaters vor drei Jahren wurde als böswilliges Verlassen gewertet: die letzte Untat eines Mannes, der sein Leben lang sowohl seine Tochter als auch die Bedürfnisse seiner Frau ignoriert hatte. Als er starb, steigerte sie sich in eine regelrechte Deprivation hinein. Die seelenlosen Momente schließlich, in denen wir als Ehepartner losgelöst waren voneinander, haben ihr die fröhliche Unbekümmertheit geraubt, die früher ein Gegengewicht zu ihren depressiven Anfällen bildete. Während dieser Phasen trägt sie ihre Enttäuschung über alles und jeden oft so unverhohlen zur Schau, daß ich mitunter glaube, es würde bitter schmecken, wenn ich ihre Hand ergriffe und an der Haut leckte.
Irgendwann schlägt dann das Wetter um. In der Vergangenheit war darauf immer Verlaß. Und obwohl der jetzige, durch meine Untreue verschuldete Bruch natürlich der nachhaltigste in unserer bisherigen Ehe ist, habe ich immer noch eine gewisse Hoffnung. Zumindest spricht Barbara nicht mehr von Anwälten und Scheidung, wie sie es Ende November getan hat. Sie ist hier. Diese schlichte Tatsache wirkt irgendwie beruhigend auf mich. Ich komme mir vor wie ein überlebender Schiffbrüchiger, der sich an die Wrackteile klammert und auf das Auftauchen eines Liniendampfers wartet. Früher oder später, so glaube ich, werde ich mich einer humorvollen Frau gegenübersehen, unerhört intelligent, pfiffig und durchtrieben, die sich brennend für mich interessiert. Das ist der Mensch, für den ich meine Frau immer noch halte.
Während wir jetzt auf unseren Tisch warten, zeigt diese Frau ein unerbittlich hartes Gesicht. Nat ist ausgebüchst und starrt hingebungsvoll in die Süßwarenauslage. Seine Baseballhosen sind ihm fast bis auf die Schuhspitzen hinuntergerutscht; er stützt sich mit einem Knie und beiden Händen gegen die Glasvitrine und ist ganz versunken in den Anblick der verbotenen Köstlichkeiten: zuckerhaltige Kaugummis und Schokoriegel. Er wackelt ein bißchen mit den Hüften – wahrscheinlich muß er mal. Wie immer beobachten wir ihn beide, Barbara und ich.
»Na?« fragt sie plötzlich. Das ist eine Herausforderung. Ich soll sie unterhalten.
»Was, ›na‹?«

»Na, was macht die Arbeit? Die große Ermittlung immer noch voll in Gang?«

»Keinen Anhaltspunkt«, sage ich. »Und keine Resultate. Alles steht kopf. Ehrlich gesagt, der ganze Laden sackt ab. Als hätte man aus einem Ballon die Luft rausgelassen, verstehst du. Jetzt, wo Bolcarro sich für Delay stark gemacht hat.«

Bei diesen Worten zuckt Barbara zusammen und wirft mir gleich darauf einen gehässigen Blick zu. Es dauert eine Weile, bis mir klar wird, worin mein neuestes Vergehen besteht. Gestern bin ich sehr spät heimgekommen und unten geblieben, weil ich dachte, Barbara schliefe schon. Sie kam im Nachthemd herunter. Noch auf der Treppe erkundigte sie sich, was ich so spät noch zu tun hätte. Als ich sagte, ich sei dabei, mein Resümee zu erstellen, machte sie auf dem Absatz kehrt und ging wieder nach oben.

»Hat Raymond heute nicht mehr davon gesprochen, daß er dir ein Richteramt beschaffen will?« fragt sie.

Nun ist es an mir zusammenzuzucken; wie bedauere ich die läppische Eitelkeit, die mich dazu verführte, diesen Umstand zu erwähnen. Meine Aussichten stehen im Augenblick schlecht. Bolcarro hat vor zwei Tagen gezeigt, wie sehr ihm daran liegt, Raymond Horgan zufriedenzustellen.

»Was verlangst du von mir, Barbara? Was soll ich tun?«

»Ich verlange gar nichts, Rusty. Ich hab' aufgehört, irgend etwas von dir zu erwarten. Ist's dir nicht lieber so?«

»Barbara, er hat gute Arbeit geleistet.«

»Und was hat er für dich getan? Du bist jetzt neununddreißig. Du hast eine Familie. Und nun kannst du dich auf Arbeitslosenunterstützung einstellen. Er hat dich die Dreckarbeit machen und sich von dir seine Probleme lösen lassen, und als er seinen Hut hätte nehmen sollen, da hat er dich lieber mit vor die Hunde gehen lassen.«

»Wir haben allerhand zuwege gebracht.«

»Er hat dich benutzt. Andauernd hat man dich benutzt. Und du hast das nicht bloß geduldet. Nein, dir hat es auch noch Spaß gemacht. Du hast dich lieber mißbrauchen lassen, als auf die zu hören, die versucht haben, dir Gutes zu tun.«

»Meinst du damit dich?«

»Mich. Deine Mutter. Nat. Dein ganzes Leben lang geht das schon so. Es ist hoffnungslos.«

Nicht Nat, hätte ich fast geantwortet, aber ein Rest Diplomatie oder mein Selbsterhaltungstrieb bewahrt mich davor. Die Empfangsdame des Restaurants, eine zierliche jüngere Frau mit einer gesundheitsparkgestählten Figur, führt uns an unseren Tisch. Barbara handelt mit Nat seine Bestellung aus. Pommes frites ja, aber Milch statt Cola. Und er muß ein bißchen Salat essen. Nat jammert und zappelt herum. Ich gebe ihm einen sanften Klaps und ermahne ihn, gerade zu sitzen. Barbara verschanzt sich hinter ihrer Speisekarte.

War sie damals glücklicher, als ich sie kennenlernte? Es muß wohl so gewesen sein, wenn ich mich auch nicht mehr deutlich erinnern kann. Sie gab mir Privatstunden, da ich mir – eine Wahnsinnstat – in den Kopf gesetzt hatte, die naturwissenschaftlichen Anforderungen der Universität zu erfüllen und Infinitesimalrechnung zu belegen. Sie kam nie dazu, ihr Honorar zu kassieren. Sie verknallte sich in mich, ich verknallte mich in sie. Ich bewunderte ihren scharfen Intellekt, ihre Teenager-Prinzessinnen-Schönheit, ihre spießigen Kleider, liebte sie, weil sie die Tochter eines Arztes war und folglich, so dachte ich jedenfalls, jemand Normales. Ich liebte sogar ihre Labilität und natürlich ihre Fähigkeit, so vieles in Worte zu fassen, was mir unklar blieb. Am meisten aber liebte ich ihre alles verschlingende Leidenschaft für mich. Mein Leben lang hatte sich noch nie jemand derart um meine Gesellschaft gerissen oder so deutlich sein Gefallen an jedem Zoll meiner Persönlichkeit zum Ausdruck gebracht. Ich kannte ein halbes Dutzend Männer, die hinter Barbara her waren. Sie wollte nur mich; ja sie verfolgte mich mit einem Eifer, der mir anfangs direkt peinlich war. Ich nahm an, es sei der Zeitgeist, der sie diesen linkischen Jungen trösten ließ, diesen düsteren Jungen voll heimlichen Leids, der – wie sie wohl wußte – ihren Eltern nicht gut genug sein würde für ihr Töchterchen.

Wie ich, wie Nat, war auch sie ein Einzelkind, und sie fühlte sich durch ihre Erziehung unterdrückt. Die Zuneigung ihrer Eltern war ihrer Meinung nach irgendwie verlogen gewesen, und manchmal hatte sie gefürchtet, daran zu ersticken. Sie behauptete, die Eltern hätten sie herumkommandiert und sie dauernd als Werkzeug zur Erfüllung der eigenen Wünsche benutzt. Sie sagte mir oft, ich sei der einzige Mensch, den sie kenne, der so sei wie sie: nicht bloß einsam, sondern bislang ständig allein. Gehört es zum traurigen Wechselspiel der Liebe, daß man sich immer das wünscht, was man zu geben glaubt? Barbara hoffte, ich würde mich als eine Art Märchenprinz entpuppen, ein häßlicher Frosch, den ihre Zärtlichkeit verwandelt hatte und der in den finsteren Wald eindringen konnte, in dem man sie gefangenhielt, um sie von den bösen Geistern zu befreien. Wie oft habe ich nicht über die Jahre versagt bei dieser Aufgabe?

Um uns herum sprudelt das lebhafte Treiben des Restaurants. An manchen Tischen unterhalten sich Paare; Arbeiter von der Spätschicht essen allein; die Kellnerinnen schenken Kaffee nach. Und hier sitzt Rusty Sabich, neununddreißig Jahre alt, gebeugt von lebenslanger Bürde und Arbeitsmüdigkeit. Ich sage meinem Sohn, er soll seine Milch trinken. Ich kaue lustlos an meinem Hamburger. Knapp einen Meter entfernt sitzt die Frau, die ich angeblich seit fast zwanzig Jahren liebe, und tut ihr Bestes, mich zu ignorieren. Ich verstehe, daß sie mitunter enttäuscht ist. Ich verstehe das gut. Ich verstehe. Das ist mein Talent. Aber ich kann nichts daran ändern. Es ist nicht bloß die Routine des Erwachsenendaseins, die an meinen Kräften zehrt. Mir fehlt irgendein menschlicher Grundstoff. Und wir können nun mal nicht anders sein, als wir sind. Ich habe meine eigene Geschichte; Erinnerungen; das unaufgeklärte Labyrinth meines eigenen Ichs, in dem ich mich schon so oft verirrt habe. Ich höre Barbaras inneres Wehgeschrei; ich verstehe ihre Bedürfnisse. Aber antworten kann ich mit nichts als Stille und Trauer. Zu viel von mir – zu viel! – muß aufgespart werden für die gigantische Aufgabe, Rusty zu sein.

15

Am Wahltag ist schönes Wetter. Gestern abend, als ich mit Mike Duke, Larren und Horgan in dessen Büro beisammensaß, meinten sie, Sonnenschein wäre hilfreich. Jetzt, da die Partei sich auf Della Guardias Seite geschlagen hat, braucht Raymond seine Wähler, die treu hinter ihrem Kandidaten stehen und nicht den Wünschen ihres Wahlkreisleiters folgen. Die letzte Woche hat uns eine merkwürdige Lektion erteilt. Bei jeder negativen Entwicklung sagt man, es ist aussichtslos. Dann blickt man wieder nach vorn. Gestern abend in Raymonds Büro haben sie immer noch vom Sieg gesprochen. Die letzte Meinungsumfrage, wiederum von der Zeitung und von Channel 3 gesponsert, wurde an dem Tag durchgeführt, an dem Bolcarro sich zu Nico bekannte, und da lag Raymond nur fünf Punkte zurück. Duke sagte, er glaube, seitdem seien Rays Chancen noch gestiegen; in der Position des Unterlegenen habe er etwas von seinem alten Schwung zurückgewonnen. Da saßen wir, vier erwachsene Männer, und taten so, als könnte das stimmen. Im Büro hat man es, wie an jedem Wahltag, mit lauter unkonzentrierten Mitarbeitern zu tun. Den Angestellten der Staatsanwaltschaft, früher ein Trupp verkappter Wahlhelfer und Parteilakaien, ist während Raymonds gesamter Amtsführung immer wieder davon abgeraten worden, sich aktiv politisch zu betätigen. Vorbei die Tage, da die Deputys in den Gerichtssälen Karten für die Wahlkampfveranstaltungen des Chefs verteilten; in zwölf Jahren hat Raymond Horgan von seinen Mitarbeitern nie auch nur einen Cent Spendengelder oder eine Minute ihrer Zeit zur Wahlkampfhilfe erbeten. Dennoch haben viele der Verwaltungsbeamten, die vor Raymonds Wahl eingestellt wurden, nach wie vor politische Verpflichtungen gegenüber den Parteibonzen, denen sie ihren Posten verdanken. Zu dem unsicheren Pakt, den Raymond vor zehn Jahren mit Bolcarro geschlossen hat, gehört auch seine Einwilligung, dem Großteil des Personals der Staatsanwaltschaft am Wahltag freizugeben. Auf diese Weise können die Parteileute ihren Parteikram erledigen: an Türen klopfen, Flugblätter verteilen, die Alten zum Wahllokal kutschieren, die Wählerlisten betreuen. In diesem Jahr werden sie das für Nico Della Guardia besorgen.

Wir übrigen haben keine solchen Verpflichtungen. Ich bin fast den ganzen Tag im Amt, der Lotse am Ruder dieses sinkenden Schiffes. Ein paar andere sind auch noch da, vor allem Sitzungsvertreter, die Schriftsätze ausarbeiten oder ihren Schreibtisch räumen. Etwa zwei Dutzend jüngere Deputys sind abkommandiert worden, um in Zusammenarbeit mit dem Justizministerium eventuellem Wahlbetrug vorzubeugen. Im Klartext heißt das, man muß sich um einen Haufen leidiger Beschwerden kümmern: ein Stimmenzählerapparat funktioniert nicht; irgendwer hat ein Schießeisen mit ins Wahllokal gebracht; ein Wahlhelfer wirbt mit einem Button für einen bestimmten Kandidaten oder beeinflußt ältere Wähler. Ich werde von Zeit zu Zeit telefonisch auf den neuesten Stand gebracht und nehme die Anrufe der Presse entgegen, der ich pflichtmäßig melde, daß keine Hinweise auf eine Beeinträchtigung des demokratischen Verfahrens vorlägen.
Gegen halb fünf ist Lipranzer am Telefon. Irgendwer hat im Flur einen Fernseher aufgestellt, direkt vor meiner Tür. Aber es gibt nichts zu berichten. Die Wahllokale schließen erst in anderthalb Stunden. In den Vorreportagen wird bloß oberflächlich über die hohe Wahlbeteiligung geplaudert.
»Er hat verloren«, sagt Lipranzer. »Mein Mann bei Channel 3 hat die Hochrechnungen gesehen. Er sagt, Nico hat acht bis zehn Punkte Vorsprung, wenn die Faktoren stimmen.«
Wieder sinkt mir der Mut, meine Eingeweide ziehen sich zusammen. Komisch, aber diesmal glaube ich es wirklich. Ich schaue aus dem Fenster zu den Säulen des Gerichtsgebäudes hinüber, auf die flachen Teerdächer der übrigen City-Bauten, die gekräuselten, schwarzen Wellen des Stromes, der zwei Blocks weiter eine scharfe Biegung macht wie ein Ellbogen. Ich habe jetzt mein Büro seit fast sieben Jahren auf dieser Seite, trotzdem ist mir die Aussicht noch nicht recht vertraut.
»Meinetwegen«, antworte ich schließlich in ernstem Ton. »Was gibt's sonst noch?«
»Nichts«, sagt Lip. »Dachte bloß, ich geb' Ihnen Bescheid.« Er zögert. »Arbeiten wir immer noch am Fall Polhemus?«
»Haben Sie was Besseres zu tun?«
»Nein«, sagt er. »Nein. Die waren bloß heute hier und haben

meine sämtlichen Berichte kassiert. Für Morano.« Den Polizeichef. »Er will sie durchgehen.«
»Na und?«
»Kam mir komisch vor. Hören Sie, dem seine Schwiegermutter wurde vor vier Jahren überfallen und mit vorgehaltener Waffe ausgeraubt, und ich glaub', nicht mal da hat er die Berichte gelesen.«
»Das würden Sie verstehen, wenn Sie eine Schwiegermutter hätten.« Lip faßt meinen Scherz richtig auf: ein Angebot, eine Entschuldigung dafür, daß ich vorhin so ungeduldig war. »Die versuchen bloß sicherzugehn, daß Nico genau informiert ist. Das ist vielleicht ein Witz: Molto hat sich wahrscheinlich übers Schreibbüro von jedem Polizeibericht eine Kopie besorgt.«
»Kann sein. Ich weiß nicht. Irgendwas stimmt da nicht. Schmidt war persönlich hier. Richtig offiziell. Sie wissen schon, als ob einer den Präsidenten erschossen hätte.«
»Die wollen bloß gut dastehen.«
»Schon möglich. Ich fahr' mal rüber zur Abteilung Nord und nehm' mir diese Prozeßakten vor.« Lip meint die Berichte, hinter denen wir seit meinem Besuch im 32. Bezirk her sind. »Die haben mir versprochen, sie kriegen den Mikrofilm noch vor fünf vom Speicher. Und ich will hinkommen, ehe sie ihn zurückschicken. Wo sind Sie heute abend – für den Fall, daß ich was rauskriege?«
Ich sage ihm, daß ich zu Raymonds Party gehen werde; irgendwo im Hotel sei ich bestimmt zu erreichen. Es ist geradezu abwegig, jetzt noch Ermittlungsergebnisse durchzupeitschen, aber Lip sagt, er wolle auf jeden Fall vorbeikommen, um seine Aufwartung zu machen, gewissermaßen.
»Die Iren«, sagt Lip, »halten immer 'ne richtig schöne Totenwache.«

Lipranzers Schätzung erweist sich als richtig. Die Kapelle spielt laut. Die jungen Mädchen, die immer dabei sind, wirken noch ganz durchdrungen von dem sanften Leuchten bewegter Ereignisse. Sie tragen Schärpen über der Brust und auf dem Kopf neckisch schrägsitzende Kreissägen. HORGAN! steht überall in lindgrüner gälischer Schrift. Vorn, zu beiden Seiten der ver-

waisten Rednertribüne, hängen zwei drei Meter hohe Vergrößerungen des Wahlkampffotos. Ich wandere ziellos durch den Ballsaal, spieße Fleischklößchen auf und fühle mich mies.
Gegen halb acht gehe ich hinauf in Raymonds Suite im fünften Stock. Mehrere Wahlkampfhelfer eilen durch die Räume. Auf einer Kommode stehen drei Tabletts mit kaltem Aufschnitt und alkoholische Getränke, aber die Einladung, mich zu bedienen, lehne ich höflich ab. In diesen drei Zimmern sind mindestens zehn Telefone installiert, und alle klingeln.
Die drei Lokalsender des Fernsehens haben mittlerweile Della Guardia einhellig als Sieger vorgestellt. Larren – Richter Lyttle – kommt mit einem Bourbon in der Hand vorbeigeschlendert und murrt über die Hochrechnungen.
»Dies ist das erste Mal«, sagt er, »daß ich gehört habe, wie sie einen für tot erklären, bevor er am Boden liegt.«
Raymond dagegen ist zuversichtlich. Er sitzt in einem der hinteren Schlafzimmer, sieht fern und telefoniert. Als er mich bemerkt, legt er den Hörer hin und kommt her, um mich zu umarmen. »Rozat!« Er nennt mich bei meinem Taufnamen. Ich weiß, daß er dieses Ritual heute abend vermutlich schon mit einem Dutzend Leuten durchexerziert hat, aber ich bin trotzdem mächtig gerührt, weil auch ich in die trauernde Familie aufgenommen werde.
Ich setze mich zu Raymond auf den Schemel vor seinem Lehnstuhl. Auf einem Beistelltisch neben dem Sessel stehen eine Flasche Jack Daniel's und ein Teller mit einem angebissenen Sandwich. Raymond nimmt weiter Anrufe entgegen und konferiert mit Larren, Mike und Joe Reilly. Ich rühre mich nicht vom Fleck. Ich denke an die Abende, als ich neben meinem Vater saß, während er sich im Fernsehen ein Footballspiel ansah oder im Radio die Übertragung hörte. Ich bat ihn jedesmal um Erlaubnis, bevor ich mich neben ihn aufs Sofa setzte. Das waren die vertraulichsten Momente, die es zwischen uns beiden gab. Als ich älter wurde, reichte mein Vater mir gelegentlich seine Bierflasche rüber. Manchmal machte er sogar laut eine Bemerkung über das Spiel.
Allmählich kommt die Rede auf das Protokoll und die Zugeständnisse, die es jetzt zu machen gilt. Soll Raymond sich

zuerst mit Della Guardia in Verbindung setzen oder runtergehen und zu seinen Getreuen sprechen? Sie einigen sich darauf, Della Guardia anzusprechen. Mike sagt, Raymond solle ihn anrufen. Joe sagt: »Schick ein Telegramm!«

»Alles Quatsch«, sagt Raymond. »Der Mann ist doch gleich gegenüber. Ich geh' hin und geb' ihm die Hand.« Er bittet Larren, alles Nötige zu veranlassen. Er wird Nico besuchen, seine Ansprache halten und dann wieder hierherkommen und den Reportern von Presse, Rundfunk und Fernsehen Interviews geben. Denen die kalte Schulter zu zeigen würde sich nicht auszahlen. Er bittet Mac, die Interviewtermine ab einundzwanzig Uhr dreißig festzusetzen. Um zehn wird er live bei Rosenberg auftreten. Ich habe Mac bisher nicht bemerkt, und als sie ihren Rollstuhl wendet, sagt sie nur ein Wort zu mir: »Traurig.«

Raymond möchte mich allein sprechen. Wir gehen in den Ankleideraum zwischen den beiden Schlafzimmern der Suite, der eigentlich nicht mehr ist als ein begehbarer Schrank nebst Toilette.

»Wie geht's dir?« frage ich.

»Ich hab' schon Schlimmeres einstecken müssen. Morgen wird es übel werden. Der Tag danach! Aber wir werden es überleben. Hör zu«, sagt er, »du weißt doch noch, wovon wir neulich abend gesprochen haben: Wenn ich zu Nico gehe, werde ich ihm meinen Rücktritt anbieten. Von diesem Scheiß, den Rest meiner Amtszeit auszuschöpfen, will ich nichts wissen. Es soll nicht so aussehen, als würde ich an meinem Stuhl kleben. Ich möchte einen sauberen Schlußstrich ziehen. Wenn Nico bei der Hauptwahl als amtierender Behördenleiter kandidieren will – meinetwegen. Ich werde ihm sagen, von mir aus kann er den Laden übernehmen – vorausgesetzt, die County-Regierung ist einverstanden.« Das ist ein Scherz. Bolcarro bestimmt im County. Parteivorsitzender, Bürgermeister. Der Kerl hat mehr Titel als der Präsident einer Bananenrepublik.

Ich sage Raymond, daß er eine weise Entscheidung getroffen hat. Wir wechseln einen Blick.

»Mir ist, als sollte ich mich bei dir entschuldigen, Rusty«, sagt Raymond. »Wenn es je einen Deputy gab, dem ich mein Amt hätte übergeben wollen, dann warst du es. Ich hätte versuchen sollen, das zu erreichen, statt noch mal zu kandidieren. Aber die Jungs haben mir die Hölle so heiß gemacht, weißt du, bloß damit ich es noch einmal probiere.«

Ich winke ab, schüttle den Kopf. Ich dulde nicht, daß er sich entschuldigt.

Larren steckt den Kopf herein.

»Ich hab' eben zu Rusty gesagt, ich hätte auf keinen Fall noch einmal kandidieren dürfen«, ruft Raymond. »Ich hätte ihm die Chance geben sollen. Ein neues Gesicht. Der Starankläger. Unpolitisch. Er hätte den Laden leicht wieder auf Touren bringen können. Meinst du nicht auch?«

»Scheiße«, sagt der Richter. »Aber wenn du so weiterquasselst, dann glaub' ich es bald.«

Wir lachen alle drei.

Larren berichtet von seiner Unterredung mit Della Guardias Leuten. Er hat mit Tommy Molto gesprochen, der heute abend als Adjutant des Vorwahlsiegers auftritt. Nicos Leute möchten heute abend lieber keine persönliche Konfrontation. Statt dessen bieten Molto und Nico Mr. Horgan für morgen früh ein Treffen an.

»Punkt zehn«, sagt Larren. »Das war keine Bitte, sondern ein Befehl. Und dann hat er noch gesagt: ›Sorgen Sie dafür, daß Raymond allein kommt!‹ Wie findet ihr das? So ein aufgeblasenes Arschloch!« Larren braucht einen Moment, um seinem Ärger Luft zu machen. »Ich schlage vor, du rufst Nico an und erklärst ihm ganz offiziell dein Entgegenkommen – sobald du soweit bist.«

Raymond nimmt Larren seinen Bourbon aus der Hand und genehmigt sich einen kräftigen Schluck. »Ich bin soweit«, sagt er.

Loyalität hat auch Grenzen. Ich will nicht weiter zuhören. Ich mache mich wieder auf den Weg zum Ballsaal.

An der Bar stolpere ich über George Mason, einen guten Freund von Raymond. Er ist schon betrunken. Leute drängeln sich vorbei und rempeln uns an.

»Ganz schön voll, die Bude«, sagt er.

Bloß hier an der Bar, denke ich. Aber ich behalte den Gedanken für mich.

»Er hat das Amt gut geführt«, sagt George. »Er hat gute Arbeit geleistet. Ihr Jungs solltet alle stolz auf ihn sein.«

»Sind wir auch«, sage ich. »Ich bin's.«
»Na, und was wollen Sie jetzt machen? Privatkanzlei?«
»Fürs erste wahrscheinlich schon.«
»Strafsachen?«
Wie oft habe ich diesen Dialog heute abend schon gehört? Ich erzähle George, das sei möglich, ich würde sehen, wer weiß. Auf jeden Fall würde ich erst einmal Ferien machen. George gibt mir seine Karte und schärft mir ein, ihn anzurufen. Er hat vielleicht ein paar Leute an der Hand, die mir weiterhelfen könnten.
Zwanzig Minuten später betritt Horgan den Ballsaal. Die Arschlöcher vom Fernsehen boxen sich nach vorn durch, halten ihre Kameras und Scheinwerfer und Mikrophongalgen hoch, so daß unsereins kaum etwas sieht. Raymond lächelt und winkt. Zwei seiner Töchter sind bei ihm auf der Rednertribüne. Die Band spielt eine irische Jig. Raymond hat zum drittenmal »Ich danke Ihnen« gesagt und die Leute halbwegs zum Schweigen gebracht, da packt mich jemand am Arm. Lipranzer. Man sieht ihm an, daß er Mühe hatte, sich bis zu mir durchzukämpfen. Hier drin ist es zu laut, um sich zu unterhalten: Die Leute stampfen, johlen und pfeifen. Im Hintergrund haben sogar einige angefangen zu tanzen. Lipranzer dirigiert mich durch die Menge, und ich folge ihm zu einer Tür, über der AUSGANG steht. Wir landen unvermutet in einem Gäßchen außerhalb des Hotels, und Lip geht weiter bis zu einer Straßenlaterne. Ich sehe ihm an, daß etwas nicht in Ordnung ist. Irgend etwas bedrückt ihn unheimlich. Er sieht aus, als würde er jeden Moment zusammenklappen. Auf seinen Schläfen glänzen Schweißperlen. Noch hier draußen kann ich Raymonds Stimme hören, ich verstehe allerdings nicht, was er sagt.
»Ich hab' selten so ein komisches Gefühl gehabt«, meint Lip. »Die Bonzen ham da irgendwas total versaut. Das ist oberfaul.«
»Wieso?«
»Weiß nicht«, sagt er. »Aber mein kleiner Mann im Ohr rumort wie schon seit Jahren nicht mehr. In meinem Büro lag ein Zettel. Morgen früh um acht soll ich bei Morano antanzen zu 'ner Befragung. Durch Molto. So stand's drauf. Nicht Aussprache. Nicht Besprechung. Befragung! Wie wenn sie hinter

mir her wären. Aber das ist noch nicht alles. Wie ich heut abend zurückkomme, höre ich, Schmidt hätte alle Unterlagen für die Ermittlungen, die ich zum Fall Polhemus aufgenommen habe, kassiert. Falls ich Fragen hätte, sollte ich mich an ihn wenden.«

»Klingt ganz so, als wären Sie raus aus dem Fall.«

»Klar«, sagt er. »Gut. Aber nun passen Sie mal auf! Ich war vor fünf draußen in der Abteilung Nord. Das ist alles erst zwischen sechs und halb sieben passiert. Und jetzt schauen Sie sich mal an, was ich da draußen aufgegabelt habe!«

Er greift unter seine Windjacke und zieht eine Handvoll Fotokopien aus der Brusttasche seines Hemds. Es sind Kopien von Gerichtsakten. Die Nummer des Falls erkenne ich wieder: Sie ist identisch mit der fehlenden Klageschrift vom 32. Bezirk. Die erste Seite ist eine Kopie des Deckblatts. STRAFVERFAHREN gegen LEON WELLS. Klage wegen Erregung öffentlichen Ärgernisses. Abgewiesen durch Gerichtsbeschluß im Juli vor neun Jahren.

»Volltreffer!« sage ich laut.

»Sehn Sie sich erst mal das hier an!« sagt Lip. Er meint den Kautionsbeschluß. In unserem Staat hat ein Angeklagter die Möglichkeit, sofern ein minderes Vergehen vorliegt, die Kaution durch das Quittieren eines Schuldscheins zu hinterlegen. Er verpflichtet sich damit, eine gewisse Summe – nach dem Gesetz nicht mehr als fünftausend Dollar – zu zahlen, sofern er zum festgesetzten Termin nicht vor Gericht erscheint. Zur Auflage macht man ihm lediglich, daß er nicht anderweitig straffällig wird und sich einmal die Woche telefonisch bei einem Mitarbeiter der Bewährungsstelle meldet. Auf Leons Kautionsformular ist Carolyn Polhemus als seine Bewährungshelferin angegeben. Ihr Name steht da und auch ihre Telefonnummer.

»Warten Sie, das Beste kommt noch.« Lip reicht mir das letzte Blatt. Es ist eine Kopie des Gerichtsformulars zur Einstellung eines Strafverfahrens. ANTRAG AUF KLAGEABWEISENDES PROZESSURTEIL OHNE SACHENTSCHEIDUNG lautet die Überschrift. Als Antragsteller fungiert der Ankläger. RAYMOND HORGAN, BEHÖRDENLEITER DER STAATSANWALTSCHAFT KINDLE COUNTY, I.A.... lese ich unten auf diesem Formular. Unterschreiben muß der Deputy, der den Fall verhandelt. Auf Anhieb kann ich dessen Unterschrift nicht entziffern. Dann hab' ich's: »Molto?« Lipranzer und ich stehen im Schein der Straßenlaterne und gehen die Papiere noch einmal durch. Aus dem Hotel hört man lautes Johlen und Gebrüll; dann setzt die Band wieder ein: »*When Irish Eyes Are Smiling*«, spielt sie. Das bedeutet wohl, Raymond hat seine Niederlage eingestanden.

Ich versuche, Lipranzer zu beruhigen. Ich sage ihm, er soll sich zuerst einmal zurückhalten. Noch haben wir nichts Konkretes in der Hand.

»Nehmen Sie das Zeug an sich.« Er gibt mir die Kopien der Gerichtsakte.

Ich gehe zurück in den Ballsaal. Lip tigert allein los, steigt über Müll und Schutt und verschwindet im Dunkel der Gasse.

16

»Und so hörte alles auf«, erzählte ich Robinson. »Und es hörte unschön auf. Eine Woche trafen wir uns seltener. In der nächsten überhaupt nicht mehr. Keine gemeinsamen Mittagessen, keine Anrufe, keine Stippvisiten in meinem Büro. Keine ›Drinks‹, wie wir uns so drollig altmodisch ausdrückten. Sie war einfach nicht mehr da.

Ich wußte, daß sie großen Wert auf ihre Unabhängigkeit legte. Und anfangs versuchte ich, nicht die Nerven zu verlieren, indem ich mir einredete, das sei alles, was dahinterstecke: eine Demonstration ihrer Freiheit. Am besten, ich widersetzte mich nicht. Aber Tag für Tag nagte das Schweigen mehr an mir – und mein erbärmliches Verlangen. Ich wußte, sie saß nur einen Stock tiefer. Ich wünschte mir nichts sehnlicher, als einfach nur im selben Raum mit ihr zu sein. Ich ging drei Tage hintereinander zu Morton's Third Floor, weil ich wußte, daß sie dort gern zu Mittag aß. Am dritten Tag erschien sie – mit Raymond. Ich dachte mir nichts dabei. Ich war blind damals. Der Gedanke an einen Rivalen kam mir nicht. Eine halbe Stunde lang hockte ich allein in einer Ecke, schob die Salatblätter in meiner Schüssel hin und her und starrte auf einen Tisch sechs Meter entfernt. Ihr Teint! Ihr Haar! Gerade als ich davon träumte, wie ihre Haut sich anfühlte, fand ich mich einsam in einem Restaurant wieder, saß da und stöhnte.

In der dritten Woche brach ich zusammen. Ich brauchte keinen Mut mehr zu fassen; ich ließ mich einfach treiben. Eines Morgens um elf ging ich schnurstracks in ihr Büro. Ich hatte keine Akte dabei, kein Merkblatt, nichts zur Ausrede.

Sie war nicht da.

Ich stand mit geschlossenen Augen auf der Schwelle, brannte vor Scham und Traurigkeit, und mir war, als müsse ich sterben, weil sie mich schnitt.

Während ich noch dastand, kam sie zurück.

›Rusty‹, sagte sie fröhlich. Eine muntere Begrüßung. Sie schob sich an mir vorbei. Ich sah zu, wie sie sich bückte, um eine Akte aus dem unteren Fach zu nehmen. Mir wurde schwindlig, als ich sah, wie ihr Tweed-Rock sich über den Hintern spannte, wie

biegsam ihre glatten Waden sich unter der Strumpfhose abzeichneten.
Sie hatte zu tun. Sie beugte sich über ihren Schreibtisch, las die Anmerkungen auf dem Aktendeckel und klopfte dabei mit einem Bleistift auf ihren Notizblock.
›Ich möchte mich wieder mit dir treffen‹, sagte ich.
Sie blickte auf. Ihr Gesicht war wie eine Maske. Sie kam hinter ihrem Schreibtisch hervor und langte mit einer Hand an mir vorbei, um die Tür zu schließen.
Sie redete Klartext: ›Ich halte das für keine besonders gute Idee. Nicht jetzt. Das wär' jetzt nicht gut für mich, Rusty.‹
Dann machte sie die Tür auf, ging wieder hinter ihren Schreibtisch und arbeitete. Sie drehte sich um und machte das Radio an. Sie sah nicht einmal dorthin, wo ich noch einen Moment stehenblieb.
Ich glaube, ich habe mir nie eingebildet, daß Carolyn Polhemus mich liebte. Ich dachte nur, ich gefiele ihr. Meine Leidenschaft, meine Besessenheit schmeichelten ihr, das war alles. Und so litt ich denn auch nicht unter der Zurückweisung; ich war nicht gramgebeugt. Als mir endlich dämmerte, daß ich vielleicht einen Nachfolger hatte, träumte ich nicht davon, ihn zu vernichten. Ich wäre bereit gewesen, sie zu teilen. Was mich zermürbte, war mein ungestilltes Verlangen. Ich wollte ganz einfach das zurück, was ich gehabt hatte. Ich sehnte mich nach Carolyn und meiner Befriedigung durch sie mit einer Begierde, die nicht enden wollte.
Für mich hörte es nie auf. Es gab nichts, was den Schluß hätte herbeiführen können. Ihre Bereitschaft war stets nur zweitrangig gewesen und bequem. Ich wollte meine Leidenschaft, die großen, jauchzenden Momente, die brennende Vollendung meiner Verehrung, meiner Sklaverei. Ohne all das war ich in gewissem Sinne tot. Ich verzehrte mich vor Sehnsucht. Nächtelang saß ich wach in meinem Schaukelstuhl, dachte an Carolyn und badete in Selbstmitleid.
In jenen Wochen schien es, als sei meinem Leben der Boden entzogen. Ich verlor den Sinn für Proportionen; mein Urteilsvermögen verzerrte sich zu einer grausamen Karikatur. Ein vierzehnjähriges Mädchen war gewaltsam entführt worden.

Wie ein Stück Frachtgut hatte der Angeklagte es im Kofferraum seines Wagens verstaut, drei Tage lang alle ein, zwei Stunden auf widernatürliche Art mißbraucht, geschlagen und dann geblendet (damit es ihn nicht identifizieren konnte) und schließlich wie tot liegenlassen. Ich las die Berichte über diesen Fall, nahm an Sitzungen teil, auf denen die Umstände erörtert wurden. Bei mir dachte ich nur: Ich leide um Carolyn.

Daheim machte ich Barbara mein idiotisches Geständnis, flennte am Abendbrottisch und weinte in mein Highball-Glas. Habe ich den Mumm, es zu sagen? Ich wollte ihr Mitleid. Dieser wahnwitzige, egozentrische Augenblick verschlimmerte natürlich mein Leiden nur noch. Barbara duldete mich nicht in ihrer Nähe, sobald ich mir meinen Schmerz anmerken ließ. Nun hatte ich keine Zuflucht mehr. Im Büro hockte ich untätig am Schreibtisch oder lungerte in den Gängen herum, um im Vorbeigehen einen verstohlenen Blick auf Carolyn zu werfen. Daheim war meine Frau jetzt die Wärterin, die mich mit der Aufkündigung unseres Familienlebens bedrohte, sofern ich es wagen sollte, mir mein Elend anmerken zu lassen. Ich gewöhnte mir an, lange Spaziergänge zu machen. Der Dezember verging, und der Januar kam. Das Thermometer sank nahe auf fünfzehn Grad unter Null, und so blieb es wochenlang. Ich stapfte stundenlang durch unser Städtchen, den Schal vor dem Mund, und wenn der Pelzbesatz meines Parkas die bloße Stirn oder die Wangen streifte, dann brannte die Haut. Das war meine Tundra. Mein Sibirien. Wann würde es enden? Was ich haben wollte – oder wenn schon nicht haben, dann doch finden –, war einfach nur Frieden.

Carolyn wich mir aus. Sie war darin ebenso geschickt wie in vielen anderen Dingen. Sie ließ mir Aktennotizen überbringen oder telefonierte in dringenden Fällen mit Eugenia. Sitzungen, zu denen ich eingeteilt war, blieb sie fern. Ich bin sicher, daß ich sie dazu trieb, nachdem sie in den Sekunden, da wir einen Blick miteinander wechselten, den kläglichen, hungrigen Ausdruck in meinen Augen gesehen hatte.

Im März rief ich bei ihr zu Hause an. Ein paarmal. Sie hatte die Anklage gegen einen rückfälligen Straftäter vorbereitet, vielschichtige Beschuldigungen, die sich auf bis in die sechziger

Jahre zurückliegende Aussagen stützten. Ich redete mir ein, es sei leichter, die damit verbundenen rechtlichen Probleme ohne die Störungen des Büroalltags zu besprechen. Ich wartete, bis Nat eingeschlafen war und Barbara sich in ihr Arbeitszimmer eingeigelt hatte, von wo sie mich auf keinen Fall hören konnte, wenn ich unten telefonierte. Dann suchte ich mir Carolyns Nummer aus dem von Mac angelegten und vervielfältigten Telefonverzeichnis heraus, in dem die Privatanschlüsse aller Deputys verzeichnet waren. Ich hätte kaum nachzusehen brauchen, um mich der Nummer zu vergewissern, aber ich glaube, es gehörte zu meinen damaligen Zwangsvorstellungen, daß es mir eine seltsame Befriedigung bereitete, ihren Namen gedruckt zu sehen. Es verlängerte gewissermaßen die Kommunikation; es ließ meine Phantasie Wirklichkeit werden. Sobald ich Carolyns Stimme hörte, wußte ich, daß mein Vorwand nichts taugte. Ich brachte keinen Laut heraus. ›Hallo? Hallo?‹ Ich schmolz dahin, als ich ihre Stimme so ganz ohne jeden vorwurfsvollen Unterton hörte. Wessen Anruf mochte sie wohl erwarten?

Jedesmal, wenn ich sie anrief, war ich sicher, mein Stolz würde dafür sorgen, daß ich wenigstens ein, zwei Worte sagte. Ich ersann im vorhinein ausgeklügelte Formulierungen, dachte mir originelle Wendungen aus, um ihre Gleichgültigkeit oder ihren Ärger zu vertreiben. Ich konnte nicht eine davon anbringen. Sie meldete sich, und ich wartete in der peinigenden Hölle meiner Scham. Tränen traten mir in die Augen. Es war, als drücke mir etwas das Herz ab. ›Hallo? Hallo?‹ Ich war erleichtert, wenn sie schließlich den Hörer aufknallte, wenn ich rasch das Bürotelefonverzeichnis wieder in der Kommode unserer Diele verschwinden ließ.

Natürlich wußte sie, daß ich es war. Vermutlich hatte mein Atmen flehend und verzweifelt geklungen. An einem Freitagabend Ende März saß ich im Gil's vor dem Rest eines Biers, das ich mit Lipranzer getrunken hatte, bevor er sich auf den Heimweg machte. Da sah ich, wie sie mich in dem hohen, facettierten Spiegel hinter der Bar anstarrte. Ihr Gesicht schwebte über den Whiskyflaschen; ihr Haar war frisch frisiert und glänzte steif unter dem Spray. Die Wut in ihrem Blick war mörderisch.

Wieviel leichter war es doch, zu heucheln. Ich wandte meinen Blick von ihrem ab und bestellte beim Barkeeper einen Old-Fashioned für sie. Carolyn sagte nein, aber er hörte es nicht, und sie wartete, bis er ihr den Cocktail brachte. Sie stand, ich saß. Um uns herum herrschte die gleiche ausgelassene Stimmung wie jeden Freitag im Gil's. Die Musikbox plärrte, und es wurde unbändig gelacht. Freitagsatmosphäre: Der Sex lag förmlich in der Luft, losgelassen nach der wöchentlichen Tretmühle. Ich trank mein Bier aus und fand – Gott sei Dank – endlich die Kraft zu reden.

›Ich bin wie ein Kind‹, sagte ich zu ihr. Ich sprach, ohne sie anzusehen. ›Jetzt eben fühle ich mich so unwohl, wie ich hier sitze, daß ich am liebsten weglaufen möchte. Aber die meiste Zeit denk' ich, daß ich mir nur eins im Leben wünsche: mit dir zu reden.‹

Ich blickte sie an, um zu sehen, wie sie das aufnahm, und stellte fest, daß sie ziemlich geistesabwesend dreinschaute.

›So geht das nun schon seit Monaten, ich renne hinter dir her. Nicht gerade cool, wie?‹

›Aber ungefährlich‹, sagte sie.

›Das ist nicht cool‹, wiederholte ich. ›Aber ich bin unerfahren. Ich meine, ich möchte gern lässig über alles weggehen, aber ich pack' es nicht, Carolyn. Ich hab' mich verlobt, als ich zweiundzwanzig war. Und unmittelbar vor der Hochzeit, als ich meinen Reservedienst ableistete, habe ich mich besoffen und eine x-beliebige Frau gebumst – in einem Kombi hinter 'ner Scheune. Das war's‹, sagte ich. ›Das ist die Geschichte meiner Seitensprünge, das sind die ausschweifenden Verhältnisse meines Lebens. Ich sterbe‹, sagte ich. ›In diesem Augenblick. Während ich hier auf diesem Scheißbarhocker sitze, bin ich so gut wie tot. Gefällt dir das? Ich zittere. Mein Herz hämmert. Gleich werd' ich frische Luft brauchen. Das ist nicht besonders cool, oder?‹

›Und was willst du von mir, Rusty?‹ Jetzt war es an ihr, leblos in den Spiegel zu schauen.

›Irgendwas‹, sagte ich.

›Einen Rat?‹

›Wenn das alles ist, was ich kriegen kann.‹

Sie stellte ihr Glas auf die Theke. Sie legte mir die Hand auf die Schulter. Zum erstenmal blickte sie mich offen an. ›Werd endlich erwachsen!‹ sagte sie und ging.
Und da«, sagte ich zu Robinson, »da wünschte ich mir einen Moment lang verzweifelt, sie wäre tot.«

17

Im Amt hatte Tommy Molto den Spitznamen: der verrückte Mönch. Er ist ein ehemaliger Seminarist, eins achtundsechzig groß, wenn er Glück hat, schwer pockennarbig, hat an die vierzig Pfund Übergewicht und bis aufs Fleisch abgekaute Fingernägel. Ein Arbeitstier. Der Typ, der sich die Nacht um die Ohren schlägt, um einen Schriftsatz fertigzukriegen, und der drei Monate ohne freies Wochenende durchackert. Ein tüchtiger Jurist, doch geschlagen mit der verkümmerten Urteilskraft des Fanatikers. Ich hatte stets den Eindruck, daß er als Ankläger versuchte, die Fakten zu schaffen, statt sie zu verstehen. So wie er sich verausgabt, taugt er nicht viel vor der Geschworenenbank, aber Nico Della Guardia hatte einen guten Assistenten an ihm: Molto verfügt genau über die Disziplin, die Nico abgeht. Die beiden kennen sich schon seit der Grundschule in St. Joe's. Dago-Sippschaft der Itaker. Molto ist einer von den Typen, die aufgenommen wurden, bevor sie alt genug waren, sich den Kopf darüber zu zerbrechen, wer cool ist und wer nicht. Sein Privatleben liegt im dunkeln. Er ist unverheiratet, und ich habe ihn noch nie mit einer Frau gesehen, was zu den üblichen Spekulationen verleitet, doch ich würde eher darauf tippen, daß er noch immer dem Zölibat huldigt. Seine einmalige Intensität kommt, so scheint mir, aus überirdischer Quelle.

Tommy tuschelt wie gewöhnlich aufgeregt mit Nico, während ich durch den Aufenthaltsraum gehe. Eine Menge Leute verrenken sich den Hals: Registratoren und Sekretärinnen drängen sich am Empfangsschalter, um einen Blick auf den neuen Boß zu werfen. Als ob sie in den neun Monaten vergessen hätten, wie er aussieht. Die Fernsehteams sind Nico bis hierherauf gefolgt und haben Aufnahmen von ihm und Tommy gemacht, wie sie auf unbequemen Holzstühlen sitzen und Horgan erwarten, aber das ist jetzt vorbei. Die Reporter sind weg, und die beiden wirken fast ein bißchen einsam, als ich jetzt dazukomme. Nico trägt nicht einmal seine Blume.

Ich kann es mir nicht verkneifen, Molto eins auszuwischen: »Tommy Molto«, sage ich. »Bei uns hat mal ein Typ dieses Namens gearbeitet, aber wir dachten, er sei gestorben. Briefe

und Anrufe nehmen wir selbstverständlich weiterhin entgegen, Tom.«
Meine durchaus harmlose Frotzelei geht offenbar voll daneben, ja, löst geradezu Entsetzen aus. Molto runzelt die buschigen Brauen, und als ich ihm die Hand hinstrecke, zuckt er zurück. Ich versuche die Spannung zu lösen, indem ich mich Delay zuwende. Der gibt mir zwar die Hand, aber auch er nimmt meine Glückwünsche nur widerstrebend entgegen.
»Ich werde nie behaupten, Sie hätten mich nicht gewarnt«, füge ich hinzu.
Nico lächelt nicht, schaut mich nicht einmal an. Er wirkt auffallend verlegen. Ich weiß nicht, ob der Wahlkampf einen bitteren Nachgeschmack hinterlassen hat oder ob Delay, wie so viele von uns, jetzt, da sein langersehntes Ziel endlich erreicht ist, einfach kalte Füße bekommt.
Eines ist mir nach dieser Begegnung jedenfalls klar: Nico wird sich nicht darum bemühen, mich in seinen Diensten zu behalten. Ich bin mir dessen so sicher, daß ich vorsorglich schon mal in der Registratur anrufe und die Mädchen bitte, mir ein paar Kisten bereitzustellen. Am späten Vormittag wähle ich Lipranzers Nummer in der McGrath Hall. Normalerweise kümmert sich kein Mensch um sein Telefon, wenn er nicht im Büro ist. Aber diesmal meldet sich eine mir unbekannte Stimme.
»3 40 68.«
»Dan Lipranzer?«
»Der ist nicht da. Wer spricht, bitte?«
»Wann erwarten Sie ihn zurück?«
»Wer spricht denn?«
»Sie brauchen ihm nichts auszurichten«, sage ich und hänge ein.
Ich klopfe an die Tür zum Nebenzimmer, neugierig zu erfahren, wie Mac sich das alles zusammenreimt. Sie ist weg. Als ich mich bei Eugenia nach ihr erkundige, antwortet diese, Mac sei in Raymonds Büro, bei einer Besprechung mit, wie sie sich ausdrückt, »Mr. Della Guardia«. Die Sitzung dauere schon fast eine Stunde. Ich stehe neben Eugenias Schreibtisch und kämpfe gegen meine Bitterkeit an. Alles in allem bin ich in dieser Geschichte der Angeschmierte. Nico ist jetzt Mr. Della Guar-

dia. Mac gehört zu seinem Stab, bis sie auf den Richterstuhl überwechselt. Raymond wird sich eine goldene Nase verdienen. Tommy Molto hat meinen Job. Und ich darf von Glück sagen, wenn ich nächsten Monat die Hypothekenzinsen zahlen kann.
Ich stehe immer noch neben Eugenia, als das Telefon klingelt. »Mr. Horgan möchte Sie sprechen«, sagt sie.

In Anbetracht der ernsten Vorwürfe, die ich mir auf dem Weg zu Raymonds Büro gemacht habe, staune ich selbst über den kindischen Unmut, der mich überkommt, als ich Nico jetzt im Sessel des Behördenleiters erblicke. Vor Wut, Neid und Abscheu bin ich wie gelähmt. Nico spielt mit aufreizender Selbstverständlichkeit den Hausherrn. Er hat das Jackett abgelegt, und sein Gesicht strahlt würdevolle Gelassenheit aus. Ich kenne ihn allerdings gut genug, um mich von dieser einstudierten Pose nicht täuschen zu lassen. Tommy Molto sitzt neben ihm, hat aber wie zufällig seinen Stuhl etliche Zentimeter hinter den Nicos gerückt. Aha, denke ich, Tommy beherrscht also die Kunst der Arschkriecherei bereits perfekt.
Raymond fordert mich mit einem Wink auf, Platz zu nehmen. Er sagt, dies sei ja nun strenggenommen Nicos Konferenz und deshalb habe er ihm seinen Stuhl angeboten. Raymond selbst steht neben dem Sofa. Mac hat ihren Rollstuhl ans Fenster gefahren und schaut hinaus. Sie hat mich nicht einmal begrüßt, und an ihrer ganzen Art merke ich, daß sie am liebsten nichts mit dieser Szene zu tun haben möchte. Das alte Lied: Sie trifft's härter als mich.
»Wir haben da ein paar Beschlüsse gefaßt«, sagt Raymond. Er wendet sich an Della Guardia. Schweigen. Bei seiner ersten Amtshandlung kriegt der frischgebackene Behördenleiter Delay den Mund nicht auf. »Tja, vielleicht sollte ich den ersten Teil selbst erklären«, sagt Raymond. Er wirkt unheimlich verbissen. Ich kenne dieses forcierte Lächeln gut genug, um zu erraten, daß er wütend ist und sich mühsam zwingt, Gelassenheit zu bewahren. Man spürt schon an der Atmosphäre, daß bei der vorangegangenen Sitzung manch empfindlicher Nerv getroffen wurde.

»Ich habe gestern abend mit dem Bürgermeister gesprochen und ihm erklärt, angesichts der jüngsten Wählerentscheidung hätte ich nicht den Wunsch, noch länger im Amt zu bleiben. Er schlug vor, sofern es mir mit diesem Entschluß ernst sei, mich mit Nico zusammenzusetzen und zu sehen, ob er mich vielleicht vorzeitig ablösen könne. Nico ist dazu bereit – und damit hätten wir den Fall geklärt. Das Einverständnis der County-Regierung vorausgesetzt, räume ich am Freitag das Feld.«
Ich kann nicht anders: »Am Freitag!«
»Ich hab' selbst nicht damit gerechnet, daß es gar so schnell gehen würde, aber gewisse Umstände ...« Raymond stockt. Er wirkt irgendwie unsicher, versucht, Zeit zu gewinnen, ordnet die Papiere auf dem Besprechungstisch, geht dann hinüber zum Sideboard und beschäftigt sich mit etwas anderem. Es geht ihm offenbar miserabel. Ich beschließe, es allen leichter zu machen.
»Dann werde ich mich auch verdrücken«, sage ich. Nico will etwas entgegnen, aber ich komme ihm zuvor. »Es wird besser für Sie sein, wenn Sie ganz neu anfangen können, Delay.«
»Davon wollte ich nicht reden.« Er steht auf. »Ich möchte, daß Sie erfahren, warum Raymond sich so bald zurückzieht. Die Kriminalpolizei wird seine Mitarbeiter unter die Lupe nehmen. Wir haben gewisse Informationen – einige davon bekamen wir schon während des Wahlkampfes, doch wir wollten den Gegner nicht durch einen Skandal aus dem Feld schlagen. Aber wir haben gewisse Informationen, und wie es aussieht, stehen wir vor einem schwerwiegenden Problem.«
Nico ist offenbar wütend, und das verwirrt mich. Ich überlege, ob er womöglich auf die B-Akte anspielt. Vielleicht steckt mehr hinter Moltos Verbindung mit dem Fall, als ich vermutet habe?
»Lassen Sie das mich erklären«, wirft Raymond ein. »Rusty, ich halte es für das beste, wenn wir offen über die Sache reden. Nico und Tom haben mir da ein paar Fragen gestellt, was die Ermittlungen im Mordfall Polhemus betrifft. Sie sind nicht ganz einverstanden mit der Methode, nach der du vorgehst. Nun, ich hab' mich bereit erklärt zurückzutreten. Jetzt können sie den Fall so angehen, wie es ihnen richtig erscheint. Aber Mac hat vorgeschlagen ... Also, wir waren alle dafür, dich über die Lage in Kenntnis zu setzen.«

Ich warte. Meine innere Alarmglocke reagiert schneller als mein Verstand.
»Heißt das, gegen *mich* wird ermittelt?« Ich lache laut auf. Endlich sagt auch Mac etwas. »Das ist nicht komisch, mein Lieber.« Ihre Stimme klingt alles andere als fröhlich.
»Aber ein Scheiß ist es«, entgegne ich. »Was soll ich denn verbrochen haben?«
»Rusty«, sagt Raymond, »reg dich nicht gleich unnötig auf! Nico und Tom sind der Meinung, da gäb' es ein paar Dinge, die du hättest zur Sprache bringen sollen. Das ist alles.«
»Das ist nicht alles«, unterbricht ihn Molto unvermittelt und durchbohrt mich dabei förmlich mit seinem stechenden Blick. »Ich sage Ihnen, Sie haben vorsätzliche Irreführung betrieben, uns zum Narren gehalten und an der Nase herumgeführt – und das nun schon seit fast einem Monat. Sie haben versucht, Ihren Arsch zu retten.«
»Ich glaub', Sie spinnen.«
Mac hat ihren Stuhl herumgerollt.
»Das geht aber nun wirklich zu weit!« sagt sie. »Diese Diskussion sollte anderswo geführt werden und von anderen.«
»Zum Teufel mit diesem Getue! Ich will endlich wissen, worum es geht.«
»Es geht darum«, sagt Molto, »daß Sie in Carolyns Wohnung waren – in der Nacht, als sie ermordet wurde.«
Mein Herz klopft so stürmisch, daß mir alles vor den Augen flimmert. Ich habe damit gerechnet, daß man mich rüffeln würde, weil ich mit der Verstorbenen ein Verhältnis gehabt habe. Aber dies ist unbegreiflich. Und ich sage das auch. Lächerlich. Blödsinn.
»Was war das? Ein Dienstagabend? Da ist Barbara in der Uni, und ich spiele zu Hause den Babysitter.«
»Rusty«, sagt Raymond, »ich geb' dir den guten Rat: Halt deine Klappe, verdammt noch mal!«
Molto ist aufgesprungen. Steifbeinig stolziert er auf mich zu. Er kocht vor Wut.
»Wir haben die Analyse der Fingerabdrücke. Die auf dem Glas, nach denen sich zu erkundigen Sie die ganze Zeit vergessen haben. Es sind die Ihren. Die von Rozat K. Sabich. Wunder-

schön deutlich auf dem Glas aus Carolyns Barschrank. Keine anderthalb Meter von der Stelle entfernt, an der die Tote aufgefunden wurde. Vielleicht haben Sie zuerst nicht daran gedacht, daß die Fingerabdrücke aller Beamten des County registriert sind.«

Ich springe auf. »Das ist doch Unsinn!«

»Und die Telefonliste, um die Lipranzer sich auf Ihre Weisung hin nicht weiter kümmern sollte? Die Anrufe, die von Ihrem Anschluß aus getätigt wurden? Wir haben sie heute morgen bei der Telefongesellschaft angefordert. Sie sind gerade unterwegs hierher. Den ganzen Monat über haben Sie bei ihr angerufen. Ein Gespräch wurde in der Mordnacht registriert.«

»Jetzt hab' ich aber genug! Wenn Sie mich entschuldigen wollen...«

Ich bin schon in Lorettas kleinem Vorzimmer, als Molto hinter mir herruft. Er folgt mir. Ich höre, wie Della Guardia seinen Namen brüllt.

»Eins sollen Sie wissen, Sabich.« Er zeigt mit dem Finger auf mich. »Ich weiß Bescheid.«

»Aber klar doch«, sage ich.

»Gleich am ersten Tag, den wir hier sind, besorgen wir uns den Haftbefehl gegen Sie. Sie sollten sich besser einen Anwalt nehmen, Mann, und zwar einen verdammt guten.«

»Wegen Ihrer beschissenen Verdunkelungstheorie?«

Moltos Augen sprühen. »Tun Sie bloß nicht so, als hätten Sie nicht kapiert. Ich weiß es. Sie haben sie umgebracht. Sie waren es.«

Raserei; als würde mein Puls Amok laufen; als würde nur dieses schwarze Gift durch meine Adern strömen. Wie altvertraut, wie wesensnah dieses Gefühl mir scheint. Ich trete dicht vor Molto hin. »Ja, ja, Sie haben natürlich recht!« flüstere ich und lasse ihn stehen.

Sommer

BEZIRKSGERICHT KINDLE COUNTY
-ANKLAGEJURY-

in der Strafsache
g e g e n
Rozat K. Sabich

wegen: Verbrechens gemäß Art. 76610 Rev. StaatsGB

hat die Anklagejury des Bezirksgerichts Kindle County in ihrer Juni-Sitzung die nachstehende Anklage zur Hauptverhandlung zugelassen:

Der Beschuldigte
ROZAT K. SABICH

wird des heimtückischen Mordes angeklagt.

Ihm wird zur Last gelegt,
am oder um den 1. April dieses Jahres innerhalb der Gerichtsbarkeit von Kindle County wissentlich und vorsätzlich, mit Vorbedacht und in Tötungsabsicht, die Geschädigte Carolyn Polhemus unter Anwendung von Waffengewalt angegriffen und auf diese Weise zu Tode gebracht zu haben.
Verbrechen gemäß Artikel 76610 des Revidierten Staatsgesetzbuches.

DIESE ANKLAGE WIRD HIERMIT FÜR BEGRÜNDET ERKLÄRT:

------------------------/Unterschrift
Joseph Doherty, Obmann
der Anklagejury des Bezirksgerichts Kindle County
Juni-Sitzung

------------------------/Unterschrift
Nico Della Guardia
Bezirksanwalt, Kindle County

Gegeben am dreiundzwanzigsten Juni dieses Jahres

(Dienstsiegel)

18

»Die Gutachten und Protokolle sind vorn, die Zeugenaussagen hinten«, sagt Jamie Kemp und hievt den schweren Pappkarton auf die makellos polierte Nußbaumplatte des Konferenztisches. Wir befinden uns im kleinen Sitzungszimmer der Kanzlei seines Chefs Alejandro Stern, meines Anwalts. Kemp schwitzt. Kein Wunder, denn er hat diese Unterlagen von der Bezirksverwaltung zwei Straßen weit durch die Julihitze geschleppt. Seine Marinekrawatte ist gelockert, und ein paar blonde Strähnen seiner Prinz-Eisenherz-Frisur, ein Spleen, den er aus Jugendtagen beibehalten hat, kleben an seinen Schläfen.

»Ich seh' mal rasch nach, wer alles für mich angerufen hat«, sagt Kemp, »dann geh' ich diesen Kram mit Ihnen durch. Und denken Sie dran«, Kemp hebt den Finger, »keine Panik! Wir Strafverteidiger haben ein Wort für Ihr momentanes Gefühl: Es heißt Klong.«

»Und was bedeutet das?«

»So 'ne Art Dünnschiß im Herzen – das, was Sie kriegen, wenn Sie das amtliche Beweismaterial sehen.« Kemp lächelt. Ich bin froh, daß er annimmt, ich könne immer noch einen Spaß vertragen. »Klong ist nicht lebensgefährlich.«

Heute ist der vierzehnte Juli; vor drei Wochen hat man mich des Mordes an Carolyn Polhemus angeklagt. Später am Nachmittag bin ich zur Vernehmung bei Richter Edgar Mumphrey, dem Vorsitzenden des Kriminalgerichts, geladen. Er leitet das Eröffnungsverfahren. Nach der in unsrem Staat maßgeblichen Rechtsverordnung ist die Staatsanwaltschaft bei Kapitalverbrechen gehalten, der Verteidigung vor Verfahrensbeginn ihr gesamtes Beweismaterial zugänglich zu machen – einschließlich einer Liste der Zeugen nebst deren Aussagen. Daher dieser Karton. Ich betrachte den vertrauten Aufkleber auf dem Deckel: DAS VOLK GEGEN ROZAT K. SABICH. Und wieder überkommt mich dieses Gefühl: Es ist alles gar nicht wirklich passiert. Allein in diesem behaglichen Zimmer mit der dunklen Wandtäfelung und den weinrot gebundenen juristischen Fachbüchern warte ich darauf, daß die inzwischen wohlvertraute Verquickung von Furcht und Sehnsucht mich wieder losläßt.

Obenauf in dem Karton liegt eine Kopie der Anklageschrift. Mein Blick fällt immer wieder auf die gleichen Worte. »... unter Anwendung von Waffengewalt« – *vi et armis,* ein Begriff aus dem Präjudizienrecht. Mit ebendiesen Worten hat man seit Jahrhunderten in der englischsprachigen Welt die Anklage eines Gewaltverbrechens formuliert. Die Formel ist archaisch und in den meisten Jurisdiktionen längst abgeschafft, aber in der Gesetzgebung unseres Bundesstaates hat sie sich erhalten, und wenn ich sie hier lese, überkommt mich jedesmal das Gefühl einer absonderlichen Erbschaft. Jetzt stehe ich im Bunde mit den großen Stars des Verbrechens, John Dillinger, Blaubart, Jack the Ripper, und den vielen, vielen kleineren Leuchten, den Halbirren, den Mißbrauchten, den Tätern aus Langeweile und all jenen, die der furchtbaren Versuchung des Augenblicks nachgegeben haben, die schwach wurden in einer Sekunde, da sie sich mit den wilden Kräften unserer Natur, mit der dunklen Seite des menschlichen Charakters, im Einklang fanden.

Nachdem ich zwei Monate lang unter den täglichen Spekulationen der Presse, unter Gerüchten, Anzüglichkeiten und grausamem Tratsch gelitten hatte, sagte ich beherzt, es wäre eine Erleichterung, wenn die Anklage endlich erhoben würde. Ich hatte unrecht. Das merkte ich spätestens, als Delay die sogenannte Gefälligkeitskopie für die Verteidigung an Stern schickte. In Sandys geschmackvollem, cremefarbenem Büro, zwölf Meter weiter den Gang hinunter, habe ich zum erstenmal Punkt für Punkt gelesen, was man mir zur Last legt. Mit einemmal war mein Herz wie abgestorben, gleichzeitig aber hatte ich solche Krämpfe, daß ich sicher war, irgend etwas in meinem Innern müsse geplatzt sein. Ich konnte spüren, wie das Blut aus meinem Gesicht wich, und wußte, daß man mir meine Panik ansehen konnte. Ich versuchte, gefaßt zu wirken,

nicht um Mut zu beweisen, sondern weil ich auf einmal begriff, daß mir keine andere Wahl blieb.
Sandy saß neben mir auf dem Sofa, und ich erinnerte ihn an Kafka.
»Klingt es schrecklich banal, wenn ich sage, daß ich's nicht fassen kann?« fragte ich. »Daß ich nur Unverständnis und Wut empfinde?«
»Natürlich begreifen Sie es nicht«, sagte Sandy. »Wie sollten Sie auch? Ich, der ich seit dreißig Jahren am Kriminalgericht dieser Stadt praktiziere, kann's ja selber nicht glauben, und dabei dachte ich inzwischen, ich hätte schon alles erlebt. Alles. Und das ist nicht nur so dahingesagt. Ich hatte einen Mandanten, Rusty – natürlich darf ich keinen Namen nennen –, aber der hat mir mal fünfundzwanzig Millionen Dollar in Goldbarren genau auf den Stuhl gepackt, auf dem Sie jetzt sitzen. Rohbarren, einen halben Meter hoch. Und ich, der ich solche Sachen gesehen habe, ich sitze abends zu Hause und denke bei mir, wahrhaftig, was da vorgeht, ist außergewöhnlich und beängstigend.«
Aus Sandys Mund klangen diese Worte unverfälscht und weise. Sein kaum wahrnehmbarer spanischer Akzent verleiht selbst alltäglichen Äußerungen einen würdigen Anstrich. Er strahlt eine beruhigende Vornehmheit aus. In letzter Zeit habe ich festgestellt, daß ich wie ein Liebender nach freundlichen Gesten und schmeichelnden Worten lechze.
»Rusty«, fuhr Sandy fort und tippte auf das Blatt in meiner Hand. »Sie haben noch gar nichts zu dem einzigen Umstand gesagt, der« – er suchte nach dem richtigen Wort –, »der ermutigend ist.«
»Und der wäre?«
»Keine Meldung. Keine Paragraph-fünf-Meldung.«
»Ah.« Ich nickte, und ein Schauer überlief mich. In unserem Bundesstaat muß zugleich mit der Anklageerhebung eine entsprechende Meldung herausgegeben werden, falls die Staatsanwaltschaft vorhat, auf Todesstrafe zu plädieren. So feingeeicht mein Gespür für Delays finstere Absichten in den letzten Monaten auch war – ein starker innerer Schutzmechanismus hat meinen Verstand offenbar davor bewahrt, diese Möglich-

keit auch nur in Betracht zu ziehen. Mein Blick verriet, wie peinlich es mir war, ja wie ich mich schämte, so schnell die kühl abwägende Perspektive des Berufsjuristen verloren zu haben.
»Ich war davon ausgegangen ...« stotterte ich.
»Aber gewiß doch.« Sandy lächelte nachsichtig. »Das wäre jedem anderen genauso gegangen.«

Auf Sandys Rat hin waren wir nicht in der Stadt, als die offizielle Anklage erhoben wurde. Barbara, Nat und ich fuhren rauf nach Skageon, wo Freunde meiner Schwiegereltern uns ihr Ferienhäuschen zur Verfügung gestellt hatten. Nachts hörte man das Brausen der Crownfälle, und ich kann mich nicht erinnern, daß ich je so viel Erfolg beim Forellenfischen gehabt habe.
Doch natürlich ließ sich die Katastrophe sechshundertfünfzig Kilometer weiter südlich nie ganz verdrängen. Am Tag nach der Anklageerhebung gelang es George Leonard von der »Tribune«, die Telefonnummer unserer Hütte herauszukriegen, und er bat mich um eine Stellungnahme. Ich verwies ihn an Stern. Später kam ich dazu, wie Barbara mit ihrer Mutter telefonierte.
Als sie aufgelegt hatte, fragte ich: »Es hat sich also rumgesprochen?«
»Alle stürzen sich darauf. Das Fernsehen. Beide Zeitungen. Titelseite. Mit Bildern. Dein früherer Kollege Delay hat jedes schäbige Detail preisgegeben.«
Wie sich herausstellen sollte, war das noch untertrieben. Mein Fall ist das gefundene Fressen für die Revolverblättchen der Supermärkte: ERSTER DEPUTY UNTER MORDANKLAGE – HEIMLICHES VERHÄLTNIS MIT DEM OPFER. Sex, Politik und Gewalt – schlimme Zustände in Kindle County. Nicht nur die Lokalpresse beschäftigte sich tagelang mit dem Fall, sondern auch die überregionalen Medien. Aus Neugier fing ich an, diese Berichte zu lesen. Die Bücherei im nahen Nearing hat eine ausgezeichnet sortierte Zeitschriftenabteilung, und zur Zeit habe ich tagsüber kaum etwas zu tun. Ich befolgte Sterns Rat und weigerte mich, von meinem Amt zurückzutreten, woraufhin ich auf unbestimmte Zeit vom Dienst suspendiert wurde; mein Gehalt

läuft weiter. Und nun verbringe ich mehr Zeit in der Bücherei, als ich mir je hätte träumen lassen. In Gesellschaft alter Penner und Stadtstreicher genieße ich die Stille und die klimatisierten Räume, während ich die Berichte über mein Vergehen studiere. Die »New York Times« hielt sich wie üblich an die nüchternen Fakten, betitelte jeden ohne Ausnahme als »Mister« und legte ausführlich den ganzen grotesken Sachverhalt dar. Überraschenderweise waren es die großen Nachrichtenmagazine »Time« und »Newsweek«, die sich nach Kräften bemühten, ihren Lesern eine Gruselstory zu servieren. Jeder Artikel war vom gleichen Foto begleitet, aufgenommen von irgendeinem Arschloch, das ein paar Tage lang bei uns im Garten auf der Lauer gelegen hatte. Stern empfahl mir schließlich, hinauszugehen und den Kerl seine Aufnahme machen zu lassen, unter der Bedingung, daß er sich dann verzieht. Es funktionierte. Die Fotoreporter, die den Nachbarn zufolge dann eine Woche lang in Scharen vor dem Haus campiert hatten, während wir uns längst in Skageon versteckt hielten, sind bis jetzt noch nicht wiederaufgetaucht.
Leider nützt uns das praktisch kaum etwas. In den zwölf Jahren, während deren ich mitunter bei den wichtigsten Fällen des County die Anklage führte, hat sich bei Zeitungen und Fernsehsendern genügend Filmmaterial von mir angesammelt, um mein Konterfei überall zu veröffentlichen. Ich kann hier in Nearing nicht auf die Straße gehen, ohne dauernd angestarrt zu werden. Jetzt begegne ich allenthalben einem gewissen Zögern, Sekundenbruchteile vergehen, bevor man mich grüßt. Tröstliche Bemerkungen, es sind wenige genug, wirken lächerlich unpassend, etwa wenn meine Putzfrau zu mir sagt: »Verdammtes Pech« oder wenn der Junge an der Tankstelle fragt, ob das wirklich ich bin, über den er da in der Zeitung gelesen hat. Was mir an der Bücherei außerdem gefällt, ist, daß man nicht reden darf.
Und wie fühle ich mich, so plötzlich niedergemacht, von meinem Podest als vorbildlicher Bürger gestürzt und zum Paria gestempelt? Es wäre falsch zu behaupten, daß es dafür keine Worte gibt. Worte gibt es schon, nur sind es zu viele. Meine Stimmung wechselt unheimlich rasch. Die Angst nagt an mir,

und ich verbringe viele Stunden in einem Wechselbad aus Zorn und Zweifel. Meist aber brüte ich stumpf und betäubt vor mich hin – ein Gefühl schützenden Leerlaufs. Selbst in meine Sorge um Nat und die bange Frage, wie nachteilig sich diese ganze Sache auf seine Zukunft auswirken mag, dämmert noch der Gedanke hinein, daß im Grunde nur ich betroffen sei. Ich allein bin das herausragende Opfer. Und bis zu einem gewissen Grad kann ich das auch ertragen. Ich habe mehr vom Fatalismus meines Vaters geerbt, als ich dachte; einem Teil von mir fehlte stets der Glaube an Vernunft oder Ordnung. Leben ist ganz einfach Erfahrung; aus Gründen, die nicht ohne weiteres erkennbar sind, bemühen wir uns weiterzumachen, von einem Tag auf den anderen. Es gibt Augenblicke, da wundere ich mich, daß ich hier bin. Ich habe mir angewöhnt, auf meine Schuhe zu achten, während ich den Fahrdamm überquere, denn die Tatsache, daß ich mich bewege, irgendwohin gehe, irgendetwas tue, erstaunt mich gelegentlich über die Maßen. Daß inmitten dieses Unglücks das Leben überhaupt weitergeht, scheint phantastisch.

Und meistens lasse ich mich einfach ziellos treiben. Natürlich verbringe ich auch viel Zeit damit, mich zu fragen, warum das alles passiert ist. Aber ich stelle fest, daß meine Fähigkeit zu analysieren ab einem gewissen Punkt streikt. Mein Grübeln scheint immer an einen dunklen, erschreckenden Abgrund zu führen, an den Rand eines finsteren Strudels der Paranoia und Wut, vor dem ich – zumindest bis jetzt – sofort wieder zurückgewichen bin. Ich weiß, daß ich in gewisser Hinsicht nicht viel mehr verkraften kann, und ich rühre einfach nicht daran. Stattdessen zittere ich vor dem Moment, in dem alles vorbei sein wird, und vor den Folgen. Ich wünsche mir mit einer Verzweiflung, für deren Ausmaß es keinen Vergleich gibt, daß all dies nie geschehen wäre; ich will die Dinge wieder so haben, wie sie früher waren, bevor ich zuließ, daß Carolyn mein Leben aus den Fugen brachte. Und dann ist da noch meine verzehrende Angst um Nat: Was wird ihm passieren? Wie kann ich ihn schützen, wie ihn vor Schande bewahren? Wie konnte ich es so weit kommen lassen, daß er, nüchtern betrachtet, Gefahr läuft, Halbwaise zu werden? In gewissem Sinne quälen mich diese

Momente am meisten – mit ihrer wütenden, beißenden Frustration, dem Gefühl der Ohnmacht, den Tränen. Und dann, ein-, zweimal in den letzten Wochen, eine außergewöhnliche Empfindung, leichter als Luft, sanfter als ein Windhauch, eine Hoffnung, die sich ohne ersichtlichen Grund einstellt und mir das Gefühl gibt, daß ich einen hohen Wall erklommen und nun den Mut habe, einfach nach vorn zu schauen.

Das Beweismaterial gegen mich, soweit ich es anhand des Inhalts des Pappkartons beurteilen kann, ist durchaus korrekt und ohne Hintergedanken zusammengetragen worden. Nico hat etwa ein Dutzend gewichtige Zeugen aufgeführt, von denen mehr als die Hälfte zum Tatbestand oder als Sachverständige gehört werden sollen. Lipranzer wird aufgerufen werden, vermutlich, um zu bestätigen, daß ich ihn angewiesen habe, die Telefonprotokolle meines Privatanschlusses nicht anzufordern. Mrs. Krapotnik hat mich als jemanden identifiziert, den sie gelegentlich in Carolyns Wohnanlage gesehen hat, auch wenn sie nicht mit Sicherheit sagen kann, ob ich der Fremde bin, der ihr in der Mordnacht begegnet ist. Unter den Zeugen ist ferner ein Hausmädchen aus Nearing, deren etwas rätselhafte Aussage darauf hinausläuft, daß sie mich an einem späten Abend, ziemlich genau um die Zeit, da Carolyn ermordet wurde, im Bus gesehen hat. Raymond Horgan steht auf der Liste; Tommy Molto; meine Sekretärin Eugenia; Robinson, der Psychiater, den ich einige Male aufgesucht habe; des weiteren eine Reihe von wissenschaftlichen Gutachtern, darunter auch Painless Kumagai.

Ungeachtet des stattlichen Zeugenaufgebots stützt sich die Anklage jedoch eindeutig nur auf Indizien. Niemand kann behaupten, er habe gesehen, wie ich Carolyn Polhemus umbrachte. Keiner kann mein Geständnis bezeugen – wenn man von Molto absieht, dessen protokollierte Aussage so klingt, als sei meine letzte Bemerkung zu ihm an jenem Mittwoch im April nicht im Sinn von »Leck mich am Arsch!« geäußert worden. Herzstück der Anklage ist das Tatsachenmaterial: das Glas mit zwei Fingerabdrücken von mir, identifiziert anhand jener Abdrücke, die ich zu den Akten gab, als ich vor zwölf Jahren Deputy der Staatsanwaltschaft wurde; der Auszug der Telefongesellschaft, aus dem hervorgeht, daß von meinem Anschluß mit Carolyns Nummer telefoniert wurde, und zwar etwa anderthalb Stunden vor ihrer Ermordung; der Vaginalabstrich, der ergab, daß sich in Carolyns Genitalien Spermien meiner Blutgruppe befanden, in ihrem blinden Fortbewegungsdrang gehemmt durch ein empfängnisverhütendes Präparat, dessen Verwendung auf einvernehmlichen Geschlechtsverkehr schließen läßt; und endlich die malzfarbenen Zorak-V-Fasern, die an Carolyns Kleidung, an der Leiche sowie im Wohnraum sichergestellt wurden und die zu den Proben des Teppichbodens in meinem Haus passen.

Die letzten beiden Beweismittel waren das Resultat eines Hausbesuchs dreier Staatspolizisten, die ein oder zwei Tage nach jener Unterredung in Raymonds Büro am Schwarzen Mittwoch, wie Barbara und ich den Tag mittlerweile nennen, bei mir aufkreuzten. Es klingelte, und vor der Tür stand Tom Nyslenski, der seit mindestens sechs Jahren in unserem Bezirk die Vorladungen überbringt. Mein Kombinationsvermögen war immer noch so weit beeinträchtigt, daß ich ihn im ersten Augenblick ganz unbefangen begrüßte.

»Ich bin nicht gern gekommen«, sagte er und übergab mir zwei amtliche Beschlüsse der Grand Jury. Der erste forderte mich auf, eine Blutprobe abzuliefern, der zweite, mich vernehmen zu lassen. Tom hatte außerdem einen Durchsuchungsbefehl dabei, präzise aufgeschlüsselt, der die Beamten ermächtigte, überall in meinem Haus Proben des Bodenbelags zu nehmen sowie jedes Stück Oberbekleidung aus meinem Besitz zu untersuchen. Barbara und ich saßen hilflos in unserem Wohnzimmer, während drei Männer in brauner Uniform mit Plastiktüten und Scheren von Raum zu Raum wanderten. An meinem Kleiderschrank waren sie eine geschlagene Stunde zu Gange und schnitten winzige Stoffmuster aus den Säumen. Nico und Molto waren klug genug gewesen, nicht auch nach einem Mordwerkzeug suchen zu lassen. Ein praxiserfahrener Jurist würde zwar nichts so Auffälliges tun wie seine Teppichböden erneuern oder ein verräterisches Kleidungsstück beiseite schaffen, aber er würde sich hüten, die Tatwaffe aufzuheben. Und wenn die Polizei danach suchte, würde später der Staatsanwalt vor Gericht zugeben müssen, sie nicht gefunden zu haben.

»Heißt das Zeug hier drin Zorak V?« fragte ich Barbara ruhig, sobald die Beamten nach oben gegangen waren.

»Keine Ahnung, Rusty.« Barbara kam es anscheinend wie üblich in erster Linie darauf an, Haltung zu bewahren. Sie wirkte ein bißchen ungehalten, aber mehr auch nicht. Man hätte meinen können, sie ärgere sich über ein paar mutwillige Rowdys, die zur Unzeit ihre Feuerwerkskörper explodieren lassen.

»Ist es Synthetik?« fragte ich.

»Glaubst du, wir können uns Wolle leisten?«

Ich rief Stern an, und der riet mir, eine Liste mit allem, was die Polizei mitgenommen habe, zu erstellen. Am nächsten Tag ließ ich in der Stadt freiwillig die Blutprobe vornehmen. Aber ich war unter keinen Umständen bereit, mich vernehmen zu lassen. Das führte zur einzig ernsthaften Differenz zwischen Stern und mir. Sandy wiederholte die Binsenweisheit, daß ein Beschuldigter durch seine Aussagen im Vorfeld des Prozesses nur gewinnen könne, da er sich dadurch den Staatsanwalt gewogen mache. Auf seine taktvoll-zurückhaltende Art hielt er mir vor Augen, daß ich durch mein Betragen in Raymonds Büro schon genug Porzellan zerschlagen hätte. Aber damals, Ende April, als noch keine offizielle Anklage ergangen und ich überzeugt war, daß es auch nie soweit kommen würde, kannte ich nur ein Ziel: Ich wollte um jeden Preis verhindern, daß diese wahnwitzige Verkettung von Mißverständnissen meinem guten Ruf schadete. Ich dachte, wenn ich mich auf Amendment V berief, also mein verfassungsmäßiges Recht auf Aussageverweigerung in Anspruch nahm, würde der Fall vermutlich nie in die Zeitungen kommen, auch wenn die Staatsanwaltschaft und durch sie gut die Hälfte der Leute draußen auf der Straße Bescheid wüßten. Sandy setzte seinen Willen erst durch, als die Resultate des Bluttests vorlagen, die mich als Sekretor identifizierten, also als einen, der die wasserlöslichen Blutgruppenantigene A ausscheidet, genau wie der Mann, der kurz vor ihrer Ermordung mit Carolyn Verkehr hatte. Die Chancen dafür, daß es sich hier um einen Zufall handelte, standen ungefähr eins zu zehn. Da begriff auch ich, daß ich auf keine rasche Entscheidung mehr hoffen durfte. Tommy Molto weigerte sich, mir die Prozedur in irgendeiner Weise zu erleichtern. Und so kam es, daß ich mich an einem kühlen Mainachmittag gleich all den armen Teufeln, auf die ich bisher herabgesehen hatte, ins Geschworenenzimmer stahl, eine kleine, fensterlose Kammer, die eher aussieht wie ein Filmvorführraum, und dort auf sechsunddreißig verschiedene Fragen immer die gleiche Antwort wiederholte: »Gemäß dem Rat meines Anwalts lehne ich es ab, Ihre Frage zu beantworten, weil ich mich dadurch selbst belasten könnte.«

»Na«, sagt Sandy Stern, »wie gefällt es Ihnen, die Welt mal von der anderen Seite zu betrachten?« Ich war so in die Geheimnisse des Pappkartons vertieft, daß ich ihn nicht habe kommen hören. Die Hand auf der Klinke, steht er in der Tür zum Konferenzzimmer, ein kleiner, untersetzter Mann in makellosem Anzug. Unter seinem schütteren Haar schimmert blaß die Schädeldecke durch. Zwischen den Fingern hält er eine Zigarre. Diesen Genuß gönnt Stern sich nur in seiner Kanzlei. In der Öffentlichkeit erschiene es ihm unhöflich zu rauchen, und daheim verbietet es Clara, seine Frau.
»Ich hab' Sie nicht so früh erwartet«, sage ich zu ihm.
»Richter Magnuson hat eine grauenvolle Zeiteinteilung. Natürlich wird die Urteilsverkündung so lange wie möglich rausgeschoben.« Er bezieht sich auf einen anderen Fall, an dem er beteiligt ist. Offenbar hat er eine Menge Zeit mit Warten im Gericht vertan, und die Verhandlung ist immer noch nicht abgeschlossen. »Rusty, wäre es Ihnen sehr unangenehm, wenn Jamie mit Ihnen zur Vernehmung geht?« Er schickt sich zu einer weitschweifigen Erklärung an, aber ich komme ihm zuvor.
»Kein Problem.«
»Sie sind sehr entgegenkommend. Vielleicht können wir uns dann ein paar Minuten mit dem Material beschäftigen, das Ihr Freund Della Guardia uns rübergeschickt hat. Wie nennen Sie ihn doch gleich?«
»Delay.«

Sandy ist spürbar verlegen. Er kann sich keinen Reim auf diesen Spitznamen machen, ist jedoch zu sehr Gentleman, als daß er mich bitten würde, auch nur das banalste Geheimnis der Staatsanwaltschaft zu enthüllen, gegen die er so oft als streitende Partei antritt. Er zieht den Mantel aus und bestellt bei seiner Sekretärin Kaffee. Als sie ihn bringt, hat sie auch gleich einen großen kristallenen Aschenbecher für seine Zigarre dabei.

»Also«, sagt er, »verstehen wir nun Della Guardias Theorie?«

»Ich glaube, schon.«

»Na prima. Dann schießen Sie los! Einen Dreißig-Sekunden-Abriß, wenn ich bitten darf, von Nicos Eröffnungsrede.« Als ich Sandy konsultierte, drei oder vier Stunden nach jener grotesken Unterredung in Raymonds Büro, verbrachten wir eine halbe Stunde miteinander. Er sagte mir, was es kosten würde: 25 000 Dollar Pauschalhonorar oder aber 150 Dollar pro Stunde für Zeitaufwendungen außerhalb des Gerichts und 300 Dollar die Stunde im Gerichtssaal; falls es nicht zur offiziellen Anklageerhebung käme, würde er – eine reine Gefälligkeit mir gegenüber – den Differenzbetrag zurückerstatten. Er schärfte mir ein, mit niemandem über die Anklagepunkte zu sprechen und, vor allem, keine weiteren Ausfälle gegen einen Staatsanwalt zu riskieren. Er riet mir, Reporter zu meiden und meinen Dienst nicht zu quittieren. Er sagte mir, die ganze Sache sei erschreckend, erinnere ihn an Szenen aus seiner Kindheit in Lateinamerika, und er versicherte mir, er sei überzeugt, daß die ganze Angelegenheit sich angesichts meines vorbildlichen Werdegangs günstig lösen würde. Aber Sandy Stern, mit dem ich mehr als ein Jahrzehnt lang beruflich zu tun hatte, gegen den ich ein halbes Dutzend Fälle verhandelt habe und der sowohl im Ernstfall als auch bei Banalitäten stets wußte, daß auf mein Wort Verlaß war – Sandy Stern hat mich nie gefragt, ob ich es getan habe. Er hat sich von Zeit zu Zeit nach Einzelheiten erkundigt. Er hat mich einmal, ganz zwanglos, gefragt, ob ich eine »sexuelle Beziehung« mit Carolyn gehabt habe, und ich antwortete, ohne mit der Wimper zu zucken: »Ja.« Aber Stern hat sich davor gehütet, je die entscheidende Frage zu stellen. Darin ist er wie alle anderen. Sogar Barbara, die mit allen möglichen Beteuerungen ihren Glauben an meine Unschuld bekundet, hat mich nie direkt gefragt. Die Leute versichern einem, es sei scheußlich. Sie halten zu einem oder wirken, und das geschieht weitaus häufiger, spürbar distanziert. Aber keiner hat den Mut, mit der einzigen Frage herauszurücken, die, das weiß ich genau, allen auf der Seele brennt.

Bei Sandy scheint dieses Hinterm-Berg-Halten Teil seines untadeligen Takts, der stilvollen Aura, die ihn umgibt wie ein brokatener Vorhang. Aber ich weiß, daß mehr dahintersteckt. Vielleicht verkneift er sich die Frage, weil er den Wahrheitsgehalt der Antwort nicht ermessen kann? Für jeden, der mit dem Strafrecht zu tun hat, ist es eine gegebene Tatsache, ein Axiom so sicher wie das Gesetz der Schwerkraft, daß ein Angeklagter höchst selten die Wahrheit spricht, Polizisten und Staatsanwälte, Strafverteidiger und Richter – alle wissen, daß er lügt. Angeklagte lügen eindringlich; mit schwitzenden Handflächen und unstetem Blick; oder – und das kommt öfter vor – mit dem unschuldigen Augenaufschlag eines Schuljungen, dessen Entrüstung keine Grenzen kennt, wenn man seine Glaubwürdigkeit in Frage stellt. Sie lügen, um sich selbst zu schützen oder um ihre Freunde zu decken. Sie lügen, weil es Spaß macht oder weil sie es nicht anders gewohnt sind. Sie lügen im Großen wie im Kleinen: wer angestiftet, wer sich's ausgedacht, wer's getan hat und wer daran glauben mußte. In allem lügen sie. Das Credo des Angeklagten lautet: Belüg die Cops! Belüg deinen Anwalt! Belüg die Geschworenen, die deinen Fall verhandeln! Wenn sie dich verurteilen, dann belüg deinen Bewährungshelfer! Belüg deinen Zellengenossen im Knast! Beteuere deine Unschuld! Pflanze den Dreckskerlen da draußen den Stachel des Zweifels ein. Irgend etwas kann sich immer ändern.

Sandy Stern würde also seinem beruflichen Scharfsinn zuwiderhandeln, wenn er all meinen Aussagen vorbehaltlos Glauben schenkte. Folglich fragt er erst gar nicht. Diese Methode hat noch einen weiteren Vorzug. Würde ich Sandy gegenüber meine früheren Aussagen bestreiten und dadurch indirekt neues Beweismaterial liefern, könnte sein Berufsethos ihm verbieten, mich in den Zeugenstand zu rufen, was ich unbedingt möchte. Besser also, genau zu prüfen, was die Anklage in der

Hand hat, sich zu vergewissern, daß ich mein Gedächtnis gründlich »aufgefrischt« habe, wie das die Anwälte nennen, bevor Sandy sich nach meiner Version des Falles erkundigt. Als Gefangener eines Systems, in dem der Mandant zum Lügen neigt und der Anwalt, der sein Vertrauen sucht, ihm dabei nicht helfen darf, arbeitet Stern in den wenigen Freiräumen, die ihm verbleiben. Sein Ziel ist in erster Linie, eine intelligente Darstellung zu liefern. Keinesfalls will er sich irreführen oder durch vorschnelle Erklärungen, die sich später als unwahr erweisen, in seinem Handlungsspielraum beschränken lassen. Sobald der Prozeß näher rückt, wird er mehr Informationen brauchen. Vielleicht stellt er mir dann die bewußte Frage. Und ich werde ihm ganz bestimmt darauf antworten. Doch vorerst greift Stern wie gewöhnlich zur listigsten und unverfänglichsten Methode: Er horcht sein Gegenüber aus.

»Della Guardias Theorie«, sage ich, »lautet ungefähr folgendermaßen: Sabich ist der Polhemus verfallen. Ruft bei ihr zu Hause an. Kommt nicht von ihr los. Er muß sie sehen. An einem Abend, an dem er weiß, daß seine Frau ausgehen wird, er sich also klammheimlich zu Carolyn schleichen kann, telefoniert er mit ihr, bettelt um ein Rendezvous, und die Polhemus läßt sich schließlich breitschlagen. Sie geht mit ihm auf die Matratze, nur um der guten alten Zeiten willen, aber dann läuft etwas schief. Vielleicht ist Sabich eifersüchtig auf einen anderen. Vielleicht sagt Carolyn ihm auch, dies sei endgültig die Abschiedsvorstellung gewesen. Wie auch immer, jedenfalls will Sabich mehr, als sie zu geben bereit ist. Er verliert die Nerven und schlägt sie mit einem schweren Gegenstand nieder. Dann beschließt er, das Ganze so hinzudrehen, als wär' die Lady vergewaltigt worden. Sabich ist Staatsanwalt. Er weiß, daß er auf diese Tour Dutzende von anderen Verdächtigen mit reinzieht. Also fesselt er sie, entriegelt Fenster und Türen, damit es so aussieht, als habe sich jemand eingeschlichen, und dann – hier haben wir das wahrhaft teuflische Detail – entfernt er das Diaphragma, damit es keinen Beweis dafür gibt, daß der Beischlaf mit Carolyns Einverständnis stattgefunden hat. Doch wie all diese Typen macht selbstverständlich auch er ein paar Fehler. Er vergißt den Drink, den er zur Begrüßung bekam, das

Glas auf der Bar. Und er denkt nicht daran – weiß es vielleicht nicht einmal –, daß die Gerichtsmedizin in der Lage sein wird, die Samenflüssigkeit zu identifizieren. Aber wir wissen, daß er schuldig sein *muß*: Warum sonst hat er immer wieder hartnäkkig bestritten, in der Mordnacht am Tatort gewesen zu sein, obwohl das durch unsere Indizien eindeutig bewiesen ist?«
Dergleichen wirkt auf mich geradezu unheimlich beruhigend. Die herzlos-kaltschnäuzige Verbrechensanalyse ist so sehr Teil meines Lebens und Denkens, daß es mir nicht gelingt, aufgeregt zu klingen oder auch nur einen Funken von Besorgnis zu empfinden. Die Welt des Verbrechens hat ihren eigenen Argot, eine Sprache, die so hart ist wie die des Jazzmusikers *sweet*, und indem ich mich ihrer hier bediene, ist mir, als sei ich unter die Lebenden zurückgekehrt, zu jenen, die das Böse als vertrautes, wenngleich abscheuliches Phänomen ansehen, mit dem sie sich auseinandersetzen müssen wie ein Wissenschaftler, der Krankhaftes unter seinem Mikroskop analysiert.
Ich fahre fort: »Das ist Nicos Theorie, in groben Zügen. Was den Tatvorsatz angeht, so wird er sich nicht festlegen wollen. Er könnte so argumentieren: Sabich hatte von Anfang an die Absicht, sie umzubringen; er suchte sich diesen Abend aus, damit er ein Alibi hatte, falls die Polhemus sich weigern sollte, sich neuerlich mit ihm einzulassen. Vielleicht war Sabich auch auf einem anderen Trip: Du darfst nicht leben, wenn du nicht mir gehören willst. Das hängt von Feinheiten der Beweislage ab. Nico wird vermutlich ein Eröffnungsplädoyer halten, das ihn nicht festnagelt. Aber er wird ungefähr auf dieser Linie argumentieren. Wie finden Sie das?«
Sandy blickt mich über seine Zigarre hinweg an. Er kriegt die Dinger direkt aus Kuba, hat er mir vor ein paar Wochen erzählt. Ein ehemaliger Klient besorgt sie ihm; wie, fragt Sandy nicht. Das Deckblatt brennt so sauber, daß man die Maserung noch in der Asche erkennen kann.
»Einleuchtend«, sagt er schließlich. »Ein Motiv läßt sich hier schwer nachweisen. Das ist in der Regel ohnehin brenzlig in einem Fall, der rein auf Indizienbeweisen fußt. In Ihrer Vergangenheit gibt es keinerlei Anhaltspunkt für gewalttätige Neigungen. Überdies ist die Anklage auch dadurch im Nachteil,

daß Sie und Della Guardia politische Gegner waren – es spielt keine Rolle, daß Sie persönlich Ihr Amt nie mit Politik in Verbindung brachten, kein Geschworener würde das glauben, und in unserem Interesse sollte man es auch keinem auf die Nase binden. Einen zusätzlichen Beweis für das ungute Klima zwischen Ihnen und dem Anklagevertreter liefert der Umstand, daß *Sie* ihn gefeuert haben. All das würde freilich weit weniger ins Gewicht fallen, wenn der amtierende Staatsanwalt diesen Fall nicht selbst verhandelte.«

»Keine Angst«, sage ich. »Nico wird niemals aus dem Rampenlicht weichen.«

Stern scheint zu lächeln, während er an seiner Zigarre zieht. »Der Meinung bin ich auch. Also haben wir eine Menge Vorteile. Und alle diese Punkte, die ohnehin jeden vernünftigen Menschen stutzen lassen würden, gewinnen erst recht Bedeutung in einem Indizienverfahren, gegen das Geschworene, wie wir beide wissen, von vornherein eine Abneigung haben. Trotzdem, Rusty, müssen wir uns eingestehen, daß das Beweismaterial insgesamt sehr belastend ist.«

Sandy macht zwar keine gewichtige Pause, aber obgleich ich selbst wahrscheinlich ebenso geurteilt hätte, geben mir seine Worte einen Stich ins Herz.

Das Beweismaterial ist sehr belastend.

»Wir müssen den Fall von allen Seiten beleuchten. Natürlich ist das schwer und gewiß auch schmerzlich, aber jetzt ist es an der Zeit, daß Sie dieser Sache mit Ihrem fabelhaften Verstand zu Leibe rücken, Rusty. Sie müssen mich auf jede Schwachstelle hinweisen, mir jeden Fehler aufzeigen. Wir müssen jedes Beweisstück, jeden Zeugen gewissenhaft unter die Lupe nehmen. Verschieben wir diese schwierige Aufgabe nicht auf morgen. Am besten fangen wir gleich damit an, hier und jetzt. Je mehr Ungereimtheiten wir in der Indizienkette aufdecken, desto höher steigen unsre Chancen, um so mehr muß Nico erklären, und damit wird er sich schwertun. Scheuen Sie vor keiner Fachsimpelei zurück. Jeder Punkt, für den Della Guardia keine Erklärung hat, verbessert Ihre Chancen, freigesprochen zu werden.«

Obwohl ich meine Gefühle allmählich in den Griff bekomme, trifft mich ein Wort wie ein Schlag. Chancen, denke ich.

Sandy zieht Jamie Kemp zu unserem Gespräch hinzu; er soll helfen, die Beweisanträge aufzusetzen, die wir in Kürze werden zu den Akten geben müssen. Um mir unnötige Ausgaben zu ersparen, hat Stern sich bereit erklärt, mich an den Nachforschungen und Ermittlungen zu beteiligen, unter der Bedingung, daß ich mich seinen Anweisungen füge. Kemp und ich, wir teilen uns praktisch den ganzen technischen Kram, und diese Zusammenarbeit macht mir mehr Spaß, als ich erwartet habe. Kemp ist seit ungefähr einem Jahr Sterns Juniorpartner. Soweit ich gehört habe, war Jamie früher mal Gitarrist in einer halbwegs bekannten Rock-and-Roll-Band. Wie es heißt, hat er den ganzen Rummel voll ausgekostet, Schallplatten und Groupies und Tourneen, aber als die Chose den Bach runterging, seilte er sich ab und immatrikulierte sich an der juristischen Fakultät in Yale. Bei der Bezirksanwaltschaft hatte ich zwei-, dreimal mit ihm zu tun, was immer reibungslos ablief, obwohl er dort im Ruf stand, ein eingebildeter Fatzke zu sein, der sich mächtig was auf seine hübsche Larve und sein unwandelbares Glück zugute hält. Ich mag ihn, auch wenn er den belustigten anglo-protestantischen Aristokratendünkel gegenüber einer Welt, mit der er nie wirklich hautnah in Berührung zu kommen glaubt, manchmal ein bißchen raushängen läßt.

»Als erstes«, sagt Stern, »müssen wir eine Erklärung betreffs des Alibis formulieren.« Darüber bedarf es keiner Diskussion. Wir werden die Staatsanwaltschaft in aller Form darüber in Kenntnis setzen, daß wir die Absicht haben, meine in Raymonds Büro gegebene Erklärung aufrechtzuerhalten, wonach ich in der Mordnacht zu Hause war. Damit beraube ich mich der, zumindest theoretisch, wohl besten Verteidigungsstrategie, die darin bestünde, zuzugeben, daß ich Carolyn an dem fraglichen Abend aus ungenannten Gründen aufgesucht habe. Diese Version würde die Durchschlagskraft der Indizien schwächen und die Aufmerksamkeit darauf lenken, daß keins der Beweisstücke mich mit dem eigentlichen Mord in Verbindung bringt. Seit Wochen zittere ich davor, daß Stern durch einen gerissenen Trick versuchen könnte, mich von meinem Alibi abzubringen, doch nun atme ich erleichtert auf. Was Sandy auch von meiner Aussage halten mag, er hat anscheinend begriffen, daß es zu gewagt wäre, jetzt noch umzuschwenken. Dazu müßten wir uns erst eine harmlose Entschuldigung für meinen Ausbruch am Schwarzen Mittwoch einfallen lassen – warum ich damals alles daransetzte, meinen Chef, meine Freundin und die beiden Spitzenjuristen der neuen Administration zu belügen, noch dazu in solch unverschämtem Ton.

Stern zieht den Pappkarton zu sich heran und beginnt die Unterlagen zu sichten. Er geht der Reihe nach vor und fängt mit dem Tatsachenmaterial an.

»Kommen wir gleich zum Kernpunkt«, sagt Stern, »und beschäftigen wir uns mit dem Glas.« Kemp geht hinaus, kopiert den Bericht über die Fingerabdrücke, und wir lesen ihn aufmerksam zu dritt. Die Computerleute sind am Tag vor der Wahl auf die Übereinstimmung gestoßen. Da machte Bolcarro schon mit Nico gemeinsame Sache, und Morano, der Polizeichef, bestimmt auch. Der Bericht muß unverzüglich auf Nicos Schreibtisch weitergeleitet worden sein. Also hat Delay vermutlich sogar die Wahrheit gesagt, als er an jenem Mittwoch in Raymonds Büro behauptete, er habe bereits während des Wahlkampfs eindeutiges Beweismaterial gegen mich in Händen gehabt, es aber nicht veröffentlichen wollen. Hätte wohl zu sehr nach Stunk in letzter Minute ausgesehen, nehme ich an.

Was den Bericht angeht, so ergibt sich daraus, kurz gesagt, daß unter den Fingerabdrücken auf dem Glas mein rechter Daumen und Mittelfinger identifiziert wurden. Der dritte Abdruck bleibt unbekannt. Er stammt weder von mir noch von Carolyn. Aller Wahrscheinlichkeit nach hat ihn einer der ersten Zeugen am Tatort hinterlassen: einer von den Streifenpolizisten, die offenbar dauernd überall herumtrampeln und alles betatschen müssen, bevor die Beamten von der Mordkommission eintreffen; oder der Hauswart, der die Leiche entdeckte; dic Sanitäter vom Notarztdienst; vielleicht sogar ein Reporter. Trotzdem wird dieser ominöse Fingerabdruck eine der Ungereimtheiten sein, an denen sich Della Guardia hoffentlich die Zähne ausbeißt.

»Ich würde mir dieses Glas gern mal ansehen«, sage ich. »Das könnte mir unter Umständen helfen, einiges zu klären.«

Stern weist Kemp an, eine Liste jener Beweisstücke anzufertigen, die der Verteidigung vorgelegt werden sollen.

»Außerdem«, sage ich, »müssen wir den Bericht über sämtliche Fingerabdrücke anfordern. Sie haben jeden Zentimeter der Wohnung eingepudert.«
Das zu beantragen, überläßt Stern mir. Er reicht mir einen Block.
»Antrag auf Einsicht aller Laborergebnisse: sämtliche zugrundeliegenden Berichte, Spektographanalysen, graphische Darstellungen, chemische Untersuchungen und so weiter, und so fort. Sie kennen sich da ja besser aus als ich.«
Ich mache mir die nötigen Notizen.
Stern stellt eine Frage: »Sie haben doch hin und wieder einen Drink in Carolyns Wohnung genommen – ich meine früher, wenn Sie sie besuchten?«
»Sicher. Und sie war keine besonders gute Hausfrau. Trotzdem würde ich annehmen, daß sie nicht ein halbes Jahr lang ungespülte Gläser rumstehen ließ.«
»Ja«, erwidert Stern knapp.
Wir grübeln beide verbissen weiter.
Kemp hat einen Einfall: »Ich hätte gern eine komplette Inventarliste von Carolyns Wohnung. Alles, jeden einzelnen Gegenstand. Wo ist zum Beispiel dieses Verhütungsgel, das der Gerichtsmediziner angeblich nachgewiesen hat? Hätte sie das nicht in ihrem Medizinschränkchen aufbewahrt?« Er schaut mich Bestätigung heischend an, aber ich schüttele den Kopf.
»Ich kann mich nicht erinnern, je mit Carolyn über Empfängnisverhütung gesprochen zu haben. Meinetwegen nennen Sie mich den Chauvi des Jahres, doch ich hab' sie nie gefragt, was sie nimmt.«
Stern grübelt, und um Zeit zu gewinnen, laviert er mit seiner Zigarre in der Luft herum.
»Hier sollten wir vorsichtig sein«, sagt er. »Das sind zwar wertvolle Überlegungen, aber wir wollen Della Guardia nicht mit der Nase auf Beweise stoßen, auf die er von allein gar nicht kommen würde. Unsere Forderungen müssen in jedem Fall ganz unauffällig wirken. Denken Sie daran, daß jeder Fund der Staatsanwaltschaft, der für den Beklagten spricht, ohnehin an uns weitergeleitet werden muß. Was dagegen unsere Diskussion an Nützlichem für die Gegenseite erbringen mag, sollten

wir schleunigst wieder vergessen.« Sandy zwinkert mir belustigt zu. Es macht ihm sichtlich Spaß, so offen mit einem ehemaligen Gegner zu sprechen. Vielleicht denkt er an ein ganz bestimmtes Beweisstück, das er mir früher einmal vorenthalten hat. »Am besten wird sein, wir stellen diese Nachforschungen selber an, ohne unsre Absichten preiszugeben.« Er zeigt auf Kemp; diesmal ist die Reihe wieder an ihm. »Also, noch einen Antrag: Wir erbitten eine Inventarliste aller Gegenstände, die aus der Wohnung der Verstorbenen sichergestellt wurden, und ferner um Gelegenheit zu einer Tatortbesichtigung. Die Wohnung ist wohl noch versiegelt?« fragt er mich.

»Das nehme ich an.«

»Und«, sagt Stern, »was Sie über Carolyns persönliche Gewohnheiten erzählt haben, bringt mich auf einen weiteren Gedanken. Wir sollten ihre Ärzte vorladen. Die Schweigepflicht ist schließlich durch ihren Tod aufgehoben. Wer weiß, auf was wir da noch kommen? Womöglich auf Drogen?«

»Oder auf Würgemale aus der Vergangenheit«, wirft Kemp ein.

Wir lachen alle drei. Ein schauerlicher Moment.

Sandy, wie immer die Schicklichkeit in Person, erkundigt sich diskret, ob mir der Name eines Arztes von Carolyn »zufällig bekannt« sei. Das ist zwar nicht der Fall, aber sämtliche Angestellten des County sind beim Blauen Kreuz versichert. Ich schlage vor, dort nachzufragen. Die müßten meines Erachtens über manches Bescheid wissen, auch welche Ärzte Carolyn konsultiert hat. Stern ist sehr angetan von meinem Vorschlag. Als nächstes gehen wir die Liste mit den Anrufen durch, die die Telefongesellschaft sowohl für meinen als auch für Carolyns Anschluß erstellt hat: ein fingerdickes Bündel Fotokopien mit endlosen Kolonnen vierzehnstelliger Nummern. Eins nach dem anderen reiche ich Stern die Blätter hinüber.

Von meinem Anschluß aus sind am fünften, zehnten und zwanzigsten März Ein-Minuten-Gespräche mit Carolyns Privatnummer verzeichnet. Als ich auf den ersten April stoße, starre ich lange Zeit stumm und fassungslos auf den Eintrag. Neunzehn Uhr zweiunddreißig. Ein Zwei-Minuten-Gespräch.

»Carolyns Privatanschluß«, sage ich zu Stern und tippe mit dem Finger auf die entsprechende Zahlenreihe.
»Ah. Nun, dafür muß es eine vernünftige Erklärung geben.«
Sterns Arbeitsweise zu verfolgen ist, gleichsam als wolle man Rauch nachspüren oder beobachten, wie die Schatten länger werden. Ob es an seinem Akzent liegt, daß er jenen unnachahmlich subtilen Nachdruck auf das Wörtchen »muß« zu legen vermag? Ich kenne meine Aufgabe.
Er raucht. »Was machen Sie eigentlich so zu Hause, wenn Sie babysitten?« fragt er.
»Na, ich arbeite. Nachgeholte Lektüre: Aktenstudium, Anklageschriften, Strafregister, Schriftsätze.«
»Müssen Sie da nicht manchmal mit Kollegen von der Staatsanwaltschaft Rücksprache nehmen?«
»Ab und zu schon.«
»Natürlich«, sagt Stern. »Hin und wieder ist es erforderlich, eine kurze Frage zu stellen, eine Verabredung zu treffen. Bestimmt finden sich in diesen Listen« – Stern klopft auf den Stapel Kopien – »eine ganze Reihe solcher Anrufe bei anderen Deputys außer Carolyn Polhemus.«
Ich bestätige jede seiner Vermutungen mit einem Nicken. »Da gibt es eine Menge Möglichkeiten«, sage ich. »Carolyn hat, glaube ich, in dem Monat an einer wichtigen Klageschrift gearbeitet. Ich werde mal verschiedenes überprüfen.«
»Schön«, sagt Stern. Er wendet sich erneut den Aufzeichnungen meiner Telefonate während der Mordnacht zu, kräuselt die Lippen, sein Blick verdüstert sich.
»Keine Anrufe mehr nach neunzehn Uhr zweiunddreißig«, sagt er schließlich.
Mit anderen Worten, es gibt keinen Beweis dafür, daß ich zu Hause war, wie ich behauptet habe.
»Dumm«, sage ich.
»Dumm«, echot Stern. »Aber vielleicht hat ja an dem Abend jemand bei Ihnen angerufen?«
Ich schüttele den Kopf. Nicht daß ich wüßte. Aber inzwischen kenne ich meinen Text.
»Ich werde darüber nachdenken«, sage ich, nehme das Protokoll der Telefongesellschaft für den ersten April wieder an mich und studiere es eingehend.

»Kann man diese Dinger frisieren?« fragt Kemp.
Ich nicke.
»Das habe ich mir auch gerade überlegt«, sage ich. »Die Staatsanwaltschaft kriegt ein Bündel Kopien von den Computerausdrucken der Telefongesellschaft. Wenn nun ein Deputy oder irgendwer sonst einem Angeklagten was anhängen will, bräuchte er nur einigermaßen geschickt mit Schere und Tesafilm zu Werk zu gehen, und kein Mensch würde Verdacht schöpfen.« Ich nicke abermals und blicke Kemp an. »Ja, das könnten durchaus Fälschungen sein.«
»Und sollten wir dieser Möglichkeit nachgehen?« fragt Stern. Höre ich da einen leisen Vorwurf aus seinem Tonfall heraus? Er betrachtet angelegentlich einen Faden, der sich am Hemdsärmel gezogen hat, doch als sein Blick für einen Sekundenbruchteil dem meinen begegnet, sind seine Augen so durchdringend wie Laserstrahlen.
»Wir könnten es in Erwägung ziehen«, antworte ich nach einigem Zögern.
»Mmm, hmm«, murmelt Stern vor sich hin, ganz ernst und feierlich. Er bedeutet Kemp, sich eine entsprechende Notiz zu machen. »Ich glaube nicht, daß wir diesen Punkt verfolgen sollten, bevor der Bundesstaat die Beweisaufnahme geschlossen hat. Es wäre mir alles andere als angenehm, wenn die Anklage sich damit brüsten könnte, wir hätten versucht, die Richtigkeit dieser Protokolle anzuzweifeln, und dabei Schiffbruch erlitten.« Er richtet diese Bemerkung an Kemp, aber mir ist durchaus klar, wer ihren Sinn und ihre Tragweite begreifen soll.
Stern greift energisch nach der nächsten Akte. Er sieht auf seine Armbanduhr, ein elegantes goldenes Schweizer Fabrikat. Bis zur Vernehmung sind es noch fünfundvierzig Minuten. Sandy muß allerdings schon früher wieder bei Gericht sein. Er schlägt vor, daß wir uns über die Zeugen unterhalten. Ich fasse zusammen, was ich bisher hierzu gelesen habe. Ich erwähne, daß Molto und Della Guardia in zwei Fällen keine Aussage vorgelegt haben: von meiner Sekretärin Eugenia und von Raymond. Sandy bittet Kemp beiläufig, auch dies auf die Antragsliste zu setzen. Er hat seine Brille mit dem Schildpattgestell geradegerückt und fährt fort, die Zeugenliste zu studieren.

»Die Sekretärin«, meint er, »macht mir keine Sorgen. Horgan, ehrlich gesagt, schon.«
Seine letzteren Worte lassen mich aufhorchen.
»Bestimmte Zeugen«, erklärt Sandy, »muß Della Guardia aufrufen, so nachteilig das auch für ihn sein mag. Das wissen Sie natürlich viel besser als ich, Rusty. Detective Lipranzer ist dafür ein gutes Beispiel. Er hat am Tag nach der Wahl im Gespräch mit Molto offen zugegeben, daß Sie ihn gebeten hätten, die Liste Ihrer Privatgespräche nicht anzufordern. Grund genug für die Staatsanwaltschaft, ihn vorzuladen, ungeachtet allen Lobes, das er über Sie als Mensch vorbringen mag. Horgan dagegen gehört nicht zu den Zeugen, die ein gewiefter Staatsanwalt sich wünscht. Zum einen werden ihn sämtliche Geschworenen kennen, und dann genießt er so uneingeschränkte Glaubwürdigkeit, daß es ziemlich riskant wäre, ihn aussagen zu lassen, es sei denn ...« Sandy hält inne, greift wieder nach seiner Zigarre.
»Es sei denn?« frage ich. »Es sei denn, er stellt sich gegen den Angeklagten? Ich kann mir nicht vorstellen, daß Raymond mir Steine in den Weg legt. Nicht nach zwölf Jahren reibungsloser Zusammenarbeit. Außerdem, was könnte er schon sagen?«
»Es kommt nicht so sehr darauf an, was er sagt. Der Ton macht die Musik. Meines Erachtens soll er die Aussage bezeugen, die Sie am Tag nach der Wahl in seinem Büro gemacht haben. Man könnte meinen, Nico wäre mit Miß MacDougall besser bedient, wenn er denn schon einen Zeugen in Kauf nehmen muß, der ihm nicht grün ist. Zumindest ist sie nicht seit über einem Jahrzehnt eine ortsbekannte Größe. Andererseits, falls es so aussieht, als sei Horgan, Della Guardias politischer Gegner und seit einem Dutzend Jahren Ihr Freund und Vorgesetzter, der Anklage wohlgesinnt, dann wäre das äußerst nachteilig für Sie, Rusty. Sie wissen doch so gut wie ich, daß man sich bei haarigen Fällen oft auf eine Art von Stimmungsmache im Gerichtssaal verläßt.«
Ich schaue ihn freimütig an. »Das glaube ich einfach nicht.«
»Verstehe ich«, sagt er. »Und wahrscheinlich haben Sie recht. Wahrscheinlich gibt es da irgendwas, das uns entgangen ist, das uns aber sofort auffallen wird, wenn wir erst einmal Horgans

Aussage kennen. Trotzdem...« Sandy überlegt. »Würde Raymond sich mit Ihnen treffen?«
»Ich wüßte nicht, warum er ablehnen sollte.«
»Ich werde ihn anrufen, und dann sehen wir weiter. Wo arbeitet er denn jetzt?« Kemp erinnert sich an die Kanzlei. Ungefähr sechs Partner. Der reinste Völkerbund. Jede erdenkliche ethnische Gruppe ist vertreten. O'Grady, Steinberg, Marconi, Slibovich, Jackson und Jones. Das sind so etwa die Namen. »Wir sollten eine Zusammenkunft zwischen Horgan, Ihnen und mir arrangieren, und zwar so bald wie möglich.«
Merkwürdigerweise ist dies der erste Vorschlag Sandys, der völlig unerwartet kommt und an dem ich überdies nichts aussetzen kann. Es stimmt, daß ich nichts mehr von Raymond gehört habe, seit er an jenem Tag im April unserem Amt für immer den Rücken gekehrt hat, aber er hatte schließlich seine eigenen Sorgen: einen neuen Job, eine neue Kanzlei. Vor allem aber ist er ein erfahrener Strafverteidiger, der weiß, wie unverbindlich unser Gespräch notgedrungen verlaufen müßte. Ich habe sein Schweigen als berufliches Entgegenkommen gedeutet. Bis jetzt. Nun frage ich mich, ob das nicht einfach ein hinterhältiger Trick der Anklage ist, mit dem man mich verunsichern will. Molto sähe so etwas ähnlich.
»Wozu braucht Nico überhaupt Raymonds Aussagen, wenn er doch vorhat, Molto in den Zeugenstand zu rufen?« frage ich.
In der Hauptsache, meint Stern, weil Molto aller Wahrscheinlichkeit nach nicht aussagen wird. Della Guardia hat mehrfach darauf hingewiesen, daß Tommy den Fall verhandeln werde. Nun ist es aber einem Anwalt verboten, in ein und demselben Verfahren als Anklagevertreter respektive Verteidiger *und* als Zeuge aufzutreten. Trotzdem meint Sandy, sollten wir beantragen, daß Molto ausgeschlossen wird, als reine Vorsichtsmaßnahme. Wenn dabei auch nicht viel herauskommt, so wird es zumindest für einige Verwirrung bei der Staatsanwaltschaft sorgen. Und Nico sind die Hände gebunden: Er wird von meiner Erklärung Molto gegenüber keinen Gebrauch machen können. Gleich mir hält auch Sandy es für unwahrscheinlich, daß Nico ernsthaft vorhat, diesen dummen Spruch in der Anklage zu verwenden. Keine Jury würde ohne weiteres glau-

ben, daß ich etwas anderes wollte als Molto verächtlich hochnehmen. Andererseits könnte man immerhin mit Molto ein wirksames Kreuzverhör aufziehen. Am besten also, wir reichen den Antrag ein, damit Nico nicht auf dumme Gedanken kommt.

Sandy geht zum nächsten Punkt über. »Das hier versteh' ich nicht.« Er hält die Aussage jenes Dienstmädchens hoch, das behauptet, mich in der Mordnacht in einem Bus gesehen zu haben, der von Nearing in die Innenstadt fuhr. »Was will Della Guardia damit bezwecken?«

»Wir haben nur ein Auto«, erkläre ich. »Molto hat sich bestimmt bei der Zulassungsstelle erkundigt. Folglich müßte ich auf anderem Wege zu Carolyn gelangt sein – beispielsweise mit einem öffentlichen Verkehrsmittel. Ich bin sicher, die haben so lange einen Polizisten draußen in Nearing an der Bushaltestelle postiert, bis der jemanden ausfindig gemacht hat, der 'ne Beschreibung von mir geben konnte.«

»Also, das interessiert mich«, meint Sandy. »Offenbar akzeptieren die, daß Barbara Sie in der fraglichen Nacht tatsächlich allein zu Hause zurückließ. Auch daß sie den Wagen genommen hat, räumt man ein, was mir natürlich einleuchtet. Es sind zu viele Überfälle auf Frauen im Univiertel bekanntgeworden, als daß man annehmen könnte, Barbara hätte spätabends den Bus benutzt. Aber warum geben die zu, daß Ihre Frau überhaupt außer Haus war? Kein Ankläger wird gern behaupten, der Beschuldigte sei mit dem Bus gefahren, wenn er einen Mord begehen wollte. Das klingt nicht glaubwürdig. Ich kann mir das nur so erklären, daß sie weder bei Taxi- noch Mietwagengesellschaften fündig werden konnten. Ich nehme an, die haben irgendwelche Beweise dafür, daß Barbara tatsächlich nicht daheim war?«

»Wahrscheinlich die Computerregistrierung in der Uni«, sage ich. Nat und ich sind gelegentlich mitgefahren und haben seiner Mutter bei der Arbeit am Terminal zugesehen. »Wenn sie das Gerät in Betrieb nimmt, muß sie als erstes ihr Codewort eingeben.«

»Aha«, sagt Stern.

»Um welche Zeit wird das etwa gewesen sein?« fragt Kemp.

»Doch sicher nicht sehr spät, oder? Sie weiß bestimmt, daß Sie zur Mordzeit zu Hause waren – oder zumindest, daß Sie dort gewesen sind, als sie wegfuhr, stimmt's?«
»Selbstverständlich. Sie hat den Computer immer ab acht zur Verfügung. Um halb acht fährt sie von zu Hause weg, spätestens zwanzig vor.«
»Und Nat?« hakt Sandy ein. »Wann geht der schlafen?«
»Auch so um die Zeit. Meistens bringt Barbara ihn ins Bett, bevor sie zur Uni fährt.«
Kemp fragt: »Wacht Nat nachts öfter mal auf, oder hat er einen festen Schlaf?«
»Den würde nicht mal ein Erdbeben wecken. Trotzdem hätte ich ihn nie allein im Haus gelassen.«
Stern seufzt. Mit einer solchen Behauptung können wir nichts beweisen. »Immerhin«, sagt er, »diese Fakten helfen uns ein Stückchen weiter. Wir haben Anspruch auf uneingeschränkte Akteneinsicht. Und hier geht es um vorteilhaftes Beweismaterial für die Verteidigung. Wir müssen noch einen Antrag stellen. Scharf und nachdrücklich formuliert. Das richtige für Sie, Rusty.« Er lächelt freundlich.
Ich mache mir eine entsprechende Notiz. Dann erkläre ich Sandy, daß ich noch über einen Zeugen reden möchte. Ich deute auf Robinsons Namen.
»Das ist so ein Seelenklempner«, sage ich. »Bei dem bin ich ein paarmal gewesen.« Bestimmt steckt Molto hinter dem gemeinen Schachzug, meinen früheren Psychiater als potentiellen Zeugen zu nominieren. Tommy will mir Feuer unterm Hintern machen. Ich bin früher auch so mit Angeklagten umgesprungen und ließ sie damit wissen, daß ich ihren Lebenslauf von A bis Z unter die Lupe genommen hatte. Letzten Monat hat Molto mein Bankkonto in Nearing überprüfen lassen. Der Direktor, ein gewisser Dr. Bernstein, der mit Barbaras verstorbenem Vater befreundet war, geht mir seitdem aus dem Weg. Bestimmt ist Molto anhand meiner Schecks auf Robinson gestoßen.
Sterns Reaktion auf meine Mitteilung überrascht mich.
»Ja, Dr. Robinson«, sagt Sandy. »Er hat mich angerufen, gleich als die Anklage erhoben wurde. Ich vergaß, es zu erwähnen.«

Im Klartext heißt das, er hielt es nicht für wichtig. »Er hatte aus der Zeitung erfahren, daß ich Ihr Anwalt bin. Er wollte mich nur wissen lassen, daß die Polizei ihn aufgesucht und versucht hat, ihn zu einer Aussage zu bewegen. Er wollte Sie damit nicht belästigen. Jedenfalls hat er mir erklärt, er habe unter Berufung auf seine Schweigepflicht die Aussage verweigert. Ich habe bestätigt, wie richtig sein Vorgehen war, und gesagt, wir würden auf diesem seinem Recht beharren.«

»Von mir aus müssen wir das nicht. Mir ist das ganz egal«, sage ich. Und das entspricht durchaus der Wahrheit. Verglichen mit dem, was in den letzten paar Monaten vorgefallen ist, scheint diese Einmischung in mein Privatleben vergleichsweise harmlos.

»Als Ihr Anwalt rate ich Ihnen dringend, nicht so gleichgültig zu sein. Della Guardia und Molto hoffen zweifellos auf eine solche Verzichtserklärung unsererseits und vertrauen darauf, daß dieser Doktor in seiner Aussage bestätigen wird, Sie seien geistig gesund und hätten keinerlei kriminelle Neigungen.«

»Darauf möchte ich wetten.«

»Ich habe mich offenbar nicht verständlich ausgedrückt«, entgegnet Stern. »Ich habe vorhin schon darauf hingewiesen, daß in diesem Fall ein Motiv kaum nachzuweisen ist. Sie haben Della Guardias Theorie skizziert – übrigens sehr geschickt, wie ich finde. Sabich ist der Polhemus verfallen, haben Sie gesagt. Kommt nicht von ihr los. Aber jetzt möchte ich eines wissen, Rusty. Sie haben doch Della Guardias Material gesichtet. Wo ist denn da, bitte schön, der Beweis für ein früheres Verhältnis zwischen dem Angeklagten und der Toten? Etwa die paar Telefonate, die sich im Handumdrehen als rein dienstlich bedingt erklären lassen? Ich sehe hier kein Tagebuch. Kein Kärtchen, das mit Blumen übersandt wurde. Keine Liebesbriefe. Wenn Sie mich fragen, hat man deshalb Ihre Sekretärin auf die Zeugenliste gesetzt. Das Mädchen soll über Ihr Techtelmechtel aussagen, was immer es kann, aber das ist vermutlich nicht viel.«

»Sehr wenig«, sage ich. Sandy hat recht. Ich habe dieses Schlupfloch nicht bemerkt. Als Ankläger wäre es mir niemals entgangen. Aber es ist schwerer, wenn man alle Fakten in der

Hand hält. Ein Schwindel erfaßt mich, doch ich dränge diesen Hoffnungsschimmer zurück. Ich kann mir nicht vorstellen, daß Nico ausgerechnet in einem so wichtigen Punkt schlampig gewesen ist. Ich deute auf die Liste von der Telefongesellschaft. »Da sind aber auch Gespräche festgehalten, die im letzten Oktober von Carolyns Privatanschluß mit dem meinen geführt wurden.«

»Na und? Wer kann denn beweisen, daß Deputy Polhemus Sie da nicht rein beruflich konsultiert hat? Sie hatten gemeinsam an einem wichtigen Fall gearbeitet, der einen Monat vorher zur Verhandlung kam. Zweifellos gab es da noch eine Menge zu klären und zu regeln. Soweit ich mich erinnere, war die Frage des Sorgerechts für den Jungen sehr umstritten. Ach, apropos, wie hieß er doch gleich?«

»Wendell McGaffen.«

»Richtig, Wendell. Na, wie ich schon sagte, an einem solchen Fall hängt eine Menge Kleinkram, um den ein Erster Deputy sich wohl schwerlich während der Dienstzeit kümmern kann.«

»Und warum habe ich Lipranzer dann gebeten, das Protokoll meiner privaten Telefongespräche nicht mit anzufordern?«

»Tja, das ist schon kniffliger.« Sandy nickt. »Aber ich halte es für ganz verständlich, daß ein Unschuldiger sich ruhigen Gewissens als Verdächtigen ausschließt und einen überbelasteten Detective vor unnützer Zeitverschwendung bewahrt.« Wie er die Dinge darzustellen versteht! Ich halte es für ganz verständlich. Der reinste Taschenspielertrick.

»Und was ist mit Mrs. Krapotnik?« frage ich und meine damit ihre zu erwartende Aussage, daß sie mich bei Carolyn hat ein und aus gehen sehen.

»Sie haben zusammen einen Prozeß geführt. Da gab es verschiedenes zu besprechen. Kein Mensch kann Ihnen verdenken, daß Sie ab und zu den Wunsch hatten, der wirklich *sehr* tristen Atmosphäre der Bezirksanwaltschaft von Kindle County zu entfliehen. Also verlegten Sie Ihre Besprechungen hin und wieder in die Wohnung der Verstorbenen, denn bis raus zu Ihnen nach Nearing wäre es wohl zu weit gewesen. Niemand leugnet, daß Sie gelegentlich in Carolyns Wohnung waren. Wir geben das gern zu. Ihre Fingerabdrücke sind auf dem

Glas.« Sandy lächelt. Das vielsagende Lächeln des Südländers. Seine Verteidigungsstrategie gewinnt allmählich Konturen, und er wirkt durchaus überzeugend. »Nein«, sagt er, »Della Guardia darf Sie nicht auffordern, gegen sich selbst auszusagen, und Ihre Frau vermutlich auch nicht. Also wird er sich schwertun. Bestimmt hat es allerhand Gerüchte gegeben, Rusty. Ich bin sicher, inzwischen glaubt die halbe Anwaltschaft von Kindle County, etwas von Ihrer Affäre geahnt zu haben. Aber Klatsch ist vor Gericht nicht zugelassen. Die Anklage hat keine Zeugen und folglich keinerlei Beweis für ein Motiv. Wir wären noch besser dran«, sagt Sandy, »wenn da nicht das Problem mit Ihrer Aussage wäre.« Seine großen dunklen Augen mit dem tiefernsten Blick begegnen flüchtig den meinen. Das Problem mit meiner Aussage. In Wirklichkeit meint er natürlich das Problem, die Wahrheit zu sagen. »Aber mit diesen Fragen brauchen wir uns jetzt noch nicht zu beschäftigen. Schließlich haben wir nur die Aufgabe, Zweifel zu wecken. Und es wäre durchaus denkbar, daß die Geschworenen, wenn Della Guardia sein Plädoyer beschließt, sich fragen, ob Sie, Rusty, nicht das Opfer eines unglücklichen Zufalls geworden sind.«

»Oder ob mich jemand reingelegt hat.«

Sandy ist ein umsichtiger, vernünftiger Mann. Als Antwort auf meinen Einwurf mißt er mich wieder mit seinem feierlichernsten Blick. Ihm wäre es offenbar wesentlich lieber, wenn Klient und Rechtsbeistand sich keine Illusionen machten. Er sieht auf die Uhr. Sein Auftritt steht kurz bevor.

Ich fasse ihn am Handgelenk. »Was würden Sie sagen, wenn ich Ihnen verrate, daß Carolyn anscheinend mit einem Fall zu tun hatte, bei dem ein Deputy der Bezirksanwaltschaft bestochen wurde? Und daß dieser Deputy Tommy Molto hieß.« Was ich Sandy hier anvertraue, sind strenggenommen Geheimnisse der Grand Jury. Bis jetzt, nachdem wir anfangen, mit härteren Bandagen zu kämpfen, habe ich sie für mich behalten.

Sandy braucht lange, bis er diese Mitteilung verdaut hat. Sein Gesicht ist angespannt.

»Bitte erklären Sie mir das.«

Ich erläutere in groben Zügen, was es mit der B-Akte auf sich hat.

»Und was haben Ihre Nachforschungen ergeben?«
»Überhaupt nichts. Die Ermittlungen wurden an dem Tag, als ich mein Büro räumte, eingestellt.«
»Wir müssen einen Weg finden, sie fortzusetzen. In der Regel würde ich einen Ermittlungsbeamten vorschlagen, aber vielleicht haben Sie einen besseren Einfall.« Sandy streift sorgfältig die Asche vom Stumpen seiner Zigarre und wirft ihn dann doch in den Aschenbecher. Seufzend steht er auf und zieht seinen Mantel über. »Ein Angriff auf den Staatsanwalt, Rusty, ist eine Taktik, die dem Mandanten fast immer Spaß macht, aber nur selten die Geschworenen überzeugt. Die Punkte, die ich vorhin erwähnt habe – Ihre politische Gegnerschaft zu Della Guardia, sein von Ihnen besorgter Rausschmiß –, das sind Details, die ihm schaden und seine Glaubwürdigkeit ankratzen werden. Und uns werden sie helfen zu erklären, warum der Staatsanwalt so begierig darauf war, trotz unzureichender Indizien Anklage zu erheben. Aber bevor wir es wagen, den Spieß umzudrehen und Nico tatsächlich unsererseits zu beschuldigen, müssen wir uns die Sache gründlich überlegen. Sie wissen doch selbst, wie selten es gut ausgeht, wenn ein einzelner Institutionen und Staatsvertretern unlautere Motive vorwirft.«
»Kapiert«, sage ich. »Ich wollte auch bloß, daß Sie Bescheid wissen.«
»Natürlich. Und dafür bin ich Ihnen dankbar.«
»Ich habe nur das Gefühl, es ist kein Zufall, daß man gerade mir die Sache anzuhängen versucht. Ich meine«, und jetzt, aus einem spontanen Bedürfnis heraus, bringe ich es endlich über mich, das zu sagen, was mein letzter Rest von Stolz mir so lange auszusprechen verboten hat: »Sandy, ich bin unschuldig.«
Stern beugt sich vor und tätschelt mir die Hand, wie nur er das vermag. Aus seinem Blick spricht tiefe, wenn auch geübte Trauer. Und angesichts dieser treu-braunen Hundeaugen wird mir klar, daß Alejandro Stern, einer der hervorragendsten Strafverteidiger unserer Stadt, solch glühende Unschuldsbeteuerungen schon zu oft gehört hat.

19

Um zehn vor zwei treffen Jamie und ich uns an der Ecke Grand und Filer Street mit Barbara, die uns ins Gericht begleiten wird. Die Reporterscharen erwarten uns auf den Stufen unterhalb des Säulengangs. Ich kenne einen Schleichweg durch den Heizungskeller, aber ich denke, daß ich die Presse wohl nur einmal so austricksen kann, und ich habe das ungute Gefühl, es wird ein Tag kommen, an dem mir besonders daran gelegen sein wird, diese aufdringliche Bande mit ihren Halogenlampen, den Mikrophongalgen, ihrem Drängen und Lärmen abzuhängen. Also gebe ich mich damit zufrieden, mir einen Weg durch die Menge zu bahnen und alle Fragen mit »Kein Kommentar« zu beantworten.

Stanley Rosenberg vom Sender Channel 5, bis auf seine Hasenzähne ein Bild von einem Mann, erwischt uns zuerst. Er hat seinen Kameramann und die Tonmeister zurückgelassen und kommt allein auf mich zu. Stanley geht neben uns her; wir begrüßen uns mit dem Vornamen.

»Hab' ich eine Chance, Sie vor die Kamera zu kriegen?«

»Ausgeschlossen.«

Kemp versucht gleich einzuschreiten, aber ich wehre ab.

»Falls Sie sich's anders überlegen, versprechen Sie mir dann, mich als ersten anzurufen?«

»Nicht jetzt«, sagt Jamie und legt Stanley die Hand auf den Arm.

Ich rechne es Stanley hoch an, daß er seine gute Laune nicht verliert. Er stellt sich Kemp vor und zieht seine Masche nun bei ihm ab. Unmittelbar vor dem Prozeß, sagt Rosenberg, würde ein Rundfunkinterview mit mir für alle Beteiligten von Vorteil sein. Stern wird nie zulassen, daß ich irgendwem Erklärungen abgebe, aber während wir uns den Stufen nähern, auf denen die Kameras und Scheinwerfer aufgebaut sind, sagt Kemp doch: »Wir werden es uns überlegen.« Stanley bleibt zurück, und wir drei erklimmen die Stufen; Kemp und ich nehmen Barbara in die Mitte und bugsieren sie durch die Menge.

»Was halten Sie davon, daß Raymond Horgan gegen Sie aussagen wird?« ruft Stanley mir noch nach.

Ich fahre herum. Stanley entblößt seine schlechten Zähne. Er hat gewußt, daß er mich damit kriegen würde. Woher hat er die Information? frage ich mich. Stanley mag alle möglichen Vermutungen angestellt haben, als er die Gerichtsakte las, in der Nicos Zeugenliste aufgeführt ist. Aber er steht seit langem mit Raymond in Verbindung, und mein Instinkt sagt mir, daß er dessen Namen nicht leichtfertig ins Spiel bringen würde.
Den Kameraleuten ist der Zutritt zum Gerichtssaal verwehrt, und sobald wir die messingne Drehtür passiert haben, folgen uns nur mehr die Zeitungs- und Radioreporter; man bedrängt uns mit Tonbandgeräten und bombardiert uns mit Fragen, die freilich allesamt unbeantwortet bleiben. Während wir den Gang entlang zu den Fahrstühlen eilen, greife ich nach Barbaras Hand, die sie unter meinen Arm geschoben hat.
»Wie geht's dir?« frage ich.
Sie sieht abgespannt aus, versichert mir aber, sie fühle sich ganz wohl. Stanley Rosenberg sieht in Wirklichkeit längst nicht so gut aus wie im Fernsehen, setzt sie hinzu. Das ist bei all diesen Burschen so, erkläre ich ihr.
Meine Vernehmung leitet Edgar Mumphrey, Vorsitzender Richter am Kriminalgericht von Kindle County. Ungefähr um die Zeit, als ich bei der Staatsanwaltschaft anfing, ist Ed Mumphrey dort ausgeschieden. Schon damals wurde er mit einer gewissen Ehrfurcht behandelt, und das aus gutem Grund: Er ist sehr reich. Sein Vater baute hier in der Stadt eine Kinokette auf, die er mit der Zeit zu Hotels und Radiostationen umfunktionierte. Natürlich hat Ed sich nach Kräften bemüht, den Anschein zu erwecken, als habe sein Vermögen keinen Einfluß auf seine Karriere. Er blieb fast ein Jahrzehnt lang Deputy; dann machte er eine Privatkanzlei auf, die er aber nur ein, zwei Jahre unterhielt, bis man ihn zum Richter ernannte. Er hat sich im Amt bewährt, gilt als fähig und zuverlässig, wenn er auch vielleicht nicht zu den überragenden Geistesgrößen unseres Landes gehört. Letztes Jahr wurde er zum Vorsitzenden Richter befördert, ein Amt, das in der Hauptsache mit Verwaltungsaufgaben betraut ist, wenngleich Ed sämtliche Eröffnungsverfahren leitet sowie Schuldgeständnisse verhandelt und entgegennimmt, sofern solche im Vorfeld des Prozesses erzielt werden.

Ich nehme in Edgar Mumphreys dunklem, altmodischem Gerichtssaal in der ersten Reihe Platz. Barbara sitzt neben mir in einem schicken blauen Kostüm. Aus mir unerfindlichen Gründen hat sie sich außerdem entschlossen, einen Hut zu tragen, von dem ein grobes schwarzes Netzgeflecht herunterhängt, vermutlich die Andeutung eines Schleiers. Ich denke daran, ihr zu sagen, daß die Beerdigung jetzt noch nicht stattfindet, aber Barbara hat nie etwas für die makabre Seite meines Humors übrig gehabt. Neben mir sind drei Zeichner der hiesigen Fernsehstation fieberhaft damit beschäftigt, mein Profil einzufangen. Hinter ihnen sitzen die Reporter und die notorischen Gerichtsfans, die alle gespannt darauf warten, wie ich wohl reagieren werde, wenn man mich zum erstenmal in der Öffentlichkeit einen Mörder nennt.
Punkt zwei kommt Nico, gefolgt von Molto, aus dem Garderobenraum. Delay ist ganz locker und beantwortet die Fragen der Journalisten, die ihm in das kleine Vorzimmer gefolgt sind. Er spricht mit ihnen durch die offene Tür. Der Staatsanwalt, denke ich. Der Scheiß-Staatsanwalt. Barbara hält meine Hand, und bei Nicos Eintreten drückt sie sie ein bißchen fester.
Als ich Nico vor zwölf Jahren kennenlernte, durchschaute ich ihn auf Anhieb als Abkömmling einer benachteiligten Volksgruppe, der um jeden Preis versucht, sich mit seinem Grips nach oben zu boxen. Der Typ war mir von Kindheit an vertraut und repräsentierte das, was ich im Lauf der Jahre beschlossen hatte nicht zu werden: eher raffiniert als gescheit; ein Angeber, der dauernd das Maul aufreißt. Aber da sich mir sonst kaum Anschluß bot, entwickelte sich zwischen Nico und mir rasch jene Art von Zweckgemeinschaft, wie man sie häufig unter Neulingen findet. Wir gingen miteinander zum Mittagessen. Wir halfen uns gegenseitig bei unseren Schriftsätzen. Doch nach ein paar Jahren lockerte sich der Kontakt, was angesichts unserer unterschiedlichen Charaktere auch nicht anders zu erwarten war. Da ich für den Präsidenten des Obersten Gerichts unseres Bundesstaates gearbeitet hatte, betrachtete man mich als ambitionierten, wenn auch grünen Juristen. Nico dagegen hatte – wie Dutzende von Deputys jahrzehntelang vor ihm – seine politischen Fäden bereits geknüpft, als er zur

Staatsanwaltschaft kam. Wann immer er mit mir telefonierte, ließ er sich darüber weidlich aus. Er sei Wahlkreisleiter in der Organisation seines Cousins Emilio Tonnetti gewesen, und der habe als Mitglied der County-Regierung Nico die Stelle beschafft, eine der letzten politisch motivierten Ernennungen, die Raymond zuließ. Nico kannte die Hälfte der Schreiberlinge und Funktionäre in der Bezirksverwaltung, kaufte unablässig Karten für politische Golfspiele und Bankette und war überall dabei.

Um der Wahrheit die Ehre zu geben: Er bewährte sich als Jurist mehr, als wir erwartet hatten. Er kann schreiben, obgleich er es haßt, in der Bibliothek zu hocken und zu recherchieren; und er kann mit den Geschworenen umgehen. Sein Auftreten im Gerichtssaal, das ich über Jahre hinweg verfolgen konnte, ist typisch für viele Staatsanwälte: humorlos, unerbittlich, eiskalt. Er besitzt eine bierernste Konzentrationsfähigkeit, die ich zu illustrieren pflege, indem ich die »Orgasmus-Geschichte« erzähle, wie wir sie bei uns im Amt getauft haben. Letzte Woche erst habe ich Sandy und Kemp damit unterhalten, als die beiden sich nach dem letzten Fall erkundigten, den ich zusammen mit Della Guardia vertreten habe.

Das war vor nunmehr fast acht Jahren, kurz nachdem man uns zur Abteilung Kapitalverbrechen versetzt hatte. Wir waren beide scharf darauf, mit einem Schwurgericht zu arbeiten, und deshalb ließen wir uns breitschlagen, einen hundertprozentigen Flop von Vergewaltigungsfall zu übernehmen, den ein klügerer Staatsanwalt zurückgewiesen hatte.

»Delay vernahm gerade die Zeugin der Anklage, eine gewisse Lucille Fallon«, erklärte ich Sandy und Kemp. »Lucille, eine dunkelhäutige Lady, war nachmittags um vier in einer Bar, und dort traf sie den Beklagten Freddy Mack. Ihr arbeitsloser Ehemann saß mit den vier Kindern daheim. Lucille kam mit Freddy ins Gespräch, der bot an, sie nach Hause zu fahren, und Lucille war einverstanden. Freddy hatte schon viermal in der Patsche gesessen, unter anderem wegen Vergewaltigung und Überfall – wovon die Geschworenen natürlich keine Ahnung hatten –, und auf der Fahrt wurde er ein bißchen übereifrig und zückte ein Messer, um sich das zu verschaffen, was er allem Anschein nach sowieso gekriegt hätte. Hal Lerner war Freddys Verteidiger, und er sorgte dafür, daß kein Schwarzer auf der Geschworenenbank saß, so daß wir es im Prozeß mit einem Dutzend Weißer mittleren Alters zu tun hatten, die nun mißbilligend diese schwarze Lady betrachteten, mit der man ein bißchen ärger umgesprungen war, als sie sich das, ehe sie auf Aufriß ging, vorgestellt hatte.

Nico und ich hatten stundenlang versucht, Lucille auf ihre Aussage vorzubereiten, doch ohne erkennbaren Erfolg. Sie sah grauenvoll aus, eine ungepflegte, voluminöse Person in einem zu engen Kleid; und sie ließ sich wortreich über dieses furchtbare Unglück aus, das ihr zugestoßen war. Ihr Mann saß in der ersten Reihe. Lucille trug dick auf und erfand da mitten im Gerichtssaal eine völlig neue Version des Geschehens. Auf einmal wollte sie Freddy erst getroffen haben, als sie aus dem Lokal rauskam; angeblich hatte er sich bei ihr nach dem Weg erkundigt. Sie war bereits munter dabei, sich fürs bevorstehende Kreuzverhör ihr Grab zu schaufeln, als Nico endlich anfing, sie auf den Tathergang festzunageln.

›Und was geschah dann, Mrs. Fallon?‹

›Er hat's gemacht.‹

›Was, Ma'am?‹

›Das, was sie gesagt ham, daß er gemacht hat, das.‹

›Hatte er Verkehr mit Ihnen, Mrs. Fallon?‹

›Ja, Sir, er hat's gemacht.‹

›Ist sein Geschlechtsteil in das Ihre eingedrungen?‹

›Uh, huh.‹

›Und wo befand sich die Klinge?‹

›Genau hier. Genau hier an meinem Hals. Richtig feste hat er sie mir an'n Hals gedrückt. Ich hab' gedacht, wenn ich jetzt Luft hol', dann säbelt er mir die Gurgel durch.‹

›Also gut, Ma'am.‹ Nico wollte schon zu einem anderen Punkt übergehen, da reichte ich ihm einen Zettel hinüber. ›Ach, ganz recht‹, sagte Nico, ›das habe ich vergessen. Hatte er einen Orgasmus, Ma'am?‹

›Nein, Sir. Dem seine Karre, das war 'n Ford Fairlane.‹

Nico verzog keine Miene. Richter Farragut lachte so hemmungslos, daß er sein Gesicht unter dem Tisch verbergen mußte, und einer der Geschworenen fiel buchstäblich vom Stuhl. Nico zuckte nicht einmal mit der Wimper. Und nachdem die Geschworenen sich auf ›nicht schuldig‹ geeinigt hatten«, erzählte ich Sandy und Jamie, »schwor Nico, daß er nie mehr mit mir zusammen eine Anklage vertreten würde. Er behauptete, weil ich es nicht geschafft hätte, ernst zu bleiben, wäre bei den Geschworenen der Eindruck entstanden, es handele sich im Grunde genommen um einen recht harmlosen Fall.«

Heute wirkt Nico durchaus zufrieden. Er sonnt sich in der Aura der Macht. Wieder trägt er die Nelke im Knopfloch, und er hält sich kerzengerade wie ein General. Er ist offenbar gut in Form, sein neuer dunkler Anzug sitzt tadellos, und er strahlt eine bewundernswerte Vitalität aus, wie er, so locker auf und ab gehend, den Schlagabtausch mit den Reportern erledigt, wobei er gekonnt die Beantwortung ernstgemeinter Fragen durch persönliche Bemerkungen auflockert. Eins ist sicher, denke ich, der Mistkerl amüsiert sich auf meine Kosten. Er ist der Medienheld der Saison, der Mann, der den Mord des Jahres aufgeklärt hat. Aus jeder Lokalzeitung grinst einem sein Bild entgegen. Letzte Woche bin ich zweimal auf Artikel gestoßen, in denen angeregt wird, Nico solle sich in zwei Jahren ins Rennen um die Bürgermeisterwahl stürzen. Als Antwort darauf beteuerte Nico seine Loyalität zu Bolcarro, aber man fragt sich doch, wie diese Artikel zustande kamen.

Trotz allem beteuert Stern, Nico habe sich bemüht, unseren Fall in aller Fairneß anzugehen. Zwar hat er der Presse weit mehr erzählt, als uns beiden zweckdienlich erscheint, aber nicht jedes Leck geht auf sein oder Tommy Moltos Konto. Bei einem Fall wie diesem reichen die dürftigen Kapazitäten des Polizeiapparates nicht aus, um die Geheimhaltungsklausel durchzusetzen. Nico hat Stern über die Fortschritte der Ermittlungen auf dem laufenden gehalten, er ließ uns sukzessive am eingehenden Tatsachenmaterial partizipieren, und er benachrichtigte mich rechtzeitig vor der formellen Anklageerhebung. Er billigte zu, daß keine Fluchtgefahr bestehe, und wird sich mit einer Kaution auf Bürgschaftsbasis einverstanden erklären. Und was vielleicht das Wichtigste ist: Bisher hat er – zu meinem Vorteil –

keine Zusatzklage wegen Behinderung der Rechtspflege erhoben.
Stern war es, der bei einer unserer ersten Unterredungen auf die Gefahr hinwies, in der ich mich befände, falls man mir vorsätzliche Unterschlagung wesentlicher Ermittlungskriterien zur Last legen sollte.
»Rusty, die Geschworenen werden sehr wahrscheinlich glauben, daß Sie in der bewußten Nacht in Carolyns Wohnung waren. Man wird Ihnen vorhalten, Sie hätten sich zumindest dazu bekennen, auf keinen Fall aber in dem Gespräch mit Horgan und Molto und Nico und der MacDougall lügen sollen. Ihre Unterhaltung mit Detective Lipranzer über die Telefonprotokolle spricht ebenfalls entschieden gegen Sie.«
Stern behandelte all dies sehr nüchtern und sachlich. Beim Sprechen hielt er die Zigarre im Mundwinkel. War da nicht ein winziges Aufflackern in seinen Augen? Er ist der raffinierteste Mann, dem ich je begegnet bin. Ich wußte instinktiv, warum er dieses Thema anschnitt. Sollte er Nico einen Handel vorschlagen? Das fragte er indirekt mich. Für Behinderung der Rechtspflege konnte ich nicht mehr als drei Jahre bekommen. Nach achtzehn Monaten wäre ich vermutlich wieder draußen. Ich wäre wieder bei meinem Sohn, bevor er wesentlich älter geworden ist. In fünf Jahren könnte ich wahrscheinlich meine Konzession zurückerhalten und dann als Anwalt praktizieren.
Mein logisches Denkvermögen habe ich nicht verloren. Aber die emotionale Trägheit kann ich nicht abschütteln. Ich will mein Leben so zurück, wie es war. Kein Jota abweichend. Ich möchte dies alles ungeschehen machen und nicht für den Rest meines Lebens gebrandmarkt sein. Ein teilweises Schuldbekenntnis wäre das gleiche wie die Zustimmung zu einer unnötigen Amputation. Schlimmer.
»Ich werde mich in keinem Punkt für schuldig erklären«, sagte ich zu Sandy.
»Nein, natürlich nicht. Gewiß.« Er sah mich konsterniert an. Davon hatte er doch kein Wort gesagt.
In den kommenden Wochen gingen wir davon aus, daß Della Guardia diesen gewinnträchtigen Punkt in die Anklage mit einbeziehen würde. In Momenten schier unheimlichen Auf-

triebs, besonders in den letzten Wochen, als die Anklage greifbar näher rückte, malte ich mir in kühnen Hoffnungsträumen aus, man würde mir lediglich Behinderung der Justiz zur Last legen. Statt dessen lautete die Klage einzig auf Mord. Ein Staatsanwalt kann sich aus rein taktischen Erwägungen für eine solche Strategie entscheiden. Denn die Verdunkelungsklage würde der Jury einen verführerischen – für den Ankläger aber unbefriedigenden – Kompromiß anbieten für den Fall, daß die Geschworenen mich für schuldig befinden und dennoch Vorbehalte gegen den Indiziencharakter von Nicos Klage hegen. An dem Tag, als die Anklage erhoben wurde, bot Sandy mir eine für meine Begriffe höchst erstaunliche Interpretation von Nicos Entscheidung.

»Sie wissen, ich habe in letzter Zeit häufig mit Nico konferiert«, sagte Sandy zu mir. »Er spricht nicht unbetroffen von Ihnen und Barbara. Zwei-, dreimal hat er mir davon erzählt, wie Sie beide früher zusammengearbeitet haben. Von den Schriftsätzen, die Sie für ihn verfaßten. Von Abenden, die er in vergnügter Runde mit Ihnen und Ihrer Frau verbrachte, als er selbst noch verheiratet war. Ich muß sagen, Rusty, er wirkt auf mich durchaus aufrichtig. Molto ist ein Fanatiker. Der haßt jeden, gegen den er ermittelt. Aber bei Nico bin ich mir nicht so sicher. Ich glaube, dieser Fall geht ihm sehr nahe, und er hat seine Entscheidung in aller Fairneß getroffen. Er fände es unverantwortlich, Ihrer Laufbahn wegen einer gelegentlichen Dummheit ein Ende zu setzen, egal, weshalb Sie sie gemacht haben und wie weit Sie gegangen sind. Falls Sie aber diesen Mord begangen haben, müssen Sie seiner Meinung nach bestraft werden. Ansonsten ist er bereit, Sie laufenzulassen. Und ich für meinen Teil rechne ihm das hoch an. Ich glaube«, sagte der Anwalt, dem ich bis dato 25 000 Dollar für meine Verteidigung gezahlt hatte, »das ist der richtige Ansatz.«

»Strafsache 86-1246«, ruft Alvin, Edgar Mumphreys hübscher schwarzer Gerichtssekretär. Mein Magen verkrampft sich, und ich gehe zum Podium. Jamie Kemp ist dicht hinter mir. Richter Mumphrey, der eben erst hereingekommen ist, setzt sich zurecht. Zyniker führen Eds Aufstieg zum Vorsitzenden Richter bisweilen auf sein gutes Aussehen zurück. Seine Wahl sei eine wohlkalkulierte Konzession ans Medienzeitalter gewesen, an ihn konnten die Wähler mit Wohlgefallen denken, wenn die Wiederwahl des Richters ins Haus stand. Ed sieht aus wie ein Richter aus dem Bilderbuch mit seinem silbrig-feinen, von den Schläfen zurückgekämmten Haar und den ebenmäßigen Zügen, die aber hinreichend scharf geschnitten sind, um ihm einen Hauch von Strenge zu verleihen. Jedes Jahr wird Ed ein paarmal von einer unserer Fachzeitschriften gebeten, für irgendeine Anzeige zu posieren.

Della Guardia stellt sich schließlich neben mich. Molto hält sich ein paar Schritte zurück. Gemessen an Nicos blendendem Aussehen, macht Tommy einen furchtbar ungepflegten Eindruck. Seine Weste, an sich schon lächerlich mitten im Juli, ist über seinem mächtigen Wanst hochgerutscht, und seine Manschetten gucken zu weit aus den Jackettärmeln vor. Sein Haar ist ungekämmt. Sein Anblick befreit mich von dem zuvor übermächtigen Drang, ihn eine Niete zu heißen. Statt dessen suche ich Nico in die Augen zu sehen. Er nickt.

»Rusty.« Mehr sagt er nicht.

»Delay«, antworte ich. Als ich an ihm hinunterschaue, merke ich, daß er mir unauffällig die Hand hingestreckt hat.

Mir bleibt keine Zeit, das volle Maß meiner Nächstenliebe auszuloten. Kemp hat mich am Ärmel gepackt und zerrt mich heftig zur Seite. Er schiebt sich zwischen Della Guardia und mich. Wir wissen beide, daß er mir die Unterhaltung mit den Anklagevertretern nicht zu verbieten braucht.

Richter Mumphrey blickt hinter seinem Nußbaumtisch auf uns herab und lächelt mir verstohlen zu, ehe er das Wort ergreift. Ich bin dankbar für dieses Erkennungszeichen.

»Ich rufe auf die Strafsache 86-1246. Darf ich die Herren Ankläger und Verteidiger bitten, Ihre Personalien zu Protokoll zu geben.«

»Euer Ehren, ich bin Nico Della Guardia und vertrete die Bürger dieses Bundesstaates. Mit mir ist erschienen der Erste Deputy des Bezirksanwalts, Thomas Molto.«

Merkwürdig, was einem so unter die Haut geht. Während ich meinen Titel mit Moltos Namen gekoppelt höre, kann ich ein leises Stöhnen nicht unterdrücken. Kemp zerrt wieder an meinem Ärmel.

»Quentin Kemp, Euer Ehren, von der Kanzlei Alejandro Stern. Wir vertreten den Beklagten Rozak K. Sabich. Ich bitte um Erlaubnis, Euer Ehren, das zu Protokoll geben zu dürfen.«

Jamies Antrag wird stattgegeben, und nun ist aktenkundig, daß Stern & Co. meine Anwälte sind. Jamie fährt fort.

»Euer Ehren, unser Mandant ist anwesend. Wir möchten bestätigen, von der Klage 86-1246 Kenntnis genommen zu haben, und auf die öffentliche Verlesung derselben verzichten. In Mr. Sabichs Namen, Euer Ehren, erlauben wir uns vor diesem Hohen Gericht, die Klage in allen Punkten mit ›nicht schuldig‹ zu beantworten.«

»Zusatz zur Anklageschrift: Beklagter bekennt sich nicht schuldig«, wiederholt Richter Mumphrey und macht sich eine Notiz. Die Kaution wird einvernehmlich auf 50000 Dollar festgesetzt.

»Legt eine Partei Wert auf Verhandlungen im gegenwärtigen Stadium?« Solche Verhandlungen im Anklageprüfungsverfahren zwischen Ankläger und Beklagtem, bei denen versucht wird, in Schuld- und Strafpunkten eine Einigung zu erzielen, finden in der Regel automatisch statt, da sie beiden Seiten Zeit sparen hilft.

Delay will etwas erwidern, doch Kemp kommt ihm zuvor: »Euer Ehren, mit einer derartigen Verhandlung würden wir nur die Zeit des Hohen Gerichts verschwenden.« Er blickt auf seinen Block, um auch ja Wort für Wort das wiederzugeben, was Sandy ihm aufgetragen hat. Später wird Kemp draußen die gleiche Rede noch einmal live vor den Fernsehkameras halten.

»Die Anklagepunkte in diesem Fall sind sehr schwerwiegend, vor allem aber gänzlich unhaltbar. Der gute Ruf eines der hervorragendsten Juristen und Beamten unserer Stadt ist in Frage gestellt und vielleicht sogar für immer zerstört worden – und das ohne jede Grundlage. In diesem Fall muß der Gerechtigkeit rasch zum Sieg verholfen werden, und daher bitten wir das Hohe Gericht, den Prozeß so bald wie möglich anzuberaumen.«

Rhetorisch war das ein glänzender Vortrag, aber dahinter steckt natürlich nüchtern-taktisches Kalkül. Sandy hat mir klargemacht, daß eine rasche Entscheidung mich davor bewahren werde, meine angegriffenen Nerven unnötig weiter zu strapazieren. Aber so bedrängt ich auch sein mag, das logische Grundprinzip erkenne ich trotzdem. In unserem Fall arbeitet die Zeit für den Ankläger. Delays Hauptbeweise werden nicht verfallen. Meine Fingerabdrücke werden nicht unkenntlich, die Telefonprotokolle verblassen nicht. Je mehr Zeit vergeht, desto massiver kann der Staatsanwalt an Boden gewinnen. Ein Tatortzeuge könnte auftauchen. Vielleicht findet sich eine Erklärung für den Verbleib der Mordwaffe.

Kemp weicht mit seinem Antrag erheblich von den üblichen Gepflogenheiten ab, denn die meisten Angeklagten betrachten eine Verzögerung ihres Verfahrens als nächstbeste Lösung statt eines Freispruchs. Unser Gesuch scheint Nico und Molto zu überraschen. Wieder setzt Della Guardia zum Sprechen an, aber Richter Mumphrey ist schneller. Ich weiß nicht, warum, aber er scheint mit dem Gehörten zufrieden.

»Der Angeklagte hat auf Verhandlungen im Vorfeld des Prozesses verzichtet. Daher wird unverzüglich das Verfahren in erster Instanz anberaumt. Herr Sekretär, bitte ziehen Sie einen Namen.«

Vor etwa fünf Jahren, nachdem es einen Skandal im Büro des Sekretärs gegeben hatte, bat der damalige Vorsitzende Richter Foley um Anregungen für eine Methode, jede Manipulation bei der Wahl des Tatrichters in einem Strafverfahren auszuschließen. Mir kam der Einfall, man könne die Ziehung im Gerichtssaal, also in aller Öffentlichkeit, vornehmen. Der Vorschlag, den wir natürlich in Raymonds Namen einreichten, wurde sofort angenommen, und ich glaube, meine Anregung war der Auslöser dafür, daß Raymond mir fortan Führungsqualitäten zubilligte. Jetzt dreht sich eine geschlossene Drahttrommel, die Leihgabe einer Bingo-Halle, und im Gehäuse purzeln die hölzernen Namensschildchen sämtlicher Richter durcheinander.

Alvin, der Gerichtssekretär, spielt sozusagen die Glücksfee. Sobald die Trommel zum Stillstand kommt, zieht er das erste Namensschildchen aus dem Öffnungsschlitz.

»Richter Lyttle«, verkündet er. Larren Lyttle, Raymonds früherer Sozius, der Traum eines jeden Verteidigers. Mir schwindelt vor Erleichterung. Kemp tastet nach meiner Hand und drückt sie verstohlen. Molto stöhnt. Erfreut stelle ich fest, daß ein Lächeln über Richter Mumphreys Gesicht huscht.

»Der Fall wird Richter Lyttle zur Verhandlung überstellt. Anträge der Verteidigung sind binnen vierzehn Tagen vorzulegen, dem Staatsanwalt stehen vierzehn weitere Tage für die Entgegnung zu.« Richter Mumphrey greift nach seinem Hammer. Er will schon fortfahren, als sein Blick auf Nico fällt. »Mr. Della Guardia, ich hätte Mr. Kemp unterbrechen sollen, aber ich nehme an, dieser Fall wird ohnehin Anlaß zu vielen Reden geben, bevor er zum Abschluß kommt. Ich möchte ihm nicht uneingeschränkt beipflichten, aber er bemerkte ganz richtig, daß hier sehr schwerwiegende Anschuldigungen erhoben werden. Und zwar gegen einen Anwalt, von dem wir, denke ich, alle wissen, daß er diesem Gericht über viele Jahre ausgezeichnete Dienste geleistet hat. Erlauben Sie mir, Sir, Ihnen einfach nur zu sagen, daß ich wie alle Bürger unseres County hoffe, auch in diesem Fall möge Gerechtigkeit walten – und bisher gewaltet haben.« Ed Mumphrey nickt mir abermals zu, und die nächste Strafsache wird aufgerufen.

Della Guardia geht, wie er gekommen ist, durch den Garderobenraum. Kemp bemüht sich um eine ausdruckslose Miene. Er steckt seinen Block in die Aktentasche und beobachtet Nicos Rückzug.

»Er hält sich ganz gut, nicht«, meinte Jamie, »für einen, dem man gerade so ans Bein gepinkelt hat.«

»Ich nehme an«, sagt Barbara, »du bist sehr zufrieden, daß du Larren kriegst.« Wir sind jetzt auf dem Highway, endlich raus aus dem Verkehrsgewühl der Innenstadt. Barbara sitzt am Steuer. Ich bin in letzter Zeit so konfus, daß es einer Gefährdung der Mitwelt gleichkäme, mich Auto fahren zu lassen. Welche Erleichterung, endlich den Kameras und dem Theater entronnen zu sein! Die Pressemeute hat uns bis auf die Straße verfolgt; die Fotografen schossen wie wild drauflos, und die riesigen Videokameras torkelten auf uns zu wie die Augen eines Ungeheuers. Wir gingen betont langsam. »Versuchen Sie«, hatte Stern uns eingeschärft, »unbefangen zu wirken!« Zwei Blocks weiter verabschiedeten wir uns an der Ecke von Kemp. »Wenn's jeden Tag so läuft wie heute«, sagte er, »dann kommt Nico nicht über die Eröffnungserklärung hinaus.« Jamie ist von Natur aus Optimist, aber diesmal beschwor seine Munterkeit einen Schatten herauf. Nicht jeder Tag wird sein wie dieser. Härtere Prüfungen stehen uns bevor. Ich schüttelte ihm die Hand und versicherte ihm, er sei ein Vollprofi. Barbara gab ihm einen Kuß auf die Wange.

»Larren ist ein Glücksfall für uns«, sage ich, »wir hätten uns keinen Besseren wünschen können.« Bedenken habe ich nur wegen Raymond. Weder er noch Richter Lyttle würden den Fall außerhalb des Gerichts bereden, aber wenn der beste Freund des Richters als Zeuge auftritt, so hat das zwangsläufig einen gewissen Effekt – zu wessen Gunsten der sich niederschlägt, hängt ganz von Raymonds Wohlwollen ab. Ich greife nach Barbaras Hand auf dem Lenkrad. »Danke, daß du mitgekommen bist.«

»Es hat mir nichts ausgemacht«, sagt sie. »Ehrlich. Ich fand's sehr interessant«, fügt sie hinzu und bekennt wie immer aufrichtig ihre Neugier. »Von den Umständen einmal abgesehen.« Mein Fall ist das, was man unter Juristen »profilträchtig« nennt – die Presse wird ihm also weiterhin besondere Aufmerksamkeit schenken. Unter diesen Umständen beginnt der Kontakt mit den Geschworenen, lange bevor sie ihr Amt im Gerichtssaal antreten. Bisher ist Nico in den Gefechten mit der Presse Sieger

geblieben. Ich muß mich gewaltig anstrengen, ein positives Image zu vermitteln. Da die Anklage gegen mich im wesentlichen auf Mord und Ehebruch lautet, ist es wichtig, die Öffentlichkeit glauben zu machen, daß meine Frau das Vertrauen in mich nicht verloren hat. Barbaras Teilnahme an jedem Ereignis, über das die Medien berichten, ist von entscheidender Bedeutung. Stern bestand darauf, daß sie zu ihm ins Büro kam, damit er ihr dies im persönlichen Gespräch auseinandersetzen konnte. Angesichts ihrer Abneigung gegen öffentliche Auftritte und ihres argen Mißtrauens Außenstehenden gegenüber hatte ich erwartet, daß sie so etwas als lästige Zumutung zurückweisen würde. Aber sie hat sich nicht gewehrt. In den letzten beiden Monaten stand sie mir treu zur Seite. Zwar betrachtet sie mich auch weiterhin als Opfer meiner eigenen Torheiten – diesmal, weil ich mich in den Fallstricken des öffentlichen Lebens und der unbarmherzigen Politik verfangen habe –, aber sie begreift, daß wir weit über das Stadium hinaus sind, wo man meine Situation noch mit einem »Geschieht ihm ganz recht!« abtun könnte. Sie versichert mir regelmäßig, daß sie fest an meine Rehabilitierung glaubt, und ohne daß ich ein Wort gesagt hätte, übergab sie mir neulich einen Barscheck über 50 000 Dollar, damit ich Sandys Honorarvorschuß nebst den weiteren Rechnungen begleichen könne; das Geld stammt aus einem Treuhandfonds, den ihr Vater ihr zur alleinigen Verfügung hinterlassen hat. Bei Tisch widmet sie mir stundenlang uneingeschränkte Aufmerksamkeit, wenn ich über Nico und Molto herziehe oder die kniffligen Tücken einer neuen Strategie beschreibe, die Stern sich ausgedacht hat. Abends, wenn ich dazu neige, geistesabwesend vor mich hin zu brüten, kommt sie und streichelt meine Hand. Obwohl sie sich tapfer gibt, merke ich, daß sie manchmal heimlich weint.
Nicht nur der Streß dieses unerhörten Geschehens, sondern auch mein drastisch geänderter Zeitplan hat unserer Beziehung einen neuen Rhythmus verliehen. Ich fahre in die Bibliothek, sammle Material für meine Verteidigung, stochere sinnlos im Garten herum. Aber wir sind jetzt sehr oft allein miteinander. Im Sommer hat Barbara an der Uni kaum Verpflichtungen, und wenn ich Nat im Camp abgeliefert habe, frühstücken wir erst

einmal ausgedehnt. Vor dem Mittagessen hole ich Grünzeug für unseren Salat aus dem Garten. Allmählich hat sich ein neues, melancholisch-sehnsüchtiges Verlangen in unsere Beziehung eingeschlichen. »Ich finde, wir sollten«, verkündete sie eines Nachmittags vom Sofa her, wo sie sich mit obskurem Lesestoff und Pralinen ausgestreckt hatte. Und so wurde die Liebe am Nachmittag Teil unseres neuen Tagesablaufs. Barbara kommt am leichtesten, wenn sie sich über mich kauert, in der Hocke. Draußen vor den Fenstern singen die Vögel; unter den Jalousien im Schlafzimmer sickert das Sonnenlicht herein. Barbara wiegt sich hin und her, meinen Schaft tief in sich, das Kontraktionsspiel der Muskeln läuft auf vollen Touren, sie hält die Augen geschlossen, aber man sieht, daß sie sie bewegt; ihr Gesicht ist heiter und entspannt, doch das Stöhnen wird lauter, je näher sie dem erlösenden Moment kommt.

Barbara ist eine phantasievolle, sportliche Liebhaberin; es waren keine Entzugserscheinungen, was mich zu Carolyn trieb. Ich kann mich weder über Probleme noch Eigenheiten beklagen oder darüber, daß Barbara irgendwelche Praktiken ablehnt. Selbst in unseren schlimmsten Zeiten, ja sogar in all dem Tumult, der meiner idiotischen Beichte letzten Winter folgte, haben wir den Sex nicht aufgegeben. Wir gehören zur revolutionären Generation. Wir haben offen über Sexualität diskutiert. In unserer Jugend handhabten wir sie wie eine Laterna magica, und wir haben nicht aufgehört, ihr zu huldigen. Wir haben uns zu Experten des Lustgewinns entwickelt, wissen, welche Knöpfe es zu drücken, welche Stellen es zu massieren gilt. Barbara, eine Frau der achtziger Jahre, würde es als zusätzliche Beleidigung empfinden, ohne Sex auskommen zu müssen. Im Augenblick ist die nüchterne Sachlichkeit, unter der unsere Beziehung monatelang litt, verschwunden. Aber selbst jetzt erscheint mir Barbaras Liebesspiel irgendwie verzweifelt und traurig. Nach wie vor bleibt uns eine große Distanz zu überbrücken. An diesen lauen Nachmittagen liege ich im Bett, während Barbara neben mir döst. Ich lasse mich einlullen von der Vorortstille, die so betörend wirkt nach dem jahrelangen Großstadtlärm, und spüre dem Geheimnis nach, das meine Frau für mich ist.

Selbst auf dem Höhepunkt meiner Leidenschaft für Carolyn kam es mir nie in den Sinn, Barbara zu verlassen. Meine Ehe geriet zwar manchmal ins Wanken, nie aber unser Familienleben. Wir hängen beide äußerst intensiv an Nat. Ich bin in dem Gefühl aufgewachsen, daß wir zu Hause nicht so zusammenlebten wie andere Familien. Bei denen unterhielt man sich während der Mahlzeiten, ging gemeinsam ins Kino oder Eis essen. Ich sah Eltern und Kinder miteinander spazierengehen oder in den Anlagen im Stadtwald Ball spielen. Sehnsüchtig schaute ich ihnen zu. Die lebten ihr Leben gemeinsam. In unserem jetzigen Familienzusammenhalt, als Eltern und Sohn, so scheint mir, hat sich ein einziger meiner Kinderträume erfüllt: Diese eine Wunde jener Tage habe ich jedenfalls geheilt.

Und doch wäre es zu zynisch, pessimistisch, ja unwahr zu behaupten, Nathaniel sei unsere einzige Rettung. Selbst in den düstersten Phasen gehorchen Barbara und ich jenen inneren Geboten, denen man hierzulande einen gewissen Wert beimißt. Meine Frau ist attraktiv – sehr sogar. Sie achtet streng auf ihr Äußeres und bedient sich gewisser bewährter Methoden, um fit zu bleiben: Der Busen ist nach wie vor straff; die Taille, trotz der Schwangerschaft, mädchenhaft schlank; ihre strengen rassigen Züge sind immer noch klar und faltenlos. Sie könnte bestimmt mühelos Verehrer finden, aber sie legt es gar nicht erst darauf an. Sie ist tüchtig und begabt; beim Tode ihres Vaters kam sie überdies in den Besitz eines Treuhandvermögens von 100 000 Dollar. Also sind es nicht finanzielle Gründe, die sie davon abhalten, mich zu verlassen. Es muß schon etwas Wahres an den Worten sein, die sie mir manchmal auf dem Höhepunkt eines Streits entgegenschleudert: daß nämlich ich der einzige sei, der einzige Mensch auf der Welt außer Nat, den sie jemals geliebt hat.

Wenn gut Wetter herrscht, so wie jetzt, neigt Barbara zu übertriebener Hingabe. Geflissentlich versichert sie mich dann ihrer ungeteilten Aufmerksamkeit. Ich werde ihr Bote, der sie mit der Außenwelt verbindet, der Eindrücke und Berichte heim zu ihr nach Nearing bringt. Wenn ich beim Gericht zu tun hatte, kam ich oft erst um elf oder zwölf Uhr nachts nach

Hause, aber jedesmal wartete Barbara auf mich, im Bademantel, und in der Küche stand mein Essen warm. Wir setzten uns zu Tisch, und mit ihrer gespannt-zerstreuten Wißbegier hörte sie sich an, was den Tag über passiert war, so wie ein Kind in den dreißiger Jahren dem Radio lauschte. Das Geschirr klapperte; ich redete mit vollem Mund, und Barbara lachte und staunte über die Zeugen, die Cops und die Anwälte, die sie alle nur im Spiegel meiner Erzählungen sah.

Und wie steht es mit mir? Gewiß schätze ich Treue und Anhänglichkeit, Güte und Zuwendung, wenn man sie mir entgegenbringt. Barbaras Anwandlungen selbstloser Liebe, die sich ganz und gar auf mich konzentrieren, sind Balsam für mein angekratztes Selbstwertgefühl. Aber es wäre fauler Schwindel, wollte ich behaupten, daß es nicht auch Momente gibt, in denen ich sie verachte. Als geschädigter Sohn eines Cholerikers kann ich mich von einer Aggression gegenüber ihren düsteren Stimmungen nicht ganz frei machen. Wenn sie wieder einmal ihren beißenden Spott über mich ausgießt, spüre ich, wie es in meinen Händen zuckt, so als wollten sie sich zum Würgegriff schließen. Um diese Phasen zu überstehen, habe ich mir eine Gleichgültigkeit anerzogen, die im Lauf der Zeit echt geworden ist. So stolpern wir in einen ekelhaften Kreislauf hinein, in ein Tauziehen, in dem jeder sich dadurch zu behaupten versucht, daß er immer weiter zurücktritt.

Aber diese Zeiten liegen jetzt weit zurück und sind fast vergeben. Statt dessen warten wir reglos auf etwas, das nun bald an den Tag kommen muß. Was hält mich? Eine Sehnsucht. An jenen träge dahinfließenden Nachmittagen ist mir fast, als könne ich sie greifen, während die Türen und Fenster meiner Seele noch weit offenstehen, um eine tiefe Dankbarkeit einzulassen. Bei uns hat es immer wieder Explosionen aus heiterem Himmel gegeben; Barbara ist unfähig, über lange Zeit hinweg gelassen zu bleiben. Aber wir haben auch wunderbare gemeinsame Höhenflüge unternommen; mit Barbara Bernstein habe ich gewiß die schönsten Augenblicke meines Lebens genossen. Die ersten Jahre waren unschuldig, temperamentvoll, erfüllt von jener stürmischen Leidenschaft und dem Reiz des Geheimnisvollen, der sich mit Worten nicht beschreiben läßt: Mitunter packt mich eine Sehnsucht, ich schmachte im Taumel der Erinnerung, vergehe an einem undefinierbaren Gefühl – ich bin wie eines dieser mißgestalteten Horrorwesen, das am Ende eines Science-fiction-Abenteuers verlassen umherwankt und mit seinen ausgestreckten Armstümpfen den Geschöpfen zuwinkt, zu denen es einst gehörte: Nehmt mich wieder auf! Dreht die Zeit zurück!

Als ich noch Student der juristischen Fakultät war, arbeitete Barbara als Lehrerin. Wir hausten in einer Zweieinhalb-Zimmer-Wohnung, uralt, voller Ungeziefer und in baufälligem Zustand. Mitten im Winter spuckte die Heizung Ströme kochenden Wassers aus; Mäuse und Küchenschaben behaupteten hartnäckig ihr Wohnrecht in sämtlichen Fächern und Schubladen unterhalb der Spüle. Nur weil sie als Studentenunterkünfte ausgewiesen waren, entgingen diese Bruchbuden der Einstufung als Elendsquartiere, wie der damalige Sprachgebrauch lautete. Unsere Vermieter waren ein griechisches Ehepaar, beide furchtbar krank und gebrechlich. Sie wohnten ein Stockwerk über uns auf der anderen Hofseite. Seinen asthmatischen Husten hörten wir zu jeder Jahreszeit. Sie litt an Arthritis und Herzbeschwerden. Mir graute jeden Monat davor, die Miete hinüberzubringen, weil es dort so nach Verwesung roch: ein drückender, fremdartig fauler Gestank, der schwach an Kohl erinnerte und die Luft verpestete, sobald die Tür aufging. Aber wir konnten uns keine bessere Bleibe leisten. Nach Abzug meiner Studiengebühren blieb von Barbaras Junglehrergehalt gerade noch so viel, daß wir knapp über dem staatlich anerkannten Fürsorgesatz lagen.

Wir hielten uns damals an den bewährten Witz, daß die Armut uns kein anderes Vergnügen erlaube als Bumsen. Diese Art von Humor diente jedoch vornehmlich dazu, unser beider Verlegenheit zu bemänteln, denn wir wußten, daß wir uns hart an der Grenze zum Exzeß bewegten. Das waren sinnliche Jahre gewesen. Mühsam schleppte ich mich durch den Alltag dem Wochenende entgegen. Und dann feierten wir unseren eigenen Sabbat: Dinner zu zweit, eine Flasche Wein und danach herrlich ausgedehnte genüßliche Liebesspiele. Wir konnten an jedem beliebigen Punkt der Wohnung beginnen, uns Stück für

Stück unserer Kleider entledigen und dabei gemächlich über den Teppich Richtung Schlafzimmer robben. Manchmal brauchten wir mehr als eine Stunde, ich mit schmerzhaft erigiertem Schwanz und meine zierliche dunkle Schönheit mit vor Erregung aufgerichteten Brustwarzen, bis wir uns in heißer Umarmung ans Ziel geschlängelt hatten. Und in einer solchen Nacht, ich drängte Barbara gerade die letzten Meter ins Schlafzimmer, entdeckte ich plötzlich, daß unsere Jalousie offen war und die beiden alten Vermieter von gegenüber uns durchs Fenster beobachteten. In ihren Mienen lag eine so naive Unschuld, daß sie mir in der Erinnerung wie verdutzte Tiere erscheinen: Geißen, Kaninchen, die uns mit großen, erstaunten Augen verständnislos anstarren. Ich hatte nicht den Eindruck, daß sie uns schon lange bespitzelten, was meine Scham allerdings nicht im mindesten linderte. Ich stand da, mein steifes Glied in Barbaras Hand, von der Mandelöl tropfte. Barbara, das weiß ich, hatte die beiden auch bemerkt. Denn als ich mich losmachte und ans Fenster wollte, um den Rolladen herunterzulassen, hielt sie mich zurück. Sie faßte nach meiner Hand, und gleich darauf hatte sie mich wie zuvor im Griff. »Schau nicht hin«, sagte sie. »Schau nicht hin«, flüsterte sie, und ihr süßer, warmer Atem streifte mein Gesicht. »Sie sind schon fast nicht mehr da.«

21

Eine Woche nach meinem Eröffnungsverfahren stehen Sandy und ich im Empfangsraum der Kanzlei, der Raymond Horgan seit Mai dieses Jahres angehört. Ein sehr stilvolles Ambiente. Auf dem Parkettfußboden liegt einer der größten Perserteppiche, die ich je gesehen habe, rosarot getönte Muster auf leuchtendblauem Untergrund. An den Wänden hängen abstrakte Bilder, die ziemlich kostspielig aussehen, und auf den chromgefaßten Glastischchen in jeder Ecke sind die letzten Nummern des »Wall Street Journal« und von »Forbes« ausgelegt. Eine reizende Blondine, die vermutlich pro Jahr zwei Riesen extra dafür kriegt, daß sie gar so gut aussieht, nimmt hinter einem dekorativen Rosenholzschreibtisch die Namen der Besucher entgegen.

Sandy hält mich mit den Fingerspitzen am Revers fest und erteilt mir im Flüsterton Anweisungen. Die jungen Anwälte, die geschäftig vorbeieilen, können wahrscheinlich nicht einmal sehen, daß er die Lippen bewegt. Ich soll mich aus dem Gespräch raushalten, sagt Sandy. Er wird die Fragen stellen. Vor allem aber soll ich gelassen bleiben, ganz gleich, wie wir empfangen werden.

»Wissen Sie etwa was Neues?« frage ich.

»Man hört so allerlei«, sagt Sandy. »Aber warum Rätsel raten, wenn wir doch gleich aus erster Hand die gewünschten Antworten kriegen.« Sandy erfährt tatsächlich vieles. Ein guter Strafverteidiger verfügt über ein ausgeklügeltes Nachrichtennetz. Mandanten tragen ihm Informationen zu. Reporter. Manchmal kriegt er auch Tips von Polizisten. Und natürlich von Kollegen. Als ich noch Ankläger war, erschien mir die Anwaltschaft wie eine Art Stammesverband, der dauernd mit seinen Trommeln zugange war, um jede nur halbwegs brauchbare Nachricht zu verbreiten. Sandy hat mir erzählt, daß Della Guardia gleich nach seinem Amtsantritt Horgan per Vorladung vor die Grand Jury beordert und Raymond versucht habe, sich unter Berufung auf sein Aussageverweigerungsrecht zu drükken. Sandy hat durchblicken lassen, er wisse das aus untadeliger Quelle. In Anbetracht dieses Geplänkels würde ich eigentlich vermuten, daß Raymond und Nico einander spinnefeind sind, aber Sandys Reaktion, als er Raymonds Namen auf der Zeugenliste sah, legt eine andere Deutung nahe. Sandy würde natürlich nie das Vertrauen seines Informanten mißbrauchen und mir verraten, wer ihm gesteckt hat, was Raymond womöglich ausbrütet.

Horgans Sekretärin erscheint, um uns zu ihrem Chef zu führen; doch der kommt uns auf halbem Weg zu seinem Büro persönlich entgegen. Raymond ist in Hemdsärmeln, ohne Weste.

»Sandy. Rusty.« Er klopft mir flüchtig auf die Schulter, als er mir die Hand schüttelt. Er hat zugenommen, und sein Hemd spannt sich über dem Bauch. »Seid ihr zwei eigentlich schon mal hier gewesen?«

Raymond macht eine Führung für uns. Angesichts verlockender Steuervorteile haben sich Anwaltskanzleien und Aktiengesellschaften zu einer Art neuem Versailles gemausert. Raymond erklärt uns die Kunstwerke, wirft mit Namen um sich, die er, dessen bin ich sicher, nur aus Zeitschriften kennt: Stella, Johns, Rauschenberg. »Dieses Bild hier gefällt mir ganz besonders gut«, sagt er. Quadrate und Schnörkel. In einem Konferenzzimmer steht ein fast zehn Meter langer Tisch, der aus einem einzigen Block grünen Malachits gehauen ist.

Sandy erkundigt sich nach Raymonds neuem Betätigungsfeld. Bisher hat er meist mit FBI-Fällen zu tun, sagt Raymond, ganz interessant und reizvoll eigentlich. Momentan hat er einen Schwurgerichtsprozeß in Cleveland laufen, bei dem es hoch hergeht. Sein Mandant hat dem Verteidigungsministerium Fallschirme mit schadhaften Fangleinen verkauft. »Ein wirklich unbeabsichtigtes Versehen«, versichert uns Raymond mit verschmitztem Lächeln. »Einhundertzehntausend Stück.«

Endlich landen wir in Raymonds Büro. Man hat ihm ein Eckzimmer gegeben, mit der bevorzugten Aussicht nach Westen und Süden. Seine Trophäenwand hat er auch hier wieder aufgebaut, erweitert um ein paar Neuzugänge. Das Herzstück der Sammlung bildet nun ein Panoramafoto des Podiums bei Raymonds letzter Amtseinsetzung. Nebst vierzig anderen bin auch ich auf dem Bild, ganz weit rechts außen.

Den jungen Mann bemerke ich erst, als Raymond ihn vorstellt. Peter Irgendwer. Ein Mitarbeiter. Peter hält Block und Stift bereit. Er wird Raymond decken, falls es später Auseinandersetzungen darüber geben sollte, was er gesagt hat und was nicht.

»Also, was kann ich für euch tun?« fragt Raymond, nachdem er im Vorzimmer Kaffee bestellt hat.

»Zunächst«, sagt Sandy, »möchten Rusty und ich Ihnen danken, daß Sie sich die Zeit nehmen, uns zu empfangen. Wirklich sehr entgegenkommend.«

Raymond winkt ab. »Was soll ich dazu sagen?« Zwar keine logische Antwort, aber ich glaube, er will andeuten, daß er uns helfen möchte, ohne das direkt auszusprechen.

»Ich halte es für das beste, und Sie haben gewiß Verständnis dafür«, sagt Stern, »daß Rusty nicht an unserem Gespräch teilnimmt. Ich hoffe, Sie haben nichts dagegen, wenn er einfach nur zuhört.« Bei diesen Worten sieht Sandy angelegentlich zu Peter hinüber, der seinen Stift gezückt hat und sich bereits emsig Notizen macht.

»Wie Sie wollen, das ist Ihre Sache.« Raymond macht sich an seinem Schreibtisch zu schaffen und wischt Staub fort, den weder ich noch er sehen können. »Mich wundert bloß, daß Sie ihn überhaupt dabeihaben wollen. Aber das geht mich schließlich nichts an.«

Sandy hebt auf eine ihm eigene Art die Brauen, eine dieser südländischen Gesten, die andeuten sollen, daß etwas zu heikel oder unausgereift ist, um darüber zu sprechen.

»Also, was kann ich für Sie tun?« fragt Raymond noch einmal.

»Wir haben Ihren Namen auf Della Guardias Zeugenliste entdeckt. Das ist der Grund unseres Besuches.«

»Ach Gott«, Raymond hebt die Arme, »Sie wissen doch, wie das ist, Alejandro. Die Typen schicken einem eine Einladung, und es bleibt einem nichts anderes übrig, als hinzugehen.« Ich habe Raymond diese jovial-herzliche Tour schon tausendmal abziehen sehen. Er gestikuliert zuviel herum; seine schwammigen Züge sind immer auf Lächeln gepolt. Sein Blick begegnet nur selten dem seines Gesprächspartners. So pflegte er zu meiner Zeit mit Strafverteidigern zu verhandeln: Ich bin ein fabelhafter Bursche, aber mir sind einfach die Hände gebunden. Waren seine Besucher

wieder draußen, so belegte Raymond sie oft mit Schimpfnamen.
»Sie werden also der Vorladung Folge leisten?«
»Was bleibt mir übrig.«
»Verstehe. Uns ist aber keine Aussage zugegangen. Darf ich daraus schließen, daß Sie noch nicht mit den Anklägern gesprochen haben?«
»Nein, nein. Ich habe mich schon ein wenig mit ihnen unterhalten. Sie wissen ja, ich rede mit Ihnen, ich rede mit denen. Anfangs gab's ein paar Schwierigkeiten. Mike Duke mußte einiges klären. Inzwischen hab' ich mich ein paarmal mit Tommy Molto zusammengesetzt. Quatsch, mehr als nur ein paarmal. Aber das waren rein vertrauliche Gespräche, Sie verstehen. Ich habe keine Zeugenaussage unterschrieben oder so.«
Ein schlechtes Zeichen. Ein sehr schlechtes. Angst und Zorn steigen in mir hoch, aber ich versuche, dagegen anzukämpfen. Sie behandeln Raymond wie einen Star. Keine offizielle Erklärung, um die Widersprüche so gering wie möglich zu halten, die ihn in einem Kreuzverhör gefährlich werden könnten. Mehrfache Sitzungen mit dem Staatsanwalt, weil es sich um einen so prominenten Herrn handelt.
»Sie sprachen von Schwierigkeiten. Aber wenn ich Sie eben richtig verstanden habe, dann haben Sie nicht die Absicht, die Aussage zu verweigern?«
»Um Himmels willen, nein. Es ist bloß so, daß ein paar von den Jungs hier – meine neuen Partner... Also dieser Fall macht sie nervös. Für mich könnte es auch ein bißchen peinlich werden.« Er lacht. »Das ist nicht gerade ein Bilderbuchstart. Ich bin erst drei Tage hier, und schon hab' ich eine Vorladung zu einem Geschworenenprozeß am Hals. Ich wette, Solly Weiss war entzückt«, sagt er und meint damit den geschäftsführenden Partner der Kanzlei.
Sandy schweigt. Er hat Hut und Aktenmappe manierlich auf seinem Schoß plaziert. Mit unverblümter Neugier studiert er Horgan, erforscht ihn gründlich, ohne selbst auch nur das geringste preiszugeben.
»Und was haben Sie ihnen erzählt?« fragt Sandy endlich in aller Ruhe.

»Meinen Partnern?«
»Aber nicht doch. Ich wüßte gern, was wir in bezug auf Ihre Zeugenaussage zu erwarten haben. Sie kennen doch meine Position aus eigener Erfahrung.«
»Ach, wissen Sie, ich möchte das nicht gern wortwörtlich referieren.« Er deutet mit dem Kopf auf den jungen Mann, der das Gespräch protokolliert.
»Natürlich nicht«, sagt Sandy. »Uns genügen Themen, Anhaltspunkte. Was immer Sie glauben uns guten Gewissens erzählen zu dürfen. Von außen betrachtet, fällt es oft schwer, auch nur annähernd zu erraten, worüber man einen Zeugen befragen wird. Sie selbst wissen das doch am besten.«
Sandy versucht etwas herauszubekommen, was jedoch, ist mir nicht klar. Wären wir nur aus dem angeblichen Zweck unseres Besuches hier, dann könnten wir jetzt aufstehen und gehen. Wir wissen, wo Raymond steht. Ein Freund ist er nicht.
»Ich werde darüber aussagen, wie Rusty die Ermittlungen im Fall Polhemus geleitet hat. Wie er zu mir kam und sagte, er würde den Fall gern übernehmen. Und über eine Unterhaltung, die wir zu einem späteren Zeitpunkt geführt haben, es ging da um verschiedene Aspekte meines Privatlebens...«
»Moment mal!« Ich kann mich nicht mehr zurückhalten. »Was soll das heißen, ich wollte den Fall übernehmen? Raymond, du hast ihn mir doch förmlich aufgedrängt.«
»Zwischen uns fand ein Gespräch statt.«
Aus dem Augenwinkel sehe ich, wie Stern warnend die Hand hebt, aber ich bin schon ganz auf Horgan fixiert.
»Raymond, du hast mich *gebeten*. Du hast gesagt, der Wahlkampf frißt dich auf, du könnest dich nicht um den Fall kümmern, aber er müsse in besten Händen sein, du könnest dir nicht leisten, daß ein anderer ihn vermurkst.«
»Das mag sein.«
»So ist es gewesen.«
Ich werfe Stern einen hilfesuchenden Blick zu. Er hat sich in seinem Sessel zurückgelehnt und funkelt mich wutentbrannt an.
»Tut mir leid«, sage ich ruhig.
Raymond fährt fort, ohne auf meinen Exkurs mit meinem Anwalt zu achten.

»Daran erinnere ich mich nicht, Rusty. Vielleicht hat sich's so abgespielt – wie du schon sagst, ich hatte im Wahlkampf alle Hände voll zu tun. Aber soweit ich mich erinnere, hatten wir eine Unterredung, ein oder zwei Tage vor dem Begräbnis, und am Ende dieses Gesprächs waren wir übereingekommen, daß du die Ermittlungen leitest, und ich hab' das Gefühl, die Idee, du solltest den Fall übernehmen, die kam eher von dir als von mir. Ich bin ohne weiteres darauf eingegangen, das geb' ich ja zu, aber ich weiß noch, ich hab' mich gewundert, daß die Sache so ausging.«

»Raymond – was versuchst du mir da anzuhängen, Raymond?«

Ich schaue Sandy an, doch der hat die Augen geschlossen. »Darf ich ihm nur diese eine Frage stellen?«

Aber ich habe den Bogen überspannt. Raymond ist so in Fahrt, daß er mit eigener Schwungkraft bergab saust. Er beugt sich, so weit es geht, über seinen Schreibtisch.

»Was ich dir anzuhängen versuche?« Er wiederholt die Frage zweimal, wobei er krebsrot anläuft. »Was versuchst du *mir* anzuhängen, Rusty? Was zum Teufel machen deine Fingerabdrücke auf diesem gottverdammten Glas? Was sollte der Scheiß in meinem Büro, als du wissen wolltest, wen ich bumse? Und mit keinem Wort hast du damals, wo es ein Freundschaftsdienst gewesen wäre, oder zwei Wochen zuvor, als ich dir den Fall übertrug – und ich weiß noch gut, daß ich dich ein paarmal zusammengeschissen habe, weil du mit den Ermittlungen nicht schneller vorangekommen bist...« Jäh dreht er sich zu Sandy um. »Das ist noch was, worüber ich aussagen werde«, verkündet er triumphierend und wendet sich dann wieder an mich. »Weder damals, zwei Wochen vorher, als es deine Pflicht gewesen wäre, noch zu irgendeinem anderen Zeitpunkt hast du's für nötig gehalten, mir zu sagen, daß du dieselbe Frau gevögelt hast. Ich habe lange über dieses Gespräch nachgedacht, Rusty, und mich gefragt, warum zum Teufel du mich da so neugierig ausgehorcht hast. Na, was hast du damit bezweckt?«

Diese turbulente Szene ist mehr, als Peter verkraften kann. Er hat aufgehört zu schreiben und beobachtet uns nur noch.

Stern deutet auf Peter. »Unter diesen Umständen rate ich meinem Mandanten, nicht zu antworten. Er würde es offenbar nur zu gern tun.«

»Also darüber werde ich aussagen«, wiederholt Raymond hitzig. Er springt auf und zählt die Punkte an den Fingern ab. »Daß er den Fall haben wollte. Daß ich ihm wiederholt Feuer unterm Hintern machen mußte, weil er nicht spuren wollte. Daß er mehr daran interessiert war, rauszukriegen, wer außer ihm noch mit Carolyn geschlafen hat, als ihren Mörder zu schnappen. Und daß er, als es schließlich hart auf hart ging, in meinem Büro hockte und einen Haufen Scheiß verzapfte, von wegen er wäre in der bewußten Nacht nicht mal in der Nähe von Carolyns Wohnung gewesen. Darüber werd' ich aussagen. Und es wird mir ein Vergnügen sein!«

»Das war sehr aufschlußreich, Raymond«, sagt Sandy und nimmt seinen grauen Homburg von dem Stuhl, auf dem er ihn während des vergeblichen Bemühens, mich zu beruhigen, abgelegt hatte.

Ich starre Horgan an. Er hält meinem Blick stand.

»Nico Della Guardia war wenigstens so ehrlich und hat mir gesagt, daß er mich aufs Kreuz legen will«, faucht Raymond.

Sandy tritt zwischen uns. Mit beiden Händen zerrt er mich hoch. »Das reicht.«

»Mistkerl«, fluche ich, während wir Peter raschen Schrittes zum Ausgang folgen. »Mistkerl.«

»Wir wissen jetzt, woran wir sind«, sagt Stern ruhig. Sobald wir den Empfangsraum erreichen, zischt er mir kaum hörbar zu, ich möge um Gottes willen den Mund halten.

Dieses erzwungene Schweigen würgt mich in der Kehle. Während der Fahrstuhl nach unten schwebt, verspüre ich den unwiderstehlichen Drang, meinem Herzen Luft zu machen, und als wir im Erdgeschoß angelangt sind, packe ich Sandy am Arm. »Was ist los mit ihm?«

»Er ist sehr, sehr wütend.« Entschlossenen Schrittes durchquert Stern die marmorgetäfelte Halle.

»Das sehe ich. Hat Nico ihn von meiner Schuld überzeugt?«

»Möglicherweise. Auf jeden Fall ist er der Ansicht, Sie hätten sehr viel vorsichtiger zu Werke gehen können, vor allem um seinetwillen.«

»Ich war also kein treuer Gefolgsmann?«

Mit Händen, Augen und Brauen vollführt Sandy wieder eine

seiner südländischen Gesten; er hat jetzt andere Dinge im Kopf. Im Gehen wirft er mir einen strengen Blick zu.

»Ich hatte keine Ahnung, daß Horgan mit Carolyn liiert war. Oder daß Sie mit ihm darüber gesprochen haben.«

»Ich hatte diese Unterhaltung ganz vergessen.«

»Zweifellos«, sagt Stern, gibt mir aber durch seinen Tonfall zu verstehen, daß er sehr wohl an meinen Worten zweifelt. »Tja, ich nehme an, Della Guardia wird sich das zunutze machen und Vorteil daraus schlagen. Wann kam es zu diesem Verhältnis zwischen Raymond und Carolyn?«

»Unmittelbar nachdem sie mit mir Schluß gemacht hatte.«

Sandy bleibt wie angewurzelt stehen. Er macht sich nicht die Mühe, sein Entsetzen zu verbergen. In der ersten Erregung führt er Selbstgespräche in seiner Muttersprache.

»Tja, eins ist sicher, Nico kommt dem gesuchten Motiv näher.«

»Aber er ist immer noch ein gutes Stück weit davon entfernt«, erwidere ich hoffnungsvoll. Die Beziehung zwischen Carolyn und mir, auf die es schließlich ankommt, kann er immer noch nicht beweisen.

»Ein Stück«, wiederholt Sandy betont lakonisch. Er ist offensichtlich gründlich verärgert, sowohl über das Spektakel von soeben als auch darüber, daß ich ihm ein so wichtiges Detail vorenthalten habe. Wir werden uns gründlich aussprechen müssen, sagt er. Aber jetzt muß er erst einmal zum Gericht. Er setzt seinen Homburg auf und tritt hinaus in die flirrende Hitze, ohne mich noch eines Blickes zu würdigen.

Wie ich nun so allein in der Halle stehe, komme ich mir plötzlich ganz verloren vor. So viele widerstreitende Gefühle stürzen auf mich ein, daß mir richtig schwindlig wird. Vor allem empfinde ich brennende Scham wegen meiner eigenen Dummheit. Nach all den Jahren ist es mir immer noch nicht gelungen vorauszusehen, wie dieses Desaster auf Raymond Horgan wirken würde, wenngleich ich jetzt seine Emotionen so klar nachvollziehen kann wie eine mathematische Kurve. Raymond Horgan ist ein Mann der Öffentlichkeit. Er hat sein Leben lang danach gestrebt, sich einen Namen zu machen. Zwar hat er immer gesagt, er sei kein Politiker, aber er leidet am Politikersyndrom: Er labt sich am Beifall der Menge und möchte bei allen gut angeschrieben sein. Ob ich schuldig bin oder nicht, kümmert ihn herzlich wenig. Er leidet unter seiner eigenen Schmach. Sein Erster Deputy steht unter Mordanklage. Die Ermittlungen in dem Fall, den er mir übertragen hat, habe ich unter seiner Nase sabotiert – welche Blamage! Und zu allem Überfluß wird er nun auch noch in den Zeugenstand treten und sich zu einem Verhältnis mit einer Mitarbeiterin bekennen müssen. Über Jahre hinweg wird man in der Kantine Witze darüber reißen, was es heißt, als weiblicher Deputy »unter« Raymond Horgan zu arbeiten. Wenn man sein und mein Verhalten zusammenzählt, wird es den Anschein haben, als sei bei der Staatsanwaltschaft mehr geboten als in einem römischen Bad. Das schlimmste aber ist, daß dieser Mord Raymond aus jenem Leben riß, an dem sein ganzes Herz hing. Er entschied die Wahl zu seinen Ungunsten, er verbannte ihn in diesen Käfig aus Chrom und Glas. Was Raymond in Rage bringt, seinen Zorn beflügelt, ist nicht so sehr die Überzeugung, ich hätte dieses Verbrechen begangen, als vielmehr der Glaube, er sei ein weiteres Opfer von mir geworden. Als er endlich Farbe bekannte, hat er das praktisch zugegeben. Ich habe ihn reingelegt. Ich habe Carolyn umgebracht, um ihn zu Fall zu bringen. Und es ist mir gelungen. Horgan meint, er hat die ganze Sache durchschaut. Und er ist offensichtlich wild entschlossen, sich zu rächen.

Als ich endlich hinaus auf die Straße finde, wirft mich die Hitze fast um; die Sonne blendet. Plötzlich wanken mir die Knie. Zwanghaft versuche ich, die tausend subtilen Auswirkungen zu berechnen, die Raymonds Aussage und seine offenkundige Feindseligkeit mir gegenüber auf den Prozeß haben werden, verliere jedoch schon bald den Überblick. Sprunghaft jagt ein Gedanke den anderen. Ich sehe das Gesicht meines Vaters. Ich kann keinen logischen Zusammenhang mehr herstellen. Nach all diesen Wochen, nach allem, was ich durchgemacht habe, spüre ich auf einmal, daß ich zusammenbreche, und während ich so ziellos durch die Straßen irre, stelle ich plötzlich verblüfft fest, daß ich bete, eine Angewohnheit aus Kindertagen, als ich versuchte, mich gut mit einem Gott zu stellen, von dem ich wußte, daß ich nicht sonderlich an ihn glaubte.

Und nun, lieber Gott, denke ich, lieber Gott, an den ich nicht glaube, ich flehe dich an, mach dieser Sache ein Ende, denn ich hab' eine Todesangst. Lieber Gott, ich rieche meine Furcht, der Geruch ist so durchdringend wie Ozon in der Luft nach einem Blitzstrahl. Ich spüre meine Angst, als könnte ich sie greifen. Sie hat eine Farbe, glutrot ist sie, und ich fühle sie in meinen Knochen, die elend weh tun. Die Schmerzen sind so entsetzlich, daß ich mich kaum über diese heiße Straße schleppen kann, und einen Moment lang vermag ich mich wirklich nicht zu rühren, weil mein Rückgrat sich vor Angst krümmt, als habe es sich plötzlich in rotglühendes, geschmolzenes Metall verwandelt. Lieber, lieber Gott, ich zittere vor Angst und Pein, aber was ich auch getan haben mag, daß du dich so grausam an mir rächst, erlöse mich, bitte, ich flehe dich an, erlöse mich! Erlöse mich! Lieber Gott, an den ich nicht glaube; lieber Gott, laß mich laufen!

In den Vereinigten Staaten darf die Anklage gegen den Ausgang eines Strafverfahrens keine Rechtsmittel einlegen. Dies ist ein verfassungsmäßig festgeschriebener Grundsatz, verabschiedet vom Obersten Bundesgericht. Im Gegensatz zu all den Anwälten, die vor dem Richtertisch aufmarschieren – den Intellektuellen und den Ferkelstechern, den Steueradvokaten in ihren kunstseidenen Anzügen, den Konkursmagnaten, den Scheidungshaien, den großspurigen Drogenkonsumenten oder den aalglatten Rechtsgelehrten vom Schlage Sandy Sterns, den Interessenvertretern der Großkonzerne, die selbst Routinefälle nur paarweise erledigen –, im Gegensatz zu all diesen hat einzig der Staatsanwalt keinen Anspruch auf Rechtsbeihilfe gegen die Prozeßführung eines Richters. Ungeachtet seiner Amtshoheit, der Macht des Polizeiapparates, den er befehligt, oder des Vorurteils zu seinen Gunsten, mit dem die Geschworenen in der Regel antreten, befindet der Ankläger sich oft in der mißlichen Lage, stumm erdulden zu müssen, daß der Richter ihn fortwährend als Prügelknaben mißbraucht.
Während meiner Zeit bei der Staatsanwaltschaft besorgte das keiner so gründlich wie Richter Larren Lyttle. Er ist nicht nur gerissen, sondern auch gebildet, und aufgrund lebenslanger Erfahrung schätzt er den Standpunkt des Staates nicht sonderlich. In seiner zwanzigjährigen Praxis als Strafverteidiger machte er Ankläger wie Polizisten regelmäßig zur Schnecke, eine Angewohnheit, die er auch auf dem Richterstuhl beibehalten hat. Darüber hinaus ist er als Schwarzer bestens mit den zahllosen Tricks vertraut, durch die sich das Opportunitätsprinzip zur anmaßenden Entschuldigung für unvernünftige Kapricen ummünzen läßt. Die zufälligen und vorsätzlichen Ungerechtigkeiten, die er im Dschungel der Straße miterlebte, sind für ihn zu einer Art Gefühlsenzyklopädie geworden, die fast reflektorisch jede anstehende Entscheidung zuungunsten des Staats ausfallen läßt. Nach zwei, drei Jahren gab Raymond den Versuch auf, vor Gericht mit Larren Lyttle zu diskutieren. Statt dessen bellten die beiden einander an, wie sie es wohl früher in ihrer alten Kanzlei getan hatten. Irgendwann griff Larren dann

nach seinem Hammer, machte unerbittlicher denn je von ihm Gebrauch und setzte eine Pause an, damit er und Raymond sich hinten im Anwaltszimmer versöhnen und auf einen Drink verabreden konnten.

Richter Lyttle sitzt bereits hinter seinem Tisch und läßt sich über den Entwicklungsstand anderer Fälle informieren, als Stern und ich eintreten. Bei Larren hat man immer das Gefühl, es wäre ein Scheinwerfer auf ihn gerichtet. Man sieht nur ihn – stattlich, lebhaft, ungemein sympathisch. Richter Lyttle ist ein Hüne, fast eins fünfundneunzig groß und breit gebaut. Erste Lorbeeren erntete er als Football- und Basketball-As an der Uni, die er als Stipendiat irgendeiner Stiftung besuchte. Sein volles, krauses Haar, schon weidlich ergraut, trägt er relativ lang, sein großflächiges Gesicht paßt zu den riesigen Händen, und er verfügt über eine beneidenswerte Rhetorik, die dank seiner vollen, sämtliche männlichen Tonlagen umfassenden Stimme besonders gut zur Geltung kommt. Seine erstaunliche Intelligenz teilt sich nicht zuletzt kraft seiner Ausstrahlung mit. Manche Leute behaupten, Larren sehe seine Zukunft im Bundesgerichtshof; andere vermuten, sein wahres Ziel sei es, Albright Williamsons Sitz im Kongreß für den Bezirk nördlich des Stromes zu übernehmen, sobald Williamson aufhöre, seinem Alter oder den Prognosen seines Herzspezialisten zu trotzen. Welche Karriere ihm auch vorschweben mag, Larren ist jedenfalls ein Mann, dessen Erfolgschancen und persönliche Autorität ihn in unserer Gegend zu einer äußerst wichtigen Persönlichkeit machen.

Gestern morgen wurden wir telefonisch von Larrens Gerichtssekretär herbestellt. Die Frist, binnen deren meine Verteidigung ihre Anträge im Vorverfahren einzubringen hat, ist vor zwei Tagen abgelaufen, und nun möchte der Richter eine Anhörung zum Stand des Verfahrens halten. Ich stelle mir vor, daß er über einige unserer Forderungen entscheiden und vielleicht über das Datum des Prozesses diskutieren wird.

Sandy und ich warten schweigend. Kemp hält sich im Hintergrund. Wir drei saßen gestern den ganzen Tag beisammen, und ich erzählte ihnen alles, was ich über die von Nico benannten Zeugen weiß. Sandy hat mich immer noch nicht gefragt, ob ich in jener Nacht mit Carolyn Verkehr gehabt oder ob ich sie ermordet habe. Auch über das Mordwerkzeug, das zu der klaffenden Wunde an ihrem Kopf passen könnte, verlor er kein Wort.

Ich nutze die Wartepause, diese vertraute Ausfallzeit im Leben eines Prozeßanwalts, um die Atmosphäre im Gerichtssaal zu sondieren. Die Reporter sind wieder vollzählig erschienen, nur die Zeichner haben sie nicht mitgebracht. Richter Lyttle, ein Diplomat, soweit ihm das sein Amt erlaubt, behandelt die Presseleute gut. An der Westseite ist ein Tisch für sie reserviert, und Larren gibt den Journalisten stets rechtzeitig Bescheid, ehe er eine wichtige Entscheidung fällt. Der Sitzungssaal, in dem man über den weiteren Verlauf meines Lebens entscheiden wird, ist ein Schmuckstück. Die Geschworenenbank ziert ein Nußbaumgeländer über gedrechselten Kugeln aus schön gemasertem Holz. Der im gleichen Stil gestaltete Zeugenstand grenzt an den deutlich erhöhten Richtertisch, den ein Baldachin aus Nußbaum krönt, getragen von zwei rötlichen Marmorsäulen. Der Gerichtssekretär, der Gerichtsdiener und der Protokollführer haben ihren Platz in einer eingelassenen Senke vor dem Richtertisch. Gut einen Meter davor hat man zwei schön gearbeitete Tische in dunklerem Nußbaumton mit zierlich gedrechselten Beinen aufgestellt. Sie sind für die Verteidigung bestimmt und stehen im rechten Winkel zum Richtertisch. Die Anklage wird traditionsgemäß näher bei den Geschworenen plaziert.

Als die üblichen Präliminarien abgewickelt sind, werden wir aufgerufen. Ein paar Journalisten pirschen sich zum Anwaltstisch vor, um der Verhandlung besser folgen zu können, und Ankläger sowie Verteidiger – nebst meiner Wenigkeit – versammeln sich vor dem Richtersitz. Stern, Molto und Nico geben ihre Namen zu Protokoll. Sandy läßt meine Anwesenheit vermerken. Tommy grinst mich schief an. Ich wette, er hat Wind davon gekriegt, daß wir uns letzte Woche mit Raymond getroffen haben.

»Meine Herren«, beginnt Richter Lyttle, »ich habe Sie hergebeten, weil ich meine, wir könnten uns ein bißchen damit befassen, diesen Fall voranzubringen. Mir liegen ein paar

Anträge des Beschuldigten vor, über die ich bereit bin zu entscheiden, es sei denn, die Anklage legt Wert auf eine Entgegnung.«
Tommy flüstert Nico etwas ins Ohr.
»Nur bezüglich des Antrags auf Ausschluß von Mr. Molto«, sagt Nico.
Typisch, denke ich. Jetzt hat er ein ganzes Amt unter sich und ist immer noch mißtrauisch, wenn's drum geht, sich schwarz auf weiß festzulegen.
Larren erklärt, er werde den Ausschlußantrag bis zuletzt zurückstellen, obwohl er sich bereits ein paar Gedanken darüber gemacht habe. »Nun zum ersten Punkt«, fährt Larren fort und wirft einen Blick auf den Aktenstoß vor sich. »Hier wird um die sofortige Festsetzung eines Prozeßdatums ersucht. Ich habe mir das durch den Kopf gehen lassen. Wie die Ankläger wissen, ist im Falle Rodriguez heute morgen der Schuldspruch ergangen, was bedeutet, daß ich, von heute an gerechnet, in drei Wochen zwölf prozeßfreie Tage habe.« Larren konsultiert seinen Kalender. »Achtzehnter August. Mr. Stern, können Sie das einrichten?«
Eine überraschende Wendung. Wir hatten frühestens mit einem Termin im Herbst gerechnet. Sandy wird alles andere beiseite schieben müssen, aber er zögert bloß einen winzigen Augenblick.
»Euer Ehren, es wird mir ein Vergnügen sein.«
»Und die Anklage?«
Nico schwenkt sofort auf Verzögerungstaktik und markiert den Unschlüssigen. Er habe schon seinen Urlaub geplant. Das gleiche gelte für Mr. Molto. Außerdem müsse noch Beweismaterial ausgewertet werden.
Dieses Stichwort provoziert einen regelrechten Vulkanausbruch. »Nein, nein«, ruft Richter Lyttle, »davon will ich nichts hören. Nein, Mr. Delay Guardia.« Er betont Nicos Namen so, als wolle er diesem den Spitznamen endgültig einverleiben. Larren ist ein unübertreffliches Schlitzohr. »Die vorliegende Anklage bezichtigt den Beschuldigten des furchtbarsten aller Verbrechen – was könnten Sie Mr. Sabich sonst noch antun? Er hat seine ganze Laufbahn bei der Staatsanwaltschaft verbracht,

und Sie kommen mit solchen Beschuldigungen daher. Wir alle wissen, warum Mr. Stern auf einen raschen Prozeßbeginn drängt. Für Leute wie uns, die wir einen Großteil unseres Lebens im Gerichtssaal verbracht haben, liegt das wohl auf der Hand. Mr. Stern hat das von Ihnen vorgelegte Tatsachenmaterial gesichtet, Mr. Delay Guardia, und er hat nicht den Eindruck, daß Sie damit viel beweisen können. Er mag sich irren. Darüber will ich mir kein Urteil anmaßen. Aber wenn Sie diesen Saal betreten und einen Mann des Mordes bezichtigen, dann sollten Sie auch in der Lage sein, ihm das nachzuweisen. Und zwar auf der Stelle. Kommen Sie mir ja nicht damit, daß Sie irgend etwas ›auswerten‹ müssen. Sie können diese Klage nicht über Mr. Sabich schweben lassen wie das berühmte Damoklesschwert. Nein, Sir«, wiederholt Larren energisch. »Wir werden heute in drei Wochen mit der Verhandlung beginnen.«

Mir gefriert das Blut in den Adern. Ohne um Erlaubnis zu bitten, setze ich mich ans Kopfende des Verteidigertisches. Stern sieht sich kurz nach mir um; mir scheint, er lächelt.

»Also, was haben wir sonst noch?« Larren blickt auf, und über sein Gesicht huscht ein verstohlenes Lächeln. Den Triumph, einen Staatsanwalt ausgetrickst zu haben, genießt er jedesmal aufs neue. Die Beurteilung unserer Anträge zur Vorlage von Dokumenten, Indizien und so weiter ist rasch erledigt. Einem nach dem anderen wird stattgegeben, so wie es sich gehört. Tommy nörgelt ein bißchen, als Lyttle verfügt, daß uns auch das Glas auszuhändigen sei. Er hält dem Richter vor, die Anklage müsse sich für die ständige Aufsicht über ihre Beweismittel verbürgen – ein Ding der Unmöglichkeit, wenn die Verteidigung das Glas in die Finger bekommt. »Was hat die Verteidigung denn eigentlich mit diesem Glas vor?«

Im Nu bin ich wieder auf den Füßen. »Ich möchte es mir nur ansehen, Euer Ehren.«

Sandy wirft mir einen vernichtenden Blick zu, packt meinen Arm und drückt mich unsanft auf den Stuhl nieder. Ich werde es lernen müssen: Hier habe ich nichts zu melden.

»Schön«, sagt Larren, »Mr. Sabich möchte sich also das Glas ansehen. Weiter nichts. Das ist sein gutes Recht. Die Anklage

ist zur Offenlegung ihrer Beweisunterlagen verpflichtet. Wissen Sie, ich habe mir das Protokoll über die Sachbeweise durchgelesen, und ich verstehe, warum Mr. Sabich dieses Glas gründlich unter die Lupe nehmen möchte. Dem Antrag wird stattgegeben.«
Nun deutet Larren auf mich. Zum erstenmal nimmt er offen Notiz von meiner Gegenwart. »Und noch etwas, Mr. Sabich, natürlich wird Ihr Anwalt uns Ihre Interessen zu Gehör bringen, aber wenn Sie den Wunsch haben, sich selbst zu äußern, so steht Ihnen das frei. Jederzeit. Sie haben ferner das Recht, an all unseren Zusammenkünften teilzunehmen, das gilt sowohl für die internen Konferenzen im Anwaltszimmer als auch für offizielle Verfahren. Ich möchte, daß Sie das wissen. Wir alle kennen Mr. Sabich als hervorragenden Prozeßanwalt, einen der besten in unserem Bezirk, und ich bin sicher, er wird sich von Zeit zu Zeit ein Bild davon machen wollen, wie wir in seinem Fall vorankommen.«
Ich schaue Sandy an und antworte erst, als er mir zunickt. Ich danke dem Gericht und erkläre Larren, ich würde mich aufs Zuhören beschränken, um das Reden meinem Anwalt zu überlassen.
»Wie Sie wollen«, sagt der Richter. Aber in seinen Augen glimmt eine Herzlichkeit, mit der er mir im Sitzungssaal bisher noch nie begegnet ist. Ich bin jetzt der Angeklagte und stehe als solcher unter seiner besonderen Obhut. Solange ich seiner Verfügungsgewalt unterstellt bin, muß er mir einen gewissen Schutz angedeihen lassen, gleich einem Bandenführer oder einem Mafiaboß.
»Als nächstes hätten wir den Antrag auf Zutritt zur Wohnung.« Molto und Nico beratschlagen.
»Keine Einwände«, sagt Nico, »sofern ein Polizeibeamter anwesend ist.«
Dagegen erhebt Sandy sofort Einspruch. Ein paar Minuten lang verbeißen er und Nico sich in einem typischen Gerichtssaal-Hickhack. Jeder weiß, worum es geht. Der Staatsanwalt möchte herauskriegen, wonach wir suchen. Außerdem hat er ein stichhaltiges Argument vorzubringen: Selbst die kleinste Veränderung in Carolyns Räumen würde seine Bemühungen beeinträchtigen, den Tatschauplatz für beweiserhebliche Zwecke zu nutzen.
»Aber Sie haben doch inzwischen Fotos«, sagt Larren. »Jedesmal,

wenn ich über einen solchen Fall zu Gericht sitze, frage ich mich, ob die Ankläger nicht einen Vertrag mit Kodak geschlossen haben.« Die Reporter lachen, und Larren schmunzelt. Er ist in seinem Element. Es macht ihm Spaß, sein Publikum zu unterhalten. Er deutet mit dem Hammer auf Della Guardia. »Sie können einen Beamten am Eingang postieren, um sicherzugehen, daß die Verteidigung nichts entwendet, aber ich werde nicht zulassen, daß Sie denen bei ihrer Suche über die Schulter gucken. Die Staatsanwaltschaft hatte vier Monate Zeit, die Wohnung auf den Kopf zu stellen.« Großzügig bezieht Larren in seine Rechnung auch jenen Monat ein, in dem ich noch die Untersuchungen leitete. »Da hat die Verteidigung doch wohl das Recht, sich ein paar Minuten in Ruhe umzusehen. Mr. Stern, setzen Sie die entsprechende Verfügung auf, ich werde sie unterschreiben. Und vergessen Sie nicht, Frau Polhemus' Testamentsvollstrecker oder Erbschaftsverwalter oder wer immer ihre Interessen wahrnimmt rechtzeitig davon in Kenntnis zu setzen, was das Gericht soeben genehmigt hat.«
»Tja, meine Herren, jetzt müssen wir nur noch über Mr. Moltos etwaige Aussperrung entscheiden.« Dies betrifft unser Gesuch, Molto in der Verhandlung nicht als Prozeßbevollmächtigten auftreten zu lassen, weil Nico ihn gleichzeitig als Zeugen ins Auge gefaßt hat.
Nico zieht sofort mächtig vom Leder. Drei Wochen vor der Verhandlung einen der Ankläger auszuschließen, das sei eine schier unzumutbare Auflage. Unmöglich! Die Staatsanwaltschaft könne den Fall unter diesen Umständen nie und nimmer termingerecht vorbereiten. Ich weiß nicht, ob Nico nur Zeit schinden will oder ob er unseren Antrag ernsthaft zu Fall zu bringen versucht. Wahrscheinlich ist ihm das selbst nicht klar.
»Nun hören Sie mal zu, Mr. Della Guardia! Ich habe Sie nicht aufgefordert, Mr. Molto auf Ihre Zeugenliste zu setzen«, entgegnet Richter Lyttle. »Wie Sie sich das vorgestellt haben, einen Prozeß mit einem Ankläger zu führen, der eventuell auch noch als Zeuge gehört wird, ist mir schleierhaft. Ein Anwalt darf nun einmal im selben Verfahren nicht Partei und Zeuge zugleich sein. An diesem Grundsatz halten unsre Gerichte seit mittlerweile vierhundert Jahren fest. Und ich habe nicht vor,

ihn ausgerechnet für diesen Prozeß umzustoßen, egal, wie wichtig das für gewisse Beteiligte sein mag und wie viele Reporter von ›Time Magazine‹ oder ›Newsweek‹ oder was weiß ich für hochgestochenen Blättern hier aufkreuzen.« Richter Lyttle hält inne und schielt hinüber zur Pressegalerie, so als hätte er die Journalisten eben erst bemerkt. »Aber eines wollen wir doch einmal klarstellen...« Larren erhebt sich und wandert hinter seinem Tisch auf und ab. Rechnet man die ein Meter fünfzig des Podiumsockels zu seiner imposanten Statur hinzu, spricht er von einer ehrfurchtgebietenden Höhe zu uns herab. »Wenn ich recht verstehe, Mr. Delay Guardia, dann geht es Ihnen darum, daß Mr. Molto bezeugt, Mr. Sabich habe auf seinen Mordvorwurf geantwortet: ›Sie haben natürlich recht.‹«

»›Ja, ja, Sie haben natürlich recht‹«, verbessert ihn Nico.

Larren nimmt die Berichtigung mit einer majestätischen Verbeugung zur Kenntnis. »Sehr schön. Noch hat aber die Staatsanwaltschaft diese Aussage nicht zu Protokoll gegeben. Allerdings haben Sie Ihre Absicht kundgetan, und aus dem Grund hat Mr. Stern ja auch seinen Antrag gestellt. Jetzt will ich Ihnen einmal erklären, wie ich die Sache sehe. Ich bin mir keineswegs sicher, daß diese Aussage für die Beweislast viel hergibt. Mr. Stern hat vorläufig noch keinen Einspruch erhoben, ihm käme es im Zweifelsfall eher darauf an, daß Mr. Molto als Ankläger ausgeschlossen wird. Aber wenn er in den Zeugenstand tritt, Mr. Delay Guardia, dann denke ich, wird Mr. Stern sagen, seine Aussage sei nicht relevant.« Dies ist eine von Larrens bevorzugten Methoden im Dienste der Verteidigung. Er sagt Einwendungen voraus, die möglicherweise im Laufe des Prozesses angemeldet werden. Manche – wie diese hier – kommen todsicher aufs Tapet. Andere wiederum fielen dem Strafverteidiger von allein nie ein. Doch im einen wie im anderen Falle hat Larren mit seiner so überzeugend vorgetragenen Prognose Erfolg.

»Euer Ehren«, ruft Nico, »der Mann hat sein Verbrechen gestanden.«

»Oh, Mr. Delay Guardia, ich bitte Sie! Darauf will ich ja gerade hinaus. Sie wollen mir doch nicht weismachen, ein Mann, der einen Mord auf dem Gewissen hat, geht her und bekennt sich so mir nichts, dir nichts zu seiner Tat. Daß Mr. Sabichs Bemerkung pure Ironie war, müßte eigentlich jedem klar sein. Wir wissen wohl alle, wie so was läuft. Wäre Mr. Sabich dort zu Hause, wo ich herstamme, dann hätte er vermutlich gesagt: ›*Yo momma!*‹«

Gelächter erfüllt den Gerichtssaal. Wieder hat Larren triumphiert. Er lehnt sich zurück und lacht mit.

»Aber in Mr. Sabichs Kreisen, da sagen die Leute in so einem Fall wohl: ›Sie haben natürlich recht.‹ Sie meinen damit allerdings: ›Sie sind auf dem Holzweg.‹« Pause. »Die Herrschaften sind eben höflich.«

Die Journalisten wiehern vor Lachen.

»Euer Ehren«, sagt Nico, »sollten diese Interpretationsfrage nicht die Geschworenen klären?«

»Im Gegenteil, Mr. Delay Guardia, in erster Linie hat über derlei Fragen das Gericht zu entscheiden. Ich muß davon überzeugt sein, daß diese Zeugenaussage relevant ist. Daß sie der Beschuldigung, die sie belegen soll, tatsächlich Glaubwürdigkeit verleiht. Nun, ich will mir jetzt noch kein Urteil erlauben, aber falls Sie in Zukunft nicht wesentlich überzeugendere Argumente vorzubringen haben als bisher, Sir, dann werden Sie vermutlich erleben, daß ich Mr. Moltos Aussage als irrelevant ablehne. Und ich würde Ihnen raten, Mr. Sterns Antrag unter diesem Gesichtspunkt zu betrachten. Denn wenn Sie auf Mr. Molto als Zeugen verzichten und sich im Kreuzverhör mit dem Angeklagten nicht auf seine Aussage stützen – aus welchem Grund sollte ich dann den Antrag der Verteidigung zurückweisen?«

Larren lächelt. Er hat Nico die Tour vermasselt; ziemlich deutlich hat er ihm zu verstehen gegeben, daß Moltos Aussage ohnehin nicht zugelassen würde. Nico muß entweder auf Moltos Mitwirkung verzichten, um dessen – wie gesagt ziemlich nutzlose – Aussage durchzuboxen, oder er streicht Tommy von der Zeugenliste und behält ihn als Kläger. Eigentlich hat er gar keine Wahl: Der Spatz in der Hand ist immer noch besser als die Taube auf dem Dach. Mein vor Molto abgelegtes sogenanntes Geständnis hat sich in Luft aufgelöst.

Molto tritt vors Podium. »Herr Richter...« Weiter kommt er nicht.
Larren fällt ihm ins Wort. Seine gute Laune ist mit einem Schlag verflogen. »Ich muß doch bitten, Mr. Molto! Sie können schließlich nicht vor Gericht über die Zulässigkeit Ihrer eigenen Zeugenaussage philosophieren. Vielleicht möchten Sie mich davon überzeugen, daß die altehrwürdige Regel, die einem Anwalt verbietet, im selben Prozeß gleichzeitig als Verteidiger und Zeuge aufzutreten, hier keine Anwendung finden sollte, aber ehe Ihnen das nicht gelingt, will ich nichts mehr von Ihnen hören.«
Larren kommt rasch zum Schluß. Er werde uns am achtzehnten August zur Verhandlung wiedersehen, sagt er. Mit einem letzten Blick auf die Reporterriege verläßt er den Saal.
Molto hat sich nicht vom Fleck gerührt; seine Wut steht ihm ins Gesicht geschrieben. Tommy hatte schon immer die für einen Prozeßbevollmächtigten schlechte Angewohnheit, sein Mißfallen offen zur Schau zu tragen. Richter Lyttle und er liegen zudem bereits seit vielen Jahren miteinander in Fehde. Wenn ich mich auch nicht mehr an Carolyns Dienstzeit bei der Justizabteilung Nord erinnern kann, Larren und Molto vergesse ich nie. Ihre Auseinandersetzungen waren berüchtigt. Seit Bolcarro Richter Lyttle mit dieser Versetzung – juristisch gesehen – in die Wüste geschickt hatte, übte der seine eigene kompromißlose Gerechtigkeit. Die Polizei schikanierte in seinen Augen die armen Teufel von der Straße, solange die Beamten ihm nicht das Gegenteil bewiesen. Der geplagte Molto behauptete in seiner Verbitterung, die Zuhälter und Junkies und Gelegenheitsdiebe, von denen manche täglich in Larrens Sitzungszimmer aufkreuzten, hätten ihn seinerzeit mit stehenden Ovationen empfangen, wenn er morgens den Vorsitz über die erste Verhandlungsrunde übernahm. Die Polizisten verachteten Richter Lyttle. Seine Hautfarbe inspirierte sie zur Erfindung zahlreicher diskriminierender Beinamen. Hier traf man auf ein Ausmaß an Imaginationskraft, das jenem gleichkam, dank dessen die Menschen auf dem Mond gelandet sind. Als ich die Ermittlungen gegen die Night Saints abschloß, amtierte Larren bereits seit Jahren in der Innenstadt, aber Lionel Ken-

neally bekam immer noch Krämpfe, wenn er bloß seinen Namen hörte. Vor allem eine Geschichte hat mir Kenneally bestimmt zehnmal erzählt: Es ging um Körperverletzung, einen Fall, den ein Cop zur Anklage gebracht hatte. Angeblich wollte der Beschuldigte sich seiner Verhaftung widersetzen. Der Polizist – Manos hieß er – sagte aus, er und der Angeklagte seien in eine Rauferei geraten, weil der Mann ihn beschimpft habe.

»Was hat er zu Ihnen gesagt?« wollte Larren wissen.

»Das möchte ich hier im Gerichtssaal lieber nicht wiederholen, Euer Ehren.«

»Was denn, Officer, haben Sie etwa Angst, die hier Anwesenden zu schockieren?« Larren deutete auf die vordersten Reihen, in denen die Angeklagten saßen, eine Versammlung von Prostituierten, Taschendieben und Junkies. »Sprechen Sie nur frei von der Leber weg!« ermunterte Richter Lyttle den Beamten.

»Er hat Arschloch zu mir gesagt, Euer Ehren.«

Aus dem Saal ertönten Pfiffe, Buhrufe und munteres Gejohle. Larren sorgte mit seinem Hammer für Ruhe, aber auch er lachte.

»Was denn, Officer«, wiederholte er, immer noch lächelnd, »wissen Sie etwa nicht, daß das in unserem Gemeinwesen ein Kosename ist?«

Die Typen im Saal flippten aus: Überall reckten sich Fäuste zum Black-Power-Gruß empor. Manos ließ das alles schweigend über sich ergehen. Sobald wieder Ruhe eingekehrt war, sprach Larren den Angeklagten frei.

»Und das tollste dabei ist«, erzählte mir Kenneally, »daß Manos daraufhin vor den Richtertisch tritt, sich mit der Mütze in der Hand vor Lyttle aufbaut und mit der Miene eines Unschuldslamms zu ihm sagt: ›Ich danke Ihnen, Sie Arschloch!‹«

Ich habe diese Geschichte noch von zwei anderen Kollegen gehört. Beide bestätigen den Wortwechsel. Aber sie schwören darauf, daß die letzte Bemerkung vom Richter kam.

23

Jede Woche, in der Regel am Mittwochabend, klingelt das Telefon. Schon bevor er etwas sagt, weiß ich, wer der Anrufer ist. Ich kann hören, wie er an seiner gottverdammten Zigarette nuckelt. Eigentlich dürfte ich nicht mit ihm sprechen und er nicht mit mir. Wir haben beide unsere Anweisungen. Er nennt seinen Namen nicht.

»Wie geht's Ihnen?« fragt er.

»Miserabel.«

»Kommen Sie klar zu Hause?«

»So lala.«

»Das ist 'ne miese Geschichte.«

»Wem sagen Sie das.«

Er lacht. »Stimmt. Ihnen muß ich damit wirklich nicht kommen. Wie steht's, brauchen Sie was? Kann ich Ihnen irgendwie helfen?«

»Kaum. Nett von Ihnen, daß Sie anrufen.«

»Ja, ich weiß, ich bin ein netter Kerl. Aber ich spekuliere drauf, daß Sie bald wieder der Boß in dem Saftladen sind. Da will ich mich schon mal ranschmeißen.«

»Ich weiß. Was ist mit Ihnen? Wie kommen Sie zurecht?«

»Gut. Ich halt' mich über Wasser.«

»Ist Schmidt immer noch an Ihrem Fall dran?« frage ich und meine seinen Boß.

»Na, und ob, der ist immer am Ball. Damit muß ich leben. Hol ihn der Teufel!«

»Machen die's Ihnen sehr schwer?«

»Was denn – diese Dünnbrettbohrer? Na, hören Sie!«

Aber ich weiß, daß Lip schwer zu kämpfen hat. Mac, die mich auch hin und wieder anruft, hat mir erzählt, daß sie ihn zurück in die McGrath Hall beordert haben; er ist aus der Sondereinheit bei der Staatsanwaltschaft abgezogen worden. Schmidt hat ihn an einen Schreibtisch verbannt, wo er nichts weiter zu tun hat, als die Berichte anderer Detectives abzuzeichnen. Das muß einen Mann wie Lip zum Wahnsinn treiben. Aber er hat schließlich schon immer einen Drahtseilakt in seiner Abteilung vollführt. Er mußte die Leute blenden, um seine Kritiker in

Schach zu halten. Viele warteten nur darauf, ihn stürzen zu sehen. Jetzt ist es passiert. Die Cops werden einfach glauben, Lipranzer habe Bescheid gewußt und zugelassen, daß ich die Sache vertusche. Die denken nun mal in solchen Kategorien.

»Ich ruf' nächste Woche wieder an.« Mit diesem Versprechen beendet er jeden Anruf.

Und er hält es getreulich. Bis auf ein, zwei Sätze verlaufen unsere Unterhaltungen immer gleich. Vor ungefähr einem Monat, als jedem klar wurde, daß ich ernsthaft in der Klemme stecke, bot er mir Geld an. »Ich weiß, daß so was teuer werden kann«, sagte er. »Sie wissen ja, wir aus dem alten Osteuropa haben immer irgendwo 'nen Sparstrumpf versteckt.«

Ich erklärte ihm, daß Barbara mir bereits aus der Patsche geholfen habe, und er ließ eine Bemerkung darüber fallen, wie vorteilhaft es doch mitunter sei, eine Jüdin zur Frau zu haben.

Diese Woche habe ich schon darauf gewartet, daß das Telefon endlich klingelt.

»Wie geht's Ihnen?« fragt er.

»Miserabel«, sage ich.

Barbara nimmt oben am Zweitapparat den Hörer ab, gerade rechtzeitig, um unser Begrüßungsritual mitzukriegen.

»Ist für mich, Barb«, rufe ich hinauf.

Da sie nichts von unserer Abmachung weiß, sagt sie einfach: »Hallo, Lip« und legt wieder auf.

»Na, und was tut sich so?«

»Wir gehn jetzt in die Verhandlung. In drei Wochen. Nicht mal.«

»Ja. Weiß ich. Ich hab' die Zeitungen gelesen.« Daran kauen wir beide ein Weilchen. Dan Lipranzer kann sich um seine Zeugenaussage nicht herumdrücken. Sie wird mir das Genick brechen, das wissen wir beide, aber es ist nicht zu ändern. Am Tag nach der Wahl hat er Moltos Frage beantwortet, noch ehe er ahnen konnte, was dabei auf dem Spiel stand; und ich neige zu der Annahme, daß Lips Antwort auch dann nicht anders ausgefallen wäre, wenn er die Folgen hätte absehen können. Was geschehen ist, ist geschehen. So würde jedenfalls er sich dazu äußern.

»Sie steigen also in die Startlöcher?« fragt er.

»Wir arbeiten wirklich wie die Ochsen. Stern ist umwerfend. Wirklich. Er ist einfach der Größte.«

»So sagt man, ja.« Als er innehält, höre ich das Klicken seines Feuerzeugs. »Also schön, okay. Brauchen Sie irgendwas?«

»Allerdings«, sage ich. Wenn er nicht gefragt hätte, wäre ich nicht damit herausgerückt. Das ist gewissermaßen der Pakt, den ich mit mir selbst geschlossen habe.

»Schießen Sie los.«

»Ich muß diesen Typ finden, diesen Leon. Leon Wells. Sie wissen doch, der, der angeblich den Staatsanwalt in der Abteilung Nord geschmiert hat? Der Beschuldigte in der Gerichtsakte, die Sie ausgegraben haben, die von Carolyn und Molto. Stern hat 'nen Schnüffler drauf angesetzt, aber der hat absolut nichts rausgebracht. Wenn man dem glauben will, existiert der Kerl überhaupt nicht. Wenn Sie mir nicht helfen, bin ich am Ende. Schließlich kann ich doch nicht von Mann zu Mann mit Tommy Molto darüber reden.«

Dieser Schnüffler ist der Privatdetektiv Ned Berman. Sandy schwört auf ihn, mir aber schien es eher so, als habe er keine blasse Ahnung von seiner Aufgabe. Ich gab ihm Kopien der einschlägigen Gerichtsakten. Drei Tage später kreuzte er wieder auf und sagte, er könne mir nicht helfen. »Die Abteilung Nord, Mensch, das ist zur Zeit der reinste Affenkäfig«, sagte er. »Ich wünsch' Ihnen Glück. Ganz ehrlich. Da draußen hauen sich doch alle gegenseitig in die Pfanne.«

Lipranzer zögert länger, als ich erwartet habe. Aber ich weiß, warum. Wenn seine Dienststelle dahinterkommt, daß er mir geholfen hat, meine Verteidigung aufzubauen, dann fliegt er. Verstoß gegen das Amtsgeheimnis. Ungehorsam im Dienst. Das Gehalt für weitere fünfzehn Jahre und seine Pension – alles beim Teufel.

»Ich würde Sie nicht darum bitten, wenn es nicht wirklich wichtig wäre, das wissen Sie.«

»Aber was versprechen Sie sich davon?« fragt er. »Denken Sie, Tommy hat da 'ne krumme Tour gedreht? Sie etwa hopsgenommen, damit Sie der Sache nicht weiter nachgehen können?« Obwohl er versucht, sich ein Urteil zu verkneifen, höre ich doch an seinem Tonfall, daß ihm dieser Gedanke ziemlich weit hergeholt scheint.

»Ich weiß nicht, was ich darauf antworten soll. Wollen Sie von mir hören, daß ich's für möglich halte? Jawohl, das tue ich. Und ob er mich nun absichtlich kaltgestellt hat oder nicht, wenn wir diese alte Geschichte aufdecken könnten, dann säße er ganz schön in der Scheiße. So was macht die Geschworenen hellhörig.«

Er schweigt.

»Wenn ich aus dem Zeugenstand raus bin«, sagt er endlich. »Sie wissen ja, die Typen haben ein Auge auf mich. Und ich will nicht, daß irgendwer mir Fragen stellt, auf die ich keine ehrliche Antwort geben kann – nicht, solange ich unter Eid stehe. Für 'ne Menge Leute wär' das ein wahres Fest. Wenn ich erst mal ausgesagt habe, werden die kürzertreten. Dann mache ich mich an die Arbeit. Okay?«

Es ist nicht okay. Wahrscheinlich wird es dann nämlich schon zu spät sein. Aber ich habe ohnehin bereits zuviel verlangt.

»Das ist phantastisch. Sie sind ein Kumpel. Ehrlich.«

»Ich spekulier' bloß drauf, daß Sie bald wieder der Boß von dem Laden sind«, sagt er. »Nur deshalb schmeiß' ich mich so ran.«

Abschlag, schon wieder. Die Sommerliga. Gott sei Dank muß ich als Trainer bei diesem Verein nie lange herumstehen, denn die Stingers haben kaum Fortschritte gemacht. In der Schwüle des Augustabends hat es den Anschein, als hätten unsere Söhne immer noch keinen blassen Dunst davon, was ein Flugball ist. Mit der ungebremsten Geschwindigkeit von Regentropfen gehen die Bälle nieder. Die Mädchen sind da schon anstelliger. Sie schlagen und pitchen mit spürbar wachsender Geschicklichkeit. An die Jungen kommt man dagegen einfach nicht ran. Ihnen etwas über den Vorzug eines gezielten Schwungs zu erzählen wäre verlorene Liebesmüh. Jeder dieser achtjährigen Knaben träumt davon, daß seinem Schläger magische Kräfte innewohnen, wenn er an den Abschlagplatz kommt. Homeruns malt er sich aus und tolle Flachbälle. Die wiederholte Anweisung, den Ball möglichst am Boden zu lassen, kann man sich bei den Jungen sparen.

Zu meiner Überraschung macht Nat da eine gewisse Ausnahme. Diesen Sommer geht eine Veränderung mit ihm vor, er entwickelt zumindest bedingten Realitätssinn. Auf einmal scheint er sich seiner Fähigkeiten bewußt zu werden und zu begreifen, daß die Leute aus der Art, *wie* man bestimmte Dinge tut, Rückschlüsse auf den Charakter ziehen. Als er an die Reihe kommt, beobachte ich, wie seine Augen dem Ball über die erste Spielbahn folgen, bevor er lossprintet zur zweiten. Und dabei ahmt er nicht einfach die Spieler im Fernsehen nach, vielmehr gibt der Umstand, daß ihm deren Technik überhaupt aufgefallen ist, den Ausschlag. Er fängt an, auf Stil zu achten. Barbara sagt, er scheine neuerdings mehr Wert auf seine Kleidung zu legen. Mir würde diese Entwicklung wesentlich mehr Freude machen, wenn mir die Motive für Nats plötzlichen Reifeprozeß nicht suspekt wären. Er entspringt wohl kaum dem natürlichen Entwicklungsprozeß; vielmehr hat man den Jungen unsanft und überstürzt aus seinen Träumereien gerissen. Ich fürchte, Nathaniel hat seine Aufmerksamkeit der Welt zugewandt, weil er weiß, daß sie seinem Vater so übel mitspielt.

Nach dem Training machen wir beide uns allein auf den Heimweg. Niemand war so herzlos, uns nahezulegen, wir sollten aufs Picknick verzichten. Trotzdem ist es das beste, wir verdrücken uns. Gleich nach der Anklageerhebung haben wir einmal mitgemacht, aber es wurde ein so enervierender Abend, weil praktisch jedes Gesprächsthema unliebsame Assoziationen weckte – der Beruf, den ich nicht mehr ausübe; Fernsehkrimis, die sich mit Fällen wie dem meinen befassen –, daß ich wußte, wir würden so etwas nicht noch einmal durchstehen. Es ist ohnehin großzügig von diesen Männern, meine Gegenwart zu dulden, stelle ich doch für die Kinder ein Risiko dar: Wir sollten alle an die Monate denken, die vor uns liegen, daran, wie unmöglich es wäre, den Jungen gegebenenfalls zu erklären, wo ich hingekommen sei – und weshalb. Es wäre unfair, diese herrlichen Abende mit dem Omen des Bösen zu überschatten. Statt dessen trennen Nat und ich uns mit einem freundlichen Winken von den übrigen. Ich trage den Schläger und den Handschuh. Er zockelt neben mir her und kickt im Gehen Löwenzahnblüten.

Von Nathaniel habe ich nicht eine einzige Klage zu hören bekommen. Diese Loyalität meines Sohnes rührt mich fast zu Tränen. Gott allein weiß, mit welch miesen Tricks seine Freunde ihn für den berüchtigten Vater büßen lassen. Kein Erwachsener kann sich ausmalen, unter welch hinterhältigen Sticheleien und Gemeinheiten er zu leiden hat. Und doch weigert er sich, mich im Stich zu lassen, mich, dem er all diese Qualen verdankt. Er verwöhnt mich nicht. Aber er ist fast immer um mich. Er zieht mich vom Sofa hoch, damit ich mit ihm hinausgehe und Baseball spiele. Abends begleitet er mich, wenn ich mich nach Einbruch der Dunkelheit hinaustraue, um mir eine Zeitung zu kaufen und die Milch zu holen. An meiner Seite trottet er durch das Wäldchen zwischen unserer Parzelle und den Grünanlagen von Nearing. Er zeigt keine Furcht.

»Hast du Angst?« frage ich unvermittelt, während wir jetzt heimgehen.

»Du meinst Angst, daß du nicht freikommst?« Der Prozeß, dieses Schreckgespenst der letzten Wochen, ist so bedrohlich nahe gerückt, daß selbst mein achtjähriger Sohn sofort begreift, von welcher Angst ich spreche.

»Ja.«

»Nein.«

»Und warum nicht?«

»Ich hab' eben keine. Ist doch alles erstunken und erlogen, nicht?« Unterm Schirm seiner schiefsitzenden Baseballmütze blinzelt er zu mir hoch.

»So könnte man sagen, ja.«

»Na, siehst du. Die werden ihren Prozeß abziehen, und du wirst ihnen sagen, was wirklich passiert ist, und dann ist's vorbei. Mom hat's gesagt.«

Mir ist, als wolle mein Herz zerspringen: Seine Mutter hat das gesagt! Ich lege meinem Sohn den Arm um die Schultern; mehr denn je verblüfft mich sein bedingungsloser Glaube an Barbara. Ich kann nur ahnen, welch langwierige therapeutische Sitzungen zwischen Mutter und Kind vonnöten waren, um Nat zu solch bedingungslosem Beistand zu motivieren. Dieses Wunder hätte niemand außer Barbara fertiggebracht. Unser Familienzusammenhalt beruht auf einer einfachen Symmetrie:

Ich liebe Nat mehr als alles auf der Welt, und er vergöttert seine Mutter. Selbst in diesem rauflustigen Alter, da er nur so strotzt vor überflüssiger Energie, ist er ihr – und nur ihr – gegenüber sanft und zärtlich. Sie darf als einzige ausgiebig mit ihm schmusen; zwischen den beiden besteht eine besondere Bindung, ja Abhängigkeit, die sogar noch tiefer geht als bis in die ohnehin unerforschten Urgründe der Mutter-Kind-Beziehung. Er ähnelt ihr mehr als mir, hat ihre Reizbarkeit geerbt und ihre rastlose Intelligenz, aber auch die düsteren Stimmungen, den Hang zur Einsamkeit. Barbara hängt ebenso leidenschaftlich an ihm wie umgekehrt. Sie denkt unablässig an ihn. Ich glaube ihr, wenn sie sagt, daß sie für ein zweites Kind nie ein ebenso intensives Gefühl aufbringen könnte.
Die beiden trennen sich nur widerwillig. Letzten Sommer war Barbara für vier Tage auf Besuch bei einer früheren Kommilitonin, Yetta Graver, die inzwischen Professor der Mathematik in Detroit ist. Barbara rief zweimal täglich zu Hause an. Und Nat war der reinste Wechselbalg, bockig und unglücklich. Abends kriegte ich ihn nur dadurch ins Bett, daß ich ihm haarklein ausmalte, was seine Mutter und Yetta wohl im gleichen Augenblick machten.
»Sie sitzen in einem gemütlichen Restaurant«, pflegte ich ihm zu erzählen. »Beide essen Fisch. Er ist gegrillt, aber mit ganz wenig Butter. Jede trinkt ein Glas Wein dazu. Beim Nachtisch werden sie schwach, und sie essen etwas, das furchtbar dick macht, dem sie aber einfach nicht widerstehen können.«
»Torte?« fragte Nat.
»Torte«, bestätigte ich.
Mein Sohn, der, den ich mir immer erträumt hatte, schlief ein, während er sich vorstellte, wie seine Mutter im fernen Detroit Süßigkeiten naschte.

24

»Hallo«, sagt Marty Polhemus.
»Hallo«, grüße ich zurück. Als ich vom Treppenabsatz aus einen ersten Blick auf die Gestalt warf und das lange Haar sah, glaubte ich, es sei Kemp, mit dem ich mich hier treffen soll. Statt dessen begegne ich diesem Jungen, an den ich seit Monaten nicht mehr gedacht habe. Allein stehen wir uns im Flur vor Carolyns Wohnung gegenüber und sehen einander an. Marty streckt die Hand aus und ergreift meine mit festem Druck. Er zeigt keine Abneigung, mir scheint sogar, er freut sich, mich zu sehen. »*Sie* hatte ich hier nicht erwartet«, sage ich endlich und suche nach einer Möglichkeit, ihn zu fragen, warum er hier ist. Aus der Hemdtasche zieht er eine Kopie von Richter Lyttles Verfügung, die uns berechtigt, die Räumlichkeiten zu inspizieren. »Das hab' ich gekriegt«, sagt Marty.
»Ach, jetzt verstehe ich. Das war nur eine Formalität.« Der Richter hatte uns beauftragt, den Nachlaßverwalter zu informieren, einen ehemaligen Staatsanwalt namens Jack Buckley. Jack hat die Mitteilung offenbar an den Jungen weitergeleitet. »Dieser Wisch sollte Ihnen bloß die Möglichkeit geben, Einspruch zu erheben, falls Sie etwas dagegen haben, daß wir reingehen und uns ein paar von Carolyns Sachen ansehen. Deswegen hätten Sie nicht herkommen brauchen.«
»Ist schon in Ordnung.« Der Kopf des Jungen schnellt beim Sprechen ruckartig vor und zurück. Er macht keine Anstalten zu gehen.
Ich bemühe mich, das Gespräch in Gang zu halten, frage ihn, was er so treibt. »Als wir uns das letztemal sahen, hatten Sie vor, Ihr Studium aufzugeben und nach Hause zurückzukehren.«
»Das hab' ich auch gemacht«, sagt er ohne Umschweife. »Genaugenommen hat man mich relegiert, wie das so schön heißt. Ich bin in Physik durchgefallen. Und Englisch hab' ich auch nur gerade so geschafft. Ich war eigentlich sicher, daß ich da auch durchrasseln würde. Vor sechs Wochen bin ich heimgefahren. Bin erst gestern wieder hergekommen, um meine Sachen zusammenzusuchen.«

Ich versichere ihm, daß ich es bedauern würde. Nachdem ich ihn hier traf, hätte ich angenommen, daß sich alles eingerenkt habe.

»Hat es auch. Ich meine, was mich angeht, jedenfalls.«

»Wie hat Ihr Vater es aufgenommen?«

»Happy war er nicht grade. Besonders wegen der miesen Englischnote. Das ist ihm an die Nieren gegangen. Aber er meinte, ich hätte ein schweres Jahr durchgemacht. Ich werd 'ne Weile jobben, dann geh' ich zurück aufs College.« Marty schaut ins Leere. »Na, jedenfalls als ich den Schrieb da gekriegt habe, dachte ich mir, ich komm' mal vorbei und schau', was los ist.«

In der amerikanischen Psychologie gibt es einen Fachausdruck: *inappropriate*, was soviel heißt wie »unpassend« oder »unangemessen«. Ein Attribut, das haargenau auf diesen Jungen zutrifft. Quatscht da einfach vor der Wohnung, in der seine Mutter umgebracht wurde, mit dem Mann, den alle Welt für den Mörder hält. Eine Sekunde lang überlege ich, ob er überhaupt weiß, was los ist. Aber der Gerichtsbescheid trägt ja die Überschrift: DAS VOLK GEGEN ROZAT K. SABICH, und eigentlich müßte er auch die Schlagzeilen gesehen haben, mit denen die Presse auf die Anklageerhebung reagierte. So lange ist er schließlich noch nicht weg.

Mir bleibt keine Zeit weiterzuforschen, denn nun erscheint Kemp auf der Bildfläche. Er hat einen Polizisten im Schlepptau – Tom Glendenning, ein Cop, den ich nie sonderlich gut leiden konnte. Glendenning sieht die Weißen noch als Herrenrasse. Hat den Kopf voll ethnischer und rassistischer Vorurteile. Spaß versteht er auch nicht. Seine ganze Sensibilität kreist um die Tatsache, daß er von Geburt weiß und obendrein Polizist ist. Alle anderen behandelt er wie störende Eindringlinge. Zweifellos wird er mich mit Vergnügen ebenfalls in diese Kategorie einreihen. Je mehr es davon gibt, desto besser, das ist Toms Devise. Kemp versucht Glendenning klarzumachen, daß er nicht mit hineinkommen darf, wenn wir die Wohnung inspizieren, aber der Polizist behauptet stur, Mr. Molto anders verstanden zu haben. Schließlich einigen sie sich darauf, daß Glendenning hinuntergehen und Molto anrufen soll. Sobald er fort ist, mache ich Kemp mit Marty Polhemus bekannt.

»Sie haben recht«, sagt Glendenning, als er zurückkommt. »Dieser Richter hat's tatsächlich so angeordnet.« Dabei betont er »dieser« so, daß jeder merken muß, was er von Larren hält. Kemp verdreht die Augen. Er ist ein guter Anwalt, aber die arrogante Attitüde seiner Eliteuniversität hat er sich immer noch nicht abgewöhnt. Er läßt es die Leute eiskalt spüren, wenn er sie für blöd hält.

An der Tür zu Carolyns Wohnung klebt eine großformatige Weisung in leuchtendem Orange. Darauf steht, daß es sich hier um den Schauplatz eines Verbrechens handelt, die Räume auf Anordnung des Kriminalgerichts von Kindle County versiegelt wurden und der Zutritt verboten ist. Dieser Bescheid ist so angebracht, daß er Türfüllung und Rahmen überdeckt, so daß niemand unbemerkt aufsperren kann. Die Schlösser sind mit Plastikmaterial gefüllt. Glendenning durchtrennt den Erlaß mit einem scharfen Messer, aber bis er die Schlösser frei gepult hat, dauert es eine ganze Weile. Als er endlich soweit ist, zieht er Carolyns Schlüsselring aus der Tasche. Daran baumelt ein großes, rot-weißes Etikett: Nummer soundsoviel der Beweisaufnahme. Die Tür hat ein normales und ein Sicherheitsschloß. Wie ich Lipranzer schon vor längerer Zeit gesagt habe, war Carolyn nicht leichtsinnig gewesen.

Nachdem er auch das untere Schloß aufgesperrt hat, dreht Glendenning sich wortlos um und greift erst Kemp und mich ab, dann durchsucht er auch Marty. Er soll wohl verhindern, daß wir irgend etwas reinschmuggeln. Ich zeige ihm einen Block, den ich dabeihabe, und schüttle ihn vor ihm aus. Er verlangt unsere Brieftaschen. Kemp will protestieren, aber ich winke ab. Wieder filzt Glendenning auch Marty, der seine Brieftasche schon bereithält.

»Wahnsinn«, stöhnt der Junge. »Sehen Sie sich bloß diesen ganzen Plunder an! Was soll ich damit anfangen?« Er marschiert einfach vor Kemp und mir über die Schwelle. Jamie und ich wechseln einen Blick. Wir wissen beide nicht, ob wir das Recht haben, ihm den Zutritt zu verwehren. Aber lohnt es sich überhaupt, ein Theater zu machen?

Glendenning ruft hinter ihm her: »Hallo, Sie! Nichts anfassen, kapiert? Bloß die beiden dürfen das, okay?« Marty nickt. Er geht durchs Wohnzimmer zur Fensterfront, als wolle er die Aussicht prüfen.

Die Luft im Loft ist dumpf und abgestanden, verbraucht von der Sommerhitze. Irgendwo scheint etwas zu verwesen; mir steigt ein unangenehmer Geruch in die Nase. Obwohl es heute draußen ganz angenehm ist, hat sich die Wohnung wegen der versiegelten Fenster seit der Bullenhitze letzte Woche noch kein bißchen abgekühlt. Hier drinnen herrschen bestimmt fast dreißig Grad.

Ich habe zwar nie an Gespenster geglaubt, trotzdem ist es unheimlich, wieder durch diese Räume zu gehen. Ich spüre ein merkwürdiges Prickeln, das vom Nacken abwärts die Wirbelsäule hinunterläuft. Alles wirkt seltsam aufgeräumt und fast wie bewohnt, zumal man sich bemüht hat, alles soweit wie möglich an seinem Platz zu lassen. Nur der Tisch und das malvenfarbige Sitzelement sind noch umgestürzt. Auf dem hellen Eichenboden ist gleich beim Eingang zur Küche neben dem Flokati mit Kreide die Silhouette von Carolyns Körper nachgezeichnet. Irgendwie wirkt auf einmal alles merkwürdig bedrückend und eng. Neben dem Sofa steht auf einem zweiten Glastisch unverändert ein Intarsienkästchen, das ich Carolyn gekauft habe. Sie hatte es bei Morton's im Schaufenster bewundert – damals, als ich sie während des McGaffen-Prozesses dorthin begleitete. Einer der roten Drachen auf ihrem chinesischen Wandschirm taxiert mich mit loderndem Auge. Gott, denke ich, mein Gott, was habe ich mir da eingebrockt!

Kemp gibt mir ein Zeichen. Wir wollen anfangen. Er wirft mir ein Paar Plastikhandschuhe zu. Strenggenommen wäre diese Vorsichtsmaßnahme nicht erforderlich, aber Stern bestand darauf. Es ist besser, nicht über Fingerabdrücke zu streiten, von denen Tommy Molto womöglich behauptet, er habe sie schon viel früher entdeckt.

Ich mache einen Augenblick vor dem Barschrank halt. Er hängt gleich neben der Küche an der Wand. Ich war der Meinung, ich könne auch auf den Polizeifotos erkennen, was ich suche, aber ich wollte sichergehen. Ich stehe einen Meter von dem offenen Fach entfernt und zähle die auf einem Handtuch aufgereihten Cocktailgläser. Auf einem aus diesem Satz hat man meine

Fingerabdrücke identifiziert. Zwölf stehen hier. Ich zähle sie zweimal, um ganz sicherzugehen.
Jamie tritt neben mich. Er flüstert: »Wo zum Teufel sollen wir nachsehen?« Er ist hinter Verhütungsmitteln her, die Carolyn benutzt haben könnte.
»Da drüben im WC«, antworte ich, »finden Sie ein Apothekenschränkchen und ihre Toilettensachen.«
Das Schlafzimmer, sage ich ihm, würde ich selbst übernehmen. Als erstes schaue ich in ihren Schrank. An jedem Kleidungsstück hängt noch ihr Duft; ich erkenne die Kleider wieder, in denen ich sie gesehen habe. Der Anblick weckt eine schwache Erregung, die gegen etwas in mir ankämpft, das all dies unterdrücken, ja auslöschen möchte. Ich wende mich ihrer Kommode und dem Nachttischchen zu, ein ovales Möbelstück mit Vogelfüßen im Queen-Anne-Stil, auf dem das Telefon steht. Wenn überhaupt, dann kann sie das verdammte Zeug genausogut hier verwahrt haben. Aber als ich die einzige Schublade aufziehe, liegen nur ihre Strumpfhosen darin. Ich schiebe sie zur Seite und finde darunter ein Telefonverzeichnis, ein schmales Büchlein in hellbraunem Kalbsledereinband. Die Cops übersehen doch immer etwas! Ich kann nicht widerstehen; schlage unter »S« nach. Nichts. Dann versuche ich es unter »R«. Richtig. Wenigstens habe ich es bis zu einem Eintrag gebracht. Meine Privat- und die Dienstnummer sind notiert. Ich blättere weiter. Horgan steht auch drin. Molto ist nicht namentlich aufgeführt, wohl aber ein gewisser TM, das ist er vermutlich. Mir fällt ein, daß ich ihre Ärzte herausbekommen wollte. Unter »D« werde ich fündig. Ich notiere mir die Namen und stecke den Zettel in meine Tasche. Plötzlich höre ich jemanden vor der Tür. Mein erster Gedanke ist: Glendenning. Bestimmt hat der Kerl beschlossen, die Anweisungen des dunkelhäutigen Richters zu ignorieren, und nun schnüffelt er mir nach. Rasch lege ich meinen Notizblock über das Telefonbüchlein, damit Glendenning meinen Fund nicht entdeckt. Aber als die Gestalt an der Schlafzimmertür vorbeigeht, da ist es bloß Marty. Er schaut kurz zu mir herein und winkt. Ich nehme mir das Verzeichnis wieder vor, nun ist es bei »L« aufgeschlagen. »Larren« steht ganz zuoberst auf der Seite. Daneben drei Num-

mern. Na, so was, denke ich, das muß ja ein herziger Klüngel gewesen sein, damals bei der Abteilung Nord. Alle sind aufgeführt. Dann überlege ich noch einmal. Nein, nicht alle. Ich schlage unter »N« nach und unter »D«, versuche es sogar bei »G«. Aber Nico steht nicht drin. Ich verstecke das Verzeichnis wieder unter den Strumpfhosen.

Marty drückt sich immer noch vor der Schlafzimmertür herum. »Reichlich komisch, hm?« sagt er.

Er hat nur zu recht. Ich nicke traurig. Er sagt, er wolle draußen warten. Ich versuche, ihm beizubringen, daß er jederzeit gehen kann, aber der Junge ist schwer von Begriff und versteht meinen Wink nicht.

Als ich wieder auf Kemp stoße, kämmt der gerade das Wohnzimmer durch. »Es ist rein gar nichts da«, sagt er. »Kein Schaum, keine Creme. Ich finde nicht mal das Etui für das Diaphragma. Ob ich etwas übersehen habe? Verstecken Frauen dieses Zeug?«

»Nicht daß ich wüßte. Barbara verwahrt ihres in der obersten Schublade von der Frisierkommode. Aber ich weiß nicht, wie andere das machen.«

»Also, wenn der Gerichtsmediziner sagt, er hat so ein empfängnisverhütendes Gel analysiert, und wenn es keiner aus der Wohnung geschafft hat, dann verraten Sie mir, wo das Zeug geblieben ist!«

»Ich nehme an, ich hab's mitgehen lassen«, sage ich, »zusammen mit dem Diaphragma.« Im Gespräch mit Kemp und Stern habe ich mir angewöhnt, in der ersten Person über das zu spekulieren, was Nico mir anlasten wird. Vor allem Jamie findet das amüsant.

»Warum hätten Sie das tun sollen?«

Ich denke kurz nach. »Vielleicht, um zu vertuschen, daß ich das Diaphragma mitgenommen habe.«

»Das ergibt keinen Sinn. Es sollte doch nach Vergewaltigung aussehen. Was spielt es da für eine Rolle, was die Frau genommen hat, wenn sie Verkehr haben *wollte*?«

»Vermutlich war ich nicht mehr klar im Kopf, sonst hätte ich auch das Glas nicht auf der Platte des Barschranks stehenlassen.«

Kemp lächelt. Er hat Spaß an dieser Art Schlagabtausch, dem schnellen Wortwechsel.
»Tja, da kommen wir nicht drum herum«, sagt er. »Ich werde jetzt Berman herbitten.« Er meint den Privatdetektiv. »Der soll die Bude noch mal durchsuchen, damit er dann aussagen kann. In einer Stunde kann er hier sein. Was meinen Sie, was Glendenning für einen Tanz aufführt, wenn er erfährt, daß er warten muß!«
Wir vier treffen vor der Wohnungstür wieder zusammen, und Glendenning schließt ab. Wieder greift er jeden von uns ab. Als Kemp ihm sagt, er müsse noch auf Berman warten, weigert er sich. Kemp erklärt, ihm bleibe gar nichts anderes übrig; die gerichtliche Verfügung gewährt uns einen ganzen Tag lang Zutritt zu der Wohnung.
»Von einem Rock-and-Roll-Anwalt wie Ihnen lass' ich mir gar nichts befehlen«, ruft Glendenning erbittert. Schon als ich noch auf seiner Seite stand, fand ich den Charme dieses Typen zum Kotzen.
»Na schön, dann gehen wir eben zum Richter«, sagt Kemp ungerührt. Er hat Glendennings Masche rasch durchschaut. Der Cop verdreht die Augen zur Decke, als sei das der albernste Vorschlag, den er je gehört hat, aber jetzt sitzt er in der Falle. Er und Kemp poltern in heftigem Wortwechsel die Treppe hinunter. Ich bleibe mit Marty Polhemus allein.
»Ein reizender Mensch, nicht?« sage ich zu ihm.
Marty fragt ganz ernsthaft zurück: »Welchen meinen Sie?«
»Den Polizisten.«
»Scheint in Ordnung, ja. Er hat mir erzählt, dieser Mr. Kemp war mal bei den ›Galactics‹?« Als ich das bestätige, ruft der Junge bewundernd: »O Mann, das ist schrill!« Aber er verstummt gleich wieder. Er scheint immer noch auf irgend etwas zu warten.
»Ich hab' mit denen gesprochen, wissen Sie, mit den Cops.«
»So?« Ich denke an den Satz Gläser auf der Bar.
»Die haben mich nach Ihnen gefragt. Wissen Sie, wegen damals, als Sie mich draußen in der Uni besucht haben.«
»Nun, das ist ihr Job.«
»Genau. Die wollten wissen, ob Sie irgendwas über Ihre Bezie-

hung zu ihr gesagt hätten – zu meiner Mutter, verstehen Sie?«
Mir bleibt das Herz stehen. Das hatte ich vergessen. Ich hatte vergessen, daß ich es diesem vermaledeiten Bengel erzählt habe. Nun ist er Nicos Belastungszeuge; mit seiner Aussage kann er die Affäre beweisen. Ein stechender Schmerz schnürt mir die Kehle zu.
»Die haben das ein paarmal gefragt. Ich hab' gesagt – ich meine, wir haben uns richtig unterhalten, verstehen Sie?«
»Aber klar«, sage ich.
»Und ich hab' denen gesagt, Sie hätten mir darüber nichts erzählt.«
Ich starre den Jungen an.
»Okay?« fragt er.
Ich sollte ihn natürlich daran erinnern, daß er der Polizei die Wahrheit hätte sagen müssen. »Klar«, sage ich wieder.
»Ich glaub' nicht, daß Sie Carolyn umgebracht haben.«
»Danke Ihnen.«
»Das ist so was wie Karma«, sagt er. »Aber ich find's nicht richtig.«
Ich lächle, will ihm die Hand auf die Schulter legen, aber da trifft es mich wie ein Blitz aus heiterem Himmel. Es ist, als würde man gegen eine Mauer rasen: Erkenntnis und Panik fallen zusammen. Ich habe solche Angst, daß meine Beine nachgeben, ja einknicken und ich mich am Treppengeländer festhalten muß. Du Idiot, denke ich, du blöder Idiot! Die haben ihn präpariert. Er hat ein Tonbandgerät bei sich. Nico und Molto haben ihm eine Wanze verpaßt. Deshalb ist er hier, deshalb hatte ich gleich, als ich ihn sah, so ein komisches Gefühl. Er spielt falsch. Er ist uns in die Wohnung gefolgt und hat jeden unserer Schritte beobachtet, und dann hat er mich hier draußen dazu verleitet, ihn zu einer falschen Zeugenaussage anzustiften. Ich hab' mich gerade selbst überführt. Ich bin erledigt. Gleich werde ich die Besinnung verlieren. Ich taumele wieder, doch diesmal nach rückwärts.
Marty streckt mir die Hand entgegen. »Was ist mit Ihnen?«
Als ich ihn ansehe, weiß ich, daß ich verrückt bin. Lächerlich. Er ist der Jahreszeit entsprechend gekleidet, trägt ein enges T-Shirt und Shorts. Nicht einmal einen Gürtel hat er um. Nie

mand könnte unter diesen dünnen Klamotten ein Abhörgerät verstecken. Zudem stand ich daneben, als Glendenning ihn gefilzt hat. Und auch in seinen Augen lese ich nichts Verdächtiges. Alles, was ich sehe, ist dieses freundliche Kind, schüchtern, vielleicht ein bißchen high, jedenfalls aber schrecklich einsam. Mein Hemd ist plötzlich durchgeschwitzt. Ich bin fix und fertig. Der Puls klopft mir bis hinauf in die Oberarme.
»Mir fehlt nichts«, sage ich, aber Marty faßt mich trotzdem unter, als wir die Treppe hinabsteigen. »Es ist dieses Haus«, sage ich. »Das macht mich ganz krank.«

25

Drei Uhr morgens. Ich werde wach, mein Herz rast wie verrückt, und kalter Schweiß rinnt mir in den Nacken. In schlaftrunkener Benommenheit versuche ich, meinen Kragen aufzuknöpfen. Ich taste eine Weile im Dunkeln herum, dann sinke ich erschöpft zurück. Mein Atem geht stoßweise, und dazwischen donnert in unregelmäßigen Abständen der Herzschlag in meinem Ohr, das gegen das Kissen gepreßt ist. Mein Traum ist mir ganz klar in Erinnerung: das schmerzverzerrte Gesicht meiner Mutter, ihr abgezehrter Körper, bevor es zu Ende ging mit ihr, und schlimmer noch, das stumme, verlorene Entsetzen in ihrem Blick.

Als meine Mutter krank wurde und kurz darauf starb, war sie gerade in der friedvollsten Phase ihres Erwachsenendaseins. Sie und mein Vater lebten nicht mehr zusammen, obwohl sie weiterhin täglich nebeneinander in der Bäckerei arbeiteten. Er war zu einer Witwe gezogen, einer Mrs. Bova, an deren aufdringliches Getue, wenn sie in den Laden kam, ich mich noch aus den Jahren vor dem Tode ihres Mannes erinnern kann. Für meine Mutter, die an der Seite meines Vaters nur Furcht und Zittern gekannt hatte, bedeutete dieses Arrangement eine Art Befreiung. Mit einemmal bekundete sie verstärktes Interesse an ihrer Mitwelt. Sie wurde eine der ersten regelmäßigen Anruferinnen bei diesen Talk-Shows mit Hörerbeteiligung: Sagen Sie uns, was Sie von Partnerschaften zwischen Weißen und Schwarzen halten; wie stehen Sie zur Legalisierung von Marihuana; wer hat Ihrer Meinung nach Kennedy umgebracht?

Auf dem Eßzimmertisch stapelten sich alte Zeitungen und Illustrierte, Schmierblöcke und Karteikarten, auf denen sie sich Notizen machte, um die Programme vom nächsten Tag vorzubereiten. Meine Mutter, die zeitlebens eine krankhafte Angst davor empfand, sich irgendwohin außerhalb unseres Wohnblocks oder der Bäckerei zu wagen, die schon früh am Morgen ihre Vorbereitungen treffen mußte, wenn sie irgendwann am Nachmittag ausgehen wollte, die mich seit meinem achten Lebensjahr auf den Markt geschickt hatte, damit sie nicht aus dem Haus mußte – meine Mutter wurde nun eine Art stadtbekannte Persönlichkeit, da sie frank und frei ihre Meinung zu den verschiedensten Kontroversen des Weltgeschehens beisteuerte. Ich konnte diese Entwicklung beim besten Willen nicht mit den Kompromissen vereinbaren, die ich schon viel früher mit mir selbst geschlossen hatte, um ihre abenteuerlichen Überspanntheiten oder den engbegrenzten Spielraum ihres früheren Lebens zu akzeptieren.

Mutter war achtundzwanzig, als sie meinen Vater heiratete, vier Jahre älter als er. Sie war die sechste Tochter des Vorstands einer jüdischen Vereinigung und einer waschechten Irin aus Cork. Meinen Vater, da bin ich mir ganz sicher, reizten vor allem ihre Ersparnisse, mit denen er sich seinen heimlichen Traum erfüllen und einen eigenen Laden aufmachen konnte. Ich entdeckte allerdings auch bei Mutter nie Anzeichen dafür, daß sie aus Liebe geheiratet hatte. Sie galt schon als alte Jungfer und war vermutlich viel zu verschroben, als daß sie noch andere Verehrer hätte haben können. So weit ich zurückdenken kann, neigte sie zu unbeherrschten, zügellosen Ausbrüchen mit manischen Schüben, die in rosarotem Übermut gipfelten, wofür sie dann freilich mit qualvollen Stunden dumpfen Brütens büßen mußte. Manchmal drehte sie regelrecht durch. Dann durchwühlte sie in einem fort die überquellenden Schubladen ihrer Frisierkommode und kramte in ihrem Nähkorb herum, wobei sie schrille, aufgeregte Laute ausstieß. Weil sie kaum außer Haus ging, machten ihre Schwestern es sich zur Aufgabe, sie zu betreuen – eine Mission, die Tapferkeit erforderte. Denn wann immer sie zu Besuch kamen, beschimpfte mein Vater die Tanten in lautstarken Selbstgesprächen als aufdringliche Weiber, und kamen sie ihm in die Quere, wenn er betrunken war, so scheute er auch nicht vor offener Gewaltandrohung zurück. Die beiden, die sich am häufigsten in die Höhle des Löwen wagten, waren meine Tanten Flo und Sarah, energische und beherzte Frauen, die meinen Vater mit strengen Blicken und unerschrockenem Auftreten in Schach zu halten wußten, ungefähr so, als hätten sie es mit einem kläffenden Köter zu tun. Nichts und niemand konnte sie daran hindern, ihren selbstgewählten Auftrag zu erfüllen, der da hieß: Schützet die Schwachen – Rosie, meine Mutter, und vor allem mich. Diese beiden Schwestern waren die guten Engel meiner Kindheit. Sie brachten mir Bonbons mit; sie ließen mir die Haare schneiden und kauften mir etwas zum Anziehen; sie überwachten meine Erziehung so unauffällig, daß ich erst, als ich schon über zwanzig war, begriff, wieviel ich ihnen verdankte. Und ohne mir je darüber Rechenschaft abzulegen, wuchs ich in dem Bewußtsein heran, daß es zwei Welten gab: die meiner Mutter und jene andere, in der ihre Schwestern lebten und zu der, wie mir nach und nach klar wurde, auch ich gehörte.

Ein Fixstern meiner Jugend war der Gedanke, meine Mutter sei, wie ich mich damals ausdrückte, nicht »echt«; meine innige Liebe zu ihr war etwas ganz Privates, unbegreiflich für andere und auch mir selbst rätselhaft.

Kümmert es mich wirklich, was sie jetzt denken würde? Ich glaube, schon. Welchem Kind läge nicht an der Meinung seiner Mutter? Ich bin fast froh, daß sie dies nicht mehr miterlebt hat. Ihre letzten Monate verbrachte sie bei uns. Wir wohnten damals noch sehr beengt in einem Zwei-Zimmer-Appartement in der Stadt, doch Barbara weigerte sich, meine Mutter anderswo unterzubringen. Also schlief Mutter im Wohnzimmer auf einer Bettcouch, von der sie auch tagsüber kaum aufstand. Barbara saß meist dicht daneben auf einem unbequemen Stuhl. Als es mit Mutter zu Ende ging, unterhielt sie sich fast pausenlos mit Barbara. Ihr Kopf lag kraftlos in den Kissen, das Gesicht war schon furchtbar eingefallen, und sie blinzelte aus zusammengekniffenen Augen, die von Tag zu Tag schwächer wurden. Barbara hielt ihre Hand. Sie sprachen im Flüsterton. Die Worte konnte ich nicht verstehen, aber das gleichbleibende Gemurmel erinnerte mich an einen tropfenden Wasserhahn. Barbara Bernstein, die Tochter einer gepflegten Lady aus einem eleganten Vorort, und meine Mutter, ein unruhiger Geist, aber die Liebenswürdigkeit in Person, bewegten sich aufeinander zu, passierten die Klippe der Einsamkeit, während ich wie immer zu sehr in meinem Schmerz gefangen war, um gleichfalls eine solche Annäherung zu vollziehen. Von der Tür aus beobachtete ich sie: Barbara fand hier die Mutter, die keinerlei Anforderungen an sie stellte; Rosie ein Kind, das sie

nicht links liegenließ. Wenn ich Barbara am Krankenbett ablöste, nahm Mutter meine Hand. Ich war so anständig, ihr oft zu versichern, daß ich sie liebe; sie lächelte matt, sprach aber kaum. Gegen Ende war es Barbara, die ihr das Demerol spritzte. Wir haben immer noch ein paar von den Einwegspritzen in einem Andenkenkarton, den Barbara unten im Keller in der alten versenkbaren Nähmaschine meiner Mutter verwahrt: Uralte Garnrollen liegen drin und Karteikarten, auch der Füller mit Goldfeder, den sie benutzte, um sich Notizen für ihre Rundfunkauftritte zu machen.
Ich taste im Dunkeln nach meinen Schlappen und hole den Bademantel aus dem Schrank. Im Wohnzimmer kuschele ich mich in einen Schaukelstuhl und lege die Füße hoch. In letzter Zeit habe ich manchmal daran gedacht, wieder mit dem Rauchen anzufangen. Ich spüre zwar kein besonderes Verlangen nach einer Zigarette, aber wenigstens hätte ich dann eine Beschäftigung während dieser trostlosen Nächte, die ich nun so oft schlaflos über die Runden bringen muß.
Mitunter spiele ich mit mir selbst das Spiel Was-ist-das-Schlimmste? So vieles scheint nebensächlich. Daß die Frauen mich angaffen, wenn ich durchs Dorf gehe, ist mir ziemlich egal. Ich kümmere mich nicht um meinen Ruf oder darum, daß für den Rest meines Lebens, selbst wenn die Anklage morgen fallengelassen würde, eine Menge Leute unwillkürlich zusammenzucken werden, sobald nur mein Name fällt. Ich fürchte mich auch nicht davor, wie schwer es sein wird, wieder als Anwalt unterzukommen, wenn ich freigesprochen werde. Was ich dagegen nicht abschütteln oder herunterspielen kann, das sind die ständige, zermürbende emotionale Belastung, die Schlaflosigkeit, die panische Angst. Am schlimmsten ist dieses mitternächtliche Erwachen, ist jener erste Moment, ehe ich mich auf die Realität besinnen kann und überzeugt bin, daß der Alptraum nie enden wird. Das ist, als taste man im Dunkeln nach dem Lichtschalter. Nur bin ich nie sicher – und da erreicht das Entsetzen seinen Höhepunkt –, daß ich ihn auch finden werde. Während die Suche sich immer länger hinzieht, schwindet das bißchen Vernunft, das ich mir noch bewahrt habe, löst sich auf wie eine Brausetablette im Wasser. Der schwarze

Schlund ewigen, panischen Schreckens tut sich auf und verschlingt mich.
Das ist das Allerschlimmste, das und meine Sorge um Nathaniel. Am Samstag werden wir ihn in den Zug nach Skageon setzen, wo er die drei Wochen, die für den Prozeß anberaumt sind, im Ferienlager Okawaka verbringen soll. Leise steige ich die Treppe hinauf und tappe im Dunkeln zu seiner Tür. Ich lausche angestrengt, bis ich den Rhythmus seines Atems mitkriege, und stimme meinen darauf ab. Wenn ich Nat im Schlaf beobachte, gerate ich oft unversehens in den unheimlichen Bann der Wissenschaft: Ich denke an Atome und Moleküle, Haut und Venen, Muskeln und Knochen. Ich versuche mir meinen Sohn als biologisches Wesen vorzustellen, zusammengefügt aus all diesen Komponenten, aber es gelingt mir nicht. Letztendlich triumphiert eben doch die Emotion über den Intellekt. Ich begreife Nathaniel aus meinem Gefühl heraus; für mich ist er genausowenig begrenzt oder reduzierbar wie meine Liebe zu ihm. Er läßt sich nicht aufteilen oder zergliedern. Er ist *mein* Junge, zart und schön im Schlaf, und ich bin dankbar, so dankbar, daß mein wehes Herz zu brechen droht, weil ich in diesem unwirtlichen Leben soviel Zärtlichkeit erfahren durfte. Wenn man mich verurteilt, werden sie mich von ihm trennen. Sogar Larren Lyttle würde mich dann für viele Jahre hinter Gitter schicken, und die Vorstellung, womöglich Nats ganze Jugend zu verpassen, betäubt mich, wirft mich um. Seltsamerweise habe ich vor dem Gefängnis selbst so gut wie gar keine Angst, jedenfalls nicht bewußt. Isolation und Trennung von der Familie – davor graut mir. Der Gedanke, eingesperrt zu sein, bereitet mir Unbehagen. Aber die körperlichen Qualen, die mir in der Anstalt sicher wären, schrecken mich nur selten, auch wenn ich mir in den schlimmsten Farben ausmalen kann, was mich vielleicht erwartet.
Denn ich weiß Bescheid. Ich war oft draußen im Staatsgefängnis von Rudyard, wo jeder Mörder landet. Gewöhnlich fuhr ich hin, um einen Zeugen zu befragen, aber was man dort zu sehen bekommt, kann den Abgebrühtesten das Fürchten lehren. Die Gitter sind massive Eisenstäbe mit stumpf-schwarzem Anstrich, fünf Zentimeter tief, eineinviertel Zentimeter breit, und

dahinter sitzen all diese Halunken, die jetzt – *jetzt* durchzuckt es mich – einander so sehr gleichen. Die Schwarzen mit ihrem verrückten Kauderwelsch und der ewigen Alberei. Die Weißen mit ihren hochgerollten Strumpfmützen. Die Latinos, in deren Augen die Wut lauert. Sie stehen stellvertretend für sämtliche schrägen Vögel, denen man je in einem Korridor oder an der Bushaltestelle aus dem Weg gegangen ist; für alle, denen man schon als Kind in der High-School prophezeit hatte, daß sie eines Tages in der Gosse enden würden. Sie sind diejenigen, die ihre Fehler seit jeher wie Narben trugen und fast so unausweichlich hier landen mußten, wie ein himmelwärts geschossener Pfeil auf die Erde zurückfällt.

Solchen Menschen kann man kein Mitgefühl mehr entgegenbringen. Ich kenne alle Horrorgeschichten. Und ich weiß, daß diese schauerlichen Anekdoten mit jener unsichtbaren Tinte geschrieben sind, die meine Träume schwärzt. Für mich wird das Gefängnis fast gleichbedeutend mit einer Folterkammer sein. Ich habe von den nächtlichen Torturen gehört, von den Duschen, wo ganz offen Fellatio betrieben wird. Ich kenne die Geschichte von Marcus Wheatley, einem der Typen, die ich im Night-Saints-Fall zum Sprechen bringen sollte: Im Knast linkte er jemanden beim Drogendeal, woraufhin die Brüder ihn im Gymnastikraum auf den Rücken legten, ihm befahlen, die Hände hochzustrecken, und ihm eine Hantel mit 120-Kilo-Scheiben an jedem Ende quer über die Arme wuchteten. Marcus erstickte an dem Ding, das obendrein noch halb wie eine Guillotine wirkte. Ich bin mit den demographischen Verhältnissen in Rudyard vertraut: Sechzehn Prozent der Insassen sind Mörder, mehr als die Hälfte sitzt wegen Gewaltverbrechen ein. Ich habe von dem gräßlichen Fraß gehört. Von den Zellen für vier Häftlinge. Von dem Kotgeruch, der in manchen Trakten einfach unerträglich ist. Ich weiß, mit welchen Tricks sich die internen Banden allmonatlich in manchen Abteilungen so viel Macht verschaffen, daß die Wachen sich tagelang weigern, dort zu patrouillieren. Auch über die Wärter weiß ich Bescheid, jene acht etwa, die vom Bundesgerichtshof verurteilt wurden, weil sie bei einer Silvesterfeier mit dem Gewehr im Anschlag zwölf schwarze Gefangene antreten ließen, die sie dann abwechselnd mit Ziegeln und Steinplatten zusammenschlugen.

Ich weiß, was mit Männern wie mir in Rudyard geschieht, weil ich weiß, was aus einigen wurde, die ich selbst dort hineingebracht habe. Ich kenne den Fall von Marcy Lupino, der mir bei dem Gedanken ans Staatsgefängnis als erster einfällt. Marcello war kein Verbrecher, nur einer von den vielen Amerikanern, die versuchen, möglichst rasch nach oben zu kommen, ein Wirtschaftsprüfer, der sich ganz zu Anfang seiner Karriere beim illegalen Wettgeschäft früherer Kumpel ein kleines Zubrot verdiente. Als dann nach etlichen Jahren seine Praxis florierte und er entschied, daß er auf die Nebeneinnahmen verzichten könne, belehrte ihn John Conte, der Kopf der Bande, daß man diese Art Job nicht nach eigenem Gutdünken an den Nagel hängen kann. Und so kam es, wie es kommen mußte. Marcy Lupino, geachteter Wirtschaftsprüfer, Präsident seines Berufsverbandes und Aufsichtsratsmitglied zweier Banken, ein Mann, der nicht einmal die Bücher seines größten Klienten frisiert hätte, verließ jeden Nachmittag Punkt halb vier das Büro, um am Fiskus vorbei Wetten auf Baseballspiele und die morgigen Rennen entgegenzunehmen. Alles lief glatt, bis eines Tages ein Spitzel von der Bundespolizei eines der Wettbüros auffliegen ließ. Die Steuerfahnder stürmten den Laden und kassierten Marcy Lupino nebst einem halben Dutzend Helfern und drei Millionen Dollar in Wettscheinen. Die von der Bundespolizei wollten ihm in der Hauptsache die Namen seiner Hintermänner aus der Nase ziehen. Aber Marcy war ein guter Rechner. Für seine krummen Touren durfte der Staat ihm allenfalls zwei Jahre aufbrummen; die abzusitzen konnte unmöglich so schlimm sein wie das, was John Conte und seine Gang in zehn Minuten mit ihm anstellen würden. Die Hoden wollten sie ihm abschneiden und ihn zwingen, sie aufzuessen. Und das, so wußte Marcy Lupino, war keine leere Drohung.
Also schwieg er, und darum rief Mike Townsend von der Bekämpfung organisierter Verbrechen eines Tages bei ihm an. Er wollte Marcy irgendwie auf Trab bringen. Wir stellten ihn vors Bezirksgericht, und nach seiner Verurteilung kam er nach Rudyard statt in die bundesstaatliche Herberge, mit der er gerechnet hatte, ein Quartier mit Salatbar und Tennisplätzen, wo er den Insassen, die ein Fernstudium absolvierten, Buchfüh-

rung beigebracht und alle neunzig Tage im Rahmen des Freigängerprogramms eine Nacht in Mrs. Lupinos Armen geschwelgt hätte. Statt dessen schickten wir ihn in Handschellen los, gefesselt an einen Mann, der seiner kleinen Tochter mit dem Schlüsselbund die Augen ausgestochen hatte.

Sechs Monate später rief Townsend wieder an, und wir fuhren zusammen raus, um festzustellen, ob Lupino inzwischen mürbe geworden sei. Wir fanden ihn bei der Feldarbeit; er hackte Unkraut aus. Wir stellten uns noch einmal vor, was freilich kaum nötig war. Marcy Lupino klemmte sich seine Hacke unter den Arm und stützte sich weinend darauf. Er heulte, wie ich nie einen Mann habe heulen sehen; er zitterte am ganzen Leib, sein Gesicht lief blutrot an, und die Tränen schossen ihm aus den Augen wie Wasser aus dem Hahn. Aber reden wollte er nicht. Alles, was er sagte, war: »Ich hab' keine Zähne.« Sonst nichts.

Als wir zum Parkplatz zurückgingen, erklärte uns der Wärter, was inzwischen passiert war: »Dieser Bock von 'nem Nigger, Drover, der wollte sich Lupino als Puppe nehmen, wenn Sie versteh'n. Der ist so'n Kerl, zu dem sagt keiner nein, nicht mal die Itaker in dem Laden hier. Eines Nachts, da schleicht er sich in Lupinos Zelle, holt sein Dings raus und sagt zu Lupino, er soll ihm einen blasen. Lupino will nicht, da packt Drover ihm sein Kopp und knallt ihn gegen's Bettgestell, bis der Lupino keinen heilen Zahn mehr im Maul hat; ein paar Wurzeln, ein paar Stummel, aber nicht 'nen einzigen ganzen Zahn. Bei unserm Direktor«, sagte der Wärter, »gibt's ganz klare Vorschriften. Die Jungs kriegen Verbandszeug, wir flicken sie zusammen, aber ansonsten – null. Extras sind nur drin, wenn sie singen. Lupino, die Arschgeige, kriegt seine falschen Zähne erst, wenn er den verpfeift, der ihm die richtigen ausgeschlagen hat. Aber der Lupino, der singt nicht. Der weiß, was gut für ihn ist – so blöd ist keiner hier drin, daß er das nicht weiß. Nein«, sagte der Wärter, »der macht die Schnauze nicht auf. Und der Nigger, der Drover, der lacht nur, er sagt, daß er gute Arbeit geleistet hat und daß sein Riesenhobel jetzt da reingeht wie mit Butter geschmiert. Er sagt, er war schon in 'ner Menge Fotzen, die sich nicht halb so gut angefühlt haben.« Der Wärter, ein wahrer Menschenfreund, lehnte sich auf sein Gewehr und lachte. »Verbrechen«, erklärte er Townsend und mir, »zahlt sich echt nicht aus.«

Hau ab, denke ich jetzt, während ich im Dunkeln sitze und über Marcy Lupino nachsinne. Hau ab. Der Gedanke kommt jedesmal urplötzlich: Hau ab. Als Ankläger konnte ich nie verstehen, warum sie dablieben und alles über sich hereinbrechen ließen: Prozeß, Verurteilung, Gefängnis. Aber die meisten blieben wie ich jetzt auch. Auf meinem Girokonto sind 1600 Dollar, und ich habe sonst keinen Cent. Wenn ich mich an Barbaras Treuhandfonds vergreifen würde, hätte ich genug, um zu fliehen, aber dann würde ich vermutlich das einzig wahre Motiv verlieren, das mir die Freiheit kostbar macht: die Chance, bei meinem Sohn zu bleiben. Und selbst wenn ich die Sommermonate mit ihm in Rio oder Uruguay verbringen könnte oder wo immer man Mordverdächtige nicht ausliefert – wie sollte ich auf Dauer in einem Land überleben, ohne dessen Sprache zu sprechen oder einen Beruf zu haben, mit dem man dort etwas anfangen kann? Ich könnte einfach in Cleveland oder Detroit untertauchen, eine andere Identität annehmen und meinen Sohn nie wiedersehen. Aber es ist nun einmal so, daß keine dieser Vorstellungen mit dem vereinbar ist, was ich unter Leben verstehe. Selbst in diesen lichtlosen Stunden will ich immer noch das gleiche, was ich mir wünschte, wenn ich früher abends am Park in Nearing aus dem Bus stieg. Wir sind bisweilen so simpel und so erstaunlich stark. Ich sitze hier mit angezogenen Beinen im Dunkeln. Mich fröstelt, und ich stelle mir vor, wie der Rauch einer Zigarette riecht.

26

»Das Volk gegen Rozat K. Sabich!« ruft Ernestine, Larren Lyttles heutige Gerichtssekretärin, in den überfüllten Sitzungssaal. Sie ist eine mürrische Schwarze, eins zweiundachtzig groß. »Bitte Ruhe im Saal!« ruft sie.

Der erste Tag eines Mordprozesses ist etwas ziemlich Einmaliges. Sonnenaufgang am Morgen vor der Schlacht; Christen gegen Löwen im antiken Rom; blutgeschwängerte Luft. Die Schaulustigen drängen sich auf den Zuschauerbänken wie die Heringe. Die Presse nimmt ganze vier Reihen ein, vorneweg fünf Zeichner. Der Stab des Richters – seine persönliche Sekretärin und der Referendar, die normalerweise nicht an der Verhandlung teilnehmen – sitzt auf Klappstühlen an der Rückwand des Saals gleich neben der Tür zu seinem Amtszimmer. Die Gerichtsdiener, zur Feier des Tages bewaffnet, haben sich rechts und links vom Richtertisch neben den marmornen Säulen postiert. Die Atmosphäre ist angespannt, geschäftiges Summen erfüllt den Saal. Hier langweilt sich keiner.

Richter Lyttle tritt ein, und alle erheben sich. Ernestine schnurrt ihren Spruch herunter. *»Oyez, oyez!* Die Sitzung des Kriminalgerichts von Kindle County ist hiermit eröffnet. Den Vorsitz führt der Ehrenwerte Larren L. Lyttle. Tretet näher, erkläret euch, und ihr werdet Gehör finden. Gott schütze die Vereinigten Staaten und dieses Ehrenwerte Gericht!« Ernestine schwingt ihren Hammer. Als alle wieder Platz genommen haben, ruft sie meinen Fall auf.

Die Prozeßbevollmächtigten und ich treten ans Podium. Stern und Kemp; Molto und Nico; Glendenning ist ebenfalls erschienen. Er wird als Ermittlungsbeamter fungieren und sitzt bei den Anklägern. Ich stehe hinter meinen Anwälten. Richter Lyttle thront hoch über uns, das Haar frisch geschnitten und schön gestriegelt. Wir schreiben den achtzehnten August, vor knapp zwei Monaten wurde die Anklage gegen mich erhoben.

»Sind wir bereit für das Aufgebot der Geschworenen?« fragt Larren.

»Herr Richter«, meldet sich Kemp, »wir haben ein paar Punkte, die wir zur Sprache bringen könnten, während Sie die zur Wahl stehenden Geschworenen hereinrufen lassen.« Kemp wird in diesem Prozeß die Rolle des Sheriffs übernehmen. Stern hat ihm die Recherchen übertragen, und Jamie wird sich mit allen juristischen Problemen an den Richter wenden; allerdings nur in Abwesenheit der Geschworenen. Wenn sie erst im Saal sind, sagt er kein Wort mehr.

Ernestine telefoniert mit dem Wartezimmer im Sekretariat und bittet um das sogenannte *venire*: Die durch Los bestimmten Geschworenen werden vom Richter und den Parteien in einer peinlich genauen Untersuchung auf ihre Eignung geprüft.

»Herr Richter«, fährt Kemp fort, »wir haben alle Beweisunterlagen erhalten, die in Ihrem Namen von der Staatsanwaltschaft angefordert wurden. Mit einer Ausnahme. Man hat uns noch immer keine Gelegenheit zur Prüfung des Glases gegeben.«

Natürlich haben wir ein begründetes Interesse an diesem Glas, aber Stern hat Jamie nicht allein deshalb beauftragt, die Eingabe zu machen. Er will darauf hinweisen, daß seine Skepsis durch die Vorgehensweise der Anklage gerechtfertigt wird. Es funktioniert. Larren ist verärgert.

»Was haben Sie dazu zu sagen, Mr. Delay Guardia?« Nico ist offenbar völlig ahnungslos. Hilfesuchend schaut er sich nach Molto um.

»Herr Richter«, sagt Tommy, »wir werden das nach der Sitzung ins reine bringen.«

»Einverstanden. Aber daß mir das heute noch erledigt wird!«

»Ferner«, sagt Kemp, »haben Sie noch nicht über unseren Antrag entschieden, Mr. Molto auszuschließen.«

»Richtig. Ich wollte die Reaktion des Staatsanwaltes abwarten. Mr. Delay Guardia?«

Tommy und Nico wechseln einen Blick und nicken einander zu. Sie werden sich an ihre vorherige Absprache halten, wie immer die lauten mag.

»Euer Ehren, die Anklage wird Mr. Molto nicht als Zeugen aufrufen. Damit dürfte der Antrag wohl hinfällig sein.«

Stern tritt vor und bittet ums Wort. »Darf ich das so verstehen, Euer Ehren, daß Mr. Molto unter keinen Umständen als Zeuge auftreten wird – daß die Staatsanwaltschaft für den Verlauf des gesamten Prozesses auf seine Aussage verzichtet?«

»Ja, das sollten wir klären.« Larren nickt beifällig. »Ich möchte, daß wir uns alle von Anfang an richtig verstehen, Mr. Delay Guardia. Ich will nicht später von Ihnen hören müssen, daß Sie mit diesem oder jenem nicht gerechnet hätten. Mr. Molto erscheint in diesem Prozeß nicht als Zeuge. Stimmt das?«
»Jawohl«, sagt Nico.
»Ausgezeichnet«, entgegnet Larren. »Ich lehne den Antrag der Verteidigung ab, da die Anklage sich verbürgt hat, Mr. Molto in diesem Prozeß nicht als Zeugen zu hören.«
Ernestine flüstert dem Richter etwas zu. Die aufgebotenen Geschworenen stehen draußen im Gang.
Und dann kommen sie herein: fünfundsiebzig Menschen, von denen bald zwölf über mein weiteres Leben entscheiden werden. Durchschnittsgesichter, ganz gewöhnliche Bürger. Man könnte sich die Vorladungen sparen und die Fragebögen und dafür aufs Geratewohl fünfundsiebzig beliebige Passanten berufen. Ernestine heißt die ersten sechzehn auf der Geschworenenbank Platz nehmen und dirigiert die übrigen in die vier vorderen Sitzreihen hinter dem Klägertisch, die eben von den Gerichtsdienern geräumt wurden. Das murrende Publikum muß vorläufig draußen warten.
Larren erklärt den Leuten zunächst einmal, worum es in diesem Prozeß geht. Während seiner Amtszeit hat er vermutlich schon tausendmal an der Auswahl einer Jury teilgenommen. Der Rapport zwischen ihm und den Leuten klappt auf Anhieb: Gut sieht er aus, dieser stattliche Schwarze, halb Witzbold, halb Schlitzohr. Auch die Weißen sprechen auf ihn an. Vermutlich denken sie: Wenn doch die Brüder alle so wären. In keinem Stadium des Prozesses ist Larren der Verteidigung nützlicher als an diesem kritischen Punkt. Er hat Erfahrung im Umgang mit Geschworenen, versteht es meisterhaft, unterschwellige Motivationen aufzuspüren, und fühlt sich aus tiefster Seele dem Grundgedanken unserer Jurisdiktion verpflichtet: Bis zum Beweis des Gegenteils ist der Angeklagte unschuldig. Unschuldig. Wer hier auf der Geschworenenbank sitzt, muß denken, Mr. Sabich hat es nicht getan.
»Verzeihen Sie, Sir, ja, Sie in der ersten Reihe. Wie heißen Sie?«

»Mahalovich.«
»Mr. Mahalovich, hat Mr. Sabich das Verbrechen begangen, das man ihm zur Last legt?«
Mahalovich, ein untersetzter Typ mittleren Alters, der eine zusammengefaltete Zeitung im Schoß hält, zuckt mit den Achseln. »Wie soll ich das wissen, Herr Richter?«
»Mr. Mahalovich, Sie können gehen. Meine Damen und Herren, lassen Sie mich Ihnen noch einmal erklären, wovon Sie ausgehen müssen. Mr. Sabich ist unschuldig. Ich bin der Richter. Ich sage Ihnen das. Gehen Sie davon aus, daß er unschuldig ist. Wenn Sie da auf der Geschworenenbank sitzen und zu ihm rüberschauen, dann denken Sie: Da sitzt ein Unschuldiger.«
Er zieht noch etliche solcher Exempel durch, um den Leuten einzuhämmern, daß die Beweisführung allein dem Kläger obliegt und der Angeklagte das Recht hat zu schweigen. Eben spricht er mit einer schlanken, grauhaarigen Dame im Hemdblusenkleid, die unmittelbar neben dem verwaisten Platz von Mr. Mahalovich sitzt.
»Nun, Ma'am, meinen Sie nicht, ein Unschuldiger sollte vortreten und freiheraus sagen, daß er's nicht gewesen ist?«
Die Lady steckt in der Zwickmühle. Sie hat gesehen, was mit Mahalovich passierte. Aber einen Richter belügt man nicht. Nervös zupft sie ihren Kragen zurecht, ehe sie antwortet. »Ich denke, schon.«
»Natürlich tun Sie das. Und Sie müssen annehmen, daß Mr. Sabich genauso denkt, denn wir gehen ja davon aus, daß er unschuldig ist. Aber er braucht sich nicht zu äußern. Die Verfassung der Vereinigten Staaten sagt nämlich, daß er's nicht zu tun braucht. Und das heißt für Sie, wenn Sie als Geschworene über seinen Fall zu Gericht sitzen, daß Sie verpflichtet sind, sich diesen Gedanken aus dem Kopf zu schlagen. Mr. Sabich und sein Anwalt Mr. Stern könnten durchaus beschließen, von diesem verfassungsmäßigen Recht Gebrauch zu machen. Diejenigen, die unsere Verfassung niedergelegt haben, sagten: ›Gott schütze Sie, Sir, Gott schütze Sie, Mr. Sabich. Sie brauchen sich nicht zu rechtfertigen. Es ist Sache des Staates, Ihre Schuld zu beweisen. Sie brauchen kein Wort zu sagen, wenn Sie nicht wollen.‹ Mr. Sabich kann jedoch dieses ehrwür-

digen Segens nicht teilhaftig werden, wenn einer von Ihnen der Meinung ist, er sollte sich auf jeden Fall erklären.«

Als Staatsanwalt fand ich es früher immer unerträglich, wenn Larren diese Platte auflegte, und nach ihren bleichen Gesichtern zu urteilen, geht es Nico und Molto jetzt nicht anders. Man kann sich noch so oft einreden, der Richter tue schließlich nur seine Pflicht – daß jemand ihr mit soviel Verve und Elan nachkommt wie Lyttle, ist und bleibt unfaßbar. Nico sieht besonders abgespannt aus. Er lauscht wachsam, mit säuerlicher Miene. Er hat abgenommen, und unter seinen Augen zeigen sich dunkle Schatten. Einen Fall dieser Größenordnung in drei Wochen vorzubereiten ist äußerst anstrengend, und Nico muß außerdem noch eine Behörde leiten. Bestimmt denkt er oft daran, welch hohen Einsatz er hier wagt. Er hat gewissermaßen mit Jupiterlampen den Himmel angestrahlt, um die Welt ringsum aufzufordern: Schaut auf Nico Della Guardia! Wenn Nico verliert, dann bedeutet das für ihn eine empfindliche Einbuße an Glaubwürdigkeit und Autorität. Seine unterschwellige Kampagne, die darauf abzielt, ihn als Bolcarros Nachfolger ins Gespräch zu bringen, wäre gescheitert, kaum daß sie begonnen hat. Seine Karriere hängt weit mehr an einem seidenen Faden als meine. Ich habe vor kurzem begriffen, daß meine Laufbahn – nach dieser Anklage und dem Prozeßrummel – wahrscheinlich ohnedies im Eimer ist.

Als nächstes greift Larren das Thema öffentliche Meinung auf. Er befragt die Geschworenen nach dem, was sie gelesen haben. Diejenigen, die nicht mit der Sprache herauswollen, verweist er auf den Artikel in der »Tribune« von heute, der den Verhandlungsbeginn ankündigt. Bei diesem Thema lügen die Geschworenen immer. Wer sowieso nicht in einer Jury sitzen will, findet in der Regel auch einen Weg, sich zu drücken. Diejenigen, die bei Gericht antreten, wollen meist um jeden Preis dabeisein, weshalb sie kaum mangelnde Eignung eingestehen würden. Fast jeder im Saal hat einiges über den Fall gehört, und Richter Lyttle belehrt die Anwesenden nun etwa zwanzig Minuten lang darüber, daß ihre Informationen wertlos seien. »Niemand weiß etwas über diesen Fall«, sagt er, »denn noch ist kein einziger Beweis vorgebracht worden.« Er entläßt sechs

Leute, die zugeben, nicht in der Lage zu sein, den öffentlichen Rummel außer acht zu lassen. Mir schwindelt bei der Vorstellung, wie die restlichen unter dem Eindruck von Nicos Medienwirbel zwangsläufig über den Fall denken müssen. Es fällt schwer zu glauben, daß irgend jemand sich wirklich von allen Vorurteilen frei machen kann.

Am späten Vormittag beginnt der Richter, den persönlichen Hintergrund der Geschworenen unter die Lupe zu nehmen – *voir dire* heißt dieses Verfahren, in dem festgestellt wird, ob die betreffenden Personen nach Auffassung des Gerichts sowie der gegnerischen Parteien in der Lage sind, ihr Amt als unabhängige Jury im Rahmen der gegebenen Anforderungen auszuüben. Die Prozedur dauert den ganzen Nachmittag an und geht am nächsten Morgen weiter. Larren erkundigt sich nach allem, was ihm nur einfällt, und Anklage sowie Verteidigung haken kräftig nach. Richter Lyttle duldet keine Fragen, die unmittelbar mit meinem Fall zusammenhängen, aber den Anwälten steht es frei, die Damen und Herren über ihr Privatleben auszuquetschen. Nur ihr Bestreben, keinen Anstoß zu erregen, setzt ihrem Wissensdurst auf diesem Sektor Grenzen. Welche Fernsehsendungen schauen Sie sich regelmäßig an? Welche Zeitungen lesen Sie? Gehören Sie irgendwelchen Vereinigungen an? Arbeiten Ihre Kinder außer Haus? Wer führt bei Ihnen daheim die Haushaltskasse, Sie oder Ihr Ehepartner? Mit diesem subtilen psychologischen Spielchen versuchen die Anwälte herauszufinden, wer von vornherein dazu neigt, ihre Partei zu begünstigen. Gutachter verdienen heutzutage ein Vermögen damit, den Juristen solche Prognosen zu erstellen, aber ein Verteidiger wie Stern schafft das mit Instinkt und Erfahrung.

Um eine Jury sinnvoll auszuwählen, muß ein Anwalt wissen, wie er seine Verteidigung aufbauen will. Stern hat darüber nicht mit mir gesprochen, aber es zeigt sich immer deutlicher, daß er nicht vorhat, mit eigenen Beweismitteln aufzuwarten. Er glaubt, er kann Nicos Indizien zerpflücken, dessen Zeugen in die Mangel nehmen. Vielleicht hat mein Verhalten in der Vergangenheit, als ich trotz seiner strikten Weisungen des öfteren aus der Rolle fiel, ihn zu dem Schluß geführt, daß ich einen schlechten Zeugen in eigener Sache abgeben würde.

Zweifellos wird die Entscheidung darüber, ob ich aussage oder nicht, letztendlich bei mir liegen. Aber ich habe den Verdacht, Stern legt es darauf an, mich ohne Druck und nur kraft seiner glänzenden Strategie davon zu überzeugen, daß wir auch ohne meine Aussage gewinnen können. Auf jeden Fall hat er wenig Zeit darauf verwendet, mit mir über sein Verteidigungskonzept zu sprechen. Mac und ein paar Richter haben sich bereit erklärt, mir ein Leumundszeugnis auszustellen. Das möchte Stern gern durch die Aussage einiger unserer Nachbarn untermauern. Aber alles in allem arbeitet er offensichtlich darauf hin, daß die Klage wegen »begründeter Zweifel« niedergeschlagen wird. Wenn alles nach Wunsch geht, wird am Ende keiner wissen, was passiert ist. Die Staatsanwaltschaft wäre nicht in der Lage, meine Schuld hinlänglich nachzuweisen, und ich würde aus Mangel an Beweisen freigesprochen. Um das zu erreichen, brauchen wir Geschworene, die intelligent genug sind, die Rechtslage zu begreifen, und stark genug, ihre Entscheidung konsequent danach auszurichten – Leute also, die niemanden aus Mißtrauen und Argwohn verurteilen. Darum hat Sandy mir erklärt, daß wir mit jüngeren Geschworenen wohl besser fahren als mit älteren. Junge Leute stehen manchen Aspekten der Mann-Frau-Beziehung, die unseren Fall so stark prägt, toleranter gegenüber. Mit anderen Worten, Stern wünscht sich Geschworene, die sich vorstellen können, daß ein Mann sich mit einer Kollegin in deren Wohnung trifft, ohne daß gleich Sex mit im Spiel ist. Andererseits, räumte Sandy ein, haben ältere Leute auf Anhieb gewiß mehr Respekt vor meinen früheren Leistungen, meiner Stellung, meinem Ruf.
Wie sorgfältig man sich auch vorbereitet hat, im Endeffekt folgt man schließlich seinem Instinkt. Mancher dort auf der Geschworenenbank kommt einem einfach sympathisch vor; mit dem, so denkt man, könnte ich reden. Am zweiten Vormittag, als wir zur Abstimmung schreiten, sind Stern, Kemp und ich uneinig. Wir hocken uns am Verteidigertisch zusammen und versuchen, uns gegenseitig von unseren Favoriten zu überzeugen. Zur Wahl steht jeweils eine Vierergruppe. Sandy bittet Barbara, an unserer Beratung teilzunehmen. Sie legt mir leicht die Hand auf die Schulter, äußert sich aber nicht. Wie sie so

neben mir steht in ihrem dunkelblauen Kostüm, wieder mit passendem Hut, vermittelt sie den Eindruck melancholischer Würde; hier, denkt man, steht eine Frau, die ihren Kummer beispielhaft zu tragen versteht. So ungefähr wirkten die Kennedy-Witwen bei öffentlichen Auftritten. Barbara spielt ihre kleine Rolle gut. Gestern abend hat Sandy ihr mitgeteilt, daß er sie in ebendieser Eigenschaft, als Leidtragende sozusagen, dabeihaben möchte. Später, zu Hause, lobte Barbara Sandys Rücksichtnahme, und ich mußte ihr erklären, daß es ihm nicht in erster Linie darum gehe. Stern möchte allen Geschworenen von Anfang an zeigen, daß meine Frau immer noch zu mir hält, und ihnen suggerieren, daß wir uns in dieser aufgeklärten Zeit dem Urteil der Frauen unterwerfen sollten.
Die Verteidigung darf zehn Geschworene ohne Angabe von Gründen ablehnen, die Staatsanwaltschaft nur sechs. Nicos Plan scheint so ziemlich das Gegenteil des unseren zu sein, doch mit nur sechs Zurückweisungen hat er weniger Einfluß auf die Zusammensetzung der Jury. Offenbar hält er sich in erster Linie an seine Wähler, ältere Jahrgänge, Weiße, Katholiken. Aus diesem Grund streichen wir ohne vorherige Absprache sämtliche Italiener.
Mit der Gruppe, die wir schließlich zusammenkriegen, bin ich zufriedener, als ich das oft mit meinen Geschworenen als Ankläger war. Die Jüngeren sind in der Überzahl, viele davon Singles. Die Geschäftsführerin eines Drugstores, Ende Zwanzig. Eine junge Frau, die als Buchhalterin bei einem Makler arbeitet. Der sechsundzwanzigjährige Werkmeister eines Montagebetriebs und ein etwa gleichaltriger Hotelkellner, der nebenher mit Computern experimentiert. Eine gescheite junge Schwarze, die als Rechnungsprüferin bei einer Versicherungsgesellschaft arbeitet. Unter den zwölfen haben wir ferner eine geschiedene Lehrerin, die Sekretärin einer Eisenbahnlinie, einen Mann, der bis zu seiner Pensionierung im letzten Jahr an einer High-School Musikunterricht gab, und einen Automechaniker; außerdem einen Praktikanten aus dem Management von Burger King, eine ehemalige Schwesternhelferin und eine Verkäuferin aus der Kosmetikabteilung von Morton's. Neun weiße, drei Schwarze. Sieben Frauen, fünf Männer. Larren

bestimmt außerdem noch vier Ersatzleute, die der Beweisaufnahme beiwohnen, aber nicht an den Beratungen teilnehmen werden, es sei denn, von den zwölf Aktiven fällt jemand aus. Da nun die Geschworenen feststehen, kann nach der Mittagspause des zweiten Verhandlungstages mein Prozeß beginnen.

Zehn Minuten vor zwei versammeln wir uns wieder im Gericht, um die Eröffnungserklärungen der Parteien zu hören. Im Saal herrscht die gleiche Atmosphäre wie gestern morgen. Die Flaute der Jurywahl ist vorbei, und abermals liegt blutrünstige Sensationsgier in der Luft. Die Spannung vor dem großen Knall wird zum schmerzlichen Reizstoff, der mir spürbar in die Knochen schießt. Kemp ruft mich hinaus auf den Flur vor dem Sitzungssaal, und wir gehen ein Stück, um dem Geschnatter der Unzufriedenen zu entkommen, die der Gerichtsdiener nicht mehr unterbringen konnte. Hier draußen ist man nie vor unwillkommenen Lauschern sicher. Seriöse Journalisten würden nichts schreiben, was sie im Vorbeigehen aufgeschnappt haben, doch man weiß nie, wer mit den Anklägern redet.

»Ich möchte Ihnen etwas sagen«, verkündet Jamie. Er hat seinen Pagenkopf um gut fünf Zentimeter stutzen lassen und trägt einen eleganten blauen Nadelstreifenanzug von J. Press in New Haven. So wie er aussieht, hätte er, statt Jurist zu werden, auch in Hollywood Karriere machen können. Nach dem, was man sich erzählt, hat er mit seinem Gitarrenspiel so viel verdient, daß er, auch ohne zu arbeiten, recht gut leben könnte. Statt dessen sitzt er bis elf, zwölf Uhr nachts im Büro, liest Prozeßberichte, verfaßt Schriftsätze oder konferiert mit Stern und mir.

»Ich mag Sie«, sagt Jamie.

»Ich Sie auch«, antworte ich.

»Und ich hoffe ehrlich, daß Sie sich da rausboxen. Ich hab' das noch nie zu einem Mandanten gesagt. Aber ich denke, Sie werden es schaffen.«

Jamie hat kaum mehr als ein, zwei Jahre Erfahrung mit Klienten, und folglich ist diese Prophezeiung nicht allzuviel wert, doch seine Anteilnahme rührt mich. Dankbar lege ich ihm die Hand auf die Schulter. Natürlich hat er nicht gesagt, daß er mich für unschuldig hält. Davor wird er sich hüten, denn die Indizien sprechen schließlich gegen mich. Würde man ihn mitten in der Nacht wachrütteln und ihn danach fragen, dann gäbe er vermutlich zur Antwort: »Ich weiß es nicht.«

Jetzt kreuzt Stern auf. Sein Gang ist federnd, fast beschwingt. Die knisternde Spannung wirkt auf ihn wie ein belebendes Elixier. Sein Hemd aus feinem Baumwollstoff strahlt so blütenweiß und faltenlos, daß es fast einen Heiligenschein auf seine vollen Wangen wirft. Er steht im Begriff, die Eröffnungserklärung im aufsehenerregendsten Fall seiner Laufbahn vorzutragen. Auf einmal bin ich richtiggehend neidisch. In all den Monaten ist mir nie der Gedanke gekommen, daß es auch Spaß machen könne, diesen Prozeß zu führen, ein wohl verständliches Versäumnis. Aber in dieser prickelnden Atmosphäre brechen sich die alten Leidenschaften plötzlich Bahn. Jener große Fall mit den Night Saints, eine kriminelle Vereinigung mit dreiundzwanzig Angeklagten, den ich zusammen mit Raymond vor Gericht brachte, fand in der Öffentlichkeit vergleichsweise nur einen Bruchteil an Beachtung, und doch war mir damals, als hielte ich einen elektrisch geladenen Draht in der Hand. Sieben Wochen lang stand ich gewissermaßen ständig unter Strom, selbst im Schlaf. Es ist ungefähr so wie beim Motorradrennen oder Bergsteigen, man weiß, man hat mitgemacht. Auf einmal bin ich ganz niedergeschlagen und trauere meinem verlorenen Beruf nach.

»Na, wie steht's?« fragt Sandy.

»Ich hab' ihm gesagt, ich glaube, er wird gewinnen«, erklärt Kemp.

Stern erwidert etwas auf spanisch; seine Brauen schießen hinauf zur kahlen Stirn.

»So etwas dürfen Sie nie laut sagen«, tadelt er Kemp. »Niemals.« Dann nimmt er meine Hand und schaut mir tief in die Augen. »Rusty, wir werden unser Bestes tun.«

»Das weiß ich.«

Als wir in den Sitzungssaal zurückkehren, kommt uns Barbara, die in der Mittagspause kurz an der Uni war, entgegen und umarmt mich. Sie haucht mir einen Kuß auf die Wange und wischt gleich darauf mit dem Handrücken den Lippenstift ab. Sie hat mit Nat telefoniert.

»Er läßt dir sagen, daß er dich liebhat«, sagt sie. »Und ich liebe dich auch.« Den Nachsatz betont sie so, daß er, ungeachtet ihrer guten Absicht, irgendwie zweideutig klingt. Trotzdem, sie hat ihr Bestes gegeben. Es war die richtige Zeit und der rechte Ort für eine solche Galavorstellung.

Die Jurymitglieder kommen nacheinander aus dem Wartezimmer, wo sie am Schluß auch ihre Beratung halten werden. Der Raum liegt gleich hinter der Geschworenenbank. Die geschiedene Lehrerin lächelt mir sogar zu, während sie sich hinsetzt. Larren erklärt die Funktion der beiden Eröffnungserklärungen: Den Geschworenen soll in Aussicht gestellt werden, mit welchen Beweismitteln Anklage wie Verteidigung zu arbeiten gedenken. Eine Vorschau gewissermaßen. »Die Herren werden Ihnen keine Schlußfolgerungen anbieten, die sich ihrer Meinung nach aus den Beweisen ergeben. Sie werden Ihnen lediglich in ungeschminkten Worten darlegen, woraus das Beweismaterial konkret besteht.« Larrens Worte sind zweifellos als Warnung an Delay gedacht. Bei einem Indizienfall braucht der Ankläger zu Beginn eine Möglichkeit, den Geschworenen klarzumachen, wie alles zusammenpaßt. Aber Nico wird dabei vorsichtig zu Werke gehen müssen. Wie immer Della Guardia auch zu Larren stehen mag, die Jury ist schon jetzt geradezu vernarrt in den Richter. Er verströmt seinen Charme wie Blütenduft. Mit Arroganz und Krittelei wird Nico nichts erreichen. Larren ruft: »Mr. Delay Guardia«, und Nico erhebt sich. Stramm, aufrecht, fiebernd vor Erwartung. Ein Mann, der ganz oben steht. Ein Mann an der Spitze.
»Mit Erlaubnis des Hohen Gerichts«, sagt er, die traditionelle Einleitungsfloskel.
Gleich von Anfang an ist Nico erstaunlich schlecht. Ich weiß sofort, was passiert ist. Der Zeitdruck und die Belastung durch sein neues Amt haben seine Vorbereitung stark beeinträchtigt. Diesen Text hat er garantiert nicht ein einziges Mal durchgearbeitet. Manches, was er vorträgt, ist improvisiert, vielleicht als Reaktion auf Larrens Warnung von vorhin. Nico wirkt abgespannt, nervös und findet keinen Rhythmus. Immer wieder gerät er ins Stocken.

Ungeachtet der mangelhaften Vorbereitung bringt Delay einiges zur Sprache, was ich kaum ruhig mit anhören kann. Sein Vortrag mag im Vergleich zu früheren Erklärungen an Stil und Aufbau zu wünschen übriglassen, aber er versteht sich noch immer fabelhaft darauf, die Schwachstellen des Gegners bloßzulegen. Besonders beeindruckt scheint die Jury von der Diskrepanz zwischen dem unter meiner Leitung ermittelten Beweismaterial und den Erkenntnissen, die ich an Horgan und Lipranzer weitergeleitet beziehungsweise nicht weitergeleitet habe. Andererseits verschenkt Delay auch wieder etliche Punkte. So erzählt er der Jury zuwenig über Dinge, die gerade er aufdecken sollte. Ein geschickter Ankläger ist in der Regel bestrebt, die Argumente der Verteidigung zu entschärfen, indem er sie vorwegnimmt und so den Geschworenen demonstriert, daß seine Beweise stichhaltig genug sind, um selbst den stärksten Attacken des Gegners standzuhalten. Nico dagegen beschreibt zum Beispiel meinen Werdegang nur ungenau, er vergißt zu erwähnen, daß ich bei der Staatsanwaltschaft stellvertretender Behördenleiter war, und als er mein Verhältnis zu Carolyn schildert, verliert er kein Wort über den McGaffen-Prozeß. Wenn Stern nachher an die Reihe kommt, wird er es auf seine vornehm-zurückhaltende Art so hinstellen, als habe Nico mit diesen Auslassungen etwas vertuschen wollen.

Nur als er von meiner Beziehung zu Carolyn spricht, weicht Nico ein einziges Mal von dem Kurs ab, auf den wir getippt haben. Sein Problem ist nämlich größer, als ich oder sogar Stern vermutet haben. Delay fehlt nicht nur der Beweis dafür, daß ich eine Affäre mit Carolyn hatte, sondern er hat noch nicht einmal genau erraten, was zwischen uns lief.

»Die Beweisführung«, erklärt er den Geschworenen, »wird ergeben, daß Mr. Sabich und Mrs. Polhemus über einen längeren Zeitraum hinweg eine persönliche Beziehung unterhielten, die mindestens sieben oder acht Monate vor dem Mord begann. Mr. Sabich besuchte Mrs. Polhemus in ihrer Wohnung. Sie rief bei ihm zu Hause an. Und umgekehrt. Es war, wie ich schon sagte, eine *persönliche* Beziehung.« Pause. »Eine intime Beziehung. Aber in dieser Beziehung herrschte nicht nur eitel Freude und Sonnenschein. Mr. Sabich scheint vielmehr sehr unglücklich gewesen zu sein. Mr. Sabich war nämlich offenbar ungeheuer eifersüchtig.«

Larren fährt herum und funkelt den Staatsanwalt wütend an. Nico tut genau das, wovor ihn der Richter gewarnt hat: Er stellt Vermutungen an, statt sich strikt an die Präsentation seiner Zeugen und Beweismittel zu halten. In seiner Erregung wirft Larren hin und wieder einen Blick auf Stern, gewissermaßen als Aufforderung an Sandy, Einspruch zu erheben, doch Sandy schweigt. Unterbrechungen sind unhöflich und folglich nicht sein Stil. Vor allem aber ist Nico an einem Punkt seines Vortrages angelangt, wo er über Dinge spricht, die er womöglich nicht beweisen kann, und Stern weiß das.

»Mr. Sabich war eifersüchtig. Er war eifersüchtig, weil Mrs. Polhemus sich nicht nur mit ihm traf. Mrs. Polhemus hatte eine neue Beziehung angeknüpft, eine, die Mr. Sabich offenbar zur Weißglut brachte.« Abermals eine gewichtige Zäsur. »Eine Beziehung zu Bezirksanwalt Raymond Horgan.«

Diese Information ist bisher nicht an die Öffentlichkeit gedrungen. Nico hat sie zweifellos zurückgehalten, um sein neues Bündnis mit Raymond zu schützen. Aber jetzt kann er sich nicht länger beherrschen, er ist und bleibt eben Nico, und so wendet er sich tatsächlich der Pressebank zu, während er diese Neuigkeit in die Welt hinausposaunt. Im Saal entsteht Unruhe, und Larren verliert bei der Erwähnung seines früheren Partners endgültig die Beherrschung.

»Mr. Delay Guardia!« donnert er. »Ich habe Sie gewarnt, Sir. Sie sollen Ihre Beweise vorstellen und kein Plädoyer halten. Von jetzt ab bleiben Sie entweder *kommentarlos* bei den Fakten, oder Ihre Eröffnungserklärung ist beendet. Verstanden?«

Nico sieht zu ihm auf. Er scheint wahrhaftig überrascht. Er schluckt so heftig, daß sein vorspringender Adamsapfel auf und nieder hüpft. »Gewiß, Sir«, antwortet er.

»Eifersucht«, schreibe ich auf einen Zettel und reiche ihn Kemp. Vor die Wahl gestellt, kein Motiv angeben zu können oder eines, das er nicht beweisen kann, hat Nico sich für letzteres entschieden. Vielleicht ist das sogar der geschicktere Schachzug. Aber am Ende wird er sich ganz schön anstrengen müssen, um die Fakten entsprechend großzügig auszulegen.

Sobald Nico fertig ist, tritt Stern ans Podium. Der Richter bietet ihm an, eine kleine Pause einzulegen, aber Sandy erwidert freundlich lächelnd, falls es dem Gericht genehm sei, ziehe er es vor, ohne Unterbrechung fortzufahren. Er will verhindern, daß die Geschworenen über Nicos Ausführungen nachdenken und diesen dadurch mehr Gewicht beimessen.

Sandy umkreist das Podium und stützt sich mit dem Ellbogen aufs Rednerpult. Der braune Maßanzug kaschiert seine Körperfülle blendend. Sein volles Gesicht ist unergründlich wie das einer Sphinx.

»Wie sollen wir darauf reagieren«, fragt er, »Rusty Sabich und ich? Was können wir entgegnen, wenn Mr. Della Guardia Ihnen, meine sehr verehrten Damen und Herren, von zwei Fingerabdrücken berichtet, einen dritten aber unerwähnt läßt? Was können wir sagen, wenn Ihnen Lücken und Vermutungen, Klatsch und infame Anspielungen als Beweise vorgeführt werden? Was können wir sagen, wenn einem hervorragenden Staatsbeamten nur aufgrund von Indizienbeweisen der Prozeß gemacht wird, Indizien, die, wie Sie bald selbst feststellen werden, jene lobenswerte Maxime unserer Rechtsprechung, den begründeten Zweifel nämlich, keineswegs ausschalten? Den begründeten Zweifel.« Er macht kehrt, geht zwei Schritte näher an die Geschworenenbank heran. »Die Staatsanwaltschaft muß die Schuld des Beklagten zweifelsfrei nachweisen.« Er kommt Punkt für Punkt auf alles zurück, was die Jury in den letzten beiden Tagen vom Richter gehört hat. Gleich zu Anfang dokumentiert Stern ihnen so seinen Schulterschluß mit diesem großen und gebildeten Rechtsgelehrten, ein wirkungsvoller Trick, besonders wenn man bedenkt, daß es Larren war, der Delay als erster fertiggemacht hat. Sandy wiederholt mehrfach, daß die Anklage sich nur auf »Indizienbeweise« stütze. Er bringt die Begriffe »Gerücht« und »Klatsch« ins Spiel. Dann spricht er über mich.

»Und wer, meine Damen und Herren, ist dieser Rusty Sabich? Nicht einfach, wie Mr. Della Guardia Sie glauben machen wollte, einer der besten Deputys der Bezirksstaatsanwaltschaft. Nein, er ist *der* beste! Er gehört zu jener Handvoll wirklich hervorragender Prozeßanwälte unseres County, ja dieses Staa-

tes. Dafür werden wir Ihnen Beweise liefern. Er war einer der besten Absolventen seines Jahrgangs an der juristischen Fakultät, ist Mitherausgeber der ›Law Review‹ und begann seine Laufbahn als Sekretär des Präsidenten am Obersten Gerichtshof unseres Staates. Er hat seine Karriere, ja sein Leben in den Dienst der Öffentlichkeit gestellt. Um Verbrechen Einhalt zu gebieten, sie zu verhindern und zu bestrafen, nicht aber« – Stern wirft den Staatsanwälten einen verächtlichen Blick zu –, »nicht aber, um selbst welche zu begehen. Hören Sie sich, meine Damen und Herren, hören Sie sich die Namen derer gut an, die Rusty Sabich der Gerechtigkeit zugeführt hat. Geben Sie acht, denn es handelt sich dabei um Personen, deren Verfehlungen so entsetzlich waren, daß selbst Sie, die Sie sich nicht regelmäßig hier bei Gericht aufhalten, ihre Namen kennen und, dessen bin ich gewiß, Rusty Sabich erneut für seinen Einsatz dankbar sein werden.« Er spricht gut fünf Minuten über die Night Saints und andere Fälle, länger, als er dürfte, aber Della Guardia kann das schwerlich monieren, nachdem Sandy sich seine Eröffnungserklärung klaglos angehört hat.
»Mr. Sabich ist der Sohn eines Immigranten, eines jugoslawischen Freiheitskämpfers, der von den Nazis verfolgt wurde. 1946 kam Rustys Vater hierher, ins Land der Freiheit, wo er sich vor Greueltaten sicher glaubte. Was würde Ivan Sabich wohl denken, wenn er heute unter uns wäre?«
Ich würde mich vor Verlegenheit winden, wenn ich nicht strikte Weisung hätte, mir nichts anmerken zu lassen. Also sitze ich mit gefalteten Händen da und blicke starr geradeaus. Ich soll die ganze Zeit über einen entschlossenen Eindruck machen. Bedauerlicherweise hat Stern mir keine Probe von dieser Arie auf den tapferen Vater gegeben. Selbst wenn ich in den Zeugenstand trete, werde ich dazu nichts aussagen – allerdings ist kaum anzunehmen, daß die Anklage dieses rührende Familienbild widerlegen will.
Stern wirkt imponierend. Der Akzent verleiht seiner Rede eine interessante Färbung, seine wohlkalkulierte Förmlichkeit unterstreicht sie mit dem nötigen Gewicht. Sandy gibt keine Vorschau auf die Beweismittel, mit denen die Verteidigung aufwarten wird. Geschickt vermeidet er es, den Geschworenen

meine Aussage zu versprechen. Statt dessen konzentriert er sich auf die Schwächen der Anklage. Keine stichhaltigen Beweise, nicht der leiseste Anhaltspunkt, der Rusty Sabich mit einer Mordwaffe in Verbindung bringt. Kein Hinweis darauf, daß Rusty Sabich je gewalttätig geworden sei.

»Und worauf gründet sich dieser Indizienfall? Mr. Della Guardia hat Ihnen ausführlich über die Beziehung zwischen Mr. Sabich und Mrs. Polhemus berichtet. Was er Ihnen aber nicht erzählt hat, ist, daß die beiden Kollegen waren, daß sie als Prozeßbevollmächtigte und nicht als Liebespaar an einem ungemein brisanten Fall arbeiteten. Das hat der Herr Ankläger nicht erwähnt. Er überließ es mir, dies nachzuholen. Gut, das habe ich hiermit getan, und wir werden Ihnen auch die entsprechenden Beweise liefern. Sie sollten streng darauf achten, was die Beweismittel Ihnen über das Verhältnis zwischen Carolyn Polhemus und Mr. Sabich verraten und was nicht. Achten Sie darauf ganz besonders, da es sich hier um einen Indizienfall handelt. Ich versichere Ihnen, und zwar ganz kategorisch, die Beweise der Kläger werden nicht halten, was Mr. Della Guardia versprochen hat. Sie werden sehen, daß es in diesem Fall nicht um Fakten geht, sondern um Vermutungen und Spekulationen . . .«

»Mr. Stern«, unterbricht ihn Larren freundlich, »mir scheint, Sie stolpern in die gleiche Falle wie Mr. Della Guardia.«

Sandy dreht sich um; er macht sogar eine angedeutete Verbeugung. »Ich bitte tausendmal um Entschuldigung, Euer Ehren. Er hat mich wohl inspiriert.«

Ein leises Lachen geht durch den Saal. Alle stimmen ein, der Richter, etliche der Geschworenen. Ein leises Lachen auf Delays Kosten.

Sandy wendet sich wieder der Jury zu; es klingt, als führe er ein Selbstgespräch: »Ich darf mich von diesem Fall nicht zu sehr mitreißen lassen.« Dann wirft er seinen letzten Köder aus – ganz unverbindlich, mit wenigen Worten: »Tja, man kann nicht umhin, sich zu fragen: Warum? Wenn Sie der Beweisaufnahme folgen, fragen Sie: Warum? Nicht, warum Carolyn Polhemus ermordet wurde. Darüber werden diese Beweismittel nämlich bedauerlicherweise keinen Aufschluß geben. Nein, Sie werden sich fragen, meine Damen und Herren, warum Rusty Sabich hier fälschlicherweise auf der Anklagebank sitzt. Warum hier ein Indizienfall präsentiert wird mit einem Material, das angeblich die Schuld meines Mandanten zweifelsfrei beweisen soll, dies aber nicht im entferntesten zu leisten vermag.«

Sandy hält inne. Er neigt den Kopf. Vielleicht kennt er die Antwort, vielleicht nicht. Er spricht ganz leise.

»Warum?« lautet sein letztes Wort.

27

Sie können das Glas nicht finden.
Nico gibt es zu, sobald Stern, Kemp und ich am Morgen des dritten Verhandlungstages im Gericht eintreffen.
Heute sollen die ersten Zeugen vernommen werden.
»Warum in aller Welt?« fragt Stern.
»Ich bitte um Verzeihung«, sagt Nico. »Tommy meint, er hätte es zuerst einfach verschwitzt. Ja, wirklich. Jetzt stellen sie drüben alles auf den Kopf. Das Glas wird bestimmt wiederauftauchen. Aber ich stecke in der Klemme.« Della Guardia und Stern spazieren auf und ab und beraten. Vom Klägertisch aus beobachtet Molto sie ängstlich wie ein geprügelter Hund. Tommy sieht wirklich nicht gut aus. In diesem frühen Stadium des Prozesses dürfte er längst nicht so erschöpft wirken. Sein Gesicht ist gelblich, und sein Anzug – derselbe wie gestern – sieht ganz so aus, als sei Tommy die letzten vierundzwanzig Stunden nicht aus den Kleidern gekommen. Ich wäre nicht überrascht, wenn er es vergangene Nacht nicht einmal geschafft hätte heimzufahren.
»Wie ist denn das möglich, daß ein Beweisstück einfach verschwindet?« fragt Kemp.
»Kommt immer wieder vor«, antworte ich. »Bei der Spurensicherung in der McGrath Hall liegt mehr herrenloses Zeug herum als in einer Pfandleihe. Etiketten reißen ab; Nummern werden vertauscht. Ich habe viele Prozesse geführt, bei denen zunächst diverse Beweisstücke verlegt waren. Leider hat Nico recht: Das Glas wird sich wiederfinden.«
Stern und Della Guardia haben sich darauf geeinigt, dem Richter von dem peinlichen Zwischenfall Mitteilung zu machen, noch bevor er die Sitzung eröffnet. Wir werden Larren gemeinsam in seinen Amtsräumen aufsuchen. Das wird Nico die Schmach einer öffentlichen Standpauke ersparen. Sterns Kulanz in solchen Dingen, seine kleinen Gefälligkeiten, haben ihn bei der Staatsanwaltschaft beliebt gemacht. Ein anderer Anwalt hätte darauf bestanden, daß der Vorgang ins Protokoll aufgenommen wird, damit die Presse Nico ordentlich in die Mangel nimmt.

Wir warten im Vorzimmer zu Larrens Büro, während Corrine, seine Sekretärin, das Lämpchen an ihrem Telefonapparat im Auge behält, um zu sehen, wann das Gespräch beendet ist, das der Richter gerade führt. Corrine ist eine imposante Erscheinung mit wogendem Busen, und die Tratschtanten bei Gericht rätselten unermüdlich über ihr Verhältnis zu Larren – bis sie letzten Herbst einen Bewährungshelfer namens Perkins heiratete. Larren steht im Ruf, ein Schürzenjäger zu sein. Er ist seit zehn Jahren geschieden, und im Lauf der Zeit habe ich so allerlei Geschichten über ihn gehört, etwa daß er seinen Jack Daniel's vorzugsweise in den schicken Nachtclubs unten am Bayou Boulevard trinkt, in jenem Aufreißerviertel also, das Eingeweihte »Garten der Träume« getauft haben.

»Er sagt, Sie sollen gleich reinkommen«, sagt Corrine und legt den Hörer auf, nachdem sie uns dem Richter gemeldet hat. Kemp, Nico und Molto gehen voraus. Stern möchte noch rasch mit mir etwas besprechen.

Als auch wir das Büro des Richters betreten, ist Nico schon dabei, Larren sein Problem auseinanderzusetzen. Er und Kemp haben in den Besuchersesseln vor dem Schreibtisch des Richters Platz genommen. Molto sitzt im Hintergrund auf einem Sofa. Larrens Amtszimmer, sein Allerheiligstes, strahlt Ruhe und Würde aus. An einer Wand prangt die Sammlung richterlicher Entscheidungen, in Leder gebunden und mit Goldschnitt. Wie Raymond hat auch Larren seine Trophäenwand. Eine Großaufnahme von ihm und Raymond hängt inmitten zahlreicher Fotos, auf denen der Richter mit Politikern, vorwiegend Schwarzen, posiert.

»Euer Ehren«, sagt Nico gerade, »ich habe erst gestern abend von Tommy erfahren, daß ...«

»Also wenn ich mich recht erinnere, hat Tommy gestern behauptet, Sie hätten das Glas und es sei dem Gericht nur versehentlich nicht ausgehändigt worden. Tommy, ich will Ihnen mal was sagen ...« Der Richter erhebt sich hinter seinem Schreibtisch; direkt majestätisch sieht er aus in seinem lila Hemd mit dem weißen Kragen und den weißen Manschetten. Während Nico sprach, hat er in seinen Büchern und Papieren gekramt, jetzt aber wendet er sich Molto in voller Lebensgröße zu und droht ihm mit dem Finger. »Wenn Sie mir in diesem Fall mit dem gleichen Scheiß kommen wie früher, dann lass' ich Sie einbuchten. Das ist mein Ernst. Sagen Sie gefälligst nicht Weiß, wenn Sie Schwarz meinen. Ich warne Sie ganz bewußt hier im Beisein des Bezirksanwalts. Nico, Sie wissen, wir sind immer gut miteinander ausgekommen. Aber dieser Herr hat schon so manche krumme Tour geritten.« Der Richter deutet mit seinem Löwenhaupt auf Molto.

»Ich verstehe, Euer Ehren. Wirklich. Darum war ich ja so in Sorge, als ich erfuhr, was los ist. Aber ich glaube, es handelt sich bestimmt nur um ein Versehen.«

Aus dem Augenwinkel wirft der Richter Della Guardia einen drohenden Blick zu. Nico zuckt mit keiner Wimper. Er hält sich ziemlich gut, hat die Hände im Schoß verschränkt und bemüht sich nach Kräften, den Zerknirschten zu spielen. Bei seinem Naturell fällt ihm das gewiß nicht leicht, und so hat seine Bereitschaft, vor dem Richter zu Kreuze zu kriechen, etwas Rührendes. Er muß Molto gestern abend ganz schön die Hölle heiß gemacht haben. Darum sieht Tommy so mitgenommen aus.

Für Larren freilich ist der Fall keineswegs erledigt. Wie gewöhnlich hat er die Zusammenhänge rasch durchschaut. Über einen Monat lang haben die Ankläger versprochen, ein Glas vorzuweisen, von dem sie wußten, daß sie es gar nicht beibringen können.

»Ist das nicht ein starkes Stück?« Wie Beistand suchend appelliert der Richter an Stern. »Wissen Sie«, fährt er nach einer Pause, an Nico gewandt, fort, »ich treffe diese Anordnungen nicht bloß so zum Spaß. Von mir aus machen Sie mit ihren Beweisen, was Sie wollen, aber – wer hatte das Glas eigentlich zuletzt?«

»Darüber herrscht zwar nicht völlige Einigkeit, Euer Ehren, doch wir glauben, es war die Polizei.«

»Natürlich!« Angewidert blickt Larren ins Weite. »Nun, Sie sehen ja, was Sie angerichtet haben. Sie haben sich einer Anordnung des Gerichts widersetzt. Die Verteidigung hatte keine Gelegenheit, sich gebührend vorzubereiten. Und Sie haben eine Eröffnungserklärung abgegeben, Nico, in der Sie dieses Beweisstück bestimmt ein halbes dutzendmal erwähnten. Aber das ist jetzt Ihr Problem. Sobald Sie das Glas gefunden haben – wenn Sie es überhaupt finden –, werden wir darüber entscheiden, ob es noch als Beweismittel zugelassen wird oder nicht. So, meine Herren, und jetzt lassen Sie uns endlich mit der Verhandlung beginnen!«

Auf Nico warten allerdings noch mehr Unannehmlichkeiten als ein verärgerter Richter. Die Beweispräsentation der Anklage ist so aufgebaut, daß die Zeugen in einer genau festgelegten Reihenfolge gehört werden müssen. Der erste Zeuge soll den Tatort beschreiben, folglich wird er das Glas erwähnen.

»Nicht in meinem Gerichtssaal«, donnert Larren. »O nein, Sir! Ich will kein Wort mehr hören über Beweise, die niemand finden kann.«

Endlich meldet Stern sich zu Wort. Er erklärt, wir hätten nichts dagegen, daß Delay nach seinem ursprünglichen Plan vorgeht: »Euer Ehren, sollte die Anklage das Glas nicht beibringen können, werden wir zu gegebener Zeit Einspruch erheben, damit nicht länger angebliche Schuldbeweise davon abgeleitet werden.« Er meint natürlich die Fingerabdrücke. »Im Augenblick halte ich jedoch keinen weiteren Aufschub für sinnvoll, wenn Euer Ehren gestatten.«

Larren hebt die Schultern. Es ist Sandys Sache. Über diesen Punkt haben er und ich uns soeben im Vorzimmer abgesprochen. Falls wir Einspruch erheben, können wir Nico zwingen, seine Zeugenliste umzustoßen, aber Sandy verspricht sich mehr davon, wenn Nicos erster Zeuge erklären muß, daß ein Beweisstück fehlt. Sollen sie ruhig dastehen wie Dick und Doof, hat Stern gesagt, davon können wir nur profitieren. Das Durcheinander wird auf die Geschworenen einen schlechten Eindruck machen. Außerdem kann mir der bloße Umstand, daß am Tatort ein Glas gefunden wurde, kaum schaden. Und wie ich schon zu Kemp gesagt habe: Die von der Spurensicherung werden das Glas früher oder später wiederfinden; das ist immer so.

»Meinetwegen«, lenkt Larren ein. »Aber wir sollten das ins Protokoll aufnehmen.« Nicos Strafe. Nun muß er seine Blamage doch noch vor aller Öffentlichkeit bekennen.

Während die Anwälte sich im Saal vor dem Richtertisch versammeln und dem Protokollführer das Ergebnis unserer Privatkonferenz diktieren, prüfe ich die Zeugenliste. Ich bin gespannt, wann Lipranzer an der Reihe ist. Je eher er aussagt, desto früher kann die Fahndung nach Leon beginnen. Ich habe versucht, Sandys Privatdetektiv noch einmal auf seine Spur zu hetzen, aber der behauptet, es habe keinen Zweck. Die Liste verheißt mir allerdings nichts Gutes. Lip ist erst gegen Ende des Prozesses eingeplant. Leon und ich, wir werden warten müssen.

Trotz meiner Enttäuschung fällt mir auf, daß Nico und Molto ihre Klage sorgfältig aufgebaut haben. Sie werden mit der Tatortbeschreibung und der Präsentation der Sachbeweise anfangen und darauf aufbauend in allmählicher Steigerung ihre Argumente, die für meine Schuld sprechen, entwickeln. Zuerst werden sie meine Affäre mit Carolyn anführen (für die sie freilich keinen schlüssigen Beweis haben); dann meine fragwürdigen Ermittlungsmethoden; zum Schluß werden sie mit den Indizien aufwarten, die für meine Anwesenheit am Tatort sprechen: die Fingerabdrücke, die Teppichfasern, die Telefonprotokolle, die Resultate des Bluttests. Painless Kumagai wird als letzter aussagen und vermutlich die Theorie des Experten dafür liefern, wie der Mord begangen wurde.

Richter Larren hat Nico noch immer in der Mangel: »Und die Kläger werden die Verteidigung umgehend informieren, sobald das Beweisstück wiederauftaucht. Verstehen wir uns da richtig?«

»Jawohl«, sagt Nico.

Als dieser Punkt erledigt ist, werden die Geschworenen hereingeholt, und Nico ruft den ersten Zeugen der Anklage auf, Detective Harold Greer. Der Kriminalbeamte betritt den Saal und tritt vor den Richtertisch, um sich vereidigen zu lassen.

Sobald wir Greer dort oben stehen sehen, ist uns klar, warum Nico soviel an der Reihenfolge seines Zeugenaufmarsches liegt. Der erste Zeuge macht verständlicherweise einen besonders nachhaltigen Eindruck auf die Geschworenen, und Greer ist eine imposante Erscheinung, ein baumlanger Schwarzer, redegewandt, ruhig und methodisch in seiner Darstellung. Ob mit oder ohne Glas, er ist ein Muster an Tüchtigkeit. Wir haben viele Beamte wie Greer, Männer und Frauen mit dem IQ eines College-Professors, die zur Polizei gegangen sind, weil sich dort für Leute aus ihrem Milieu die besten Aufstiegsmöglichkeiten boten.

Molto stellt die Fragen. Er wirkt lädiert, aber seine Vernehmung ist gut vorbereitet.

»Und wo lag die Leiche?«

Greer war der dritte Polizeibeamte, der am Tatort erschien. Carolyn wurde morgens gegen neun Uhr dreißig gefunden. Sie hatte um acht bei einer Sitzung gefehlt und war auch zu ihrem ersten Gerichtstermin um neun nicht erschienen. Ihre Sekretärin rief den Hauswart an. Als ich ihn vor Monaten befragte, erklärte er mir, er habe nur die Tür aufgestoßen und sich umgeschaut. Da habe er gleich gemerkt, daß dies ein Fall für die Polizei sei. Die Leute vom zuständigen Revier forderten Harold Greer an.

Greer beschreibt, was er beobachtet hat und wie die Spurensicherung unter seiner Leitung vorgegangen sei. Er identifiziert eine versiegelte Plastiktüte mit den Fasern, die man an Carolyns Leiche sichergestellt hat, und ein Paket mit ihrem Rock, an dem weitere Zorak-V-Fasern gefunden wurden. Molto und Greer mogeln sich elegant um das Glas herum. Greer erzählt, daß er es auf der Abstellplatte entdeckt und gesehen habe, wie die Spurensicherung es in ein Plastiksäckchen gesteckt und versiegelt hat.

»Und wo ist dieses Glas jetzt?«

»Wir können es im Augenblick nicht vorweisen, aber es müßte sich dieser Tage bei der Spurensicherung finden lassen.«

Als nächstes beschwört Molto das Gespenst des entwendeten Diaphragmas herauf. Greer sagt aus, trotz gründlicher Suche hätten sich in der Wohnung keinerlei empfängnisverhütende Mittel gefunden. Sobald die Geschworenen mit einer Bestandsliste sämtlicher Indizien versehen sind, welche die Polizei am Tatort sichergestellt hat, steuert Molto den Höhepunkt an.

»Sie sind seit neun Jahren bei der Mordkommission. Da haben Sie bestimmt eine Menge Erfahrung gesammelt. Wenn Sie

jetzt an Ihre Eindrücke vom Tatort zurückdenken – was, würden Sie sagen, hat sich da abgespielt?«
Stern erhebt zum erstenmal in Gegenwart der Geschworenen Einspruch: »Euer Ehren, das ist pure Spekulation und kann nicht als Urteil eines Experten gewertet werden. Mr. Molto fragt hier nach bloßen Vermutungen.«
Larren reibt sich die Wange, schüttelt aber den Kopf. »Einspruch abgelehnt.«
Molto wiederholt seine Frage.
»So wie die Leiche lag, wie sie gefesselt war und aufgrund der umgestürzten Möbel sowie des offenen Fensters über der Feuertreppe war ich im ersten Augenblick der Ansicht, Mrs. Polhemus sei während beziehungsweise nach einem Sittlichkeitsdelikt ermordet worden.«
»Sie meinen Vergewaltigung?« Molto stellt eine Suggestivfrage, was normalerweise bei der Hauptvernehmung nicht gestattet, unter den gegebenen Umständen freilich harmlos ist.
»Ja«, sagt Greer.
»Und waren Polizeifotografen am Tatort?«
»Jawohl.«
»Und was taten sie?«
»Auf meine Anweisung hin machten sie Aufnahmen vom Tatort und von der Leiche.«
»Waren Sie dabei zugegen?«
»Jawohl.«
Von dem Rollwagen, den die Anklage heute morgen in den Saal bringen ließ, nimmt Molto den Stapel Fotos, den ich vor vier Monaten in meinem Büro durchgesehen habe. Stück für Stück zeigt er die Bilder erst Sandy, dann Greer. Molto hat seine Vernehmung klug aufgebaut. In der Regel wird der Richter die Fotodokumentation der Staatsanwaltschaft in einem Mordfall einschränken, weil eine solch schauerliche Präsentation dem Angeklagten schadet. Aber indem er die Szene am Tatort (natürlich werden die Kläger später behaupten, daß sie inszeniert war) zum Thema der Vernehmung machte, hat Tommy uns die Chance zum Einspruch verbaut. Wir sitzen da und versuchen möglichst unbeteiligt zu wirken, während Greer jedes der grauenhaften Fotos beschreibt und bestätigt, daß alle

genau das Szenarium wiedergeben, das er am Tatort vorfand. Als Molto Sandy die Bilder übergeben hat, geht dieser vor zum Richtertisch und bittet Larren, selbst einen Blick auf sie zu werfen.

»Zwei von der Leiche genügen«, entscheidet Lyttle. Zwei andere sortiert er aus, erlaubt Molto jedoch, die restlichen Fotos im Anschluß an Greers Vernehmung den Geschworenen vorzulegen. Ich wage kaum aufzuschauen, aber an der Stille, die sich plötzlich über die Geschworenenbank senkt, spüre ich, daß Carolyns brutal verrenkter Körper und das viele Blut die Wirkung erzielt haben, die sich die Anklage erhoffte. Es wird lange dauern, bis die Lehrerin mir wieder zulächelt.

»Kreuzverhör«, sagt der Richter.

»Nur ein paar Kleinigkeiten.« Sandy lächelt Greer flüchtig zu. Wir werden diesen Zeugen nicht hart anfassen. »Detective, Sie sprachen eingangs von einem Glas. Wo ist es?« Stern sieht sich zwischen den Beweisstücken um, die Greer identifiziert hat.

»Es ist nicht da.«

»Entschuldigen Sie, ich dachte, Sie haben bezeugt, daß dieses Glas zum Beweismaterial gehört.«

»Das habe ich auch.«

»Oh.« Sandy scheint verwirrt. »Aber Sie können es nicht vorweisen?«

»Nein, Sir.«

»Wo haben Sie es zuletzt gesehen?«

»Am Tatort.«

»Seitdem haben Sie es nicht mehr zu Gesicht bekommen?«

»Nein, Sir.«

»Haben Sie versucht, es wiederzufinden?«

Greer lächelt, wohl zum erstenmal, seit er in den Zeugenstand getreten ist. »Ja, Sir.«

»Darf ich Ihre Miene so verstehen, daß Sie viel Mühe und Anstrengung in diese Suche investiert haben?«

»Ja, Sir.«

»Aber das Glas blieb trotzdem verschwunden?«

»Ja, Sir.«

»Und wer, denken Sie, hat es als letzter in der Hand gehabt?«

»Ich weiß nicht, Sir. Mr. Molto hat die Quittungen über alle Beweisstücke.«
»Oh.« Sandy dreht sich nach Tommy um. Der wirkt leicht belustigt. Er amüsiert sich über Sandys schauspielerisches Talent, doch die Geschworenen wissen natürlich nicht, worüber er lächelt. Ihnen muß Tommy reichlich arrogant vorkommen.
»Mr. Molto hat sie?«
»Ja, Sir.«
»Normalerweise hätte er auch die dazugehörigen Beweisstücke?«
»Ja, Sir. Die Staatsanwaltschaft bekommt das Tatsachenmaterial und die Originaletiketten.«
»Mr. Molto hat also das Etikett, aber nicht das Glas?«
»Das ist richtig, Sir.«
Wieder dreht Sandy sich nach Molto um, sieht ihn an und sagt: »Ich danke Ihnen, Detective.«
Sandy scheint nachzudenken, ehe er sich erneut dem Zeugen zuwendet. Er stellt ein paar Fragen nach der Beschaffung der verschiedenen Indizien. Dann bringt er das Diaphragma zur Sprache.
»Dieses Pessar war aber nicht das einzige, was Sie nicht finden konnten, habe ich recht, Detective?«
Greer kneift die Augen zusammen. Er hat weder den Hope-Diamanten gefunden noch Tante Tillies Spitzentaschentuch. Die Frage ist nicht zu beantworten.
»Nun, Detective, Sie und Ihre Leute haben die Wohnung doch sehr gründlich durchsucht, nicht wahr?«
»Allerdings, Sir.«
»Und trotzdem konnten Sie weder das Diaphragma entdecken noch irgendeine Creme oder ein Gel, mit dem es hätte eingeführt werden können. Das stimmt doch, nicht?«
Greer zögert. Darüber hat er noch nicht nachgedacht. »Ja, Sir, das stimmt«, sagt er schließlich.
Mit einem Ruck fährt Nico zu Tommy herum. Die beiden sitzen gut fünf Meter vor mir, frontal zu den Geschworenen. Ich habe bisher noch keine Gelegenheit gehabt, die Physiognomie meiner Gegner zu beobachten, da der Tisch der Staatsanwaltschaft auf die Geschworenenbank ausgerichtet ist. Nico

flüstert Tommy etwas zu. Es klingt wie: Wo zum Teufel ist das Zeug? Zwei der Geschworenen sind diesem Teil der Vernehmung wachsam gefolgt.
Stern will schon wieder Platz nehmen, da bitte ich ihn, mir die Fotos herüberzubringen. Sandy schaut mich finster an. Er möchte diese Aufnahmen so schnell wie möglich vergessen machen. Aber ich lasse nicht locker, und so händigt er mir den Stapel aus. Ich suche das Bild von der Bar heraus und erkläre Stern, worauf ich hinauswill. Er nickt mir kurz zu und tritt wieder vor den Zeugenstand.
»Sie haben dieses Foto identifiziert, nicht wahr, Detective Greer? Beweisstück der Anklage, 6-G?«
»Jawohl, Sir.«
»Es zeigt die Bar, auf deren Abstellplatte Sie das fragliche Glas entdeckten?«
»Ja, Sir.«
»Nun sagen Sie mir mal, Detective – wenn wir das Glas hier hätten, wäre es bestimmt leichter, aber können Sie sich noch einigermaßen daran erinnern?«
»Ich denke, schon. Es war eines wie die hier auf dem Foto.«
»Richtig. Das Glas, das Sie als Beweisstück mitnahmen, gehörte also zu dem Satz, der hier auf dem Handtuch zum Trocknen steht?« Sandy hält das Bild hoch und deutet auf die umgestülpten Gläser, damit sowohl Greer als auch die Geschworenen ihm folgen können.
»Ja, Sir.«
»Würden Sie freundlicherweise die Gläser zählen, Officer?«
Greer legt den Zeigefinger aufs Foto und zählt langsam ab.
»Zwölf Stück«, sagt er.
»Zwölf«, wiederholt Stern. »Mit dem fehlenden Glas wären es also dreizehn?«
Greer merkt, daß da etwas eigenartig ist. Er schüttelt den Kopf.
»Scheint so, Sir.«
»Kommt Ihnen das nicht komisch vor?«
Molto erhebt Einspruch, aber Greer antwortet: »Doch, sehr«, noch ehe der Richter entscheiden kann.
»Wirklich«, sagt Sandy zu mir, als die Verhandlung für eine kurze Mittagspause unterbrochen wird, »ich bewundere Ihre

Kombinationsgabe, Rusty, aber Sie dürfen mir Ihre Entdeckungen in Zukunft nicht erst im allerletzten Moment mitteilen. Das mit dem dreizehnten Glas kann sehr wichtig sein.«
Wir treten unter den Portikus, und ich blicke Stern freimütig an. »Ich bin eben erst draufgekommen«, sage ich.

Für die Staatsanwaltschaft wird es ein trostloser Nachmittag. Während meiner Amtszeit als Deputy habe ich kaum einen Fall verhandelt, in dem es keinen Tiefpunkt gab, kein Leck in meiner Beweisführung. Ich nannte das damals den Gang durchs Todestal. Für Nico, das wissen wir seit langem, kommt die Talsohle, wenn er versuchen wird nachzuweisen, was sich zwischen Carolyn und mir abgespielt hat. Seine Hoffnung stützt sich ganz klar darauf, den Geschworenen genügend Material liefern zu können, um sie stutzig zu machen und auf die gewünschte Fährte zu locken. Molto und er hatten offenbar geplant, mit Greer groß einzusteigen, sich im Folgenden so gut wie möglich durchzulavieren und dann mit Hilfe der Sachbeweise ihre Argumente zu untermauern und Boden zu gewinnen. Eine vernünftige Strategie. Aber als wir uns nach dem Mittagessen wieder im Sitzungssaal einfinden, weiß jeder, daß die kommenden Stunden der Verteidigung gehören werden.
Die nächste Zeugin der Anklage ist Eugenia Martinez, meine frühere Sekretärin. Man sieht ihr an, daß sie ihren Auftritt genießt. Mit breitkrempigem Schlapphut und baumelnden Ohrringen betritt sie den Zeugenstand. Nico vernimmt sie persönlich, und Eugenia antwortet kurz und bündig. Sie sagt aus, sie arbeite seit fünfzehn Jahren in der Bezirksanwaltschaft. Die letzten beiden Jahre sei sie bis zum April mir unterstellt gewesen. Eines Tages im letzten Herbst, es müsse September oder Oktober gewesen sein, genau könne sie das nicht mehr sagen, aber jedenfalls sei sie beim Telefonieren aus Versehen in die falsche Leitung geraten. Eugenia hörte nur ein paar Worte dieses Gesprächs, aber sie erkannte die Stimmen von Mrs. Polhemus und mir. Ich hätte davon gesprochen, Mrs. Polhemus zu Hause besuchen zu wollen.
»Und wie klang das Ihrer Meinung nach?« fragt Nico.
»Einspruch!« ruft Stern. »Mit dieser Formulierung verleitet

der Herr Staatsanwalt die Zeugin zu einer rein subjektiven Charakterisierung.«
»Stattgegeben.«
»Aber, Herr Richter«, Nico macht große Augen, »Miß Martinez darf doch wohl vor Gericht wiederholen, was sie gehört hat.«
»Was sie gehört hat, ganz recht. Aber ihre Meinungen und Eindrücke stehen hier nicht zur Debatte.« Larren wendet sich direkt an Eugenia: »Miß Martinez, Sie sollen uns nicht erzählen, was Sie sich bei diesem Gespräch gedacht haben. Wiederholen Sie nur den Wortlaut, und beschreiben Sie den Tonfall!«
»Ja, Miß Martinez, beschreiben Sie uns den Tonfall!« Nico ist fast wieder da, wo er hinwollte.
Doch Eugenia ist auf diese Frage nicht vorbereitet. »Also der war... sehr nett eigentlich«, entgegnet sie zögernd.
Stern erhebt Einspruch, aber der Richter hält es nicht für nötig, eine so unverfängliche Antwort aus dem Protokoll zu streichen. Nico ist an einem für die Anklage sehr wichtigen Punkt, aber er kommt kaum voran. Wieder staune ich darüber, wie schwer ihm offenbar die Vorbereitung gefallen ist.
»Klang das Gespräch vertraulich?« fragt er.
»Einspruch!« Stern schnellt von seinem Platz hoch. Das ist nun wirklich eine Suggestivfrage und mithin ein grober Verstoß gegen die Prozeßordnung.
Larren macht Nico erneut vor den Geschworenen zur Schnecke. Die Frage, sagt er, sei einwandfrei unzulässig. Sie wird gestrichen, und Larren bittet die Geschworenen, sie zu ignorieren. Aber Nicos Regelverstoß hat durchaus Methode. Er sucht einen Weg, um Eugenia auf die gewünschte Fährte zu lotsen.
»Könnten Sie«, fragt er jetzt, »den Ton von dem, was Sie gehört haben, näher beschreiben?«
Stern erhebt abermals vehement Einspruch. Diese Frage sei bereits gestellt und beantwortet worden.
Larren mustert den Staatsanwalt. »Mr. Delay Guardia, ich schlage vor, Sie fahren fort.«
Plötzlich erhält Nico von unerwarteter Seite Hilfestellung.
»Er hat gesagt: ›Mein Engel‹«, meldet Eugenia sich unaufgefordert zu Wort.

Nico starrt sie fassungslos an.
»Ja, das hat er gesagt. Er sagte: ›Ich komm' um acht, mein Engel.‹«
Zum erstenmal seit Beginn des Prozesses verliere ich vor den Geschworenen die Fassung, ich stöhne auf. Bestimmt bin ich puterrot im Gesicht. Kemp legt seine Hand auf meine.
»Mein Engel!« flüstere ich. »Um Gottes willen.«
Stern wirft mir über die Schulter einen mahnenden Blick zu. Nico, der so plötzlich und unverhofft ans Ziel gekommen ist, setzt sich.
»Kreuzverhör.«
Sandy geht mit Elan auf Eugenia los. Er wartet nicht, bis er das Podium erreicht hat, sondern feuert noch im Anmarsch die erste Frage ab. Sein Gesicht zeigt den gleichen ärgerlichen Ausdruck, mit dem er mich eben fixiert hat.
»Für wen arbeiten Sie jetzt bei der Bezirksanwaltschaft, Miß Martinez?«
»Arbeiten?«
»Für wen tippen Sie? Wessen Telefon betreuen Sie?«
»Ach so, ich bin bei Mr. Molto.«
»Ist das dieser Herr dort am Tisch der Anklage?« Eugenia bejaht.
»Als Mr. Sabich wegen dieses Prozesses suspendiert wurde, da ist Mr. Molto auf seinen Posten vorgerückt, stimmt das?«
»Ja, Sir.«
»Und dieser Posten ist innerhalb des Amtes recht einflußreich, nicht wahr?«
»Wer den Job hat«, antwortet Eugenia, »der ist der zweite Mann im Laden.«
»Und Mr. Molto leitete die Ermittlungen, durch die er an Mr. Sabichs Posten gekommen ist?«
»Einspruch!«
»Euer Ehren«, wendet sich Sandy an den Richter, »ich habe das Recht, auf die eventuelle Befangenheit eines Zeugen hinzuweisen. Diese Dame sagt hier aus in Gegenwart ihres Chefs, da ist es nicht unerheblich zu erfahren, welche Vorstellungen sie von seinen Motiven hat.«
Larren lächelt. Stern ist viel weiter gegangen, als er zugibt, aber

der Richter läßt seine Entschuldigung gelten. Der Einspruch wird abgelehnt.

Der Protokollführer liest die letzte Frage noch einmal vor, und Eugenia beantwortet sie mit Ja. In seiner Eröffnungserklärung hat Sandy die Wahl und den Führungswechsel in der Bezirksanwaltschaft nur gestreift. Jetzt versucht er erstmals, Rivalität und Machtstreben ins Spiel zu bringen, womit er selbst eine mögliche Antwort auf die Frage gibt, die er eingangs der Jury gestellt hat: Warum die Kläger trotz unzulänglicher Beweise den Prozeß angestrengt haben. Es wäre mir allerdings nie in den Sinn gekommen, daß Sandy sich als Opfer dieses Schachzugs Molto aussuchen würde und nicht Della Guardia.

»Nun, Miß Martinez, hat Mr. Molto Sie nicht während der Ermittlungen gegen Mr. Sabich gebeten, einem Polizeibeamten zu erzählen, was Sie über Mr. Sabichs Verhältnis zu Mrs. Polhemus wissen?«

»Sir?«

»Haben Sie nicht im Mai mit Officer Glendenning gesprochen?« Tom erscheint nur hin und wieder bei der Verhandlung, aber heute nachmittag ist er anwesend und sitzt in Uniform am Tisch der Anklage. Sandy deutet auf ihn.

»Ja, Sir.«

»Und Sie wußten auch, daß diese Ermittlungen sehr wichtig waren, besonders für Ihren Chef, Mr. Molto, nicht wahr?«

»Kam mir so vor, ja.«

»Und trotzdem haben Sie es nicht für nötig gehalten, Officer Glendenning, dem Sie Mr. Sabichs Beziehung zu Mrs. Polhemus schildern sollten, zu erzählen, daß Sie gehört haben, wie er die Dame ›mein Engel‹ nannte.« Sandy lodert vor gerechtem Zorn über diese doppelzüngige Zeugin. Er hält Glendennings Bericht in der Hand.

Eugenia begreift plötzlich, daß sie in der Falle sitzt. Sie macht ein abweisendes Gesicht und sackt in sich zusammen. Vermutlich hatte sie keine Ahnung, daß die Verteidigung über ihre früheren Aussagen Bescheid weiß.

»Nein, Sir.«

»Sie haben Officer Glendenning gegenüber kein Wort davon

erwähnt, daß Mr. Sabich bei dem bewußten Telefonat irgendwelche Kosenamen gebraucht hat, nicht wahr, Miß Martinez?«

»Nein, Sir.« Eugenia brütet dumpf vor sich hin. Diesen Blick habe ich schon hundertmal gesehen. Sie schließt die Augen und zieht die Schultern vor. In solchen Momenten ist sie besonders ekelhaft. »So was hab' ich nie gesagt.«

»Sie meinen, nicht zu Mr. Glendenning?«

»Überhaupt zu niemandem.«

Sandy kapiert schneller als ich, was Eugenia vorhat. Ihr ist ein Ausweg eingefallen. Er geht ein paar Schritte auf sie zu. »Haben Sie nicht vor fünf Minuten ausgesagt, Miß Martinez, daß Mr. Sabich Mrs. Polhemus ›mein Engel‹ genannt hat?«

Eugenia strafft sich, stolz und grimmig steht sie im Zeugenstand. »Auf keinen Fall!« sagt sie laut. Drei oder vier der Geschworenen schauen weg. Einer, der junge Mann, der das Geschäft mit den Hamburgern erlernt, lacht kurz und herzhaft; es klingt wie ein Schluckauf.

Sandy mustert Eugenia eindringlich. »Ich verstehe«, sagt er schließlich. »Nun, dann sagen Sie uns, Miß Martinez, wenn Sie jetzt Mr. Moltos Telefon bedienen, hören Sie da *seine* Gespräche auch ab?«

Verachtungsvoll blickt sie an ihm vorbei. »Nein«, sagt sie.

»Sie würden keine Sekunde länger zuhören, als nötig ist, um zu erkennen, daß bereits jemand auf der Leitung spricht, stimmt das?«

Genau das ist natürlich Eugenias Problem. Wahrscheinlich hat sie von meinem Gespräch mit Carolyn sehr viel mehr mitbekommen, als sie hier vor ein paar Minuten verriet. Aber auch wenn der Behördenleiter und sein Erster Deputy die Anklage vertreten, kann sie nicht zugeben, daß sie heimlich lauscht. Das Schicksal ist allzu wetterwendisch, und Eugenia weiß instinktiv, daß ein solches Geständnis sich über kurz oder lang in Dynamit verwandeln und sie aus ihrer sicheren Pfründe im Staatsdienst heraussprengen würde.

»Sie haben also nur einen ganz kurzen Moment zugehört?«

»Genau.«

»Und mehr als einen Satz haben Sie nicht mitbekommen?«

»Nein, Sir.«

»Und Sie meinen, der klang ›sehr nett eigentlich‹? Sagten Sie nicht vorhin so?«
»Das hab' ich gesagt, Sir, genau.«
Stern baut sich dicht vor Eugenia auf. Sie wiegt an die hundertachtzig Pfund, hat ein grobes, mürrisches Gesicht, und selbst wenn sie sich so herausgeputzt hat wie heute, sieht sie nicht besonders attraktiv aus. Ihr viel zu auffällig gemustertes Kleid spannt sich eng um ihren massigen Körper.
»Stützt sich Ihr Eindruck auf eigene Erfahrungen in solchen Dingen?« Sandy stellt die Frage mit unbewegtem Gesicht, aber ein paar Geschworene begreifen trotzdem, worauf er hinauswill. Lächelnd senken sie den Kopf. Eugenia kapiert ganz gewiß, was er meint. Die Augen eines Mörders könnten nicht kälter blicken.
Stern besteht nicht auf ihrer Antwort.
»Und dieses Treffen in Mrs. Polhemus' Wohnung wurde letzten September verabredet, sagen Sie?«
»Ja, Sir.«
»Erinnern Sie sich, daß Mr. Sabich und Mrs. Polhemus in einem Fall gemeinsam die Anklage vertraten – letzten September?«
Eugenia stutzt. »Hm?«
»Sie erinnern sich nicht an den Fall McGaffen? Ein Kind, ein kleiner Junge, den seine Mutter auf grausame Art gefoltert hatte? Sie preßte seinen Kopf in einen Schraubstock, steckte ihm brennende Zigaretten in den After. Wissen Sie denn nicht mehr, daß es Mr. Sabich gelang, diese« – Stern tut so, als suche er nach einer passenden Bezeichnung –, »diese Frau zu überführen?«
»Oh, dieser Fall«, sagt Eugenia. »Ich erinnere mich.«
»Gehe ich richtig in der Annahme, daß der McGaffen-Fall in Ihren Unterredungen mit Mr. Molto nicht zur Sprache kam?«
»Einspruch!«
Larren denkt nach.
»Ich werde die Frage zurückziehen«, sagt Stern. Die Geschworenen haben ohnehin verstanden, worum es ihm

geht. Molto scheint heute immer wieder den kürzeren zu ziehen. Er hat das Etikett für das fehlende Glas. Er hat Eugenia zu einer falschen Aussage verleitet.

»Miß Martinez, erinnern Sie sich, wie heiß es letzten September in Kindle County war, ich meine so Anfang des Monats, gleich nach dem Labor-Day-Wochenende?«

Eugenia runzelt die Brauen. Nach der Schlappe, die Sandy ihr zugefügt hat, bemüht sie sich jetzt zu kooperieren. »An die vierzig Grad.«

»Richtig«, sagt Stern, obwohl es nicht ganz stimmt. »Haben Sie eine gut funktionierende Klimaanlage im Büro?«

Eugenia schnaubt verächtlich. »Nur wenn Sie glauben, was so erzählt wird.«

Der Saal lacht. Der Richter, die Geschworenen, das Publikum. Sogar Stern erlaubt sich ein feines Lächeln.

»Dann versuchen Sie wohl an solch heißen Tagen nach Dienstschluß so rasch wie möglich rauszukommen aus dem Amt?«

»Sie ham's erfaßt.«

»Aber die Staatsanwälte, wenn die mitten in einem Prozeß stecken, gehen nicht pünktlich heim, oder?«

Eugenia beäugt Sandy mißtrauisch.

»Ist es nicht gang und gäbe, Ihrer Erfahrung nach, daß die Deputys sich abends noch auf den nächsten Verhandlungstag vorbereiten?«

»Oh – ja, doch.«

»Nun, Miß Martinez, würden Sie an einem schwülen, drückenden Abend nicht lieber in einer schön gekühlten Wohnung arbeiten als in Ihrem Büro?«

»Einspruch!« ruft Nico, obwohl das ziemlich zwecklos ist.

»Ich lasse die Frage zu.«

»Klar wäre mir das lieber.«

»Sie haben sicher nicht gewußt, daß Mrs. Polhemus eine Klimaanlage in ihrer Wohnung hatte?«

»Nein, Sir.«

»Aber Sie wissen, daß es von der Bezirksanwaltschaft sehr viel näher zu Mrs. Polhemus' Wohnung ist als bis raus nach Nearing, wo Mr. Sabich wohnt.«

»Ja, Sir.«

Was immer die Geschworenen auch von Eugenia halten mögen, sie kommt vermutlich besser weg als Mrs. Krapotnik, die als nächste aufgerufen wird. Ihr kurzes Gastspiel im Zeugenstand artet in die reinste Burleske aus. Mrs. Krapotnik ist Witwe. Sie sagt nicht, woran Mr. Krapotnik gestorben ist, aber man ist versucht anzunehmen, daß Mrs. Krapotnik zumindest eine der Todesursachen war. Sie hat einen Riesenbusen und ist viel zu grell geschminkt. Ihr rötliches Haar ist zu einem struppigen Besen hochtoupiert, und sie ist schwer mit Schmuck behängt. Eine schwierige Person, die sich weigert, Fragen zu beantworten, und drauflos erzählt, wie ihr der Schnabel gewachsen ist. Mrs. Krapotnik erklärt, ihr teurer Verblichener sei eine Art Unternehmer gewesen. Er kaufte die Wohnanlage unten am Hafen zu einer Zeit, als, wie Mrs. K. sich ausdrückt, »die Gegend noch der reinste Saustall war, mit billigen Trödelläden und Schrottplätzen und allem, was dazugehört«. Sie nickt den Geschworenen zu, so als vertraue sie darauf, daß die Damen und Herren wissen, wovon sie spricht. Mr. Krapotnik hat die Renovierung der Anlage persönlich geleitet.

»Er war ein Hellseher. Verstehn Sie, was ich meine? Er sah alles mögliche voraus, ja wirklich. Also, wie er den Schuppen übernommen hat, da hat das vielleicht ausgesehen ... Soll ich Ihnen sagen, was die Mieter im Wohnzimmer hatten? Alte Autoreifen, echt wahr! Ach, und gestunken hat das. Ich bin nicht zimperlich, und es ist mir peinlich, drüber zu reden, aber wie er mich das erstemal mit reingenommen hat, also ich schwör's bei Gott, ich dachte, ich muß kotzen.«

»Madam!« mahnt Nico nicht zum erstenmal.

»Er war Klempner. Wer hätte gedacht, daß er was von Immobilien versteht? Ja, Sir?« Sie blinzelt Della Guardia kurzsichtig an. »Ist was, Sir?«

Nach und nach kommt Mrs. Krapotnik auf Carolyn zu sprechen. Ursprünglich war sie ihre Mieterin, damals, vor fast zehn Jahren, als sie einzog. Als dann der Boom mit den Eigentumswohnungen anfing, machten die Krapotniks mit, und Carolyn kaufte. Während ich Mrs. Krapotniks Wortschwall an mir vorüberrauschen lasse, kritzele ich eine Frage auf meinen Block und schiebe ihn Kemp rüber: »Woher hat eine Bewährungshelferin, die nebenher in Abendkursen ihr Jurastudium macht, das Geld, sich im Hafenviertel einzumieten?« Kemp nickt. Er hat sich darüber auch schon den Kopf zerbrochen. Fast zehn Jahre wohnte Carolyn im ersten Stock und Mrs. Krapotnik im Erdgeschoß. Carolyn schickte Blumen, eigentlich nicht ganz das Wahre, als Mr. Krapotnik starb.

Nico möchte Mrs. Krapotnik so rasch wie möglich wieder loswerden, denn die Lady ist einfach nicht zu bremsen. Wer weiß, was sie noch alles ausplaudert! Er macht sich erst gar nicht die Mühe, sie nach der Mordnacht zu fragen. Was Mrs. Krapotnik dazu auch beisteuern könnte, ihre bisherigen Äußerungen würden ihre Glaubwürdigkeit arg in Zweifel ziehen.

Statt dessen fragt Nico einfach: »Mrs. Krapotnik, sehen Sie in diesem Saal jemanden, dem Sie bereits in Ihrem Hause, ich meine in der Nähe von Mrs. Polhemus' Wohnung begegnet sind?«

»Also den da ganz bestimmt.« Sie streckt beide Hände aus, und ihre Armreifen klirren, während sie auf den Richter deutet.

Larren bedeckt sein Gesicht mit den Händen. Nico kneift sich in die Nase. Von den Zuschauerbänken erklingt unterdrücktes Gelächter, das freilich im nächsten Moment anschwillt. Mrs. Krapotnik, die merkt, daß sie ins Fettnäpfchen getreten ist, blickt sich hilfesuchend um. Sie zeigt auf Tommy Molto, der am Tisch der Anklage sitzt.

»Den auch«, sagt sie.

Molto macht alles nur noch schlimmer, indem er sich umdreht, wie um zu sehen, ob jemand hinter ihm steht.

Inzwischen lachen auch die Geschworenen.

Nico geht hinüber zum Rollwagen, auf dem die Beweisstücke ausgebreitet sind, und bringt Mrs. Krapotnik den Packen Fotos, unter denen sie bei einer früheren Vernehmung einen Schnappschuß von mir identifiziert hat. Sie schaut die Bilder durch, blickt zu mir hin und zuckt mit den Achseln. Wer weiß?

»Erinnern Sie sich, daß Sie zu einem früheren Zeitpunkt das Foto Nummer vier identifiziert haben?« fragt Nico.

Diesmal sagt sie es laut: »Wer weiß?« Als Nico frustriert die Augen schließt, fügt sie hinzu: »Na schön, ich hab' gesagt, er ist's.«

Nico flüchtet auf seinen Platz.
»Kreuzverhör.«
»Nur eine Frage«, sagt Stern. »Mrs. Krapotnik, ich darf doch annehmen, daß Sie in Ihrem Hause eine Klimaanlage haben?«
»Klimaanlage?« Sie wendet sich an den Richter. »Was geht ihn das an, ob wir 'ne Klimaanlage haben?«
Larren erhebt sich zu seiner vollen Größe und stemmt die Hände auf den Richtertisch, so daß er gut anderthalb Meter über der Zeugin thront.
»Mrs. Krapotnik«, sagt er ruhig, »diese Frage kann mit Ja oder Nein beantwortet werden. Wenn Sie irgendwelche Ausflüchte machen, dann belange ich Sie wegen Mißachtung des Gerichts.«
»Ja«, antwortet Mrs. Krapotnik.
»Danke, das ist alles«, sagt Stern. »Euer Ehren, es wird doch im Protokoll vermerkt, daß die Zeugin Mr. Sabich vor Gericht nicht identifiziert hat?«
»Im Protokoll wird festgehalten«, entgegnet Richter Lyttle kopfschüttelnd, »daß Mr. Sabich einer der wenigen Herren in diesem Saal ist, den Mrs. Krapotnik ausgelassen hat.«
Unter dem Gelächter der Anwesenden verläßt Larren den Saal.
Nach der Sitzung scharen sich die Reporter um Stern. Sie wollen einen Kommentar zum ersten Tag der Zeugeneinvernahme, aber er gibt keinen.
Kemp packt die Unterlagen, die wir während der Verhandlung zu Rate gezogen haben, wieder in Sandys großen Aktenkoffer – Fotokopien der Zeugenaussagen und Beweislisten. Ich will ihm zur Hand gehen, aber Stern nimmt mich am Arm und zieht mich hinaus auf den Korridor.
»Für Schadenfreude haben wir keine Zeit«, sagt er. »Heute abend müssen wir noch eine Menge arbeiten. Morgen rufen sie Raymond Horgan in den Zeugenstand.«
Wie vertraut doch alles scheint. Wenn ich abends heimkomme, bin ich genauso müde und abgearbeitet, wie ich es nach einem Tag im Gericht immer war. Meine Knochen sind wie ausgehöhlt, weil ich den ganzen Tag unter Hochspannung stand; die Muskeln schmerzen vom dauernd überhöhten Adrenalinausstoß. Scheinbar schließen die Poren sich nicht schnell genug,

jedenfalls schwitze ich den ganzen Abend weiter, die Erregung klingt nicht ab. Wenn ich zu Hause ankomme, klebt mir das Hemd am Körper wie eine zweite Haut.

Während der Verhandlung vergesse ich bisweilen tatsächlich, wem da der Prozeß gemacht wird. Natürlich fehlt mir mein Auftritt, aber weil ich voll und ganz bei der Sache bin, kann ich das verkraften. Und sobald wir in Sandys Büro zurückkehren, darf ich wieder Jurist sein, Bücher wälzen, Notizen machen, Merkzettel abfassen. An Energie und Fleiß hat es mir nie gemangelt. Wenn der letzte Bus kurz vor eins in Nearing hält und ich dann durch die stillen, erleuchteten Straßen unserer liebenswerten Vorstadt schlendere, überschaue ich alle meine Gefühle, die deshalb nicht gefährlich sind. Ich bin in einem Hafen. Meine Angst ist gestillt; ich habe Frieden gefunden. Wie ich es seit Jahren gewohnt bin, setze ich mich in der Nähe der Tür in den Schaukelstuhl und ziehe die Schuhe aus, damit ich nachher beim Hinaufgehen Barbara nicht störe, die inzwischen bestimmt schon schläft. Das Haus ist dunkel. Ich lasse die Stille auf mich wirken; endlich bin ich allein und kann den Tag Revue passieren lassen. Und in diesem Moment, vielleicht angeregt durch all das Gerede über sie oder einfach durch die flüchtige Empfindung, daß ich endlich zur besseren Vergangenheit zurückgefunden habe, oder vielleicht auch bloß durch die Erinnerung an andere Nächte, in denen ich mich ebenso heimlich ins Haus stahl, erscheint Carolyn vor mir, genauso wie in jenen fünf oder sechs Wochen, als ich glaubte, das Nirwana gefunden zu haben, nackt bis zur Taille, die Brüste straff und voll, die rosigen Warzen lustvoll aufgerichtet, das Haar zerzaust von unserer Schlafzimmerschlacht, die sinnlichen Lippen leicht geöffnet, im Begriff, eine treffende, obszöne, aufreizende Bemerkung zu formen. Und wieder bin ich wie gelähmt vor Verlangen, heißhungriger, geiler Begierde. Es ist verrückt, hoffnungslos, doch mich kümmert das nicht: Ich flüstere ihren Namen in die Dunkelheit. Zerrissen zwischen Scham und Sehnsucht fühle ich mich wie ein Kristall kurz vor dem Zerspringen. »Carolyn.« Hoffnungslos. Verrückt. Aber ich kann mich nicht wehren gegen die innere Gewißheit, die kein wirklicher Gedanke ist, sondern vielmehr ein tief verankertes Etwas,

ein trügerisches Gefühl – der Wunsch, daß ich alles noch einmal erleben könnte. Noch einmal. Noch einmal.
Und dann entschwindet das Gespenst. Carolyn löst sich in Luft auf. Still und mit verkrampftem Rücken sitze ich im Schaukelstuhl. Mein Atem geht rasch. Es wird Stunden dauern, bis ich einschlafen kann. Im Flurschrank suche ich nach etwas zu trinken. Ich sollte mein Hirn zwingen, den Sinn dieser nächtlichen Heimsuchung zu ergründen. Aber ich kann es nicht. Mir ist – und das spüre ich ebenso deutlich wie noch vor wenigen Minuten meine Sehnsucht –, als sei alles vorüber. Ich sitze in meinem Sessel im Wohnzimmer. Aus unerfindlichen Gründen fühle ich mich besser, wenn meine Aktenmappe in Reichweite ist, und so nehme ich sie auf den Schoß.
Aber ihr Schutz reicht nicht aus. Zu nachhaltig hat die nächtliche Erscheinung meine Gefühle in Aufruhr versetzt. Ich sitze im Dunkeln und spüre die Kraft der Menschen, die mein Leben bestimmen, mich umkreisen wie Trabanten eines fernen Planeten; und sie alle üben machtvoll ihren Einfluß auf mich aus. Barbara. Nat. Meine Mutter. Mein Vater. Oh, wie zerstörerisch sind doch Liebe und Anhänglichkeit. Und Scham. Wie eine Woge überflutet mich die Gewalt meiner Empfindungen, und übermächtige Reue drückt mich nieder. Verzweifelt und ohnmächtig verspreche ich allen – Barbara, Nat, meinen Eltern, mir selbst, dem Gott, an den ich nicht glaube –, verspreche und gelobe ich: Wenn ich diese Hölle überlebe, dann werde ich es besser machen. Besser als bisher. Aufrichtiger könnte selbst der letzte Schwur eines Sterbenden nicht sein.
Ich trinke mein Glas aus. Ich sitze hier im Dunkeln und warte darauf, daß der Friede zurückkehrt.

28

Das erste, was mir auffällt, als Raymond Horgan den Gerichtssaal betritt, ist, daß er denselben Anzug trägt wie zu Carolyns Beerdigung: einen eleganten Zweireiher aus blauem Kammgarn. Er hat zugenommen, was seiner imposanten Erscheinung allerdings keinen Abbruch tut. Stämmig, so würde man ihn vermutlich jetzt bezeichnen, aber mit seinem wiegenden Gang ist er immer noch ein Mann von Format. Er und Larren tauschen ihr gewohnt verschmitztes Lächeln aus, während Raymond vereidigt wird. Als er im Zeugenstand Platz genommen hat, schaut Horgan sich im Saal um und taxiert die Anwesenden mit der Gelassenheit des Profis. Stern nickt er als erstem zu, dann fällt sein Blick auf mich, und er grüßt stumm herüber. Ich rühre mich nicht, gestatte mir nicht einmal ein Wimpernzucken. In diesem Moment wünsche ich mir aus tiefstem Herzen, daß ich freigesprochen werde, nur damit ich Raymond Horgans Gesicht sehen kann, wenn er mir das erstemal auf der Straße entgegentreten muß.
Hier im Saal herrschte vor Raymonds Auftritt jene knisternde Spannung, wie sie dramatischen Szenen vorauszugehen pflegt – das Getuschel vierhundert gereizter Menschen erzeugt eine Atmosphäre, als sei der Raum elektrisch geladen. Ich stelle fest, daß die Pressegalerie heute um anderthalb Sitzreihen erweitert ist; die journalistische Elite hat sich eingefunden – die Kolumnisten der großen Tageszeitungen und Moderatoren von Funk und Fernsehen. Während der bisherigen Verhandlungstage hat es mich überrascht, wie bereitwillig die Reporter Sterns Gebot, sich von mir fernzuhalten, befolgt haben. Nachdem die Kameraleute mich einmal beim Betreten des Gerichtsgebäudes gefilmt hatten, eine Szene, die sie nun allabendlich als Vorspann zur Prozeßberichterstattung ausstrahlen, konnten Barbara und ich relativ unbehelligt kommen und gehen. Hin und wieder hält mich ein Journalist – meist einer von denen, die ich seit Jahren kenne – im Korridor an, um mir ein paar Fragen zu stellen. Ich verweise die Leute dann regelmäßig an Stern. Letzte Woche stieß ich außerdem auf den freien Mitarbeiter eines New Yorker Blattes, der angeblich daran denkt, ein Buch

über meinen Fall zu schreiben. Er meinte, es sei ein guter Stoff. Seine Einladung zum Dinner schlug ich aus.

Ich würde die Presse völlig ignorieren, wenn da nicht die Morgenzeitungen wären. Die Fernsehkommentare schaue ich mir inzwischen nicht mehr an. Diese Zusammenfassungen kommen mir so unbeholfen vor, daß ich die Wut kriege, selbst wenn die Schnitzer zu meinen Gunsten ausfallen. Aber die Schlagzeilen, die mir auf dem Weg in die Stadt von jedem Zeitungsstand entgegenschreien, kann ich nicht übersehen. Unsere beiden Tagesblätter sind anscheinend darauf aus, sich gegenseitig in der Sensationsmache zu übertrumpfen. Als Nico Raymonds Affäre mit Carolyn aufdeckte, sorgte er damit zwei Tage lang für geschmacklose Schlagzeilen. HEISSE NÄCHTE BEIM STAATSANWALT überschrieb der »Herald« seinen durch allerlei schlüpfrige Spekulationen aufgepeppten Artikel. Es ist ausgeschlossen, daß nicht auch den Geschworenen solche Schlagzeilen zu Gesicht kommen. Bei ihrer Vereidigung haben sie zwar gelobt, nichts über den Prozeß zu lesen, doch diesem obligaten Versprechen traut kaum ein Anwalt.

In den Reihen der Geschworenen macht sich im Augenblick spürbare Unruhe breit. Raymond scheint die zwölf weit mehr zu beeindrucken als etwa Nico bei seinem ersten Erscheinen anläßlich der Geschworenenwahl. Damals steckten nur ein paar der Aufgebotenen die Köpfe zusammen und nickten in Delays Richtung. Horgan besitzt ein entschieden stärkeres Fluidum. Die meisten der Anwesenden kennen ihn seit vielen Jahren. Er ist eine Berühmtheit; Della Guardia nur eine Ersatzfigur. Vielleicht hat auch die Geschichte von seiner heimlichen Liebesaffäre, die Nico bei der Eröffnungserklärung aufrührte, das Interesse am ehemaligen Bezirksanwalt von Kindle County angeheizt. Eins scheint jedenfalls sicher: Wie Stern vor Wochen prophezeit hat, ist mit Raymonds Vernehmung ein kritischer Punkt in diesem Prozeß erreicht. Die Augen aller Geschworenen sind auf den Zeugenstand gerichtet. Als Molto ans Podium tritt, um mit der Befragung zu beginnen, senkt sich Stille über den großen Saal.

»Bitte, nennen Sie dem Gericht Ihren Namen!«

»Raymond Patrick Horgan«, antwortet er. »Der Dritte.« Dabei

lächelt er kurz zu Larren auf. Ein Spaß unter Freunden. Ich hatte keine Ahnung, daß Raymond der dritte irgendeiner Dynastie ist. Manchmal ist es schon verblüffend, was unter Eid alles herauskommt.
Molto hat sich wieder sorgsam auf die Vernehmung vorbereitet, und Raymond weiß offenbar genau, was ihm bevorsteht. Er und Tommy schlagen auf Anhieb einen beherzten Rhythmus an. Horgan hat die Hände gefaltet. Der blaue Anzug und die reklamereife Sonntagsmiene vermitteln den Eindruck heiterer Gelassenheit. Raymond läßt seinen betörenden Charme spielen, setzt aber auch auf biedere Offenheit. Er macht auf Understatement und hat seinen rauhen Bariton um etliche Phon gedämpft.
Tommy läßt sich Zeit. Die Anklage wird aus Horgan herausholen, was sie nur kann, um sich so rasch wie möglich vom katastrophalen Eindruck des Vortages zu erholen. Er fängt mit Raymonds Background an. Hier in der Stadt geboren. High-School im East End, zwei Jahre College, dann starb sein Vater. Er ging zur Polizei. Sieben Jahre trug er die Uniform, und als er im Abendstudium sein Juraexamen machte, war er bereits Sergeant. Ich fürchte schon, Molto könne auch erzählen, daß Raymond mit Larren zusammen eine Kanzlei hatte, aber um diesen Punkt manövrieren sich beide geschickt herum. Horgan gibt einfach zu Protokoll, er habe mit zwei Kollegen ein Anwaltsbüro betrieben, das vorwiegend Strafsachen bearbeitete. Nach sechzehn Jahren Berufspraxis lockte dann die Politik.
»Manche Wahlen habe ich gewonnen«, sagt Raymond, »andere habe ich verloren.« Herzlich lächelnd wendet er sich Nico zu, der am Klägertisch sitzt. Delay hebt den fast kahlen Schädel von seinen Notizen und strahlt zurück. Mein Gott, wie die beiden sich mit Artigkeiten überschlagen! Die dicksten Freunde. Die Geschworenen scheinen begeistert von diesem Bündnis zu sein, das aus einer allseits bekannten Rivalität erwachsen ist. Die lächelnde Lehrerin beobachtet die stumme Zwiesprache der beiden mit unverhohlenem Entzücken. Mir sinkt der Mut. Das wird ein sehr schwerer Tag.
»Und kennen Sie den Angeklagten Rozat Sabich?«
»Ich kenne Rusty«, sagt Raymond.

»Ist er hier im Saal anwesend?«
»Jawohl.«
»Würden Sie bitte auf ihn deuten und dem Gericht beschreiben, was er anhat.«
»Er sitzt neben Mr. Stern. Der zweite von links am Tisch der Verteidigung, der im dunkelblauen Kreidestreifenanzug.«
Diese Formalität soll sicherstellen, daß ich auch wirklich der Sabich bin, von dem die Rede ist. Gestern bei Eugenias Vernehmung ist Sandy aufgestanden und hat die Identifizierung vorweggenommen, um mir das demütigende Ritual zu ersparen, daß jemand vor allen Leuten mit dem Finger auf mich zeigt. Aber jetzt sagt er ruhig zu mir: »Stehen Sie auf.« Ich gehorche. Langsam erhebe ich mich und schaue Raymond Horgan an. Ich lächle nicht, noch verziehe ich das Gesicht, aber ich bin sicher, daß man mir meine ohnmächtige Wut deutlich ansieht. Raymond jedenfalls, der eben den Arm ausstreckt, büßt deutlich etwas von seiner leutseligen Ausstrahlung ein.
»Das ist er«, sagt Horgan leise.
Molto streift meine Beziehung zu Raymond nur ganz kurz. Sandy wird sich damit sowieso noch ausführlich beschäftigen. Dann fragt er Raymond nach Carolyn. Horgan wird augenblicklich melancholisch. Er senkt den Blick auf das Geländer vor dem Zeugenstand und sagt: »Ja, auch ich habe sie gekannt.«
»Wie war die Art Ihrer Beziehung?«
»Als ich sie kennenlernte, war sie noch Bewährungshelferin. Später arbeitete sie dann acht Jahre lang als Deputy bei uns in der Bezirksanwaltschaft, und über eine sehr kurze Zeitspanne, Ende letzten Jahres, waren wir auch privat miteinander befreundet.«
Schön formuliert, kurz und bündig. Sie kommen auf den Mord zu sprechen. Molto erwähnt die Wahl überhaupt nicht, aber Raymond nimmt in seinen Antworten indirekt Bezug darauf.
»Und ist es üblich, daß die Staatsanwaltschaft polizeiliche Ermittlungen überwacht?«
»Sicher, bei wichtigen Fällen – und dies war meines Erachtens ein sehr wichtiger Fall – ist es durchaus üblich, einen Deputy auszuwählen, der den Polizeibeamten mit Rat und Tat zur Seite steht.«
»Wer vergab im Fall Polhemus diesen Auftrag?«

»Also, um die Sache ein bißchen abzukürzen, würde ich sagen, Mr. Sabich und ich beschlossen gemeinsam, daß er den Fall übernehmen sollte.«

Tommy stutzt zum erstenmal. Es sieht so aus, als habe Raymond aufgrund seiner Unterredung mit Stern und mir einen kleinen Rückzieher gemacht. Damit hatte Molto nicht gerechnet. Er fragt noch einmal: »Wie bekam Mr. Sabich diesen Auftrag?«

»Ich kann mich wirklich nicht erinnern, ob der Vorschlag von ihm kam oder von mir. Wie alle anderen war auch ich damals ziemlich aufgewühlt und konfus. Jedenfalls, er kriegte den Fall. Und er war froh darüber. Das weiß ich noch. Er hat den Auftrag gern übernommen und versprach mir seinerzeit, sich nach besten Kräften einzusetzen.«

»Und, hat er Wort gehalten?«

»Meiner Ansicht nach nicht.« Gegen eine solch subjektive Schlußfolgerung könnte man Einspruch erheben, aber Stern möchte nicht unterbrechen. Er hat das Kinn in die Hand gestützt, und sein fleischiger Zeigefinger klopft rhythmisch gegen den Nasenflügel. Sandy folgt der Vernehmung so gespannt, daß er sich nicht einmal Notizen macht. Während der Verhandlung wirkt er mitunter wie in Trance; er nimmt alles konzentriert in sich auf, zeigt jedoch kaum Reaktionen. Ich habe das gleiche Gefühl wie bei unserem Besuch in Raymonds Büro: Sandy ist es nicht um Fakten zu tun oder um Strategien, ihn interessieren Charaktere. Er versucht, Raymond zu ergründen.

Raymond zählt auf, was er an meinen Ermittlungen zu beanstanden hatte, berichtet auch, daß er mich drängen mußte, bei der Spurensicherung Dampf zu machen, damit die Analyse der Fingerabdrücke und Fasern endlich fertig wurde. So wie er es darstellt, muß einfach der Eindruck entstehen, ich hätte die Aufklärung des Falles hintertrieben. Als nächstes schildert er unser Gespräch in seinem Amtszimmer an jenem Abend, als wir beide zum erstenmal erkannten, daß er die Wahl verlieren würde.

»Er fragte mich, ob ich mit Carolyn intim gewesen sei.«

»Und was haben Sie ihm geantwortet?«

»Die Wahrheit«, sagt Raymond schlicht, so als wäre das ganz selbstverständlich. »Zwischen uns ist drei Monate was gelaufen, und dann war es aus.«
»Und als Sie ihm das erzählten, reagierte Mr. Sabich da in irgendeiner Weise überrascht?«
»Überhaupt nicht.«
Jetzt begreife ich. Sie werden rückwärts argumentieren. Ich hätte Raymond gefragt, obwohl ich es die ganze Zeit über wußte. Aber wie lautet ihre Theorie? Daß ich außer mir war, als ich dahinterkam? Oder daß ich unter der Last meines Kummers zusammenbrach und durchdrehte? Beides klingt nicht recht schlüssig, wenn man wie Nico voraussetzt, daß mein Verhältnis mit Carolyn noch andauerte. Man tut sich immer schwer, wenn man die Fakten nicht richtig beisammenhat. Ich spüre, daß mehrere Geschworene mich jetzt beobachten, bemüht, aus meinem Gesicht den Wahrheitsgehalt der Mutmaßungen des Anklägers herauszulesen.
»Und hat Mr. Sabich Sie während dieses Gesprächs oder zu einem früheren Zeitpunkt davon in Kenntnis gesetzt, daß er selbst eine Affäre mit Mrs. Polhemus hatte?«
Sandy ist im Nu hellwach und springt auf. »Einspruch! Euer Ehren, für eine persönliche Beziehung zwischen Mr. Sabich und Mrs. Polhemus gibt es nicht den geringsten Beweis.«
Eine gute Taktik, und sei es nur, weil sie den Rhythmus durchkreuzt und die Jury wieder an den gestrigen Verhandlungsablauf erinnert. Aber der Knüppel, den wir der Staatsanwaltschaft zwischen die Beine werfen, bringt letztlich auch mich in Zugzwang. Wir können nicht weiter auf dieser Beweisfälligkeit herumreiten, wenn ich irgendwann in den Zeugenstand trete und den Geschworenen erkläre, daß alles, was Stern zwei Wochen lang bestritten hat, wahr ist, daß Carolyn und ich tatsächlich eine Affäre hatten. Dies ist eine der zahlreichen schlauen Taktiken, mit denen Stern anscheinend versucht, mich von meiner Aussage abzuhalten.
»A-l-l-so«, intoniert Larren gedehnt. »Ich würde sagen, *fast* keinen Beweis.« Ein schöner Kommentar für die Verteidigung. »Ich lasse die Frage zu, aber ich möchte zuvor noch eine Rechtsbelehrung an die Jury einschalten. Meine Damen und Herren,

Mr. Molto stellt eine Frage, die sich auf Vermutungen gründet. Es liegt bei Ihnen zu entscheiden, und zwar aufgrund der Beweismittel, die Ihnen im Laufe der Verhandlung vorgeführt werden, ob diese Vermutungen haltbar sind. Mr. Moltos Behauptung allein genügt dafür noch nicht. Mr. Stern sagt, es lägen nicht genügend Beweise vor, um die Mutmaßung der Anklage zu rechtfertigen, und nach Abschluß der Beweisaufnahme wird dies einer der Streitpunkte sein, den Sie zu entscheiden haben. Mr. Molto, fahren Sie fort!«

Molto wiederholt seine Frage.

»Er hat kein Wort darüber verloren«, sagt Raymond. Der gälische Humor ist jetzt gänzlich aus seinen Zügen gewichen.

»Und hätten Sie darüber gern Bescheid gewußt?«

»Einspruch!«

»Formulieren Sie Ihre Frage anders, Mr. Molto! Konnte der Zeuge erwarten, daß Mr. Sabich ihn über eine solche Privatangelegenheit informiert – ausgehend von den in seinem Amt herrschenden Gepflogenheiten?« Es kommt selten vor, daß Larren der Anklage so viel Hilfestellung gibt. Raymond hatte also immer noch Einfluß auf ihn, wie ich befürchtet habe.

Als die Frage so gestellt wird, wie der Richter vorgeschlagen hat, schaufelt Raymond mir mein Grab: »Selbstverständlich hätte ich das erwartet. Wäre ich im Bilde gewesen, hätte ich ihn doch niemals mit den Ermittlungen in diesem Fall betraut. Er hat die Untersuchung keinen Schritt weitergebracht. Die Öffentlichkeit sollte wissen, daß unser Amt sich stets bemüht hat, sachlich und objektiv seine Pflicht zu tun und nicht aus persönlichen Motiven zu handeln.«

Stern runzelt die Stirn. Molto kommt zum Schluß. Jene Unterredung im Amt. Raymond berichtet wahrheitsgemäß, wie ich explodiert sei und ungeachtet seiner und Macs Warnung die Nerven verloren hätte.

»Welchen Eindruck machte Mr. Sabich, als er die Runde verließ?«

»Ich würde sagen, er war sehr aufgeregt. Sehr bestürzt. Er schien völlig außer sich.«

Molto wechselt einen Blick mit Nico und erklärt dann, er habe keine weiteren Fragen an den Zeugen.

Larren beraumt vor dem Kreuzverhör eine kurze Pause an. Auf der Toilette begegne ich Della Guardia. Bei seinem spärlichen Haar ist mittlerweile mit einem Kamm nichts mehr auszurichten. Statt dessen versucht er, die kümmerlichen Strähnen mit den Fingerspitzen zurechtzuzupfen. Seine Lider zucken ein wenig, als er mich im Spiegel erkennt.
»Kein schlechter Zeuge, wie?« fragt er. Seine Absicht ist schwer zu durchschauen. Ich weiß nicht, ob ich seine Bemerkung als beiläufigen Kommentar abtun oder als Schadenfreude deuten soll. Er scheint in diesem Fall sein Gleichgewicht nicht recht zu finden – wie sonst hätte er mir beispielsweise am Tag der Anklageerhebung die Hand angeboten? Es war nie seine Art, andere offen vor den Kopf zu stoßen, besonders dann nicht, wenn der Betreffende ihm schon einmal einen Schlag versetzt hat. Ich erinnere mich noch an seine Scheidung von Diana; obwohl sie sich ganz schön herumgetrieben hatte, nahm er sie wieder für ein paar Wochen bei sich auf, als der Nebenbuhler sie an die Luft gesetzt hatte. Nico ist mein Schweigen nicht ganz geheuer. »Ich meine, Sie müssen zugeben, daß Horgan kein schlechter Zeuge ist, oder?«
Ich trockne mir die Hände ab. Jetzt weiß ich, was dahintersteckt. Nico möchte immer noch, daß ich ihn mag. Gott, die Menschen sind schon seltsam. Und vielleicht hat Nico ja auch seine guten Seiten. Horgan wäre in einem solchen Moment kalt wie ein Eisberg. Es scheint mir sinnlos, Nico in diesem kurzen Gespräch Paroli zu bieten. Ich lächle und gebrauche seinen Spitznamen: »Besser als Mrs. Krapotnik, Delay.«

»Also, Mr. Horgan, Sie erwähnten vorhin, daß Sie ein Verhältnis mit Mrs. Polhemus hatten. Ist das richtig?«
»Jawohl.«
»Und Sie haben uns weiter gesagt, daß Sie der Meinung sind, Mr. Sabich hätte Sie darüber aufklären sollen, daß er ebenfalls intime Beziehungen zu der Dame unterhielt?«
»Jedenfalls hinterher«, antwortet Raymond vorsichtig. Er möchte von vornherein ausschließen, daß man ihm Eifersucht unterstellt. »Ich bin der Ansicht, daß er zu Beginn der Ermittlungen die Pflicht gehabt hätte, mir reinen Wein einzuschenken.«

»Sind Sie persönlich denn sicher, Mr. Horgan, daß dieses angebliche Verhältnis zwischen Mr. Sabich und Mrs. Polhemus überhaupt existiert hat?«
»Das ist es ja gerade«, sagt Horgan. »Er hat es mir nie gesagt.« Damit hat er Sandy geleimt, doch der nimmt das keineswegs mit Humor. Er mißt Horgan von oben bis unten mit kritischem Blick. Die Geschworenen sollen merken, daß Raymond Ausflüchte macht.
»Bitte, beantworten Sie meine Frage! Ist sie Ihnen noch gegenwärtig?«
»Jawohl.«
»Aber Sie möchten lieber nicht darauf antworten?«
Raymond bewegt lautlos die Lippen. »Verzeihen Sie, Mr. Stern«, sagt er schließlich, »ich habe persönlich keinerlei Beweise für eine solche Beziehung.«
»Danke.« Sandy geht auf und ab. »Aber angenommen, es gäbe etwas zu offenbaren, dann sollte ein anständiger Beamter sich Ihrer Meinung nach damit an seinen Vorgesetzten wenden?«
»So ist es.«
»Verstehe.« Sandy ist klein und gedrungen, aber im Gerichtssaal geht eine ungeheure Kraft von ihm aus. Er kann sich bestimmt mit Raymond Horgan messen, auch wenn der noch soviel Sicherheit ausstrahlt. Raymond sitzt da mit gefalteten Händen, den wuchtigen irischen Schädel gerötet, und wartet darauf, daß Sandy den Kampf mit ihm wagt. Angenommen, er übersteht diesen Prozeß, ohne Federn lassen zu müssen, dann wird Raymond mit seiner Prominenz und seinem Geschick vermutlich zum führenden Strafverteidiger der Stadt aufsteigen. Sein größter Rivale wird dann jener Mann sein, der ihn im Augenblick verhört. In den kommenden Jahren werden die beiden Staranwälte bei besonderen Fällen vermutlich ein begehrtes Verteidigergespann abgeben. Vom praktischen Standpunkt aus ist sein guter Draht zu Raymond also für Stern sehr viel wichtiger als alles, was mit mir passiert. Die Strafverteidiger halten sich normalerweise an die Faustregel: Eine Krähe hackt der anderen kein Auge aus. Der Staatsanwalt ist der einzige Feind, den diese Brüder auf beruflichem Sektor haben wollen.
Da ich das alles weiß, habe ich meine Feindseligkeit unterdrückt

und Sandy versichert, von mir aus könne er Raymond ruhig mit Samthandschuhen anfassen. Außerdem dürfte es sowieso schwerfallen, Raymonds jahrelang im Rampenlicht erprobte Glaubwürdigkeit in Frage zu stellen. Dennoch läßt Sterns Auftreten jetzt keinen Zweifel daran, daß er weder sonderlich höflich noch rücksichtsvoll mit Raymond umzuspringen gedenkt. Vielleicht meint er, Horgan habe mir vorhin bei seiner Vernehmung durch Molto zu sehr geschadet, als daß wir das einfach hinnehmen könnten. Aber es überrascht mich, daß Sandy seinen Angriff so früh gestartet hat. Raymond soll noch etliches zu meinen Gunsten beisteuern – zum Beispiel was meine früheren Leistungen im Amt betrifft. Üblicherweise entlockt ein Anwalt einem Zeugen erst alles, was er kriegen kann, bevor er ihn auseinandernimmt.

»Und Sie selbst haben sich auch an diese Richtlinien gehalten und freimütig offenbart, was der Staatsanwaltschaft von Nutzen war?«

»Ich hab's versucht.«

»Bestimmt würden Sie einem Ihrer Mitarbeiter, der in Ihrem Auftrag ermittelt, alle zweckdienlichen Informationen zukommen lassen.«

»Ich kann nur wiederholen, Mr. Stern, ich würde es versuchen.«

»Und der Mord an Mrs. Polhemus war doch bestimmt ein sehr wichtiger Fall für Ihre Dienststelle?«

»In Anbetracht seiner politischen Brisanz würde ich sogar sagen, er war von entscheidender Bedeutung.« Raymond sieht mich dabei an. Sein Blick ist hart wie Stahl.

»Obwohl Sie jedoch selbst diesem Fall so viel Bedeutung zumessen, stellten Sie Mr. Sabich nicht alle Informationen zur Verfügung, die Sie über ihn oder über Mrs. Polhemus besaßen, nicht wahr?«

»Versucht habe ich es.«

»Tatsächlich? War es denn nicht wichtig, über alles Bescheid zu wissen, woran Mrs. Polhemus arbeitete, damit sämtliche Personen erfaßt und überprüft werden konnten, die möglicherweise ein Motiv hatten, ihr nach dem Leben zu trachten?«

Raymond begreift schlagartig, worauf diese Fragen hinauslaufen. Er lehnt sich in seinem Stuhl zurück. Aber er gibt den Kampf noch nicht auf.

»Das war nicht allein ausschlaggebend.«

Schwerwiegender Fehler. Juristen sind wirklich schlechte Zeugen. Raymond will bestreiten, daß Carolyns Prozeßliste meinen Ermittlungen wertvolle Anhaltspunkte geliefert hätte. In den nächsten paar Minuten bringt Sandy ihn in arge Verlegenheit. Fürchten die Beamten im Gesetzesvollzug nicht oft die Rache derer, die sie vor Gericht bringen? Kommen solche Vergeltungsschläge nicht oft genug vor? Der Gesetzesvollzug käme praktisch zum Erliegen, wenn Staatsanwälte und Polizei von Verbrechern, gegen die sie ermitteln, angegriffen, zum Krüppel geschlagen oder gar umgebracht werden könnten, nicht wahr? Als Mrs. Polhemus ermordet wurde, tauchte doch auch der Gedanke auf, mit dem sich dann sogar die Presse eine Zeitlang beschäftigte, daß ein von ihr Angeklagter der Täter sei? Raymond merkt nach den ersten Fragen, daß er verspielt hat, und antwortet nur noch mit einem schlichten »Ja«.

»Also war jeder von Mrs. Polhemus' Fällen von Bedeutung? Es war wichtig zu wissen, gegen wen sie ermittelte, mit welchen Leuten sie sich befaßte?«

»Ja.«

»Und obwohl Sie das wußten, Mr. Horgan, haben Sie selbst eine Akte aus Mrs. Polhemus' Schreibtisch entfernt, nachdem die Ermittlungen gegen ihren Mörder bereits begonnen hatten, nicht wahr?«

»Ja.«

»Eine sehr heikle Angelegenheit, oder?«

Larren hat das Kreuzverhör in seinen Sessel zurückgelehnt verfolgt. Über weite Strecken schien dieser Schlagabtausch zwischen den beiden renommierten Juristen ihn gelinde zu amüsieren. Doch jetzt hakt er ein: »Mr. Stern, finden Sie, das gehört hierher?«

Sandy ist einen Augenblick sprachlos. »Euer Ehren, ich meine, die Relevanz dieser Vorgänge für unseren Fall liegt auf der Hand.«

»Ich sehe da keinen Zusammenhang.«

»Der Zeuge hat vorhin ausgesagt, Mr. Sabich habe ihm Informationen vorenthalten. Da steht es der Verteidigung doch zu, Mr. Horgans diesbezügliche Maßstäbe aufzudecken.«

»Mr. Horgan war der Leitende Oberstaatsanwalt, Mr. Stern. Das sollten Sie berücksichtigen.«

Sandy erhält von unerwarteter Seite Schützenhilfe. Della Guardia steht auf. »Wir haben gegen diese Fragen nichts einzuwenden, Euer Ehren.«

Larren schaut Nico durchdringend an. Molto packt Delay beim Arm. Ich vermute, Nico möchte den Disput über die Maßstäbe unseres Berufsstandes fortgeführt sehen, weil er glaubt, dadurch würden die Geschworenen erst recht auf das Ausmaß meiner Verfehlungen hingewiesen. Aber hier hat er sich gründlich vergaloppiert. Zum einen ist Horgan nicht mehr sein Zeuge. Und nach der aufgebrachten Art zu urteilen, mit der Molto auf ihn einredet, hat Nico zum anderen gar nicht begriffen, was hinter Sandys Fragen steckt. Ob er überhaupt von der B-Akte weiß? Oder vielleicht hat er davon gehört, es aber wieder vergessen? Ich mache mir ein paar Notizen, die ich Stern in der Pause geben will: »Wen hat Horgan in Sachen B-Akte informiert? Molto? Nico? Keinen von beiden?«

Sandy, der wieder Land sieht, verliert keine Zeit. »Wie ich schon sagte, das war eine heikle Angelegenheit, nicht wahr?«

»Ja.«

»Die sich nicht ohne gewisse Behauptungen bewerkstelligen ließ – unerlaubte Behauptungen.«

Larren schaltet sich wieder ein, gewissenhafter als ein Wachhund. »Wir brauchen hier nicht die Interna der Bezirksanwaltschaft breitzutreten oder ihre Ermittlungsmethoden, die, wenn ich Sie daran erinnern darf, Mr. Stern, ohnehin weitgehend der Geheimhaltung unterliegen. Dies war ein heikler Fall. Lassen Sie es damit gut sein, und fahren Sie fort!«

»Euer Ehren, ich hatte natürlich nicht die Absicht, Geheimnisse zu verraten.«

»Natürlich nicht.« Larrens Lächeln macht deutlich, daß er Sandy kein Wort glaubt. Er greift nach seiner Wasserkaraffe, die zufällig auf der Seite der Geschworenenbank steht. »Fahren Sie fort!«

»Tatsächlich war dieser Fall so heikel, Mr. Horgan, daß Sie ihn Mrs. Polhemus übertrugen, ohne irgend jemand sonst in Ihrem Amt davon in Kenntnis zu setzen. Stimmt das?«
»Ja.«
Sandy zählt rasch alle auf, die nicht im Bilde waren: Mac. Mike Dolan, der Chef des Sonderdezernats. Drei, vier andere. Als letzten nennt er meinen Namen. Raymond bestätigt jeden einzelnen mit einem Nicken.
»Und Sie haben Mr. Sabich die fraglichen Unterlagen erst ausgehändigt, als er Sie persönlich darüber informierte, daß offenbar eine Akte aus Mrs. Polhemus' Büro abhanden gekommen sei. Ist das richtig?«
»Ja.«
Sandy dreht eine kleine Runde vor der Geschworenenbank, damit dieses Eingeständnis des Zeugen sich allen gut einprägt. Raymonds weiße Weste hat einen Fleck bekommen. Die Geschworenen sind ganz Ohr.
»Mrs. Polhemus war eine ehrgeizige Frau, nicht wahr?«
»Ich nehme an, das hängt davon ab, was Sie unter ehrgeizig verstehen.«
»Sie genoß es, im Rampenlicht zu stehen. Sie wollte in ihrer Behörde vorankommen, war es nicht so?«
»Das ist richtig.«
»War es ihr Wunsch, diesen Fall zu übernehmen?«
»Soweit ich mich erinnere, ja.«
»Nun, Mr. Horgan, Sie übertrugen Mrs. Polhemus den besagten Fall, diese überaus heikle Angelegenheit, von der nur Sie beide wußten, diesen Fall, den sie unbedingt übernehmen wollte, während Sie mit ihr ein Verhältnis hatten, richtig?«
Raymond rutscht auf seinem Platz hin und her. Er weiß, daß Stern ihm jetzt nichts mehr ersparen wird. Er hat den Kopf eingezogen, so als wolle er sich vor einem Schlag ducken. »Ich kann mich wirklich nicht mehr erinnern, wann sie den Fall übernahm.«
»Dann lassen Sie mich helfen, Ihr Gedächtnis aufzufrischen.« Sandy holt den Ordner, zeigt Raymond das Datum, erinnert ihn an seine Aussage über den Zeitraum seiner Affäre mit Carolyn. »Also«, fragt er noch einmal, »haben Sie diesen

äußerst heiklen Fall an Mrs. Polhemus weitergegeben, während Sie eine intime Beziehung zu ihr unterhielten?«

»Es sieht wohl so aus.«

Stern schaut Raymond schweigend an.

»Die Antwort auf Ihre Frage«, sagt Raymond, »lautet: Ja.«

»Daß Sie niemanden über diesen Auftrag informierten, lief doch den üblichen Gepflogenheiten Ihres Amtes zuwider?«

»Ich war der Behördenleiter. Ich entschied darüber, wann es ratsam sei, Ausnahmen zu machen.« Er hat Larrens Hinweis rasch genutzt.

»Und für Mrs. Polhemus machten Sie eine Ausnahme?«

»Ja.«

»Für Mrs. Polhemus, mit der Sie... Streichen Sie das bitte! Normalerweise hätten Sie einen solchen Fall einem Staatsanwalt mit mehr einschlägiger Erfahrung zugeteilt, nicht wahr?«

»Normalerweise wird die Berufspraxis berücksichtigt, ja.«

»Aber hier war sie nicht von Belang?«

»Nein.«

»Und der Fall blieb Ihr und Mrs. Polhemus' Geheimnis – auch dann noch, als Sie das Verhältnis mit ihr schon beendet hatten?«

»Stimmt«, sagt Raymond. Endlich lächelt er wieder. »An meinem Verhalten hat sich dadurch nichts geändert.«

»Etwa weil Ihnen die Sache peinlich war?«

»Ich habe einfach nicht mehr daran gedacht.«

»Aber als Mr. Sabich alle Informationen über die von Mrs. Polhemus verhandelten Fälle zusammentragen wollte, ist Ihnen da nicht wieder eingefallen, daß Sie den Ordner aus Mrs. Polhemus' Büro geholt und in *Ihrem* Schreibtisch verwahrt hatten?«

»Offensichtlich nicht.«

»Sie haben nicht versucht, etwas zu vertuschen, Mr. Horgan, oder?«

»Nein.«

»Sie standen gerade im Wahlkampf, nicht wahr?«

»Ja.«

»Eine heiße Schlacht?«

»Sie war grausam.«

»Eine Schlacht, die Sie schließlich verloren haben?«
»Ja.«
»Und während dieses Wahlkampfs war Ihr Gegner, Mr. Della Guardia, Deputy in Ihrem Amt und hatte dort viele Freunde?«
»Auch das ist richtig.«
»Und Sie hatten angesichts dieses ›grausamen‹ Wahlkampfs keine Angst, einer von Mr. Della Guardias Freunden könne durchblicken lassen, daß Sie besonders heikle Fälle einer Mitarbeiterin zugeschanzt haben, mit der Sie ins Bett gingen?«
»Vielleicht ist mir der Gedanke mal gekommen. Wer weiß, Mr. Stern? Es war keine besonders glückliche Situation.«
»Weiß Gott«, sagt Stern. »Ich frage Sie noch einmal, Sir, haben Sie nicht versucht, die Tatsache zu vertuschen, daß Sie mit einer Dame aus Ihrem Stab eine Affäre hatten?«
»Ich hab's nicht überall herumerzählt, wenn Sie das meinen.«
»Sicher nicht. Man hätte es Ihnen als Verstoß gegen das Berufsethos auslegen können.«
»Möglich, aber so war es nicht. Schließlich waren wir beide erwachsen.«
»Verstehe. Sie vertrauten auf Ihr unbestechliches Urteil, ungeachtet dieser Affäre?«
»Voll und ganz.«
Stern ist langsam auf Horgan zugegangen. Jetzt legt er die letzten paar Schritte zurück und hält sich an dem Geländer des Zeugenstands fest, so daß ihn nur noch ein, zwei Meter von Raymond trennen.
»Und doch kommen Sie in diesen Gerichtssaal, Sir, wo das Leben eines Mannes, der Ihnen zwölf Jahre lang treu gedient hat, auf dem Spiel steht, und wollen uns erzählen, daß Ihr Vertrauen in ihn nicht gerechtfertigt war?«
Horgan bohrt die Zunge in die Wange und schaut ziemlich einfältig drein. Sein Blick ist auf Della Guardia gerichtet, aber ich kann nicht erkennen, ob er Hilfe sucht oder um Entschuldigung bitten will.
»Ich wünschte bloß, daß er den Mund aufgemacht hätte, das ist alles. Das wäre besser für ihn gewesen – und für mich.«
Einer der Geschworenen murmelt: »Hmm.« Ich höre zwar den Laut, kann aber nicht ausmachen, von wem er kommt. Ein paar

sehen zu Boden. Es ist schwer zu sagen, warum gerade dieser Wortwechsel solchen Eindruck auf die Jury macht. Die Fingerabdrücke, die Teppichfasern, das Verzeichnis meiner Telefonate sind immer noch da, und doch hat die Verteidigung eben einen Triumph erlebt. Molto und Nico haben Raymond Horgan diesem Gericht als Muster an Anstand und leuchtendes Vorbild präsentiert. Aber jetzt stellt sich heraus, daß sie den Mund zu voll genommen haben. Genau wie damals, als er Colleen McGaffen vertrat, hat Sandy Stern den Geschworenen eine Botschaft signalisiert, ohne sie auszusprechen. Wozu die Aufregung? sagt er. Angenommen, es stimmt, daß Sabich mit der Verstorbenen ein Verhältnis hatte. Angenommen, er war so klug – oder so dumm –, das für sich zu behalten. Dann hätte er doch bloß das gleiche getan wie sein Chef. Wenn *ich* mich nicht getraute, gewisse Eskapaden aus meiner Vergangenheit zu gestehen, dann sollte dafür wohl jeder Verständnis haben. Der Knoten zwischen dem, was ich verschwiegen, und dem, was ich getan habe, ist gelöst, die Verbindungslinie zwischen Betrug und Mord durchtrennt.
Sandy macht kehrt. Er läßt Horgan einfach sitzen. Raymond seufzt einige Male und zieht sein Taschentuch. Als Stern an unserem Tisch vorbeikommt, klopft er mir auf die Schulter. Eine spontane Geste, die allerdings bei ein, zwei Geschworenen gut anzukommen scheint.
»Lassen Sie uns von etwas anderem sprechen, Mr. Horgan. Wie haben Sie Mr. Sabich eigentlich kennengelernt?«
Sandy schlendert immer noch durch den Saal, jetzt wieder in Richtung Zeugenstand. Trotzdem gelingt es mir, ihm unterm Tisch ein Zeichen zu geben: Nein! Ich habe vergessen, ihm zu sagen, daß er danach nicht fragen soll.
»Oder halt. Vielleicht sollten wir die Zeit nicht mit alten Geschichten vertrödeln«, sagt Sandy lässig. »Mit Erlaubnis des Gerichts ziehe ich die Frage zurück. Ach, Euer Ehren, falls der Augenblick Ihnen geeignet erscheint, könnten wir vielleicht alle eine kleine Stärkung vertragen.«
»Einverstanden. Mittagspause.« Raymonds Aussage scheint den Richter sehr ernüchtert zu haben. Ehe er den Saal verläßt, schaut Larren sich drohend nach Horgan um.

29

»Na, und wie fanden Sie's heute morgen?« Stern bedient sich mit den Horsd'œuvres. »Diese Maisflocken müssen Sie probieren, Rusty. So ein einfaches Gericht, aber wirklich delikat angerichtet.«

Stern hat bisher jede Mittagspause durchgearbeitet, aber es fällt nicht schwer zu erraten, daß dies nicht seinem üblichen Rhythmus entspricht. Zu einem gepflegten Lebensstil, würde er sagen, gehört ein Imbiß zur Mittagszeit. Und darum führt er mich heute – Horgan hin oder her – zum Lunch in seinen Diningclub im sechsundvierzigsten Stock der Morgan Towers, eines der höchsten Gebäude unserer Stadt. Von hier oben überblickt man die Windungen des Stromes und die dichtgeschlossene Skyline der City, die aussieht wie eine schier endlose Reihe hochkant aufgestellter Schuhkartons. Mit einem Fernrohr könnte man wahrscheinlich sogar mein Haus in Nearing sehen.

Ich hatte anfangs erwartet, daß wir uns während des Prozesses näherkommen würden, Sandy und ich. Ich kann ihn gut leiden, und meine Hochachtung vor seinen fachlichen Qualitäten, die nie gering war, ist in den letzten Wochen noch um einiges gestiegen. Trotzdem kann man uns wohl nicht als Freunde bezeichnen. Vielleicht liegt es daran, daß ich sein Mandant bin, und dazu noch einer, der unter Mordanklage steht. Allerdings hat Stern eine so weitgespannte Vorstellung von dem, wozu die Menschen fähig sind, daß ich bezweifle, ob sich jemand durch Taten – so abscheulich sie auch sein mögen – seine Zuneigung verscherzen könnte. Das Problem, falls es denn eins ist, liegt in ihm selbst und seiner eisernen Zurückhaltung. Er trennt strikt zwischen Beruf und Privatleben, und ich wüßte keinen, der es geschafft hätte, die Grenze zu überschreiten. Sandy ist seit dreißig Jahren verheiratet. Ich habe Clara ein-, zweimal getroffen. Ihre drei Kinder sind mittlerweile in alle Winde zerstreut; die jüngste Tochter macht nächstes Jahr an der Columbia-Universität ihr Juraexamen. Wenn ich es mir recht überlege, kenne ich kaum jemanden, der behaupten dürfte, Stern nahezustehen. Er ist immer und überall ein angenehmer Gesellschafter, und man schätzt vor allem seine Fabuliergabe. Ich entsinne mich, daß ein Freund von Barbaras Vater mir vor Jahren erzählte, Stern könne die köstlichsten Geschichten auf jiddisch vortragen, ein Talent, für das ich begreiflicherweise nicht allzuviel übrig habe. Jedenfalls schirmt Sandy Stern seine Privatsphäre ganz radikal ab. Ich weiß eigentlich kaum, wie er wirklich denkt – besonders über mich.

»Zu heute morgen hab' ich zweierlei zu bemerken«, sage ich und nehme mir von den angebotenen Maisflocken. »Ich fand, es lief sehr gut, und mir hat es großen Spaß gemacht, Ihnen zuzuschauen. Das Kreuzverhör ist bis jetzt einfach brillant.«

»Nicht doch, ich bitte Sie.« Ungeachtet seiner kultivierten Eleganz ist Sandy ein selbstgefälliger Mensch wie übrigens alle großen Strafverteidiger. Er winkt ab, gönnt sich dann aber doch einen Moment, um mein Lob auszukosten. Eine Reihe von Reportern und Zuschauern raunten ihm auf dem Weg hierher Komplimente zu. Stern hat zwar erst die Hälfte des Kreuzverhörs hinter sich, aber der anfängliche Triumph hat ihn merklich beschwingt. »Eigentlich hat er sich selbst reingeritten. Ich glaube nicht, daß mir vor diesem Prozeß überhaupt klar war, wie eitel Raymond ist. Doch wie dem auch sei, noch wissen wir nicht, wie es ausgehen wird.«

»Sie haben ihn ganz schön in Verlegenheit gebracht.«

»So sah es aus, ja. Eines Tages wird er mir das bestimmt heimzahlen. Aber das ist jetzt nicht unser Problem.«

»Was mich gewundert hat, ist, daß Larren ihn so in Schutz nahm. Ich hätte darauf wetten mögen, daß er sich einen abbrechen wird, um gerade Raymond gegenüber ganz neutral zu erscheinen.«

»Larren hat sich noch nie gescheut, sich offen zu seinen Sympathien zu bekennen.« Sandy lehnt sich in seinem Stuhl zurück, während ein Ober ihm den Hauptgang serviert. »Tja«, sagt er, sobald wir wieder allein sind, »hoffentlich kommen wir um die nächste Klippe genauso glimpflich herum.«

Ich habe keine Ahnung, wovon er spricht.

»In diesem Prozeß sind zwei Kreuzverhöre von zentraler Bedeutung, Rusty. Bis jetzt haben wir nur die Hälfte des ersten hinter uns gebracht.«

»Und das andere ... meinen Sie Lipranzer?«
»Nein.« Sterns Miene verdüstert sich; offenbar macht ihm schon der bloße Gedanke an Lips Aussage Kopfzerbrechen. »Bei Detective Lipranzer werden wir uns sehr zurückhalten. Da bin ich bereits zufrieden, wenn es uns gelingt, ein bißchen Stimmungsmache zu treiben. Nein, ich dachte an Dr. Kumagai.«
»Kumagai?«
»Ja, ganz recht.« Sandy nickt vor sich hin. »Ihnen ist doch klar, daß sich die Anklage in erster Linie auf Tatsachenmaterial stützt. Aber um das voll auszuschöpfen, muß Nico einen Sachverständigen hören. Schließlich kann er sich am Schluß des Prozesses nicht vor die Geschworenen hinstellen und ihnen lediglich Vermutungen über den Tathergang bieten. Nein, seine Theorien müssen durch das Gutachten eines Experten untermauert werden. Also wird er Kumagai in den Zeugenstand holen. Verzeihen Sie meine schulmeisterhafte Art, aber ich bin's nun mal nicht gewohnt, Staatsanwälte als Mandanten zu haben. Jedenfalls, bei Kumagais Aussage wird es brenzlig. Wenn der seine Sache gut macht, festigt er damit den Standpunkt der Anklage. Aber seine Aussage bietet auch uns eine große Chance. Hier ist praktisch unsere einzige Gelegenheit, der Schlagkraft des Beweismaterials die Spitze zu nehmen – den Fingerabdrücken, den Fasern, all den Indizien, die normalerweise unangreifbar sind. Wenn wir es schaffen, Kumagai als fragwürdigen Kandidaten hinzustellen, dann wirft das automatisch auch ein schlechtes Licht auf die Beweismittel.«
»Und wie wollen Sie Kumagai zu fassen kriegen?«
»Ach«, meint Stern wehmütig, »Sie stellen immer gleich die schwierigsten Fragen. Aber Sie haben recht, darum sollten wir uns bald kümmern.« Er klopft mit dem Brotmesser auf den Tisch und läßt den Blick über die Skyline vor den Fenstern schweifen, ohne wirklich hinzusehen. »Kumagai ist kein sympathischer Zeitgenosse. Kein Mensch, den die Geschworenen ins Herz schließen werden. Irgend etwas wird sich da schon ergeben. Aber inzwischen verraten Sie mir doch mal«, Stern schaut mich unvermittelt wieder an, »was ich da vorhin um ein Haar für einen Bock geschossen hätte. Wäre da etwas Furchtbares ans Licht gekommen, wenn ich gefragt hätte, wie Sie sich kennengelernt haben, Horgan und Sie?«

»Ich dachte bloß, es wäre Ihnen nicht recht, wenn die Geschworenen erführen, wie der jugoslawische Freiheitskämpfer im Gefängnis landete.«

»Ihr Vater? Ach, du meine Güte! Rusty, ich muß Sie um Verzeihung bitten wegen dieser kleinen Improvisation neulich. Es war ein ganz spontaner Einfall. Ich bin sicher, Sie haben für so etwas Verständnis.«

»Aber ja doch.«

»Ihr Vater war also im Gefängnis? Wie kam es denn dazu? Hat Horgan ihn vertreten?«

»Nein, Steve Mulcahy. Raymond kam nur ein-, zweimal als Beobachter zur Verhandlung. Da sind wir uns zum erstenmal begegnet. Er war sehr nett zu mir. Ich hatte Mordsschiß.«

»Richtig, Mulcahy war der dritte in der Kanzlei.« Damals hießen die Partner Mulcahy, Little & Horgan. »Er ist schon seit vielen Jahren tot. Das mit Ihrem Vater muß also einige Zeit zurückliegen?«

»Ich war noch Student. Mulcahy war mein Professor. Als mein Vater die erste Vorladung kriegte, ging ich gleich zu ihm. Es war mir furchtbar peinlich, und ich hatte Angst, sie würden mir die Zulassung verweigern.«

»Wer? Die Anwaltskammer? Was hatte Ihr Herr Vater denn verbrochen?«

»Steuerhinterziehung«, sage ich und führe den ersten Bissen Fisch zum Mund. »Mein Vater hatte fünfundzwanzig Jahre lang keine Einkommenssteuer bezahlt.«

»Fünfundzwanzig Jahre! Ach du lieber Himmel! Wie schmeckt Ihnen der Fisch?«

»Gut. Möchten Sie probieren?«

»Wenn Sie erlauben. Danke. Wirklich zu liebenswürdig. Ja, kochen können sie hier, das muß man ihnen lassen.«

Sandy plaudert gelassen weiter. Er fühlt sich wohl inmitten des kostbaren Tafelsilbers, umsorgt von diskreten Obern in pastellfarbenen Cutaways. Sein Zufluchtsort. In einer Dreiviertelstunde wird er zum zweitenmal an diesem Tag einen der prominentesten Anwälte der Stadt ins Kreuzverhör nehmen. Aber wie jedem echten Virtuosen hilft auch ihm der berechtigte Glaube an seinen Instinkt. Er hat fleißig gearbeitet. Der Rest ist Inspiration.

Als wir beim Nachtisch angelangt sind, zeige ich Sandy die Notizen, die ich mir heute vormittag gemacht habe. »O ja«, sagt er anerkennend, »das ist sehr gut. Gegen Sie werden falsche Anschuldigungen erhoben, und er sagt, Sie schienen außer sich zu sein, die Fassung zu verlieren. Also, das ist ja wirklich zu albern!«

Stern bemerkt an einem der Nachbartische einen Bekannten, einen älteren Herrn mit rotem Haar; er geht hinüber, um ihm guten Tag zu sagen. Ich konsultiere inzwischen meinen Notizblock, aber die meisten Punkte, die ich mir in der Sitzung aufgeschrieben habe, sind während des Essens schon angesprochen worden. Also schaue ich hinaus auf die Stadt, und meine Gedanken wandern zurück zu meinem Vater. Ich war äußerst wütend auf ihn wegen dieser Geschichte damals, einmal, weil er mich dadurch in eine peinliche Lage brachte, und zum anderen, weil ich fand, daß er kein Recht hatte, unseren Beistand zu suchen, nachdem er sich um die Krankheit meiner Mutter überhaupt nicht gekümmert hatte. Aber als ich meinen Vater im Vorzimmer zu Mulcahys Büro sitzen sah, schlug mir das Gewissen. Vor lauter Angst hatte mein Vater, der sonst peinlich auf ein gepflegtes Äußeres achtete, sich zu rasieren vergessen. Da er einen starken Bartwuchs hatte, waren seine Wangen mit weißen Stoppeln übersät. Verlegen drehte er die Krempe seines Filzhuts in den Händen. Er hatte eine Krawatte um, die er nur selten trug; der Knoten saß zu locker und war verrutscht; sein Hemd war am Kragen schmutzig. Er schien den Armstuhl nicht richtig auszufüllen, ja nicht einmal seine Kleider. Er starrte auf seine Füße hinunter. Er wirkte viel älter, als er war, und schrecklich verängstigt.

Ich glaube, ich hatte nie zuvor erlebt, daß mein Vater sich fürchtete. Ich kannte ihn eigentlich immer nur ungehalten, mürrisch und gleichgültig, aber ich konnte mir vorstellen, was ihm jetzt so zusetzte. Mein Vater sprach kaum mit mir über seine Vergangenheit. Fast alles, was ich wußte, hatte ich von seinen Verwandten erfahren. Wie seine Eltern erschossen wurden und er flüchtete; in welchen Lagern der einen oder anderen Seite er den Rest seiner Jugend verbrachte. Einmal aßen sie ein Pferd, erzählte mir mein Vetter Ilja, als ich neun oder zehn war. Fast eine Woche lang verursachte die Geschichte mir Alpträume. Ein alter Gaul war gestorben. Er kippte eines Nachts um und erfror. Drei Tage lag er im Schnee, und dann erlaubte ein Wärter den Gefangenen, ihn durch den Stacheldrahtverhau ins Lager zu zerren. Die Insassen machten sich über den Kadaver her; mit bloßen Händen zogen sie ihm das Fell ab und rissen ihm das Fleisch von den Knochen. Manche wollten sich nur etwas zum Braten holen, doch andere fielen in ihrem Heißhunger über das rohe Fleisch her. Mein Vater hatte das mit angesehen. Er kam nach Amerika. Er hatte überlebt. Und jetzt, fast drei Jahrzehnte später, saß er hier in diesem Anwaltsbüro und sah eine Wiederholung allen Greuels voraus. Ich war damals fünfundzwanzig, und in diesem Moment begriff ich mehr vom Leben meines Vaters und davon, wie seine Entbehrungen sich auf mich übertragen hatten, als mir in all den Jahren zuvor je klargeworden war. Und er tat mir von Herzen leid.

Mulcahy riet meinem Vater, sich schuldig zu bekennen. Der Staatsanwalt versprach, nicht mehr als ein Jahr Haft zu fordern, und der alte Richter Hartley, eine gute Haut, verpaßte meinem Vater bloß neunzig Tage. Ich besuchte ihn nur einmal im Gefängnis. Öfter konnte ich mich einfach nicht dazu aufraffen, und außerdem ging es damals gerade mit meiner Mutter zu Ende. Als ich mich nach seinem Befinden erkundigte, blickte er sich um, als sähe er die Zelle zum erstenmal. Er kaute auf einem Zahnstocher herum. »Ich war schon in schlimmeren Löchern«, sagte er. Er hatte seine schroffe Härte wiedergefunden, und das setzte mir mehr zu als zuvor seine Angst. Dickköpfig und engstirnig, wie er war, fügte er sich geradezu mit Stolz in sein Mißgeschick. Mit den Verfehlungen, für die nicht nur er selbst, sondern letztlich auch ich hatte büßen müssen, tat er sich auch noch groß. »Was das Eingesperrtsein betrifft«, prahlte er, »da bin ich olympiareif.« Ein amerikanisches Gefängnis könne er mit Leichtigkeit überleben. Er dankte mir mit keinem Wort; entschuldigte sich weder für die mir zugefügte Schmach noch für seine Dummheit; hatte keine Ahnung von seinem wahren Gefängnis. Ihm blieb danach nicht mehr viel Zeit; nicht ganz drei Jahre später starb er. Aber trotz allem, was zuvor passiert war, endgültig aufgegeben habe ich ihn erst nach dieser Begegnung in seiner Zelle.

Das Kreuzverhör am Nachmittag setzt da an, wo ich es morgens erwartet hatte: auf dem Sektor, auf dem Horgan unser Zeuge ist. Stern beginnt mit den Anrufen, die im März von meinem Privatanschluß aus mit Carolyns Nummer geführt wurden. Horgan erinnert sich prompt an den Fall des rückfälligen Sexualverbrechers, gegen den Carolyn damals die Anklage vorbereitete. Er gibt zu, daß es zu den Aufgaben des Ersten Deputys gehört, seinen Kollegen beim Verfassen der Klageschrift zur Hand zu gehen, besonders in einem so komplexen Fall. Stern gibt zu bedenken, daß Carolyns Gerichtstermine und mein überfüllter Terminkalender leicht dazu geführt haben könnten, daß diese Beratungen nach Feierabend und fernmündlich stattfanden oder daß man zumindest telefonisch eine entsprechende Verabredung traf. Raymond läßt auch das widerspruchslos gelten.

Als nächstes kommt Stern auf die Unterredung in Raymonds Büro am Mittwoch nach der Wahl zu sprechen. Indem sie meine Aussage, ich sei in der Mordnacht daheim gewesen, zu den Akten nahm, hat die Staatsanwaltschaft im Grunde etwas zu meiner Verteidigung beigesteuert. Hierüber verbreitet Sandy sich ausführlich. Er betont, daß ich diese Aussage aus freien Stücken gemacht habe.

»Es stimmt doch, daß Mrs. MacDougall meinem Mandanten nahelegte, sich nicht zu äußern? Sie, Mr. Horgan, rieten ihm das gleiche? Und zwar in drastischen Worten? Sagten Sie nicht, er solle die Klappe halten? Trotzdem hat er gesprochen, und er war offensichtlich sehr aufgebracht, nicht wahr? Keineswegs kühl und überlegt? Seine Äußerung wirkte ganz spontan?«

Stern verdeutlicht den Geschworenen ausführlich, was jeder Staatsanwalt über die Risiken weiß, die ein Verdächtiger eingeht, wenn er kein Blatt vor den Mund nimmt. Die Jury soll daraus den Schluß ziehen, daß jemand mit meiner Berufserfahrung, der Zeit hatte, sich auf eine solche Konfrontation vorzubereiten, tunlichst den Mund gehalten hätte, es sei denn, er ist unschuldig. Ein Mann, der am Tatort gewesen wäre, der getan hätte, was die Anklage mir vorwirft, und der dann auch noch die Ermittlungen in dem Fall leitet, wäre wohl kaum so dumm gewesen, sich eine derart plumpe Lüge auszudenken. Nur jemand, der wirklich nicht am Tatort gewesen ist und die wahren Zusammenhänge nicht kennt, konnte sich durch vorschnelle Beschuldigungen dazu hinreißen lassen, mit einer so ehrlichen Antwort herauszuplatzen. In der Art, wie Stern dieses Kreuzverhör führt, wird klar, wie sein Schlußplädoyer lauten wird, und ich verstehe jetzt besser, warum er mich nicht in den Zeugenstand lassen will. Rusty Sabich gab an dem Tag, an dem man ihn erstmals beschuldigte, eine spontane Erklärung ab. Was könnte er der jetzt noch hinzufügen, so lange danach? Nachdem er den Geschworenen diese Version nahegelegt hat, macht Stern sich daran, meine Glaubwürdigkeit aufzubauen. Er verwickelt Raymond in einen ausgedehnten Exkurs über meine Leistungen als Deputy der Staatsanwaltschaft. Er beginnt tatsächlich mit der »Law Review« und arbeitet sich Schritt für Schritt durch meine Laufbahn. Als Molto schließlich Einspruch erhebt, weil das zu weit führe, erklärt Sandy, Horgan habe immerhin meine Methode als Leiter der Ermittlungen im Fall Polhemus in Zweifel gezogen. Deshalb sei es erforderlich, den Geschworenen meinen beruflichen Werdegang vor Augen zu führen, damit sie in der Lage seien, zu beurteilen, ob meine angebliche Nachlässigkeit oder Insubordination womöglich nichts weiter war als eine Meinungsverschiedenheit zwischen zwei erfahrenen Anklägern. Die Logik dieser Argumentation ist kaum anzufechten, und Larren lehnt Moltos Einspruch ab. Sankt Rozats Heiligsprechung nimmt ihren Fortgang.

»Und als dann vor knapp zwei Jahren Mr. Sennett, Ihr damaliger Erster Deputy, nach San Diego ging, haben Sie Mr. Sabich den Posten angeboten, war es nicht so?« fragt Sandy.

»Das stimmt«, sagt Raymond.

»Und stimmt es auch, daß der Erste Deputy derjenige ist, auf dessen Urteil Sie als Behördenleiter das größte Vertrauen setzen?«

»So könnte man sagen. Er schien mir für diesen Posten der fähigste Mann.«

»Schön. Sie hatten damals an die hundertzwanzig Deputys?«

»In etwa, ja.«
»Einschließlich Mr. Della Guardia und Mr. Molto?«
»Ja.«
»Und Sie entschieden sich für Mr. Sabich?«
»Ja.«
Nico blickt verärgert auf, aber weder er noch Molto protestieren. Sandy arbeitet wie ein Goldschmied. Als wären es die Glieder einer Kette, klopft er mit bewundernswertem Fingerspitzengefühl die Vorgänge der Vergangenheit der Reihe nach ab. Zwei der Geschworenen nicken unmerklich.
»Und Sie glaubten damals nicht, Mr. Sabich könne ein Verbrechen begehen, Sie hatten uneingeschränktes Vertrauen in sein Urteilsvermögen und seine Integrität – ein Vertrauen, das sich auf Ihre über ein Jahrzehnt währende, enge Zusammenarbeit gründete?«
Die Frage hat ihre Tücken, aber sie ist einleuchtend. »Abgelehnt«, erklärt Larren, als Molto Einspruch erhebt. Raymond überlegt sich seine Antwort gut.
»Das trifft zu«, sagt er schließlich. Dieses kleine Zugeständnis scheint die Geschworenen nachhaltig zu beeindrucken. Jetzt verstehe ich, warum Stern den Angriff auf Raymond vorweggenommen hat. Er verfolgt ein bestimmtes Ziel – nicht bei der Jury, sondern bei Raymond Horgan. Der steht nicht mehr auf so festem Boden wie heute morgen, als er den Gerichtssaal betrat.
»Sehr schön. Und Mr. Sabich brauchte nicht bei jedem Fall mit Ihnen Rücksprache zu nehmen, um sicherzugehen, daß er genau Ihren Wünschen folgte?« fragt Stern. Er versucht, meine Nachlässigkeit beim Beschaffen des Berichts über die Fingerabdrücke zu bagatellisieren.
»Ich habe meinen Mitarbeitern immer einen gewissen Spielraum gelassen.«
»Nun, Mr. Horgan, ist es nicht so, daß Mr. Sabich bei seinen Ermittlungen im Mordfall Polhemus davon ausgehen konnte, daß Sie sich in vielen früheren Fällen, darunter auch sehr gewichtigen, voll und ganz auf sein Urteil verlassen hatten?«
»Ich weiß nicht, wovon er ausgegangen ist, aber ich war bis dahin tatsächlich in vielem mit seinem Urteil einverstanden.«

»So haben Sie zum Beispiel«, startet Sandy übergangslos einen Überraschungsangriff, »Mr. Sabich Vollmacht gegeben, Mr. Della Guardia zu feuern, wann und wie er es für richtig hielt?«
Nico explodiert, was man ihm nicht übelnehmen kann. Larren ist verstört. Er fordert die Parteien auf, sich unverzüglich mit ihm zu einer Beratung unter Ausschluß der Geschworenen zurückzuziehen.

Nico, Molto, Kemp, Stern, der Protokollführer und ich folgen dem Richter durch den Hinterausgang in das kleine Vorzimmer seiner Amtsräume. Noch ehe Larren ein Wort gesprochen hat, ist klar, daß Stern ihn verärgert hat. Dessen letzte Frage betrachtet er als hinterhältigen Trick.

»Was haben Sie vor, Sir? Wollen Sie hier alte Geschichten von A bis Z aufwärmen? Ich will nicht, daß dieser Prozeß in ein persönliches Schlachtfest ausartet.«

Molto und Nico reden beide gleichzeitig. Jede frühere Feindschaft zwischen Kläger und Beklagtem habe nichts mit diesem Prozeß zu tun. Richter Lyttle ist augenscheinlich geneigt, ihnen zuzustimmen.

»Euer Ehren«, sagt Stern, »wir unterstellen Mr. Della Guardia keineswegs persönlich unlautere Absichten. Aber wir sind der Ansicht, daß der von mir eben angesprochene Vorfall einen Hinweis darauf geben könnte, wie und warum Mr. Della Guardia getäuscht wurde.« Ohne es auszusprechen, zielt Stern wieder einmal auf Molto. Er hat sich von Anfang an auf ihn statt auf Nico eingeschossen. Della Guardia erfreut sich im Augenblick großer Beliebtheit in unserer Stadt, die Geschworenen kennen ihn. Molto dagegen ist ein Niemand. Vielleicht möchte Sandy sich auch die eingangs gegebene, eindeutige Zusage zunutze machen, wonach Molto nicht als Zeuge aussagen wird.

»Ob und warum Mr. Della Guardia sich täuschen ließ, Sir, gehört nicht hierher. Wie der Ankläger über seinen Fall denkt, das hat die Geschworenen nicht zu kümmern. Sie haben doch wohl nicht im Ernst vor, uns hier mit solchen Spitzfindigkeiten zu kommen?«

»Euer Ehren«, versetzt Sandy feierlich, »die Verteidigung geht davon aus, daß Mr. Sabich in eine Falle gelockt wurde und man ihn vorsätzlich falsch beschuldigt.«

Wie vom Blitz getroffen, taumele ich einen Schritt zurück. Vor Wochen hatte Stern diese Taktik so energisch zurückgewiesen, daß ich inzwischen keinen Gedanken mehr daran verschwendete. Und wir schienen ja auch so sehr gut voranzukommen. Oder war Horgans Vernehmung durch Molto ein so verheerender Schlag für uns? Ich verstehe die Verteidigungsstrategie meines eigenen Anwalts nicht mehr. Gerade eben dachte ich noch, er bastele wieder an einer seiner unausgesprochenen Botschaften für die Jury: Molto war scharf auf Sabichs Job. Er übte zuviel Druck aus, um einen Fall aufzubauen, nur weil er ihn unbedingt verhandeln wollte, und Della Guardia durchschaute das nicht, weil auch er, wenn auch nur unbewußt, einen alten Groll gegen Sabich hegte. Das ist Sandy Sterns Spezialität, eine raffinierte Bewertung menschlicher Schwäche, unterschwellig vermittelt mit dem Ziel, die Glaubwürdigkeit des Staatsanwalts zu erschüttern und zu demonstrieren, wie dieser lächerliche Irrtum – mich anzuklagen – zustande kam. So etwas kommt bei den Geschworenen meist gut an. Aber was Stern jetzt hier aus dem Hut zaubert, entspricht jener Taktik, die wir als zu riskant verworfen hatten. Zumindest war ich auf einen solchen Kurswechsel ohne Rücksprache mit mir nicht gefaßt. Mit seiner Improvisation hat Stern uns in ein gefährliches Fahrwasser gesteuert.

Nico läuft erregt auf und ab. »Ich glaub's nicht!« schnaubt er zwei-, dreimal vor sich hin.

Fragend wendet sich Larren an Molto.

»Lächerlich«, sagt der.

»Ihre Antwort wird zu Protokoll genommen. Falls Mr. Stern tatsächlich die Absicht hat zu beweisen, daß die Anklage gegen Mr. Sabich auf einer Fälschung beruht, dann müssen wir wohl die Geschichte dieser Rangeleien innerhalb der Staatsanwaltschaft über uns ergehen lassen.«

Das könnte natürlich einer der Gründe dafür sein, daß Stern so plötzlich umgeschwenkt ist. Er will der Jury um jeden Preis Material vorführen, das normalerweise unzulässig wäre.

»Ich muß Sie warnen, Mr. Stern«, sagt der Richter. »Sie spielen mit dem Feuer. Ich weiß nicht, wohin das führen wird. Aber Sie müssen sich auf zweierlei gefaßt machen. Zum einen bereiten Sie sich gut auf die Entgegnung der Kläger vor, denn dem Staatsanwalt steht bei Ihrem schweren Geschütz natürlich einiges an Bewegungsfreiheit zu. Und zum anderen sollten Sie möglichst bald den Beweis für Ihre Anschuldigung liefern, andernfalls streiche ich nämlich das Kreuzverhör zu diesem Thema, und zwar in Gegenwart der Geschworenen.« Larren schaut aus majestätischer Höhe auf Stern herab. In diesem kritischen Moment, da man sie auf schlüpfrigem Terrain erwischt, kneifen die meisten Strafverteidiger und ziehen ihre Frage zurück.

Stern sagt bloß: »Ich habe verstanden, Euer Ehren. Wir sind bereit, die erforderlichen Beweise zu gegebener Zeit vorzulegen.«

»Also schön, dann können wir ja fortfahren.«

Wir kehren in den Gerichtssaal zurück.

»Was zum Teufel hat er vor?« frage ich Kemp, als wir wieder am Verteidigertisch Platz genommen haben. Jamie schüttelt nur den Kopf. Sandy hat ihn ebensowenig ins Vertrauen gezogen wie mich.

Stern handelt Nicos Rausschmiß sehr schnell ab und wendet sich Belangloserem zu. Auf gut Glück greift er ein paar eher nebensächliche Punkte heraus, dann kommt er zu einer kurzen Beratung mit Kemp und mir an unseren Tisch.

»Gleich haben wir's geschafft«, flüstert er. »Ich muß nur noch eine Sache abklären. Liegt bei Ihnen noch was vor?«

Ich frage ihn, wozu er eben draußen im Vorraum diese Show abgezogen hat, doch er legt mir nur beruhigend die Hand auf die Schulter. Darüber würden wir uns später unterhalten. Kemp erklärt, er habe keine weiteren Fragen notiert, und Stern wendet sich wieder dem Zeugenstand zu.

»Nur ein paar Fragen noch, Mr. Horgan. Sie haben wirklich sehr viel Geduld bewiesen, besten Dank. Mr. Horgan, wir sprachen doch vorhin über einen Fall, den Sie Mrs. Polhemus übertrugen – einen sehr heiklen Fall. Erinnern Sie sich an diesen Teil unseres Gesprächs?«

»Ich glaube, daran werde ich mich noch eine ganze Weile erinnern«, sagt Raymond, aber er lächelt dabei.

»War Ihnen bekannt, Mr. Horgan, daß Mr. Molto in den fraglichen Fall verwickelt war?«

Nico ist als erster aufgesprungen und brüllt entrüstet los. Larren

läßt seinem Ärger über Stern diesmal vor den Geschworenen freien Lauf.
»Sir, ich habe Sie vor Nachforschungen auf diesem Sektor gewarnt!«
»Euer Ehren, die Frage ist unerläßlich für den Beweis dessen, was die Verteidigung soeben draußen im Vorraum zur Sprache brachte.« Er meint die Theorie von der eventuellen Intrige gegen mich. Stern drückt sich so verklausuliert aus, um den Inhalt unserer Beratung draußen vor den Geschworenen geheimzuhalten. »Ich muß dem Gericht mitteilen, daß wir die feste Absicht haben, den Fall dieser ominösen Akte gemeinsam mit der Jury weiterzuverfolgen und zu gegebener Zeit entsprechendes Material nachzuliefern. Hier liegt nämlich der Beweis, von dem ich draußen gesprochen habe.«
»Im Augenblick«, sagt der Richter gereizt, »haben wir genug gehört.«
»Nur zwei Fragen noch, Euer Ehren.« Ehe Larren ihm seine Bitte verweigern kann, hat Sandy sich schon wieder an Horgan gewandt. »Hat Mr. Molto Sie je nach dieser B-Akte gefragt?«
»Soweit ich mich erinnern kann, ja. Nachdem ich mein Amt niedergelegt hatte, ist er alles durchgegangen, was Rusty – Mr. Sabich – im Fall Polhemus zusammengetragen hatte.«
»Und so kam Mr. Molto auch an die B-Akte?«
»Richtig.«
»Und wissen Sie, ob und wenn ja, welche Ermittlungen er wegen der in dieser Akte enthaltenen Beschuldigungen anstellte?«
»Nein, das weiß ich nicht.«
»Ich werde darauf antworten.« Nico ist aufgesprungen. Er kocht vor Wut. Sein Gesicht ist gerötet, die Augen sind weit aufgerissen. »Mr. Molto hat gar nichts unternommen. Er war nicht so dumm, auf Rusty Sabichs Finten reinzufallen.« Ein solcher Ausbruch in Gegenwart der Geschworenen würde normalerweise vom Richter scharf gerügt. Aber Larren hatte Stern ja bereits draußen eine geharnischte Entgegnung Della Guardias in Aussicht gestellt, und diese Chance hat Nico nun gründlich genutzt. Sicher haben er und Molto sich auf dem Rückweg in den Saal abgesprochen und vereinbart, daß Nico in Gegen-

wart der Jury eine flammende Verteidigungsrede zugunsten Moltos halten solle. Stern versucht gar nicht erst, Einspruch geltend zu machen. Statt dessen wendet er sich langsam um und schaut Molto ins Gesicht.

»Mr. Della Guardia«, sagt er, »vielleicht werden wir bald alle einiges mehr über Finten erfahren.« Er macht eine Kunstpause. »Und über Sündenböcke.«

Das sind Sterns letzte Worte im Kreuzverhör mit Raymond.

Larren vertagt auf die kommende Woche. Am Freitag muß er über Anträge im Vorfeld anderer Prozesse entscheiden. Ich warte darauf, daß Stern mir seine neue Taktik erklärt, aber er sortiert ungerührt seine Papiere. Raymond kommt kurz an unseren Tisch und schüttelt Sandy die Hand, ehe er den Saal verläßt. Um mich macht er einen großen Bogen.

Endlich wendet Stern sich mir zu. Er wischt sich mit dem Taschentuch übers Gesicht. Ganz locker wirkt er dabei. Wenn man von dem letzten kurzen Wortwechsel absieht, ist das Kreuzverhör mit Horgan unerwartet gut gelaufen.

Ich bin freilich zu aufgeregt, um ihm zu gratulieren. »Was ist passiert? Haben Sie mir nicht ausdrücklich erklärt, wir würden uns nicht mit einer Gegenklage in die Schußlinie bringen?«

»Jetzt habe ich meine Meinung eben geändert, Rusty.«

»Und warum?«

Stern schenkt mir sein südländisches Lächeln: Die Welt ist voller Geheimnisse. »Rein aus Instinkt, mein Lieber.«

»Und welche Beweise wollen wir vorlegen?«

»Also was das angeht...« Sandy ist ein ganzes Stück kleiner als ich, zu klein, als daß er mir bequem den Arm um die Schulter legen könnte. Also wählt er eine weniger anstrengende vertrauliche Geste und faßt mich am Revers. »Diese Sorge werde ich vorläufig Ihnen überlassen müssen«, sagt er, kehrt sich um und geht.

30

Abends sage ich, ich sei groggy, und lasse Stern und Kemp schon früh allein. In Wirklichkeit aber habe ich eine Verabredung. Ich rief gleich nach der Verhandlung an, und nun wartet Lionel Kenneally wie versprochen in einer Kneipe in seinem Revier. Six Brothers heißt der Schuppen. Der Taxifahrer schaut mich ganz komisch an, als er mich absetzt. Es ist nicht so, als gäbe es keine Weißen in der Gegend. Ein paar sture Familien halten schon noch neben den Puertoricanern und Schwarzen aus, aber die tragen weder Kreidestreifenanzüge noch Aktenkoffer. Ihre ebenerdigen Häuschen mit den verrotteten Schindeldächern ducken sich zwischen Lagerhäusern und Werkshallen, die sich im Viertel breitgemacht haben. Gegenüber liegt eine Wurstfabrik, und die Luft ist schwer von Knoblauch- und Würzgeruch. Die Kneipe sieht aus wie alle hier draußen: ein tristes Lokal mit Kunststofftischen, Linoleumboden und angestrahlten Spiegeln. Über der Bar dreht sich eine Neonreklame und wirft unheimliche Schatten an die Decke.

Kenneally wartet gar nicht erst, bis ich näher komme, sondern steht auf, sowie ich die Wirtschaft betrete, und geht mir voran in ein kleines Hinterzimmer mit vier Tischen. Hier, sagt er, seien wir ungestört.

»Also was soll der ganze Scheiß?« Er lächelt, doch sein Ton ist nicht eben freundlich. Ich habe den Commander dazu verleitet, sich mit einem Angeklagten zu treffen, mit dem Feind der Staatsanwaltschaft, einem Mordverdächtigen. Außerdem sollte ein höherer Polizeibeamter sich nicht in einem Schuppen wie diesem sehen lassen.

»Wirklich nett von Ihnen, daß Sie gekommen sind, Lionel.«

Er winkt ab. Ich soll möglichst schnell zur Sache kommen. Eine Frau steckt den Kopf zur Tür herein. Zuerst sage ich, daß ich nichts trinken möchte, doch dann überlege ich es mir anders und bestelle einen Whisky on the rocks. Lionel hat bereits ein Glas in der Hand.

»Ich muß Ihnen ein paar Fragen stellen. Das hätte ich schon tun sollen, als ich damals im April zu Ihnen aufs Revier kam.«

»Worüber?«

»Über das, was vor acht Jahren in der Abteilung Nord gelaufen ist.«
»Und zwar?« Seine Augen werden schmal. Er will sich nicht aufs Glatteis führen lassen.
»Hat da jemand Geld genommen?«
Kenneally kippt seinen Whisky in einem Zug hinunter. Er denkt nach.
»Sie wissen doch, daß ich hier mit Ihnen meinen Arsch riskier'?«
»Ich habe die Unterlagen gesehen.«
Er schaut mich an. »Was ist los? Gehn Sie baden mit Ihrem Fall?«
Ich sage ihm die Wahrheit. »Das glaub' ich nicht. Stern ist ein Zauberer. Drei von den Geschworenen hat er schon soweit, daß sie ihn am liebsten zum Essen einladen möchten, das kann ich denen vom Gesicht ablesen. Er hat Horgan heute ganz schön zum Schwitzen gebracht.«
»Die auf'm Revier sagen, Nico hat sauschlechte Karten. Die sagen, er wär' zu früh losgeprescht, weil Molto ihn angetrieben hat. Die sagen, wenn er Grips im Kopf hätte, dann hätte er Sie in ein Büro mit 'nem Abhörgerät gesteckt, zusammen mit einem, dem Sie vertrauen, statt daß er sich von Mac hat rumkriegen lassen, Ihnen alles brühwarm auf die Nase zu binden.«
Ich merke, daß ihn nicht der Alkohol so in Wallung gebracht hat, sondern blanke Wut. Lionel Kenneally ist stinksauer. Er hat genug über diesen Fall gehört, um zu begreifen, daß ihm passiert ist, was bei ihm nicht oft vorkommt: Er hat die Lage falsch beurteilt. »Was mich angeht, ich glaube, Sie können sich trotzdem noch das Genick brechen. Sie Herzchen haben mir, als Sie damals bei mir auf'm Revier waren, keinen Ton davon gesagt, daß Sie an Carolyns Gläsern rumgefummelt haben.«
»Möchten Sie, daß ich Ihnen sage, ich habe sie nicht umgebracht?«
»Genau das will ich, Sie Scheißkerl!«
»Ich hab' sie nicht umgebracht.«
Kenneally funkelt mich aus starren, lauernden Augen an. Ich weiß, daß ich zu kalkuliert und bedächtig gesprochen habe, um ihn wirklich zu überzeugen.

»Sie sind ein ganz schön abgefuckter Macker, Mann«, sagt er. Die Kellnerin, sie trägt eins von diesen gesmokten Tops, die den Brustansatz sehen lassen, kommt mit meinem Drink. Sie stellt auch gleich ein neues Glas für Lionel hin.

»Wissen Sie«, sage ich zu Kenneally und nehme einen Schluck, »das ist was bei mir, das hab' ich selber nie ganz kapiert. Ich mein', meine alte Dame war genauso irre wie die Weiber, die mit ihren Plastiktüten im Park rumziehen, und mein alter Herr hat sich im Zweiten Weltkrieg die meiste Zeit von toten Pferden ernährt, was ganz schön aufs Hirn geht, das können Sie mir glauben. Alles in meinem Leben war irre. Aber bis das hier passiert ist, da dacht' ich wirklich, ich sei ein Musterknabe. Das wollte ich sein, und dafür hab' ich mich gehalten. Ehrlich, ich dachte, ich wär' Beaver Cleaver oder wie immer der nette Junge von nebenan heutzutage heißt. Ganz ehrlich. Und so ungefähr das einzige, was mir diese Scheißstory bisher gebracht hat, ist das, was Sie gerade zu mir gesagt haben. Wie Sie mich eben 'nen abgefuckten Macker nannten, da hab' ich die kleine Melodie gehört, die immer in meiner Brust losgeigt, wenn mir einer, und wär' er auch halb blau, die Wahrheit sagt. Also danke ich Ihnen.«

Ich stoße mit ihm an, habe jedoch nicht den Eindruck, daß diese Masche Lionel besonders gefallen hat. Er beobachtet mich eine Minute lang.

»Warum sind Sie hergekommen, Rusty?«

»Das habe ich Ihnen doch schon gesagt. Beantworten Sie mir nur die eine Frage!«

Kenneally seufzt. »Sie können einen ganz schön nerven, Mann. Aber wirklich bloß die eine Frage, klar? Und es bleibt alles unter uns. Daß Sie mir ja die Schnauze halten! Ich will kein Gesülze hören von wegen Ihre verfassungsmäßigen Rechte und so'n Scheiß. Kein Mensch kriegt mich dazu, gegen den Staatsanwalt auszusagen. Wenn Sie in die Richtung was drehen wollen, dann wird bald alle Welt denken, Sie hätten hier und heute ein Geständnis abgelegt, ist das klar?«

»Abgemacht.«

»Schön, dann sollen Sie Ihre Antwort haben: Ich weiß es nicht genau. Vielleicht hab' ich was läuten hören, klar? Aber ich hatte nichts damit zu tun. Kapiern Sie? Hier geht's um die Zeit, bevor Felske sich in die Scheiße gesetzt hat.« Felske war einer von den Leuten, die früher für arme Schlucker die Kaution stellten – gegen saftige Prozente, versteht sich. Er hatte ein paar Polizisten auf seiner Gehaltsliste, die ihm Kunden zuschanzten. Als das Kautionsgesetz reformiert wurde, gingen Felske und seine Cops dazu über, die Hilfe der Polizisten zu verkaufen. Manchmal brachten sie einen Zeugen dazu, daß er nicht zur Verhandlung erschien. Mitunter vergaßen Felskes Cops auch das eine oder andere, wenn sie selbst mal vor Gericht aussagen mußten. Eines Tages aber trat Felske mit einem solchen Vorschlag an einen Typen ran, der eine Wanze unterm Revers hatte. Der Mann, ein gewisser Grubb, schaltete das FBI ein, und Felske und drei Polizeibeamte mußten daran glauben. Das war vor fünf Jahren. »Bis dahin ging's bei uns ziemlich locker zu.«

»War Tommy Molto einer von denen, über die Sie was gehört haben?«

»Ich dachte, Sie hätten gesagt: *eine* Frage.«

»Schon, aber die hat ein paar Zusätze.«

Kenneally lächelt nicht. Er schaut in sein Glas. »In dem Job lernt einer schnell, daß er besser dran tut, niemals ›nie‹ zu sagen.« Jetzt lacht er. »Man kann schließlich in keinen reingucken, stimmt's?« Er lacht wieder. Er ist immer noch wütend auf sich. Wider bessere Einsicht hat er diesem Treffen mit mir zugestimmt. »Aber Molto – ausgeschlossen. Wo der doch von diesem Scheißpriesterseminar kommt. Der würde seinen Rosenkranz mit ins Gericht bringen. Auf keinen Fall würde der linksrum was einsacken.«

»Und Carolyn? Steckte die irgendwie in der Sache mit drin?«

Er schüttelt den Kopf. Aber er sagt nicht nein. Er verweigert die Antwort.

»Hören Sie, ich bin Ihnen nichts schuldig, Rusty, klar? Ich hab' gemeint, Sie machen Ihren Job wie'n echter Profi. Sie sind hier rausgekommen, als die Leute in den feinen Vierteln noch nicht mal wußten, daß es Banden gibt, und Sie haben mächtig geschuftet. Das rechne ich Ihnen hoch an. Was Sie sonst noch gemacht haben, ist Ihre Sache. Aber setzen Sie mir keine

Daumenschrauben an, ist das klar? Hier draußen sind 'n paar Jungs, denen schulde ich was. Sie gehören nicht dazu.«
Loyalität unter Polizisten. Kenneally würde keinen Kumpel verpfeifen, und wenn der seine eigene Großmutter umgebracht hätte. Er nimmt einen Schluck und sieht zur Tür.
»Hatte Carolyn was mit Molto? Sie wissen schon, was ich meine.«
»Molto! Mann, ist das ein Komplex bei Ihnen, oder was? Der Typ ist 'ne komische Nummer, wie alle anderen auch.«
»Sagen wir einfach, er ist meine letzte Chance.«
»Was soll der Scheiß?«
Ich winke ab.
»Also, ich kann mir nicht vorstellen, daß der Typ auch bloß auf zehn Schritt an die Polhemus rangekommen ist. Sie kennen ihn doch. Ziemlicher Lahmarsch, oder? Die zwei waren befreundet, das ist alles. Kumpel. Manchmal hat sie was für ihn geradegebügelt.« Kenneally nimmt noch einen Schluck. »Mit ihm hat sie jedenfalls nicht gevögelt.«
»Mit wem dann?«
»Schluß jetzt«, sagt er. »Sie haben schon genug aus mir rausgequetscht.«
»Lionel.« Ich will wirklich nicht betteln. Er schaut mich nicht mal an. »Hier geht's nicht um Klatsch, Mann Gottes, sondern um mein verdammtes Leben.«
»Mit dem Nigger.«
»Wie?«
»Sie hat mit dem Nigger geschlafen.«
Ich kapiere nicht gleich, doch dann klingelt es: »Larren?«
»Sie waren doch in der Abteilung Nord. Da müssen Sie doch wissen, wie es zuging. Als würden alle im selben Raum arbeiten. Drei Türen, und alle gingen ins selbe Büro. Referendar. Staatsanwalt. Nick Costello hat die Personalien von den Kollegen aufgenommen, die als Zeugen zu uns rauskamen. Er hatte draußen 'nen Schreibtisch. Ins Zimmer vom Richter ging's auch da rein. Wenn der mittags aus der Sitzung kam, scharwenzelte sie gleich zu ihm rein. Die zwei haben kein Geheimnis draus gemacht. Scheiße! Halb und halb hab' ich's Ihnen doch schon gesteckt, als Sie letztes Mal draußen waren. Wissen Sie's

nicht mehr? Ich hab' Ihnen gesagt, daß die sich nach oben gebumst hat und daß ich nicht verstehn konnte, wieso Horgan sie genommen hat. *Der* hat ihr den Job verschafft, Mann: Ihr alter Freund, der Nigger-Richter, dieses Arschloch. Er und Horgan haben irgendwas zusammen gemauschelt.«

»Sie waren Partner in derselben Kanzlei«, sage ich. »Ist schon etliche Jährchen her.«

»Typisch!« Lionel schüttelt angewidert den Kopf.

»Und Sie wollen mir nicht sagen, ob Carolyn Dreck am Stecken hatte?«

Er hebt abwehrend die Hand. »Ich hau' jetzt ab«, sagt er. Doch nach einer Weile fügt er hinzu: »Ich hab' ja gesagt, manchmal hat sie was ausgebügelt. Molto und der Richter, die konnten nicht gut miteinander. Vielleicht haben Sie ein paar von den Geschichten damals gehört.«

»Etliche.«

»Also, die Polhemus, die hatte damals bei allen 'nen Stein im Brett. Die kleine Referendarin. Mal hat sie den Richter gebremst. Mal hat sie Molto dazu gebracht, daß er ein bißchen zurückschaltete. Vielleicht hat Molto sie tatsächlich angehimmelt. Vielleicht witterte er deshalb immer ein Haar in der Suppe, wenn er reinmußte zum Richter. Was weiß ich? Wer kann schon in die Leute reinschaun?«

Mir ist klar, daß ich jetzt alles gehört habe, was Kenneally mir zu erzählen bereit ist. Diese letzte Information war entschieden schon eine Zugabe, ein Almosen gewissermaßen.

Ich nehme meinen Aktenkoffer und lege das Geld für die Drinks auf den Tisch.

»Sie sind in Ordnung, Kenneally.«

»Ich bin ein blöder Arsch, das bin ich. Die halbe Stadt wird morgen darüber reden, daß wir uns hier getroffen haben. Was soll ich den Jungs erzählen, worüber wir gesprochen haben?«

»Ist mir scheißegal. Sagen Sie, was Sie wollen. Von mir aus die Wahrheit. Molto weiß inzwischen sowieso, wonach ich suche. Vielleicht hat mir das den ganzen Mist überhaupt eingebrockt.«

»Das glauben Sie doch selber nicht.«

»Ich weiß nicht. Irgendwas ist faul.«

31

Wir arbeiten das Wochenende durch. Samstag und Sonntag. Mir obliegt es, die Verteidigung auf die Phase nach dem Schlußplädoyer der Anklage vorzubereiten, wenn meine Anwälte Freispruch beantragen werden – und zwar in einem routinemäßigen Appell an den Richter, den Prozeß zu beenden, mit der Begründung, daß die Beweise für eine Verurteilung durch die Geschworenen nicht ausreichen. Solche Anträge sind in der Regel zwecklos. Denn indem der Richter über einen solchen Freispruch befindet, ist er gehalten, das Beweismaterial ausschließlich zugunsten des Staatsanwalts abzuwägen. In unserem Fall bedeutet das zum Beispiel, Richter Lyttle wird Eugenias Aussage akzeptieren müssen bis hin zu ihren Tricks. Wenn aber ein Richter die Geschworenen anweist, einen Freispruch zu fällen, dann kann der Staatsanwalt gegen diese Entscheidung keine Rechtsmittel einlegen. Folglich nutzen manche Richter – Larren allen voran – diese Klausel, um ein ihnen genehmes Urteil durchzudrücken. Darum will Stern, auch wenn unsere Aussichten nicht gerade rosig sind, sein Plädoyer so eindrucksvoll wie irgend möglich gestalten. Meine Aufgabe ist es, Präzedenzfälle herauszusuchen, in denen ein Prozeß niedergeschlagen wurde, weil die Anklage nur Indizien vorweisen konnte, aber kein Motiv. Ich hocke fast den ganzen Samstag in der Bibliothek.

Am Sonntagmorgen treffen wir uns, um die Strategie festzulegen. Sandy will sich, was den Aufbau seiner Verteidigung angeht, noch immer nicht in die Karten sehen lassen. Er sagt nicht, welche Zeugen er hören will, und erwähnt auch mit keinem Wort eine Aussage meinerseits. Statt dessen analysieren wir die Trümpfe, die der Anklage noch bleiben. Lipranzer soll am Montag aussagen. Die Staatsanwaltschaft wird jetzt mehr Tempo vorlegen. Sie wird ihr Tatsachenmaterial auffahren: die Telefonprotokolle, die Teppichfasern, die Fingerabdrücke, vorausgesetzt, sie finden das Glas. Die Hausangestellte, die glaubt, mich im Bus gesehen zu haben, wird als Zeugin vernommen werden – und natürlich Kumagai.

Stern betont wieder, was er mir schon neulich beim Mittagessen klargemacht hat: Wie wichtig es für uns sei, Kumagais Glaubwürdigkeit zu erschüttern. Wenn uns das nicht gelingt, werden die Ankläger ungeheuer an Boden gewinnen; das wiederum könnte Sandy zwingen, die Taktik unserer Verteidigung zu ändern. Das ist einer der Gründe dafür, daß Stern sich noch nicht auf Einzelheiten festlegen will. Zu dritt zerbrechen wir uns den Kopf darüber, wie wir Kumagai angreifen könnten. Stern hat ihn schon mehrmals im Zeugenstand erlebt, und er teilt die allgemeine Auffassung, daß Kumagai ein schräger Vogel sei. Er ist nicht der Typ, zu dem die Geschworenen leicht Vertrauen fassen werden. Es kursieren ein paar alte Geschichten über ihn, die ich Stern und Kemp erzähle. Schließlich erwähne ich noch, daß es uns vielleicht weiterhelfen könnte, Kumagais Personalakte im Präsidium einzusehen, auf den Verdacht hin, daß wir auf Beschwerden über seine bisherigen Leistungen stoßen.

»Ausgezeichnet!« sagt Stern. »Wie phantastisch, einen Staatsanwalt auf unserer Seite zu haben!« Er beauftragt Jamie, Kumagais Akte sowie die Protokolle der Gerichtsmedizin anzufordern, damit wir prüfen können, mit welchen Fällen Painless Kumagai im April sonst noch befaßt war. Die meisten unserer Anträge auf Vorlage von Dokumenten und Aktenmaterial haben wir noch nicht eingereicht, weil nämlich viele der dafür zuständigen Deputys die schlechte Angewohnheit haben, die Staatsanwaltschaft darüber zu informieren, und so den Anklägern Gelegenheit geben, die mühsam erbrachten Beweise anzufechten oder, was noch schlimmer ist, sie für ihre Zwecke auszuschlachten, falls das Material in ihr Konzept paßt. Aber jetzt, nachdem die Staatsanwaltschaft ihre Präsentation fast abgeschlossen hat, sollten wir nicht länger zögern. Jamie sieht seine Aufzeichnungen durch, um sich zu vergewissern, daß wir auch keinen Antrag vergessen haben. Dann entwirft er Vorladungen für Carolyns Ärzte, deren Namen ich in dem Notizbuch in ihrer Wohnung gefunden habe.

»Und Sie wollten sich an die Telefongesellschaft wenden«, sagt Kemp zu mir, »damit wir deren Computerdaten mit den fotokopierten Listen vergleichen können, nach denen angeblich all diese Gespräche von Ihrem Privatanschluß mit Mrs. Polhemus geführt wurden.«

»Das können wir uns sparen«, sage ich rasch. Ich schaue nicht auf, aber ich spüre förmlich, wie Kemps verdutzter Blick auf mir ruht.

Doch Stern geht ganz gelassen zum nächsten Punkt über: »Da, wo es nicht ergiebig scheint, Fragen aufzuwerfen, sollten wir vielleicht eine Parteienübereinkunft ins Auge fassen«, meint Sandy. Eine solche Abmachung zwischen Anklage und Verteidigung sieht vor, daß anstelle eines persönlich vor Gericht erscheinenden Zeugen dessen schriftliche Erklärung vorgetragen wird. Während Stern laut über diese Möglichkeit nachdenkt, gelangt er zu der Überzeugung, daß dies in der Tat die sinnvollste Methode sei. Wir werden schriftliche Zeugnisse nicht nur von der Telefongesellschaft akzeptieren, sondern auch von Haar & Faser und der Gerichtsmedizin. Dadurch können wir die Zeit verkürzen, in der die gegen mich vorgebrachten Beweise den Geschworenen präsentiert werden. Della Guardia braucht nicht auf diesen Vorschlag einzugehen, aber es ist immer eine Wohltat, wenn er seine Zeugen nicht dem Kreuzverhör der Verteidigung aussetzen muß.

Als diese Entscheidungen getroffen sind, ziehen Kemp und ich uns in die Bibliothek zurück, einen zentral gelegenen Konferenzraum in Sterns Bürosuite, dessen Wände von der Decke bis zum Fußboden mit Bücherregalen aus dunkler Eiche bedeckt sind, in denen sich Gesetzestexte und Urteilssammlungen stapeln. Ich arbeite an einem Tisch, Kemp an einem anderen. Nach ein paar Minuten merke ich, daß Jamie mich beobachtet, aber ich blicke nicht auf.

»Ich kapier' das einfach nicht«, sagt er schließlich laut. »Sie sagten doch, mit diesen Telefonprotokollen, da stimmt was nicht.«

»Jamie, lassen Sie's gut sein. Ich hab' es mir inzwischen überlegt.«

»Sie haben gesagt, wir sollten prüfen, ob man diese Listen nicht frisiert hat.«

Sein Blick läßt mich nicht los, aber ich lese keinen Zorn darin. Jamie scheint eher gekränkt. Quentin Kemp, in seinen Cowboystiefeln und dem sportlichen Tweedjacket, wirkt auf einmal sehr jung und hilflos – ein ungewohnter Anblick. Er hält sich für viel zu smart, als daß ihn jemand täuschen könnte.

»Jamie, ich geb's ja zu, ich hab' das gesagt. Unter den Umständen ... Sie verstehen.«

Aber mir ist klar, daß er ganz und gar nicht versteht. Er quält mich, wie er mich ansieht, wissend, daß er mir jetzt nicht mehr glauben kann. Ich klappe meinen Block zu und ziehe den Mantel an. Sandy ist noch in seinem Büro, als ich reinschaue, um ihm zu sagen, daß ich für heute Schluß mache. Er studiert die umfangreichen Gutachten, die Nico im Gegenzug zu unseren Anträgen vorgelegt hat. Spektrogramme. Diagramme. Ein ausführlicher Autopsiebefund. Stern trägt Freizeitkleidung, einen sportlichen Pullover und eine Cordhose, und er wirkt ganz entspannt, wie er da unter dem grünen Glasschirm einer Leselampe sitzt und seine geliebte Zigarre raucht.

Am Montagmorgen ist Lipranzer als erster Zeuge geladen. Nico paßt auf wie ein Schießhund, damit ich nicht in seine Nähe komme. Die Ankläger gehen mit Lip im Korridor auf und ab, bis Ernestine die Sitzung einberuft. Lipranzer trägt einen Anzug, was er sehr ungern tut, aber auch in dieser Aufmachung sieht er immer noch mehr einem Häftling ähnlich als einem Polizisten. Der Anzug ist wirklich eine Katastrophe, ein schlabbrig sitzendes, großkariertes Ungetüm. Lip hat seine Tolle heute mit besonders viel Gel angeklatscht. Schließlich trifft es sich, daß ich ihm die Tür aufhalte, als er den Saal betritt, und obwohl Nico und Glendenning ihn in die Mitte genommen haben, zwinkert Lip mir zu und grüßt mit einer Geste der Hand. Sein bloßer Anblick gibt mir neuen Mut.

Nico faßt Lipranzer genau richtig an. Das ist bisher seine beste Vernehmung. Er ist sachlich und kommt zügig vorwärts. Er weiß, daß er in Lip keinen Freund hat. Der Zeuge wird die Wahrheit sagen, aber ganz im Gegensatz zu Horgan wartet er nur auf eine Chance, um Nico aufs Kreuz zu legen. Doch Delay ist so vorsichtig, daß Lip dazu wahrscheinlich keine Gelegenheit haben wird. Delay weiß, wenn er sich an die Spielregeln hält, kann er das gleiche von Lip erwarten. Beide sind auf der Hut und fassen sich kurz.

»Hat Mr. Sabich Ihnen je erzählt, daß er ein Verhältnis mit Carolyn Polhemus hatte?«

»Einspruch!«
»Aus dem gleichen Grund wie bei Mr. Horgan, Herr Verteidiger?«
»Allerdings.«
»Einspruch abgelehnt. Meine Damen und Herren, ich bin sicher, Sie wissen noch, was ich Ihnen letzte Woche über Fragen sagte, die sich auf Vermutungen stützen. Wenn Mr. Della Guardia etwas fragt oder behauptet, ist das noch lange keine Tatsache. Fahren Sie fort, Herr Staatsanwalt!«
Ich war gespannt, wie Lip diese Frage beantworten wird, aber er sagt einfach: »Nein.« Nico hat nicht gefragt, ob ich angedeutet hätte, daß ein solches Verhältnis bestünde, oder ob Lip stillschweigend Bescheid gewußt habe, eine Frage, die Della Guardia im übrigen so gar nicht stellen dürfte. Er hat gefragt, ob ich Lip von meinem Verhältnis erzählt habe, und Lipranzer hat darauf korrekt geantwortet. Eingeengt durch die Formalitäten des Beweisrechts, kann ein Prozeßanwalt in unseren Gerichten oft nur die Hälfte der Wahrheit ans Licht holen, die ansonsten allgemein bekannt ist.
Knapp und forsch bringt Nico heraus, daß ich Lip angewiesen habe, die Liste meiner Privattelefonate nicht anzufordern. Und er entlockt Lipranzer ebenfalls, wann und wie oft er mich daran erinnern mußte, die Fingerabdrücke, die auf dem Glas und anderswo in Carolyns Wohnung sichergestellt wurden, analysieren zu lassen. Aber in dem Dialog der beiden schwingt unterschwellig eine merkwürdige Strömung mit. Ich bin sicher, die Jury spürt, daß hier irgend etwas nicht stimmt. Und Nico ist geschickt genug, sie gegen Ende merken zu lassen, was dahintersteckt. Als er sich alle brauchbaren Informationen verschafft hat, nimmt er Lipranzer in die Zange, um den Geschworenen zu zeigen, daß der Zeuge voreingenommen ist. Er erkundigt sich nach den Fällen, die Lip und ich zusammen bearbeitet haben.
»Könnte man sagen, daß Sie beide inzwischen eine Art eingespieltes Team geworden sind?«
»Ja, Sir.«
»Und hat sich aus dieser engen Zusammenarbeit auch eine private Freundschaft entwickelt?«

»Zweifellos.«
»Eine enge Freundschaft?«
Lips Blick streift kurz zu mir herüber. »Ich denke, schon.«
»Sie vertrauen Mr. Sabich?«
»Jawohl.«
»Und das weiß er auch?«
Stern erhebt Einspruch: Lip kann sich nicht dazu äußern, was ich weiß oder nicht weiß, also ist es eine Suggestivfrage. Der Zeuge hat unsere Beziehung bereits beschrieben. Larren gibt dem Einspruch statt.
»Also, dann lassen Sie mich meine Frage so formulieren: Waren Sie ursprünglich für den Fall Polhemus eingesetzt?«
»Nein, Sir.«
»Wer war dann anfangs der zuständige Ermittlungsbeamte?«
»Harold Greer, ein Detective aus dem achtzehnten Bezirk, wo das Verbrechen geschah.«
»Ist er ein fähiger Polizist?«
»Wollen Sie meine Meinung hören, Sir?«
Nico laviert vorsichtig, sowohl um Sterns Einspruch zuvorzukommen, als auch um sich nicht von Lip austricksen zu lassen.
»Hat Mr. Sabich Ihnen gegenüber je Vorbehalte hinsichtlich der Fähigkeiten von Harold Greer geäußert?«
»Nein, Sir. Alle, die ich kenne, halten Harold Greer für einen Eins-A-Polizisten.«
»Ich danke Ihnen.« Lächelnd genießt Nico diesen unverhofften Bonus. »Und wer hat Ihres Wissens beschlossen, den Fall Polhemus dem Sonderdezernat zu unterstellen und Ihnen die Ermittlungen zu übertragen, Detective Lipranzer?«
»Mr. Sabich hat mich angefordert, wenn es das ist, was Sie meinen, Sir. Er hatte Mr. Horgans Einverständnis.«
»Detective Lipranzer, hat der Angeklagte Ihres Wissens noch mit einem anderen Polizisten engeren persönlichen Kontakt?«
Lip hebt die Schultern. »Nicht daß ich wüßte.«
Nico geht im Saal auf und ab. »Man könnte also sagen, Detective, daß Sie unter allen Polizeibeamten der Stadt am wenigsten geneigt wären, Mr. Sabich des Mordes zu verdächtigen, ist es nicht so?«
Die Frage könnte man ohne weiteres beanstanden. Stern macht

sich auch schon bereit, bleibt aber dann, die Hand auf der Stuhllehne, sitzen. Diesmal kann ich ihn verstehen. Er hat gesehen, wie Lip zögerte, und weiß, daß Nico mit dieser improvisierten Frage seinen ersten Fehler gemacht hat. Er hat Lipranzer Gelegenheit gegeben, ihm eins auszuwischen.
»So was würde ich nie glauben«, sagt Lip schlicht. »Niemals.«
Genau richtig. Das wird den Geschworenen zu denken geben. Lip geht nicht soweit, Nico bloßzustellen, aber er hat die Chance genutzt, seine Gefühle kundzutun.
Sandy erhebt sich zum Kreuzverhör. Nico hat bei seiner Vernehmung die Tür zu einer Art Liste der Erfolge geöffnet, die Lip und ich gemeinsam verbuchen konnten. Damit läßt sich erklären, warum ich ihn für die Ermittlungen im Mordfall Polhemus angefordert habe. Stern hakt unsere gemeinsamen Triumphe einen nach dem anderen ab.
»Und außerdem«, sagt Sandy, als er damit durch ist, »haben Sie und Mr. Sabich neben der Untersuchung dieses Mordfalls auch noch in einer anderen Sache ermittelt, nicht wahr?«
Lip schaut ihn verdutzt an.
»War da nicht eine Akte, die Mr. Horgan in seinem Schreibtisch verwahrte ...«
Weiter kommt Stern nicht, denn Nico ist aufgesprungen und protestiert wild gestikulierend.
Larren greift nach seinem Hammer und zeigt mit ihm auf Stern. »Herr Verteidiger, ich habe Ihnen schon zu oft sagen müssen, daß wir nichts mehr von dieser Akte hören wollen, solange die Zeugen der Anklage vernommen werden. Sie sind in dieser Sache schon zu weit gegangen, als Mr. Horgan hier seine Aussage machte. Ich werde eine solche Entgleisung kein zweites Mal dulden.«
»Euer Ehren, diese Akte ist für die Verteidigung von größter Wichtigkeit. Wir werden der Sache weiter nachgehen, wenn wir mit der Präsentation unserer Beweise an der Reihe sind.«
»Nun, wenn diese Akte für die Verteidigung so wichtig ist, dann können wir Detective Lipranzer zu gegebener Zeit noch einmal in den Zeugenstand bitten. Aber ich rate Ihnen, Sir, setzen Sie Ihre Befragung vorerst auf einem anderen Gebiet fort. Denn noch bin ich von Ihrer ominösen Akte längst nicht

so überzeugt, daß ich mir das Gerede darüber länger anhören werde. Habe ich mich klar ausgedrückt?«

Stern macht seine elegante kleine Verbeugung, neigt Kopf und Schultern und lächelt verbindlich. Sein Schnitzer ist mir unbegreiflich. Er hat in Gegenwart der Jury einen Verweis einstekken müssen, ein Rückschlag, der klar vorauszusehen war, und ich verstehe immer noch nicht, was er mit seiner Frage eigentlich erreichen wollte. Molto hat er mit der B-Akte doch bereits eingeschüchtert. Warum reitet er immer noch auf ihr herum? Die Geschworenen müssen jetzt einfach enttäuscht sein, besonders da er immer wieder Beweismaterial vorzulegen verspricht, das wir gar nicht haben. Der Brief, den ich in der Akte gefunden habe, ist anonym und daher vor Gericht als Beweis nicht zulässig. Ich verstehe nicht, welchen Sinn Sterns Bluff haben könnte, doch sooft ich das Thema zur Sprache bringen will, weicht er mir lässig aus. Er tut so, als sei dies alles nichts weiter als Effekthascherei – die ist vor Gericht unerläßlich, schon wegen der Jury.

Stern ist inzwischen wieder an den Tisch der Verteidigung zurückgekehrt. »Detective Lipranzer, der Herr Staatsanwalt hat Sie vorhin nach den Telefonprotokollen gefragt.« Sandy hält die Listen in die Höhe. »Wenn ich recht verstehe, waren Sie es, der Mr. Sabich darauf angesprochen hat, daß seine Privatnummer registriert sei?«

»Ja, Sir.«

»Er hat das also nicht von sich aus zur Sprache gebracht?«

»Nein.«

»Er hat Sie nicht schon vorab gebeten, seinen Anschluß nicht überprüfen zu lassen? Ist das richtig?«

»Absolut.«

»Hat er Sie nicht sogar zu Anfang darauf hingewiesen, daß Sie vielleicht Anrufe von Mrs. Polhemus auf einem seiner Apparate finden würden?«

»In seinem Büro, ja.«

»Er hat Sie nicht gebeten oder aufgefordert, aus diesem Grund auf Ihre Nachforschungen zu verzichten?!«

»Nein, Sir.«

Lip antwortet jetzt jedesmal mit besonderem Nachdruck. Stern demonstriert bewußt und gekonnt, was ein Anwalt im Kreuzverhör mit einem willigen Zeugen erreichen kann. Aber es läuft alles zu glatt, ganz ohne jeden Widerstand. Lip läßt Stern mehr oder weniger seine Aussagen vorformulieren. Geflissentlich pflichtet er Sterns Vermutung bei, daß er selbst darüber entschieden habe, meinen Privatanschluß nicht überprüfen zu lassen. Es schien ihm überflüssig; ich hätte mich nur seinem Vorschlag angeschlossen, mit einer Bemerkung, die Dutzende von Leuten in ähnlicher Situation machen, nämlich daß man solche überflüssigen Nachforschungen am besten vermeiden solle, da meine Frau sich nur aufregen würde. Sandy holt ein Papier von unserem Tisch, numeriert es und legt es Lipranzer zur Identifizierung vor. Es ist der erste Antrag an die Telefongesellschaft, der Staatsanwaltschaft Einsicht in ihre Protokolle zu gewähren.

»Welcher Staatsanwalt hat diesen Antrag gestellt?«

»Rusty. Mr. Sabich.«

»Ist das seine Unterschrift hier auf dem Deckblatt?«

»Ja.«

»Und enthält der Antrag irgendeine Ausnahmeklausel, wonach Mr. Sabichs Privatanschluß von der Überprüfung ausgenommen ist?«

»Nein.«

»Und wenn nun irgendwann jemand anderes die Aufstellung über Mr. Sabichs Privatgespräche überprüfen wollte, würde dieser selbe Antrag ihm die Möglichkeit dazu geben?«

»Ja.«

»Und war es also tatsächlich so – bitte beantworten Sie die Frage nur, wenn Sie sich ganz sicher sind –, daß Mr. Molto und Mr. Della Guardia, als sie die Protokolle einsehen wollten, *diesen* Antrag benutzten, um sie in die Hand zu bekommen, ist das richtig?«

»Ich denke, schon, Sir.«

»Und demnach wird Mr. Sabich hier aufgrund von Beweisen angeklagt, die er selbst angefordert hat, stimmt das?«

Der Saal ist in Aufruhr. Nico erhebt Einspruch. »Die reinste Polemik ist das!«

Larren schüttelt begütigend den Kopf.

»Mr. Della Guardia, Sie versuchen dem Gericht zu demonstrieren, daß Mr. Sabich die Ermittlungen behindert habe, womit Sie seine Schuld beweisen wollen. Dazu ist die Staatsanwaltschaft berechtigt, aber umgekehrt hat die Verteidigung das Recht zu versuchen, Ihre Beweise zu widerlegen. Einspruch abgelehnt.«

»Ich wiederhole«, sagt Sandy zu Lipranzer. »Mr. Sabich wird hier aufgrund von Beweisen angeklagt, die er selbst beigebracht hat.«

»Stimmt, Sir«, erwidert Lip, und eifrig wie ein Rekrut setzt er hinzu: »Mit den Fingerabdrücken war es genauso.«

»Ach richtig, die Fingerabdrücke.« Sandy hakt sofort nach. Es sei Sabich gewesen, der persönlich zur McGrath Hall ging, sich dort mit Mr. Balistrieri traf und verlangte, daß die Analyse möglichst rasch durchgeführt werde. Gewiß, Sabich habe alle Hände voll zu tun gehabt. Während Horgan im Wahlkampf stand, leitete er die Bezirksanwaltschaft; und doch war er es, der die Beweismittel bereitstellte, mit deren Hilfe man nun versucht, ihm ein Verbrechen anzuhängen. »Hat er Sie in Ihrer Arbeit behindert?« fragt Sandy zum Schluß.

Lip sitzt kerzengerade auf seinem Stuhl. »Nein.«

»Hat er Ihnen Steine in den Weg gelegt?«

»Davon hab' ich nichts bemerkt.«

»Detective, wenn ich nicht irre, haben Sie Mr. Della Guardia sogar gesagt, selbst wenn Sie von diesem Beweismaterial Kenntnis gehabt hätten, wäre Ihre Achtung und Sympathie für Rusty Sabich nach all den Jahren der Zusammenarbeit immer noch so groß, daß Sie nie auf den Verdacht kämen, geschweige denn glauben könnten, er habe diesen Mord begangen. Ist das richtig?«

Lip zögert, und eine Sekunde lang fürchte ich, daß Stern zu weit gegangen ist. Doch dann wird mir klar, daß Lip auf seine unbeholfene Art nur versucht, seinerseits einen dramatischen Effekt zu erzielen.

»Ja, niemals«, sagt er, und Stern setzt sich auf seinen Platz. Dabei lächelt er mir scheinbar verstohlen zu, eine Geste, die in Wahrheit für die Geschworenen bestimmt ist. Trotzdem habe ich zum erstenmal das Gefühl, daß die Jury mit Sterns Leistung nicht zufrieden ist. Diese Vernehmung war nicht überzeugend. Sandys *tour de force* erklärt immer noch nicht, warum ich Lipranzer nicht aus freien Stücken über meine Anrufe bei Carolyn informiert habe, besonders über das Telefonat in der Mordnacht. Sterns Kreuzverhör ergab weiterhin keinen Grund dafür, warum ich nicht mit Greer hätte arbeiten können, dessen Auftreten die Geschworenen gewiß weit mehr beeindruckt hat als Lipranzers. Und Sandy hat nicht aufgezeigt, welche Alternative mir statt des Besuchs bei Low Balistrieri offengestanden hätte, nachdem Lipranzer – von Horgan ganz zu schweigen – mir dauernd deswegen im Nacken gesessen hatte. Und diese letzte Aussage, so rührend der linkische Lip dabei auch wirkte, ist einfach Geschwafel, heiße Luft. Es ist undenkbar, daß irgend jemand nach Entdeckung der Telefonprotokolle und der Fingerabdrücke nicht schwankend geworden wäre. Der zweifelhafte Charakter dieses Kreuzverhörs entlarvt sich zudem durch die Folgsamkeit, mit der Lip sich Sterns Führung unterordnete. Es ist sonnenklar: Lipranzer ist mein Freund, bereit, sich von mir Sand in die Augen streuen zu lassen. Die Geschworenen werden das ganz bestimmt merken. So etwas habe ich schon immer befürchtet. Die Regel, daß sich gewisse Personen gegenseitig anziehen, andere abstoßen, gilt auch vor Gericht. Vor allem wegen seiner spürbaren Abneigung gegen den Staatsanwalt hat Dan Lipranzer mir mit seiner Zeugenaussage bisher am meisten geschadet.

Am Nachmittag geht es weiter bergab. Die Parteienübereinkunft ist erzielt, die schriftlichen Zeugenaussagen liegen vor und werden verlesen. Gleich nach Lipranzers Auftreten wirkt die Enthüllung der tatsächlichen Angaben der Telefonprotokolle vernichtend. Nico liest die Daten selbst vor. Er hat diese Jury endlich richtig taxiert. Das sind zwölf helle Köpfe, die nur Fakten hören wollen, ohne beschönigende Schnörkel. Nico spricht zurückhaltend, mit tonloser Stimme, und riskiert erst nach Verlesen des Textes einen heimlichen Blick, um zu sehen, wie sein Inhalt angekommen ist. Die Geschworenen haben ihm aufmerksam zugehört, und ich spüre die schwerwiegende Last ihrer Überlegungen. Mir geht auf, daß man als Angeklagter im

Gerichtssaal die Tiefpunkte weitaus feinfühliger erkennt als in juristischer Position. Ein Gefühl der Schwäche überschattet meinen Nachmittag, ein Unterdrückungstrauma mit einem Quentchen Übelkeit vermischt.

Das Gutachten über die Teppichfasern ist ermüdend langatmig, hat aber trotzdem die gleiche Wirkung. Theoretisch hat Nico sich mit seiner Einwilligung, bloß eine schriftliche Analyse zu akzeptieren, des dramatischen Effekts einer Live-Präsentation beraubt. Aber in Wirklichkeit sind diese Fachleute meist recht trocken und zu sehr auf ihr engbegrenztes Spezialgebiet beschränkt. Die schriftlichen Gutachten dagegen sind präzise und eindeutig und haben durchaus Biß. Hier wird Stern nichts ausrichten können mit seinen sonst so brillanten Abschweifungen oder Bagatellisierungsversuchen. Die Tatsachen sprechen für sich, daran gibt es nichts zu rütteln. Das einzige, was sich zu meinen Gunsten auslegen ließe, daß nämlich keines meiner Kleidungsstücke zu den am Tatort sichergestellten Fasern paßt, ist mühelos zu erklären. Die Sachen, die ich in der Mordnacht trug, wurden beseitigt, mitsamt der Tatwaffe. Oder sie haben ganz einfach nichts abgesondert. Diese Schlußfolgerungen – ebenso unausweichlich wie einleuchtend – trüben die Luft im Saal; ich spüre es förmlich, wie sie sich überall einnisten. Und mit ihnen senkt sich lautlose Stille über den Raum, Entschlossenheit dämmert auf. Es ist mehr als die übliche Nachmittagsflaute. Vielmehr scheint es, als habe das Publikum und mit ihm die Jury endlich Tritt gefaßt, sei in Fahrt gekommen und schlage eine Richtung ein, die sich besser mit ihren ursprünglichen Erwartungen vereinbaren ließ. Für diesen Aufschwung haben die Ankläger länger gebraucht, als eigentlich vorgesehen war, aber jetzt nehmen sie den Prozeß in die Hand, verschaffen ihren Argumenten Gehör.

Wie üblich ist es Molto mit seiner Unachtsamkeit und seinem Übereifer, der mich vor dem Abgrund rettet. Als das letzte Gutachten verlesen ist, bittet er um eine Beratung unter Ausschluß der Geschworenen.

»Was gibt's?« fragt Larren, als wir alle draußen auf dem Gang versammelt sind.

»Herr Richter«, sagt Molto, »wir sind bereit für die Verneh-

mung des Experten von der Spurensicherung. Sie wissen... die Fingerabdrücke. Da wäre nur noch ein kleines Problem.«
Kemp blinzelt mir voller Schadenfreude zu. Uns ist beiden klar, worin dieses sogenannte Problem besteht: Die Ankläger haben das Glas nicht gefunden. Jamies Lächeln kommt wie gerufen, ist es doch das erste Zeichen neu erwachter Herzlichkeit zwischen uns seit über einem Tag. Es kommt im rechten Moment, denn die Stimmung zwischen mir und meinen Anwälten war den ganzen Nachmittag über gedrückt. Während der Vier-Uhr-Pause bin ich Stern auf der Toilette begegnet, und er hat kein Wort zu mir gesprochen, sondern nur auf seine südländisch-lässige Art mit den Achseln gezuckt und teilnahmslos an mir vorbeigesehen. Wir wußten doch, daß so etwas passieren mußte, sagte sein Blick. Unser Höhenflug ist vorbei.
Richter Lyttle explodiert. Molto kann in seinen Augen einfach nichts recht machen. »Wollen Sie mir etwa erzählen, Sie haben die Suche abgeschlossen und dieses Beweisstück ist einfach nicht auffindbar?«
»Herr Richter...«
»Denn das wäre eine Tatsache. Und ich müßte sie meiner Entscheidung zugrunde legen. Aber wenn Sie sagen wollen, dieses Glas wird schon noch auftauchen, nur wär's im Augenblick ganz praktisch für Sie, ohne das verdammte Ding weiterzumachen, dann ist das eine ganz andere Geschichte. Es kommt nicht in Frage, daß wir jetzt fahrplanmäßig fortfahren und die Beweise später nachliefern. Ist das klar?«
Nico packt Tommy am Arm. Er bittet den Richter, ihnen noch eine letzte Frist bis morgen zu geben.
»Na schön, das läßt sich machen«, sagt Larren. »Darf ich das so verstehen, daß Sie für heute um eine Vertagung bitten?«
Nico antwortet mit einem forschen »Ja«. Der heutige Erfolg hat ihn sichtlich beflügelt. Er hat zwar auch unter seinem bisherigen Pech nicht sonderlich gelitten, doch jetzt scheint er wieder ganz von seinem alten Selbstvertrauen durchdrungen.
»Euer Ehren«, meldet sich Stern zu Wort, »ich hoffe, das Gericht hat nicht entschieden, die Anklage mit der Analyse der Fingerabdrücke fortfahren zu lassen, solange das Glas

nicht greifbar ist. Wenn Euer Ehren erlauben, würde die Verteidigung gern auch zu diesem Thema gehört werden.«
»Verstehe«, sagt Larren. »Sie wollen vermutlich ein paar Nachforschungen in dieser Sache anstellen, Mr. Stern. Und ich werde Sie mit Freuden dazu hören. Im übrigen kann ich Ihnen jetzt schon sagen, daß ich nicht scharf drauf bin, in meinem Gerichtssaal einen Zeugen auftreten zu lassen, der seine Meinung über irgendein Beweisstück vorträgt, das kein Mensch mehr finden kann.« Er wirft Molto einen gereizten Blick zu. »Also, stecken Sie heute abend Ihre Nase in die Bücher, Mr. Stern, und ich werd' Sie anhören. Und, Mr. Della Guardia, an Ihrer Stelle würde ich die Ärmel aufkrempeln und mich selber bei der Spurensicherung auf die Suche machen.«
»Ja, Euer Ehren«, sagt Nico pflichtschuldig.
Sandy schaut mich unter seinen buschigen Brauen fragend an, während wir zurück in den Sitzungssaal gehen. Es macht fast den Eindruck, als denke er, ich könne über den Verbleib des Glases Aufschluß geben. Vielleicht macht Sandy sich aber auch Hoffnungen. Falls Larren die Staatsanwaltschaft daran hindert, die Fingerabdrücke als Beweismittel vorzulegen, wird die Anklage gegen mich bestimmt niedergeschlagen. Stern ist nicht sicher, ob er darauf bauen soll. Ich bin es ebensowenig.
»Ob Larren dieses Gutachten wirklich ausschließt, wenn Nico das Glas nicht findet?« frage ich Stern, als wir hinter dem Verteidigungstisch Aufstellung nehmen. Wir warten auf die Rückkehr der Geschworenen, damit der Richter ihnen mitteilen kann, daß sie für heute entlassen sind.
»Ja, das ist die Frage, nicht wahr? Da heißt es heute abend wieder: an die Arbeit.« Das bedeutet im Klartext, Kemp und ich werden wieder stundenlang in der Bibliothek hocken. Ich nicke und beuge mich Sandys unausgesprochenem Befehl.

Gegen halb zehn an diesem Abend kommt Kemp aus dem Vorzimmer in Sterns Bibliothek und sagt, jemand wolle mich am Telefon sprechen. Er bleibt zurück und macht sich an die Durchsicht der Fälle, die ich aus den Protokollen des Obersten Bundesgerichts und der Revisionsgerichte kopiert habe, während ich hinausgehe, um den Anruf entgegenzunehmen. Jamie hat den Hörer neben den Apparat gelegt, ein Lichtsignal zeigt an, auf welcher Leitung das Gespräch wartet. Ich nehme an, es ist Barbara. Sie ruft meist um diese Zeit an, in der Hoffnung, daß ich ein paar Minuten erübrigen könne, um mit ihr die Ereignisse des Tages durchzusprechen; und ich antworte allabendlich zögernd und mit vielen Ausflüchten.

Die Wahrheit ist, daß ich mein Bestes getan habe, um Barbara seit Prozeßbeginn aus dem Weg zu gehen. Ich habe ihr immer wieder geraten, zeitig schlafen zu gehen und nicht auf mich zu warten, da ich doch immer erst so spät heimkäme; ich habe mir angewöhnt, mit Stern und Kemp zu essen, so daß sie mir nicht einmal mehr etwas zum Abendbrot hinzustellen braucht. Ich kann es nicht ertragen, daß sie mit ihrer unpersönlichen Neugier wie mit einem grellen Scheinwerfer meinen Fall durchleuchtet. Ich will diese mitternächtlichen Szenen nicht, in denen wir meinen Prozeß durchkauen wie früher das Schicksal der armen Teufel, die ich anklagte. Es wäre mir unerträglich, zuhören zu müssen, wie Barbara die taktischen Entscheidungen analysiert und unter die Lupe nimmt, die im Kampf um mein Leben gefällt werden. Und vor allem möchte ich mich nicht auf Diskussionen über meine Sorgen und Ängste einlassen. Anhand der Beweise, die wir tagtäglich aufgetischt kriegen, kann ich mir vorstellen, zu welchen Schlußfolgerungen sie gelangen würde, und in meiner momentanen Verfassung könnte ich es nicht verkraften zuzuschauen, wie ihr Mißtrauen heute ab- und morgen zunimmt.

Doch als ich den Hörer ans Ohr nehme und mich melde, antwortet mir nicht Barbaras Stimme.

»Na, wie war ich?« fragt Lip. »Ich dachte schon, die würden Ihnen 'nen Orden verpassen für all die Paradefälle, die wir zwei geritzt haben.«

»Sie waren ganz große Klasse.« Es hat keinen Sinn, ihm die Wahrheit zu sagen.

»Delay ist vielleicht ein Scheißkerl! Schmidt ist heute morgen bei mir gewesen, bevor ich zum Gericht mußte. Hat gesagt, ein kleines Vögelchen ließe mir bestellen, wenn ich im Zeugenstand Scheiß baue, dann könnte ich mit mir allein nachts im Norden auf Streife gehen. Hat 'ne richtig feine Art, das Schwein.«

Ich murmele etwas Zustimmendes. Von Zeit zu Zeit habe ich auch solche Botschaften losgelassen – an Polizisten, die sich besonders gut mit der Verteidigung verstanden oder den Angeklagten sympathisch fanden, weil sie schon jahrelang Nachbarn waren. Das gehört nun einmal zu unserem Job.

»Ich hab' mir gedacht, wir könnten uns vielleicht heute abend treffen. Die Sache bequatschen, bei der ich Ihnen helfen soll.« Er meint die Suche nach Leon. »Wie wär's, wenn ich Sie nach Haus fahre? Haben Sie noch 'ne Weile da zu tun?«

»So an die zwei Stunden.«

»Paßt großartig. Ich muß von vier bis Mitternacht Dienst schieben. Aber ich werde mir 'ne halbe Stunde Kaffeepause genehmigen. Treffen wir uns Ecke Kindle und Grand, sagen wir um halb zwölf? Ich komm' mit dem Aries, Sie wissen schon, dem Zivilwagen.«

Wir gehen vor wie in einem Spionagefilm. Ich bleibe in der Halle, bis der Wagen in Sicht kommt, und Lip hält kaum fünf Sekunden, da sitze ich auch schon neben ihm, und wir brausen los. Nun, da er seine Zeugenaussage hinter sich hat, steht er nicht mehr so unter Druck, aber eine Menge Leute würden ihm raten, daß er gerade jetzt gut daran täte, mir aus dem Weg zu gehen. Er nimmt die Kurve so rasant, daß der Wagen hinten auf dem regennassen Pflaster ins Schlingern kommt.

Ich lobe noch einmal seine Zeugenaussage. »Sie war so gut«, sage ich, »weil Sie ganz ehrlich gewesen sind.«

»Ich hab's versucht«, sagt er und dreht das Radio an, das gleich einen Wahnsinnskrach macht. »Tolle Sache«, sagt Lip und meint den Polizeifunk. »Wir sind da an 'nem Dealer-Ring dran, zusammen mit denen vom FBI, weil wir doch das vom letzten April wettmachen müssen, und diese Brüder halten dauernd Funkkontakt, damit bloß keiner einpennt oder mal 'ne Fliege macht. Die können nur hoffen, daß der Kerl, den sie observieren, kein Radargerät hat, denn mit dem würde er die Meute, die da anrückt, kaum überhören.«

Ich erkundige mich, was los ist.

»Eine schnuckelige Sache«, sagt Lip. »Sie haben 'ne hübsche Mieze im Nerz als Lockvogel. Die wurde beim letzten Einsatz gegen Muds Corvino geschnappt. Die Kleine spielt jetzt 'ne schwerreiche Lady, die ihre ganze Knete für Koks hinlegt. Sie soll irgendwem aus Nearing zehn Kilo Stoff abkaufen.«

»Womöglich einem von meinen Nachbarn«, sage ich. »Da wohnt bei uns in der Straße so ein Typ, der hat eine Nase so rot wie ein Schnapsbrenner.«

Schweigend lauschen wir den Funkdurchsagen. Das alte Spiel: Räuber und Gendarm. Ich werde ganz melancholisch dabei; es fehlt mir, dieses Leben, meine Arbeit. Der Regen knistert förmlich vor Elektrizität; irgendwo ganz in der Nähe muß ein Gewitter sein. Eigentlich möchte ich nicht als erster von Leon anfangen, aber schließlich frage ich Lip doch, wie er vorankommt.

»Ich hab' noch nicht angefangen«, sagt er. »Aber ich mach' mich gleich als nächstes dran. Bloß hab' ich keinen blassen Dunst, wo ich suchen soll. Deshalb wollte ich ja mit Ihnen reden. Haben Sie keine Idee?«

»Nicht direkt, aber es kann doch nicht so schwer sein, einen Schwulen aufzutreiben, der Leon heißt. Reden Sie mit Kellnern, mit Innenarchitekten, dem einschlägigen Personenkreis eben.«

»Womöglich ist der Typ längst nach San Francisco abgehauen. Oder an Aids krepiert.« Ich weigere mich, darauf zu antworten; Lip will mir klarmachen, daß seine Bemühungen vielleicht nichts einbringen werden. Wir schweigen eine Weile; das Radio plärrt. »Darf ich Sie was fragen?« sagt er schließlich. »Ist die Sache wirklich so wichtig?«

»Für mich?«

»Hm.«

»Sehr wichtig.«

»Darf ich fragen, warum? Ich meine, glauben Sie wirklich, daß Sie aus diesem Schwulen was rauskriegen?«

Ich wiederhole, was ich ihm schon einmal gesagt habe. »Ich muß unbedingt etwas finden, Lip. Ehrlicher kann ich es nicht sagen.«

»Gegen Molto?«

»Gegen Molto. Genau. So hab' ich es mir ausgerechnet. Soweit ich dazu überhaupt noch in der Lage bin.« Wir sind inzwischen beim Busbahnhof angelangt, eine zu jeder Zeit trostlose Gegend, aber um Mitternacht und bei Regen ganz besonders. Ich schaue hinaus auf den düsteren Klotz in der Dunkelheit. Lips schwindender Glaube an mich läßt die ganze Atmosphäre noch trister erscheinen. Das macht mir mehr zu schaffen als die Risiken, die Lip fürchtet. Von seinem Standpunkt aus ist der Fall klar. Ich will diese Geschichte mit Molto als Ablenkungsmanöver benutzen – als Finte, wie Nico sich ausgedrückt hat. Lips Widerstreben darf nicht unterschätzt werden, und es ist ein unheilvolles Zeichen dafür, wie weit es mit mir gekommen ist, daß ich unsere Freundschaft als Druckmittel benutzen muß, um ihn zu etwas zu überreden, was er, wie ich genau weiß, fast jedem anderen rundweg abschlagen würde. »Lassen Sie uns wenigstens die Anklageschriften von damals durchsehen. Berman, Sandys Privatdetektiv, behauptet, auf dem Revier hätten sie ihn nicht einmal einen Blick darauf werfen lassen.«

»Mann, ich hab' Ihnen doch gesagt, in dem Fall haben die alles dichtgemacht. Kenneally machen sie schon mächtig die Hölle heiß, weil er bloß guten Tag zu Ihnen gesagt hat.«

Das muß ich erst einmal verkraften. »Wie haben Sie das erfahren?«

»Ein Commander geht nirgends hin, ohne daß irgendwer ihn sieht.« Der Regen trommelt gegen die Fenster. Die Luft im Wagen ist stickig. Jetzt verstehe ich das Spielchen mit den Spitzeln an den Straßenecken. »Was hat er Ihnen gesteckt?« fragt Lip.

»Nicht viel. Er hat mir erzählt, daß Carolyn und Larren vor langer Zeit mal etwas miteinander hatten. Was sagen Sie dazu?«

»Ich sag', die Lady kam ganz schön rum. Wie ich's schon immer gesagt habe.«

»Und dann hat er mir noch erzählt, daß Larren sie über Raymond bei der Staatsanwaltschaft untergebracht hat.«

»Das paßt«, sagt Lip.

»Hab' ich mir auch gedacht.«

»Sonst noch was?«

»Bloß alte Kamellen. Sie wissen schon: Die Abteilung Nord

war damals ein Saustall, aber Kenneally meint, Molto sei sauber gewesen.«

»Und Sie glauben ihm das? Das mit Molto?«

»Wenn, dann nur ungern.«

»Ich würde nichts drauf geben, was der sauber nennt oder dreckig. Weiß der Himmel, wo dieser Kerl herkommt.«

»Was ist eigentlich los zwischen Ihnen und Lionel?«

»Ist nicht meine Art von Cop, der Typ, das ist alles.« Wir haben die Brücke nach Nearing überquert und tauchen plötzlich, noch geblendet vom grellen Licht der schwefelgelben Peitschenlampen auf dem Highway, in die Finsternis der Vorstadt ein. »Ich hab' auf'm selben Revier gearbeitet wie Kenneally, als ich damals anfing.«

»Das habe ich nicht gewußt.«

»War aber so«, sagt er. »Ich hab' ihn im Einsatz erlebt. Ist nicht meine Art von Cop.«

Es hat wohl keinen Sinn nachzuhaken.

Lip konzentriert sich auf die Fahrbahn. Die Schatten der Scheibenwischer huschen über sein Gesicht.

»Das ist jetzt an die zwölf, vierzehn Jahre her«, sagt er schließlich. »War'n andere Zeiten damals, das geb' ich ohne weiteres zu, okay? Alle haben kassiert damals. Stimmt's? Alle.« Lip blickt mich forschend an, und ich weiß, was er meint. Mir wird mulmig. »Die Zuhälter, die Barkeeper, jeder hat die Knete auf den Tisch gelegt und die Cops geschmiert. Man hat nicht mal darüber geredet. Die Kohle kam rüber und damit basta. Also werf' ich nicht den ersten Stein, okay? Aber einmal – es war schon so drei, vier Uhr morgens –, da komm' ich aus 'ner Kneipe, und ein Streifenwagen rast die Straße lang und bremst ein paar Meter vor mir wie irr. Erst denk' ich, die suchen mich. Also geh' ich näher ran. Aber der Typ sieht mich nicht mal. War Kenneally. Er war noch Sergeant damals, also macht er allein seine Runde, will zeigen, was er kann. Und er linst rüber zur anderen Straßenseite. Da steht 'ne Nutte in der Tür. Eine Schwarze. Sie kennen ja den Typ: Rock hochgezogen bis ans Kinn und obenrum so'n Leopardenfummel. Na, ich hör' jedenfalls Kenneally pfeifen. Wissen Sie, so wie nach 'nem Hund oder 'nem Gaul. Richtig laut. Dann parkt er den Streifenwagen im Durchgang gleich neben dem Schuppen, steigt aus, guckt zu der Kleinen rüber und zeigt an sich runter, so.« Lip deutet mit dem ausgestreckten Zeigefinger nach seiner Leistenbeuge. »Und dazu grinst er wie Tarzan. Die Mieze wartet und wartet. Und er hört nicht auf zu deuten und zu grinsen. Er sagt was, das ich nicht ganz versteh'. ›Sag bloß nicht nein.‹ Irgend so was. Na, jedenfalls latscht sie so langsam rüber, wie wenn sie denkt: O Mann, erzähl mir doch nix. Und ihre Tasche zieht sie hinter sich her, wie wenn sie 'n Klumpen Blei drin hätt'. Und Kenneally mit seim breiten Grinsen setzt sich wieder in sein Streifenwagen. Ich seh' bloß seine Beine zur Tür raushängen, mit der Unterhose um die Knöchel, und die Lady, wie sie auf 'n Knien liegt und sich abrackert. Nicht mal seine Mütze hat er abgenommen, der Scheißkerl.«

Lip hält in unserer Einfahrt. Er nimmt den Gang raus und steckt sich eine Zigarette an. »Ist nicht meine Art von Cop«, sagt er noch einmal.

32

Die erste offene Schlacht über eine strittige Rechtsfrage in meinem Prozeß bricht am nächsten Tag aus und dauert den ganzen Morgen an. Nico beschreibt eine sechsstündige Durchsuchung der Lagerräume des Erkennungsdienstes. Das Glas bleibt unauffindbar. Beide Seiten haben schriftliche Eingaben dazu vorbereitet, ob die Aussage des Sachverständigen über die Fingerabdrücke trotzdem gehört werden darf oder nicht. Kemp hat unsere Stellungnahme irgendwann nach Mitternacht verfaßt. Molto muß noch später darangewesen sein, denn Nico sagt, sie hätten bis nach eins im Labyrinth des Erkennungsdienstes gesucht. Beide haben die rotgeränderten, glasigen Augen prozeßgestreßter Anwälte. Larren zieht sich in sein Dienstzimmer zurück, um ungestört beide Eingaben zu studieren; als er wiederkommt, erhalten die Parteien Gelegenheit, ihre Argumente noch einmal mündlich vorzutragen. Anfangs wird vereinbart, daß nur Nico und Stern dem Gericht Rede und Antwort stehen sollen, doch beide konsultieren so häufig ihren Mitarbeiter, daß über kurz oder lang alle vier Anwälte referieren, immer wieder unterbrochen vom Richter, der hypothetische Fragen stellt oder gelegentlich einfach laut denkt. Stern vertritt seinen Standpunkt so vehement, wie ich ihn bisher in diesem Verfahren noch nicht erlebt habe. Vielleicht spürt er die Chance zu einem Triumph; vielleicht treibt ihn nach der ernüchternden gestrigen Verhandlung auch nur der Mut des Verzweifelten. Immer wieder betont er, wie unfair es sei, den Angeklagten mit dem Gutachten über ein Beweisstück zu konfrontieren, das er und seine Verteidigung überhaupt nicht prüfen konnten. Nico und Molto versichern wiederholt, die Sicherstellung und ordnungsgemäße amtliche Verwahrung des umstrittenen Sachbeweises könne zweifelsfrei nachgewiesen werden. Ob das Glas nun wiederauftauche oder nicht, immerhin könnten Greer, Lipranzer und Dickerman, der Laborchef, bezeugen, daß die Fingerabdrücke, die der Computer als die meinen identifiziert hat, am Tag nach dem Mord von dem Glas aus Carolyns Wohnung abgenommen wurden.

Das Hin und Her zwischen den Anwälten nimmt kein Ende,

und meine Stimmung gerät darüber in einen schwindelerregenden Spiraltanz; mal klettert sie übermütig in die Höhe, doch gleich darauf purzelt sie wieder in jämmerliche Tiefen. Larren kann sich offenbar nicht entscheiden. Dies ist einer jener Streitpunkte, die im Verlauf eines Prozesses so oft auftauchen und den Richter aufs Glatteis führen können, ganz gleich, was er tut. Vom Gesetz her läßt sich der Standpunkt beider Parteien befürworten. Die Art, wie der Richter Nico und Molto wegen der Schlamperei in ihrer Dienststelle den Marsch bläst, gibt mir vorübergehend Hoffnung, daß er das Gutachten nicht zulassen wird. Aber die Ankläger gestehen offen ein, wie verheerend sich dieser Ausschluß auf ihren Fall auswirken würde. Und ohne es direkt anzusprechen, deuten sie an, wie unerhört es sei, ein seriöses Anklageverfahren abzuwürgen, nur weil die Polizei sich einer Nachlässigkeit schuldig gemacht hat. Das Argument leuchtet Larren schließlich ein, und er entscheidet gegen die Verteidigung.

»Ich werde dieses Gutachten zulassen«, sagt der Richter kurz nach zwölf. Dann gibt er die Begründung seines Beschlusses zu Protokoll, damit das Revisionsgericht seine Entscheidung gegebenenfalls bewerten und würdigen kann.

»Ich muß sagen, ich tue es nur ungern, aber ich kann mich der Wichtigkeit nicht verschließen, die dieses Beweismittel für die Anklage zweifellos besitzt. Aus dem gleichen Grund kann ich in Anbetracht des Tons, in dem manches hier vor sich gegangen ist« – der Richter schaut Molto an –, »natürlich auch die Skepsis der Verteidigung verstehen. Sie moniert mit Recht, daß sie keine Gelegenheit hatte, das fragliche Beweisstück zu überprüfen. Daß es abhanden kommen konnte, geht auf das Konto des Erkennungsdienstes. Ich möchte im Protokoll festgehalten wissen, daß sich die zuständigen Beamten dieser Schludrigkeit im Umgang mit Beweismaterial schon seit Jahren schuldig machen. Wir haben es hier vielleicht mit dem dramatischsten, aber durchaus nicht mit dem einzigen Beispiel dafür zu tun. Und ich muß zugeben, daß vor allem diese leidigen Zustände mich veranlassen, das Gutachten zu hören. Tatsache ist, daß auch die gewissenhaftesten Staatsanwälte – und ich maße mir keinesfalls ein Urteil an über die Gewissenhaftigkeit von Mr.

Della Guardia oder Mr. Molto, der das Glas anscheinend als letzter hatte ...« Wieder durchbohrt der Richter Tommy mit strengem Blick. Ob Greer das wirklich gesagt hat? »... Also auch der gewissenhafteste Staatsanwalt kann nicht dafür Sorge tragen, was mit dem Beweismaterial geschieht, nachdem er es aus der Hand gegeben hat. Etwas anderes wäre es natürlich, wenn hier böse Absicht zugrunde liegen würde. Ich werde prüfen lassen, ob dafür Anhaltspunkte vorhanden sind, und sollte das der Fall sein, werde ich die Anklage unverzüglich niederschlagen. Punktum. Aber alles in allem erscheint mir der Gedanke so widerwärtig, daß ich ihn vorerst nicht näher in Betracht ziehen möchte. Daher werde ich dieses Gutachten zulassen, gegen den Einspruch der Verteidigung und unter Hinweis auf meine eigenen Vorbehalte. Ich werde jedoch den Geschworenen betreffs der hier gebotenen Skepsis eine handfeste Rechtsbelehrung erteilen, die ich mir während des Mittagessens in aller Ruhe zurechtlegen will. Die Verhandlung wird um vierzehn Uhr fortgesetzt.«

Sandy gibt sich philosophisch-gelassen. Trotzdem merke ich ihm an, daß er bis zur Stunde fest an unseren Sieg geglaubt hat. Ich erkläre Barbara, was passiert ist. Sie scheint sich über Larrens Entscheidung ganz besonders aufzuregen. »Es ist nicht fair«, sagt sie immer wieder. »Ihr hattet nicht einmal die Chance, euch das verdammte Glas anzuschauen.«

»Ich kann ihn verstehen. Um solche Beschlüsse kommt ein Richter nun mal nicht herum.« Das sage ich nicht etwa, um vor ihr den Helden zu markieren. Die ganze Zeit über habe ich mich gefragt, was ich an Larrens Stelle getan hätte. Und in diesem Punkt hätte ich genauso entschieden wie er.

Ich gehe auf die Toilette. Als ich wieder herauskomme, wäscht Nico sich gerade die Hände und beugt dabei den Kopf nach links und rechts, um unterm Licht seine Frisur zu prüfen.

»Na, Rusty«, sagt er, »werden wir nächste Woche was von Ihnen hören?«

Nach dem Gesetz unseres Bundesstaates ist die Verteidigung nicht verpflichtet, den Ankläger über ihre Zeugen zu informieren. Ob gar der Angeklagte selbst aussagen wird oder nicht, ist oft das bestgehütete Geheimnis im Lager der Verteidigung. Die

Staatsanwaltschaft sollte sich morgen einen Ruhetag gönnen. Vorausgesetzt, der Richter setzt einen Tag zur Beratung über unseren Antrag auf Freispruch mangels Motiv an, wird die Verteidigung nächsten Montag in die Beweisaufnahme einsteigen. Falls die Anklage keinerlei Hinweise auf unsere Absichten erhält, werden Nico und Molto nicht wissen, ob sie sich am Wochenende aufs Kreuzverhör unserer Zeugen vorbereiten sollen oder auf ihr Schlußplädoyer. Bei den meisten Prozessen bleibt dem Ankläger nichts weiter übrig, als sich für beides zu wappnen.

»Ich bin sicher, Stern wird Ihnen Bescheid geben, Delay, sobald wir uns entschieden haben.«

»Ich wette zehn Dollar, daß Sie aussagen werden.«

Nico treibt sein Spiel mit mir, will sehen, ob ich die Nerven behalte. Er ist weitaus härter als bei unserer Begegnung hier in der letzten Woche. Jetzt ist er wieder ganz der alte verschlagene Delay.

»Vielleicht gewinnen Sie die Wette«, sage ich. »Würden Sie mein Kreuzverhör selbst übernehmen?«

»Müßte ich wohl. Bei Barbara könnte ich es nicht. Sie ist einfach zu sehr eine Lady.«

Nico versucht schon wieder, mich auszuhorchen. Er möchte wissen, ob Barbara in den Zeugenstand gehen wird, um mein Alibi zu bestätigen. Vielleicht will er sehen, ob ich bei dem Gedanken erschrecke, daß Molto meine Frau in die Mangel nimmt.

»Sie sind ja ein richtiger Softie, Delay.« Ich schaue mich im Spiegel an. Von dieser Unterhaltung habe ich jetzt genug.

Aber Nico, beschwingt durch die erfreuliche Wendung der letzten beiden Tage, läßt nicht locker. »Kommen Sie, Rusty, nun enttäuschen Sie mich nicht! Ich möcht's wirklich gern wissen. Stellen Sie sich vor, manchmal komme ich richtig ins Grübeln. Ich denke mir: Wie konnte der Mann, den ich so gut kenne, so was tun? Ja, ich geb's zu. Manchmal wundere ich mich.«

»Nico, wenn ich Ihnen sagen würde, was wirklich passiert ist, Sie würden's nicht glauben.«

»Also, was soll das jetzt heißen?«

Ich wende mich zum Gehen, aber er packt mich am Ellbogen.
»Ehrlich, was soll das heißen?« fragt er. »Sie reden doch nicht etwa von dem Scheiß, von wegen Tommy wollte Ihnen was anhängen, oder? Ich meine, das können Sie der Presse erzählen, Rusty, aber jetzt sprechen Sie mit Delay.« Er tippt sich an die Brust. »Sie können das unmöglich wirklich glauben. Das ist doch gequirlte Scheiße. Ich meine, ganz unter uns, das ist echt Blödsinn, nicht? Sie und ich, wir brauchen uns doch nichts vorzumachen. Alte Kumpel. Keiner wird was weitersagen. Wollen Sie mir wirklich weismachen, Sie glauben diesen Scheiß?«
»Wo ist das Glas?«
»Ach, zum Teufel mit dem Glas! Die Cops verschlampen alles. Das wissen wir doch beide.«
»Eugenia hat Tommy, scheint es, gut für die Vernehmung präpariert.«
»Was? Glauben Sie wirklich, er hat ihr das mit ›mein Engel‹ eingeredet? Aber ich bitte Sie! Er hat sie zu sehr angeheizt, das geb' ich zu. Und das war dumm. Hab' ich ihm auch gesagt. Ja, das hab' ich. Das ist zwanghaft bei ihm, wissen Sie. Er hat Carolyn sehr gemocht. Stand ihr echt nahe. Richtig dicke Freundschaft. Sie war für ihn fast so etwas wie eine große Schwester. Er hat zu ihr aufgesehen. Darum engagiert er sich jetzt so in dem Fall.«
»Haben Sie sich je die bewußte Akte angeschaut, Nico?«
»Die aus Raymonds Schreibtisch?«
»Setzen Sie sich mal auf den Hintern, und machen Sie Ihre Hausaufgaben! Aber allein. Vielleicht erleben Sie ein paar Überraschungen. Von wegen große Schwester und kleiner Bruder.«
Nico schüttelt lächelnd den Kopf, wie um anzudeuten, daß er mir das nicht abkauft. Trotzdem spüre ich, daß ich einen Nerv getroffen habe. Ich koste meinen Vorteil genüßlich aus. Nicos Masche steht mir schon seit Jahren bis oben hin. Ich trockne mir die Hände mit einem Papierhandtuch und schürze die Lippen, um ihm zu zeigen, daß ich nichts mehr sagen werde.
»Also das isses, wie? Das ist das große Geheimnis. Tommy war's. Isses das, worauf ich die ganze Zeit warten sollte?«

»Na schön, Delay«, sage ich ruhig, mit dem Rücken zu ihm. »Ich gebe Ihnen eine Kostprobe. Stellen Sie eine Frage. Gleich hier. Nur zwischen uns beiden, wie Sie gesagt haben. Ganz inoffiziell. Keiner erzählt etwas weiter.« Ich drehe mich um und schaue ihm offen ins Gesicht.
»Haben Sie es getan?«
Ich wußte, daß er das fragen würde. Früher oder später mußte das einer tun. Ich trockne mir die Hände fertig ab und mobilisiere jedes Quentchen Aufrichtigkeit, das in mir steckt.
»Nein, Nico«, sage ich betont ruhig und sehe ihm dabei fest in die Augen, »ich habe Carolyn nicht getötet.«
Das kommt an: Seine Pupillen weiten sich, die Augen verdunkeln sich im Nu. In seinem Gesicht scheint eine Veränderung vorzugehen.
»Sehr gut«, sagt er endlich. »Sie werden sehr gut sein.« Und dann lächelt er. »Das alles ist also eine gemeine Sauerei, wie? Vorsätzlich falsche Beschuldigung und so?«
»Lecken Sie mich doch am Arsch, Delay!«
»Ich wußte, daß ich auch das noch zu hören kriege.«
Beide kommen wir lachend aus dem Waschraum. Als ich mich umschaue, entdecke ich Kemp und Stern, die nur ein paar Schritte weiter auf dem Gang mit Berman reden, dem Privatdetektiv. Er ist ein baumlanger Kerl mit stattlichem Wanst und greller Krawatte. Stern wirkt gereizt. Vielleicht ärgert es ihn, mich mit Nico zusammen zu sehen. Doch nein, einer der Gerichtsdiener hat ihn gestört. Er läßt die beiden anderen mit einem Wink stehen und geht zurück in den Saal. Kemp schlendert mit Berman zum Ausgang, macht aber plötzlich kehrt und kommt auf mich zu. Wir warten, bis Delay Sandy gefolgt ist.
»Heute nachmittag bin ich nicht hier«, sagt Jamie. »Es hat sich was ergeben.«
»Was Gutes?«
»Sehr gut sogar, wenn's klappt.«
»Ist's etwa ein Geheimnis?«
Jamie schaut sich nach der Tür zum Gerichtssaal um. »Sandy hat gesagt, ich soll jetzt noch nicht drüber reden. Keine falschen Hoffnungen wecken. Er will vorsichtig sein. Sie verstehen.«
»Nicht ganz.«

Berman ruft Jamie zu, sie müßten los.
Kemp faßt mich am Ärmel. »Wenn's hinhaut, werden Sie begeistert sein. Vertrauen Sie mir!«
Ich bin sicher, daß ich ganz niedergeschlagen dreinschaue oder zumindest verwirrt. Meine eigenen Anwälte haben Geheimnisse vor mir. Aber ich weiß, daß ich nichts dagegen einwenden kann. Ich selbst habe Jamie Kemp gelehrt, daß man gut daran tut, sparsam mit seinem Vertrauen umzugehen. Ich habe ihn zu professioneller Skepsis erzogen, ihm beigebracht, daß man sich mit seinem Urteil am besten zurückhält.
»Bei einer von den Vorladungen sind wir auf etwas gestoßen«, sagt er. Berman ruft wieder nach ihm: Sie hätten dem Typen doch versprochen, um eins da zu sein. Jamie zieht ab. »Vertrauen Sie mir!« sagt er noch einmal, bevor die beiden sich auf den Weg machen.

»Meine Damen und Herren«, wendet Larren sich an die Geschworenen, »Sie werden gleich das Gutachten eines Sachverständigen über Fingerabdrücke hören, die angeblich auf einem gewissen Glas sichergestellt wurden. Die Aussage ist zulässig, doch liegt es bei Ihnen zu entscheiden, welches Gewicht Sie ihr beimessen wollen. Die Verteidigung hatte keinerlei Gelegenheit, sich ein Bild über die wissenschaftliche Grundlage dieses Beweises der Anklage zu machen. Sie hatte ferner keine Chance zu prüfen, ob nicht ein Rechtskniff im Spiel sein könnte – ich sage nicht, daß dies der Fall ist, sondern mache Sie lediglich darauf aufmerksam, daß die Verteidigung keine Möglichkeit hatte, ihrerseits einen Sachverständigen zu konsultieren. Sie konnte auch nicht überprüfen, ob ein Fehler begangen wurde. Ein unabsichtlicher vielleicht, aber immerhin ein Fehler. Sie hatte nicht einmal die Chance festzustellen, ob ein zweiter Gutachter nicht womöglich zu dem Schluß gekommen wäre, daß es sich um die Fingerabdrücke einer ganz anderen Person handele. Aus rechtlichen Gründen, meine Damen und Herren, muß ich an Sie appellieren, nach Anhörung der Schlußplädoyers, wenn Sie sich zur Beratung zurückziehen, nicht nur das folgende Gutachten zu berücksichtigen, sondern auch das Unvermögen der Staatsanwaltschaft, den Verteidigern

dieses Glas vorzuweisen. Es ist durchaus zulässig – ich will Ihnen natürlich keine Vorschriften machen, aber es ist zulässig –, daß Sie nur um dieses einen Punktes willen begründete Zweifel anmelden, die Mr. Sabichs Freispruch erfordern würden. So, ich denke, das genügt. Bitte, Ihren Zeugen, Herr Staatsanwalt!«
Molto starrt vom Podium aus zum Richter hinauf. Beide Männer haben die Masken fallenlassen. Zwischen ihnen lodert blanker Haß; jeder kann das sehen. Im Saal tut mittlerweile Larrens Rechtsbelehrung an die Geschworenen ihre Wirkung. Meine Anwälte und ich, wir haben auf einmal mächtig aufgeholt. Die Beweiskraft der Fingerabdrücke ist aus dem Munde des Richters angezweifelt worden. Freispruch, hat Larren gesagt, sei eine zulässige Konsequenz. Die Andeutung, daß ein Fehler gemacht, ein Irrtum begangen wurde, wirkt in einem Kriminalprozeß wie ein Fangstoß.
Morrie Dickerman betritt den Zeugenstand. Ein echter Profi. Für Morrie, einen schlaksigen New Yorker mit großer, dunkel gerandeter Brille, sind Fingerabdrücke eine Passion. Er mochte mich immer ganz gern, weil ich ihm geduldig zuhörte. Morrie ist in seinem Beruf so gut wie Kumagai schlecht: einer jener vielseitig begabten Tüftler, die einem mitunter im öffentlichen Dienst über den Weg laufen. Jetzt hockt er mit seinen Fotos und Dias im Zeugenstuhl und zeigt den Geschworenen, wie alles funktioniert. Er erklärt, wie Fingerabdrücke entstehen: Beim Berühren von Gegenständen hinterläßt jeder Mensch ein Abbild seiner Handfläche beziehungsweise einzelner Elemente, vornehmlich der Fingerkuppen, weil aus den Hautleisten ständig – wenn auch bei vielen nur in geringem Maße – Schweiß abgesondert wird. Jedes dieser Abbilder ist unverwechselbar und einzigartig. Kein Fingerabdruck ist wie der andere. Morrie gibt bereitwillig Auskunft über jedes Detail, und dann, in den letzten fünf Minuten seiner Aussage, nagelt er mich an die Wand mit seinen Fotos von der Bar, dem Glas und den Vergrößerungen meiner Abdrücke aus meiner Personalakte. Alle eindeutigen Vergleichspunkte sind mit roten Pfeilen markiert. Morrie ist wie gewöhnlich gut vorbereitet.
Stern geht ein Weilchen auf und ab und studiert die Vergröße-

rung meines Fingerabdrucks auf dem Glas, ehe er mit dem Kreuzverhör beginnt. Er hält Morrie das Foto unter die Nase. »Um welche Uhrzeit am ersten April entstand dieser Fingerabdruck, Mr. Dickerman?«
»Keine Ahnung, Sir.«
»Aber Sie sind sicher, daß er vom ersten April stammt?«
»Auch das kann man unmöglich feststellen.«
»Wie bitte?« Stern zieht in spöttischem Erstaunen die Mundwinkel nach unten. »Aber Sie können uns doch bestimmt beweisen, daß er so um den ersten April herum entstanden ist?«
»Nein.«
»Nun, wie lange halten sich denn eigentlich Fingerabdrücke, Mr. Dickerman?«
»Jahre, Sir.«
»Wie bitte?«
»Es kann Jahre dauern, bis die Schweißabsonderung sich auflöst.«
»Wie alt war denn bitte der älteste Abdruck, den Sie während Ihrer Dienstzeit analysiert haben?«
»Also, wir hatten da mal einen Entführungsfall, da hab' ich am Lenkrad von 'nem verlassenen Fluchtfahrzeug einen Fingerabdruck sichergestellt, der dreieinhalb Jahre alt gewesen sein muß.«
»Dreieinhalb Jahre?« Stern räuspert sich. Er ist ein Phänomen. Der Mann, der Raymond Horgan kaltblütig in die Zange nahm, simuliert jetzt den sanftmütig Verwirrten, voller Hochachtung vor dem Experten. Er tut so, als könne er sich das alles nur langsam zusammenreimen. »Dann könnte Mr. Sabich dieses Glas also auch vor sechs Monaten in der Hand gehabt haben, als er Mrs. Polhemus wegen des McGaffen-Prozesses aufsuchte?«
»Ich kann Ihnen nicht sagen, Sir, wann Mr. Sabich das Glas in der Hand hatte. Ich kann Ihnen nur sagen, daß zwei seiner Fingerabdrücke drauf sind. Das ist alles.«
»Nehmen wir an, Mr. Sabich benutzte es, um – sagen wir – unbemerkt einen Schluck Wasser zu trinken, oder es wurde nur innen ausgespült, nachdem er daraus getrunken hatte. Ist es möglich, daß die Abdrücke dann erhalten geblieben wären?«

»Aber ja. Übrigens wäre das selbst dann denkbar, wenn das Glas innen wie außen gespült wurde. In der Regel entfernen Seife und Wasser zwar die Fettspuren, aber die Fachliteratur berichtet von Fällen, in denen Fingerabdrücke identifiziert wurden, nachdem man den berührten Gegenstand mit Seife und Wasser behandelt hatte.«
»Was Sie nicht sagen!«
»Ich hatte selber allerdings noch nie so einen Fall.«
»Nun, zumindest wissen wir, daß niemand außer Mr. Sabich das Glas in der Hand hatte, denn es sind ja keine weiteren Fingerabdrücke darauf, nicht wahr?«
»Doch.«
Stern bleibt wie versteinert stehen. »Wie bitte?«
»Auf dem Glas war noch ein anderer Abdruck.«
»Nein!« Stern trägt ganz unwillkürlich so dick auf. An ihm ist ein Schauspieler verlorengegangen. Zu Beginn des Prozesses sahen die Geschworenen ihn nicht oft genug in Aktion, um zu erkennen, daß er den Gerichtssaal zur Bühne macht. Jetzt, in der zweiten Woche, spielt er manche Gesten stärker aus, wie um seine Absicht kundzutun. Ich weiß Bescheid, und ihr wißt Bescheid, sagt er damit den Geschworenen. Ein Akt des Vertrauens. Sie sollen begreifen, daß er nicht ernsthaft versucht, sie einzuseifen. »Sie meinen, es ist *noch* ein Abdruck auf dem Glas?«
»Ja, genau.«
»Könnte es sein, Mr. Dickerman, daß Mr. Sabich das Glas vor Monaten benutzt hat und jemand anderes es am ersten April berührte?«
»Schon möglich«, sagt Dickerman gelassen.
»Nun, wir wissen, daß Mr. Sabich an jenem Abend in Mrs. Polhemus' Wohnung war, weil seine Fingerabdrücke dort auch noch auf vielen anderen Gegenständen sichergestellt wurden, nicht wahr?«
»Nein, Sir.«
»Na, aber einige müssen Sie doch gefunden haben. Zum Beispiel waren die Fenster entriegelt. Waren denn da keine Fingerabdrücke zu finden?«
»Zu finden schon, Sir. Aber identifiziert werden konnten sie nicht.«

»Das heißt doch wohl, sie stammten nicht von Mr. Sabich?«
»Ja, und von Mrs. Polhemus waren sie auch nicht. Die haben wir ausgeklammert.«
»Also hat eine dritte Person diese Abdrücke hinterlassen?«
»Ja, Sir.«
»Genau wie auf dem Glas?«
»Stimmt.«
Stern hakt die Liste der Plätze und Gegenstände innerhalb der Wohnung ab, von denen Proben genommen wurden, ohne daß meine Fingerabdrücke entdeckt werden konnten. Der umgestürzte Glastisch. Das Kaminbesteck, unter dem man zunächst die Mordwaffe vermutete. Die Bar. Die Beistelltischchen. Die Fenster. Die Eingangstür. Fünf oder sechs weitere Stellen.
»Und dort waren nirgends Fingerabdrücke von Mr. Sabich?«
»Nein, Sir.«
»Nur auf diesem Glas, das nicht mehr auffindbar ist?«
»Ja, Sir.«
»Einzig und allein auf dem Glas?«
»Richtig, Sir.«
»Er hätte aber überall in der Wohnung Fingerabdrücke hinterlassen, wenn er dort gewesen wäre, oder?«
»Vielleicht, vielleicht auch nicht. Glas hat nämlich eine ganz besonders aufnahmefähige Oberfläche.«
Stern hat das natürlich gewußt. »Aber was ist mit dem Tisch? Den Fenstern?«
Dickerman zuckt mit den Achseln. Er ist nicht hier, um Erklärungen abzugeben. Er ist hier, um Fingerabdrücke zu identifizieren. Stern schlachtet die Ratlosigkeit des Zeugen weidlich aus und wendet sich zum erstenmal direkt der Jury zu, als suche er bei den Geschworenen Trost.
»Mr. Dickerman, wie viele andere identifizierbare Abdrücke einer dritten Person – also weder von Mr. Sabich noch von Mrs. Polhemus – haben Sie sichergestellt?«
»Fünf, glaube ich. Einer auf der Türklinke. Einer am Fenster. Zwei an den Flaschen auf der Bar. Einer am Beistelltisch.«
»Und die stammen alle von ein und derselben Person?«
»Das kann ich nicht sagen.«

Stern beugt sich ein wenig vor, wie um anzudeuten, daß er nicht recht verstanden habe.
»Wie bitte?«
»Das läßt sich nicht feststellen, Sir. Ich kann Ihnen sagen, daß diese Fingerabdrücke niemandem gehören, der bei uns registriert ist, denn wir haben sie durch den Computer laufen lassen. Von wem sie auch stammen, er oder sie ist also in keiner Strafakte registriert und arbeitet auch nicht fürs County. Aber ob sie von fünf verschiedenen Leuten hinterlassen wurden oder von ein und derselben Person, das kann ich Ihnen nicht sagen, Sir. Es könnte die Putzfrau gewesen sein oder eine Nachbarin oder ein Freund der Lady. Ich kann's Ihnen nicht sagen.«
»Ich verstehe Sie nicht«, klagt Stern, der natürlich sehr gut verstanden hat.
»Jeder Mensch hat zehn Finger, Sir. Ich weiß nicht, ob unter den sichergestellten Abdrücken einer von einem Zeigefinger stammt und ein anderer von einem Ringfinger. Dann muß man auch noch zwischen rechter und linker Hand unterscheiden. Es ist unmöglich, sich festzulegen, ohne eine bekannte Größe, von der man ausgehen kann.«
»Sicher, Mr. Dickerman...« Stern hält inne. »Welchem Staatsanwalt sind Sie seit Mr. Sabichs Suspendierung unterstellt?«
»Molto«, sagt Dickerman. Man hat gleich das Gefühl, daß Morrie nicht viel für Tommy übrig hat.
»Nun, bestimmt hat Mr. Molto Sie doch beauftragt, diese fünf nicht identifizierbaren Abdrücke miteinander zu vergleichen, um festzustellen, ob vielleicht zwei oder gar mehrere vom selben Finger stammen?«
Sehr gut, denke ich. Ausgezeichnet. Das ist eins von den Details, die mir als Ankläger oft entgangen sind. Ich konzentrierte mich nur auf den Angeklagten, und der konzentrierte sich natürlich auf alle anderen.
Als Dickerman antwortet: »Nein, Sir, das hat er nicht«, wendet sich einer der Geschworenen, der Teilzeit-Computerfreak, kopfschüttelnd ab. Er schaut mich an, als wolle er sagen: Ist das denn die Möglichkeit! Nie hätte ich gedacht, daß wir innerhalb nur eines Tages ein solches Comeback erzielen würden. Der

Computermensch beugt sich zu der jungen Frau hinüber, die den Drugstore leitet, und die beiden tuscheln miteinander.
»Das läßt sich leicht bis morgen nachholen, Sir, wenn Sie es wünschen«, sagt Dickerman.
»Nun, ich bin sicher, Mr. Molto wird Sie jetzt selbst darum bitten.« Stern geht auf seinen Platz zurück. »Wissen Sie übrigens, Mr. Dickerman, warum Mr. Molto Sie nicht aufgefordert hat, diese fünf Fingerabdrücke miteinander zu vergleichen?«
Ein guter Prozeßanwalt fragt nie nach dem Warum, es sei denn, er kennt die Antwort. Stern kennt sie, und ich auch. Nachlässigkeit. Zuviel zu tun und zuwenig Zeit, um alles zu bewältigen. Das Problem, auf was man sich bei einem Fall fixieren soll. Jede Antwort wird genügen, um Zweifel an Moltos Ermittlungsmethoden zu wecken.
»Ich nehme an, es hat ihn nicht interessiert«, sagt Dickerman. Er versucht, die Bedeutung dieses Versäumnisses herunterzuspielen, aber seine Antwort hat einen verhängnisvollen Beigeschmack, so als sei Molto nicht viel daran gelegen, die Wahrheit herauszufinden.
Stern, der sich nicht vom Fleck gerührt hat, bleibt noch eine Sekunde neben unserem Tisch stehen.
»So wird es sein«, sagt er. »So wird es sein.«

Molto tritt ans Podium, und Maybell Beatrice, die als Hausangestellte in Nearing arbeitet, wird in den Zeugenstand gerufen. Ich bin erleichtert, daß Molto die Vernehmung führen wird. Bei aller Schnodderigkeit scheint Nico nämlich inzwischen seinen Ton im Gerichtssaal gefunden zu haben. Tommy kann sich längst nicht so gut anpassen. Bei der Staatsanwaltschaft existierte immer eine Art kultureller Wasserscheide, eine Barriere, an der schließlich auch meine Freundschaft mit Nico scheiterte. Raymond wählte sich stets ein Elitekorps, junge Juristen mit Referenzen ihrer Universität, die ihm gefielen und die er nach einer gewissen Anlernzeit mit Sonderaufgaben betraute. Wir lancierten verdeckte Ermittlungen gegen die Reichen wegen Betrug und Bestechung; wir führten langwierige Grand-Jury-Untersuchungen; wir lernten, Verfahren gegen Leute wie Stern anzustrengen, Anwälte, die indirekt den Richtern Rechtsbelehrungen erteilen und mit subtilen Nuancen die Geschworenen beeinflussen. Molto und Della Guardia sind nie über die einfache Verbrechensbekämpfung hinausgekommen. Tommys besondere Mischung aus Stolz und Leidenschaft ist zu lange durch den Umgang mit Mördern und Gewalttätern genährt worden. Er ist an Prozesse gewöhnt, in denen mit harten Bandagen gekämpft wird, wo die Strafverteidiger sich jeden billigen Trick zunutze machen und die Staatsanwälte lernen, es ihnen gleichzutun. Tommy hat sich mit der Zeit zu einem jener Ankläger gemausert, wie die Bezirksanwaltschaft sie nur zu oft hervorbringt: Er kann nicht mehr zwischen Überredungskunst und Irreführung unterscheiden und betrachtet ein Gerichtsverfahren als eine Kette von Kniffen und Winkelzügen. Anfangs dachte ich, er schade dem Staat durch sein cholerisches Temperament. Statt dessen ist es die Unfähigkeit, sich von seinen negativen Erfahrungen frei zu machen, mit der er unangenehm auffällt. Er ist intelligenter als Nico, klug wie eine Schlange und immer einsatzbereit, aber inzwischen hat jeder in diesem Saal den Verdacht, daß sein Eifer keine Grenzen kennt. Er würde alles tun, um zu gewinnen. Was an der Geschichte von der Rivalität oder Eifersucht wegen Carolyn auch dran sein mag, ich vermute, daß sich die Antipathie zwischen dem Richter und ihm auch daraus erklärt.

Deshalb bin ich so gespannt darauf zu erfahren, was es mit Leon und der B-Akte auf sich hat und welche Schatten in Moltos Vergangenheit lauern. Nicos Bemerkung, Molto habe sehr gut mit Carolyn gestanden, hat meine Neugier geweckt. Wer kann wissen, wie und womit sie ihn gewonnen hat? Wie alle hier im Saal neige auch ich mehr und mehr zu der Ansicht, daß irgend etwas Unheimliches, Drohendes von Molto ausgeht. Er selbst hat bestimmt keine Schwierigkeiten damit, sich zu rechtfertigen; jedenfalls kann ich mir nicht vorstellen, daß er vor irgend etwas zurückschrecken würde, und sei es auch die abgefeimteste Gemeinheit. Was als eines von Sterns Blendwerken begann, hat auf einmal Eigenleben entwickelt. Während ich noch darüber nachdachte, welche Spur Kemp wohl gerade verfolgt, habe ich mich plötzlich gefragt, ob Molto nicht die Zielscheibe ist. Als Stern die alte List des Verteidigers anwandte und gewissermaßen den Staatsanwalt vor Gericht stellte, hat Molto auf alle Fälle ziemlich schlecht reagiert. Aber seinen womöglich größten Schnitzer macht er in der Vernehmung dieser Hausangestellten aus Nearing.

Mrs. Beatrice sagt aus, sie habe an einem Dienstagabend im April einen weißen Gentleman im Acht-Uhr-Bus gesehen. Sie weiß nicht, welcher Dienstag das war, aber ein Dienstag war es, weil sie nur dienstags so lange arbeitet, und es muß im April gewesen sein, weil sie sich erinnerte, daß es »letzten Monat« war, als sie mit den Polizisten sprach, die im Mai stichprobenhaft die Passanten an der Bushaltestelle befragten.

»Und jetzt, Ma'am«, sagt Molto, »möchte ich Sie bitten, sich im Saal umzuschauen und mir zu sagen, ob Sie hier jemanden erkennen.«

Sie zeigt auf mich.

Molto setzt sich.

Stern beginnt mit dem Kreuzverhör. Mrs. Beatrice läßt sich von ihm nicht einschüchtern. Sie ist eine ältere Frau, ziemlich korpulent, mit ausdrucksvollem, freundlichem Gesicht. Ihr graues Haar ist im Nacken zu einem Knoten geschlungen, und sie trägt eine runde Brille mit Drahtgestell.

»Mrs. Beatrice«, sagt Stern liebenswürdig, »gehe ich recht in der Annahme, daß Sie zu den Leuten gehören, die zeitig zur Bushaltestelle kommen?« Stern weiß das natürlich aufgrund der Zeitangabe, die im Protokoll ihrer polizeilichen Vernehmung festgehalten ist.

»Ja, Sir. Mrs. Younger bringt mich jeden Abend 'ne Viertelstunde vor der Abfahrt hin, damit ich mir noch 'ne Zeitung kaufen kann und 'nen Platz kriege.«

»Und der Bus, mit dem Sie in die Stadt fahren, ist derselbe, der zuvor aus der Stadt kommt, stimmt's?«

»Ja, Sir.«

»Nearing ist die Endhaltestelle, nicht wahr? Dort wendet der Bus und fährt wieder in die Stadt zurück?«

»Er wendet in Nearing, ja, Sir.«

»Und Sie stehen jeden Abend an der Haltestelle, wenn der Bus um Viertel vor ankommt?«

»Viertel vor sechs. Fast jeden Abend, ja, Sir. Außer dienstags, wie ich gesagt habe.«

»Und die Leute, die aus der Stadt heimkommen, steigen aus und gehen an Ihnen vorbei, nicht wahr, und dabei haben Sie Gelegenheit, ihre Gesichter zu sehen?«

»O ja, Sir. Sie sehen müde aus und erschöpft – viele jedenfalls.«

»Nun, Ma'am... also ich sollte Sie das eigentlich nicht fragen.« Stern schaut noch einmal ins Protokoll der polizeilichen Vernehmung. »Sie sagen nicht, daß Sie Mr. Sabich als den Mann erkennen, den Sie an jenem Dienstagabend im Bus gesehen haben, oder?« Stern kann mit dieser Frage nichts verlieren. Moltos Version mußte jeden im Saal glauben machen, daß es sich tatsächlich so und nicht anders verhielt. Aber Mrs. Beatrice zieht eine Grimasse. Sie schüttelt höchst energisch den Kopf.

»Nein, Sir. Ich möchte da gern was erklären.«

»Bitte, tun Sie das, Ma'am.«

»Ich weiß, ich hab' diesen Gentleman gesehen.« Sie nickt zu mir hin. »Ich hab' das Mr. Molto oft und oft gesagt. Ich habe diesen Mann da gesehen, wie ich in den Bus einsteigen wollte. Ich erinner' mich auch, daß 'n Mann im Bus war, und es war an 'nem Dienstag, denn dienstags arbeite ich länger, weil Mrs. Younger da nicht vor halb acht heimkommt. Und ich erinner' mich, daß es 'n Weißer war, weil nicht viele weiße Gentlemen so spät mit 'm Bus in die Stadt reinfahren. Aber ich kann mich nicht genau erinnern, ob's dieser Gentleman gewesen ist oder 'n anderer. Ich weiß, daß er mir sehr bekannt vorkommt, dieser Herr da. Aber ich kann nicht sagen, ob ich ihn bloß so an der Haltestelle gesehn hab' oder an dem Abend im Bus.«

»Sie sind sich also nicht sicher darüber, ob es Mr. Sabich war, den Sie an dem fraglichen Abend gesehen haben?«

»Genau. Könnt' nicht sagen, ob er's war. Möglich wär's. Vielleicht war er's aber auch nicht. Ich kann's einfach nicht sagen, Sir.«

»Haben Sie mit Mr. Molto über Ihre Aussage gesprochen?«

»O ja, Sir. Oft, Sir.«

»Und haben Sie ihm alles das gesagt, was Sie jetzt uns erklärt haben?«

»O ja, Sir.«

Sandy dreht sich nach Molto um. Aus seinem Blick spricht stummer, überlegener Tadel.

Nach der Verhandlung schickt Stern mich heim. Er schnappt sich Barbara und schiebt sie an meine Seite.
»Führen Sie Ihre hübsche Frau zum Essen aus! Sie hat eine Belohnung verdient dafür, daß sie Sie so fabelhaft unterstützt.«
Ich sage, ich hätte gehofft, wir könnten uns über die Verteidigungsstrategie unterhalten, aber Sandy schüttelt den Kopf.
»Rusty, Sie müssen mich entschuldigen.« Als Vorsitzender des Strafprozeßkomitees der Anwaltskammer muß er für morgen abend ein Essen zu Ehren von Richter Magnuson vorbereiten; Magnuson hat drei Jahrzehnte lang Schwerverbrecher abgeurteilt und geht nun in Pension. »Und ich muß mich noch ein, zwei Stunden mit Kemp zusammensetzen«, fügt Stern wie nebenbei hinzu.
»Möchten Sie mir nicht sagen, wo Jamie heute nachmittag gewesen ist?«
Stern kneift die Augen zusammen. »Rusty, bitte. Seien Sie ein braver Junge!« Er hakt sich bei Barbara und mir ein. »Wir haben ein paar Informationen gekriegt. Soviel will ich Ihnen verraten: Sie betreffen meine Vernehmung von Doktor Kumagai. Sie wissen ja, die ist für morgen angesetzt. Aber es hat keinen Sinn, jetzt darüber zu sprechen. Das Ganze kann ein totales Mißverständnis sein, und ich möchte keine falschen Hoffnungen wecken. Es ist besser, Sie tappen noch ein bißchen im dunkeln, als daß Ihre Erwartungen enttäuscht werden. Bitte. Hören Sie auf meinen Rat! Sie haben in letzter Zeit immer bis spät in die Nacht gearbeitet. Gönnen Sie sich mal einen freien Abend! Übers Wochenende können wir dann die Verteidigung besprechen, wenn's dazu kommt.«
»›Wenn's dazu kommt?‹« frage ich. Ich verstehe nicht, was er meint. Soll das etwa heißen, wir werden nichts unternehmen, keine Beweise vorlegen? Oder ist diese neue Information so brisant, daß sie den Prozeß platzen lassen könnte?
»Bitte«, sagt Stern noch einmal. Dann führt er uns aus dem Saal. Jetzt ergreift Barbara die Initiative und nimmt mich bei der Hand.

Also gehen wir ins Rechtner's, ein altmodisches deutsches Restaurant in der Nähe des Gerichts, das ich schon immer gern gemocht habe. Barbara wirkt nach der erfreulichen Wende in der heutigen Verhandlung richtig aufgekratzt. Anscheinend war auch sie in Sorge, als sich gestern alles gegen mich verschworen zu haben schien. Sie schlägt vor, eine Flasche Wein zu bestellen, und sobald die Flasche geöffnet ist, fragt sie mich aus. Es macht ihr Spaß, mich endlich einmal unter vier Augen ins Kreuzverhör nehmen zu können. Daß ich mich in letzter Zeit so rar gemacht habe, hat sie offensichtlich frustriert. Sie stellt mir am laufenden Band Fragen und beobachtet mich dabei aus großen, dunklen Augen, die vor Spannung glitzern. Sie macht sich große Sorgen wegen der gestrigen Parteienübereinkunft zum Zeugnis von Haar & Faser. Warum haben wir den schriftlichen Bericht der Gutachter einer persönlichen Aussage vorgezogen? Sie verlangt eine detaillierte Aufstellung des Laborbefunds. Dann erkundigt sie sich eingehend nach Kumagai. Was haben wir von seiner Aussage zu erwarten? Ich antworte ebenso wortkarg, wie ich es schon die ganze Zeit über getan habe. Schließlich fordere ich sie, um mir mein Unbehagen nicht anmerken zu lassen, auf zu essen, bevor alles kalt wird. Wie immer schwingt in Barbaras Interesse irgend etwas mit, das mir angst macht. Ist ihre Neugier wirklich so abstrakt, wie es den Anschein hat? Fesseln sie die Winkelzüge des Verfahrens am Ende mehr als die Konsequenzen für mich? Ich versuche, die Unterhaltung in eine andere Bahn zu lenken, und frage sie, was wir von Nathaniel hören, aber Barbara durchschaut mein Ablenkungsmanöver.

»Weißt du«, sagt sie, »du wirst wieder ganz so wie früher.«

»Was soll das heißen?«

»Du bist wieder so ... so weit weg.«

Ich bin, wo ich bin, und sie beklagt sich. Trotz der wohltuenden Wirkung des Weins durchzuckt mich eine heillose Wut. Mein Gesicht sieht jetzt bestimmt so aus wie das meines Vaters, drohend und ungezähmt. Ich warte, bis der Anfall vorüber ist.

»Was ich jetzt durchmache, Barbara, ich nicht gerade leicht für mich. Ich versuche, damit fertig zu werden. Tag für Tag.«

»Ich will dir doch bloß helfen, Rusty! So gut ich nur kann.«

Ich antworte nicht. Vielleicht sollte ich wieder böse werden, aber wie jedesmal hinterläßt der Zorn bei mir nur abgrundtiefe Traurigkeit.
Über den Tisch hinweg greife ich nach ihren beiden Händen und nehme sie zwischen die meinen.
»Ich hab' nicht aufgegeben. Ich möchte, daß du das weißt. Es ist jetzt sehr schwer für mich. Ich versuche nur, es hinter mich zu bringen. Aber ich gebe nicht auf, keine Spur. Ich will soviel wie möglich übrigbehalten, wenn ich die Chance kriege, noch mal von vorn anzufangen, okay?«
Ihr Blick ist so offen wie selten, und schließlich nickt sie.
Auf der Heimfahrt frage ich noch einmal nach Nat, und Barbara erzählt mir, was sie mir bisher verschwiegen hat. Der Leiter des Ferienlagers hat sie mehrmals angerufen. Nathaniel wacht jede Nacht schreiend auf, weil er Alpträume hat. Der Direktor, der sich anfangs nichts dabei dachte, weil er es den Eingewöhnungsschwierigkeiten des Jungen zuschrieb, ist nun der Meinung, daß es sich um ein ernstes Problem handelt. Unser Sohn hat nicht einfach bloß Heimweh. Er hat Angst um mich, und diese Ängste haben sich durch die Trennung nur noch verschlimmert. Der Direktor hat Barbara nahegelegt, den Jungen heimzuholen.
»Was macht Nat denn für einen Eindruck am Telefon?«
Barbara hat zweimal mit ihm telefoniert, während der Mittagspause, die einzige Zeit, da man ihn erreichen kann. Ich war beide Male mit Stern und Kemp zusammen.
»Ich habe ihm eigentlich nichts angemerkt. Er bemüht sich, tapfer zu sein. Aber ich denke, der Direktor hat recht, da kann man eben nichts machen. Zu Hause wird es ihm bessergehen.«
Ich bin sofort einverstanden. Ich fühle mich gerührt und – so pervers das auch klingen mag – ermutigt, weil mein Sohn sich so sehr um mich sorgt. Aber die Tatsache, daß Barbara dies so lange für sich behalten hat, rührt an alte Wunden. Wieder meldet sich die Wut, aber ich sage mir, daß ich unvernünftig bin und töricht. Sie wollte mich nur nicht noch mehr belasten, das ist alles. Und doch versteht sie sich beunruhigend gut darauf, Dinge für sich zu behalten.
Als wir die Haustür aufschließen, klingelt drinnen das Telefon.

Ich denke, es ist Kemp oder Stern, endlich bereit, die große Neuigkeit mit mir zu teilen. Statt dessen ist es Lipranzer, der sich noch immer nicht mit Namen meldet.

»Ich glaub', wir ham was«, sagt er. »In der bewußten Angelegenheit.« Leon.

»Können Sie reden?«

»Nicht gut. Ich wollte bloß fragen, ob Sie morgen abend frei sind. Spät. Wenn ich Schluß mache.«

»Nach Mitternacht?«

»Ja. Dachte, wir könnten vielleicht 'ne Spritztour machen. Einen Typ besuchen?«

»Sie haben ihn gefunden?« Mein Herz macht einen Sprung. Unglaublich. Lipranzer hat Leon aufgestöbert.

»Sieht so aus. Morgen weiß ich's bestimmt. Sie werden auch Ihren Spaß dran haben.« Durchs Telefon höre ich, wie jemand mit Lip spricht. »Hören Sie, ich muß Schluß machen. Wollt' Ihnen bloß Bescheid geben. Morgen nacht also!« Er lacht, eine Seltenheit bei Dan Lipranzer, besonders in diesen Tagen. »Sie werden Ihren Spaß haben«, sagt er.

33

»Dok-tor Kumagai«, sagt Sandy Stern in einem Ton, der von der ersten Silbe an vor Hohn trieft. Es ist fünf nach zwei, die Nachmittagssitzung hat eben begonnen, und dies sind die ersten Worte des Kreuzverhörs, das sowohl Stern als auch Kemp mir insgeheim als das aufsehenerregendste des Prozesses in Aussicht gestellt haben.

Tatsuo Kumagai – Ted für seine Freunde –, der letzte Zeuge der Anklage, sieht Stern schlaff vor Gleichgültigkeit an. Er hat die Hände gefaltet. Sein braunes Gesicht spiegelt selbstgefällige Gelassenheit. Er präsentiert sich dem Gericht als ein Mann, der keines besonderen Ausdrucks bedarf. Er ist ein Experte, einer, der unbeteiligt Fakten weitergibt. Er trägt einen blauen Cordanzug, und sein volles schwarzes Haar ist straff und ungescheitelt zurückgekämmt. Bei seiner Vernehmung durch den Staatsanwalt heute morgen habe ich Painless zum erstenmal als Zeugen erlebt, und er schlug sich etwas besser, als ich erwartet habe. Der Medizinerjargon und Kumagais ungewöhnliche Diktion veranlaßten den Protokollführer zu mehrmaligen Unterbrechungen, damit der Zeuge Antworten wiederholen oder buchstabieren konnte. Aber Kumagai hat zweifellos eine gewisse Ausstrahlung. Seine angeborene Arroganz wirkt im Zeugenstand wie Selbstvertrauen, und das steht einem erfahrenen Arzt wohl an. Sein Bildungsgang ist eindrucksvoll. Er hat auf drei Kontinenten studiert; seine Publikationen sind in aller Welt verbreitet; als Gerichtsmediziner hat er schon in sämtlichen Bundesstaaten als Gutachter bei Mordfällen mitgewirkt. Diese Referenzen wurden im Laufe einer langwierigen Prozedur zutage gefördert, die dazu dienen sollte, Painless als erstklassigen Spezialisten auszuweisen. Im Gegensatz zu den Augenzeugen, die sich auf die Wiedergabe dessen beschränken müssen, was sie gesehen oder gehört haben, ist Kumagai gehalten, unter Berücksichtigung aller forensischen Beweise seine Theorie über den mutmaßlichen Tathergang vorzutragen. Vor seinem Auftritt wurden eine Reihe schriftlicher Gutachten verlesen. Die Analyse des Labors. Das Resultat der Bluttests. Im Zeugenstand faßte Painless deren Ergebnisse und seinen

Obduktionsbefund zu einem umfangreichen Bericht zusammen: In der Nacht zum zweiten April hatte Mrs. Polhemus Geschlechtsverkehr, und zwar höchstwahrscheinlich in beiderseitigem Einvernehmen. Diese Annahme stützt sich auf eine zweiprozentige Konzentration von Nonoxynol 9 sowie verschiedener Gel-Substanzen, die auf die Verwendung eines Diaphragmas schließen lassen. Der Mann, mit dem Mrs. Polhemus Verkehr hatte, war, genau wie ich, ein Sekretor der Blutgruppe A. Kurz nach dem Verkehr – der Zeitpunkt läßt sich relativ exakt anhand der ersten Samenablagerung in der Vagina bestimmen – wurde Mrs. Polhemus von hinten brutal niedergeschlagen. Ihr Angreifer war wie ich Rechtshänder. Dies ergibt sich aus dem Winkel, mit dem der Schlag genau auf ihre rechte Schädelhälfte gezielt war. Rückschlüsse auf die ungefähre Größe des Täters sind nicht möglich, da weder die Position des Opfers im Augenblick der Tat bekannt ist noch die Länge der Mordwaffe. Allerdings deutet die kraniale Verletzung darauf hin, daß das Opfer wieder, wenn auch nur kurz, auf die Füße gekommen war, ehe es den tödlichen Schlag empfing. Dann wurde anscheinend das Diaphragma entfernt und Mrs. Polhemus, die bereits tot war, gefesselt. Ohne daß Stern dagegen Einspruch erhob, sagte Painless aus, die Verwendung eines Spermizids einerseits und die entsicherten Fenster und Türen andererseits legten den Schluß nahe, daß der Mörder eine Vergewaltigung vorgetäuscht habe, um seine Identität zu verschleiern; ferner müsse der Täter mit den Methoden der Verbrechensbekämpfung vertraut und über Mrs. Polhemus' Aufgabenbereich in der Staatsanwaltschaft hinlänglich informiert gewesen sein.
Als Nico seinen Zeugen durch diese Zusammenfassung manövriert hatte, fragte er Painless, ob er mir seine Theorie über den Tathergang je mitgeteilt habe.
»Ja, Sir. Ich hab' Mr. Sabich um den zehnten oder elften April dieses Jahres getroffen, und wir besprachen diesen Fall.«
»Bitte, wiederholen Sie uns, was er zu Ihnen gesagt hat.«
»Nun, Mr. Sabich versuchte, mich zu überzeugen, daß Mrs. Polhemus durch einen Unfall gestorben ist – bei abwegigen Sexualpraktiken, für die sie sich freiwillig fesseln ließ.«

»Und was haben Sie erwidert?«
»Ich sagte, das ist lächerlich, und ich erklärte, was die Beweise zeigen, was wirklich passiert ist.«
»Und nachdem Sie Mr. Sabich Ihre Theorie über die tatsächlichen Vorgänge erläutert hatten, ging Ihre Unterredung da noch weiter?«
»Ja. Er regte sich sehr auf. Wurde wütend. Er stand auf und bedrohte mich. Er sagte, ich soll mich in acht nehmen, oder er klagt mich an, weil ich in seine Ermittlungen hineinpfusche. Er sagte noch mehr, aber in der Hauptsache war es das.«
Rechts und links von mir sahen Stern und Kemp zu, wie Painless im Zeugenstand seine Nummer abzog, und sie wirkten dabei so ruhig wie in Abrahams Schoß. Keiner von beiden machte sich die Mühe, etwas zu notieren. Ich weiß immer noch nicht, was passieren wird, allerdings habe ich es auch nicht anders gewollt.
»Kumagai hat einen Fehler gemacht«, sagte Kemp zu mir, als ich heute früh in die Kanzlei kam. »Einen großen.«
»Wie groß?« fragte ich.
»Enorm. Ein Riesenhammer.«
Ich nickte. Bei mir dachte ich, wenn's nicht um Painless ginge, würde es mich mehr überraschen.
»Möchten Sie wissen, worum es geht?« fragte Kemp.
Da merkte ich komischerweise, daß Stern die Lage ganz richtig beurteilt hatte. Es war besser, keine Details zu kennen. Nur zu hören, daß ein riesengroßer Fehler im Spiel war, genügte, um mich an den Rand ohnmächtigen Zorns zu treiben. Ich hatte kein Verlangen danach, diesem Herd des Aufruhrs noch näher zu kommen.
»Ich lass' mich lieber überraschen«, sagte ich zu Kemp. »Bei der Verhandlung werde ich es ja sowieso erfahren.«
Jetzt warte ich. Painless sitzt teilnahmslos da, ohne eine Spur von Nervosität. Beim Mittagessen hat Kemp mir gesagt, mit Kumagais Karriere könne es heute abend vorbei sein.

»Dok-tor Kumagai«, beginnt Stern, »Sie haben vor diesem Gericht als medizinischer Sachverständiger ausgesagt, ist das korrekt?«

»Ja, Sir.«
»Sie haben uns von Ihrer akademischen Laufbahn und Ihren wissenschaftlichen Arbeiten berichtet, nicht wahr?«
»Ich beantwortete Fragen dazu, ja.«
»Sie haben ausgesagt, daß Sie bereits in vielen früheren Prozessen als Gutachter gehört wurden.«
»In Hunderten«, sagt Painless. Jede Antwort kommt so gereizt, als wolle er sagen: Scher dich doch zum Teufel! Er will offenbar den zähen, klugen Burschen spielen, der jeden Strafverteidiger beim Kreuzverhör in die Tasche steckt.
»Doktor, hat man Ihre Fähigkeiten Ihres Wissens jemals in Zweifel gezogen?«
Painless setzt sich in Positur. Der Angriff hat begonnen. »Nein, Sir.«
»Doktor, trifft es nicht zu, daß sich im Lauf der Jahre viele Deputys der Staatsanwaltschaft über Ihre Arbeit als Gerichtsmediziner beklagt haben?«
»Nicht bei mir.«
»Nein, bei Ihnen nicht. Aber beim Polizeipräsidenten, was zumindest einen Vermerk in Ihrer Personalakte zur Folge hatte, oder?«
»Davon weiß ich nichts.«
Sandy reicht die Kopie des fraglichen Eintrags erst Nico, dann Kumagai.
»Nein, das habe ich nie gesehen«, sagt er sofort.
»Müssen Sie laut Polizeiverordnung nicht über jede Ergänzung Ihrer Personalakte informiert werden?«
»Kann sein, aber Sie fragten, ob ich mich erinnere. Daran erinnere ich mich nicht.«
»Danke, Doktor.« Sandy nimmt die Fotokopie wieder an sich, und während er damit an unseren Tisch zurückkommt, fragt er unvermittelt: »Haben Sie irgendwelche Spitznamen, Doktor?«
Kumagai zögert. Vielleicht wünscht er jetzt, daß er sich zu dem Vermerk in seiner Akte bekannt hätte. »Freunde sagen Ted zu mir.«
»Und sonst noch?«
»Ich gebrauche keine Spitznamen.«

»Nein, Sir, um Ihre Gewohnheiten geht es hier auch gar nicht. Ich habe gefragt, unter welchen Spitznamen *Sie* bekannt sind.«
»Ich verstehe die Frage nicht.«
»Doktor, hat man Sie jemals Painless genannt?«
»Mir ins Gesicht?«
»Oder auch Dritten gegenüber, im Gespräch über Sie, nun?«
Wieder zögert Painless einen Moment und rückt auf seinem Stuhl hin und her. »Kann sein«, sagt er endlich.
»Ihnen gefällt dieser Spitzname nicht, habe ich recht, Doktor?«
»Ich denke nicht darüber nach.«
»Sie erhielten diesen Beinamen vor etlichen Jahren vom damaligen Ersten Deputy, Mr. Sennett, und zwar aus wenig schmeichelhaftem Anlaß, nicht wahr?«
»Wenn Sie es sagen.«
»Mr. Sennett sagte Ihnen auf den Kopf zu, Sie hätten eine Autopsie verpfuscht und der einzige Mensch, der angesichts Ihrer Arbeitsweise schmerzlos – *painless* – bliebe, sei die Leiche, weil die nämlich tot sei.«
Tosendes Gelächter hallt durch den Saal. Sogar Larren schmunzelt hinter seinem Richtertisch. Ich rutsche nervös auf meinem Stuhl hin und her. Was immer Stern in der Hand hat, muß wirklich gut sein, denn zum erstenmal hat er es an seiner angeborenen Höflichkeit fehlen lassen. Bis jetzt grenzt sein Vernehmungsstil an Grausamkeit und Quälerei.
»Ich erinnere mich nicht«, sagt Painless kalt, als der Saal sich wieder beruhigt hat. Mit den Jahren hat er sich im Umgang mit den Regeln der Beweisführung einiges Geschick erworben. Jeder Polizist und jeder Staatsanwalt in Kindle County kennt diese Geschichte. Painless hat die Schultern hochgezogen. Unter gesenkten Lidern späht er zu Stern hinüber, wartet auf die nächste Attacke.
»Nun, Mr. Della Guardia und Mr. Molto gehören ebenfalls der Staatsanwaltschaft an, aber Ihre Zusammenarbeit mit diesen beiden Herren war weniger – sagen wir – unstimmig, nicht wahr, Doktor?«
»Sicher. Sie sind meine Freunde.« In diesem Punkt ist Pain-

less offenbar sorgfältig gedrillt worden. Er soll seine Kontakte zu Tommy und Delay offen zugeben und so deren Bedeutung für meinen Prozeß herunterspielen.

»Haben Sie während der laufenden Ermittlungen mit einem der beiden Herren über den Fall Polhemus gesprochen?«

»Manchmal plauderte ich mit Mr. Molto.«

»Wie oft haben Sie den Fall mit ihm diskutiert?«

»Wir hielten Kontakt. Ab und zu plauderten wir.«

»In den ersten Aprilwochen, haben Sie sich da öfter als fünfmal mit ihm unterhalten?«

»Sicher, wenn Sie es sagen.« Painless geht kein Risiko ein. Er weiß, daß die Vorladungen der Verteidigung verteilt sind. Er muß damit rechnen, daß wir auch seine Telefonate überprüft haben.

»Und Sie haben sich ausführlich mit Mr. Molto über diese Ermittlungen unterhalten?«

»Mr. Molto ist ein Freund. Er fragt, was ich mache, und ich sage es ihm. Wir sprechen nur über Dinge, über die jeder Informationen kriegen kann. Keine Grand-Jury-Geheimnisse.« Painless hat wieder sein selbstzufriedenes Lächeln aufgesetzt. Diese Antworten sind natürlich zuvor mit den Anklägern abgesprochen worden.

»Haben Sie Mr. Molto das Resultat der Laboruntersuchungen mitgeteilt, bevor Sie Mr. Sabich darüber informierten? Es geht mir vor allem um den Abstrich, bei dem das empfängnisverhütende Gel analysiert wurde.«

»Ich verstehe«, sagt Painless schroff. Sein Blick ist direkt auf Tommy gerichtet. Molto hat mit einer Hand sein Gesicht bedeckt, aber unter Kumagais Blick richtet er sich auf und läßt die Hand sinken.

»Ich denke, ja«, antwortet Kumagai.

Kaum hat er das gesagt, unterbricht Larren die Vernehmung.

»Einen Moment«, ruft da der Richter. »*Einen* Moment! Das Protokoll wird festhalten, daß Staatsanwalt Molto soeben eine Geste vollführt hat, die nach Meinung des Gerichts ein verabredetes Zeichen war, nach dem der Zeuge seine letzte Antwort ausrichten sollte. Weitere Maßnahmen betreffs Mr. Molto behalten wir uns für einen späteren Zeitpunkt vor. Fahren Sie fort, Herr Verteidiger!«

Tommy ist krebsrot im Gesicht, als er sich jetzt hochrappelt. »Euer Ehren, ich bitte vielmals um Verzeihung, aber ich weiß nicht, wovon Sie sprechen.«

Ich weiß es auch nicht, und dabei habe ich Molto die ganze Zeit beobachtet.

Aber Larren ist in Rage. »Die Geschworenen sind nicht blind, Mr. Molto. Und ich bin's ebensowenig. – Fahren Sie fort!« sagt er noch einmal zu Stern, allein sein Zorn ist zu groß, als daß er an sich halten könnte, und so dreht er sich denn gleich wieder zu Molto um und schwingt seinen Hammer. »Ich habe Sie bereits mehrmals verwarnt. Ich bin sehr ungehalten über Ihr Betragen in diesem Prozeß, Mr. Molto. Das wird ein Nachspiel haben.«

»Herr Richter«, wendet Tommy kläglich ein.

»Nehmen Sie wieder Platz, Sir! Mr. Stern, fahren Sie fort!«

Stern kommt an unseren Tisch. Ich erkläre ihm, was ich gesehen habe. Sandy ist auch nichts aufgefallen, trotzdem läßt er den Zwischenfall nicht auf sich beruhen. In gespreiztem Ton fragt er: »Es trifft doch zu, Doktor Kumagai, daß Sie und Mr. Molto schon immer besonders gut miteinander ausgekommen sind, nicht wahr?«

Die Frage provoziert ein paar höhnische Lacher, vor allem unter der Reporterriege. Kumagai bleibt die Antwort schuldig.

»Mr. Kumagai, Sie haben doch den Ehrgeiz, nicht wahr, Sir, Coroner von Kindle County zu werden?«

»Das möchte ich gern«, antwortet Painless mit entwaffnender Offenheit. »Doktor Russell macht seine Sache gut. Aber in zwei Jahren geht er in Pension. Vielleicht, daß ich mich dann um seinen Posten bewerbe.«

»Und die Empfehlung der Staatsanwaltschaft wäre Ihnen dabei von großem Nutzen, nicht wahr?«

»Wer weiß?« Painless lächelt. »Kann nicht schaden.«

Wider Willen muß ich Delay bewundern. Kumagai ist sein Zeuge, und er hat ihm offenbar geraten, sich freimütig zu allen Querelen des Wahlkampfs zu äußern. Nico will damit demonstrieren, wie objektiv die Anklage an den Fall herangeht; so versucht er bei den Geschworenen ein paar von Moltos Fauxpas wettzumachen. Und mir scheint, seine Rechnung geht auf.

Wenn der Richter sich eben nicht so vehement eingemischt hätte, wäre alles nach Plan gelaufen.

»Doktor Kumagai, hatten Sie und Mr. Molto schon vor April über die Möglichkeit gesprochen, daß Sie Coroner werden könnten?«

»Hören Sie, Mr. Molto und ich, wir sind Freunde. Ich rede, worüber ich will, er redet, worüber er will. Reden tun wir die ganze Zeit. April, Mai, Juni.«

»Und im April haben Sie sich auch mehrmals über diesen Fall unterhalten, schon bevor Sie den Laborbefund erhielten?«

»Kann schon sein.«

»Dieser Befund, Sir, betraf die Samenprobe, die Sie bei der Autopsie von Mrs. Polhemus entnommen hatten, ist das richtig?«

»Richtig.«

»Und die forensische Analyse ergab, daß der Spender dieses Samens dieselbe Blutgruppe hat wie Mr. Sabich. Ferner wurden in der Probe Spuren eines Spermizids nachgewiesen, die den Schluß nahelegen, Mrs. Polhemus habe ein Diaphragma benutzt. Ist das korrekt, Herr Doktor?«

»Das ist korrekt.«

»Und daß der Abstrich dieses empfängnisverhütende Mittel enthielt, ist Ihrer Meinung nach entscheidend, nicht wahr?«

»Alle Fakten sind entscheidend, Mr. Stern.«

»Aber dieses Faktum ist besonders wichtig, da Sie, Sir, uns glauben machen wollen, Mrs. Polhemus, die auf so tragische Weise enden mußte, sei nur dem Schein nach vergewaltigt worden, ist es nicht so?«

»Mit Glauben habe ich nichts zu tun. Ich gebe Gutachten.«

»Aber Sie sind doch der Meinung – um, wie es so schön heißt, auf des Pudels Kern zu kommen –, daß Mr. Sabich versucht hat, eine Vergewaltigung vorzutäuschen, ist es nicht so?«

»Wenn Sie es sagen.«

»Ist es etwa nicht das, was Sie unterstellen? Sie und Mr. Molto und Mr. Della Guardia? Seien wir doch ehrlich zu den Herrschaften.« Sandy zeigt auf die Geschworenenbank. »Ihrer Meinung nach war diese Vergewaltigung nichts weiter als ein gut inszeniertes Täuschungsmanöver. So gut, daß der Täter sich in den Ermittlungsmethoden der Polizei ausgekannt und auch über Mrs. Polhemus' Aufgabengebiet Bescheid gewußt haben muß. Habe ich recht?«

»Das sagte ich schon bei der Vernehmung durch den Staatsanwalt.«

»Und dies alles deutet auf Mr. Sabich hin, nicht wahr?«

»Wenn Sie es sagen.« Man sieht Painless an, daß er nicht glauben kann, Stern sei so ungeschickt, seinen eigenen Mandanten hineinzureiten. Aber Sandy bohrt weiter, sagt mehr, als Kumagai aus eigenem Antrieb riskieren würde, und Painless weidet sich schließlich in der für ihn typischen Art am Unglück eines anderen.

»Und all Ihre Schlußfolgerungen fußen letztendlich auf dem Rückstand dieses empfängnisverhütenden Gels in der Samenprobe, die Sie ins Labor geschickt haben, nicht wahr?«

»Mehr oder weniger.«

»Na, das Mehr überwiegt doch wohl beträchtlich, oder?«

»So kann man sagen.«

»Also sind diese Probe und das darin enthaltene Spermizid entscheidend für Ihr Gutachten?« fragt Stern und ist damit wieder am gleichen Punkt wie vorhin. Diesmal gibt Painless sich geschlagen. Er zuckt mit den Achseln und sagt ja.

»Doktor Kumagai, berücksichtigen Sie in Ihrem Sachverständigengutachten eigentlich auch, daß in Mrs. Polhemus' Wohnung keinerlei Gel gefunden wurde? Ist Ihnen Detective Greers diesbezügliche Zeugenaussage vor diesem Gericht bekannt?«

»Mein Gutachten gründet auf der wissenschaftlichen Analyse von Beweisen. Die Prozeßprotokolle lese ich nicht.«

»Aber sind Sie trotzdem mit dieser Aussage vertraut?«

»Ich habe davon gehört.«

»Und sind Sie als Wissenschaftler nicht beunruhigt darüber, daß Ihr Gutachten vom Vorhandensein eines Mittels abhängt, das sich offenbar gar nicht im Besitz des Opfers befand?«

»Ob ich beunruhigt bin?«

»So lautet meine Frage.«

»Nicht beunruhigt. Ich habe ein Gutachten abgeliefert über die wissenschaftliche Untersuchung von Indizien.«

Stern fixiert Painless mit durchdringendem Blick.

»Das Spermizid muß von irgendwo hergekommen sein, Mr. Stern. Ich weiß nicht, wo Damen solches Zeug verstecken. Aber es ist in der Probe. Das sagt der Test, und ein Test lügt nicht.«

»Ganz recht«, sagt Sandy Stern.

»Sie haben den Test bestätigt.«

»Wir haben bestätigt, daß in der von Ihnen eingesandten Probe ein Spermizid enthalten war. Ja, Sir, das haben wir allerdings.«

Sandy dreht eine Runde durch den Saal. Ich kann immer noch nicht erraten, was Kumagai wohl übersehen hat. Bis er die Billigung durch meinen Verteidiger erwähnte, hätte ich drauf gewettet, daß bei der Identifizierung des Spermizids ein Fehler unterlaufen ist.

»Doktor Kumagai, als Sie die Autopsie vornahmen, da haben Sie die Verwendung eines Spermizids durchaus nicht in Betracht gezogen, oder?«

»Daran kann ich mich jetzt nicht erinnern.«

»Nun, dann denken Sie bitte nach! Vertraten Sie nicht anfangs die Theorie, der Mann, der zuletzt mit Mrs. Polhemus Verkehr hatte, sei steril gewesen?«

»Weiß ich nicht mehr.«

»Ach nein? Sie haben zu Detective Lipranzer gesagt, Mrs. Polhemus' Mörder habe offenbar nicht lebensfähige Spermien produziert, war's nicht so? Detective Lipranzer hat bereits einmal vor dieser Jury ausgesagt. Ich bin sicher, es wäre kein Problem, ihn ein zweites Mal in den Zeugenstand zu rufen. Bitte denken Sie nach, Doktor Kumagai! Haben Sie das gesagt – ja oder nein?«

»Vielleicht. Der erste Eindruck ist immer vorläufig.«

»Na schön, das war also Ihr erster und sehr vorläufiger Eindruck. Aber damals glaubten Sie doch, ihn belegen zu können?«

»Kann sein.«

»Und erinnern Sie sich an den Befund, der Sie zu dieser Ansicht führte?«

»Nein, Sir.«

»Um die Wahrheit zu sagen, Doktor, ich bin sicher, ohne Unterstützung würde es Ihnen selbst dann schwerfallen, sich an eine Autopsie zu erinnern, wenn sie nur ein paar Tage zurückliegt, habe ich recht?«

»Manchmal ist das schwer, ja.«

»Wie viele Autopsien nehmen Sie pro Woche vor, Doktor?«

»Ein, zwei. Manchmal zehn. Kommt darauf an.«

»Erinnern Sie sich, wie viele es in dem Monat waren, als Mrs. Polhemus starb?«

»Nein, Sir.«

»Würde es Sie überraschen zu hören, daß es achtzehn waren?«

»Kann schon sein.«

»Und bei der Zahl liegt es doch auf der Hand, nicht wahr, daß Ihnen die genauen Details einer einzelnen Obduktion entfallen konnten?«

»Stimmt.«

»Aber als Sie mit Mr. Lipranzer sprachen, hatten Sie die Details noch relativ frisch in Erinnerung, nicht wahr?«

»Wahrscheinlich.«

»Und zu ihm haben Sie damals gesagt, der Mörder sei steril gewesen?«

»Ach ja, ich glaube, ich kann mich dunkel erinnern.«

»Nun, dann lassen Sie uns für einen Moment den Befund rekapitulieren, der Sie zu diesem vorläufigen Eindruck veranlaßt hat.«

Sandy referiert kurz das Wesentliche. Aufgrund der Leichenstarre und Blutgerinnung ließ sich annäherungsweise die Todesstunde bestimmen. Das relativ hohe Quantum männlicher Samenflüssigkeit im hinteren Scheidenbereich deutet darauf hin, daß Carolyn sich nach dem Geschlechtsakt kaum mehr in vertikaler Lage befunden haben kann; demnach muß sie kurz vor ihrer Ermordung Verkehr gehabt haben. Ferner wurden in den Eileitern keine lebenden Spermien sichergestellt, was im Normalfall bis zu zehn oder zwölf Stunden nach dem Verkehr zu erwarten ist, vorausgesetzt, es wurde kein Kontrazeptivum verwendet.

»Und um diese Phänomene zu erklären, vor allem die toten Spermien, stellten Sie die Theorie auf, der Angreifer sei steril gewesen. Zuerst kam Ihnen also nicht der Gedanke, es könne ein Spermizid benutzt worden sein, nicht wahr, Doktor?«

»Anscheinend nicht.«
»In der Rückschau muß es Ihnen doch sehr töricht vorkommen, daß Sie etwas so Naheliegendes wie die Verwendung eines empfängnisverhütenden Mittels ausgeschlossen haben?«
Painless macht eine wegwerfende Handbewegung. »Jeder macht mal einen Fehler.«
»Sie also auch?« Stern fixiert den medizinischen Gutachter der Staatsanwaltschaft. »Wie oft?«
Statt darauf zu antworten, versucht Kumagai sein unbedachtes Eingeständnis zu relativieren: »Mr. Stern, ich fand kein Diaphragma, nichts, was auf ein Kontrazeptivum hindeutet. Anscheinend, nehme ich an, hat das Opfer keins genommen.«
»Aber Doktor Kumagai, ein Fachmann Ihres Kalibers läßt sich doch bestimmt nicht so leicht täuschen?«
Kumagai lächelt. Er weiß, daß Sandy seinen Spott mit ihm treibt. »Jedes einzelne Faktum ist wichtig«, sagt er. »Mörder wissen das.«
»Aber Sie, Doktor, Sie haben doch nicht versucht, Detective Lipranzer zu täuschen, als Sie ihm Ihren ersten Eindruck mitteilten?«
»O nein!« Painless schüttelt energisch den Kopf. Auf diese Unterstellung war er vorbereitet.
»Sie müssen zum damaligen Zeitpunkt überzeugt gewesen sein, Doktor, daß kein Verhütungsmittel benutzt wurde – so überzeugt, daß Sie die Verwendung eines Spermizids gar nicht erst in Betracht zogen?«
»Hören Sie, Mr. Stern. Ich hatte eine Meinung. Das Labor hatte Resultate. Also änderte ich meine Meinung. Auch Lipranzer weiß, daß eine Meinung vorläufig sein kann.«
»Schön, lassen Sie uns die Sache unter einem anderen Blickwinkel betrachten. Zum Beispiel sind Sie doch überzeugt, Doktor, nicht wahr, daß eine Frau kein Verhütungsmittel benutzt, wenn sie weiß, daß sie nicht schwanger werden kann, stimmt das?«
»Sicher«, sagt er. »Aber Mrs. Polhemus hat ein Kind.«
»Das ist dem Gericht bekannt. Doch sehen wir einmal von Mrs. Polhemus ab. Konzentrieren Sie sich nur auf mein Bei-

spiel! Wenn eine Frau weiß, daß sie nicht empfangen kann, dann wäre es doch unvernünftig von ihr, ein Spermizid zu benutzen, nicht wahr?«

»Sicher. Unvernünftig«, stimmt Painless zu, aber seine Antworten kommen jetzt langsamer. Sein Blick verschleiert sich. Er hat keine Ahnung, worauf Stern hinauswill.

»Absurd?«

»Ich würde sagen, ja.«

»Können Sie als Gerichtsmediziner irgendeinen Grund dafür angeben, warum diese Frau aus unserem Beispiel ein Diaphragma oder ein Spermizid verwendet?«

»Wir sprechen aber nicht über eine Frau im Klimakterium?«

»Wir sprechen von einer Frau, die zweifelsfrei weiß, daß sie nicht empfangen kann.«

»Ich wüßte keinen Grund. Keinen medizinischen Grund.«

Sandy schaut zu Larren auf. »Euer Ehren, dürfte der Protokollführer sich die letzten fünf Fragen und Antworten markieren, damit er sie, falls das nötig sein sollte, später wiederholen kann?«

Kumagai sieht sich prüfend im Saal um. Er schaut den Richter an, den Protokollführer und schließlich die beiden Staatsanwälte. Jetzt runzelt er die Stirn. Die Falle, worin sie auch bestehen mag, ist gestellt. Jeder im Raum weiß das. Larren nickt dem Protokollführer zu, und der befestigt eine Büroklammer am obersten Rand seines Stenogramms.

»Sind Sie als Arzt nicht der Ansicht, Doktor Kumagai«, fragt Alejandro Stern, mein Anwalt, »daß Carolyn Polhemus eine Frau war, die wußte, daß sie gar nicht schwanger werden konnte?«

Kumagai sieht Stern ratlos an. Er beugt sich über das Mikrophon vor dem Zeugenstuhl.

»Nein.«

»Bitte, überstürzen Sie nichts, Doktor. Sie haben in jenen Wochen achtzehn Autopsien vorgenommen. Möchten Sie nicht lieber noch einmal Ihre ursprünglichen Aufzeichnungen konsultieren?«

»Ich weiß, daß die Lady Verhütungsmittel benutzte. *Sie* haben das Gutachten bestätigt.«

»Sir, ich muß Sie erneut berichtigen. Wir haben die Laboranalyse der Probe bestätigt, die *Sie* eingeschickt haben.«
Stern kehrt an unseren Tisch zurück. Kemp hält schon das Dokument bereit, das er jetzt braucht. Sandy legt eine Kopie auf den Tisch der Ankläger und überreicht Kumagai das Original.
»Erkennen Sie hier Ihren Autopsiebefund von Mrs. Polhemus wieder, Dr. Kumagai?«
Painless überfliegt ein paar Seiten. »Das ist meine Unterschrift«, sagt er.
»Würden Sie bitte den angestrichenen Absatz laut vorlesen?« Sandy wendet sich an Nico. »Seite zwei, Herr Staatsanwalt.«
Kumagai muß die Brille wechseln. »›Ligatur der Tuben. Verbleibende *fimbriae ovaricae* unverdächtig.‹« Kumagai starrt auf das Papier. Dann blättert er den Bericht noch einmal bis zum Ende durch. Schließlich schüttelt er den Kopf.
»Das stimmt nicht«, sagt er.
»Ihr eigener Autopsiebefund? Sie haben ihn doch während der Obduktion diktiert! Doktor, Sie wollen doch nicht andeuten, daß Ihnen bei der Autopsie ein Fehler unterlaufen ist?«
»Das stimmt nicht«, wiederholt Kumagai.
Stern kommt wieder an unseren Tisch, um ein zweites Papier in Empfang zu nehmen. Mir dämmert es allmählich. Ich schaue ihn fragend an, und als Kemp ihm das gewünschte Dokument reicht, flüstere ich: »Soll das heißen, Carolyn Polhemus hatte sich sterilisieren lassen?«
Es ist Kemp, der nickt.
Painless Kumagai steht kurz vor dem Zusammenbruch; soviel bekomme ich noch mit, obwohl ich vor lauter Aufregung nicht mehr klar denken kann. Zwei-, dreimal versichert er noch, es sei völlig unmöglich, daß Mrs. Polhemus sich zum Zwecke der Empfängnisverhütung die Eileiter habe durchtrennen lassen. Stern erkundigt sich spöttisch, ob Gutachten Dritter ihn vielleicht überzeugen könnten, und drückt ihm den Bericht des Gynäkologen in die Hand, der vor sechseinhalb Jahren den Eingriff vornahm, kurz nachdem Carolyn eine Abtreibung hatte. Ohne Zweifel war es dieser Arzt, den Kemp gestern nachmittag aufgesucht hat.

»Ich frage Sie noch einmal, Sir, wären Sie aufgrund dieses Zeugnisses geneigt, Ihre Meinung zu revidieren?«
Kumagai antwortet nicht.
»Sir, sind Sie als Sachverständiger jetzt der Ansicht, Carolyn Polhemus habe gewußt, daß sie nicht schwanger werden konnte?«
»Anscheinend.« Kumagai schaut von den Papieren auf. Ich bin so verwirrt, daß er mir tatsächlich leid tut. Als er jetzt spricht, wendet er sich nicht an Stern oder die Jury; seine Worte gelten Molto und Nico. »Ich habe es vergessen«, sagt er.
»Sir, ist es nicht absurd anzunehmen, daß Carolyn Polhemus in der Nacht zum zweiten April ein Spermizid benutzt hat?«
Kumagai antwortet nicht.
»Ist es nicht unvernünftig, das zu glauben?«
Der Zeuge schweigt.
»Sie können keinen Grund angeben, der plausibel machen würde, warum sie das getan haben sollte, nicht wahr, Sir?«
Kumagai blickt auf. Man kann ihm nicht ansehen, ob er nachdenkt oder einfach nur von Scham überwältigt ist. Mit beiden Händen umklammert er das Geländer des Zeugenstandes. Aber er antwortet immer noch nicht.
»Soll ich den Protokollführer bitten, die Antworten zu verlesen, die Sie vor ein paar Minuten auf ebendiese Fragen gegeben haben?«
Kumagai schüttelt den Kopf.
»Ist es nicht klar, Doktor, daß Carolyn Polhemus in der Nacht zum zweiten April *kein* Spermizid verwendet hat? Ist das nicht Ihre Ansicht als Sachverständiger? Halten Sie als Mediziner und Gerichtsgutachter das nicht auch für den einleuchtendsten Grund dafür, daß in ihrer Wohnung keine Spur eines Kontrazeptivums gefunden werden konnte?«
Kumagai seufzt. »Ich kann Ihre Fragen nicht beantworten, Sir«, bringt er einigermaßen würdevoll heraus.
»Nun, dann beantworten Sie mir eine andere: Ist es unter den gegebenen Fakten nicht klar, daß die Probe, die Sie ins Labor schickten, nicht von Carolyn Polhemus' Leiche stammte?«
Kumagai setzt sich zurück und rückt umständlich seine Brille zurecht. »Ich halte mich streng an Bestimmungen.«

»Wollen Sie den Geschworenen erklären, Sir, daß Sie sich zweifelsfrei daran erinnern, diese Probe entnommen, gekennzeichnet und dem Labor zugestellt zu haben?«
»Nein.«
»Ich wiederhole: Ist es nicht wahrscheinlich, daß der Abstrich, der das Spermizid enthielt sowie den Samen eines Sekretors mit Mr. Sabichs Blutgruppe, nicht von Carolyn Polhemus' Leiche stammt?«
Painless schüttelt wieder den Kopf. Aber diesmal bedeutet das kein Nein. Er weiß einfach nicht, was passiert ist.
»Möglich ist es«, sagt er schließlich.
Quer durch den Gerichtssaal höre ich, wie eine Männerstimme auf der Geschworenenbank sagt: »Verdammt, das ist doch der Gipfel!«
»Und diese Probe, Doktor Kumagai, wandert ins Labor, während Sie regelmäßig diese netten Plauderstündchen mit Mr. Molto hielten, habe ich recht?«
Da gewinnt Kumagai endlich seine Geistesgegenwart zurück. Er richtet sich kerzengerade auf. »Wollen Sie mich beschuldigen, Mr. Stern?«
Es vergeht einige Zeit, ehe Stern antwortet. »Für einen Prozeß haben wir hier wohl mehr als genug unbewiesene Anklagepunkte«, sagt er. Dann, bevor er sich wieder auf seinen Platz setzt, nickt er dem Zeugen zu, als wolle er sagen: Sie sind entlassen. »Dok-tor Kumagai«, ergänzt er laut.

Nach der Verhandlung sitzen Kemp und ich in Sterns Konferenzzimmer, wo Jamie Kumagais Kreuzverhör vor einem kleinen Publikum nachspielt, bestehend aus Sandys Sekretärin, Privatdetektiv Berman und zwei Jurastudenten, die in der Kanzlei ihr Praktikum absolvieren. Kemp hat eine Flasche Champagner aufgemacht, und von den jungen Leuten hat einer das Radio angestellt. Kemp, ein glänzender Schauspieler, führt eine Burleske auf, in der er abwechselnd Stern und Kumagai darstellt. In schneidendem Ton wiederholt er Sterns vernichtendste Fragen, wirft sich dann in einen Sessel, strampelt mit den Füßen und stößt Laute aus wie einer, den man erdrosselt. Wir biegen uns vor Lachen, als Stern zur Tür hereinkommt. Er ist im Smoking, oder vielmehr noch beim Ankleiden: Hosen und Kummerbund hat er bereits angelegt, ebenso das Frackhemd, doch die rote Fliege flattert noch ungebunden am Hals. Er wirft einen Blick auf unsere kleine Gesellschaft, und sein Gesicht verfärbt sich; er ist fuchsteufelswild. Man spürt, daß er sich nur mit Mühe beherrschen kann.

»Das ist höchst unpassend«, sagt er zu Kemp gewandt. »Wir stecken mitten in einem Prozeß. Dies ist nicht der Zeitpunkt, uns selbst zu gratulieren. Wir dürfen auch nicht die Spur selbstgefällig wirken, wenn wir morgen den Gerichtssaal betreten. Geschworene haben einen feinen Instinkt für so etwas. Und sie können dergleichen nicht ausstehen. Wenn Sie hier bitte Ordnung schaffen würden – ich habe mit meinem Mandanten zu reden. Rusty, hätten Sie einen Moment Zeit für mich?«

Er macht auf dem Absatz kehrt, und ich folge ihm in sein Privatbüro, ein Raum, dessen Atmosphäre fast feminin anmutet. Ich nehme an, Clara hatte bei der Einrichtung ihre Hand im Spiel. Helle Pastelltöne dominieren, und alles ist geschmackvoll aufeinander abgestimmt: die bodenlangen Vorhänge, der cremefarbene Teppich und die mit indischem Leinen überzogenen Polstermöbel, die in solcher Fülle im Zimmer verteilt sind, daß man sich förmlich genötigt fühlt, sich hinzusetzen. Stern hat an jeder Ecke seines Schreibtisches einen schweren kristallenen Aschenbecher stehen.

»Die Schuld trifft eigentlich eher mich als Jamie«, sage ich, sobald wir allein sind.

»Danke, das ist nett, Rusty, aber Ihnen kann ich nicht vorwerfen, daß Sie sich jetzt schon ein Urteil bilden. Er dagegen müßte es besser wissen.«

»Es war immerhin ein großer Triumph. Jamie hat hart gearbeitet. Und wir haben an seiner Vorführung unseren Spaß gehabt. Er hat doch nur versucht, Ihren Mandanten ein wenig aufzumöbeln.«

»Sie brauchen Kemp nicht vor mir in Schutz zu nehmen. Er ist ein erstklassiger Anwalt, und ich weiß seine Arbeit durchaus zu schätzen. Vielleicht sollte ich die Schuld bei mir suchen. Wenn ein Prozeß aufs Ende zusteuert, werde ich jedesmal furchtbar nervös.«

»Sie können auf den heutigen Tag stolz sein, Sandy. Selten gelingt einem Anwalt ein Kreuzverhör wie dieses, besonders nicht mit einem staatlichen medizinischen Sachverständigen.«

»Das ist wohl wahr.« Stern gönnt sich ein triumphierendes Lächeln. »Was für ein kapitaler Bock!« Aufseufzend schüttelt er den Kopf. »Aber jetzt ist's vorbei. Sie haben immer darauf bestanden, Rusty, und darum wollte ich kurz mein Verteidigungskonzept mit Ihnen besprechen. Ich wünschte, wir hätten mehr Zeit, aber ich habe mich schon vor Monaten verpflichtet, dieses Dinner für Richter Magnuson zu arrangieren. Della Guardia wird auch kommen, und so sind beide Parteien gleichermaßen im Nachteil. Doch nun zu Ihrer Verteidigung. Zu entscheiden hat darüber letztlich immer der Mandant. Wenn Sie es wünschen, werde ich Sie beraten. Andernfalls können Sie natürlich frei über mich verfügen.« Wie ich es mir gedacht habe, wollte Sandy warten, bis wir einen klaren Vorsprung hatten, ehe er mir gestattet, meine Entscheidung zu fällen. Ich weiß, was er jetzt vorschlagen wird.

»Glauben Sie, daß eine Verteidigung überhaupt noch notwendig sein wird?«

»Sie meinen, Richter Lyttle könnte morgen bereits an die Jury appellieren, Sie freizusprechen?«

»Ich frage Sie: Ich das möglich?«

»Es würde mich überraschen.« Er nimmt seine Zigarre aus dem Aschenbecher. »Realistisch betrachtet, würde ich sagen, nein.«

»Aber was bringt mich denn jetzt noch mit dem Verbrechen in Zusammenhang?«

»Rusty, ich brauche Sie wohl nicht zu belehren. Sie wissen doch, daß der Richter in diesem Stadium alle Indizien zugunsten der Anklage abwägen muß. Selbst Kumagais Aussagen im direkten Verhör mit Nico, so lächerlich sie jetzt auch scheinen mögen, müssen mit berücksichtigt werden. Um also auf Ihre Frage zu antworten: Die Sachbeweise sprechen durchwegs dafür, daß Sie zur Tatzeit in Carolyns Wohnung waren. Ihre Fingerabdrücke sind da. Teppichfusseln, die aus Ihrem Haus stammen könnten, wurden sichergestellt. Und dann sind da noch die Telefonprotokolle, die belegen, daß Sie mit Carolyn in Kontakt standen. Und all das wurde verheimlicht. Um aber die

Sache praktisch anzugehen: Kein Richter ist scharf darauf, in einem Prozeß dieses Formats die Rolle der Geschworenen als Entscheidungsträger an sich zu reißen. Damit würde er der Kritik Tür und Tor öffnen, vor allem aber bliebe in der Öffentlichkeit der Eindruck bestehen, der Fall sei nie gänzlich aufgeklärt worden. Nach meinem Dafürhalten sind die Beweise der Anklage im gegenwärtigen Stadium hauchdünn. Es ist anzunehmen, daß der Richter der gleichen Meinung ist. Aber er wird es ohne Zweifel vorziehen, Sie von den Geschworenen freisprechen zu lassen. Sollte das wider Erwarten nicht geschehen, kann Lyttle immer noch eingreifen, den Spruch der Jury umstoßen und Ihren Freispruch durchdrücken. So ungefähr, denke ich, wird der Richter kalkulieren.«

Was er sagt, klingt durchaus logisch, trotzdem hatte ich mir etwas anderes erhofft.

»Und damit wären wir bei unserer Verteidigungsstrategie«, sagt Stern. »Natürlich müssen wir gewisse Dokumente vorlegen. Wir wollen nachweisen, daß Barbara in der Uni war, so wie Sie es behauptet haben. Darum werden wir uns das Computerprotokoll beschaffen, aus dem hervorgeht, daß sie kurz nach acht das Institut betreten hat. Ferner wollen wir zeigen, daß die Autovermieter und Taxiunternehmen keinen Eintrag haben, der die Behauptung stützt, Sie wären in der Nacht zum zweiten April in die Stadt gefahren. Und noch so verschiedene Kleinigkeiten. Aber das ist eigentlich alles selbstverständlich, nicht wahr? Die Frage, die wir zu klären haben, heißt: Wollen wir Zeugen benennen?«

»An welche denken Sie da?«

»An Leumundszeugen. Ich denke da in erster Linie an Barbara.«

»Ich möchte nicht, daß sie in den Zeugenstand tritt.«

»Sie ist eine attraktive Frau, Rusty, und in der Jury sitzen fünf Männer. Sie kann Ihr Alibi sehr wirkungsvoll stützen. Dazu ist sie bestimmt bereit.«

»Wenn ich aussage und sie mir aus der ersten Reihe zulächelt, werden die Geschworenen auch wissen, daß sie mein Alibi bestätigt. Dazu ist es nicht nötig, daß der Staatsanwalt sie auseinandernimmt.«

Stern seufzt ungeduldig. Ich habe seine Pläne durchkreuzt. »Sie wollen nicht, daß ich in den Zeugenstand trete, stimmt's, Sandy?«

Er antwortet nicht gleich. Umständlich pustet er ein paar Stäubchen Zigarrenasche von seiner gefältelten Hemdbrust.

»Warum sind Sie dagegen?« frage ich. »Ist es wegen meiner Beziehung zu Carolyn? Ich werde sie nicht ableugnen.«

»Das weiß ich, Rusty. Und ich finde das nicht gerade ermutigend. Ein solches Geständnis würde der Anklage mächtig Auftrieb geben, was sie im Augenblick bitter nötig hat. Und ehrlich gesagt, besteht die Gefahr, daß diese Geschichte zwischen Carolyn und Ihnen sogar in Barbaras Kreuzverhör zur Sprache kommt. Als Ehefrau hat sie zwar das Recht, vertrauliche Mitteilungen ihres Gatten für sich zu behalten, und bräuchte also nicht auszusagen, was Sie ihr über diese Affäre anvertraut haben, aber man kann nie wissen. Alles in allem scheint mir das Risiko zu groß.« Ganz beiläufig hat Stern damit zugegeben, daß ich am Ende doch recht habe: Es hätte wirklich nicht viel Sinn, Barbara in den Zeugenstand zu rufen. »Was aber nun *Ihre* Aussage angeht, so macht mir etwas anderes weit mehr Kopfzerbrechen als die Enthüllung Ihres Liebeslebens.« Sandy steht auf. Er tut so, als wolle er sich die Beine vertreten, doch ich weiß, daß er sich neben mich auf die Couch setzen möchte: Von diesem Platz aus verkündet er nämlich alle schlechten Nachrichten. Auf dem Birkenholzschränkchen hinter seinem Schreibtisch rückt er im Vorbeigehen ein Bild von Clara und den Kindern gerade, dann läßt er sich ganz zwanglos neben mir nieder.

»Rusty, mir ist es auch lieber, wenn der Angeklagte in den Zeugenstand geht. Ganz gleich, wie oft und wie eindringlich den Geschworenen gepredigt wird, sie dürften das Schweigen des Beklagten nicht gegen ihn auslegen; solche Belehrungen sind immer nur in den Wind gesprochen. Die Jury will aus seinem Mund hören, daß er unschuldig ist. Das gilt besonders für jemanden wie Sie, der Übung darin hat, sich vor der Öffentlichkeit zu artikulieren. Trotzdem bin ich dagegen. Wir wissen doch beide, wie es läuft, Rusty: Es gibt zwei Sorten von Menschen, die gute und brauchbare Zeugen abgeben: unbedingte

Wahrheitsfanatiker und geschickte Lügner. Sie, mein Lieber, gehören zur ersten Spezies und würden im Normalfall als Zeuge in eigener Sache phantastisch wirken. Gewiß, Sie haben jahrelange Erfahrung im Umgang mit Geschworenen. Ich zweifle also nicht daran, daß Sie, falls Sie in den Zeugenstand träten und alles sagten, was Sie wissen, die Jury überzeugen und einen Freispruch erzielen würden. Verdientermaßen, wie ich hinzufügen möchte.«

Er streift mich mit einem flüchtigen, aber durchdringenden Blick. Ich bin nicht ganz sicher, ob das ein Vertrauensvotum für meine Unschuld ist oder nur ein weiterer Kommentar zum wackeligen Stand der Anklage, aber rein gefühlsmäßig tippe ich auf ersteres und bin freudig überrascht. Wer Stern kennt, würde allerdings nicht ausschließen, daß er mir dieses Kompliment jetzt nur gemacht hat, um die bittere Pille zu versüßen.

»Aber«, fährt er fort, »nachdem ich Sie nun seit Monaten beobachtet habe, kann ich mich des Eindrucks nicht erwehren, daß Sie eben nicht alles preisgeben würden, was Sie wissen. Einiges bliebe Ihr Geheimnis. Ich möchte bestimmt nicht neugierig erscheinen, das dürfen Sie mir glauben. Manche Zeugen muß man zum Reden bringen. Bei anderen ist es einem als Anwalt eher lieb, nicht alles zu wissen. Und in einigen wenigen Fällen berührt man tunlichst nicht die wunden Punkte. Genau das scheint mir bei Ihnen geraten. Ich bin sicher, Sie haben Ihre Wahl bewußt getroffen und sie sich wohl überlegt. Aber sei dem, wie es wolle, wenn einer in den Zeugenstand tritt mit dem Vorsatz, nicht die ganze Wahrheit zu sagen, so ist er wie ein dreibeiniges Tier in der Wildnis. Sie sind kein geschickter Lügner, Rusty. Und falls Nico zufällig über Ihren wunden Punkt stolpert, egal, wo er sitzt, dann wäre es sehr schlecht um Sie bestellt, mein Lieber.«

Das Schweigen zwischen uns dauert ein paar Takte länger als nötig.

»Wir müssen den Fall ganz realistisch bewerten«, sagt Stern. »Bis jetzt hat die Verteidigung noch keine wirkliche Schlappe einstecken müssen. Nun ja, mit einer Ausnahme vielleicht. Aber die Anklage ist mit keinem ihrer Beweise ungeschoren durchgekommen. Und heute nachmittag haben wir ihnen einen

Schlag versetzt, von dem sie sich kaum mehr erholen dürften. Als Ihr Anwalt kann ich Ihnen nur raten, gehen Sie nicht in den Zeugenstand. Wie Ihre Chancen auch stehen mögen – und ich gebe zu, daß ich sie nach dem heutigen Tag für recht gut halte –, also die besten Aussichten haben Sie ganz bestimmt, wenn alles bleibt, wie es ist, und Sie sich ruhig verhalten. Trotzdem muß ich Sie zum Schluß noch einmal daran erinnern, daß die endgültige Entscheidung natürlich bei Ihnen liegt. Ich bin Ihr Anwalt. Und wenn Sie es wünschen, werde ich Ihre Aussage vertrauensvoll und mit Überzeugung präsentieren, egal, was Sie auspacken. Sie brauchen sich nicht gleich heute abend zu entscheiden. Aber ich wollte, daß Sie bei Ihren letzten Überlegungen an diesem Thema auch meine Ansicht berücksichtigen.«

Ein paar Minuten später ist er fort, mit tadellos gebundener Fliege und der Smokingjacke, die während unseres Gesprächs auf einem Bügel hinter der Tür hing. Ich bleibe allein zurück, ganz melancholisch geworden durch das, was er mir prophezeit hat. So dicht haben Stern und ich noch nie vor einer offenen Aussprache gestanden. Aber nach all den Monaten verwirrt mich seine plötzliche Freimütigkeit, egal, wie freundlich oder elegant formuliert sie daherkommt.

Als ich mich schließlich aufraffe und hinausgehe, kriege ich auf einmal Lust, mir vor dem Heimweg noch ein Glas Champagner zu genehmigen. In Jamies Büro brennt Licht. Er arbeitet noch. Über einem Aktenschrank ist mit Tesastreifen ein Poster an der Wand befestigt. Vor schreiend rotem Hintergrund posiert ein junger Mann im Glitzerjackett. Er spielt Gitarre, und der Fotograf hat ihn mitten in der Bewegung erwischt; sein wirres Haar sieht aus wie eine windzerzauste Pusteblume: GALACTICS entziffere ich den weißen Schriftzug, der diagonal über das Plakat läuft. Bestimmt erkennen nur wenige, die in dieses kleine Büro kommen, in dem Gitarristen den zehn Jahre jüngeren Jamie.

»Ich hab' Ihnen beim Boß ziemlichen Zoff eingehandelt«, sage ich. »Tut mir wirklich leid.«

»Quatsch, das war meine eigene Schuld.« Er deutet auf einen Stuhl. »Mr. Stern ist der disziplinierteste Mensch, der mir je untergekommen ist.«

»Und ein verdammt guter Anwalt«, sage ich.
»Ja, nicht wahr. Haben Sie je so eine Wahnsinnsshow erlebt wie heute?«
»Noch nie. In zwölf Jahren nicht. Wie lange haben Sie das mit dem Gynäkologen eigentlich schon gewußt?«
»Sandy ist Sonntagabend über den bewußten Satz im Autopsiebefund gestolpert. Den Bericht des Gynäkologen haben wir uns gestern geholt. Soll ich Ihnen mal was sagen? Stern glaubt, das Ganze war bloß ein Kunstfehler. Er meint, Kumagai baut andauernd Scheiß. Als er den Laborbefund kriegte, hielt er sich an den und vergaß die Autopsie. Aber ich akzeptiere das nicht.«
»Nein? Was denken Sie denn?«
»Ich wette, man hat Sie reingelegt.«
»Nun, das vermute ich schon viel länger als Sie.«
»Und ich hab' Ihnen geglaubt. Jedenfalls die meiste Zeit.« Ich bin sicher, er denkt wieder an die Telefonprotokolle, doch er erwähnt sie nicht. »Wissen Sie, wer es war?«
»Wenn ich das wüßte, warum sollte ich es dann meinen Anwälten nicht sagen?«
»Was halten Sie von Molto?«
»Möglich«, sage ich. »Sogar wahrscheinlich.«
»Aber was hat er davon, daß Sie nicht an diese ominöse Akte rankönnen?«
»Die B-Akte. Genau.«
»Aber er kann doch unmöglich glauben, daß Sie nicht auspakken, wenn Ihnen das Wasser bis zum Hals steht.«
»Schon, aber betrachten Sie doch mal meine Lage. Man glaubt doch eher der Anschuldigung des Ersten Deputy der Staatsanwaltschaft als irgendeinem Irren, den sie wegen Mordes belangen, oder? Außerdem weiß er bestimmt nicht, wie weit wir mit unseren Ermittlungen gekommen sind. Er will einfach nur verhindern, daß man den Fall weiterverfolgt.«
»Finden Sie das nicht auch ziemlich seltsam?«
»Doch, wahrscheinlich traue ich deshalb meiner eigenen Theorie nicht ganz. Aber heute nacht werde ich mehr wissen.«
»Was ist denn heute nacht angesagt?«
Ich schüttele den Kopf. Mit Rücksicht auf Lipranzer darf ich

kein Risiko eingehen. Diese Sache muß strikt unter uns beiden bleiben.

»Haben Sie etwa vor, auf eigene Faust Nachforschungen anzustellen?«

»Sie treffen den Nagel auf den Kopf.«

»Rusty, Sie sollten sich besser in acht nehmen. Nicht, daß Sie am Ende noch Della Guardia einen Gefallen tun.«

»Keine Angst, ich weiß schon, was ich tue.« Im Aufstehen überdenke ich meine letzten Worte. Selten habe ich grundlos den Mund so voll genommen. Ich wünsche Kemp eine gute Nacht und gehe noch rasch ins Konferenzzimmer, um mir Champagner zu holen.

34

Wie der Nikolaus oder ein Waldschrat kommt Lipranzer kurz nach Mitternacht bei mir zu Hause an. Er wirkt lebhaft und ungewöhnlich gut gelaunt, als ihn Barbara im Bademantel an der Tür empfängt. Während ich auf Lip wartete, war ich so aufgekratzt, daß ich nicht das geringste Schlafbedürfnis verspürte. Statt dessen ließ ich die Ereignisse des Tages Revue passieren und empfand zum erstenmal seit Monaten so etwas wie aufkeimende Hoffnung. Es ist ein Gefühl, als würde man mit geschlossenen Lidern zitternd das Licht des neuen Tages herbeisehnen. Tief in meinem Innern entzündet sich wieder der Glaube, daß ich freikommen werde. Gestärkt durch diese heitere Erwartung, haben meine Frau und ich eine so angenehme Zeit miteinander verbracht wie schon seit Wochen nicht mehr. Stundenlang haben wir zusammen Kaffee getrunken, über Painless Kumagais Schlappe gesprochen und darüber, daß Nathaniel am Freitag heimkommen wird. Wie Balsam wirkt auf uns die Aussicht auf ein neues Leben.

»In der Stadt gehen die wildesten Gerüchte um«, erzählt Lipranzer. »Kurz bevor ich eben von der McGrath Hall wegfuhr, hab' ich mit einem Typ gequatscht, dem hatte es gerade Glendenning gesteckt. Delay soll gesagt haben, er will den Fall sausenlassen, und Tommy tobt und brüllt und versucht mit Gewalt, was Neues auszubaldowern. Ist da was dran?«

»Wär' schon möglich«, sage ich. Während Lip davon sprach, daß Nico eventuell aufgeben will, hat Barbara meinen Arm genommen.

»Was zum Teufel ist denn heute im Gericht passiert?« fragt Lip. Ich fange an, ihm von Kumagais Kreuzverhör zu erzählen, aber das hat er schon von anderen erfahren.

»Das weiß ich. Aber ich meine, wie ist das möglich? Ich habe Ihnen doch gesagt, der kleine Stinker hat damals behauptet, der Typ sei ein Blindgänger. Mir ist Wurscht, wie oft er das jetzt widerruft. Eins ist mal sicher. Ted Kumagai, der ist weg vom Fenster. Bei uns gibt's keinen, der nicht drauf wettet, daß sie ihn spätestens nächste Woche suspendieren.«

Wie Kemp es vorausgesagt hat. Mein Mitleid ist inzwischen verflogen.

Barbara bringt uns zur Tür. »Seid vorsichtig!« mahnt sie uns. Lipranzer und ich setzen uns in seinen Aries, den er in unserer Einfahrt geparkt hat. Als Lipranzer vorhin kam, habe ich noch einmal Kaffee aufgebrüht, diesmal einen besonders starken, und Barbara hat ihm einen zweiten Becher mit auf den Weg gegeben. Jetzt nippt er daran, während ich ungeduldig auf meinem Sitz hin und her rutsche.
»Also, wo soll's hingehen?« frage ich.
»Raten Sie doch mal«, antwortet er. Es ist natürlich ein bißchen spät, um noch Besuche zu machen. Aber ich bin seit langem an diese Methode der Polizei gewöhnt. Wenn man jemanden aufspüren muß, so versucht man es am besten mitten in der Nacht, denn da sind fast alle Leute daheim. »Erzählen Sie mir, was Sie über Leon wissen«, sagt Lip.
»Eigentlich gar nichts. Er hat irgendeinen Job, den er nicht verlieren möchte. Das ging aus dem Brief hervor. Also nehme ich an, daß er ganz gut verdient. Aber er steht ziemlich auf der Kippe, muß sich vorsehen. Ich weiß nicht, vielleicht hat er ein Restaurant oder eine Bar zusammen mit ein paar anständigen Partnern, die keine krummen Sachen dulden. Er könnte eigentlich alles machen, was halbwegs respektabel aussieht. Warten Sie, vielleicht leitet er eine Theatertruppe, wie ist das? Bin ich auf 'ner heißen Spur?«
»Sie kämen nie drauf! Ist er ein Weißer, was denken Sie?«
»Wahrscheinlich.«
»Falsch.«
»Sie wollen mich doch nicht auf den Arm nehmen?«
Lipranzer lacht.
»Na schön, die Fragestunde ist vorbei. Kommen Sie schon, Lip, lassen Sie die Katze aus dem Sack!«
»Stellen Sie sich vor, der Typ ist einer von den Night Saints!«
»Also, nun machen Sie mal 'nen Punkt.«
»Hat ein Vorstrafenregister so lang wie mein Arm. Die Kripo führt massenweise Material über ihn. Der Typ ist inzwischen so eine Art Lieutenant in der Bande, ein Diakon oder wie immer das bei den Saints heißt. Macht seine Geschäfte direkt vom Hauptquartier aus. Zwei Stockwerke hat er da. Ist schon seit Jahren eine große Nummer in der Gang. Anscheinend

hatte er Schiß, daß seine Hetero-Freunde ihn fallenlassen, wenn sie rauskriegen, daß er sich nachts in den Anlagen herumtreibt, um weißen Bubis den Schwanz zu lutschen. Das ist seine fixe Idee. Mojoleski hat 'nen Informanten, schwul wie ein Melker, unterrichtet an der High-School, der hat ihm allerhand über unseren Mann gesteckt. Wie's aussieht, sind er und Leon jahrelang heimlich miteinander rumgezogen. Der Typ war nämlich mal Leons Lehrer. Eddie Irgendwie. Ich wette zehn zu eins – das ist der Macker, der den Brief geschrieben hat.«

»Scheißkerl. Na, und wohin fahren wir jetzt? In die Grace Street?«

»In die Grace Street, genau«, sagt Lipranzer.

Wenn ich bloß den Namen höre, kriege ich schon eine Gänsehaut. Lionel Kenneally und ich haben seinerzeit ein paar Abende in der Gegend verbracht; das heißt eigentlich eher die Morgenstunden, drei, vier Uhr früh. Um diese Zeit ist ein Weißer dort am sichersten.

»Ich hab' bei ihm angerufen«, sagt Lipranzer. »Der Knabe muß ganz schön Kohle machen. Hat 'n Telefon und alles, was dazugehört. Der Sabbelkasten ist übrigens auf seinen Namen angemeldet. Dieser Berman, Ihr Privatdetektiv, scheint sich ja echt überarbeitet zu haben. Jedenfalls habe ich so vor 'ner Stunde angerufen. Hab' gesagt, ich werb' Abonennten für eine Zeitung. Er war nich' interessiert, aber er hat ›ja‹ gesagt, wie ich frag', ob ich mit Leon Wells verbunden bin.«

Ein Night Saint, denke ich, als wir stadteinwärts fahren. »Ein Night Saint«, sage ich laut.

Ich machte die Bekanntschaft des Viertels rings um die Grace Street in meinem vierten Dienstjahr als Deputy bei der Staatsanwaltschaft. Damals war ich gerade in den Zirkel von Raymond Horgans Lieblingen aufgestiegen, und er übertrug mir die Einsatzleitung bei einer großangelegten Polizeiaktion gegen die Night Saints. Diesen Sturmangriff auf die zahlenstärkste Straßengang der Stadt startete Raymond gerade rechtzeitig, um ihn als Zugpferd vor den Karren seines zweiten Wahlkampfes spannen zu können. Raymond hatte damit einen schlechthin idealen Köder gefunden. Für schwarze Gangster hatte in Kindle

County keiner etwas übrig, und falls unser Einsatz Erfolg hatte, würde er sein lästiges Image des mitleidigen Hüters unterdrückter Bevölkerungsgruppen endgültig los sein. Die Ermittlungen gegen die Saints brachten mich zum erstenmal ins Rampenlicht; nie zuvor hatte ich mit Reportern im Schlepptau gearbeitet. Die Säuberungsaktion kostete mich fast vier Jahre meines Lebens. Als Raymond sich dann um seine Wiederwahl bewarb, hatten wir einhundertsiebenundvierzig Bandenmitglieder überführt und verurteilt. Die Presse feierte Raymond Horgans beispiellosen Erfolg, aber keine Zeitung schrieb, daß immer noch über siebenhundert Saints frei herumliefen und die Straßen unsicher machten wie eh und je.

Die Entstehungsgeschichte der Saints würde ein ziemlich spannendes Thema für die Dissertation eines Soziologen abgeben. Ursprünglich nannten sie sich die Geächteten der Nacht und waren nichts weiter als eine kleine, nicht besonders gut organisierte Straßenbande im Norden der Stadt. Ihr Anführer hieß Melvin White. Melvin war ein Dieb. Er klaute Radkappen, Schießeisen, Post, jede Art von fahrbarem Untersatz, und hin und wieder knackte er auch mal Automaten. Eines Nachts töteten Melvin und drei seiner Kumpane einen arabischen Tankstellenbesitzer, der sie mit der Waffe bedrohte, als sie seine Kasse plündern wollten. Der Staatsanwalt plädierte auf Totschlag, und Melvin, der bis dahin nur mit der staatlichen Besserungsanstalt Bekanntschaft gemacht hatte, wanderte nach Rudyard, wo er und seine drei Freunde auf Männer stießen, die sie bewundern konnten. Als Melvin vier Jahre später wieder freikam, trug er einen Kaftan und Gebetsriemen und verkündete, er sei jetzt Chief Harukan, Führer des Ordens der Heiligen und Dämonen der Nacht: Die Night Saints waren geboren. Zwanzig schwarze Brüder Melvins kleideten sich wie er, ließen sich alle im selben Viertel nieder und fingen an, sich in der Gemeinde zu engagieren, wie sie das nannten. Melvin scharte seine Jünger in einem unbewohnten Mietshaus um sich, das er seinen Ashram nannte. Abends und am Wochenende predigte er über Lautsprecher, untertags jedoch lehrte er die, die Neigung und Talent dazu zeigten, wie man stiehlt.

Angefangen haben sie mit der Post. Die Saints hatten sich in die einzelnen Postämter eingeschleust. Sogar ziemlich viele. Sie stahlen nicht nur Schecks und Eintrittskarten, sondern verschafften sich auch Informationen über diverse Konten, so daß sie nach und nach in jeder Bank mittels Fälschung an Geld kommen konnten. Chief Harukan hatte das, was man – in Ermangelung einer treffenderen Bezeichnung – die Gabe nennen könnte, Grundprinzipien kapitalistischen Unternehmertums zu erkennen, weshalb er seine Profite auch immer gleich wieder anlegte, meist in heruntergekommene Immobilien im Norden, die die County zu Schleuderpreisen verkaufte. Nach und nach bekamen die Saints ganze Häuserzeilen in die Hand. Die Bandenmitglieder fuhren in protzigen Straßenkreuzern durch ihr Revier, hupten wie wild und drehten das Radio auf volle Lautstärke. Sie belästigten die Töchter der Anwohner und machten die Söhne zu Rowdys und Ganoven. Chief Harukan machte inzwischen auch auf der politischen Bühne von sich reden. Seine Jünger verteilten am Wochenende Nahrungsmittel an Bedürftige.

Als sie sich erst einmal etabliert hatten, brachte Melvin die Saints ins Drogengeschäft. Ganze Häuserblocks wurden in Verarbeitungszentren umgewandelt. Heruntergekommene Chemiker versetzten Heroin mit Chinin und Milchzucker, während sie von Melvins Gorillas mit der M-16 im Anschlag bewacht wurden. In einem zweiten Komplex füllten sechs Frauen, alle splitternackt, damit sie nichts am Körper verstecken und hinausschmuggeln konnten, den Stoff in Tütchen zu zehn Dollar das Stück und versiegelten sie. Überall im Saint-Land wurde an Straßenständen hochprozentiges Heroin verkauft. Es gab Drive-in-Kioske an Autowerkstätten und Tankstellen, wo sich die weißen Sprößlinge der Wohlstandsgesellschaft ihren Stoff problemlos besorgen konnten, und am Wochenende herrschte dort ein solcher Betrieb, daß ein Muskelprotz im Kaftan mit Sonnenbrille und Trillerpfeife den Verkehr regelte. Die Zeitungen machten ein paarmal den Versuch, über diese skandalösen Vorgänge zu berichten, aber das paßte den Cops nicht. Unter Melvins Abnehmern waren nämlich auch Polizisten, ein Umstand, den das Präsidium stillschweigend übersah. Und jene Cops, die clean waren, hatten einfach Angst. Denn die Saints mordeten. Mit dem Schießeisen, mit dem Messer, mit bloßen Händen. Sie töteten, wenn es Ärger mit den Dealern gab, aber sie killten auch wegen lächerlicher Meinungsverschiedenheiten, etwa weil jemand sich über die Polsterung in einem ihrer Schlitten lustig machte oder weil irgendwer sie aus Versehen auf dem Gehsteig anrempelte. Die Saints kontrollierten schließlich sechs Straßenzüge unserer Stadt, ihre eigene kleine Faschisten-Arena, und das Zentrum dieses Terrains bildeten die Mietskasernen in der Grace Street.

Ich habe oft sagen hören, diese Häuser seien architektonisch genau den Studentenwohnheimen in Stanford nachgebildet, aber wenn das stimmt, so läßt sich heute keine Ähnlichkeit mehr feststellen. Die kleinen Balkons auf der Rückseite jeder Wohnung sind mit einem feinmaschigen Drahtgeflecht vergittert, um dem Strom von Selbstmördern, Kleinkindern, Betrunkenen und Über-die-Brüstung-Gestoßenen ein Ende zu machen, die in den ersten fünf Jahren da herunterstürzten und auf dem Pflaster aufklatschten. Die Glasschiebetüren zwischen Balkon und Wohnraum sind größtenteils durch Sperrholzverschläge ersetzt, und auf den Balkonen selbst hängen Wäsche, Vereinsfahnen, alte Autoreifen, stapeln sich rostige Blechteile, Abfalltonnen und im Winter alles, was sich draußen besser hält als in der geheizten Wohnung. Nicht einmal ein Soziologe könnte wirklich verdeutlichen, wie weit das Leben in diesen drei Betonklötzen von dem entfernt ist, das die meisten von uns kennen und Gott sei Dank auch führen. »Das ist hier nicht die Sonntagsschule« war damals Lionel Kenneallys Lieblingskommentar. Und wie recht er hatte! Aber was sich dort abspielte, ließ sich nicht mit billiger Ironie, ja nicht einmal mit fanatischem Rassenhaß begreifen. Das Night-Saints-Land war ein Kriegsschauplatz, an Grausamkeit dem vergleichbar, was die Jungs berichteten, die aus Vietnam zurückkamen. Es war ein Land ohne Zukunft, ein Ort, an dem Ursache und Wirkung kaum noch etwas bedeuteten. Blut und Wut. Heiß und kalt. Das waren die Begriffe, die hier regierten. Eine Zukunft kannten diese Burschen nicht. Keinen interessierte es, was nächstes Jahr sein würde oder auch nur nächste Woche. Manchmal, wenn meine Zeugen den Alltag in den Saints-Blocks beschrie-

ben, was die meisten von ihnen zusammenhanglos und stokkend taten, fragte ich mich, ob die Leute nicht am Ende unter Halluzinationen litten. Morgan Hobberly, mein Star, ein ehemaliger Saint, der sich wirklich und wahrhaftig bekehrt hatte und nun sehr religiös war, erzählte mir, wie er eines Morgens buchstäblich aus dem Bett gefallen sei, weil vor seiner Wohnungstür eine Schießerei losging. Als er die Lage erkundete, fand er sich zwischen zwei Schwarzen wieder, die versuchten, sich gegenseitig mit Karabinern zu zerfetzen. Ich fragte Morgan, was er gemacht habe. »Bin zurück ins Bett, Baby. Nicht mein Bier. Hab' mir's Kissen übern Kopf gezogen, und aus.«
Wenn ich ehrlich sein soll, verdanke ich den Erfolg meiner vierjährigen Ermittlungen nur Morgan Hobberly. Die ganze heroische Unterwanderung der Gang, die Stern den Geschworenen bestimmt ein dutzendmal rühmend vor Augen gehalten hat, schrumpft in Wahrheit zu einem einzigen Glückstreffer zusammen: der Begegnung mit Morgan. Eine Organisation wie die Saints hatte freilich auch Mitglieder, die käuflich waren. Dutzende der Saints waren Polizeispitzel oder Informanten des FBI. Aber Melvin war klug genug, uns auch ein paar Abwehrleute unterzujubeln. Wir konnten nie sicher sein, ob ein Tip verläßlich war oder nur Bluff, denn wir kriegten von unseren Spionen jedesmal zwei, drei verschiedene Versionen derselben Story geliefert.
Doch auf Morgan Hobberly war Verlaß. Er war ein wirklicher Insider; nicht so sehr aus eigenem Antrieb, sondern weil die Saints ihn gern um sich hatten. Jeder von uns kennt einen Morgan Hobberly. Er war gewissermaßen als cooler Typ auf die Welt gekommen, sein umwerfender Charme war ihm angeboren wie manchen Leuten das Talent für Musik, Reiten oder Hochsprung. Seine Kleider saßen ganz einfach super. Er bewegte sich mit der Geschmeidigkeit eines Panthers. Eigentlich war er kein schöner Mann, aber er hatte Ausstrahlung, und er war immer präsent. Immer hielt er dabei ein bißchen auf Distanz, ja er hatte etwas Magisches an sich. Er berührte etwas in mir, das mich irgendwie an meine Gefühle für Nat erinnerte. Und weil die Stimme der Moral, die Morgan für eine göttliche hielt, ihm eines Morgens zuflüsterte, Harukans Wege seien

von Übel, fing Morgan an, klammheimlich für den Staat zu arbeiten. Wir verpaßten ihm einen Minisender, und er übertrug die Konferenzen der Bandenführer. Er besorgte uns Geheimnummern, und wir zapften die Leitungen an. In den siebzig Tagen, die Morgan Hobberly uns half, sammelten wir praktisch alle Beweise für einen zwei Jahre dauernden Prozeß. Natürlich schaffte er es nicht auf Dauer. Die Guten kommen bekanntlich nie durch. Es war Kenneally, der mir erzählte, man habe Morgan gefunden. Vom Revier, zu dem der Stadtwald gehört, hatte man ihn angerufen, und Lionel meinte, es höre sich gar nicht gut an. Als ich hinkam, wimmelte es bereits von Polizisten, Sanitätern und Reportern – wie immer bei einem Mord. Zuerst konnte ich Morgan gar nicht finden, so viele Leute trampelten sich gegenseitig auf den Füßen herum. Lionel war schon da, die Hände tief in den Taschen seiner Windjacke vergraben. Er guckte mich an, als seien wir zwei heimliche Verschwörer. »Da ham wir ganz schön Scheiß gebaut«, sagte er, und dann blickte er gerade so weit hinter sich, daß ich die Richtung erraten konnte.

Er war ertrunken. So urteilte später Coroner Russel. Ich ließ nicht zu, daß Kumagai die Leiche auch nur aus der Ferne betrachtete. Er war, schrieb der Coroner, in der Kloschüssel eines öffentlichen Aborts ertrunken. Dort hatten sie ihn gefunden, den Kopf und die gebrochenen Schulterblätter brutal durch die hölzerne Brille gezwängt. Die Leichenstarre war bereits eingetreten, so daß seine Beine steif und gespreizt in die Luft ragten wie die leblosen Glieder einer Vogelscheuche; seine grobe Arbeitshose, die schadhaften Nylonsocken und die abgetragenen Slipper vollendeten das Bild unsäglichen Jammers. Seine Haut – der Streifen sichtbaren Fleisches zwischen Hosenaufschlag und Socken – war purpurn, eine königliche Farbe. Ich stand in diesem engen Holzverschlag, in dem, obwohl wir bereits November hatten, immer noch ein paar Fliegen summten und auch ohne die Hitze des Sommers ein widerlicher Gestank herrschte, und ich sinnierte über Morgan Hobberlys seltsame Gemütsart nach und sah hinaus in den blauen Äther, in dem er meiner Einbildung gemäß immer geschwebt hatte. An Racheengel und Geister hatte ich damals nicht geglaubt;

jedenfalls war ich überzeugt gewesen, daß wenigstens dieser eine Mann unbehelligt seinen Weg gehen und sein Leben leben würde – heil und unversehrt.

Lipranzer wirkt kalt – nicht teilnahmslos oder abweisend, sondern so, als sei ihm kalt, obgleich wir jetzt im August selbst in den frühen Morgenstunden immer noch an die zwanzig Grad haben. Er hat die Schultern hochgezogen und das Kinn im Kragen seiner Windjacke vergraben. Ich kenne ihn gut genug, um dies als Zeichen von Beklommenheit, wenn nicht gar Furcht zu deuten. In diesem Revier habe vermutlich ich mehr Erfahrung.

»Na, wie geht's, Charlie Chan?« frage ich ihn, als wir die Betontreppe hochstiefeln.

»Mil nix gefallen diese Job, Boß«, sagt er. »Huh, huh, diese Albeit nix fül Challie Chan.«

In solchen Mietskasernen ist die Treppe der gängigste Verkehrsweg. Die Aufzüge funktionieren nur selten, und wenn sie es doch tun, dann benutzt sie trotzdem niemand, weil dem, der zwischen zwei Stockwerken und eingekeilt von einer Ladung Saints steckenbleibt, keine Gnade winkt. Also werden sämtliche Geschäfte im Treppenhaus abgewickelt; hier wird gedealt, Wein getrunken, gebumst. Es ist jetzt fast drei Uhr morgens, und trotzdem ist diese Verkehrsader noch nicht ausgestorben. Unterhalb vom vierten Stock trinken zwei Männer aus einer eingewickelten Flasche und versuchen, eine junge Frau zu becircen, deren Kopf schlaff gegen die Wand hängt. »He, wie geht's, Bruder?« rufen die beiden einem Schwarzen zu, der vor uns die Treppe hochsprintet. Zu Lip und mir sagen sie nichts, aber sie schauen uns aus eiskalten Augen unverschämt an, worauf Lip, ohne den Schritt zu verlangsamen, im Vorbeigehen seine Hundemarke herauszieht. Er will hier nicht mit einem gewöhnlichen Weißen verwechselt werden.

Am Ende der Treppe, im achten Stock, legt Lip den Finger an die Lippen und öffnet geräuschlos die Feuerschutztür. Ich schleiche hinter ihm her in den Korridor; wie überall in solchen Mietskasernen ist er hell erleuchtet, um Eindringlinge abzuschrecken; in den Winkeln lehnen Abfalltüten; es riecht nach

Schweiß und Urin. In einem Flur wie diesem hat einer von Lionel Kenneallys Leuten auf Melvin White geschossen, in der Nacht, als wir die erste Runde der Night Saints hochgehen ließen. Ich war draußen, um die Festnahmen zu überwachen. Nachdem wir alle den Schußwechsel gehört hatten, dauerte es noch zwanzig Minuten, ehe die Cops mich hineinließen. Inzwischen war der Notarztwagen eingetroffen, und ich ging zusammen mit den Sanitätern nach oben. Mit Hilfe von ein paar geschickten Chirurgen retteten sie schließlich Melvin das Leben, so daß wir ihn wieder nach Rudyard schicken konnten. Als ich ihn zuerst da liegen sah, schien Chief Harukan allerdings kaum eine Chance zu haben. Sie hatten ihn mitten in den Flur gebettet, gleich neben sein automatisches Gewehr. Er gab einen Laut von sich, zu gequält, zu verzweifelt für ein Stöhnen; sein Leib und die darum gepreßten Arme waren blutverschmiert. Zwischen seinen Händen lugte ein zerfetztes Stück Fleisch hervor. Und über ihm stand Stapleton Hobberly, der seit dem Tod seines Bruders Morgan den Spitzel für uns machte. Stapleton hatte sein Glied in der Hand. Er urinierte in Melvin Whites Gesicht, während die Cops an der Wand lehnten und zusahen. »Verdammte Scheiße, was soll ich denn sagen, wenn der Kerl ertrinkt?« fragte mich einer der Sanitäter.

Jetzt hämmert Lip an eine Tür. »Aufmachen, Leon! Wach auf, Mann, Polizei! Na los, mach schon! Wir woll'n uns bloß mit dir unterhalten.«

Wir warten. Das Haus wirkt auf einmal noch stiller. Lip trommelt wieder mit der flachen Hand gegen die Tür. Die kann man nicht eintreten. Sie ist wie alle anderen stahlverstärkt.

Lipranzer schüttelt den Kopf. Und in dem Moment geht die Tür plötzlich lautlos auf, sehr langsam. Der Raum dahinter liegt in pechschwarzer Finsternis. Noch bevor ich das leise metallische Klicken vernehme, bin ich in Alarmbereitschaft. Die Gefahr ist greifbar, ja ich kann sie fast riechen. Nachdem ich gehört habe, wie jemand im Dunkeln eine Waffe entsichert, geht mir schlagartig auf, daß wir die ideale Zielscheibe abgeben, während wir da im hellerleuchteten Flur stehen. Aber ich kann mich einfach nicht rühren. Dafür reagiert Lipranzer. Er duckt sich, hechtet auf mich zu und bringt mich mit einem gezielten Handkantenschlag in die Kniekehlen zu Fall. Ich lande auf einem Ellbogen und rolle zur Seite. Im nächsten Moment liegen wir beide flach auf dem Bauch, er rechts, ich links vor der Tür, und starren einander an. Lipranzer umklammert mit beiden Händen den Lauf einer Pistole. Er schließt die Augen und brüllt aus Leibeskräften.

»Leon, ich bin von der Po-li-zei! Dieser Mann ist auch von der Po-li-zei! Und wenn deine Kanone nicht in zehn Sekunden hier draußen liegt, dann baller' ich los und blas' dir den Arsch ab, bevor du ›Scheiß‹ sagen kannst. Achtung, ich fange an zu zählen!« Lip richtet sich auf, geht in die Hocke und preßt den Rücken gegen die Wand. Mit einer Kopfbewegung fordert er mich auf, es ihm nachzumachen. »Eins!« brüllt er.

»Mann«, ertönt es von drinnen, »ihr sagt, ihr seid Bullen, aber wie soll ich wissen, ob das stimmt, he?«

Lip zieht Dienstmarke und Lichtbildausweis aus der Tasche, robbt sich zentimeterweise an die Eingangstür heran und legt beides mit einer blitzschnellen Bewegung hinter die Schwelle. »Zwei!« schreit er und kriecht wieder zurück, zeigt hinauf zu dem erleuchteten Zeichen: AUSGANG. Gleich werden wir wohl um unser Leben laufen. »Drei!«

»Mann, ich mach' jetzt das Licht an, okay? Okay? Aber meine Kanone behalt' ich.«

»Vier!«

»Okay, okay, okay!« Der Schießprügel springt klirrend über die Fliesen und landet mit dumpfem Aufprall an der Bodenleiste. Ein schwerer, schwarzer Eumel. Bis er still liegenblieb, hielt ich ihn für eine Ratte. Ein schmales Lichtdreieck fällt über die Schwelle.

»Raus hier, Leon!« brüllt Lip. »Und auf die Knie!«

»O Mann!«

»Auf die Knie, wird's bald?«

»Schei-ße.« Er kommt im Entengang aus der Tür gewatschelt, die Hände vor sich ausgestreckt. Er macht jetzt auf Komiker. Die Cops, Mann. Immer so bierernst.

Lip klopft ihn ab und nickt. Zu dritt stehen wir auf. Lip schnappt sich seine Dienstmarke und den Ausweis. Leon trägt ein schwarzes ärmelloses T-Shirt und ein rotes Stirnband.

Sonst hat er nichts weiter an als die Unterhose. Anscheinend haben wir ihn aus dem Bett geholt. Ein muskulöser Riese mit glatter Haut.
»Ich bin Detective Lipranzer. Sonderdezernat. Ich möcht' gern reinkommen und ein paar Takte mit dir quatschen, Leon.«
»Und wer ist das da, Mann?«
»Mein Freund, verdammt!« Lip, der immer noch seine Kanone im Anschlag hat, schiebt Leon vor sich her. »Los jetzt, rein mit dir!« Leon geht als erster. Lip bleibt auf der Schwelle stehen, hebt die Pistole in Augenhöhe und checkt den Raum. Dann geht auch er hinein und durchsucht die Wohnung. Kurz darauf kommt er zurück und winkt mir: alles okay. Er steckt seine Waffe zurück in die Rückenhalfter unter der Jacke.
»Menschenskind, was hätten wir für Schlagzeilen gemacht, Lip!« Ich habe die Sprache wiedergefunden. »Wenn er geschossen hätte, dann würde ich Ihnen jetzt wahrscheinlich mein Leben verdanken.«
Lip macht ein verächtliches Gesicht. »Wenn er geschossen hätte, dann wär'n Sie tot gewesen, eh' ich Sie hätte runterziehen können.«
Drinnen wartet Leon auf uns. Seine Wohnung besteht aus zwei Zimmern und einer Kochnische. Er scheint ganz allein hier zu hausen, aber er schläft auf einer Matratze im Wohnzimmer. Inzwischen hat er sich eine lange Hose angezogen. Neben dem Lager stehen auf dem blanken Fußboden ein Plastikwecker und ein Aschenbecher.
»Wir woll'n dir bloß ein paar Fragen stellen«, sagt Lip. »Wenn du uns die Wahrheit sagst und keine faulen Tricks machst, bist du uns in fünf Minuten wieder los.«
»He, Mann, Sie kommen hier um drei Uhr früh reingeschneit! Nun halten Sie erst mal die Luft an, ja, geb'n Sie mir 'ne Chance, okay? Rufen Sie Charley Davis an, das is' mein Anwalt. Fragen Sie ihn. Ich bin saumüde, und ich hau' mich jetzt hin, okay?« Er lehnt sich auf der Matratze gegen die Wand zurück und macht die Augen zu.
»Du brauchst keinen Anwalt, Leon.«
Leon lacht mit geschlossenen Augen. Den Spruch hat er schon öfter gehört.

»Du kriegst Straffreiheit«, erklärt Lipranzer gewichtig. »Dieser Gentleman ist nämlich Staatsanwalt, stimmt's, Sir?«
Leon macht die Augen auf, und ich nicke.
»Na, siehst du, was hab' ich gesagt, du kriegst Straffreiheit.«
»Sieben-sieben-zwo«, sagt Leon, »fünf-acht-sechs-acht. Das is' seine Nummer, Mann. Charley Davis, mein Anwalt.«
»Leon«, sagt Lip sanft, »vor circa acht, neun Jahren, da hast du einem Deputy von der Staatsanwaltschaft fünfzehn Riesen hingeblättert, damit ein Problem, das du damals hattest, vom Tisch kam. Weißt du, wovon ich rede?«
»Hab' keinen Dunst, Mann. Okay? Hör'n Sie, Mann, Sie überfallen mich in meiner Wohnung, um diese Zeit, und stellen mir so beschissene Fragen. Bin ich denn blöd, Mann? Seh' ich aus wie ein beknackter Blödmann? Ich soll 'nem weißen Bullenarsch auf solchen Scheiß antworten? Ziehn Sie Leine, Mann! Gehn Sie nach Hause, los, haun Sie ab! Lassen Sie mich pennen, okay?« Er schließt wieder die Augen.
Lip macht eine Bewegung, die mich befürchten läßt, er könne erneut die Pistole ziehen. Ich überlege, ob ich ihn zurückhalten soll, aber er geht bloß ganz langsam auf Leon zu. Neben der Matratze, direkt am Kopfende, kauert er sich nieder. Leon hat ihn kommen sehen, aber sobald Lipranzer auf gleicher Höhe mit ihm ist, macht er wieder die Augen zu. Lip stößt Leon mehrmals den Zeigefinger in den Unterarm. Dann deutet er auf mich.
»Siehst du den Herrn, Leon? Das ist Rusty Sabich.«
Leon reißt die Augen auf. Der Saint-Killer. In seiner Wohnung!
»Scheiße! Ihr wollt mich wohl verarschen, was?«
»Zeigen Sie ihm Ihre Karte«, sagt Lipranzer.
Darauf bin ich eigentlich nicht vorbereitet, aber ich leere die Taschen meines Trenchcoats, der vorne ganz grau ist vom staubigen Fußboden draußen im Gang. Ich habe die Kopien bei mir, die Lip sich vor Monaten von Leons Gerichtsakte besorgt hat, ferner meinen Terminkalender und die Brieftasche. In der findet sich nach einigem Suchen eine ziemlich ramponierte Visitenkarte. Ich gebe sie Lipranzer, und der reicht sie an Leon weiter.

»Rusty Sabich«, wiederholt Lip.
»Na und?« fragt Leon trotzig.
»Nun hör mir mal zu, Freundchen! Was glaubst du wohl, wie viele von deinen Blutsbrüdern sich von ihm haben schmieren lassen, hm? Fünfundzwanzig? Fünfunddreißig? Wie viele Saints hat er gut bezahlt dafür, daß sie für ihn spionieren, na, was meinst du? Leg du dich nur wieder schlafen, Leon. Aber Rusty Sabich wird sich morgen früh ans Telefon hängen. Und dann erzählt er jedem einzelnen von seinen Verbindungsleuten, daß du draußen im Stadtwald rumschleichst und weißen Bubis den Schwanz lutschst. Er wird den Jungs Namen nennen, Leon, auch Ort und Zeit. Er wird ihnen stecken, wie sie alles über die schwule Sau rauskriegen können, die sie zu ihrem Diakon gemacht haben, ist das klar? Du meinst, ich mach' bloß Wind, red' Scheiß, wie? O nein, mein Freund, das ist kein Scheiß. Der Mann da hat Stapleton Hobberly euerem Chief Harukan ins Gesicht pissen lassen. Die Geschichte kennst du doch, oder? So, und nun komm, mein Junge, wir wollen ja nicht mehr von dir als fünf Minuten deiner kostbaren Zeit. Du sagst uns die volle Wahrheit, und wir lassen dich in Ruhe. Aber erst müssen wir ein paar Auskünfte haben, das ist alles.«
Leon hat sich kaum bewegt, aber seine Augen sind weit aufgerissen, während er Lipranzer lauscht. Sein Gesicht ist aschfahl geworden.
»Ja, Mann, und nächste Woche, da braucht ihr wieder was, und dann schlagt ihr mir wieder mitten in der Nacht die Tür ein und zieht den ganzen Scheiß noch mal ab. Ich kenn' mich doch aus, Mann.«
»Wir können dir gleich sagen, ob wir je wieder etwas von dir brauchen, mein Junge. Sobald du unsere Fragen beantwortet hast.« Was wir brauchen, ist Leons Zeugenaussage vor Gericht, falls er Molto bloßstellen kann. Aber Lip hat den Bogen raus; das sagt man den Burschen vorläufig besser nicht. »So, und jetzt lüg mich bloß nicht an, Leon. Erste Frage: Hast du fünfzehn Riesen geblecht, damit der Fall vom Tisch kam, oder nicht?«
Leon stöhnt. Er setzt sich auf.
»Dieser Scheißkerl Eddie. Sie wissen's doch schon, Mann, oder? Also, warum hacken Sie noch auf mir rum?«

»Leon«, sagt Lip ruhig, »ich warte auf deine Antwort.«
»Ja, Mann, ja! Ich hab' die fünfzehnhundert gelöhnt.«
Mein Herz pocht auf einmal ganz laut und vernehmlich. Zum erstenmal richte ich das Wort an Leon.
»Hatte die Frau etwas damit zu tun? Carolyn? Die Bewährungshelferin?«
Leon lacht. »Ja, Mann, das können Sie laut sagen.«
»Wie bitte?«
»Ach, nun kommen Sie, Mister! Sülzen Sie doch nicht so rum. Das Biest hat die ganze Sache eingerührt. Wie wenn Sie das nicht wüßten! Sagt zu mir, ich soll mir nicht ins Hemd machen, soll ich nicht, sie kümmert sich um alles. Ganz cool, die Lady, ganz cool. Wette, die hat das schon hundertmal gemacht. Hat mir gesagt, wo ich hinmuß, wie ich die Knete abliefern soll. Eiskalt, die Lady. Hör'n Sie, Mann?«
»O ja.« Ich kauere mich jetzt wie Lipranzer neben Leons Matratze. »Und war sie da, als Sie das Geld hinbrachten?«
»Und ob die da war. Saß da und war ganz cool. Sie wissen schon, Mann: ›Wie geht's, Leon? Setz dich doch!‹ Und dann hat der Affe zu reden angefangen.«
»War er hinter Ihnen?«
»Sie ham's erfaßt, Mann. Wie ich reinkomme, sagt sie zu mir: ›Dreh dich nicht um, tu einfach, was der Gentleman sagt!‹«
»Und er hat Ihnen gesagt, sie sollen das Geld in seinen Schreibtisch legen?«
»Nicht doch, Mister! In den Schreibtisch, vor dem ich sitze. Er sagt: ›Legen Sie's einfach in die oberste Schublade!‹«
»Das meine ich ja. Es war der Schreibtisch vom Staatsanwalt, stimmt's?«
»Genau.«
»Und du hast ihn bezahlt, stimmt's?« fragt Lipranzer. »Den Staatsanwalt?«
Leon schaut ihn tadelnd an.
»Mann, ich schmier' doch kein' miesen kleinen Staatsanwalt. Bin ich denn behämmert? Der tät' meine Knete einstecken, und dann sagt er: ›O nein, Leon, ich kann's nicht machen, mein Junge. Hab' gerade meine Order gekriegt, da läuft nix.‹ Den Scheiß hab' ich schon oft genug gehört.«

Lipranzer schaut sich nach mir um. Er hat noch nicht begriffen. Aber bei mir hat es geklickt. In diesem Augenblick. Endlich. Gott, war ich blind. Blind.

»Also wer hat's gekriegt?« fragt Lip.

Leon mauert. Er erzählt nicht gern einem Polizisten etwas, was er selbst nicht ganz durchschaut.

Ich antworte für ihn: »Der Richter, Lip. Leon hat den Richter bezahlt. Stimmt's?«

Leon nickt. »Genau, der schwarze Arsch, der war's, echt, Mann. Klar, er stand hinter mir. Im Gericht habe ich die Stimme gleich wiedererkannt.« Leon schnippt mit den Fingern, versucht, auf den Namen zu kommen. Aber er braucht sich nicht den Kopf zu zerbrechen. Der Name steht groß und breit auf der Anklageabweisung. Ich ziehe das Blatt aus der Tasche, um mich zu vergewissern. Diese Unterschrift würde ich unter Hunderten erkennen. In den letzten zwei Monaten habe ich sie schließlich oft genug gesehen. Sie ist ebenso charakteristisch wie alles, was Larren tut.

»Also was war nun los?« fragt Lip. Es ist inzwischen fast fünf, und wir sitzen im Wally's, einem Schuppen unten am Strom, der rund um die Uhr geöffnet hat. Der Laden war früher einmal berühmt für seine Doughnuts, lange bevor die großen Ketten den Markt überschwemmten und an sich rissen. »Larren hat die Tussi gevögelt und Schmiergelder kassiert, um ihr was bieten zu können, oder was?«

Lip ist immer noch ziemlich vollgedröhnt. Auf dem Weg hierher hat er an einer Bruchbude gehalten, wo unter der Hand steuerfreier Alkohol verschoben wird, und er hat sich ausgerechnet eine Flasche Pfirsichlikör gekauft. Er schüttete das Zeug hinunter wie Limonade. Unser Zusammenstoß mit Leon an der Wohnungstür saß ihm immer noch in den Knochen. »O Gott«, sagte er zu mir, »manchmal hasse ich's, Polizist zu sein.«

Jetzt schüttele ich als Antwort auf seine Fragen nur den Kopf. Ich weiß keine Antwort. Das einzige, was ich in der letzten Stunde wirklich begriffen habe, ist, daß es diese Geschichte war, mit der Kenneally bei unserem Treffen letzte Woche nicht

herausrücken wollte. Er hatte Angst, mir zu verraten, daß auch Larren Bestechungsgelder angenommen hat. Darum waren die Cops damals sauer: Weil sogar der Richter die Hand aufhielt und kassierte.
»Was ist mit Molto?« fragt Lip. »Glauben Sie, der hing mit drin?«
»Bestimmt nicht. Ich kann mir kaum vorstellen, daß Larren Lyttle sich auf Dreiecksgeschäfte einlassen würde. Von Nico weiß ich, daß Molto unsere Carolyn immer angehimmelt hat. Wahrscheinlich hat sie ihn hin und wieder gebeten, bei einem Fall die Augen zuzudrücken, und er hat ihr den Gefallen getan. Ich wette, der war genauso scharf auf sie wie alle anderen.« Alles sehr katholisch und verdrängt natürlich. Auch das würde ins Bild passen. Das war der Motor, der Molto auf Touren hielt. Unbefriedigte Leidenschaft.
Wir reden und spekulieren fast eine Stunde lang. Dann arbeitet endlich die Küche, und wir bestellen Eier mit Speck zum Frühstück. Über dem Strom geht die Sonne auf; der Himmel badet in rosigem Licht.
Mir fällt plötzlich etwas ein, und ich muß unwillkürlich lachen. Mein Lachen ist zu laut und fast peinlich unbeherrscht. Ein postpubertärer Anfall überschäumender Heiterkeit. Der Einfall ist albern und eigentlich überhaupt nicht lustig. Nun, es war ein langer und sehr sonderbarer Tag.
»Was ist?« fragt Lipranzer.
»So viele Jahre kenn' ich Sie schon, aber ich bin nie draufgekommen.«
»Auf was denn?«
Ich fange wieder an zu lachen. Es dauert einen Moment, bevor ich antworten kann. »Ich hab' nie bemerkt, daß Sie 'n Schießeisen tragen.«

35

Barbara rollt sich herum, als ich im Schlafanzug ans Bett trete. »Stehst du schon auf?« Sie blinzelt nach der Uhr. Es ist halb sieben. »Ist das nicht noch 'n bißchen früh?«
»Ich geh' schlafen.«
Sie schreckt hoch und stützt sich auf den Ellbogen, aber ich winke ab. Das soll heißen: Es lohnt sich nicht, darüber zu reden. Ich habe nicht erwartet, daß ich abschalten kann, doch ich bin sofort weg. Im Traum besuche ich meinen Vater im Gefängnis.
Barbara wartet bis zum allerletzten Moment, ehe sie mich weckt, und wir müssen rasen wie die Irren, um nicht zu spät zu kommen. Weil auf der Brücke dichter Verkehr herrscht, hat die Verhandlung bereits begonnen, als wir im Gericht eintreffen. Kemp und die beiden Staatsanwälte stehen vor dem Richtertisch, Nico hat das Wort. Er sieht mürrisch aus und mitgenommen, und die Art, wie er den Richter anspricht, kann man nur als erregt beschreiben. Die Geschworenen sind noch nicht im Saal.
Ich setze mich neben Stern. Barbara hat von unterwegs angerufen und ihm gesagt, daß wir uns verspäten würden, doch mit diplomatischem Geschick ist es ihr gelungen, den Grund zu verschweigen. Flüsternd versichere ich Sandy, daß wir beide ganz wohlauf sind; dann erklärt er mir, was sich gerade abspielt.
»Der Staatsanwalt geht zum Verzweiflungsangriff über. Ich erzähle Ihnen alles Nähere in der Pause. Jedenfalls wollen sie Molto in den Zeugenstand rufen.«
Ich hatte schon beim Eintreten den Eindruck, daß Nico sich darüber ereifert. Als er seine Auslassungen vor dem Richtertisch beendet hat, schaut Larren auf ihn hinunter und sagte schlicht: »Nein.«
»Euer Ehren...«
»Mr. Delay Guardia, wir haben diesen Punkt am ersten Verhandlungstag ausführlich diskutiert. Sie können Mr. Molto nicht aufrufen.«
»Herr Richter, damals hatten wir doch keine Ahnung...«

»Mr. Delay Guardia, wenn ich gesonnen wäre, Mr. Molto als Zeugen zuzulassen, dann könnte ich diesen Prozeß gleich für fehlerhaft geführt erklären und ergebnislos abbrechen. Denn sollte dieser Fall je vor das Berufungsgericht kommen – ich sage das ganz hypothetisch –, dann würde man ihn umgehend an uns zurückverweisen. Mr. Stern erkundigte sich gleich am ersten Tag nach Mr. Moltos Rolle in diesem Verfahren. Sie haben damals klipp und klar Ihren Verzicht auf seine Zeugenaussage erklärt, und dabei bleibt es.«

»Herr Richter, Sie sagten aber doch, uns stehe ein gewisser Spielraum zu, falls die Verteidigung auf dieser Intrigengeschichte beharrt.«

»Und ich habe Ihnen erlaubt, den Geschworenen ein ganz und gar unzulässiges Statement vorzutragen. Sie erinnern sich doch wohl, was geschah, als Mr. Horgan im Zeugenstand war? Aber ich hätte mehr Vertrauen in Mr. Sterns professionellen Scharfsinn haben und gleich davon ausgehen sollen, daß er einen solchen Weg nicht ohne Grund einschlägt. Nur wußte ich damals noch nicht, Mr. Della Guardia, daß Ihr wichtigstes Beweisstück verschwunden ist, nachdem Mr. Molto als letzter damit gesehen wurde. Ich wußte ebensowenig, daß Mr. Molto und der Gerichtsmediziner Indizien oder Zeugenaussagen gefälscht haben – ich kann Ihnen nämlich sagen, Sir, daß das die durchaus angemessene Interpretation der gestrigen Vorfälle ist. Ich überlege immer noch, was mit Mr. Molto geschehen soll. Aber eines wird ganz sicher nicht geschehen, Sir: Er wird nicht in den Zeugenstand treten und noch mehr Unheil anrichten. So, und nun bitte der zweite Punkt, den Sie vorbringen wollten!«

Nico steht stumm da, mit gesenktem Kopf. Als er sich wieder aufrichtet, zieht er, wie um Zeit zu gewinnen, sein Jackett zurecht. »Herr Richter, wir werden einen weiteren Zeugen benennen.«

»Und wen?«

»Doktor Miles Robinson, Mr. Sabichs Psychiater. Er stand bereits vor Beginn des Prozesses auf unserer Zeugenliste, doch dann wurde er wieder gestrichen. Ich habe Mr. Stern gestern abend davon in Kenntnis gesetzt, daß wir Doktor Robinson nun doch aufrufen möchten.«

Ich zucke nervös zusammen. Stern legt mir die Hand auf den Arm, um einer überstürzten Reaktion vorzubeugen.
»Was zum Teufel soll das?« flüstere ich.
»Ich wollte heute morgen mit Ihnen darüber sprechen«, sagt Stern ruhig. »Ich habe mich mit dem Doktor unterhalten. Gedulden Sie sich noch einen Augenblick! Ich werde Ihnen gleich erklären, was der Staatsanwalt meiner Meinung nach vorhat.«
»Und wo liegt das Problem?« fragt Larren. »Ist Mr. Stern dagegen, daß Sie diesen Herrn ohne vorherige Ankündigung in den Zeugenstand rufen?«
Stern erhebt sich. »Nein, Euer Ehren. Ich verwahre mich zwar gegen Doktor Robinsons Aussage, aber durchaus nicht wegen dieses Formfehlers.«
»Bitte, Mr. Stern, wir hören.«
»Euer Ehren, die Verteidigung erhebt aus zwei Gründen Einspruch. Wie aufgeklärt die meisten von uns der Psychotherapie auch gegenüberstehen mögen, für viele Menschen ist sie immer noch mit einem Stigma behaftet. Doktor Robinsons Aussage könnte daher bedenkliche Vorurteile gegen meinen Mandanten wecken. Wichtiger aber ist mir der zweite Grund. Ich fürchte nämlich, daß Mr. Molto, der, wenn ich recht verstehe, Doktor Robinson vernehmen soll, vom Zeugen Informationen erhalten will, die das Arztgeheimnis verletzen.«
»Verstehe«, sagt Larren. »Sie beantragen also, den Zeugen abzulehnen?«
Stern schaut auf mich herunter. Irgend etwas bedrückt ihn. Er beugt sich schon zu mir nieder, besinnt sich dann aber eines Besseren. »Euer Ehren, sehr wahrscheinlich werde ich jetzt mit meinen Ausführungen Anstoß erregen, und dafür bitte ich um Vergebung. Aber die Interessen meines Mandanten zwingen mich, deutlich zu werden. Herr Richter, ich bezweifle die Lauterkeit der Motive, aus denen die Anklage den Zeugen Doktor Robinson benannt hat. Ich erkenne keine sachlichen Gründe dafür, das Privileg des Arztes – und ganz besonders eines Psychiaters – aufzuheben, wonach seine Gespräche mit Patienten streng vertraulich zu behandeln sind. Meines Erachtens hat die Anklage diesen Zeugen im vollen Bewußtsein davon

benannt, daß die Verteidigung sich gegen seine Aussage verwahren und das Gericht diesem Antrag stattgeben muß. Geschieht das, wird der Staatsanwalt einen Sündenbock haben, sobald dieser Fall jenes Ende nimmt, auf das er, wie wir alle inzwischen wissen, unweigerlich zusteuert.«

Nico fährt wütend auf. Er stampft auf das Podium, so erbost ist er über Sterns Unterstellung, er und Molto legten es darauf an, den Richter auszutricksen. »Gegen diese Infamie protestiere ich ganz energisch und entschieden. Jawohl! Ich halte das für eine Unverschämtheit, Sir!« Noch einmal stampft er laut auf, macht auf dem Absatz kehrt, marschiert zurück auf seinen Platz, greift nach dem Wasserglas und funkelt Stern zornig an.

Larren schweigt lange. Als er endlich das Wort ergreift, nimmt er keinen Bezug auf Sterns Ausführungen. »Mr. Della Guardia, mit welcher Begründung wollen Sie Doktor Robinson veranlassen, seine Schweigepflicht zu brechen?«

Nico und Molto beraten miteinander. »Euer Ehren, der Zeuge Robinson wird bestätigen, daß Mr. Sabich ihn nur ein paarmal aufgesucht hat. Folglich glauben wir, daß er nicht ernsthaft vorhatte, sich in psychiatrische Behandlung zu begeben. Seine Angaben bei diesen wenigen Konsultationen unterliegen also kaum der Schweigepflicht.«

Ich kann nicht länger an mich halten. »So ein Scheiß«, sage ich erbittert, wenn auch leise. Vielleicht hat der Richter mich gehört, Jedenfalls schaut er zu mir herüber.

»Hören Sie, Herr Staatsanwalt«, sagt Larren dann, »dieser Prozeß ist bisher für die Anklage gar nicht gut gelaufen. Jeder Esel würde das merken, und niemand in diesem Saal ist ein Esel. Aber wenn Sie glauben, Mr. Delay Guardia, daß ich Ihnen erlaube, diesem Doktor Robinson vertrauliches Material aus der Nase zu ziehen, damit Sie hier ein Kaninchen aus dem Hut zaubern können, dann sind Sie auf dem Holzweg. Das kann und das werde ich nicht dulden. Nun, meine Herren, ich werde den Zeugen zulassen. Mr. Sterns Bedenken möchte ich vorerst nicht kommentieren. Ich weiß nicht, ob seine Vermutungen zutreffen. Aber ich behalte mir für jede Frage an Doktor Robinson die richterliche Entscheidung darüber vor, ob deren Beantwortung seine Schweigepflicht verletzt oder nicht. Wenn Sie den Zeugen den Geschworenen unter dieser Bedingung vorführen wollen, Mr. Della Guardia – bitte schön. Doch ich möchte Sie warnen, Sie stehen jetzt schon auf der Kippe. Das Betragen des einen Anklägers war bisher jämmerlich. Und wenn besagter Herr versuchen sollte, Doktor Robinson in Gegenwart der Jury vertrauliche Informationen zu entlocken, dann können Sie einpacken. Haben Sie sich mit Doktor Robinson ins Benehmen gesetzt, damit Sie wissen, auf welchen Sektor sich Ihre Fragen beschränken müssen?«

»Doktor Robinson hat es abgelehnt, sich mit uns zu treffen, Sir.«

»Na, das spricht für ihn. Mr. Delay Guardia, tun Sie, was Sie für richtig halten. Aber Sie sollten sicher sein, daß dieser Zeuge Sie einen großen Schritt weiterbringt. Ich kann mir nämlich lebhaft vorstellen, welchen Eindruck die Geschworenen bisher gewonnen haben.«

Nico bittet um einen Augenblick Bedenkzeit. Er und Molto ziehen sich in einen Winkel des Saales zurück. Tommy gestikuliert heftig. Er ist hochrot im Gesicht und fuchtelt ungestüm mit den Händen. Ich bin nicht überrascht, als Nico verkündet, die Anklage wolle wie geplant vorgehen.

Also werden die Geschworenen hereingebeten, und Miles Robinson betritt den Zeugenstand. Er ist Mitte Sechzig, ein sportlicher Typ mit kurzgeschorenem weißem Haar. Er hat eine gewinnende Art und wirkt überaus würdevoll. In früheren Zeiten hätte man ihn als *octoroon* eingestuft, als einen Mischling mit einem Achtel Negerblut. Robinsons Haut ist heller als meine, trotzdem fühlt er sich als Schwarzer. Ich lernte ihn vor vielen Jahren flüchtig kennen, als er vor Gericht ein Gutachten über einen angeblich Geisteskranken abgab. Er gilt landesweit als der führende Diagnostiker bei Gedächtnisverlust, ist ordentlicher Professor an der medizinischen Fakultät unserer Universität und zweiter Dekan des angegliederten psychologischen Seminars. Als ich mir nicht mehr zu helfen wußte, schien er mir weit und breit der beste Seelenklempner, zu dem ich hätte gehen können.

»Kennen Sie Rusty Sabich?« fragt Molto, sobald Robinson

seinen Namen, die Adresse seiner Praxis und seinen Beruf zu Protokoll gegeben hat.
Doktor Robinson wendet sich an den Richter. »Muß ich darauf antworten, Euer Ehren?«
Larren beugt sich vor. Er ist die Freundlichkeit in Person. »Doktor Robinson, Mr. Stern« – er zeigt auf Sandy – »vertritt Mr. Sabich. Sobald er der Meinung ist, daß Sie eine Frage nicht beantworten sollten, wird er Einspruch erheben. Andernfalls können Sie beruhigt Auskunft geben. Machen Sie sich keine Sorgen. Mr. Stern ist ein hochqualifizierter Anwalt.«
»Wir haben bereits miteinander gesprochen.«
»Dann ist ja alles in bester Ordnung. Wiederholen Sie die Frage!« bittet Larren den Protokollführer.
Der liest sie vor, und Robinson antwortet mit Ja.
»Welcher Art ist Ihre Bekanntschaft?«
»Er war mein Patient.«
»Wie oft hat er Sie konsultiert?«
»Ich habe gestern abend in meinen Unterlagen nachgesehen. Fünfmal.«
»In welchem Zeitraum?«
»Von Februar bis April dieses Jahres. Am dritten April war die letzte Sitzung.«
»Am dritten April?« Molto wendet sich an die Jury, doch die Geschworenen weichen seinem Blick aus. Er möchte natürlich auf die Tatsache aufmerksam machen, daß ich meinen Psychiater zwei Tage nach dem Mord zum letztenmal aufsuchte.
»Ja, Sir.«
»Hat Mr. Sabich sich jemals mit Ihnen über Carolyn Polhemus unterhalten?«
Unter die Schweigepflicht des Arztes zum Schutze seines Patienten fallen Gespräche, keine Handlungen. Bis jetzt hat Molto den Psychiater nicht gebeten, irgend etwas zu wiederholen, was ich ihm bei unseren Sitzungen erzählt habe. Aber bei dieser letzten Frage steht Stern auf.
»Einspruch, Euer Ehren.«
»Stattgegeben.« Der Richter hat die Arme über der Brust gekreuzt und starrt wütend auf Molto herunter. Es ist klar, daß er in diesem Fall Sandys Auffassung über das Motiv des Staats-

anwalts teilt. Larren hat einen sehr diplomatischen, taktisch klugen Weg eingeschlagen. Er läßt Robinson als Zeugen zu, weist aber jede aufschlußreiche Frage ab.

»Euer Ehren, darf ich Sie bitten, diese Entscheidung zu begründen?« Molto schaut trotzig zum Richtertisch hinauf. Mein Gott, wie sehr diese beiden Männer einander hassen. Mittlerweile bräuchte man wohl schon einen Archäologen, um durch das jahrelang angehäufte Sedimentgestein auf den Grund ihrer Ressentiments vorzustoßen. Manches davon muß mit Carolyn zusammenhängen. Molto ist zu primitiv, um nicht eifersüchtig gewesen zu sein. Ob er damals, als sie alle zusammen in der Justizabteilung Nord arbeiteten, gewußt hat, in welcher Beziehung Larren zu Carolyn stand? Daran habe ich die halbe Nacht herumgerätselt. Wer wußte damals was über wen? Und was argwöhnt Larren, daß Molto heute wissen könnte? Ein unerforschliches Labyrinth. Eines ist jedenfalls klar: Der Disput zwischen diesen beiden Männern hat inzwischen nichts mehr mit mir zu tun.

»Mr. Molto, Sie kennen die Begründung. Sie wurde besprochen, bevor die Geschworenen hereinkamen. Es geht hier um das Verhältnis eines Arztes zu seinem Patienten. Jedes ihrer Gespräche ist vertraulich und unterliegt der Schweigepflicht. Und wenn Sie meine Entscheidungen noch einmal in Gegenwart der Jury in Zweifel ziehen, so ist Ihre Vernehmung damit beendet. Fahren Sie fort!«

»Doktor Robinson, ist es korrekt, daß Mr. Sabich Sie nach dem dritten April nicht mehr konsultiert hat?«

»Ja, Sir.«

»Ihre Behandlung brach mit dem Tag ab?«

»Ja, Sir.«

»Herr Richter, ich gebe zu bedenken, daß die Gespräche zwischen Doktor Robinson und Mr. Sabich in Anbetracht dieses Umstandes nicht länger als vertraulich zu behandeln sind.«

»Mr. Molto, noch eine solche Bemerkung, und ich verurteile Sie wegen Mißachtung des Gerichts. Fahren Sie fort!«

Molto sieht sich nach Nico um. Dann setzt er alles auf eine Karte. Er mustert sein Arsenal und greift nach dem schärfsten Geschütz: »Hat Rusty Sabich Ihnen je erzählt, er habe Carolyn

Polhemus getötet?« Die Leute im Saal halten den Atem an. Die Atmosphäre ist zum Zerreißen gespannt. Aber ich begreife jetzt, warum Nico vorhin so vehement aufs Podium gestampft hat. Das ist die Frage, um derentwillen sie Robinson in den Zeugenstand geholt haben. So Nebensächliches, wie ob ich mit Carolyn geschlafen habe, interessiert sie nicht. Die Staatsanwaltschaft feuert einen letzten Schuß ins Blaue. Und der Richter tobt.

»Schluß!« schreit er. »Schluß, aus! Ich habe endgültig genug von Ihnen, Mr. Molto. Endgültig! Wenn die anderen Fragen Vertraulichkeitsschutz genießen, wieso dann diese nicht?«

Ich flüstere Stern etwas zu. Er sagt: »Nein.« Aber ich sage: »Ja«, packe ihn am Ellbogen und dränge ihn aufzustehen. Als er spricht, schwingt in seiner Stimme eine seltene Unsicherheit mit.

»Euer Ehren, wir erheben keinen Einspruch dagegen, daß die Frage in der gestellten Form beantwortet wird.«

Larren und Molto bleiben im ersten Moment beide die Antwort schuldig, der Richter vor Wut und Molto, weil er so perplex ist.

»Ich ziehe meine Frage zurück«, sagt Molto, als er schließlich begriffen hat.

Aber auch der Richter weiß jetzt, was los ist. »O nein, Sir. Sie werden nicht zuerst durch eine so unerhörte Frage die Geschworenen verunsichern und sie dann einfach zurücknehmen. Also, Mr. Stern, Sie verzichten auf Ihr Einspruchsrecht?«

Stern räuspert sich. »Euer Ehren, die Frage erfüllt zwar strenggenommen den Tatbestand der Anstiftung zur Verletzung des Arztgeheimnisses, kann aber meines Erachtens trotzdem ohne Schaden für meinen Mandanten beantwortet werden.«

»Verstehe«, sagt Larren. »Nun, ich nehme an, Sie haben recht. Falls die Antwort entsprechend ausfällt. Sie sind also bereit, dieses Risiko einzugehen, Herr Verteidiger?«

Sterns Blick sucht zwar flüchtig den meinen, doch seine Stimme klingt jetzt klar und fest: »Ja, Euer Ehren.«

»Schön, dann hören wir uns die Antwort an. Aber wir wollen zur Sicherheit erst rekapitulieren. Herr Stenograph, bitte noch einmal Mr. Moltos letzte Frage.«

Der Protokollführer steht auf und liest mit ausdrucksloser

Stimme vor: »Hat Rusty Sabich Ihnen je erzählt, er habe Carolyn Polhemus getötet?«
Larren hebt die Hand, damit der Mann sich wieder setzen und zur Mitschrift der Antwort bereit machen kann. Dann nickt der Richter dem Zeugen zu.
»Die Antwort auf die Frage«, sagt Robinson in seiner gemessenen Art, »lautet: Nein. Mr. Sabich hat niemals von so etwas gesprochen.«
Noch nie ist es im Saal so unruhig gewesen, aber man erkennt deutlich, daß die Leute nur ihrer Erleichterung Luft machen. Die Geschworenen nicken. Die Lehrerin lächelt mir zu.
Aber einer wie Molto gibt nicht auf: »Haben Sie und Mr. Sabich sich je in anderem Zusammenhang über den Mord an Mrs. Polhemus unterhalten?«
»Einspruch gegen diese Frage und alle weiteren betreffs der Gespräche zwischen Mr. Sabich und Doktor Robinson.«
»Einspruch stattgegeben. Das Gericht wertet den Einspruch als Antrag auf Entlassung des Zeugen. Dem Antrag wird stattgegeben. Doktor Robinson, sie können gehen.«
»Euer Ehren!« ruft Molto. Aber Nico packt ihn beim Arm und zieht ihn vom Podium fort. Die beiden diskutieren hitzig und erregt. Nico nickt mehrmals, wie um Tommy zu beruhigen. Er wirkt fest entschlossen, sich nicht durch Tommys Empörung anstecken zu lassen.
Der Richter schaut nur auf Nico. »Darf ich annehmen, Mr. Delay Guardia, daß die Staatsanwaltschaft ihre Beweisaufnahme damit abgeschlossen hat?«
»Jawohl, Herr Richter. Im Namen des Volkes von Kindle County: Der Staat schließt die Beweisaufnahme.«
Larren wird nun die Geschworenen ins Wochenende entlassen und Sterns Antrag auf Freispruch für seinen Mandanten entgegennehmen. Schon wendet er sich an die Jury: »Meine Damen und Herren, normalerweise würde ich Sie jetzt bitten, den Sitzungssaal zu verlassen. Doch das werde ich nicht tun. In diesem Verfahren sind Sie Ihrer Pflichten enthoben...«
Ich verstehe nicht gleich, doch als erst Kemp und dann Stern mich umarmen, weiß ich, was passiert ist. Mein Prozeß ist vorbei. Der Richter hat inzwischen weitergesprochen. Er

erklärt den Geschworenen, es stehe ihnen frei, im Saal zu bleiben und seiner Schlußerklärung beizuwohnen. Mir kommen die Tränen. Ich lasse den Kopf auf den Tisch fallen und schluchze hemmungslos. Aber im nächsten Moment richte ich mich wieder auf, um zu hören, wie Larren Lyttle mich freispricht.

»Ich habe«, sagt er zu den Geschworenen, »in den letzten vierundzwanzig Stunden gründlich über diesen Fall nachgedacht. Im gegenwärtigen Stadium beantragt der Verteidiger gewöhnlich Freispruch für seinen Mandanten. Und meistens entscheidet der Richter sich dann für eine Fortsetzung des Verfahrens. In der Regel liegen genügend Beweise vor, so daß eine vernünftige Jury den Angeklagten schuldig sprechen kann. Ich denke, es ist nur fair hinzuzufügen, daß dies auch so sein sollte. Kein Bürger sollte vor Gericht gestellt werden, es sei denn, die Beweislast gegen ihn ist so eindeutig, daß ein Dutzend Gerechter zu dem Schluß kommen kann, er sei zweifelsfrei schuldig und mithin zu Recht angeklagt. Ich meine, das erfordert die Gerechtigkeit. In diesem Fall aber wurde meines Erachtens der Gerechtigkeit nicht Genüge getan. Soweit ich die Ankläger verstanden habe, hegen Sie irgendeinen Verdacht. Bis gestern hätte ich wahrscheinlich noch eingeräumt, daß dieser Verdacht begründet ist. Jetzt bin ich mir dessen nicht mehr so sicher. Ich darf Sie, meine Damen und Herren, nicht über Beweise urteilen lassen, die so offensichtlich unzureichend sind. Das wäre Ihnen, vor allem aber Mr. Sabich gegenüber unfair. Niemand sollte sich angesichts solch fadenscheiniger Indizien vor Gericht verantworten müssen. Ich zweifle nicht daran, daß Ihr Urteil ein lautstarkes ›Nicht schuldig!‹ gewesen wäre. Aber Mr. Sabich soll nicht eine Sekunde länger unter diesem Damoklesschwert leiden. Man hat ihm kein Motiv nachweisen können, und es fehlt jeglicher konkrete Anhaltspunkt dafür, daß er zu irgendeinem Zeitpunkt intime Beziehungen zu der Ermordeten unterhalten hat. So weit ich sehen kann, gibt es ferner seit gestern keinen stichhaltigen Grund mehr für die Annahme, Mr. Sabich habe in der Nacht ihres Todes sexuellen Verkehr mit Mrs. Polhemus gehabt. Und wie wir gerade gehört haben, existiert nicht der Schatten eines

Geständnisses, daß er Mrs. Polhemus ermordet hat. Vielleicht war er in jener Nacht in der Wohnung. Die Anklage mag zu diesem Schluß kommen. Hätten die Herren Staatsanwälte je das bewußte Glas gefunden, wäre ich in dem Punkt zuversichtlicher. Aber unter den gegebenen Umständen kann ich die Fortsetzung des Prozesses nicht zulassen.«

»Euer Ehren.« Nico ist aufgesprungen.

»Mr. Della Guardia, ich verstehe, daß Sie im Augenblick der Verzweiflung nahe sind, aber ich spreche noch und möchte Sie bitten, mich nicht zu unterbrechen.«

»Euer Ehren...«

»Ich habe noch ein paar Bemerkungen über Mr. Molto nachzutragen.«

»Herr Richter, ich beantrage die Einstellung des Verfahrens.« Larren zuckt zusammen, fährt zurück. Ein Raunen geht durch den Saal; man hört Füße scharren, in den Zuschauerraum kommt Bewegung. Ohne mich umzuschauen, weiß ich, daß die Journalisten sich jetzt auf die Telefone stürzen werden. Die Fernsehreporter müssen ihre Kamerawagen herbeordern. Niemand hat damit gerechnet, daß der große Knalleffekt so früh kommen würde. Larren greift nach seinem Hammer und bittet energisch um Ruhe. Dann gibt er Nico durch ein Handzeichen die Erlaubnis fortzufahren.

»Herr Richter, ich habe nur noch ein paar Anmerkungen zu machen. Zum einen sieht es so aus, als neigten eine Reihe von Leuten zu der Ansicht, dieser Prozeß sei ein abgekartetes Spiel, eine Intrige. Dagegen möchte ich mich aufs entschiedenste verwahren, im Namen aller Mitglieder der Staatsanwaltschaft. Ich glaube, wir waren im Recht, als wir diesen Fall vor Gericht brachten...«

»Sie wollten einen Antrag stellen, Mr. Delay Guardia?«

»Ja, Herr Richter. Als ich heute morgen hierherkam, hoffte ich, Sie würden die Jury über diesen Fall entscheiden lassen. Ich denke, mancher Richter hätte so gehandelt. Und meines Erachtens wäre das der richtige Weg gewesen. Doch nicht alle Richter würden vermutlich meine Meinung teilen. Und da Sie offenbar entschlossen sind...«

»Und ob ich das bin!«

»Um Mr. Sabichs willen sollte, denke ich, die Frage unterbleiben, ob Ihre Entscheidung rechtmäßig ist oder nicht. Ich bin nicht Ihrer Ansicht. Wir sind es nicht. Aber ich halte es andererseits nicht für fair, Ihre Entscheidung als unrechtmäßig anzugreifen. Und ich möchte auf keinen Fall, daß irgend jemand glaubt, ich suche für mich – für uns – nach Entschuldigungen.« Nico dreht sich kurz um und wirft Stern über die Schulter einen flüchtigen Blick zu. »Aus den genannten Gründen bin ich also willens, Ihr Urteil anzunehmen. Daher beantrage ich die Einstellung des Verfahrens.«
»Dem Antrag wird stattgegeben.« Larren erhebt sich. »Mr. Sabich, Sie sind frei. Ich kann Ihnen nicht sagen, wie leid es mir tut, daß Sie soviel durchmachen mußten. Nicht einmal die Freude darüber, Sie frei zu sehen, kann die sträfliche Schmach auslöschen, die dieser Prozeß der Sache der Gerechtigkeit zugefügt hat. Ich wünsche Ihnen viel Glück, Mr. Sabich!« Er schwingt seinen Hammer. »Die Verhandlung ist geschlossen.«

36

Hektik und Aufruhr. Meine Frau. Meine Anwälte. Die Reporter. Zuschauer, die ich nie zuvor gesehen habe. Alle wollen mich berühren. Barbara ist die erste. Erstaunlich, wie sehr es mich erregt, ihre Arme, ihre Brüste, ihren Körper so fest an mich gepreßt zu spüren. Vielleicht ist dies das erste Zeichen dafür, daß ich ins Leben zurückgekehrt bin.

»Ich bin ja so froh.« Sie küßt mich. »Ich freue mich so für dich, Rusty.« Sie dreht sich um und umarmt Stern.

Heute beschließe ich, den Abgang durch den Heizungskeller zu wählen. Ich habe keine Lust, mich der Reportermeute zu stellen. Also dirigiere ich Barbara, Stern und Kemp bis ans Ende der Lobby, und dann verschwinden wir. Aber natürlich gibt es kein Entrinnen. Der nächste Trupp erwartet uns bereits vor Sterns Kanzlei. Wir kämpfen uns durch die Menge und halten unsere Kommentare so knapp wie möglich. Im Konferenzraum ist der Lunch serviert, aber zum Essen bleibt keine Zeit. Die Telefone klingeln unablässig, und die Sekretärinnen berichten atemlos, die Zeitungsleute stünden Schlange bis hinaus ins Treppenhaus. Die Raubtierfütterung ist nicht zu umgehen. Ich darf Stern diesen Triumph nicht nehmen. Er hat ihn sich redlich verdient, und ein so spektakulärer Erfolg wird seiner Karriere auf Jahre hinaus zugute kommen, wirtschaftlich und fachlich. Er ist jetzt ein Strafverteidiger von überregionalem Ruf.

Und so kehren wir denn nach einem halben Corned-beef-Sandwich alle in die Lobby zurück und stellen uns den schiebenden, schreienden Reportern, den Mikrophonen, Aufnahmegeräten und gleißenden Scheinwerfern, die sich auf mich richten wie künstliche Sonnen. Stern spricht als erster, dann bin ich an der Reihe. »Ich fürchte, unter diesen Umständen kann niemand der Situation mit Worten gerecht werden, besonders, da wir ja alle noch gar keinen Abstand haben. Ich bin sehr erleichtert, daß alles vorbei ist. Ich werde nie wirklich verstehen, wie es überhaupt dazu kommen konnte. Ich bin dankbar, daß mich der beste Anwalt unsres Erdballs vertreten hat.« Den Fragen nach Della Guardia weiche ich aus. Was ihn betrifft, so bin ich

mir selbst noch nicht sicher. Aber schon meldet sich in meinem Innern nachdrücklich eine Stimme, die sich damit zufriedengibt, daß er schließlich nur seine Pflicht getan hat. Nach Larren fragt keiner, und ich erwähne ihn erst recht nicht. Trotz meiner Dankbarkeit bezweifle ich, daß ich es nach den Offenbarungen der gestrigen Nacht über mich brächte, sein Lob zu singen.
Als wir später wieder hinaufgehen, wird Champagner gereicht, dieselbe Marke, die Kemp am Vorabend spendiert hat. War Stern bereits auf diesen Sieg vorbereitet, oder hat er immer ein paar Flaschen auf Eis? In den Büroräumen wimmelt es von Besuchern. Ich stehe mit Kemp und Stern mitten im Gewühl und muß immer wieder auf Sandys Sieg anstoßen. Sandys Frau Clara ist auch da. Mac erscheint. Als ich mich zu ihrem Rollstuhl hinunterbeuge und sie umarme, kommen ihr die Tränen. »Ich hab' nie an dir gezweifelt«, sagt sie.
Barbara kommt, um mir zu sagen, daß sie wegmuß. Sie hofft, es wird ihr gelingen, Nats Heimkehr um einen Tag vorzuverlegen. Vielleicht kann der Leiter des Ferienlagers ihm einen Platz in der DC-3 besorgen, die tagtäglich von Skageon herüberfliegt. Aber dazu wird sie eine Menge Telefonate führen müssen. Ich bringe sie hinaus. Barbara umarmt mich noch einmal. »Mir fällt ein Stein vom Herzen«, sagt sie. »Ich bin unbeschreiblich glücklich, daß es so ausgegangen ist.« Trotzdem liegt zwischen uns ein Abgrund von Traurigkeit. Im Augenblick kann ich mich nicht recht in sie hineinversetzen, aber ich habe das Gefühl, sie spürt selbst im ersten erleichterten Begeisterungstaumel ganz deutlich, daß immer noch eine gewisse Spannung zwischen uns besteht. Wenn sich die ganze Aufregung gelegt hat und wir dann wirklich versuchen sollten, die alten Probleme hinter uns zu lassen, so wird das eine gefährliche Reise mit fast unüberwindlichen Klippen werden, ehe am Ziel Barmherzigkeit und Verzeihung winken.
Der Besucherstrom in Sterns Kanzlei reißt nicht ab. Ein paar Polizisten sind gekommen und Anwälte aus allen Teilen der Stadt, die Sandy und mir gratulieren wollen. Unter den vielen Fremden fühle ich mich nicht recht wohl, und meine erste Euphorie ist längst abgeklungen, hat unterschwelliger Melancholie Platz gemacht. Zuerst schiebe ich das auf meine Erschöp-

fung und eine Art Mitleid mit mir selbst. Doch allmählich wird mir klar, daß mein Unbehagen eine ganz bestimmte Ursache hat, auf einen Gedanken zurückgeht, der offenbar Zeit braucht, Gestalt zu gewinnen; und so unauffällig, wie ich kann, verdrücke ich mich. Ich gehe ohne Abschied, erzähle den Leuten bloß, ich suchte den Chef. Unbemerkt stehle ich mich aus dem Haus. Es ist spät am Nachmittag. Die Schatten werden länger, und vom Strom weht eine leichte, aromatische Brise herüber, die nach Sommer riecht.

Die Abendausgaben sind bereits erschienen. Die Schlagzeile der »Tribune« läuft über eine halbe Seite: RICHTER SPRICHT SABICH FREI. Und der Untertitel: NENNT ANKLAGE »STRÄFLICHE SCHMACH«. Ich zahle meinen Vierteldollar. »Mit der strengen Rüge, der ›Sache der Gerechtigkeit sei sträfliche Schmach zugefügt worden‹, hat heute der Vorsitzende Richter des Kriminalgerichts von Kindle County, Larren Lyttle, die Mordanklage gegen Rozat K. Sabich, den früheren Ersten Deputy der Bezirksanwaltschaft, abgewiesen und gleichzeitig den acht Tage währenden Prozeß gegen Mr. Sabich beendet. In scharfen Worten kritisierte Richter Lyttle das von Staatsanwalt Nico Della Guardia angestrengte Verfahren und gab in diesem Zusammenhang der Meinung Ausdruck, die Beweise gegen Mr. Sabich, ehemals politischer Rivale Della Guardias, seien von den Anklägern gefälscht worden.«

Das Konkurrenzblatt berichtet im gleichen Tenor. Nico wird gnadenlos zum Prügelknaben gestempelt. Ein Komplott gegen einen früheren politischen Gegner. Eine häßliche Geschichte, die überall im Land Schlagzeilen machen wird. Mein Freund Nico wird noch lange daran zu schlucken haben. Die Presse, wie immer blind für alle Schattierungen zwischen Weiß und Schwarz, erwähnt mit keinem Wort, daß Nico am Schluß sein möglichstes getan hat, um sich mit Anstand aus der Affäre zu ziehen, indem er selbst die Einstellung des Verfahrens beantragte.

Ich gehe hinunter zum Strom. Die Stadt ist seltsam still heute abend. Im Hafenviertel hat ein neues Lokal aufgemacht, und ich genehmige mir auf der Terrasse zwei Bier und ein Sandwich. Ich halte mir den aufgeschlagenen Sportteil vor die Nase, sobald mich Passanten mit neugierigem Blick mustern, doch die meiste Zeit brüte ich dumpf vor mich hin. Gegen sechs Uhr rufe ich Barbara an, aber es hebt niemand ab. Hoffentlich ist sie unterwegs zum Flughafen. Ich möchte nach Hause und Nat in die Arme schließen. Zuvor muß ich allerdings noch einen Besuch machen.

Die Eingangstür ist offen, als ich in Sterns Kanzlei zurückkehre, doch die Räume scheinen fast menschenleer. Ich höre nur eine einzige Stimme, und an dem typischen Rhythmus, in dem die Worte einander folgen, erkenne ich, daß es Stern ist, der spricht. Ich folge dem Klang zu Sandys prächtig ausgestattetem Büro. Soweit ich es vom Flur aus mitbekommen kann, spricht er über einen anderen Prozeß. Das Los des Anwalts, denke ich, während ich den Kopf zur Tür hineinstecke. Heute vormittag gewann Sandy Stern den sensationellsten Fall seiner bisherigen Laufbahn; heute abend arbeitet er. Ein aufgeschlagener Schriftsatz liegt vor ihm auf dem Schreibtisch; Sandy telefoniert. Die Abendausgaben beider Zeitungen hat er achtlos auf das Sofa geworfen.

»Ach ja«, sagt er, »da kommt Rusty gerade. Ja. Morgen früh, pünktlich um zehn. Ich versprech' es.« Er legt den Hörer auf. »Ein Mandant«, sagt er. »Sie sind also zurückgekommen.«

»Tut mir leid, daß ich mich einfach verdünnisiert habe.«

Sandy hebt die Hand. Es bedarf keiner Erklärung.

»Aber ich wollte Sie gern sprechen.«

»Das kommt vor«, sagt Stern. »Ich habe Klienten, die nach einem Fall wie diesem – immerhin eine sehr strapaziöse Erfahrung – noch tage-, ja wochenlang zu mir kommen. Es fällt Ihnen schwer, sich daran zu gewöhnen, daß der Alptraum vorüber ist, nicht wahr?«

»Das ist es so ungefähr, worüber ich mit Ihnen reden möchte. Darf ich?« Damit nehme ich mir eine von Sandys Zigarren, die er mir so oft angeboten hat. Er zündet sich auch eine an, und wir rauchen, Anwalt und Mandant. »Ich wollte mich bei Ihnen bedanken.«

Sandy hebt die Hand, genau wie vorhin. Ich versichere ihm, wie sehr ich seine Verteidigungsstrategie bewundert und wie selten ich mich bemüßigt gefühlt habe, im nachhinein Kritik zu üben. »Sie sind«, sage ich, »der Allerbeste.« Dieses Lob scheint auf Sandy zu wirken wie ein wohltuendes Bad in warmer Milch. Als ich mein letztes Kompliment angebracht habe, lacht er und klopft die Asche von seiner Zigarre, die vornehm-bescheidene Geste eines Mannes, der vor der Wahrheit verstummt.

»Ich habe auch über verschiedenes nachgedacht, und ich möchte gern wissen, was heute in diesem Gerichtssaal vor sich ging.«

»Heute?« fragt Sandy. »Heute wurden Sie von einer schwerwiegenden Anklage freigesprochen, mein lieber Rusty.«

»Nein, nein! Ich will wissen, was wirklich passiert ist. Gestern haben Sie mir erklärt, warum Larren die Jury über den Fall entscheiden lassen müsse, und heute hat er mich einfach freigesprochen, ohne daß die Verteidigung auch nur einen Finger gerührt hätte.«

»Rusty, ich habe eine Prognose darüber gewagt, wie der Richter vorgehen könnte. Kennen Sie einen Anwalt, der präzise die Gedankengänge des Richters voraussagen kann? Larren Lyttle wollte kein Risiko eingehen und Sie nicht dem – immerhin nur laienhaften – Urteil der Geschworenen überlassen. Das hätte ihn in Zugzwang bringen und nötigen können, von dem, was er für richtig hielt, Abstand zu nehmen. Für seinen Scharfblick und seine Charakterstärke sollten wir ihm beide dankbar sein.«

»Gestern abend lautete Ihre Prognose, die Anklage habe genug in der Hand, um einen Geschworenenspruch zu erzwingen.«

»Rusty, ich bin von Natur aus Pessimist. Sie werden mir doch gewiß nicht meine strengen Gepflogenheiten vorhalten wollen? Hätte ich unseren Sieg vorausgesagt und das Ergebnis wäre anders ausgefallen, dann könnte ich Ihre Irritation verstehen. Aber so?«

»Ach? Verstehen Sie mich wirklich nicht?«

»Wir wissen beide, daß die Anklage von Anfang an auf ziemlich wackeligen Füßen stand und im Verlauf des Prozesses immer schwächer wurde. Manche Entscheidungen des Richters waren günstig für uns. Der Staatsanwalt hat mit ein paar Zeugen eine ausgesprochen schlechte Wahl getroffen. Uns sind einige

Kreuzverhöre gut gelungen. Ein entscheidendes Beweisstück konnte nicht beigebracht werden. Ein anderes erwies sich als kapitaler Irrtum eines zerstreuten Sachverständigen. Die Staatsanwaltschaft erlitt Schiffbruch. So was haben Sie und ich doch schon oft erlebt. Na, und heute kamen die Ankläger vom Regen in die Traufe. Denken Sie nur an Doktor Robinsons Aussage heut früh. Das war sehr eindrucksvoll.«

»Glauben Sie wirklich? Na gut, ich habe ihm nicht erzählt, ich hätte Carolyn getötet. Und? Ich bin Jurist. Staatsanwalt. Ich bin nicht so dumm, irgendwem ein Geständnis zu machen.«

»Aber zwei Tage nach einem Mord den Psychiater aufzusuchen und trotz dieser gesetzlich geschützten Vertrauenssituation keinerlei Schuldbekenntnis abzulegen – Rusty, das war ein schlagender Beweis, und noch dazu hat ihn der Ankläger erbracht! Wenn ich davon gewußt hätte, wäre vielleicht meine Prognose gestern abend anders ausgefallen.« Sandy runzelt die Stirn; er sieht an mir vorbei. »In einem solchen Augenblick, Rusty, angesichts einer so plötzlichen Wendung, reagieren Menschen oft seltsam. Ich habe das schon viele Male erlebt. Sie sollten den Gedanken an reale Vorkommnisse nicht Ihre Bewertung der gerichtlichen Situation beeinflussen lassen.«

Sehr diplomatisch: Laß die Tatsache, daß du sie umgebracht hast, nicht dein juristisches Urteil trüben. Dieser Verrat an mir, so raffiniert verpackt er auch präsentiert wird, ist derart untypisch für Stern, daß ich mir meiner Sache nun ganz sicher bin.

»Ich arbeite jetzt seit zwölf Jahren im Gerichtssaal, Sandy. Irgendwas ist da faul.«

Stern lächelt. Er legt die Zigarre weg und faltet die Hände.

»Da ist gar nichts faul, mein Lieber. Sie sind freigesprochen. Das System funktioniert nun einmal so. Gehen Sie nach Hause – zu Ihrer Frau. Ist Nathaniel schon zurück? Das muß doch für Sie alle drei eine wunderbare Heimkehr werden!«

Ich lasse mich nicht ablenken. »Sandy, was da heute passiert ist – wer oder was ist dafür verantwortlich?«

»Die Beweislage. Ihr Anwalt. Die Gegenpartei. Ihr eigener guter Ruf, der dem Richter wohlbekannt war. Rusty, was, glauben Sie, soll ich Ihnen noch sagen?«

»Ich denke, Sie wissen, was ich weiß.«

»Und das wäre?«
»Die Sache mit dieser B-Akte. Larren und Carolyn. Sie hat ihm zu Schmiergeldern verholfen.«
Schock – unverhohlene Überraschung – gehört nicht in Sandy Sterns Gefühlsrepertoire. Der Stolz auf seine Weltgewandtheit würde ihm nie gestatten, sich so weit gehenzulassen. Aber seine Miene wirkt jetzt angespannt. Der Mund wird schmal. Er dreht die Zigarre zu sich hin und betrachtet den Aschenkegel, ehe er mich wieder ansieht.
»Rusty, bei allem Respekt, Sie haben eine Menge durchgemacht. Ich bin Ihr Freund. Aber ich bin auch Ihr Anwalt, verstehen Sie? Ich bewahre Ihre Geheimnisse. Aber ich erzähle Ihnen nicht die meinen.«
»Die Tatsachen schmeißen mich nicht um, Sandy. Keine Angst. Ich habe in den letzten paar Monaten eine ganze Menge schlucken müssen. Und wie Sie selbst gestern abend so treffend bemerkt haben, ich kann ein Geheimnis sehr wohl für mich behalten. Ich habe bloß diesen seltsamen Drang, die Wahrheit zu erfahren. Ich möchte die Ironie der Geschichte gern ganz begreifen.«
Ich warte, und schließlich steht Sandy auf.
»Ich versteh' Ihr Problem. Sie machen sich Sorgen um die Integrität des Richters.«
»Und das mit gutem Grund, meinen Sie nicht auch?«
»Nein, da kann ich Ihnen nicht zustimmen.« Stern setzt sich auf die Sofalehne und lockert seine Krawatte. »Rusty, was ich Ihnen jetzt sage, dafür kann ich mich verbürgen. Wie ich zu diesem Wissen komme, braucht Sie nicht zu kümmern. Ich habe im Lauf der Jahre viele Mandanten gehabt. Die Leute machen sich Sorgen. Manchmal wenden sie sich an einen Anwalt um Rat. Das ist alles. Und wenn wir uns heute abend aussprechen, so ist das eine einmalige Sache, die weder Sie noch ich je wieder erwähnen werden. Für meinen Teil sage ich Ihnen jetzt schon, daß ich andernfalls zu keinem Wort stehe. Verstanden?«
»Sehr gut sogar.«
»Sie zweifeln an Larrens Charakter. Sie müssen mir verzeihen, Rusty, wenn ich einen Augenblick ins Philosophische abgleite,

aber nicht jedes menschliche Fehlverhalten ist auf grobe Charakterfehler zurückzuführen. Man muß immer auch die Umstände berücksichtigen, die Versuchungen, wenn Sie mir den altmodischen Ausdruck gestatten. Ich kenne Larren, seit ich praktiziere, und ich sage Ihnen, er war damals nicht er selbst. Nach seiner Scheidung brach er völlig zusammen. Er hat damals exzessiv getrunken. Soviel ich gehört habe, ließ er sich auch aufs Spielen ein. Er fing ein Verhältnis mit einer schönen und selbstsüchtigen Frau an. Und beruflich lag er am Boden. Er hatte seine Kanzlei aufgegeben, als sie ihm am meisten einbrachte, sowohl an sozialem Prestige als auch finanziellem Gewinn. Ich bin sicher, mit diesem Wechsel wollte er sein gescheitertes Privatleben kompensieren. Aber statt dessen fand er sich – als Resultat eines nichtswürdigen politischen Racheakts – als Richter auf dieser Müllkippe, der Justizabteilung Nord, wieder, wo er über Lappalien und Bagatellfälle entscheiden mußte, die nichts, aber auch gar nichts mit dem zu tun hatten, was ihn ursprünglich an Amt und Robe gereizt hatte. Larren ist eine starke Persönlichkeit, ein Mann mit Verstand und Tatkraft, und nun mußte er sich jahrelang mit Verkehrsdelikten herumschlagen, mit Schlägereien unter Besoffenen und Sexsachen im Park – lauter Fälle aus den Randzonen öffentlichen Rechts. Alle gehen sie gleich aus, nämlich mit der Freiheit des Angeklagten. Da variieren nur die Etiketten: Klage abgewiesen. Aussetzung des Strafvollzugs unter Führungsaufsicht. Bewährungsfrist. In jedem Fall spaziert der Angeklagte ungeschoren wieder nach Hause. Und Larren befand sich in einer Umgebung, deren unverfrorene Korruption schon immer eins der beschämendsten Geheimnisse dieser Stadt gewesen ist. Die Polizisten. Die Bewährungshelfer. Die Anwälte. Die Justizabteilung Nord war eine Brutstätte für Dealer. Glauben Sie etwa, Rusty, daß Larren Lyttle der erste Richter dort war, der ins Stolpern geriet?«

»Sie können ihn doch nicht ernsthaft in Schutz nehmen«, sage ich.

Sterns Gesicht gefriert zur strengen Maske. »Nicht einen Augenblick«, sagt er nachdrücklich. »Nicht eine Sekunde würde ich das billigen, worüber wir hier sprechen. Es ist eine

Schande. Unsere öffentlichen Einrichtungen gehen an solchem Fehlverhalten zugrunde. Wenn diese Vorfälle vor Gericht gekommen wären und ich hätte als Richter darüber urteilen müssen, dann wären die Schuldigen wahrscheinlich lebenslänglich hinter Gitter gewandert, ungeachtet meiner Beziehungen zu den Betroffenen und möglicher Sympathien für ihre Lage. Aber was da geschehen ist, ist Vergangenheit. Ich versichere Ihnen, Richter Lyttle würde eher sterben – und das meine ich ganz ernst –, er würde eher sterben, als sein Amt beim Kriminalgericht in Verruf zu bringen. Und das ist meine innerste Überzeugung, Rusty, nicht bloß die scheinheilige Beweihräucherung eines Richters.«

»Meine Erfahrung als Staatsanwalt, Sandy, hat mich gelehrt, daß Menschen in der Regel nicht nur ein bißchen korrupt sind. Das ist eine Seuche mit progressiver Steigerungsrate.«

»Rusty, ich sage es noch einmal: Wir sprechen hier über etwas, das längst Vergangenheit ist.«

»Sind Sie sicher, es ist vorbei?«

»Hundertprozentig.«

»Und ist das auch eine Geschichte, wie's aufgehört hat, meine ich?«

»Rusty, Sie müssen verstehen, daß ich nicht über das Wissen eines Historikers verfüge. Ich habe persönliche Berichte gewisser Einzelpersonen gehört, nichts weiter.«

»Wie hat es aufgehört, Sandy?«

Er schaut von der Sofalehne auf mich herunter. Seine Hände liegen auf den Knien; sein Gesicht wirkt alles andere als freundlich. Geheimnisse sind das Herzstück von Sandys beruflichem Erfolg. Ich habe es gewagt, an strenggehütete Vertraulichkeiten zu rühren, die er normalerweise niemandem offenbaren würde.

»Soviel ich weiß«, sagt er endlich, »hat Raymond Horgan von der Geschichte Wind bekommen und verlangt, daß diese Geschäfte sofort aufhören. Irgendein Polizist im zweiunddreißigsten Bezirk hatte angefangen, Beweismaterial zusammenzutragen. Andere, die davon wußten, kriegten furchtbare Angst, eine Untersuchung in der Abteilung Nord hätte außer Richter Lyttle noch viele, vielleicht sogar sie selbst, zu Fall gebracht.

Ehrlich gesagt, ich habe meine Informationen von ein paar der Betroffenen. Jedenfalls beschlossen diese Leute, der Staatsanwalt sollte ordnungsgemäß davon in Kenntnis gesetzt werden, daß eine Untersuchung ins Haus stehe. Vielleicht«, sagt Sandy mit dem Anflug eines Lächelns, »hat ihnen ihr Anwalt diesen Rat gegeben. Wenn Sie mich fragen, so bin ich sicher, man rechnete fest damit, daß Horgan selbstverständlich seinen alten Freund warnen und ihm raten würde, unter allen Umständen aus dem Geschäft auszusteigen. Ich glaube, so ist es dann auch gewesen. Ich betone, das ist nur meine Vermutung. Wie Sie zweifellos bemerkt haben werden, ist mir diese Art Unterhaltung höchst unangenehm, und ich habe seinerzeit auch nie den Versuch unternommen, mir die Bestätigung meiner Spekulationen zu beschaffen.«

Ich hätte mir denken können, daß Horgan irgendwie in die Sache verwickelt war. Einen Augenblick besinne ich mich. Was ist das nur für ein Gefühl? Irgend etwas zwischen Enttäuschung und bitterem Hohn.

»Wissen Sie«, sage ich, »es gab einmal eine Zeit, da hielt ich Raymond Horgan und Larren Lyttle für große Helden.«

»Mit Recht. Die beiden haben viele heldenhafte Taten vollbracht, Rusty. Viele.«

»Und was ist mit Molto? Haben Sie je etwas über ihn gehört?«

Stern schüttelt den Kopf. »Soviel ich weiß, war er völlig ahnungslos. Das ist zwar schwer vorstellbar, aber alles spricht dafür. Vielleicht haben andere ihm ihren Verdacht mitgeteilt, und er weigerte sich, ihnen zu glauben. Ich habe den Eindruck, daß er selber in Carolyns Bann stand. Ein Schoßhund. Ein Verehrer. Ich bin sicher, sie wußte, wie sie ihn zu behandeln hatte, damit er ihr aus der Hand fraß. In Lateinamerika trifft man oder traf man, als ich noch jung war – keine Ahnung, wie es heute dort zugeht –, kurz: Als ich noch ein junger Mann war, bin ich häufig Frauen von Carolyns Schlag begegnet, Frauen, die ihre Sinnlichkeit, sagen wir, mit einem aggressiven Dreh einsetzten. Heutzutage fällt es weitaus schwerer, sich vorzustellen, warum eine Frau einen solch altmodischen und indirekten Weg wählt, um an die Schaltstellen der Macht zu gelangen. Es wirkt schlimmer. Aber Carolyn war sehr geschickt.«

»Sie war vielerlei«, sage ich. Ach, Carolyn, denke ich auf einmal mit unsäglicher Trauer. Was wollte ich nur von dir, Carolyn? Und mir kommt plötzlich der Gedanke, daß Stern sie nicht ganz richtig eingeschätzt hat. Vielleicht ist es die überstandene Qual und deren ungewöhnliches Ende heute; möglicherweise ist Amnestie-Woche in Kindle County: keiner wird verurteilt; vielleicht ist es auch nur wieder die alte, verfluchte Besessenheit – doch was auch der Grund sein mag, trotz allem, was passiert ist, während ich hier sitze, zwischen diesen erlesenen, bequemen Möbeln, eingenebelt von Zigarrenrauch, empfinde ich immer noch etwas für sie, empfinde ich jetzt vor allem Mitleid. Es ist möglich, daß ich Carolyn völlig falsch beurteilt habe. Vielleicht litt sie an einem Geburtsfehler wie ein Neugeborenes, das auf die Welt kommt und nicht alle lebensfähigen Organe hat. Vielleicht fehlten ihr die Gefühlsnerven, oder sie waren von Geburt an verkümmert. Aber in Wahrheit glaube ich das alles nicht. Sie war, denke ich mir, wie so viele der Verletzten und Geschundenen, denen ich im Laufe meines Lebens begegnet bin: Die Synapsen und Rezeptoren von Herz und Gefühl funktionieren zwar, aber sie sind überlastet von dem Bedürfnis, dem Drang, sich selbst Trost zu spenden. Ihr Schmerz. O dieser Schmerz! Sie war wie eine Spinne, die sich im eigenen Netz verfangen hat. Am Schluß muß sie Höllenqualen ausgestanden haben. Bestimmt war das kein Zufall. Die Ursachen kann ich nur erraten; ich weiß nicht, welch grausames Schicksal sie so gemacht hat. Aber eine Schändung muß dagewesen sein, eine lange praktizierte Gemeinheit, der sie offenbar entfliehen wollte. Sie versuchte sich neu zu erschaffen. Jede glänzende Rolle riß sie an sich. Die Nutte. Den Star. Den Engel der Gerechtigkeit. Die Konquistadorin verruchter Leidenschaft. Eine clevere, hartgesottene Staatsanwältin, entschlossen, jene niederen Kreaturen zu bändigen und zu bestrafen, die ihrer häßlichen und gewalttätigen Impulse nicht Herr werden konnten. Doch keine Maske vermochte sie wirklich zu ändern. Das Erbteil des Mißbrauchs ist oft nur weiterer Mißbrauch. Was immer die Grausamkeit aus ihr gemacht hatte, sie verinnerlichte es, und mit Selbsttäuschung, verrückten Entschuldigungen, aber immer auch, so denke ich, mit einem quälenden Rest von Schmerz zahlte sie es der Welt zurück.

»Und nun?« fragt Stern. »Sind Sie jetzt zufrieden?«
»Was Larren angeht?«
»Wen sonst?« Er hat meine Grübelei offenbar falsch gedeutet. »Wie könnte ich denn zufrieden sein, Sandy! Er hatte nicht das Recht, diesen Prozeß zu leiten. Er hätte den Fall abgeben müssen, sobald er ihn zugeteilt bekam.«
»Vielleicht haben Sie recht, Rusty. Aber darf ich Sie daran erinnern, daß Richter Lyttle zu Beginn dieses Prozesses keine Ahnung davon hatte, daß diese B-Akte Bestandteil Ihrer Verteidigung sein würde?«
»*Sie* wußten es.«
»Ich?« Stern fächelt sich den Rauch vom Gesicht und macht eine Bemerkung auf spanisch, die ich nicht verstehe. »Richtet sich Ihre Klage etwa auch gegen mich? Sie glauben doch wohl nicht, daß ich schon zu Beginn des Verfahrens die Absicht hatte, diese Akte in den Vordergrund zu stellen? Und selbst wenn, Rusty, hätte ich beantragen sollen, daß der Richter suspendiert wird? Wie hätten Sie das an meiner Stelle gedeichselt? Der Beklagte bittet den Richter, sein Amt wegen Befangenheit niederzulegen, weil das Opfer des zu verhandelnden Mordes einmal seine Geliebte und Komplizin bei verbrecherischen Machenschaften war? Es gibt Dinge, Rusty, die gehören nicht in den Gerichtssaal. Wirklich, mein Lieber, ich möchte hier keineswegs den Zyniker spielen, und ich teile Ihr Engagement für professionelle Wertmaßstäbe. Aber ich muß noch einmal wiederholen, daß Sie meines Erachtens unter Schock stehen – verständlich, nach dem, was Sie durchgemacht haben, sehr verständlich. Trotzdem, unter den gegebenen Umständen mutet mich diese Pedanterie etwas seltsam an.«
»Ich wollte hier nicht den Tugendbold spielen. Falls es den Anschein hatte, bitte ich um Entschuldigung. Aber was mich beunruhigt, sind keinesfalls die Formalitäten. Ich habe das Gefühl, in der Verhandlung heute wurde eine ziemlich krumme Tour gedreht.«
Stern lehnt sich zurück, legt seine Zigarre weg. Er tut das sehr langsam und bedächtig, eine Geste, die Erstaunen signalisieren soll. Aber ich habe Sterns beste Nummern schon zu oft gesehen, und diese hier kaufe ich ihm nicht ab.

»Sandy, ich habe mir das alles in den letzten Stunden gründlich überlegt. Larren Lyttles Karriere wäre beendet gewesen, wenn man die B-Akte gründlich durchleuchtet hätte. Und Sie haben keine Gelegenheit ausgelassen, ihm klarzumachen, daß Sie genau das vorhatten.«

»Aber Rusty, ich bitte Sie! Inzwischen müßten Sie doch wissen, wie weit ich gehen würde. Ich sah keinen Anhaltspunkt dafür, daß Richter Lyttle die Bedeutung dieser Akte in vollem Umfang begriffen hatte. Sie wissen doch, daß ihr Inhalt in keiner der Zeugenaussagen detailliert beschrieben wurde. Und die Akte selbst ist schließlich dem Gericht überhaupt nicht vorgelegt worden.«

»Sandy, wären Sie beleidigt, wenn ich Ihnen sagte, daß ich immer noch das Gefühl habe, Sie spielten nicht ganz mit offenen Karten?«

»Ach«, sagt Stern. »Wir haben beide zu lange über diesem Fall gebrütet. Rusty, Sie hören sich fast schon so an wie Clara.« Er lächelt, aber ich lasse mich auch diesmal nicht ablenken.

»Sandy, ich hab' weiß Gott lange gebraucht, bis mir das alles klargeworden ist. Eine Weile dachte ich, das Ganze sei bloß ein merkwürdiger Zufall. Wissen Sie, ich glaubte allen Ernstes, es sei pures Glück, daß Ihr ewiges Herumreiten auf dieser Akte einen wunden Punkt Larrens traf. Aber jetzt weiß ich, daß es sich anders verhielt. Sie *wollten* den Richter erschrecken. Es gab keinen anderen Grund dafür, daß Sie immer wieder auf diese Akte zurückkamen. Als Sie es zum letztenmal taten – während Lip im Zeugenstand war –, hatten wir es längst nicht mehr nötig, Tommys Glaubwürdigkeit in Zweifel zu ziehen. Da wußten Sie schon über Kumagai Bescheid. Sie wußten, daß wir Molto damit zu Fall bringen würden. Trotzdem haben Sie alles getan, um den Richter glauben zu machen, wir würden die erstbeste Chance nutzen, um die B-Akte zu präsentieren. Auf die eine oder andere Art haben Sie ihm das mindestens ein halbes dutzendmal klargemacht. Sie wollten, daß Larren denkt, wir würden Himmel und Hölle in Bewegung setzen, um die Geschworenen mit dem Inhalt dieser Akte vertraut zu machen. Deshalb haben Sie bei Horgans Kreuzverhör diese ganze Geschichte von wegen abgekartetes Spiel und Schwindel aufs

Tapet gebracht. Larren sollte glauben, er habe keine Chance, Sie aufzuhalten. Aber als Sie sich mit mir zusammensetzten, um die Verteidigungsstrategie durchzusprechen, haben Sie die Akte mit keinem Wort erwähnt. Kein Wunder, wir hatten ja auch gar nichts vorzuweisen.«

Stern schweigt lange. »Sie sind ein ausgezeichneter Ermittlungsbeamter, Rusty«, sagt er schließlich.

»Und Sie sind ein Schmeichler. Ich kam mir in letzter Zeit eigentlich ziemlich begriffsstutzig vor. Und vieles habe ich immer noch nicht herausgebracht. Zum Beispiel ist mir nicht klar, was Sie da eben gemeint haben. Woher wußten Sie, daß Larren erkennen würde, daß die B-Akte ausgerechnet einen Fall betrifft, bei dem er sich die Finger schmutzig gemacht hat? Was ist an der Geschichte noch dran?«

Stern und ich sitzen einander schweigend gegenüber. Sein Ausdruck ist unergründlicher denn je. Falls er sich getroffen fühlt, so weiß er es gut zu verbergen.

»Es gibt nichts weiter zu sagen, Rusty. Ich habe gewisse Vermutungen angestellt, vor allem, als ich Larrens Reaktion auf Horgans Zeugenvernehmung sah. Die beiden stehen einander sehr nahe, und wie gesagt, ich gehe davon aus, daß Raymond sehr empfindlich auf die Skandalträchtigkeit dieser Akte reagiert haben muß. Es schien mir nur wahrscheinlich, daß er und Larren sich irgendwann einmal darüber ausgesprochen haben. Aber Genaues weiß ich nicht. Nur die Intuition eines Anwalts.«

Horgan! Das habe ich übersehen, natürlich. Raymond muß Larren damals über diese Akte berichtet haben. Stern hat recht. Einen Moment lang überlasse ich mich den Spekulationen, die daraus folgen. Aber dazu bin ich nicht hier. Erst will ich mit Stern reinen Tisch machen.

»Nun wollen wir doch einmal sehen, ob ich alles richtig mitbekommen habe«, sage ich. »Sie würden nicht im Traum daran denken, dem Richter offen mit einer Bloßstellung zu drohen. Das wäre nicht nur taktisch unklug, sondern könnte auch katastrophale Folgen haben. Und außerdem ist es einfach nicht Ihr Stil. Sie mußten sich also Ihren eigenen vollkommenen und raffinierten Weg suchen. Sie wollten, daß Larren wegen dieser

Akte Angst bekommt, dabei aber glaubt, nur er wisse um sein Problem. Und darum erweckten Sie die ganze Zeit über den Eindruck, als sei die Verteidigung darauf aus, Tommy Molto zur Strecke zu bringen. Sie taten so, als hielten Sie ihn für jenen Bösewicht, den die B-Akte entlarven würde. Und der Richter fiel darauf herein. Er bemühte sich mit allen Mitteln, Tommys Diensteifer verdächtig erscheinen zu lassen. Larren verspottete Molto, machte ihn vor den Geschworenen verächtlich, beschuldigte ihn, Beweise zu frisieren, Zeugen zu beeinflussen. Aber das war ein zweischneidiges Schwert, nicht? Je schlechter Tommy dastand, desto mehr Grund hatten Sie, sich die B-Akte vorzunehmen, denn es hatte ganz den Anschein, als seien wir tatsächlich einem Schwindel aufgesessen, einer Intrige, die Molto geknüpft hatte, um mich daran zu hindern, seine finstere Vergangenheit aufzudecken. Und so wuchs der Druck auf Larren, den Prozeß möglichst rasch zu beenden. Er durfte nicht riskieren, daß Sie diese Akte vor Gericht präsentieren, wie Sie es immer wieder angekündigt haben. Larren wußte zwar nicht, was dabei herauskommen würde, aber das Schlimmste wäre natürlich die Wahrheit gewesen. Tommy wußte über die kriminellen Machenschaften Bescheid, die früher in der Abteilung Nord an der Tagesordnung waren, und er hätte darüber nicht geschwiegen. Vielleicht hätte er den Mund gehalten, um Carolyns Ansehen zu schützen – aber gewiß nicht, um Larrens Arsch zu retten und sich dabei mit seinem eigenen in die Nesseln zu setzen. Also nimmt Richter Lyttle die Sache selber in die Hand, und ohne daß die Verteidigung auch nur einen Antrag gestellt hat, verpaßt er dem Staatsanwalt einen technischen K. o. und schickt mich nach Hause. Und *ein* Mann ist im Saal, Sandy, der die ganze Zeit gewußt hat, daß es so ausgehen muß. *Sie* hatten von Anfang an darauf spekuliert.«
»Gehen Sie wirklich so streng mit mir ins Gericht, Rusty?«
»Nein. Ich teile die Sternsche Einstellung: Niemand ist gegen Versuchungen gefeit.«
Sandy lächelt, ein kleines, trauriges Lächeln.
»Aber Toleranz ist nicht gleichbedeutend mit dem Verzicht auf gewisse Grundsätze. Ich weiß, das hört sich jetzt an, als sei ich der undankbarste Stoffel der Welt, aber ich muß Ihnen sagen, daß ich Ihre Methode nicht gutheißen kann.«

»Ich habe es nicht zu meinem Vorteil getan, Rusty.« Er schaut mich auf die vertraute Weise an, das Kinn auf die Brust gesenkt, so daß er mich unter zusammengezogenen Brauen mustern kann. »Es waren ganz einfach die Umstände, in denen ich ... in denen wir uns befanden. Ich habe sie nicht herbeigeführt. Meine Erinnerung an einige der Vorfälle, über die wir hier sprechen, wurde im Laufe des Verfahrens lediglich wieder aufgefrischt. Ursprünglich habe ich mich auf Molto lediglich deshalb konzentriert, weil er eine weitaus bessere Zielscheibe abgab als Della Guardia. Es war nötig, diese früheren Rivalitäten zur Sprache zu bringen. Als mir dann noch gewisse andere Dinge einfielen, war es nur günstig, in jener Weise fortzufahren, die Sie gerade beschrieben haben. Aber ich hatte keinesfalls die Absicht, den Richter zu nötigen. Darum habe ich doch Molto als Strohmann vorgeschoben, damit Richter Lyttle sich nicht zu übereilten Handlungen hinreißen lassen sollte. Wie hätte ich denn wissen können, daß auch dies indirekt Druck auf Larren ausübte?« Stern hebt die Hände. Er lächelt. Wieder hat er diesen südländischen Ausdruck; diesmal signalisiert er die widerstrebende, wenn auch philosophisch-gelassene Form der Ergebenheit ins Unabänderliche. »Um mit Ihren Worten zu sprechen, ich bin auf einen wunden Punkt gestoßen. Aber was nun Ihre Analyse betrifft, so schreiben Sie mir ja geistige Klimmzüge zu, deren meines Erachtens kein Mensch fähig ist – ich jedenfalls bestimmt nicht. Ich habe aus der Situation heraus und ganz spontan gewisse Schlußfolgerungen gezogen, aber deswegen doch noch lange keinen planmäßigen Kurs verfolgt. Es war und blieb eine Sache der Intuition und des Fingerspitzengefühls.«

»Ich werde immer im Zweifel sein, wissen Sie – über das Ergebnis.«

»Das wäre gänzlich unangemessen, Rusty. Ich verstehe Ihre augenblickliche Besorgnis. Aber Ihrer Meinung über die endgültige richterliche Entscheidung könnte ich mich wohl kaum anschließen. Ich glaube, im großen und ganzen hat Lyttle den Prozeß unparteiisch geführt. Falls er eine bequeme Ausrede gesucht hätte, um das Verfahren möglichst rasch zu beenden, hätte er doch zum Beispiel dem Staatsanwalt verbieten können, die Fingerabdrücke zu präsentieren, mit der Begründung, daß das Glas verschwunden war. Sogar Della Guardia hat trotz aller Enttäuschung zugegeben, daß Larrens heutiges Urteil sich ganz legal in dem Ermessensspielraum bewegte, der dem Richter nun einmal zusteht. Ja, glauben Sie denn, Nico hätte diese freundliche Geste gemacht und die Einstellung des Verfahrens beantragt, wenn ihm Larrens Entscheidung unbegründet erschienen wäre? Richter Lyttle hat ein rechtskräftiges Urteil gefällt, und falls *er* das nicht getan hätte, so wären Sie ganz gewiß von den Geschworenen freigesprochen worden. Haben das die Herrschaften nicht selbst vor der Presse erklärt?«

Tatsächlich haben die Zeitungen in diesem Sinne berichtet. Drei Geschworene erklärten den Reportern auf den Stufen vor dem Hauptportal des Gerichts, daß sie mit »nicht schuldig« gestimmt hätten. Aber Sandy weiß so gut wie ich, daß die über den Daumen gepeilte Ansicht dreier Laien, die gerade gehört haben, wie der Vorsitzende Richter den Fall als Windei und übles Täuschungsmanöver vom Tisch fegte, kaum etwas wert ist – ganz davon zu schweigen, daß diese drei nicht maßgebend sind für die Entscheidung der übrigen neun.

Stern fährt unbeirrt fort: »Wie gesagt, ich habe alles erwogen. Wenn in der Rückschau einem von uns beiden etwas zweifelhaft erscheint, so sollte das mein Gewissen belasten und nicht das Ihre. Ihre Aufgabe ist es jetzt, Ihr Glück anzunehmen und sich ohne weiteres Wenn und Aber daran zu erfreuen. Sie sind rechtskräftig freigesprochen, Rusty. Diese Geschichte ist jetzt endgültig ausgestanden. Ich bitte Sie, schauen Sie nach vorn! Den Schatten auf Ihrer Karriere werden Sie tilgen. Sie sind schließlich ein begabter Jurist. Ich habe Sie immer für einen der besten Staatsanwälte Horgans gehalten, vielleicht sogar für den besten. War recht enttäuscht, daß Raymond nicht soviel Verstand hatte, letztes Jahr abzutreten und die nötigen politischen Arrangements zu treffen, so daß Sie sein Nachfolger hätten werden können.«

Jetzt muß auch ich lächeln. Endlich weiß ich, daß das Schlimmste überstanden ist. Diesen alten Schmus habe ich seit Monaten nicht mehr zu hören bekommen.

»Ich glaube, Sie werden Ihren Weg machen, Rusty. Das spüre ich.«

Ich für meinen Teil spüre, daß Stern drauf und dran ist, etwas Abgeschmacktes zu sagen: womöglich gar, daß ich von dieser Erfahrung profitiert habe. Ich nehme ihm die Möglichkeit dazu, nehme meinen Aktenkoffer, den ich vorhin hiergelassen habe, und verabschiede mich. Stern bringt mich zur Tür. Wir stehen auf der Schwelle, schütteln uns die Hand und versprechen einander, in Verbindung zu bleiben; dabei weiß er so gut wie ich, daß wir uns in Zukunft sehr wenig zu sagen haben werden.

Herbst

37

Nur Dichter verstehen es wirklich, die Freiheit zu beschreiben, dieses lieblich-erfrischende Lebenselixier. Nie zuvor habe ich eine so wohltuende oder vollkommene Euphorie empfunden wie in jenen Augenblicken wonnigen Erschauerns, in denen mir aufs neue klar wird, daß die Gefahr hinter mir liegt. Überstanden. Vorbei. Was immer auch zurückgeblieben sein mag, wie immer die anderen blöd über mich grinsen oder mich beleidigen mögen – eher hinter meinem Rücken als mir ins Gesicht –, der Schrecken ist ausgestanden. Vorbei die schlaflosen Stunden im Morgengrauen, da ich mich mit Zukunftsvisionen quälte, mir ein Leben ausmalte, dessen Tage bei sinnloser Schufterei vergehen und dessen Nächte ich wie die Hälfte der übrigen Häftlinge mit dem Verfassen endloser Haftprüfungsgesuche verbringe, um gegen Morgen im Halbschlaf auf meine Pritsche zu sinken und den perversen Terror der Finsternis zu erwarten – all diese Schrecken sind vorüber. Und zurück bleibt das Gefühl wohlverdienter Erleichterung. Jede Sünde meines Lebens scheint gesühnt. Die Gesellschaft hat ihr Urteil gesprochen; keine Strafe ist fällig. Jedes noch so kitschige Klischee trifft zu: Eine ungeheure Bürde ist von mir genommen. Ich fühle mich, als könnte ich fliegen, komme mir vor wie ein Dollarmillionär, so als könnte ich Bäume ausreißen. Ich bin frei.

Und dann wendet sich natürlich das Blatt. Ich denke an alles, was ich durchgemacht habe, Zorn und Bitterkeit melden sich, und ich stürze in tiefe Depressionen. Als Staatsanwalt habe ich Prozesse verloren, mehr, als mir lieb war, und ich hatte oft genug Gelegenheit, den freigesprochenen Angeklagten im Augenblick seines Triumphes zu beobachten. Die meisten weinten; je mehr sie auf dem Kerbholz hatten, desto heftiger flennten sie. Ich dachte immer, sie täten es aus Erleichterung

und Schuldgefühl. Aber jetzt weiß ich es besser. Die Tränen fließen, weil niemand es fassen kann, daß er diese Tortur aus keinem erkennbaren Grund erduldet hat, außer um der eigenen Schande willen und der nicht wiedergutzumachenden Schädigung seines Rufs.
Die Rückkehr ins Leben gelingt nur langsam: Ich fühle mich wie auf einer von lauen Winden umfächelten Insel. Die ersten beiden Tage steht das Telefon nicht still. Wie Leute, die monatelang nicht mit mir gesprochen haben, sich einbilden können, ich würde ihre zungenfertigen Glückwünsche entgegennehmen, ist mir ein Rätsel. Aber sie rufen an. Und ich bin berechnend genug, zu wissen, daß man eines Tages wieder auf sie angewiesen sein könnte; mit Aplomb nehme ich ihre guten Wünsche entgegen. Doch die meiste Zeit verbringe ich allein, überwältigt von dem Drang, den schwindenden Sommer zu genießen und die ersten Regungen des Herbstes einzufangen. An einem Tag lasse ich Nat nicht zur Schule gehen, und wir fahren in einem Boot hinaus zum Fischen. Der Tag plätschert dahin, und ich glaube, wir wechseln kein Wort miteinander; aber ich bin zufrieden, daß ich meinen Jungen neben mir habe, und ich spüre, daß er das weiß. An anderen Tagen wandere ich stundenlang durch den Wald. Ganz allmählich fange ich an, Dinge wahrzunehmen, und dabei fällt mir auf, was ich früher alles nicht gesehen habe. Vier Monate meines Lebens habe ich in der Versenkung verbracht, begraben unter einem hoffnungslosen Gefühlsansturm, gegen dessen Wildheit sich nichts anderes behaupten konnte. Jedes Gesicht, das vor meinem geistigen Auge erschien, entfachte einen Orkan in meinem Inneren, das jetzt langsam zur Ruhe kommt und das, wie ich staunend bemerke, mit der Zeit wieder nach geistiger Nahrung und Leistung verlangt.
Vorerst bleibe ich zu Hause. Meine Nachbarn sagen, ich solle ein Buch schreiben, aber noch bin ich zu keiner größeren Unternehmung bereit. Es zeigt sich rasch, daß Barbara sich durch meine ständige Gegenwart irritiert fühlt. Ihre Wut auf mich, die sie so lange unterdrückt hat, kommt jetzt auf sonderbare Weise wieder zum Vorschein. Sie bringt es anscheinend nicht fertig, mir offen die Meinung zu sagen. Ich bekomme

keine direkten Klagen zu hören und nicht wie früher ihren beißenden Sarkasmus zu spüren. Mehr denn je scheint sie sich abzukapseln. Manchmal merke ich, wie sie mich mit Blicken durchbohrt, gequälten und, wie mir scheint, zornigen Blicken.
»Was ist?« frage ich dann. Ihr Kinn strafft sich vor lauter Ablehnung. Sie seufzt und wendet sich ab.
»Wirst du je wieder anfangen zu arbeiten?« fragt sie mich eines Tages. »Ich krieg' überhaupt nichts geschafft, wenn du dauernd hier herumhockst.«
»Ich stör' dich doch nicht.«
»Du machst mich aber nervös.«
»Indem ich im Wohnzimmer sitze? Oder im Garten arbeite?«
Ich gebe zu, daß ich sie provozieren wollte.
Barbara verdreht die Augen, macht kehrt und geht hinaus. Heutzutage beißt sie nicht mehr an, wenn ich den Köder auswerfe. Dieser Kampf, wie er nun einmal ist, muß schweigend ausgetragen werden.
Es ist wahr, daß ich keinen Finger gerührt habe, um mir meine Stelle zu sichern. Das Gehalt geht weiter pünktlich alle vierzehn Tage ein. Della Guardia hat natürlich keinen vertretbaren Grund, mich hinauszuschmeißen. Und das Büro würde kopfstehen, wenn ich wieder zum Dienst käme. Nico wird von der Presse belagert. Die landesweiten Berichte über meinen Prozeß haben die Verlegenheit an der Heimatfront noch verstärkt. Was man im Normalfall als bloße Imkompetenz der County-Administration abgetan hätte, ist durch die Beachtung der überregionalen Medien zu einem handfesten Skandal geworden. Nico Della Guardia hat die Bewohner von Kindle County in den Augen der Welt zu rückständigen Hinterwäldlern gestempelt. Die Chefredakteure und sogar die wenigen Lokalpolitiker, die der Gegenpartei angehören, verlangen, Nico solle einen Sonderankläger ernennen, der gegen Tommy Molto ermittelt. Die Anwaltskammer hat eine Umfrage in die Wege geleitet, um festzustellen, ob Tommy ausgeschlossen werden soll. Nach gängiger Meinung hat Nico in seinem Ehrgeiz, sich in den Sessel des Bürgermeisters zu schwingen, zuviel Druck auf seine Mitarbeiter ausgeübt, und Tommy, der das schließlich nicht mehr aushielt, hat im Verein mit Painless Kumagai

Beweise gefälscht. Nicos Antrag auf Einstellung meines Verfahrens gilt vielen als ein Geständnis. Nur selten denkt jemand an andere Motive. In einer Sonntagszeitung las ich einen Artikel, der die B-Akte erwähnte und die Gerüchte, die seinerzeit über die Justizabteilung Nord im Umlauf waren. Aber es kam nie etwas nach. Worauf die öffentliche Meinung sich auch immer einigen mag, ich habe nicht die Absicht, sie zu korrigieren. Ich werde weder Nico noch Tommy oder Painless entlasten. Ich habe nicht den Wunsch zu sagen, was ich weiß: daß es tatsächlich mein Samen war, den sie Carolyns Leiche entnahmen; daß diese Fingerabdrücke auf dem Glas in ihrer Wohnung mit Sicherheit von mir stammen; daß die Teppichfasern am Tatort aus meinem Haus kommen; daß die Anrufe, die der Computer registriert hat, von meinem Apparat geführt wurden. Nie werde ich bereit sein, den Preis für diese Zugeständnisse zu zahlen. Und darin liegt eine wenn auch rücksichtslose Gerechtigkeit. Soll Tommy Molto ruhig erfahren, wie schwer es ist, widerlegen zu wollen, was Augenschein und Indizien scheinbar rückhaltlos belegen. Ich kassiere alle zwei Wochen meinen Scheck.

Macs letzte Amtshandlung als Personaldezernentin der Bezirksanwaltschaft besteht, bevor sie den Richterstuhl besteigt, darin, ein Limit auszuhandeln, über das hinaus ich keinen Anspruch mehr auf Fortzahlung meines Gehalts habe. Nico hat sechs Monate vorgeschlagen. Ich verlange ein Jahr als Entschädigung. Schließlich einigen wir uns auf neun Monate. Bei unserem abschließenden Gespräch über dieses Thema ehrt Mac unsere Freundschaft gewaltig, indem sie mich bittet, bei ihrer offiziellen Einsetzung eine Rede zu halten. Das ist mein erster Ausflug in die Öffentlichkeit. Ed Mumphrey, der im Festsaal des Gerichts den Vorsitz führt, stellt mich als einen Mann vor, »der in der Rechtspflege sehr bewandert ist«, und die drei-, vierhundert Leute, die zusammengekommen sind, um Macs Ernennung zur Richterin beizuwohnen, erheben sich von ihren Plätzen und applaudieren mir. Ich bin jetzt ein Held oder zumindest ein Lokalmatador. Der Dreyfus von Kindle County. Ein bißchen tut es den Leuten leid, daß sie soviel Spaß daran hatten, mich am Pranger zu sehen. Aber mir gelingt es noch nicht zu vergessen, wie deplaziert ich mich in Gesellschaft fühle. Immer noch hält mich der Prozeß gefangen wie eine Schale die Muschel. Ich kann nicht heraus.

Da ich einer der drei Festredner bin, ist Nico nicht erschienen. Aber Horgan hat nicht gut wegbleiben können. Ich versuche, ihm aus dem Weg zu gehen, aber später, auf dem Empfang im Hotel, mitten im Gedränge um das kalte Buffet, spüre ich plötzlich eine Hand auf meinem Arm.

Raymond hat sein einschmeichelndes Lächeln aufgesetzt. Allerdings riskiert er es nicht, mir seine Hand anzubieten.

»Wie geht's denn immer?« fragt er herzlich.

»Sehr gut, danke.«

»Wir sollten mal zusammen essen gehen.«

»Raymond, du wirst nicht erleben, daß ich je wieder etwas mache, wovon du gesagt hast, ich solle es tun.« Ich wende mich ab.

Aber er kommt hinter mir her. »Ich hab' mich ungeschickt ausgedrückt. Ich würde mich wirklich freuen, Rusty, wenn du mal mit mir essen gingst. Bitte.«

Alte Neigungen. Alte Beziehungen. Schwer, davon loszukommen, denn was bleibt uns sonst? Ich mache mit ihm einen Termin aus und gehe meiner Wege.

Ich hole Raymond in seiner Kanzlei ab, und er schlägt vor – natürlich nur, falls es mir recht sei –, nicht auszugehen. Es würde uns beiden kaum guttun, wenn in den Klatschkolumnen ein flotter Artikel darüber erschiene, wie Raymond H. und sein kürzlich freigesprochener Ex-Deputy im Satinay's das Kriegsbeil begruben. Statt dessen hat Raymond den Lunch von einem Partyservice ins Büro liefern lassen. Wir sitzen ganz allein in dem riesigen Konferenzraum an jenem wuchtigen steinernen Tisch, der wie aus einem Block gehauen scheint und die Aufgabe hat, den Industriekapitänen zu imponieren. Es gibt Shrimps in Remouladensoße. Raymond stellt die üblichen Fragen nach Barbara und Nat und erzählt mir von seiner Arbeit. Dann erkundigt er sich nach mir.

»Ich werde nie mehr werden wie früher«, sage ich.

»Das kann ich mir denken.«

»Ich bezweifle, daß du das kannst.«
»Erwartest du, daß ich dir sage, wie leid es mir tut?«
»Es braucht dir nicht leid zu tun. Außerdem würde mir das nichts nützen.«
»Also willst du nicht, daß ich dir sage, wie leid es mir tut?«
»Ich werde dir nie Ratschläge darüber erteilen, wie du dich verhalten sollst, Raymond.«
»Es tut mir nämlich sehr leid.«
»Das sollte es auch.«
Raymond läßt sich nicht aus der Fassung bringen. Er war darauf vorbereitet, daß ich es ihm schwermachen würde.
»Und weißt du, was mir leid tut? Daß ich mich von Nico und Tommy habe einseifen lassen. Ich wäre nie auf die Idee gekommen, daß sie an den Beweisen herumpfuschen. Ich ging davon aus, sie würden strikt nach Vorschrift vorgehen. Man wird Della Guardias Ernennung rückgängig machen, weißt du das? Sie werden es jedenfalls versuchen. Der Antrag läuft schon.«
Ich nicke. Das habe ich gelesen. Nico hat letzte Woche verkündet, es bestehe keine Veranlassung, einen Sonderstaatsanwalt einzusetzen. Er hat Molto sein Vertrauen ausgesprochen. Und das Fernsehen und die Zeitungen haben ihn erneut an den Pranger gestellt. Einer unserer Abgeordneten hat im Kongreß eine flammende Rede gehalten. »Vertuschung« heißt die Losung der Woche.
»Du weißt doch sicher auch, wer Nico im Nacken sitzt, nicht wahr? Bolcarro. Der grüßt ihn nicht mal mehr. Wenn's nach ihm ginge, würde Nico schon morgen abberufen. Della Guardia ist jetzt ganz auf sich allein gestellt. Bolcarro meint, er hat ihm in die Steigbügel geholfen, und kaum, daß er ihm den Rücken kehrt, will Nico ihm praktisch den Stuhl unterm Hintern wegziehen. Kommt dir das nicht bekannt vor?«
»Hm, hm«, mache ich. Es soll gelangweilt klingen, auch gereizt. Ich bin hergekommen, um meinem Zorn Luft zu machen. Ich habe mir versprochen, daß ich mich nicht darum scheren werde, wie tief ich dabei sinke. Wenn mir danach ist, mit Schimpfnamen um mich zu werfen, werde ich es tun. Ich werde meine Fäuste gebrauchen, Speisen und Teller an die

Wand klatschen. Es gibt keine Grenze, die ich nicht unterbieten werde.
»Hör zu«, sagt Raymond, »versetz dich doch mal in meine Lage! Das war ein schwerer Schlag für uns alle.«
»Raymond, wie zum Teufel konntest du mir das antun? Zwölf Jahre lang hab' ich deine Scheiße gefressen.«
»Ich weiß.«
»Du wolltest mich abservieren.«
»Ich hab' dir doch gesagt, Nico hat so lange auf mich eingeredet, bis ich es geglaubt habe. So gesehen bin ich auch eine Art Opfer bei der ganzen Geschichte.«
»Ach, fick dich doch selber«, sage ich. »Am besten gleich zweimal.« Ich tupfe mir die Mundwinkel mit der leinenen Serviette ab. Aber ich mache keine Anstalten zu gehen. Das ist erst der Anfang.
Raymond beobachtet mich. Bitterkeit und Bestürzung huschen über sein frisches Gesicht. Endlich räuspert er sich und versucht, das Thema zu wechseln. »Was hast du jetzt vor, Rusty? Was wird aus deiner Karriere?«
»Keine Ahnung.«
»Du sollst wissen, daß ich dir helfen werde, so gut ich kann. Wenn du möchtest, werde ich mich umhören, ob hier vielleicht etwas frei ist. Aber wenn dich irgendeine andere Kanzlei in der Stadt interessiert, brauchst du's nur zu sagen. Ich werde tun, was in meiner Macht steht.«
»Der einzige Job außerhalb der Staatsanwaltschaft, der mich je angemacht hat, ist der, den du mal erwähnt hast: Richter. Glaubst du, du kannst das arrangieren? Glaubst du, du kannst mir mein früheres Leben wiedergeben?« Ich schaue ihn fest an; er soll begreifen, daß dieser Riß nicht mehr zu kitten ist. Mein Ton ist hämisch. Für das Richteramt kann keiner kandidieren, der den Makel einer früheren Mordanklage mit sich herumträgt.
Aber Raymond zuckt nicht einmal mit der Wimper. »Na schön«, sagt er. »Soll ich mich drum kümmern? Sehen, ob ich einen Sitz für dich ergattern kann?«
»Übernimm dich bloß nicht, Raymond! Den Einfluß hast du längst nicht mehr.«

»Da bist du aber im Irrtum, mein Freund. Augie Bolcarro hält mich jetzt für seinen besten Kameraden. Sowie ich ihm nicht mehr im Weg stand, hat er beschlossen, daß ich ihm nützlich sein könnte. Er ruft mich zweimal die Woche an und läßt sich von mir beraten. Ehrlich, das ist kein Witz. Für ihn bin ich jetzt so was wie der große alte Mann des Rechts. Na, was sagst du dazu? Wenn du willst, rede ich mit ihm. Oder noch besser, ich lass' Larren mit ihm verhandeln.«

»Nein, tu das nicht«, sage ich hastig. »Ich will deine Hilfe nicht. Und die von Larren schon gar nicht.«

»Was hast du auf einmal gegen Larren? Ich dachte immer, du verehrst ihn?«

»Es genügt, daß er dein Freund ist.«

Horgan lacht. »Mein Junge, du bist nur mit einem Gedanken im Kopf hergekommen, stimmt's? Wolltest mich mal so richtig ankotzen.« Er schiebt seinen Teller zur Seite. »Willst du alle frechen Antworten, die du zwölf Jahre lang runtergeschluckt hast, in fünf Minuten loswerden? Bitte, von mir aus, immer raus damit! Aber hör erst mal mir zu! Ich habe dich nicht reingelegt. Wenn du an jemandem deine Wut auslassen möchtest, dann wärst du bei Tommy Molto an einer besseren Adresse; und meinethalben auch bei Nico. Brauchst dich nur unters Volk zu mischen. Wende dich zum Beispiel an die Anwaltskammer! Die stellen dich bestimmt gleich an die Spitze ihrer Kampagne und lassen dich in aller Öffentlichkeit auf die beiden kacken.«

»Die Kammer hat mich schon angerufen. Ich hab' gesagt, ich hätte ihnen nichts zu erzählen.«

»Und warum trampelst du dann auf mir herum, hm? Ich weiß, es hat dir nicht gefallen, daß ich in den Zeugenstand gegangen bin, aber habe ich vielleicht gelogen? Ich habe nicht eine gottverdammte Aussage gemacht, die nicht hundertprozentig den Tatsachen entsprochen hat. Und das weißt du auch, mein Junge.«

»Du hast *mich* belogen, Raymond.«

»Wann?« Zum erstenmal ist er überrascht.

»Als du die B-Akte rausgerückt hast. Als du mir weisgemacht hast, Carolyn habe sie verlangt. Als du mir einreden wolltest, die Anschuldigungen seien nichts als heiße Luft.«

»Oh.« Horgan braucht einen Moment, um sich auf meine

Vorwürfe einzustellen. Aber er kommt nicht aus dem Tritt. Ich habe es schon immer gewußt, daß Raymond Horgan ein zäher Brocken ist. »Okay. Jetzt kapier' ich. Ein kleines Vögelchen hat dir was ins Ohr gezwitschert, wie? Wer war's? Lionel Kenneally? Der ist dir ja schon immer hinten reingekrochen. Aber ich sag' dir, über den könnte ich dir auch so einiges erzählen. Keiner ist ein Held, Rusty. Ist dir das auf die Leber geschlagen? Na schön. Ich bin kein Held. Und ein paar andere Leute waren auch keine Helden. Aber das hat nichts damit zu tun, daß man dir eine Mordanklage angehängt hat.« Er zeigt mit dem Finger auf mich, immer noch Herr der Lage.

»Und warum habe ich keinen fairen Prozeß gekriegt, Raymond? Hast du dir das einmal überlegt? Hast du gewußt, daß Larren mit mir Schlitten fahren würde, weil er diese Geschichte geheimhalten wollte?«

»So was würde er nie tun!«

»Was würde der nicht tun! Wir reden über einen Mann, der seine Robe verkauft hat. Komm endlich runter von deinem hohen Roß! Das einzige, worauf es ihm ankam – und dir genauso –, war doch, daß die Sache nicht auffliegt. Wieso hat eigentlich Larren meinen Fall erhalten? Wer hat Ed Mumphrey angerufen und das eingefädelt?«

»Keiner hat Ed Mumphrey angerufen.«

»Ich hatte also bloß Pech, wie?«

»Soviel ich weiß, ja.«

»Hast du dich erkundigt?«

»Larren und ich, wir haben uns nicht über deinen Fall unterhalten. Nicht ein einziges Mal, soweit ich mich erinnern kann. Ich war als Zeuge vorgeladen, und so komisch dir das auch erscheinen mag, wir haben uns beide fair verhalten. Hör zu, ich weiß, was du denkst. Ich weiß, wie das für dich klingt. Aber du regst dich wirklich über den Schnee von gestern auf. Was Larren da passiert ist, liegt neun Jahre zurück, und damals steckte er bis zum Hals im Dreck.«

»Wie ist das gekommen, Raymond?« Im Augenblick ist meine Neugier größer als mein Zorn.

»Rusty, ich schwör's dir, ich weiß auch nicht, was da genau gelaufen ist. Ich habe nur ein einziges Mal mit Larren darüber

gesprochen. Und diese Unterredung dauerte nicht länger als nötig. Er war damals die Hälfte der Zeit total zu, so viel hat er gesoffen. Und Carolyn, das weißt du ja, war in der Abteilung Nord Bewährungshelferin. Die Jungs, die sie betreute, haben sie mit ihrem rührseligen Gesülze eingefangen. Da hat sie hin und wieder beim Richter ein gutes Wort eingelegt. Und er spielte mit. Eines Tages drückt ihr einer von den Typen, denen sie aus der Patsche geholfen hat, 'nen Hundertdollarschein in die Hand – für ihre Mühe. Sie ist zu Larren gegangen und hat ihn gefragt, was sie damit machen soll. Er fand's ulkig. Sie auch. Dann sind die beiden ausgegangen und haben das Geld in einem Lokal verfressen. Eins führte zum anderen. Schätze, die zwei hatten einen Mordsspaß zusammen. Er dachte immer, es sei so was wie ein Dummerjungenstreich. Beide dachten das.«
»Und du hast sie eingestellt, obwohl du das wußtest?«
»Rusty, deshalb habe ich sie eingestellt. Larren hat mich mit diesem ganzen Seelenschmalz belabert, von wegen wie pleite sie ist, weil sie ihre Studiengebühren abzahlen muß und dabei als Bewährungshelferin doch kaum was auf die Hand kriegt. Da hab' ich gesagt: ›Schön, ich verdopple ihr Gehalt, aber dieser Scheiß hört auf!‹ Eigentlich wollte ich sie auch als Deputy da draußen lassen. Die Dreckarbeit hat keiner gern gemacht. Und außerdem waren da zwei andere Deputys, die auf sie aufpassen konnten, also was sollte sie schon anstellen? Aber dann stellte sich heraus, daß sie brillante Arbeit leistete. Die Lady hatte zwar kaum Skrupel, aber sie hatte was auf'm Kasten. Und schließlich ist es mir dann gelungen, Larren wieder in die Innenstadt zu holen. Er hat sich glänzend bewährt, Rusty. Das werde ich behaupten, bis ich sterbe. Niemand wird je Larrens Integrität als Vorsitzender unseres Kriminalgerichts leugnen können. Ein Jahr später waren die beiden so seriös, daß sie nicht mal mehr miteinander sprachen. Wenn sie in den letzten fünf, sechs Jahren mehr als zehn Worte mit Larren gewechselt hat, sollte es mich wundern. Und ich sage dir, mit der Zeit lernte ich verstehen, was er in ihr gesehen hatte. Was sich daraus entwikkelte, weißt du ja.«
Natürlich. Das ist die Antwort auf die Frage, die mich im Frühjahr so verwirrt hat. Warum Carolyn sich erst auf mich

einließ und nicht gleich auf Raymond, als sie voraussah, daß an der Spitze der Behörde eine offene Stelle winkte? Es konnte nicht meine Männlichkeit sein und mein gutes Aussehen, was sie anzog. Gegen Raymond war ich ein grüner Junge. Wahrscheinlich hat sie befürchtet, daß Raymond sie durchschauen würde. Er hätte es jedenfalls tun sollen; vielleicht tat er es sogar. Vermutlich hat sie deshalb am Ende nicht gekriegt, was sie wollte, und womöglich ist es Raymond deshalb so wenig zu Herzen gegangen. Er wußte, worauf sie aus war, wußte, was er zu erwarten hatte.

»Ach, ist das nicht reizend?« sage ich. »Alles lief nach Plan. Bis du einen gewissen anonymen Brief in die Finger kriegtest. Aber den hast du dann ihr gegeben, damit sie ihn in der Versenkung verschwinden ließ.«

»Nein, mein Lieber, da bist du auf dem Holzweg. Ich habe ihr den Schrieb ganz korrekt übergeben. Ich wußte nicht einmal genau, um was es sich handelte. Ich habe zu ihr gesagt, sie soll sich die Sache mal ansehen und nicht vergessen, daß man nie weiß, wer einem über die Schulter guckt. Das ist alles, was ich zu ihr gesagt habe. Was glaubst du, Rusty? Zu der Zeit hatte ich schon was mit Carolyn. Sollte ich da heucheln? Wenn ich so ein Saukerl wäre, wie du meinst, dann hätte ich doch genau das getan, was du da andeutest: den Brief in den Reißwolf gesteckt – und aus.«

Ich schüttele den Kopf. Wir wissen beide, daß er dazu viel zu vorsichtig ist. Schließlich konnte er nicht wissen, wer kommen und sich nach dem Brief erkundigen würde. Nein, ein Machiavelli wie Raymond weiß, daß man sich an einem solchen Job nicht selber die Finger schmutzig macht. Den delegiert man, und zwar mit Anweisungen, aus denen einem keiner je einen Strick drehen kann. Sehr raffiniert. »Ermitteln Sie, Deputy! Kriegen Sie raus, was los ist!« Und stillschweigend wird impliziert: Wenn es was mit Larren und dir zu tun hat, dann schaff die Sache unbemerkt aus der Welt! Carolyn hat sich genau daran gehalten. Ich brauche mich nicht mehr zu fragen, wer Leons Akte im 32. Bezirk hat verschwinden lassen.

»Und als man sie kaltmachte, bist du losgerannt und hast dir die Akte unter den Nagel gerissen?«

»Als man sie ›kaltmachte‹, wie du dich ausdrückst, da kriegte ich einen Anruf von unserem ehrenwerten Richter. Ich hatte ihm von dem Brief erzählt, damals, als der Wisch bei uns einging. Und an dem Tag, als sie die Leiche fanden, hängte er sich gleich an die Strippe. Typisch Larren. Er war immer ein scheinheiliges Arschloch. Sagt zu mir: ›Das könnte politisch brisant werden, soll ich mir die Akte nicht lieber abholen?‹«
Raymond lacht. Er lacht allein. Mein Ausdruck bleibt finster.
»Hör zu, Rusty, als du mich nach der Akte fragtest, hab' ich dir das verdammte Ding doch gegeben, oder etwa nicht?«
»Dir blieb ja auch gar nichts anderes übrig. Und außerdem hast du dich mächtig angestrengt, um mir trotzdem Sand in die Augen zu streuen.«
»Na, das mußt du doch verstehen. Er ist mein Freund.«
Und der Schlüssel zu Raymonds schwarzen Wählerstimmen. Hätte er je eine Untersuchung gegen Larren Lyttle eingeleitet oder das auch nur von jemand anderem besorgen lassen, hätte er seine Kandidatur bei der nächsten Wahl glatt zurückziehen können. Aber ich sage das nicht laut. Mein Zorn ist fast verraucht; jetzt empfinde ich eigentlich nur noch Ekel. Ich stehe auf und wende mich zum Gehen.
»Rusty, was ich gesagt habe, war ehrlich gemeint. Ich möchte dir helfen. Ein Wort von dir, und ich tu', was immer du willst. Wenn du verlangst, daß ich Augie Bolcarro am hellichten Tag auf dem Wentham Square den Hintern küsse, damit er dich zum Richter macht – bitte, ich tu's. Oder wenn du in irgendeiner Kanzlei das große Geld scheffeln willst, dann werde ich auch das arrangieren. Ich weiß, ich bin dir was schuldig.«
Er meint, daß er mich bei Laune halten will, jetzt mehr denn je. Aber sein Kniefall wirkt trotzdem irgendwie besänftigend auf mich. Man kann nicht weiter auf einem Kerl herumtrampeln, der vor einem auf den Knien liegt. Ich sage nichts, aber ich nicke.
Auf dem Weg zur Tür weist Raymond mich wieder auf all die modernen Kunstwerke hin. Er hat offenbar vergessen, daß er Stern und mir diesen faden Vortrag schon einmal gehalten hat. Als wir uns vor dem Aufzug verabschieden, versucht er, mich zu umarmen.

»Das war eine furchtbare Geschichte«, sagt er.
Ich reiße mich los; stoße ihn sogar ein bißchen von mir. Aber es sind Leute in der Nähe, und Horgan tut so, als habe er nichts bemerkt. Der Fahrstuhl kommt. Horgan schnippt mit den Fingern. Ihm ist noch etwas eingefallen.
»Weißt du«, sagt er, »da ist was, das hatte ich mir fest vorgenommen dich heute zu fragen.«
»Und das wäre, Raymond?« frage ich und betrete die Kabine.
»Wer hat sie umgebracht? Ich meine, wen hast du in Verdacht?«
Ich sage nichts. Ich bleibe ganz gelassen. Dann, als die Fahrstuhltüren sich schließen, nicke ich Raymond Horgan gentlemanlike zu.

38

An einem Tag im Oktober, ich arbeite gerade im Garten, überkommt mich auf einmal eine seltsame Erregung. Ich richte den Zaun: reiße die alten Pfosten heraus, betoniere neue ein und befestige die Querlatten. Einen Moment lang betrachte ich das Werkzeug, mit dem ich hantiere. Unser Dingsda. Es ist eine Art Erbstück von meinem Schwiegervater. Nach seinem Tod hat Barbaras Mutter uns all seine Heimwerker- und Gartengeräte überlassen. Das Dingsda ist ein schwarzes Eiseninstrument, eine Art Mittelding zwischen Brecheisen und Hammerklaue. Man kann es zu allem möglichen verwenden. In der Nacht zum zweiten April wurde Carolyn Polhemus damit getötet.

Gleich nach dem Prozeß hatte ich bemerkt, daß im Spalt der Finne noch verkrustetes Blut und ein blondes Haar klebten. Ich starrte das Dingsda lange an, dann trug ich es hinunter in die Waschküche und reinigte es gründlich. Als ich noch dabei war, kam Barbara in den Keller. Sie blieb wie angewurzelt auf der Treppe stehen, als sie mich sah, aber ich gab mich ganz unbekümmert. Ich drehte das Wasser ab und begann zu pfeifen.

Seitdem habe ich das Dingsda bestimmt ein dutzendmal in die Hand genommen. Ich gebe nichts auf Fetische, nichts auf Tabus. Und nach einiger Überlegung wird mir klar, es ist nicht dieses Werkzeug, das mich ansingt wie ein Gespenst. Während ich jetzt das Gras betrachte, die Rosen mitsamt ihren Dornen und das Gemüsebeet, das ich Barbara im Frühling anlegen half, da spüre ich vielmehr, daß etwas an diesem Haus, diesem Grundstück mir das Gefühl gibt, es sei unwiederbringlich alt und verbraucht. Ich bin endlich bereit für einschneidende Veränderungen. Barbara finde ich im Eßzimmer, wo sie Papiere sortiert. Sie sind stapelweise auf dem Tisch ausgebreitet wie früher die Zeitschriften und Karteikarten meiner Mutter aus ihrer Zeit als Radiogröße.

Ich setze mich meiner Frau gegenüber. »Wir sollten wieder in die Stadt zurückziehen«, sage ich.

Natürlich erwarte ich, daß Barbara über dieses Zugeständnis in Jubel ausbrechen wird. Sie hat den Umzug seit vielen Jahren befürwortet. Statt dessen legt sie den Stift aus der Hand und faßt sich an die Stirn. »O Gott«, sagt sie.

Ich warte. Ich weiß, es wird etwas Furchtbares geschehen. Aber ich habe keine Angst.

»Ich wollte jetzt noch nicht darüber sprechen, Rusty.«

»Worüber?«

»Über die Zukunft«, sagt sie und fügt hinzu: »Ich dachte, es wär' dir gegenüber nicht fair. So kurz danach.«

»Na schön«, sage ich. »Du hast Takt bewiesen. Warum sagst du mir nicht, was du auf dem Herzen hast?«

»Rusty, sei doch nicht so!«

»Ich bin so. Ich möcht's wissen.«

Sie faltet die Hände. »Ich habe für Januar eine Stelle an der Universität von Wayne State angenommen.«

Wayne State ist nicht in Kindle County. Wayne State ist über sechshundertfünfzig Kilometer entfernt. Wayne State, soweit ich mich erinnere, gehört zu einer Stadt, in der ich bisher nur einmal war. Die Stadt heißt Detroit.

»Detroit, stimmt's?«

»Ja.«

»Du verläßt mich?«

»So würde ich es nicht ausdrücken. Ich nehme eine Stelle an, Rusty. Ich find's schrecklich, dir das jetzt anzutun. Aber ich hab' das Gefühl, ich muß es machen. An der Uni hätten sie mich schon im September gebraucht. Ich wollt's dir im April sagen, aber dann fing dieser ganze Wahnsinn an ...« Sie schüttelt mit geschlossenen Augen den Kopf. »Jedenfalls waren die so nett und haben mir Aufschub gegeben. Ich hab's mir bestimmt ein dutzendmal anders überlegt. Aber dann habe ich beschlossen, daß es so am besten ist.«

»Wo wird Nat leben?«

»Bei mir natürlich«, sagt sie und funkelt mich angriffslustig an. In diesem Punkt, will sie mir klarmachen, denkt sie nicht einmal im Traum daran, nachzugeben. Aus purer Berufsroutine fällt mir ein, daß ich vor Gericht gehen und das verhindern könnte. Aber im Augenblick habe ich von Prozessen genug. Schon bei dem bloßen Gedanken muß ich lächeln, eine Reaktion, die Hoffnung in Barbaras Augen aufschimmern läßt.

»Was soll das heißen, du verläßt mich nicht, sondern nimmst eine Stelle an? Ist das eine Einladung nach Detroit?«
»Würdest du denn kommen?«
»Warum nicht? Wär' doch kein schlechter Zeitpunkt für einen Neuanfang. Hier werde ich gewisse unangenehme Erinnerungen nicht los.«
Barbara versucht augenblicklich, mir diesen Gedanken auszureden. Sie hat sich alles genau zurechtgelegt, vielleicht, um ihr Gewissen zu beruhigen, wahrscheinlich aber, weil sie eben immer den Kopf voller Geometrie hat.
»Du bist ein öffentlicher Held, Rusty. Die ›New York Times‹ hat über dich geschrieben und die ›Washington Post‹. Ich rechne schon seit Tagen damit, daß du mir sagst, du willst dich für die Wahl zum Bezirksanwalt aufstellen lassen.«
Ich lache laut heraus, aber es ist ein trauriger Kommentar, der mehr als alles, was Barbara gesagt hat, beweist, wie weit wir uns bereits auseinandergelebt haben. Die Verständigung zwischen uns ist wieder abgerissen. Ich habe ihr nicht genug erzählt, als daß sie begreifen könnte, mit welch abgrundtiefem Abscheu ich auf alles zurückblicke, was aus politischen Interessen getan wurde.
»Würde es dich stören, wenn ich irgendwohin in die Nähe zöge, so daß ich meinen Sohn sehen kann? Denn im selben Haus werden wir ja wohl nicht wohnen, wenn ich dich recht verstehe?«
Sie schaut mich an. »Nein«, sagt sie.
Ich schaue blicklos auf die gegenüberliegende Wand. Mein Gott, was in einem Menschenleben nicht alles passiert! Und dann denke ich wieder daran zurück, wie alles angefangen hat, und vergehe vor Sehnsucht wie so oft in letzter Zeit. O Carolyn, denke ich, was hab' ich nur von dir gewollt? Was hab' ich getan? Aber es ist nicht so, als hätte ich überhaupt keine Erklärung.
Ich bin jetzt fast vierzig. Ich kann nicht länger so tun, als wäre die Welt mir fremd, geschweige denn, als würde mir das meiste, was ich vom Leben gesehen habe, gefallen. Ich bin der Sohn meines Vaters, und das ist mein Erbteil: diese verbiesterte Weltanschauung, geboren aus der Gewißheit, daß dem Leben

mehr Grausamkeit innewohnt, als einfache Gemüter sich vorstellen können. Ich behaupte nicht, daß ich selbst ungeheuer viel gelitten habe. Aber ich mußte soviel Leid mit ansehen. Ich sah die entstellte Seele meines Vaters, verstümmelt durch eines der großen Verbrechen der Menschheitsgeschichte; ich sah die Qual und die Not, den willkürlichen und leidenschaftlichen Zorn, die der Auslöser sind für die grausamen und mannigfaltigen Ausschreitungen auf unseren Straßen. Als Staatsanwalt wollte ich dagegen ankämpfen, wollte mich zum erklärten Feind jenes verkrüppelten Geistes aufschwingen, welcher der wahre Schuldige hinter allen gewaltsamen und bewaffneten Verletzungen unserer Rechtsgüter ist. Aber natürlich bin ich im Strudel untergegangen. Wer kann schon das ganze Panorama negativer Eigenschaften studieren und sich dabei auch nur ein Quentchen Optimismus bewahren? Es wäre leichter, wenn es nicht außerdem noch soviel zufälliges Unglück in der Welt gäbe. Golan Scharf, ein Nachbar von uns, hat einen Sohn, der blind geboren wurde. Mac und ihr Mann biegen in einem Augenblick fröhlicher Ausgelassenheit mit dem Auto um eine Kurve und stürzen in den Fluß. Und selbst wenn das Schicksal aus einer puren Laune heraus uns das Schlimmste erspart, zwingt das Leben trotzdem so viele von uns in die Knie. Junge begabte Männer betäuben ihr Talent mit Alkohol und töten es langsam ab. Junge, lebensprühende Frauen gebären Kinder, werden breiter um die Hüften und lassen Träume und Hoffnungen fahren, während sie in den mittleren Lebensjahren versacken. Jedes Leben erschien mir früher wie jede Schneeflocke einzigartig in seinem Elend und in der Sanftmut seiner noch so seltenen Freuden. Die Lichter gehen aus, werden trüb. Und eine Menschenseele erträgt nur ein gewisses Maß an Dunkelheit. Ich griff nach Carolyn. Zielstrebig und im vollen Bewußtsein dessen, was ich tat. Ich kann nicht so tun, als sei es Zufall gewesen, Fügung oder Gunst der Stunde. Ich wollte es so. Ich griff nach Carolyn.

Und so, den Blick immer noch auf die Wand gerichtet, fange ich an zu reden, spreche Dinge aus, von denen ich mir fest versprochen hatte, daß sie nie über meine Lippen kommen würden.

»Ich habe viel über die Gründe nachgedacht, was nicht heißen soll, daß irgendwer sie ganz und gar verstehen könnte. Wie immer man dieses Wahnsinnsgemisch aus Wut und Raserei nennen will, das einen Menschen dazu bringt, einen anderen zu töten – so etwas bis ins letzte zu verstehen ist alles andere als leicht. Ich bezweifle, daß irgend jemand – nicht einmal der Täter – dergleichen gänzlich durchschaut. Aber ich habe es versucht. Ja, wirklich. Barbara, eines sollte ich dir vielleicht vorab sagen, nämlich daß ich dich um Verzeihung bitte. Ich glaube, viele würden das lachhaft finden, daß ich so was sage. Aber ich tu's. Und noch eines mußt du wissen. Du mußt es mir glauben: Sie war mir nie wichtiger, als du es bist. Niemals. Um ganz ehrlich zu sein, ich denke, sie muß irgendwas gehabt haben, von dem ich glaubte, ich könnte es nirgends sonst finden. Das war *mein* Fehler. Ich gebe es zu. Aber wie du mir ja selbst gesagt hast, ich war vollkommen besessen von ihr. Sie hatte diese Kraft; ich hatte diese Schwäche. Aber ich weiß verdammt gut, daß ich auf Jahre hinaus nicht darüber hinweggekommen wäre, vielleicht nie, wenn sie weitergelebt hätte. Ich meine, hier gibt es weder eine Rechtfertigung noch eine Entschuldigung. Und ich will auch gar nicht so tun, als ob. Aber wir sollten uns wenigstens den Tatsachen stellen. Ich habe immer geglaubt, es sei für alle Beteiligten besser, nicht darüber zu sprechen. Und ich nahm an, du dächtest genauso. Was geschehen ist, ist geschehen. Natürlich habe ich mir oft und lange den Kopf darüber zerbrochen, wie es sich im einzelnen wohl abgespielt hat. Das kam ganz automatisch. Wahrscheinlich macht jeder Staatsanwalt die Erfahrung, daß wir enger mit dem wahrhaft Bösen in Berührung stehen, als uns lieb ist. Die Phantasie ist weitaus gefährlicher, als es dem Menschen bewußt ist. Man hat einen Einfall, daraus wird ein sorgfältig ausgeklügelter Plan, es ist aufregend und prickelnd, darüber nachzudenken, also läßt man ihn sich wieder und wieder durch den Kopf gehen und unternimmt den ersten Schritt zur Ausführung. Auch das wirkt erregend und reizvoll, und folglich macht man weiter. Und am Ende, wenn man sich erst einmal bis zur letzten Barriere vorgetastet hat, wobei man sich die ganze Zeit einredet, daß ja eigentlich gar nichts Schlimmes passiert ist, am Ende bedarf es dann nur noch eines außerge-

wöhnlichen Moments, in dem man in seiner Erregung ausrastet, das Gefühl hat, frei zu schweben, damit die ganze Sache tatsächlich passiert.«
Barbara ist aufgestanden und stützt sich jetzt von hinten auf ihren Stuhl. Sie beobachtet mich scharf, die Augen angstvoll geweitet. Ich verstehe sie sehr gut. Zweifellos hat sie all das nie hören wollen.
Aber ich fahre fort: »Wie gesagt, ich hätte nie gedacht, daß ich einmal darüber reden muß, aber jetzt bringe ich es zur Sprache, weil ich meine, daß es ein für allemal klargestellt werden sollte. Ich drohe dir nicht, Barbara, okay? Gott allein weiß, was jemand in deiner Lage befürchten mag, aber ich drohe dir nicht. Ich möchte bloß, daß wir die Karten aufdecken. Ich will nicht, daß wir uns den Kopf darüber zerbrechen, was der andere weiß oder denkt. Ich will nicht, daß das eine Rolle bei unseren Zukunftsplänen spielt. Denn alles in allem, auch wenn du wahrscheinlich überrascht bist, das zu hören, habe ich erwartet – ich sollte wohl besser sagen: habe ich mir gewünscht –, daß wir weitermachen. Es gibt eine Menge Gründe, die dafür sprechen. Zuallererst natürlich Nat. Und dann möchte ich den Schaden für unser weiteres Leben so gering wie möglich halten. Vor allem aber will ich nicht, daß diese Wahnsinnstat ohne anständige Folgen bleibt. Wenn ich versucht habe, mir zu erklären, wie und warum diese Frau ermordet wurde – soweit man hier mit Vernunft und Logik überhaupt etwas ausrichten kann –, dann habe ich immer gedacht, daß es zum Teil auch für uns beide geschah. Für das, was gut war zwischen uns. Gewiß, in der Hauptsache geschah es, um mit mir selbst ins reine zu kommen. Aber ich dachte, ein bißchen sei es dabei auch um uns gegangen. Und darum mußte ich dir das jetzt alles sagen, um herauszufinden, ob es dir etwas bedeutet oder deinen Entschluß beeinflussen kann.«
Endlich bin ich fertig. Ich fühle mich seltsam erleichtert; besser hätte ich es nicht machen können. Barbara, meine Frau, weint still und heftig. Sie hat den Kopf gesenkt, und die Tränen fließen ungehindert und frei. Dann schluchzt sie und holt tief Luft.
»Rusty, ich fürchte, ich kann nichts sagen, außer daß es mir

leid tut. Ich hoffe, du wirst mir das eines Tages glauben. Es tut mir wirklich sehr leid.«

»Ich versteh' dich. Ich glaube es dir schon jetzt.«

»Und ich war darauf gefaßt, die Wahrheit zu sagen. Jederzeit. Bis ganz zum Schluß. Wenn sie mich in den Zeugenstand gerufen hätten, dann hätte ich erzählt, was passiert ist.«

»Auch das verstehe ich. Aber ich hätte es gar nicht gewollt. Um ehrlich zu sein, Barbara, das hätte nichts genützt. Es hätte nur nach einer verzweifelten Ausrede geklungen. So, als machtest du eine letzte Anstrengung, mich zu retten. Niemand hätte je geglaubt, daß du es warst, der sie umgebracht hat.«

Die Worte rufen neuerliche Tränen hervor, und dann, endlich, beruhigt sie sich wieder. Es ist heraus, und sie scheint in gewisser Weise erleichtert zu sein. Mit dem Handrücken wischt sie sich die Augen aus. Sie atmet wieder tief durch und spricht, den Blick fest auf den Tisch gerichtet.

»Weißt du, was das für ein Gefühl ist, wenn man den Verstand verliert, Rusty? Wirklich überschnappt? Nicht mehr in der Lage ist, sich selbst in den Griff zu kriegen, ja nicht mal mehr weiß, wer man eigentlich ist? Man fühlt sich keinen Augenblick sicher. Mir ist, als würde bei jedem Schritt der Boden unter mir nachgeben, und ich stürze ins Leere. Ich kann so nicht weitermachen. Und ich glaube nicht, daß ich je wieder normal werde, wenn ich mit dir zusammenbleibe. Ich weiß, wie furchtbar das klingt. Aber es ist auch furchtbar für mich. Ganz gleich, was ich mir vorher eingebildet habe, keiner kann nach so etwas weitermachen wie vorher und wieder sein altes Leben aufnehmen. Alles, was ich sagen kann, Rusty, ist, daß nichts so gekommen ist, wie ich es erwartet hatte. Mein Verständnis für die Wirklichkeit ist erst während des Prozesses wieder erwacht. Erst als ich dort im Gerichtssaal saß, fing ich an zu begreifen. Als ich sah, was mit dir geschah, und mein Herz so weh tat, weil ich doch nicht wollte, daß dir etwas geschieht. Und auch darüber komme ich nicht hinweg. Ich kann hier nicht leben, Rusty, wo mir nichts bleibt als Reue. Und Angst. Und natürlich ... Scham ist nicht das richtige Wort ... Schuldgefühle?« Sie schüttelt den Kopf, den Blick immer noch starr auf den Tisch geheftet. »Nein, es gibt kein Wort dafür.«

»Wir könnten versuchen, auch das miteinander zu teilen, weißt du. Die Schuld, die Verantwortung.« Unwillkürlich haben meine Worte einen wunderlichen Beiklang. Barbara atmet schwer. Dann beißt sie sich auf die Lippen, die Tränen fließen aufs neue, aber sie schüttelt wieder den Kopf.

»Ich finde das nicht richtig, Rusty. Der Prozeß ist so ausgegangen, wie er sollte.«

Das ist alles, was sie sagt. Vielleicht habe ich mir mehr erhofft, aber es genügt. Sie wendet sich zum Gehen, zögert jedoch noch einen Moment und läßt sich von mir in die Arme nehmen; lange halte ich sie so an mich geschmiegt, aber schließlich macht sie sich los.

Ich höre, daß sie nach oben geht. Ich kenne Barbara. Sie wird sich auf unser Bett legen und noch eine Zeitlang weinen. Und dann wird sie sich wieder aufrappeln. Und anfangen zu packen.

39

An einem Tag Ende November, gleich nach Thanksgiving, während ich in der Stadt Weihnachtseinkäufe mache, sehe ich Nico Della Guardia den Kindle Boulevard herunterkommen. Er hält den Kragen seines Regenmantels am Hals fest zusammen und macht ein ärgerliches Gesicht. Er scheint sich dauernd nach irgendwem umzusehen. Nico kommt auf mich zu, doch ich bin sicher, er hat mich noch nicht bemerkt. Ich denke daran, mich in ein Geschäft zu verkrümeln, nicht weil ich Angst habe vor seiner oder meiner Reaktion, sondern weil ich einfach der Meinung bin, es wäre für uns beide besser, dieses Treffen zu vermeiden. Doch nun hat er mich erkannt, und er steuert zielstrebig auf mich zu. Er lächelt nicht, streckt jedoch als erster die Hand aus, und diesmal ergreife ich sie. Einzig in diesem Moment durchzuckt mich ein heißer, leidvoller Schmerz, aber die Anwandlung verfliegt so rasch, wie sie gekommen ist, und nun stehe ich freundlich lächelnd dem Mann gegenüber, der praktisch versucht hat, mir mein Leben zu nehmen. Ein einziger Passant, ein Herr mit Filzhut, scheint die Tragweite dieser Begegnung zu spüren; jedenfalls dreht er sich im Weitergehen mehrmals um und gafft uns neugierig an. Der Strom der übrigen Fußgänger macht nur einen Bogen um uns.

Nico erkundigt sich, wie es mir geht. Er fragt es in diesem besorgten Tonfall, den die Leute mir gegenüber in letzter Zeit an den Tag legen, und deshalb weiß ich, daß er Bescheid weiß. Ich sage es ihm trotzdem.

»Wir haben uns getrennt, Barbara und ich.«

»Das hab' ich gehört. Es tut mir leid, ehrlich. So eine Trennung ist was Scheußliches. Na, Sie wissen ja, schließlich hab' ich mich damals an Ihrer Schulter ausgeweint. Aber wir hatten keine Kinder. Vielleicht können Sie beide sich wieder zusammenraufen.«

»Das glaub' ich kaum. Nat wohnt zur Zeit noch bei mir, aber nur so lange, bis Barbara sich in Detroit eingerichtet hat.«

»Zu schade«, sagt er, »wirklich zu schade.«

Nico ist noch ganz der alte, denke ich, sagt nach wie vor alles zweimal. Ich erkläre, ihn nicht weiter aufhalten zu wollen.

Diesmal biete ich ihm zuerst die Hand. Nachdem er sie genommen hat, tritt er dichter an mich heran und verzieht sein Gesicht zu einer Grimasse, woraus ich schließe, daß ihm das, was er mir sagen will, hart ankommt.

»Ich hab' Sie nicht reingelegt«, sagt er. »Ich weiß, was die Leute denken. Aber ich hab' niemanden angestiftet, daß er die Beweise türkt. Weder Tommy noch Kumagai.« Fast wäre ich zusammengezuckt, als er Painless erwähnte. Er hat seinen Abschied genommen. Ihm blieb nur die Wahl, sich zu einem Schwindel zu bekennen oder seine Inkompetenz einzugestehen, und er wählte das kleinere – und, wie ich glaube, zutreffendere – Übel. Natürlich hat er nicht an der Samenprobe herumgepfuscht, aber ich bin zu der Überzeugung gelangt, daß es nicht zur Anklage gekommen wäre, hätte er sich seinen Autopsiebefund noch einmal vorgenommen. Vielleicht hat sich auch Tommy schuldig gemacht, weil er mit aller Gewalt einen Fall konstruieren wollte. Vermutlich dachte er, mir das Fell über die Ohren zu ziehen würde seinen Schmerz stillen oder den Neid oder was immer Carolyn in ihm ausgelöst haben mag und was ihn so aufgewühlt hat.

Nico fährt inzwischen fort, eindringlich wie immer. »Ich habe es wirklich nicht getan. Ich weiß, was Sie denken. Aber ich muß Ihnen das einfach sagen. Ich war es nicht.«

»Ich weiß, Delay.« Und dann sage ich ihm, was meiner Meinung nach geschehen ist. »Sie haben Ihre Arbeit getan, so wie Sie dachten, daß man es von Ihnen erwartet. Sie haben sich bloß auf die falschen Leute verlassen.«

Er sieht mich prüfend an. »Nun, wahrscheinlich werde ich den Job nicht mehr lange haben. Sie haben bestimmt von diesem Aufruf, meine Ernennung rückgängig zu machen, gehört?« Abermals schaut er die Straße hinauf und hinunter. »Natürlich haben Sie's erfahren. Jeder weiß es. Aber was macht das schon? Alle sagen mir, mit meiner Karriere sei es vorbei.«

Er will kein Mitleid. Er möchte mich nur wissen lassen, daß die Unglückswoge auch ihn mit fortgerissen hat. Carolyn hat uns alle in ihrem schwarz brodelnden Kielwasser untergehen lassen.

Und nun spreche ich Nico tatsächlich Mut zu: »Man kann nie

wissen, Delay. Wer weiß, ob nicht doch noch alles gut ausgeht.«
Er schüttelt den Kopf. »Nein, nein. Sie sind der Held, ich bin der Sündenbock. Einfach phantastisch.« Er lächelt, aber auf eine Art, daß ich merke, er findet seine eigenen Gedanken verrückt und deplaziert. »Vor einem Jahr hätten Sie mich bei der Wahl schlagen können, und heute könnten Sie's wieder. Ist das nicht phantastisch?« Nico Della Guardia lacht hell auf, geplagt von seiner eigenen Ironie, dieser seltsamen Ausdrucksweise für seinen Respekt vor mir. Hier, mitten auf dem Kindle Boulevard, breitet er pathetisch die Arme aus. »Nichts«, sagt er, »nichts hat sich geändert.«

40

Im Erdgeschoß des Hauses, in dem ich über acht Jahre gewohnt habe, herrscht ein chaotisches Durcheinander. Überall stehen offene Kartons, halb gepackt, und alles, was früher in Regalen stand oder in Schubfächern lag, ist willkürlich auf dem Fußboden verstreut. Die Möbel sind schon fort. Die große Couch und das zweisitzige kleine Sofa haben mir nie sonderlich gefallen; Barbara wollte sie für ihre Eigentumswohnung in der Nähe von Detroit. Ich beziehe am zweiten Januar eine Wohnung in der Innenstadt. Keine schlechte Bleibe. Der Makler sagt, ich hätte großes Glück gehabt, sie zu kriegen. Das Haus hier steht zum Verkauf. Ich habe beschlossen, daß alles langsam, Schritt für Schritt, vonstatten gehen soll.

Jetzt, da Nat fort ist, scheint die Packerei kein Ende zu nehmen. Ich wandere von Zimmer zu Zimmer. Jeder Gegenstand erinnert mich an etwas. Jede Ecke scheint ihr Quantum Schmerz und Melancholie zu bergen. Wenn ich es in einem Raum nicht mehr aushalten kann, mache ich in einem anderen weiter. Ich denke oft an meinen Vater, besonders an jene Szene, die ich im Frühjahr Marty Polhemus erzählt habe: wie ich meinen Vater dabei überraschte, als er eine Woche nach dem Tod meiner Mutter die Wohnung ausräumte, die er schon ein paar Jahre zuvor verlassen hatte. Er arbeitete im Unterhemd, und es wirkte irgendwie schamlos, wie er die Überbleibsel seines Ehelebens achtlos in Körbe und Kisten stopfte. Mit dem Fuß stieß er die Kartons aus dem Weg, während er von einem Zimmer zum anderen stapfte.

Von Marty habe ich erst letzte Woche wieder gehört. Er hat mir eine Weihnachtskarte geschickt. »Freut mich zu hören, daß für Sie alles so gut gelaufen ist.« Ich lachte laut auf, als ich das las. Himmel, der Junge hat wirklich ein seltsames Talent, sich auszudrücken! Ich habe die Karte weggeworfen. Aber die Einsamkeit setzt mir mehr zu, als ich dachte. Vor ein paar Stunden habe ich die Abfalltüten im Wohnzimmer durchgewühlt und nach dem Umschlag gesucht. Ich brauche die Adresse, damit ich ihm antworten kann.

Meinem Vater habe ich nicht einmal geschrieben. Er zog nach

Arizona, und ich sah ihn nie wieder. Ich telefonierte gelegentlich mit ihm, aber nur, weil Barbara die Nummer wählte und mir den Hörer in die Hand drückte. Er war so wenig mitteilsam und hielt vor allem mit seinem Leben derart hinterm Berg, daß ich diese Gespräche nie der Mühe wert fand. Ich wußte, daß er inzwischen mit einer Frau zusammenlebte und drei Tage die Woche in einer Bäckerei am Ort arbeitete. Über Arizona sagte er nichts weiter, als daß es dort heiß sei.

Die Frau, Wanda, rief an, um mir zu sagen, daß er tot sei. Das ist nun über acht Jahre her, aber irgendwie spüre ich den Schock jeden Tag aufs neue. Er war stark und kerngesund; ich hatte wie selbstverständlich angenommen, daß er hundert Jahre alt werden, daß meine Verbitterung immer ihre Zielscheibe haben würde, irgendwo im fernen Arizona. Seine Leiche hatte man schon verbrannt. Wanda fand meine Nummer erst, als sie den Wohnwagen saubermachte, doch sie bestand darauf, daß ich hinfuhr und seinen Nachlaß regelte. Barbara war damals im achten Monat schwanger, und beide hielten wir diese Reise nach Arizona für die letzte Zumutung meines Vaters. Wanda stammte aus New York City; eine hochgewachsene Frau Ende Fünfzig, die nicht einmal übel aussah. Mit ihrer schlechten Meinung über den Verstorbenen hielt sie nicht hinterm Berg. Eigentlich, so erzählte sie mir gleich nach meiner Ankunft, habe sie sich schon sechs Monate vor seinem Tod von ihm getrennt. Von der Bäckerei hatte man sie angerufen, als er dort den Herzanfall erlitt und zusammenbrach. Man wußte nicht, an wen man sich sonst hätte wenden sollen. »Mir ist schleierhaft, warum ich mich um den ganzen Kram hier kümmere«, gestand sie mir nach ein paar Drinks. »Alles in allem taugte er bloß fürs Bett.«

Sie fand es nicht komisch, als ich vorschlug, wir sollten genau das auf seinen Grabstein setzen lassen.

Sie ließ mich allein den Wohnwagen in Augenschein nehmen. Auf Vaters Bett lagen rote Socken. In der Kommode fand ich weitere sechs, sieben Dutzend Paar. Rote und gelbe. Gestreifte. Gepunktete. Blaugraue. In seinen letzten Jahren hatte mein Vater also doch noch einer Art Luxus gefrönt.

Es klingelt. In mir regt sich eine schwache Hoffnung. Ich freue

mich darauf, einen Augenblick mit dem Briefträger zu plaudern oder mit dem Paketboten.
»Lip!« rufe ich durch die Windfangtür. Er kommt herein, tritt sich aber vorher noch auf der Fußmatte den Schnee von den Schuhen.
»Richtig gemütlich«, sagt Lip und betrachtet das Chaos im Wohnzimmer. Er hält mir ein Päckchen hin, nicht viel größer als die aufwendige Seidenschleife obendrauf.
»Weihnachtsgeschenk«, sagt er.
»Das ist aber riesig nett.« Wir haben uns noch nie etwas zu Weihnachten geschenkt.
»Dacht' mir, Sie könnten 'ne kleine Aufmunterung gebrauchen. Ist Nat gut weggekommen?«
Ich nicke. Gestern habe ich den Jungen zum Flughafen gebracht. Er durfte als erster einsteigen. Ich wäre gern mit ihm an Bord gegangen, aber er wollte nichts davon wissen. Also blieb ich an der Sperre stehen und sah ihn in seinem dunkelblauen Parka den Flugsteig hinuntergehen, allein und schon in Zukunftsträume versunken. Er ist seines Vaters Sohn – hat sich nicht einmal umgedreht, um zu winken. Ich will, dachte ich ganz ausgeprägt, ich will mein früheres Leben zurückhaben.
Lip und ich sehen uns einen Moment lang an. Ich habe ihm noch nicht den Mantel abgenommen. Gott, es ist peinlich, und so geht es mir mit allen, mit den Leuten auf der Straße ebenso wie mit guten Bekannten. So vieles ist geschehen, womit ich nie gerechnet habe. Und wie sollen die Leute darauf reagieren? Es paßt nun mal in kein anerkanntes Unterhaltungsmuster zu sagen: Das mit Ihrer Frau ist wirklich Pech, aber wenigstens hat man Sie nicht wegen dieses Mordes drangekriegt. Schließlich biete ich Lip ein Bier an.
»Wenn Sie mittrinken«, sagt er und folgt mir in die Küche. Auch hier ist der halbe Hausstand in Kisten verpackt. Als ich ein Glas aus dem Schrank nehme, zeigt Lipranzer auf das Päckchen, das er mitgebracht hat und das jetzt auf dem Küchentisch liegt.
»Ich möcht' gern dabeisein, wenn Sie's aufmachen. Ich hab's schon eine ganze Weile aufgehoben.«
Er hat sich mit dem Einwickeln große Mühe gegeben.

»Ich habe noch nie ein Geschenk gekriegt«, sage ich, »das so akkurat verpackt war.«
In einer weißen Schachtel liegt ein zerknittertes Polsterkuvert, versiegelt mit dem rot-weißen Klebestreifen des Erkennungsdienstes. Ich reiße es auf, und zum Vorschein kommt das Glas, das beim Prozeß nicht aufzufinden war, das hohe Glas von Carolyns Bar. Ich stelle es auf den Tisch und mache einen Schritt zurück. Darauf wäre ich nie gekommen.
Lip kramt in seiner Tasche und zieht ein Feuerzeug heraus. Er hält eine Ecke des amtlichen Umschlags in die Flammen, versichert sich, daß er auch wirklich brennt, und wirft ihn in den Ausguß. Ich starre auf das Glas. Die Oberfläche ist immer noch blau vom Ninhydrin, die drei Fingerabdrücke heben sich davon ab wie auf einer Art surrealistischer Fayence. Ich halte es ans Fenster, gegen das Licht, und aus mir unerfindlichen Gründen versuche ich herauszufinden, welches der filigranen Netze aus winzigen Linien der Abdruck meines rechten Daumens und welches der meines rechten Mittelfingers ist, die beiden, die mich verdächtig gemacht haben. Ich betrachte immer noch mit zusammengekniffenen Augen das Glas und sage zu Lipranzer: »Es ist wirklich die Frage, ob ich gerührt sein soll«, und nun schaue ich ihm in die Augen, »oder *stinksauer.*«
»Wie denn das?«
»In diesem Staat ist es ein schweres Vergehen, Beweise eines Verbrechens beiseite zu schaffen. Mit der Geschichte hätten Sie sich mächtig reinreiten können, Lip.«
»Wird aber nie einer draufkommen.« Lipranzer schenkt sich das Bier ein, das ich gerade aufgemacht habe. »Außerdem hab' ich rein gar nix getan. Die andern haben die Sache vermasselt. Wissen Sie noch, wie Schmidt ankam und sich alle Beweisstücke untern Nagel reißen wollte? Das Glas war nicht da. Ich hatte es runtergebracht zu Dickerman. Nächsten Morgen krieg' ich 'nen Anruf vom Labor, sie hätten den Test gemacht, ich kann mir mein Glas abholen. Wie ich runterkomme, hat schon wer die Quittung ausgefüllt: ›Zurück an Erkennungsdienst!‹ Klar, die Jungs haben doch gedacht, ich bring's da wieder hin. Bloß daß ich es nirgends mehr hinbringen konnte, weil es ja nicht mehr mein Fall war. Also hab' ich's in die Schublade

geschmissen. Dachte mir, über kurz oder lang wird schon wer kommen und danach fragen. Kam aber keiner. Inzwischen baute Molto denselben Scheiß wie jeder gottverdammte Anfänger: unterschreibt sämtliche Quittungen, ohne sie mit den Beweisstücken zu vergleichen. Drei Monate später sitzt er bis zum Hals im Dreck. Aber das is' sein Problem.« Lipranzer setzt sein Glas an die Lippen und leert es in einem Zug. »Keiner von denen ist je auf die Idee gekommen, wo das Scheißding wirklich geblieben ist. Im Amt erzählen sie, Nico hätt' sein ganzes Büro auseinandergenommen. Sogar den Teppichboden soll er ham rausreißen lassen.«
Wir lachen beide, das klingt wirklich nach Nico. Wenn er sich sehr aufregt, sieht man, wie sich sein Schädel rötet, vorn, wo das Haar schütter geworden ist. Auch seine Sommersprossen scheinen dann stärker hervorzutreten. Als wir uns ausgelacht haben, herrscht einen Moment beklommenes Schweigen.
»Sie wissen, warum ich sauer bin, oder?« frage ich.
Lip hebt die Schultern und schenkt sich noch ein Bier ein.
»Sie dachten, ich hätt' sie umgebracht.«
Darauf ist er vorbereitet, und er zuckt mit keiner Wimper. Er rülpst, bevor er mir antwortet.
»War 'n lockerer Vogel, die Lady.«
»Und damit wär's okay, wenn ich sie umgebracht hätte?«
»Ham Sie's getan?«
Natürlich! Um das herauszufinden, ist er hergekommen. Hätte er bloß als guter Freund handeln wollen, dann hätte er das Glas mitgenommen, als er letztes Mal zum Fischen fuhr, und es in die Crown Falls geworfen, die dort oben bei Skageon so majestätisch rauschend in die Tiefe stürzen. Aber etwas nagt in ihm. Darum hat er mir das Glas gebracht; damit ich weiß, daß wir beide drinhängen.
»Sie glauben, ich hab' es getan, stimmt's?«
Er trinkt sein Bier. »Möglich wär's.«
»Jetzt hören Sie aber auf! Wollen Sie mir erzählen, Sie stecken Ihren Hals in die Schlinge, bloß weil es möglich wäre – so wie es sein könnte, daß auf dem Mars Menschen leben?«
Lip sieht mich offen an, seine grauen Augen sind ganz klar. »Ich hab' keine Wanze unterm Jackett, Rusty.«

»Und wenn, wär's mir auch egal. Ich habe meinen Prozeß gehabt, und ich bin freigesprochen. Für ein und dasselbe Delikt kann man nur einmal verfolgt und verurteilt werden. Steht im Gesetz. Ich könnte morgen mein Geständnis in der ›Tribúne‹ veröffentlichen, und trotzdem dürfte mich keiner noch mal wegen Mordes vor Gericht stellen. Nur, wir beide wissen schließlich« – ich nehme nun auch einen Schluck von der Dose, die ich mir inzwischen aufgemacht habe –, »daß sie sich an dergleichen nie halten würden, nicht wahr, Lip?«

»Vergessen Sie's.«

»Den Teufel werd' ich tun. Jetzt sagen Sie mir freiheraus, was Sie denken, okay? Sie glauben doch, ich hab' sie kaltgemacht. Wenn einer wie Sie seit fünfzehn Jahren bei der Polizei ist, dann schafft er doch nicht einfach so zum Spaß das Paradebeweisstück im größten Prozeß der Stadt auf die Seite, stimmt's?«

»Stimmt. Zum Spaß hab' ich's nicht gemacht.« Mein Freund Dan Lipranzer sieht mich an. »Ich glaube, Sie ham sie umgebracht.«

»Und wie? Ich meine, Sie haben sich doch bestimmt eine Theorie zurechtgelegt.«

Er zögert weniger lange, als ich gedacht habe. »Nach meiner Schätzung ham Sie ihr in der Wut eins über den Schädel gegeben. Der Rest war bloß Tarnung. Wie sie erst mal tot war, hätt's nicht mehr viel Sinn gehabt zu sagen, daß es Ihnen leid tut.«

»Und warum soll ich so wütend auf sie gewesen sein?«

»Ich weiß nicht. Wer kann das wissen? Sie hat Sie abgeschoben, stimmt's? Wegen Raymond. Das reicht doch wohl, um sauer zu sein.«

Langsam nehme ich Lipranzer das Glas aus der Hand. Ich kann ihm an den Augen ablesen, was er befürchtet. Er denkt, ich würde es auf den Boden werfen. Statt dessen stelle ich es auf den Küchentisch neben das Glas, das er mitgebracht hat, das mit meinen Fingerabdrücken. Die Gläser sind gleich. Dann gehe ich zum Schrank und hole die restlichen heraus. Schließlich steht der ganze Satz auf dem Tisch: zwölf Gläser in zwei Reihen, links vorne eins mit Bierschaum am Rand und gleich daneben eins mit blauem Pulver bestäubt. Es ist einer der seltenen Momente, in denen Lipranzer seine aufgesetzte Überlegenheit gründlich abhanden kommt.

Ich drehe den Wasserhahn auf, um die Asche fortzuspülen, dann bereite ich eine heiße Lauge. Während ich das Wasser einlaufen lasse, sage ich: »Stellen Sie sich eine Frau vor, Lip, eine seltsame Frau mit einem sehr scharfen, mathematischen Verstand. Sehr in sich gekehrt. Ganz auf sich konzentriert. Außerdem wütend und deprimiert. Die meiste Zeit ist sie stinksauer. Aufs Leben. Auf ihren Mann. Auf die miese, traurige Affäre, die er hatte und in der er alles weggab, was sie für sich haben wollte. Sie wollte seine große Leidenschaft sein, und statt dessen rennt er dieser Schlampe nach, die jeden nur ausnutzt und für die er bloß ein Spielzeug war – was alle gemerkt haben, nur er nicht. Diese Frau, Lip, die Ehefrau, ist krank an Herz und Gemüt, und vielleicht auch im Kopf, wenn wir die Karten ganz offen auf den Tisch legen.

Sie ist durcheinander. Sie weiß nicht, wie es mit ihrer Ehe weitergehen soll. Heute ist sie sicher, daß sie ihn verlassen wird. Morgen möchte sie bleiben. Aber wie's auch kommt, sie muß etwas tun. Die Sache frißt an ihr, zerstört sie. Und was immer daraus werden mag, sie hat einen Wunsch, eine verzweifelte, heimliche Hoffnung: daß die Frau, mit der er geschlafen hat, stirbt. Wenn ihre Wut den Siedepunkt erreicht, ist sie bereit, ihren Mann zu verlassen, sich nach einem neuen Leben umzuschauen. Aber das würde ihr keine Befriedigung verschaffen, solange die andere Frau am Leben bleibt, denn der Ehemann, Jammerlappen, der er ist, würde bloß zu der anderen zurückkriechen und am Ende noch bekommen, was die Frau denkt, das er haben will. Die Ehefrau kann nur dann wirklich mit ihm abrechnen, wenn es die andere nicht mehr gibt.

Aber natürlich verletzt man immer nur den, den man im Grunde liebt. Und wenn sie richtig down ist, sehnt sie sich nach allem, was sie früher gemeinsam hatten, sucht einen Weg, ihr altes Leben zurückzugewinnen. Aber selbst in diesem Zustand glaubt sie, das Leben wäre besser, wenn es die andere nicht mehr gäbe. Wenn er keine andere Wahl hätte, würde er schließlich von seiner Besessenheit geheilt werden.

Vielleicht können sie dann das Rad zurückdrehen, auf den Trümmern ein neues Leben aufbauen.«
Inzwischen ist das Spülbecken vollgelaufen. Das Ninhydrin läßt sich ganz leicht abwaschen, obschon es nach Schwefel stinkt, sowie das Glas eintaucht. Ich spüle es gründlich aus, dann nehme ich ein Geschirrtuch und trockne es ab. Als ich damit fertig bin, hole ich einen Karton und fange an, die Gläser einzupacken. Lip hilft mir dabei. Er reißt das Zeitungspapier auseinander, das die Umzugsleute dagelassen haben, aber er sagt kein Wort.
»Der Gedanke ist also da. Tag für Tag. Das einzige, woran die Ehefrau denkt, ist, die andere zu töten. Ob sie vor Wut schäumt oder in Selbstmitleid versinkt, immer begleitet sie diese erregende Vorstellung. Und während der Gedanke sich festsetzt, fällt ihr natürlich irgendwann auch noch ein zusätzlicher Coup ein: Der Ehemann muß es erfahren. Wenn sie tobt, wenn sie drauf und dran ist, alles hinzuschmeißen und fortzulaufen, gibt es ihr ein süßes Gefühl der Rache, sich vorzustellen, wie er einsam und verloren zurückbleibt und genau weiß, wer ihm das angetan hat. Wenn sie weicher gestimmt ist und danach trachtet, irgendwie ihre Ehe zu retten, dann wünscht sie sich, daß er diesen großartigen Akt der Hingabe und Aufopferung schätzen möge, ihre Anstrengung, das Wunderheilmittel zu finden. Die Tat würde ihm nichts bedeuten, wenn er sie für einen Unfall hielte.
Also wird das eine Zwangsvorstellung: zu töten und ihn wissen zu lassen, daß sie es getan hat. Aber wie ist das zu bewerkstelligen? Ein faszinierendes Puzzle für eine Frau, die gewohnt ist, sich mit kompliziertesten Gedankengängen auseinanderzusetzen. Natürlich kann sie's ihm nicht einfach erzählen. Zum einen ist sie halb entschlossen, ihn zu verlassen. Und außerdem ist da schließlich noch das Risiko, daß – gelinde ausgedrückt – der Ehemann nicht einverstanden sein könnte. Wenn er zum Beispiel alles ausplaudert und kaputtmacht? Das muß sie verhindern. Und wie schafft sie das am besten? Glücklicherweise ist vorauszusehen, daß der Ehemann das Verbrechen aufklären wird. Der Leiter der Mordkommission hat Leine gezogen. Sein Stellvertreter ist ein Typ, dem keiner über den Weg traut. Und

der Ehemann ist das Hätschelkind des Bezirksanwalts. Er wird die Ermittlungen leiten, er und sein Freund, der Star der Mordkommission, Detective Lipranzer. Und während der Ehemann die Indizien sammelt, wird er entdecken, daß der Schuldige allem Anschein nach kein anderer sein kann als er selbst. Er wird natürlich wissen, daß das nicht stimmt. Und er wird auch wissen, wer es gewesen ist, denn es gibt nur einen Menschen auf der Welt, der sich dieses Glas beschaffen konnte und erst recht seinen Samen. Aber er wird niemand anders davon überzeugen können. Er wird einsam und schweigend leiden, wenn sie ihn verläßt, oder ihre blutige Hand mit neuer Hingabe küssen, wenn sie bleibt. Die Tat selbst wird Reinigung bedeuten und Regeneration. Wenn die andere erst nicht mehr da ist, wird sie endlich herausfinden können, was sie wirklich will.
Aber es muß ein Verbrechen sein, das der Rest der Welt billigerweise als ungeklärt akzeptieren kann, wenn der Ehemann es als solches ausgibt. Es muß ein Mord sein, von dem er allein weiß, wie und von wem er begangen wurde. Darum beschließt sie, eine Vergewaltigung vorzutäuschen. Und so arbeitet sie ihren Plan aus. Was unbedingt dazugehört, ist eins von diesen Gläsern.«
Ich halte Lip das Glas hin, das ich gerade einpacke. Er sitzt jetzt auf einem Küchenstuhl und hört mir gebannt zu; in seinem Blick kämpfen blankes Entsetzen und fassungsloses Staunen.
»Es war eines von diesen Gläsern, das ihr Mann in die Hand nahm und über dem er in Tränen ausbrach, in der Nacht, als er ihr seine Affäre eingestand. Dieser egoistische Waschlappen saß da und vernichtete sie mit der Wahrheit und heulte wie ein kleines Kind, weil die Gläser genauso aussahen wie die von der anderen Frau. Das war die perfekte Visitenkarte, der ideale Weg, um ihm zu sagen: Du weißt, wer es getan hat. Eines Abends trinkt er ein Bier, während er sich im Fernsehen ein Baseballspiel anschaut. Sie stellt das Glas beiseite. Jetzt hat sie seine Fingerabdrücke. Und dann sammelt sie morgens ein paarmal das schleimige Zeug, das rauskommt, wenn sie ihr Diaphragma entfernt. Tut es vermutlich in eine Plastiktüte, die dann eine Zeitlang unten im Keller in der Tiefkühltruhe liegt. Und so wird's gemacht. Am ersten April. Ja, das soll ihm helfen

draufzukommen. Eine Stunde vorher ruft sie von zu Hause aus an. Der Ehemann ist daheim, macht den Babysitter, aber man kann das Telefon in Barbaras Arbeitszimmer benutzen, ohne daß es unten zu hören ist. Wenn Stern je darauf hingewiesen hätte, daß Barbara hier gewesen sein könnte, als ich anrief, hätte Nico entsprechend gekontert.«
Lips Stuhl quietscht, als er ihn mit einem plötzlichen Ruck zurückstößt. »Mann! Sagen Sie das noch mal! Wer hat telefoniert? Nicht, wie Delay gedacht hat. Ihre Frau?«
»Meine Frau«, sage ich. »Das eine Mal.«
»Das eine Mal?«
»Ja. Vorher nie.«
»Vorher waren es also Sie?«
»Ja, ich.«
»Hm, hm«, brummt Lip, und seine Augen trüben sich, als er, ich bin ganz sicher, an jenen Tag im April zurückdenkt, an dem ich ihn um den scheinbar harmlosen Gefallen bat, diese unbedeutende Indiskretion, meinen Privatanschluß nicht überprüfen zu lassen. »Hm, hm«, brummt er noch einmal und lacht dann auf. Ich verstehe nicht gleich, aber als ich seinen fröhlichen Gesichtsausdruck sehe, geht mir auf, daß er zufrieden mit sich ist. Wir sind alle, wie wir sind. Detective Lipranzer freut sich zu erfahren, daß er nicht völlig danebengetippt hat, als er mich verdächtigte, ein schlechtes Gewissen zu haben.
»Also hat sie an dem Abend angerufen?«
»Stimmt.«
»Weil sie wußte, daß Sie früher öfter von zu Hause aus mit Carolyn telefoniert hatten?«
»Da bin ich mir nicht so sicher. Mitgehört haben kann sie nicht, denn es gab nichts zu hören. Aber wenn Sie meine Vermutung hören wollen, dann hat sie's gewußt. Jedenfalls hatte ich das so im Gefühl. Wahrscheinlich habe ich einmal das Telefonverzeichnis aus dem Amt auf der Seite mit Carolyns Nummer aufgeschlagen liegenlassen. Barbara fällt so was auf. Sie wissen ja, wie detailfixiert sie ist, besonders hier im Haus. Vielleicht hat ihr das sogar den Rest gegeben. Aber genau weiß ich es natürlich nicht. Es könnte durchaus auch

ein Zufall gewesen sein. Irgendwie mußte sie schließlich mit Carolyn Kontakt aufnehmen. Sie konnte nicht einfach so bei ihr aufkreuzen.«

»Und was hat sie ihr am Telefon gesagt?«

»Wer weiß? Irgendeinen Scheiß. Und dann hat sie gefragt, ob sie vorbeikommen kann.«

»Und hat sie kaltgemacht.«

»Sie sagen es. Aber nicht, ohne vorher zur Uni zu fahren. Sie hat den Computer übernommen. Garantiert hat sie ein hochkompliziertes Programm eingegeben. Ich wette, der Drucker hat zwei Stunden lang wie wild Papier ausgespuckt. Jeder clevere Mörder braucht ein Alibi, und Barbara hatte sich weiß Gott einiges einfallen lassen. Jedenfalls, von der Uni fährt sie rüber zu Carolyn, die sie inzwischen schon erwartet. Carolyn macht ihr auf. Und als sie dem Gast den Rücken zukehrt, schlägt ihr Barbara seelenruhig den Schädel ein – mit einem kleinen Dingsda, das gerade noch in eine Damenhandtasche paßt. Dann holt sei den Strick heraus, den sie mitgebracht hat, und fesselt ihr totes Opfer. Stellt das Glas als Visitenkarte auf die Bar. Nimmt eine Spritze zur Hand – aus ihrer Lektüre über künstliche Befruchtung hat sie so einiges gelernt – und injiziert der Toten den Inhalt ihres kleinen Plastikbeutels. Bevor sie geht, entriegelt sie noch Fenster und Türen.

Natürlich sind die Ermittlungen der Kriminalpolizei ein bißchen komplizierter, als Barbara sich das vorgestellt hat. Es gibt ganze Untersuchungskomplexe, von denen sie nichts weiß. Wie zum Beispiel die Fasernanalyse. Barbara hinterläßt Spuren, mit denen sie nie gerechnet hat. Die Fusseln von dem Teppichboden ihres Hauses, die an ihrem Rocksaum hingen. Oder ein paar von ihren eigenen Haaren. Erinnern Sie sich, wie die Jungs von Haar & Faser sich nicht die Mühe machten, die Frauenhaare zu untersuchen, die sie am Tatort sichergestellt hatten? Ich bin sicher, Barbara wäre auch nie darauf gekommen, daß man den Samen so gründlich analysieren kann. Und ich wette, sie hatte keinen Schimmer von den Aufzeichnungsmethoden der Telefongesellschaft und war völlig platt, als die ihren Anruf zu unserem Anschluß zurückverfolgten. Sie hatte mehr Spuren gelegt, die auf sie hindeuteten, als es ihre Absicht gewesen war.

Das gleiche gilt für diesen dritten Abdruck auf dem Glas – wahrscheinlich eine reine Unachtsamkeit. Und natürlich war keiner von uns auf die Idee gekommen, daß Carolyn sich hatte sterilisieren lassen.
Und da steckt natürlich der eigentliche Haken an der Sache. Das Leben, so scheint es, fügt sich nun mal nicht den unveränderlichen Regeln der Mathematik. Der Fall entwickelt sich nicht so, wie sie es geplant hat. Molto überwacht mit Argusaugen die Untersuchung. Er stürzt sich auf alle Spuren, die sie gar nicht hatte hinterlassen wollen, und kümmert sich zum Beispiel eingehend um Sachen wie diese verflixten Fingerabdrücke, von denen sie wahrscheinlich dachte, ich könne sie dem Gericht verheimlichen. Für den Ehemann wird es langsam zappenduster. Seine Welt stürzt über ihm zusammen. Er scheint total durcheinander. Vielleicht weiß er nicht einmal, wer ihn ans Messer geliefert hat. Und jetzt findet sie sich in der einzigen Position wieder, mit der sie nie gerechnet hat: Er tut ihr leid. Er hat weit mehr durchmachen müssen, als sie gewollt hat, und im kalten Licht der Realität schaut sie sich im Spiegel an und empfindet nur noch Scham. Sie pflegt ihn durch sein Martyrium, ist jeden Augenblick bereit, ihn mit der Wahrheit zu retten, bis sich das endlich zum Glück als unnötig erweist. Aber das Leben schreibt natürlich keine Happy-Ends. Und diese Geschichte ist eine Tragödie.
Zwischen den Eheleuten läuft es jetzt besser. Sie haben Leidenschaft und Gefühl wiederentdeckt. Doch jetzt steht *die Tat* zwischen ihnen. Es gibt Dinge, die er ihr nicht sagen kann – und umgekehrt. Und das Schlimmste von allem: Sie erträgt ihre eigene Schuld nicht – oder die Erinnerung an ihren Wahnsinn.«
Als ich fertig bin, sehe ich Lip an. Und er schaut mich an. Ich frage ihn, ob er noch ein Bier möchte.
»Nein, Sir. Jetzt brauch' ich einen Whisky.« Er steht auf und spült sein Glas aus. Dann packt er es in den Karton zu den anderen elf. Er drückt die beiden Enden des Deckels zusammen, während ich das Tesaband darüberklebe. Dann gieße ich ihm seinen Whisky ein, und er trinkt ihn im Stehen.
»Wann haben Sie das alles rausgekriegt?« fragt er.

»Das ganze Puzzle? Ich glaube, ich finde bis heute täglich neue Teilchen. Es hat Tage gegeben, Lip, da habe ich Nat zur Schule gebracht und mich nachher im Keller im Dunkeln verkrochen und stundenlang über den Details gebrütet. Wieder und wieder.«

»Ich meine, seit wann wissen Sie, was passiert ist?«

»Wann mir klar wurde, daß sie Carolyn umgebracht hat? Der Gedanke kam mir zum erstenmal ganz flüchtig, als ich hörte, daß Carolyn in der Mordnacht von hier aus angerufen wurde. Aber dann dachte ich: Tommy muß etwas an den Telefonprotokollen gedreht haben. Wirklich Bescheid gewußt habe ich erst, als ich beim Lokaltermin die Gläser in Carolyns Wohnung sah und merkte, daß sie vollzählig waren.«

»Und wie war Ihnen da?«

»Unheimlich. Wissen Sie, ich mußte sie seitdem immerfort ansehen. Hier stand sie und hat für mich gekocht. Und für Nat. Hat mich berührt, in die Arme genommen. Herrgott noch mal, und dann war es mir plötzlich sonnenklar. Ich war völlig von den Socken. Ich konnte es einfach nicht glauben. Tagelang weigerte ich mich, es zu glauben. Manchmal war ich felsenfest davon überzeugt, daß Tommy mich reingelegt hat. Mich glauben zu machen, Barbara wär's gewesen, war Teil seines gemeinen Plans. Ich klammerte mich lange an den Gedanken. Ich wäre überglücklich gewesen, wenn Leon alles auf Molto geschoben hätte. Aber wissen Sie, was komisch ist? Am Ende, als ich zweifelsfrei wußte, wer es gewesen ist – da war ich kein bißchen überrascht.«

»Woll'n Sie sie denn nicht auf den Stuhl schicken?«

Ich schürze die Lippen. Langsam schüttelte ich den Kopf. »Ich könnte es nicht, Lip. Das könnte ich Nat nicht antun. Wir haben alle drei sowieso mehr als genug abgekriegt. Auch ich könnte es nicht verkraften. Da fühle ich mich niemandem verpflichtet.«

»Und haben Sie keine Angst um den Jungen? Ich mein', wo er doch jetzt bei ihr ist?«

»Nein. Das ist das einzige, worum ich mir keine Sorgen mache. Ihr geht es besser, wenn sie mit ihm zusammen ist. Das bringt sie wieder zu sich, und sie kann aufholen. Barbara braucht jemanden um sich, der wirklich an ihr hängt. Und das tut Nat. Ich habe immer gewußt, daß ich die beiden nicht auseinanderreißen darf – es wär' das Schlimmste, was ich ihnen antun könnte, ihr und meinem Jungen.«

»Wenigstens brauch' ich mich jetzt nicht mehr zu wundern, warum Sie sie rausgeschmissen ham.«

Ich habe inzwischen auf dem Küchenstuhl Platz genommen, auf dem vorher Lip saß. So sitze ich nun allein mitten im Raum, während ich ihm antworte: »Ich werde Ihnen etwas verraten, was Sie nicht für möglich gehalten hätten. Sie war's, die verduftet ist. Ich habe sie nicht aufgefordert zu gehen. Vielleicht wäre ich in sechs Monaten soweit gewesen, daß ich sie beim Aufwachen hätte im Schlaf erdrosseln können. Aber ich war bereit, es noch einmal mit uns beiden zu versuchen. Ich wollte mir wirklich Mühe geben. Klar, sie ist irre, übergeschnappt, tollwütig und besessen, ja, aber wie man es auch dreht und wendet, sie hat es schließlich für mich getan. Bestimmt nicht aus Liebe. Aber um meiner Liebe willen. Ich würde zwar nicht sagen, wir sind quitt, aber wir hatten immerhin beide allerhand wiedergutzumachen.«

Darüber kann Lip nur lachen. »Mann«, sagt er, »Sie haben wirklich eine Art, mit den Weibern umzugehen!«

»Sie meinen also, ich wäre nicht bei Trost gewesen, wenn ich mit ihr weitergelebt hätte?«

»Woll'n Sie meine Meinung hören?«

»Das wissen Sie doch, oder?«

»Sie sind ohne die Lady besser dran. So edel war der ihr Plan auch wieder nicht. Sie glauben da nämlich an ein bißchen viel Zufälle.«

»Wieso?«

»Na, schon die ganze Art, wie Sie den Fall angehen.«

»Zum Beispiel?«

»Ihre Fingerabdrücke. Die waren auf dem Glas, stimmt's?«

»Stimmt.«

»Und das würden nur Sie wissen? Ha, Sie können doch selber gar keine Analyse machen. Dazu brauchen Sie das Labor. Und das heißt, jemand anders kommt auf Ihren Namen.«

»Schon, aber bloß weil ich mich so dumm anstelle. Ich sollte das Glas erkennen – und keine Fingerabdrücke auf ihm analysieren lassen.«

»Ein Mordfall, und der Staatsanwalt fragt nicht nach Fingerabdrücken? Wie hätt' das denn ausgesehen?«

Ich überlege einen Augenblick. »Vielleicht hat sie nicht gewußt, daß man einen Laservergleich machen kann. Meine Fingerabdrücke sollen bloß dazu dienen, daß ich ihr nichts anhaben kann.«

»Klar doch. Und in der Zwischenzeit untersucht das Labor den Glibber und fängt an, zwei und zwei zusammenzuzählen. Und dann haben sie auch noch Ihre Teppichfusseln.«

»Aber die hätte doch kein Mensch mit mir in Verbindung gebracht.«

»Und was ist mit den Telefonprotokollen? Sie haben doch selber gesagt, daß sie wahrscheinlich gewußt hat, daß Sie Carolyn früher manchmal von hier angerufen haben. Warum hat sie dann auch von zu Hause telefoniert, noch dazu, während Sie da waren? Warum so ein Risiko eingehen, statt einfach aus 'ner Zelle zu telefonieren? Glauben Sie wirklich, die hat keine Ahnung vom Computer bei der Telefongesellschaft? Oder von Fasernanalyse? Oder welche Fingerabdrücke registriert sind? Nachdem sie sich zwölf Jahre lang Ihre Storys angehört hat?« Lip kippt den Rest seines Whiskys hinunter. »Nein, Meister, das ham Sie nicht richtig durchkalkuliert.«

»Nicht? Was kommt denn bei Ihrer Rechnung raus?«

»Daß Ihre Frau Carolyn tot und Sie dafür im Knast sehen wollte. Ich würde sagen, das einzige, womit sie nie gerechnet hat, war, daß Sie's schaffen. Na, vielleicht war da noch ein zweiter Punkt.«

Lipranzer schnappt sich einen Küchenstuhl und läßt sich rittlings darauf nieder. Wir sitzen einander jetzt Auge in Auge gegenüber.

»Ich wette, sie war auf hundertachtzig, als Sie den Fall gekriegt haben. Darauf wär' sie nämlich nicht im Traum gekommen. Sie sind der Erste Deputy. Sie geben sich heutzutage nicht mehr mit Mord und Totschlag ab. Dazu haben Sie gar nicht die Zeit. Sie müssen das Scheißamt leiten, derweil Horgan in seinem verdammten Wahlkampf seinen Arsch zu retten versucht. Das einzige, was sie gewußt haben kann, ist, daß Raymond Druck machen und den Fall im Haus behalten würde, um den Daumen draufzuhalten. Jeder, der Raymond kennt, hätte felsenfest damit rechnen können, daß der Fall beim Sonderdezernat landet. Ich denk', sie hat damit gerechnet, daß ein cleverer Detective von der Mordkommission Sie festnageln würde. Einer, dem auffällt, daß zu viele Fenster und Türen offenstehn, der 'nen Befund kriegt, wo drinsteht, was in dem Saft war, und dem ein Licht aufgeht, daß die ganze Sache gestellt sein muß. Einer, der nach einem wirklich geschickten Typ sucht, der weiß, wie man so was macht. Darauf hat sie gebaut – auf einen, der Sie richtig gut kennt. Auf einen, der mit Ihnen zum Roten Kreuz geht und Ihre Blutgruppe kennt, Sie vielleicht so gut kennt, daß ihm schwant, Sie könnten was mit der toten Lady gehabt haben. Und der weiß, was für 'ne Farbe Ihr Teppich zu Hause hat.« Plötzlich und unangebracht fängt Lip an zu gähnen, während er ins Wohnzimmer hinüberschaut. »Genau«, sagt er. »Wenn ich gekommen wär', um Sie abzuführen, das hätte gesessen. So stell' ich's mir vor.«

Lipranzer mustert mich weise. Dann nickt er, von seiner Theorie überzeugt.

»Das wäre eine Möglichkeit«, sage ich. »An die habe ich schon gedacht. Aber sie sagte, die Sache sei nicht so gelaufen, wie sie's geplant hat.«

»Was heißt das?« fragt er. »Daß man Sie nicht drangekriegt hat? Mann, was blieb ihr hinterher denn noch übrig, wenn nicht Süßholz raspeln: ›Darling, ich hätt' dich gerettet, wenn's nicht anders gegangen wär'.‹ Was hätten Sie an ihrer Stelle gemacht? Hätte sie vielleicht sagen sollen: ›Los, geh und zeig mich an!‹?«

»Ich weiß nicht, Lip.« Ich klopfe ihm auf die Schulter. »Vor einer Viertelstunde dachten Sie noch, ich hätte Carolyn umgebracht. Ich weiß wirklich nicht. Aber zwei Dinge glaube ich ganz fest. Sie hat es getan. Und es tut ihr leid. Ich werde nie aufhören zu glauben, daß es ihr leid tut.« Ich richte mich langsam auf. »Und außerdem hätte es mir nichts gebracht, sie anzuzeigen.«

»Weil wir gerade dabei sind: Haben Sie wenigstens Ihren Anwälten reinen Wein eingeschenkt?«

»Nein, keinem. Ganz zum Schluß hatte ich das komische Gefühl, daß Sandy durchblickt. Eines Abends sprach er davon, Barbara in den Zeugenstand zu rufen – und ich hätte schwören können, daß er nicht die Bohne daran interessiert war, das wirklich zu tun. Und der Kleine, Kemp, der hatte auch so eine vage Ahnung. Er wußte, daß mit den Telefonprotokollen irgend etwas nicht stimmte. Aber ich wollte keinen von den beiden in die Lage bringen, sich zwischen mir und meiner Frau entscheiden zu müssen. Auf diese Art wollte ich nicht verteidigt werden. Ich hab's Ihnen ja schon gesagt, ich konnte mir nicht vorstellen, meinem Sohn die Mutter zu nehmen. Und außerdem hätte das vor Gericht nie gezogen. Wenn Barbara alles wirklich so ausgetüftelt hat, wie Sie sagen, Lip, dann hat sie auch das gewußt. Nico hätte ein fabelhaftes Argument parat gehabt, wenn ich in den Zeugenstand getreten wäre und sie angeklagt hätte. Er hätte gesagt, dies sei das perfekte Verbrechen. Eine unglückliche Ehe. Ein Staatsanwalt, der den Apparat in- und auswendig kennt, ein Typ, der zum Frauenfeind geworden ist. Er verachtet Carolyn. Er haßt seine Angetraute. Aber er liebt den Jungen. Wenn er und seine Frau sich trennen, kriegt er niemals das Sorgerecht. Delay hätte behauptet, ich hätte alles so geplant, es so arrangiert, daß es wie Barbaras faules Spiel aussieht. Deshalb auch ihr Fingerabdruck auf dem Glas und die Sameninjektion. Vielleicht hätte er gesagt, ich hätte Barbara als eine Art Rückversicherung eingeplant, als die Person, die geschnappt werden sollte, für den Fall, daß das ganze Kartenhaus über mir zusammenstürzt. Die meisten Geschworenen würden das schlucken.«

»Aber es ist nicht wahr«, sagt Lip.

Ich schaue ihn an. Mir ist klar, daß ich ihn wieder hinausgestoßen habe ins Ungewisse, in jene beklemmende Region des Zweifels, in der es keinen Halt gibt.

»Nein«, sage ich zu ihm, »es ist nicht wahr.«

Doch in seinen Augen glimmt jener verräterische Funke, das Aufflackern von Argwohn und Unsicherheit. Was ist schwerer? Die Wahrheit zu kennen oder sie zu ergründen; sie auszusprechen oder Glauben zu finden?

Schlußerklärung

Als Raymond anrief, erklärte ich ihm, der Einfall sei einfach lächerlich.

»Sofortige Rehabilitierung«, sagte er.

»Das ist doch unmöglich.«

»Rusty, gib einem schlechten Gewissen eine Chance!« Mir war nicht ganz klar, ob er von sich sprach oder von ganz Kindle County. Aber er bestand darauf, daß es sich machen ließe, und schließlich gab ich nach und sagte, wenn alles in die Wege geleitet sei, würde ich ernsthaft darüber nachdenken.

Im Januar hatte die Petitionskampagne tatsächlich erreicht, daß der Stadtrat den Widerruf genehmigte und das Amt des Bezirksanwalts erneut zur Wahl stellte. Bolcarro hätte das verhindern können, aber er bekundete neuerdings strikte Neutralität gegenüber Della Guardia. Nico kämpfte verbissen um seinen Posten, und um ein Haar hätte er sich auch im Sattel halten können. Knapp zwei Wochen vor dem entscheidenden Tag opferte er sogar Tommy Molto, aber verschiedene tonangebende Bürger, darunter Raymond, Larren und Richter Mumphrey, sprachen sich gegen ihn aus, und Della Guardia wurde mit einer Mehrheit von rund zweitausend Stimmen abberufen. Er hat jedoch nicht aufgegeben. Nun kandidiert er im South End für den Stadtrat, und ich nehme an, er wird es schaffen.

Bolcarro gründete einen Bürgerausschuß, der Vorschläge und Empfehlungen für den neuen Leiter der Staatsanwaltschaft einbringen sollte. Raymond war Mitglied. Darum rief er mich an. Gerüchten zufolge traf als erstes Mac die Wahl, aber sie weigerte sich, ihr Richteramt aufzugeben. Raymond versicherte mir, er habe die Lage gründlich erforscht, bei den Zeitungen sei sondiert worden und ich könne mit allgemeiner Unterstützung rechnen.

Mir fiel kein vernünftiger Grund ein, aus dem ich hätte ablehnen können. Am achtundzwanzigsten März, vier Tage bevor der Mord an Carolyn Polhemus sich jährte, wurde ich zum Bezirksanwalt von Kindle County bestimmt.
Ich übernahm das Amt mit der Vereinbarung, daß ich für eine Wiederwahl nicht zur Disposition stehen werde. Der Bürgermeister hat mir ein paarmal zu verstehen gegeben, daß ich seiner Meinung nach einen hervorragenden Richter abgeben würde, aber er hat es mir nicht schriftlich gegeben. Im Augenblick macht mir der Job, den ich habe, Spaß. Die Zeitungen apostrophieren mich als den »Interims-Staatsanwalt«. Mein Verhältnis zu allen möglichen Leuten im Amt und auf den diversen Polizeirevieren ist verkrampft und gespannt, aber es ist nicht schlimmer, als wenn ich von meiner Wohnung aus in den nächsten Laden gehe, um mir ein Dutzend Eier zu kaufen. Ich wußte, daß ich das würde in Kauf nehmen müssen, wenn ich in Kindle County blieb. Nicht, daß ich tapfer wäre oder auch nur bockbeinig. Ich glaube bloß nicht, daß die Probleme eines Neuanfangs irgendwo anders leichter sein würden, als mit dem fertig zu werden, was hier vorgeht. Ich werde immer eine Art Museumsstück bleiben. Rusty Sabich. Die größte Schweinerei, die Sie sich vorstellen können. Sie haben ihn reingelegt, das ist gar keine Frage, und dann hat Della Guardia diesen Molto auch noch gedeckt. Wirklich ein Jammer, die ganze Geschichte. Der arme Kerl ist nicht mehr derselbe seitdem.
Der Mord an Carolyn Polhemus bleibt natürlich ungesühnt. Niemand spricht davon, den Fall wieder aufzurollen, schon gar nicht mit mir, und außerdem ist es praktisch so gut wie unmöglich, zwei Leute wegen desselben Verbrechens vor Gericht zu stellen. Vor ein paar Monaten hatten sie im Gefängnis einen Spinner, der ein Geständnis ablegen wollte. Ich schickte Lip hin, um seine Aussage aufzunehmen. Lipranzer beeilte sich, seiner Abteilung zu melden, daß dieser arme Teufel seines Erachtens nur Scheiß verzapfe.
Am Wochenende fliege ich oft nach Detroit. In meiner neuen Stellung ist das schwieriger, als ich gedacht habe, aber wenn ich es nicht schaffe, schickt Barbara mir Nathaniel. Als ich das

zweitemal dort war, schlug Barbara vor, ich solle bei ihnen übernachten. Eins führte zum anderen, und wir haben uns so halb und halb versöhnt. Hierher wird sie wohl kaum wiederkommen. Mit ihrem Job an der Uni kommt sie gut zurecht, und ich denke, sie ist wirklich froh, zu mir und den Erinnerungen Abstand zu haben. Wir erwarten beide nicht, daß der gegenwärtige Zustand von Dauer ist. Früher oder später wird die jetzige Gefühlsaufwallung sich legen, und einer von uns wird jemand anderen kennenlernen. Wenn ich daran denke, hoffe ich, daß mir eine Frau begegnen wird, die ein paar Jahre jünger ist. Ich hätte gern noch ein Kind. Aber so etwas kann man nicht planen. Im Augenblick scheint es für Nat tröstlich zu sein, daß seine Mutter und ich immer noch verheiratet sind und nicht geschieden.

Manchmal, das gebe ich zu, denke ich noch an Carolyn. Von der verrückten Sehnsucht ist nichts übriggeblieben, und auch die seltsame Fixierung hat sich gelegt. Ich nehme an, für mich hat sie endlich Ruhe gefunden. Aber ich grübele dann und wann noch über das Erlebnis nach. Was war es bloß? Was wollte ich von ihr? Was schien so dringend an der ganzen Affäre? Am Ende muß es etwas mit meinem Gefühl für die Qual und die Ängste zu tun gehabt haben, die sie umtrieben. Ihr Erbteil an Schmerz lag offen zutage – in ihrer unnachgiebigen Art, ihrem rebellischen Überdruß, in der Art, wie sie sich im Gerichtssaal zur Fürsprecherin der Wendell McGaffens dieser Welt machte, der Schutzlosen und Verlorenen. Sie war selbst ein Mensch, der ungeheuer gelitten hatte und der mit jeder Faser seines Seins trotzig behauptete, über alles triumphiert zu haben. Nur stimmte das nicht. Sie vermochte die furchtbare Last ihrer Vergangenheit ebensowenig hinter sich zu lassen, wie es jenem griechischen Helden gelang, zur Sonne emporzufliegen. Aber muß es deshalb einem jeden von uns unmöglich sein?

Ich griff nach Carolyn. Ein Teil von mir wußte, daß dies Unheil verhieß. Ich muß ihre gequälte Eitelkeit erkannt haben, die Gefühlsarmut, die ihre Seele ausdörrte. Ich muß gewußt haben, daß sie nichts zu bieten hatte außer einer großartig schillernden Illusion. Und trotzdem fiel ich auf den Mythos herein, den sie sich geschaffen hatte. Den Glanz. Den Glamour. Den Mut. Diesen aggressiven Charme. Hinwegfliegen können über diese obskure Welt der Angst, dieses finstere Universum der Qual! Ich werde bis an mein Ende darum kämpfen, der Dunkelheit zu entrinnen. Ich griff nach Carolyn. Ich betete sie an, wie die Bresthaften und Lahmen den Wunderheiler anbeten. Aber in mir brannte ein wildes, tollkühnes, hemmungsloses Verlangen, ich wollte das Äußerste: den Jubel, die anhaltende Leidenschaft und den Augenblick, das Feuer, das Licht. Ich griff nach Carolyn. Voller Hoffnung. Hoffnung. Immerwährender Hoffnung.

Knaur

Reilly, Claudia
Verbrecherische Herzen
Hazelhurst, eine kleine Stadt, hat ihre Sensation: Babe Magrath hat auf ihren Ehemann geschossen! Ausgerechnet die sanftmütige Babe soll nach einer Waffe gegriffen haben? Nur der beste Anwalt kann ihr helfen – aber das ist Babes Ehemann... 160 S. [1543]

Schulberg, Budd
Schmutziger Lorbeer
Boxmanager Nick Latka hat nur einen Gedanken: Rache! Rücksichtslos beutet er das etwas dümmliche argentinische Boxwunder »El Toro« aus, das Nicks schöner Frau nachstellt. Damit beginnt der menschliche und moralische Abstieg von »El Toro«, der sich in der mörderischen Welt des Sportgeschäftes verstrickt. 336 S. [1342]

Die Faust im Nacken
Wer erinnert sich nicht an Marlon Brando in der Rolle des Terry Malloy und Karl Malden als Priester Barry in der Verfilmung von Elia Kazans »Die Faust im Nacken«? Budd Schulberg schuf nach seinem erfolgreichen Drehbuch diese packende Romanfassung. 352 S. [1341]

Sienkiewicz, Henryk
Quo vadis?
Dieser historische Roman des polnischen Autors Henryk Sienkiewicz gilt als einer der größten literarischen Erfolge der Welt. 336 S. [1360]

Wind, David
Die letzten Tage von Pompeji
Der Roman um Pompeji (in der Fassung von Edward Bulwer-Lytton) ist seit über 100 Jahren ein Weltbestseller. Die fesselnde Darstellung der dramatischen historischen Ereignisse hat bis heute nichts von ihrer Faszination eingebüßt. 320 S. [1235]

Das Buch zum Film

Knaur®

Yoshikawa, Eiji
Musashi
Musashi ist ein Unterhaltungsroman mit »tieferer Bedeutung«. Es ist der dramatische Prozeß der Selbstfindung eines bedeutenden Schwertritters im Japan des 17. Jahrhunderts, der Weg eines Mannes, der durch den Staub zu den Sternen geht. 800 S. mit s/w-Abb. [1517]

Clavell, James
Noble House Hongkong
Auf über tausend Seiten schildert Clavell in diesem Bestseller den spannenden Kampf englischer und chinesischer Geschäftsleute um die Macht in einem der ältesten Handelsunternehmen Hongkongs. 1072 S. [1439]

Shōgun
Der Roman Japans. Ein gewaltiges Epos über eine exotische Welt voller Dramatik, Abenteuer und Leidenschaft. Erfolgreich verfilmt. 960 S. [653]

Rattenkönig
Eine Männerwelt hinter Stacheldraht im malaiischen Dschungel – voller explosiver Spannung. 383 S. [625]

Tai-Pan
So nannte man Dirk Struan, der Hongkong zum »Juwel in der Krone Ihrer Britischen Majestät« gemacht hat. Weltbestseller. 638 S. [235]

Buck, Pearl S.
Lebendiger Bambus
360 S. [127]

Die Frauen des Hauses K
128 S. [676]

Die verborgene Blume
Eine der schönsten Liebesgeschichten von Pearl S. Buck. 224 S. [1048]

Romane

Knaur

Grave, Stephen
Miami Vice – Heißes Pflaster Florida
Sie fahren schnelle Autos, tragen teure Kleidung, haben tolle Mädchen – aber auch einen gefährlichen Beruf: die zivilen Polizisten von Miami Vice. 192 S. [1475]

Miami Vice – Die Klinge
Wieder einmal müssen Crockett und Tubbs, die beiden Detektive von Miami Vice, sich in den Untergrund wagen – und mehr als einmal steht ihr Leben auf Messers Schneide! 192 S. [1477]

Miami Vice – Schnee aus China
Kühl und gelassen und durch nichts zu erschüttern – so kennen Crockett und Tubbs, Detektive bei Miami Vice, ihren Chef Lieutenant Martin Castillo. Doch die eiskalte Oberfläche täuscht… 192 S. [1478]

Miami Vice – Spiel um Rache
Der zweite Roman nach der erfolgreichen Dienstagabend-TV-Serie, die den ARD-Zuschauern die Dallas-Pause verkürzte. 192 S. [1476]

Heim, Peter
Die Schwarzwaldklinik
Roman nach der ZDF-Fernsehserie von Herbert Lichtenfeld. 336 S. [1485]

Die Hochzeit in der Schwarzwaldklinik
416 S. [1486]

Menschen und Schicksale in der Schwarzwaldklinik
432 S. [1487]

von Lichem, Sylvia
Die glückliche Familie
Langeweile kommt in der Familie Behringer nicht vor. Eher schon einmal die Sehnsucht nach einem beschaulichen Wochenende, an dem Maria und Florian Behringer mal nicht für ihre zwei fast erwachsenen Töchter oder das Nesthäkchen Tami da sein müssen… Der Roman zur TV-Serie mit Maria Schell und Siegfried Rauch in den Hauptrollen. 304 S. [1600]

Rentsch, Alexander
Liebling Kreuzberg
Robert Liebling arbeitet als Rechtsanwalt in Kreuzberg, zusammen mit seinem Sozius Arnold, einem jungen Anwalt aus Stuttgart, der mit dem unkonventionellen Stil seines Arbeitgebers gar nicht zurechtkommt… Der Roman zur TV-Serie. 208 S. [1588]

Stevens, Serita Deborah
Cagney & Lacey
Zwei Frauen im harten New Yorker Polizeieinsatz. Sie könnten Schimanskis Schwestern sein: Cagney und Lacey. Und sie sind das außergewöhnlichste Team, das es bei der New Yorker Polizei je gab. Der Roman zur TV-Serie. 288 S. [1440]

Bücher zu Fernsehserien

Knaur®

Alle Menschen werden Brüder
Ein psychologischer Roman um die Untiefen menschlichen Daseins.
600 S. [262]

Die Antwort kennt nur der Wind
Die atemberaubende Geschichte eines Mannes, der die Machenschaften von Weiße-Kragen-Verbrechern enthüllt.
512 S. [481]

Bis zur bitteren Neige
Das bewegende Schicksal eines in Schuld verstrickten jungen Mannes.
570 S. [118]

Die Erde bleibt noch lange jung
und andere Geschichten.
288 S. [1158]

Es muß nicht immer Kaviar sein
Tolldreiste Abenteuer und auserlesene Kochrezepte des Geheimagenten wider Willen Thomas Lieven.
550 S. [29]

Hurra, wir leben noch
Der Wirtschaftswunder-Schelmen-Roman.
635 S. [728]

Lieb Vaterland magst ruhig sein
Ein dramatisches Geschehen aus der Welt des Geheimdienstes.
599 S. [209]

Liebe ist nur ein Wort
Die Geschichte einer Liebe, die an der Welt der Großen zerbricht.
544 S. [145]

Niemand ist eine Insel
Die Geschichte eines Mannes, der aus einer Welt des Scheins in die Welt der Liebe gelangt. 622 S. [553]

Und Jimmy ging zum Regenbogen
Ein großer Buch- und Filmerfolg – ein Meisterwerk der Erzählkunst.
639 S. [397]

Wir heißen Euch hoffen
Der große Bestseller zum Thema Drogensucht.
640 S. [1058]

Zweiundzwanzig Zentimeter Zärtlichkeit
und andere Geschichten aus 33 Jahren. 254 S. [819]

Bitte, laßt die Blumen leben
Die Geschichte einer großen Liebe zwischen einem fast fünfzigjährigen »Aussteiger« und einer jungen Buchhändlerin.
576 S. [1393]

Der Stoff, aus dem die Träume sind
Ein Roman aus der Welt jener Industrie, die Träume für Millionen macht. 608 S. [437]

Die im Dunkeln sieht man nicht
Unter mysteriösen Umständen gelangt ein Fernsehjournalist in den Besitz eines hochbrisanten Dokuments, bei dessen Veröffentlichung ein Aufschrei der Empörung um den Erdball gehen wird. Dies wollen die Geheimdienste der beiden Supermächte um jeden Preis verhindern…
624 S. [1570]

530 Seiten. Gebunden.

Johannes Mario Simmel